鉴湖诗说

【明】陈元亮 著

刘毓庆 李蹊 点校

山西出版传媒集团
三晋出版社

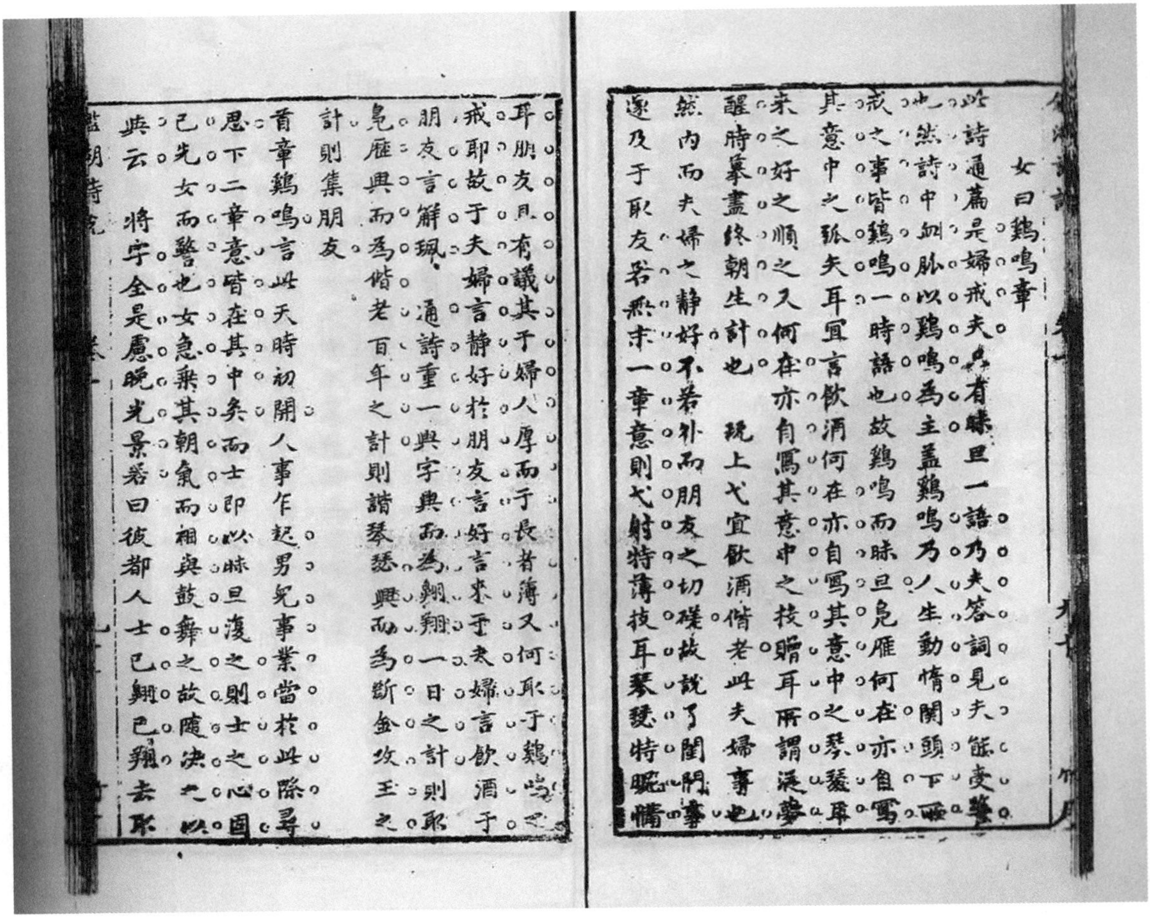

女曰鷄鳴章
此詩通篇是婦戒夫只有昧旦一語乃夫答詞見夫能受警
也然詩中血脈以鷄鳴為主蓋鷄鳴乃人生動情關頭下面
戒之事皆鷄鳴一時語也故鷄鳴而昧旦鳧雁何在亦自寫
其意中之弧矢耳宜言飲酒何在亦自寫其意中之琴瑟耳
來之好之順之又何在亦自寫其意中之技贈耳所謂夢
醒時摹畫終朝生計也　琬上弋宜飲酒偕老此夫婦事也
然內而夫婦之靜好不若外而朋友之切磋故說了閨門事
遂及于取友若然末一章意則弋射特薄技耳琴瑟特暱情
耳朋友則有識其于婦人厚而于長者薄又何取于鷄鳴之
戒即故于夫婦言靜好於朋友言好言來于夫婦言飲酒于
朋友言解珮　通詩重一興字興而為翺翔一日之計則取
鳧雁興而為偕老百年之計則諧琴瑟興而為斷金攻玉之
計則集朋友
首章鷄鳴言此天時初開人事作起男兒事業當於此際尋
思下二章意皆在其中矣而士即以昧旦復之則士之心固
已先女而警也女急乘其朝氣而相與鼓舞之故隨決之以
此云　將字全是慮晚光景若曰彼都人士已翺已翔去取

明版《鉴湖诗说》书影，现藏于日本内阁文库

前　言

明末陈元亮所著《鉴湖诗说》,《四库全书总目》的存目部分曾有著录。但编《四库存目丛书》时,因大陆久佚,故未能收录。此本是山西大学刘毓庆教授从日本内阁文库访得的明刻本。

现将有关此书的几个问题说明如下。

《四库全书提要》云:"《鉴湖诗说》,明陈元亮撰。元亮字寅倩,山阴人。是书乃乡塾讲章,其凡例有十:曰尊经,曰从注,曰存序,曰辨俗,曰标新,曰考古,曰博物,曰章旨,曰节解,曰集说。其所取裁,不出《永乐大全》诸书。"此外,在四库所收《钦定续通志》和《钦定续文献通考》中,只载该书题目,注曰"明陈元亮撰"和"元亮,字寅倩,山阴人"。但我们所看到的这个本子,并没有所谓十条"凡例",而所谓"取裁不出《永乐大全》诸书",更无根据。盖系四库馆臣误记。

本书的主要撰写人陈元亮,生平不详。

从参与编写者李若愚的有关资料看，此书大约成于明崇祯乙亥、丙子(公元1635年、1636年)间,书中用语,不避清讳,说明日藏版本确为明末原刻。前有朱徽和李若愚序。各卷所标明的审定、校订者,前后共十人(其中多半由明入清)。

是书内容,按刘毓庆先生《从经学到文学》一书的分类,可以说是明代"讲意派"《诗经》研究的巅峰之作。作者综合了前辈及同时研究者的成果,仍然以指导制艺所需要的方式,解说每首诗的内容和形式。凡刘毓庆先生所论及的优缺点,本书也都具备。诸如强调《诗经》的文学性,努力围绕经文主旨,以文章学原理解说其情感逻辑和各章节的脉络；从字句的扎实分析中，发掘诗人细腻的情感与思理，贯彻徐光启“说处不是诗，诗在不说处”和“以诗说诗，不以我说诗”的文学解析原则。当然，作者的解说也时有牵强附会和夸大之辞，尤其是经常不顾及《诗经》的时代语言特征，没有经过对文字的仔细考论，径照字面说解，表现了明代学术的特点。凡此种种，读者可参照刘毓庆先生《从经学到文学》一书，朗然自明。

但本书亦有其自身的特点。

首先，作者极力照顾经学的“可说”性（“义理”）与文学的不可说性（“性灵”之“远神”），本质上就是要体会《诗经》如何以文学的艺术形式体现儒家思想。

在说《汉广》中，作者提出说诗的原则：“须得讲而不讲之法。”就是说要按照文学表现的特点说诗，不可把诗说死、说僵，要通过说诗而引导读者对诗歌的特点产生深切的体会。如说《鹊巢》：“《关雎》言‘窈窕’，《何彼》言‘肃雍’，不妨描出德来。此只把礼仪侈说一番，何曾露一‘德’字？说者极须浑含。”该讲的一定要讲解清楚——“言中定旨”；而该“浑含”处，不是要模糊，而是要引导读者体会诗中的旨趣——“言外远神”。就像《关雎》讲“窈窕”，《何彼襛矣》讲“肃雍”，并不妨碍表现其德，有如《汉广》中的侈说礼仪，诗人的指向是一样的。他要读者明白，其人之“德”即在“窈窕”和“肃雍”的形象中显现着。作者把质实的理性分析与空灵的性情讲解划出了界限，也就把说“诗”与说“经”区分开来。但“经”不能不说，“诗”尤不能不说，既不能把“经”完全还原成为“诗”，而又必须在“经”中看出“诗”来。所以，李若愚在序言中说，这部书的价值不只是“为制义嚆矢”而已，在“不以我说诗，而以诗说诗”的过程中，明确“言中定旨”和“言外远神”，最终“可以尊经，可以翼注”。在晚明，这也许是老生常谈，但从具体的说解中，体现出说“诗”与说“经”的不同，还要把两者结合起来，是要有自己独特的功夫的，也能够具体地体现明代中晚期人们对“诗”即文学的基本看法（详见下文）。

其次，书中虽多袭前人之说，甚至完全照抄（这似乎是明人的一种习惯，大家都抄来抄去，不以为怪），但亦融合了自己的一些看法，如说《召南·甘棠》，几乎全部抄袭徐奋鹏《诗经主意约》，但在徐氏那段话的前面，作者加了几句自己的话:“此诗为思召伯之德,然绝不道出‘思德’字,并爱树亦不知何以至此。说诗须会此意。惓惓爱护而不忍伤之,南人爱伯之心直是无可奈何,言有尽而意无穷也。”他指出说诗不要说出“思德”字,因为一说思德,则不但限制了召伯完整的人格,也限制了诗人对召伯除了“德”以外那些说不出来的全面喜爱的感受。所以他说“言有尽而意无穷”。这是此书的价值所在。在引徐氏那段话之后,又云:“曰‘所茇’‘所憩’‘所说’,要知召伯当年原无赫赫光景,亦无许多搅扰,不过歇息一番,与百姓若无干涉。”这一理解,无疑是对徐氏“主意”的极好补充,也更在言外见诗人对召伯那种“无为而无不为”的人格魅力之钦佩,诗人的赞美正表现着召伯的“全人”与诗人对召伯整体“感受”双重的不可穷尽性。而其所发掘的文学特征也就更为突出,显示了作者自己的见解和对文学表现力的深刻体会。

第三,陈氏说诗一如其前辈所采取的形式,比较起来,其前辈不是过于简略而嫌模糊,令人无可把握,就是过于烦碎而欠圆熟,使人有“小言破道”之感。此书则力避琐细,趋于简约明快,亦力避模糊而与人以领悟之道。虽多有抄袭现象,但融合各家之说,加以己见,往往不见痕迹。我们试比较一下杨廷麟和陈元亮对《关雎》首章的分析:

“关关”一句已起得“窈窕”二句,“在河之洲”,不过以足上句,而“逑”字又相叶。雎鸠以和鸣相与,淑女以一德相匹,此兴意。“挚而有别”“和不忘敬”,非正解也。“窈窕”训“幽闲”之意,便见非幽闲可尽,添出“贞静”,又属“窈窕”源头矣。“幽”者深沉而不浅露,“闲”者安重而不轻躁,不可指为“德”,亦不可指为“容”,大约就容仪间摹写其德性,若此只就始至时言。“淑”亦是浑成字,不须顶着“窈窕”。总之,“女”字、“君子”字不可不认,认得“女”字,则知太姒许多盛德俱含其中,而全无形迹。认得君子如何面目,自知这个匹配为恰好。凡所为和乐恭敬,及宗庙内治等语,与“窈窕”“好逑”全不相干。“女”上加一“淑”字,便跃然有喜乐意,重淑女宜配君子。(《诗经主意鞭影》)

以雎鸠为偶之善,兴淑女为配之善。“关关”,相亲而不相猥,相悦而不相狎,何等贞静!何等幽闲!便已传出“好逑”之神。“窈窕”,只就始至时动静间言之。“淑”字则举平日全体而言也。故“窈窕”字轻,“淑”字重,“淑”字正与

“好”字相照。未嫁则为淑女，于归则为好逑。惟女之淑，是以逑之好。文王之德，尽于一“敬”，太姒之德，尽于一“淑”。　　“窈窕”二字，只可想像形容见，故注曰：“幽闲之意。”着一“意”字，正不必分别如何是幽、如何是闲。贞静者，幽闲中便有贞静意，非有二也。　　“女”字及“君子”字俱不可不认。认得“女”字，则知太姒许多盛德俱含其中，而全无形迹；认得“君子”如何面目，自知这个配匹为恰好。且“女”字上加一“淑”字，“逑”字上加一“好”字，便跃然有喜乐意。(《鉴湖诗说》)

单从字数上看，陈氏之说比杨氏还多出十二字，但其内容增加了多少！同样是分析字句，杨氏是字截句割，而陈氏则字以足句，句以足章，章以足神。他强调“好逑”之神，特别把朱熹解“窈窕，幽闲之意”的“意”字拈出，可并非朱熹原意，是借朱熹的话来表现自己的见解。不止说得切实，尤能传达其重人物“神情”的特点。虽然他综合了前人见解，不止抄了杨氏一家的一段话，也有别人的话，且不言其所自，有着明人一样的恶习，但杨氏原文反不如陈氏周至，就在于陈氏是在解说如何理解“窈窕”：“正不必分别如何是幽、如何是闲；贞静者，幽闲中便有贞静意，非有二也”，然后紧接着才引用杨氏要认得“女”字和“君子”字一段话，这就把字句分析与整章诗意联系在一起了，也就突出了儒家所认可的淑女整体的精神世界。

有的解析往往以极简练的文字，勾勒出一首诗的内容，特别是能够突出诗人的内心世界，如分析《河广》，全文不过二百多字：“二章俱是极言适宋之易，见得所以不得往者，不为地也。各章之意，须于四‘谁谓’字想见其言意。言我之不渡河而南者，或疑于河之广也，谁谓河果广乎？只一苇便杭矣。我之不自卫而宋者，或疑于宋之远也，谁谓宋果远乎？只跂予便望矣。然则河可渡而不渡，其有广于河者在；宋可至而不至，其有远于宋者在乎？含臆不语，凄凉悲惋，千古如见。‘跂予望之’，以目力量之，见其近也。此诗不说归不得，却说归得；不说归难，却说归易，煞有深情。按：《小序》止言襄公母归于卫，思而不止也。”既有对原诗的解说，也有对重点的把握，尤其能够紧紧抓住诗人心理，要言不繁地引导读者理解“有广于河者”和“有远于宋者”的言外之意——那个促使诗人不得不尔的环境。虽是以八股文的写作要领向读者示范该如何分析一首诗，但其通过内容分析所发掘的文学表现手段是深刻的。又如说《东门之墠》只九十几个字："一志其所居，而叹其相远；一志其所居，而冀其相就。宛然者其室，而杳然者其人。思尔者我，而忘我者子。此时此情欲其相谅也。'墠''坂''茹藘'，历历在目，此思中之境。其人之远，乃心耳。疑恨之词。"点出"思中之境，其人之远，乃心耳"，强调诗人与其所思之人的距离，不是物理的距离，而是心理的距离，是虚境，尤能体现诗的文学的特征。

第四，在明代有关《诗经》讲意派的著作中，一般是讲国风部分较详，而于雅、颂部分较粗略，而本书则于风、雅、颂三部分同样用力，同样详密。全书共四卷，国风、小雅、大雅、三颂各一卷。从经文的数量与各部分解说文字数量的比例看，雅、颂部分，尤其是三颂部分的解说文字，要比国风多得多。如《周颂·赉》篇，全诗只有六句二十四个字，而陈氏的说解就达七百多字。但并不觉得烦琐，他把武王的心理分析得那么透彻，深得文外之旨，在比较质朴刻板的颂诗中发掘出文学特征。

第五，全书虽谨守《朱传》，但并不死守。时时有批评朱注、反对朱注处。有时直言"(说诗)不可太讲道学"(《邶风·雄雉》)，有时说朱熹"太着象"(取魏浣初《诗经脉讲意》语)。在说《兔罝》时指出："《注》中'犹'字'虽'字俱赘。'罝兔'即如莘野之耕、渭滨之钓，岂是贱业？"这就不止是说诗，而且看出朱熹对耕钓者贱视的心理。说《大车》曰："妇人至为情死，自是石乞一流人，不得与《丘中》《溱洧》一概抹杀。"说《郑风·氓》："此诗被晦翁'淫妇为人所弃'一句骂倒，几成千古疑狱。不知此妇求良媒、稽卜筮，何有礼也！至读其诗，曰'无与士耽''女也不爽'，又曰'不思其反''反是不思'，与《谷风》《柏舟》情词相类。独是'蚩蚩之氓'，始图其婉娈，并利其妇资，强为言笑，假设信誓……是淫在士不在妇，故曰'士贰其行'，妇之悔深矣。"这是公然推倒朱注，并公然推倒所有前此学者的看法，为《氓》中女主人公翻案。此外，借古人之说以推翻朱注处尚多。

第六，"存序" 是此书不同于他书的又一特点。明人说诗特别重视孟子"知人论世""以意逆志"说，这就自然涉及《诗序》关于时代背景的设定问题。本书作者比较通达，几乎每首诗都把《小序》列在后面，有时也把郑、毛及后人的说法抄附于后，如说《野有蔓草》："此诗以'相遇'二字为主。每章首道其景，中状其人，末言其会。总之赋其相遇之情也。蔓草得露，其泽渥；美人得遇，其意浓。故又以为兴。‘清’，是目，‘扬’是眉婉，总之谓眉目间婉然美也。”“‘有美一人’，言无端而见一人也。‘适愿’，以一人之欲言。‘偕臧’，以两人之欲言。‘邂逅’，非可久之道，不过适一时之情好耳。”下面列出四种见解：“《小序》云：‘思遇时也。’严云：‘冀得兵革宁息，男女及时而婚也。’归云：‘贤者不遇时作此诗也。“有美一人”，犹楚辞所谓美人也。’钟云：‘晤好友也。’”并不加自己的评论，让读者体会。作者的解说是“含浑”的，不说是男女之情还是朋友之情，也不说是贤人思遇时的理想，还是不遇时的感慨。只提出“相遇二字为主”，而所列的几种说法各有道理，但所列说法都是对《小序》的进一步阐释或延伸，即都是男女之情向政治和道德方向的提升或转化。陈氏的说解，只谈文学原初的“象”，不言其“象”中所谓明确的所指，表明文学之“象”的多义性原本是《诗》固有的特点。有时也极简略地指出《小序》的问题，如上引《河广》说《小序》“止言襄公母”“思而不止”，显然是说《小序》对诗意的理解过于简单。有时只在最后单独列出，不加任何评论，让读者自己体会其义。

第七，本书的写作格式亦有特点，每首诗的“总提”和以下各章的分析，都把几层意思分成几个小段落，每段一般极简练，少有长篇大论。但其分段不提头顶格，而是空一个字。这种格式与一般论说是不同的，有些像点评。但段与段之间没有割裂之感，联系是紧密的。作者设计的这种说诗形式，给自己行文带来极大的方便。

第八，本书还有一些批语，不知何人所为。所批内容一般是对作者意见的补充，或引经典，或引后人诗句，或进一步指出某句某字所照应处。这对读者理解其内容有一定的帮助，今并照原式录在章末。

本书国内不存，标点时无可参校，标点中发现的一些问题，只能存而不论。其中凡系明显的错误，如所引经文之误，行文中的增、衍、脱、误处，为保留原书面目，皆不径改，而以括号标出。全书点校后，简体印行。部分生僻字，排版字库中缺如，则保留繁体。

朱徽序

学者持世之功,莫大于著述。著述之大者,先经,次史,次子,次词赋。词赋者,能操觚家,类能有之,然昔人鄙之雕虫刻篆,壮夫不为。子之持道明义,亦皆有恢卓之概,然偏而不全,博而寡要。史者纪一代之事功,见时王之得失,居然自命于作者之林矣,而班马之才与识,犹有余訾,吾故是以知著述之难也。何也?君子立行非苟而已,将以启天下之方动者;立言非苟而已,将以训天下之方悟者。是故其旨必本于忠孝,而言必统乎道义。其牿之有以该乎物理之窍,而精之有以写夫性情之微。故知经之为教大矣。虽然,自非道之所在而权亦在焉,则不敢作;与夫权之所不在而道统在焉者,则亦不敢作。昔吾夫子犹不过自居于信古,而曰不知而作,我无是也。若乃《法言》之拟《论》,失也浅矣;《太玄》之准《易》,失也艰矣;《玄经》之附《春秋》,失也僭矣、陋矣。夫经之为教,自非权与道统之所在,既不敢作,即作之而未见有立言明道之功,使辅之以行于后世,如日星之照于天,布帛菽粟之需于日用,天下之人,欲一刻离之而不可得,则亦何贵于作,而且欲僭比于经乎哉?然则后世君子思有以持世者,即曷若是而可也?曰经不可作,独不可明乎?君子不可违经以诡义,独不可依经以树则乎?余友陈寅倩、吴静腑、任君采乃相与告人曰:经之道有六,而诗人为最近。六经之不可无诗也,从诗亦可以蔽六经也。何则?本于忠孝,止乎道义,牿之该于物理,而精之写夫性情,《诗》其备矣。虽《易》《书》《春秋》《礼》《乐》,宁有外焉?且吾业《诗》,业《诗》故《诗》可得而说也。缘所授则不倍师,谙所习则讨论熟。不倍师而讨论熟,则可以离群而独行我之所是,亦可泛采而并捃众之所长。夫骋己才而致之,与夫代前人而施之,拾训诂而守之，又孰与夫抒灵心而综之也？《诗说》成而《诗》其备矣，著述之家，孰有先且大者焉？且夫《易》有爻象可稽，《礼》有名物可数，《乐》有律则可评，《春秋》有褒贬书法可定，《典》《谟》有帝王世次可考，而独是《诗》也者，兴感一时，寄托千古，风谣女子之口，有学士大夫所不逮者焉。触类连物之际，有常诠理解所不能窥者焉。故善说《诗》者，不以文害辞，不以辞害意，以意逆志，是为得之。然则《诗》可说乎？语云：圣为天口，贤为圣译，玄象冥寞，代数湮邈，非夫贤圣，亦谁与致喙哉？卫宏序《诗》，以乐为“乐得淑女”之“乐”；淫为“不淫其色”之“淫”，哀为“哀窈窕”之“哀”，伤为“无伤善”之“伤”。今盖宗之，而未知“洋洋盈耳”之旨何在；《桑中》《东门》《月出》等篇，本刺淫也，《子之丰》《扬之水》等篇，本别指他事也，而《朱传》皆以为淫者所自作。今盖宗之，而未知邪正之旨何在。说《诗》如是，《诗》可说乎？

今寅倩三兄之为之说，则不然。以《诗》生说，以说归《诗》。说有者，即若《诗》之所本有；说所无者，即若《诗》之所本无。邈然若从十五国而问之孰美孰刺，从“二雅”而质之孰小孰大，从“三颂”而辩之孰发毅者为商、孰宽缓者为周、为鲁。说《诗》如是，《诗》又不可说乎？夫于《诗》之本指不失，而于己之傍说皆通，斯以为贵也。若夫襞积章句，破碎大义，君子亦无取焉耳，《诗说》不其宏哉！至于薄词赋于无用，鄙诸子而不为，悲史家编年纪传之繁文，而独取夫忠孝道义之言，物理性情之故，口译而意迎之，使其道统胤于无穷，而复不敢自处于作者之列，则夫持世之力，尊经之功，端不止《诗》说矣。

豫章社盟弟朱徽子美夫（甫）题

李若愚序

余尝有言:“说处不是诗,诗在不说处。”今为之转语曰:“诗中未始无说,说处未始非诗。”何也?天地阴阳之数,古今治乱之几,土俗民情之故,以及草木鱼虫之微,皆有说存焉,形为歌咏。则诗固自有说也。故善说诗者,不以我说诗,而以诗说诗。为能浅说深说横说竖说,真幻不一,其说究无不与诗之说合。

余因上下千百年,古之说《诗》者,《序》后有《传》,《传》后有《诂》,《诂》后有《笺》,《笺》后有《疏》,《疏》后有《正义》,《正义》后复有《集注》。迄我国朝,明经课士,登坛竖帜,执策阛门者,无虑数百家。具自以其说说《诗》,而《诗》之说,几乎大备。然而说浸以广,《诗》浸以亡,其故何居?大抵以不慧说之,而《诗》之说晦;亦以慧说之,而《诗》之说更晦。所以尼父说《诗》,而曰“无邪”。子舆说《诗》,而曰“逆志”,此千古说《诗》法也。不然,托兴比物,唱叹流连,苟无说以达之,不特《墙茨》诸篇邪而淫也,即《关雎》等什,亦几乎乐而淫矣,奚居四始之首乎?三百五篇经大圣删后,其说始定,于是《清庙》之什,明堂之咏,征夫、牧竖、孝子、思妇之所悲悯涕陨可以为经,而诗之垂教乃尊。

兹寅倩氏以《诗说》名编,余三复之,甚奇其说。吏事之余,不惮章分句析,为之手定,因辗然曰:是编说《诗》之法,言中定旨,固一语说破;言外远神,又一语不说破。舌电四射,固能说人之共欲说;心花怒开,又能说人之不敢说。说诗至此,可以尊经,可以翼注,千秋不朽,其在斯乎!讵为制义嚆矢已哉?兼以静腑、沧帆之博洽,夙冠诗坛。自民、有王之空灵,新出于硎,为之互相参订,总不以我说《诗》,而以《诗》说《诗》,彼说此说,何尝不合为一说?

噫嘻！古云："删后无《诗》。"余谓：《诗》中有说，惟能参《诗》中之说，始能解删后之《诗》。微乎微乎！知其说者，其于三百五篇之旨趣思过半矣。

汉阳李若愚愚公父书

目　录

鉴湖诗说卷之二　小雅

鉴湖诗说卷之三　大雅

鉴湖诗说卷之四　三颂

鉴湖诗说卷之一

国　风

广陵李清心水父　陈元亮寅倩父辑
汉阳李若愚愚公父定　浙后学吴思穆静脒父参
晋陵王章汉臣父　任苳臣君采父订

关关章

此诗三章，看他把“窈窕淑女”叠咏四番，则通诗断宜以“淑”字为主，“好逑”正在“淑”处见得。二章之“思”，三章之“乐”，皆本此“淑”字。　全是宫人写其一见后妃，欣喜不能自已之词。盖淑女始至，宫人一望其窈窕，便相庆为好逑。此时即已亲之爱之，欢欣而快乐之。但直接以末章之友、乐，趣便索寞，翻从昔日未得时，寤寐怀思一段傍徨之景，反复追求，则今日得之，喜乐何能自已？是友乐、深情，政在于二章委曲见出。

首章。以雎鸠为偶之善，兴淑女为配之善。“关关”，相亲而不相狎，相悦而不相狎，何等贞静！何等幽闲！便已传出“好逑”之神。“窈窕”，只就始至时动静间言之。“淑”字则举平日全体而言也。故“窈窕”字轻，“淑”字重，“淑”字正与“好”字相照。未嫁则为淑女，于归则为好逑。惟女之淑，是以逑之好。文王之德，尽于一“敬”，太姒之德，尽于一“淑”。　“窈窕”二字，只可想像形容见。故注曰：“幽闲之意。”着一“意”字，正不必分别如何是幽、如何是闲。贞静者，幽闲中便有贞静意，非有二也。　“女”字及“君子”字俱不可不认。认得“女”字，则知太姒许多盛德俱含其中，而全无形迹；认得“君子”如何面目，自知这个配匹为恰好。且“女”字上加一“淑”字,“逑”字上加一“好”字,便跃然有喜乐意。

二章。“流之”,是未遇荇菜时,景象无定。“寤寐思服”“悠悠”是未得淑女时,意象无定。“寤寐求之”,总括下“求之不得”四句。“求之不得”四句,只足上“寤寐求之”一句。寤寐中如何求?只是想像其“得”之意。“不得”,谓洽阳谓涘已有其人,而“文定”未行时也。“辗转”句正形容一“悠”字,“悠哉”句正形容一“思”字。　“辗转反侧”四字,皆卧不安席,正是寤寐处说也。诗人所谓忧,只借以形容既得之喜乐。故末章之神,都埋在此。然只是“思”,不可用“忧”字。

三章。要得他叠咏之趣。盖荇菜则“采”之而又“芼”,淑女则“友”之而又“乐”。喜乐尊奉之意有加无已,自不觉其言之再耳。“友之”“乐之”,只自家友乐淑女之情,借琴瑟钟鼓以写之,非真对其人以奏之也。　友者,亲爱之意,两情相交而友生焉。乐者,和平之意,两情俱畅而乐生焉。然只在“窈窕”上,看得其有可以交孚而友,有可以共畅而乐。故宫人之致情如此。

小序云:“后妃之德也。”《诗故》云:“何以言德?广嫔御,厚国本也。国本莫重于嗣续,妇德莫难于不妬。太姒能求庶女于窈窕侧陋之间,广为‘则百斯男’之地,厥德何以加焉?”下二章皆状其不妬也。

葛覃章

此诗首章以黄鸟为治葛之先声,末章以归宁为治葛之终。事总见无一时而非“为絺为绤”之心;故通诗当以治葛为主,而“无斁”两字乃一篇血脉。盖一有斁心,尚岂于成服后而又追忆葛生之景?苟有斁心,又岂于归宁时而思及浣衣之事?古之人无斁,文王盖有以导之矣。

从治葛上说到归宁,归宁内仍带说衣服,合而复离,远而复近,气脉悠长,真词家之祖!

首章。此追叙葛生时景物。如此,见葛有可治之渐,重在葛上。黄鸟三句,如今人作诗点景一般。飞而集,集而鸣,楼止无定,原是鸟之真景。　言向当葛叶萋萋时，尚未可治也，吾犹记得当时黄鸟一段光景。盖自喈喈之声入于耳，吾已知有萋萋之葛了。只闲闲点缀，不必说到动女工之思处。

二章。此正治葛时事。首二句见葛有可治之材，“刈”是取其材，“濩”是和其性，二“是”字俱指葛言。“无斁”是预道其心之所期。盖服其絺，即思絺所由成，服其绤即思绤所由就。此见后妃以一念贯始终，正妇德也。上二句是妇工。　正后妃好逑之一节，盖锦绮不御，朴素自甘。宛然文王卑服之风，起“羔羊”“素丝”之化，以此为风而犹有“休其蚕织”者，后妃之为虑亦深远哉？

末章。虽重“归宁”，然浣服意不可忽。盖此章通皆治服事也，作者须于闲处点入絺绤意，便与上章脉络相关。　三“言”字，绝可想见得葛事未了，非无归宁父母之心，决然不敢道及，除非今日葛事已成，庶可道及此事。然又不敢直头竞请，必须央及师氏一说，此中大费婉转。“薄污”四句，是自计之词。浣衣者，料理归宁之饰也。私典衣只就见父母说，非王后燕服、袆服[①]之谓，“薄”字“害”字，有不妄用其妇工意，但污、浣中亦有“服之无斁”意。　女工至此方完备，可少尽子道。若曰父母结帨以来，原教以克勤女职，今可归告父母，不至于贻罹矣。不然，絺绤未成，即归宁之思无日不在念，暇为归计哉？

诵“无斁”之章，知周之所以兴。诵“休其蚕织”之章，知周之所以衰。

---

① 原批注：“袆服、礼服，不必是葛。”

卷耳章

此诗以“嗟我怀人”句为主。首一“嗟”字末一“吁”字，政是怀之永而且至于伤也。“采采卷耳”以下都非实事，所谓思之变境也。一室之中无端而采物[①]，忽焉而登高，忽焉而饮酒，忽焉而马病，忽焉而仆痡，俱意中妄成之、旋妄灭之，可见怀人之思自真，而境之所设皆假也。

首章。托言有所事而不终于所事，心念君子，便尔都无意绪。意欲如此，而竟不果所愿也。总是构虚意以写实情。须知此怀非是闺情私怀，想尔时“如燬”从王，自有许多难言心事。“嗟我”“我”字，与“置彼”“彼”字相照，极妙，“嗟我”则“置彼”矣。

二、三、四章对。俱从怀念中模写出来。故云陟崔嵬又云陟冈陟砠，正见他抑郁无聊，无所不至之意。登高犹“远望可以当归”之意。《注》“往从”之说太着象。曰“姑”、曰“维以”、曰“不永”，乃明知君子之怀，终是不可已者，但欲饮酒以开片时怀抱耳。　此章“吁”字即“永怀”“永伤”之所发也，故“吁”字当与首章“嗟我”“嗟”字相映。　自我君子之出，而我能已于怀哉？无可奈何、窃思消遣一番，“采采卷耳”可也。第恐顷筐不盈，怀从中来，不觉嗟叹难禁。则生于周行者，仍置之周行已耳。夫怀人，固从周行以言迈，而今未知安届也。或谓我曰：登高可以望远，将遂问崔嵬而陟之乎？窃虑马或虺隤，奈之何？侧闻酒能解愁，我姑酌之，而怀庶藉是以不永耶？虽然，我之怀矣，微我无酒，则终不能忘情于登高之说也。仍恐高冈在望，我马玄黄，我于是怀且伤矣，则又将姑酌焉，而可无永伤乎？噫嘻！非惟崔嵬高冈不可陟也，便是土石之砠，意将陟之，而马瘏、仆痡，如之何哉！嗟我怀人，维有付之一叹已耳。　小序云：“后妃之志也。”归云：思念臣下之勤劳也。妇无外事，故云志耳。怀人远行，伤怀之人从役于外，姑酌酒自宽，无聊之至，非后妃诚心悯恻不能见此情于室中。　原诗人之旨，后妃思文王行役而云也。陟冈，文王陟之也；马玄黄者，文王之马也；仆痡者，文王之仆也；金罍、兕觥者，冀文王酌以忘忧也。盖身在闺门，心在道途也。

---

① 原批注：“总为一怀，幻出许多情景。”

樛木章

通诗以“乐”字为主。乐者，天下太和之善气也。即乐便是“福履”，谓随其所履而皆福也。总涵此“乐”意以终始，便是“福履之”“绥之”“将之”“成（之）”。　葛、藟一类而非一物，媵妾一体而非一人，此兴义也。三章无浅深，想他叠咏之趣。　众妾何以乐君子？乐其保安我辈而有以“绥之”也。乃天亦若乐君子，而即因以“福履绥之”。盖“安贞”之吉随乐意而密附，此兴之所为取义于“累”也。乐其提挈我辈而有以“将之”也。乃天亦若乐君子，而即因以福履“将之”，盖元吉之旋随乐意而遍护，此兴之所为取义于“荒”也。乐其生全我辈而有以“成之”也，乃天亦若乐君子，而即因以“福履成之”，盖纯嘏之常，随乐意而曲全，此兴之所为取义于“萦”也。　“乐”只就和易同人说，若怀嫉妬之心，则但见其可忧，不见其可乐矣，然宜说得浑融脉脉，由众妾意中而不能出诸口中。

天所锡为福，人所赍为禄。然不曰禄而曰履者，履即“践履”之履。盖人以乐易为心，自然行与吉会，所履皆福也。章内所言“福”非止一身之康宁。谓宗社神灵之庆，自君子而身履其实；世代绵衍之泽，自君子而适履其端。故曰“福履”。　通诗重“君子”二字。昔文王以其乐同民，而民颂之曰“岂弟君子”，后妃以其德逮下，而下颂之曰“乐只君子”，周于是乎有两君子矣。

螽斯章

三章重一“宜”字。“诜诜”等字亦最重，要知“诜诜”“薨薨”“揖揖”皆是“群”字义，非和字正解也。物群则争，群而和，乃真和也。和者，生理，亦生气，子孙众多自是感应必然之妙。　众妾感激之情实不能形容，而姑借螽斯以咏之。造化总此一机，说得物理透，便彻造化、便彻人情，此诗人直咏螽斯到底也。惟不说破后妃，意味自长。且咏螽斯处只言宜其如此，而初不明说他，所以宜使人自思：其所以宜者为何？风人大都意在言外。　“诜诜”，和气森发之状；“薨薨”，声之喧动；“揖揖”，如人之揖拱形貌，俱有和意在。“振振”，飞扬振起也；“绳绳”，生机接续也；“蛰蛰”，生意阴酿而出也。　只将“诜诜”“薨薨”“揖揖”字想像亦足以画螽斯之状。

桃夭章

此诗以三个“宜”字为主。女道之终,即为妇道之始也。　　诗人见此“于归”之女,想见他一个贤女,故叹而美之。然诗文并无贤字,只闲闲咏叹,决其宜室家,盖预度之词也。《注》“知”字“必”字可味,“宜室”是妻道尽,“宜家”是妇道尽。家人亦非有出于室家之外,谓一家之内,长幼卑尊无不得其欢心也。　　此诗意味全在“夭夭”上。盖木少则根株不伤、苞孕正盛。如人年少初出嫁时,淫欲不生、根器完固、端端正正。待夫子而敬戒,事尊卑以谦和。都在以正以时,看破他后日光景。故“之子于归”句必须重重透发,方得体,不然,如诗“野有蔓草”,“秋以为期”,许多丑态弄出来,已之不止,安能宜室宜家也?　　说此诗者还于“宜”字上论其贤,而其贤之由,则以今日桃夭之嘉会,乃昔日荇菜之芳踪也。

兔罝章

通诗只重“公侯”二字。当文王时,四友盈朝,天下日想望多才之丰采,而服事盟心一一弢之不试,不啻闲其身于田野之交者。诗人想慕之,复惊异之,故托之咏《兔罝》者三。

一说野人得气之先,而开之以用武之端。政见当时人才辈起,大者以张鹰扬之纶,小者以弥兔爰之经。　　此诗不须“泥贤有众多”,只就所见罝兔武夫之才,层叠叹美之耳。《注》中“犹”字“虽”字俱赘。“罝兔”即如莘野之耕、渭滨之钓,岂是贱业?古人出为名世,处即守其常职,大率类此。

“肃肃”是纲举目张,即武教严肃之义。“丁丁”取其有坚确不移之义,与“干城”字映。“赳赳”不必言无文藻。就圣世才无跃冶、质无缡饰上看为妙。“干城”借以形容其可用,非以用武言。隐然甲兵之富曰干,吃(屹)然金汤之固曰城。　　“中逵”,兔所往来之区;“中林”,兔所伏葳(藏)之处。故施罝于此,以巧中之机听狡者之自趋,以善避之机听静者之无咎也。“施于中逵”,取其有无往不遇之义，与“好仇”字相映。“施于中林”，取其有搜于至微之义，以与“腹心”字相映。　“好仇”不应作“匹偶”说。即“元首明”“股肱良”，有是君、有是臣意。“腹心”，训同心同德，须从事殷上拟。盖公侯以服事，深锁钥之寄，而不欲改其公侯；武夫亦以跧伏体服事之心，而率为武夫。殷不能用，而周不得已而代之，非公侯之心，亦非武夫之心也。则周不独有至德，而兼有至才。　古人看人才特达精细处。具此心眼，有才何患不知，知之何患不用，用之何患不尽。《诗故》云：“文治于岐，四方无侮，寝甲止戈。武夫无所效其用，相与优游田野，从事罝网，以销磨其壮心焉。‘干城’云云，计其才也。以此才而野处，若深惜之，实为国家治平喜矣。”

芣苢章

此诗作者不可添一事，读者不可添一言。　为采芣苢而出，以得芣苢而归，吾事已毕，不知其他也。只玩“薄言”二字。见得芣莒（芣苢）之采，原非有心，所以不甚求其满，愿“薄言”有事足矣。　求其所生之处曰“采”，得其所生之处曰“有”。“掇”者，芣苢之子在穗，故拾其穗；“捋”者，芣苢之用在子，故取其子。将之多则一掬难容，故袺而贮之衽，贮之久则手执为劳，故襭而插之带间也。　此诗妇人所作。只闲闲说采物景象，而乐意自见。须模写他优游自得，有一段太平无事光景。　小序云：“后妃之美也。和平则妇人乐有子矣。”沈无回曰：“人情变故艰难，男女之累，唯恐其不轻。和乐安宁、生育之事，唯恐其不保。”即妇人之但采芣苢以备产难，而当时之景象可知矣。

汉广章

通诗以“不可求”为主。江汉之比、秣马之情，皆在“不可求”上发出。称“游女”者，其旧习也；“不可求”者，其新操也。盖出游虽安于故习，而雅操实近乎颓风矣。　全在“游女”身上，令人望而知敬，说若认作求之不可得，则诗人自处地步先低矣。

首章。上竦无枝之木不可休，端静庄一之女不可求，皆是绝人觊觎之心者。故以为兴。“不可求思”句，如言欲求之而不得，则非诗人；言昔可求而今不然，则非游女。须云我非求游女者，而第瞻望于行游之际，决其不可求云尔。是游女自不可求也，非求之而始知其不可也。至于江汉之比，则因其所游之地、所触之景，而想见其不可求之象也。“广”以绝流横渡言，“永”以循流上下言，非泳之而后知其不可也，望之而知是不可泳者也。非方之而后知其不可也，望之而知是不可方者也。故“不可泳”“不可方”，亦紧靠着“汉广”“江永”，不为“泳之”“方之”者说。　首章三“思”字，训语词。近云：思求之，不可；思泳之，不可；思方之，不可。人自望之而心息也。

下二章。即上“不可求”之意而反复叹之者。错薪之楚而得刈，之子之马而得秣，皆可喜可愿之事，故相呼为兴。楚是错薪中之尤翘者，刈之，是不以楚杂于薪也。秣马，非欲观其人，亦非欲亲其德，只是慕其不可求之德，故甘为役耳。近云：是以礼适人，马服御良光景，而不可妄求，意在其中。　江汉之咏，不异首章，只说信乎其“不可泳”“不可方”也。须得讲而不讲之法，则叠咏之意宛然。　“于归”，未然而冀望之词。秣驹者，秣马而不能已，再秣其骖是马者。　二“言”字有意。秣曰言秣，则亦第付之虚言已耳。　季思云：“刈薪刈长，娶女娶良。”薪长先刈、妇良先娶。“翘翘错薪”各四句，言男女之正有先之者矣，不可得而求也。　夫采荇菜者，有求之不得之思，可以想淑女之窈窕；刈错薪者，有不可求之咏，可以想游女之贞静。

汝坟章

此诗曲尽久役初归、款款慰藉情况，以“不我遐弃”句为主。“遐弃”二字从下“王室如燬”一句埋根。　直称父母，便似相忘，不必定云文王德如父母也。此方是“王民皞皞”。

有二章伐条伐肄，只直叙其事，而时序之久自见。“未见”，供役也；“既见”，毕役也。须重今日“既见”说。“惄”训饥意，参《小弁》训“思”两义方备。盖人饥而思食，其意惄然。思君子之切，如重饥而思食也。有多方逆揣而情又不忍言的光景。　　“遐弃”不是抛撇，照下“如燬”，真有旦夕不保、相见无期之意。此以自慰，下节遂以此慰君子。

末章。只是一见君子，观其形容憔悴，故以“鲂鱼赪尾”比之。“如燬”亦只就上句见，盖其形容憔悴，由王室之重役销铄之也。“父母”，以文王德泽言。“孔迩”，本父母来，盖民望仁君在上，近，固近也；远，亦近也。不作地说，亦不须说到忘劳还是慰。以身虽已瘁，役虽尚繁，犹有父母可恃赖耳。　　父母句，正“不我遐弃”根因，若不“孔迩”，便遐弃矣。“迩”字、“遐”字，最可见诗情关会处。

麟之趾章

此章以“振振”二字为脉。麟惟仁，故足不踶、额不抵、角不触，无一体之不仁也。公惟仁，故一传而公子、再传而公姓、又旁反于公族，无一人之不仁也。各章首句中有“之”字，则“麟”字重。次句俱要看“公”字，然只还他“公”字，不必“公”下又找出□□。

“仁厚”字，语中未露，解诗者特于“麟之趾”“之定”“之角”上见有仁厚意，故遂以仁厚训“振振”。然“振振”是训不得仁厚也，特书其子孙宗姓之振起兴旺耳。　　看来此诗总是咏“公”。夫咏“公”而何取于麟？麟，止杀者也。公处嗜杀之世，而独遂其好生之性。当是时，天下视公何啻麟云？则因而观其子，一歌之曰：“麟之趾，振振公子，吁嗟麟兮！”非叹麟也，叹公之能为麟以及其子也。因而想公之姓，再歌曰：“麟之定，振振公姓，吁嗟麟兮！”非感麟也，感公之能为麟以衍其姓也。因而概（慨）公之族，三歌曰：“麟之角，振振公族，吁嗟麟兮！”非慨麟也，慨公之能为麟以蕃其族也。想是借麟以咏公子、公姓、公族；借公子、公姓、公族以咏公。初何尝一语及兴王意？

鹊巢章

《关雎》言“窈窕”，《何彼》言“肃雍”，不妨描出德来。此只把礼仪侈说一番,何曾露一‘德’字?说者极须浑含。　鸠性拙,宜居成巢;女有德,宜居盛礼,此兴意也。“无非无仪”,是妇德;“无成有终”,是妻道,甚似鸠性之拙。故拙是鸠之好处,之子不言德,正欲借鸠之缺陷以见之“拙”字上,见出专静纯一来。惟有专静纯一之德,则于妻道能正其始。故无愧于百两之御,于女道能正其终;故无愧于百两之将,能于“无成有终”之义克全其道,故无媿于百两之成。本文“之子”二字不可轻看过,向非“之子”,何能当此百两哉?

“居”谓始来据之,“方”则为其所有,“盈”则类聚其中矣。众媵姪娣之多,只偷正意来解。但诗人只言百两,并无众媵字样。　“成”即婚礼太(大)备,无旷典、无阕仪,与“不成享”之成同。非谓成此送迎之礼也,言外见此百两也,与“造舟为梁,不显其光”者同一辙。

小序云:“夫人之德也。”何德乎?能将姪娣俱来也。诸侯一娶九女,尝有挟忌不与偕行者矣。兹云“百两”,是众女相载俱行,见之子不妬忌专宠也。故作者歌其事焉,犹《关雎》之求淑女以进也。

采蘩章

全诗首二章是备蘩,“被之”二句是荐蘩,“祁祁”二句是徹蘩。祭必夫妇亲之,所以备内外之官也。然尤难于内官之敬,故独美夫人。　问:《采蘩》只美夫人,而遗公侯,何也①?不知本文两说:公侯,见主之者公侯也。君主灌献,夫人有荐豆之礼,故曰“用之”为“公侯之事”。君位阼阶,夫人有东房之立,故曰“用之”于“公侯之宫”。先事后宫者,先戒其事而后入宫,入宫而后荐,荐而后徹,礼之序也。　步虽移而被不动,自觉僮僮然;行有节而被不急遽,自觉祁祁然。此借被以形容其人,而意态精神自可想见。然只说被,不必说戴被之人在公与旋归,从上一直说去,谓如此“僮僮”,其竦敬者,乃“夙夜在公”,以荐蘩也。公侯之宫于此开,公侯之事于此举,而“涧沼之毛”亦本一念之敬以将之矣。如此“祁祁”,其余敬者,乃“薄言旋归”以彻蘩也。公侯之事于此毕,公侯之宫于此离,而“涧沼之毛”亦留一念之敬以收之矣。末要见与公侯之“济济跄跄”“陶陶”“遂遂”,合敬意。　昧晦未分为夜,天光向晨为夙,是一时事，非自夙而夜也。凡祭，必晦入晨出，家礼所谓“质明行事”。

① 原批注：“必冠以公侯者，虽备内官，亦公侯事也。虽主东房，亦公侯宫也。”

草虫章

通诗以“未见”作主。曰草虫、曰阜螽、曰蕨、曰薇，见无物不变，则无往不思。须知根化于《卷耳》之风来，独居之忧与衰世词气自别。　　草虫鸣、阜螽跃、采蕨、采薇，旧云三章皆一时事，不可以屡变言。按张衡“大火流、草虫鸣”，然则草虫鸣、阜螽跃，深秋时物也。采蕨、采薇，暮春时候也。自去年之秋至今年之春，是为时物之变，故切于思。

“既见”“既觏”，是预为拟议之词。“见”是睹其仪容，“觏”则有接遇密通之意。两“亦”字及“则”字言必如此方惬。而今尚未见也，对时睹物能无忧乎？“冲冲”（忡忡）者，悬而不下，降则心稍放下矣；“惙惙”者，缀而不解，悦则忧心已解矣；“伤悲”者，心极感慨不平，夷则心气平和矣。　　按：忧与怨异，当殷季多故，恐君子怀安败名，不见其功，而反罹于罪。是以“忧心忡忡”“忧心惙惙”，而且深之以伤悲。所谓“不纬之恤”，而时艰是虞，意当“见止”“观止”，而心无不降、心无不悦、心无不夷者，此非直以远道生还，幸音容之如昨，盖驰驱者，简书已副君子，且解公家之忧，而室人又何忧也？　　未见之忧，一节紧一节；既见之喜，亦一节深一节。

采蘋章

通诗以“有齐季女”句为主。祭以齐为主，而齐必贯于始终，方谓之有齐。然责齐于历练之世妇则易，论齐于年芳之季女则难。今观其有齐于采物也，则于涧取蘋、于潦取藻；其有齐于盛物也，则以筐筥分其盛；其有齐于湘物也，则以锜别其湘；其有齐于奠物也，则从大夫于宗室之中，而以其所治之蘋藻奠之于牖下。凡此由采而盛、而湘、而奠，皆是齐之所寓，但未明白说出。至末乃叫明之云，尸此事者乃有齐之季女如此也。故上文五个“于以”字，总结束在末二句，亦要提出大夫作主，而主妇相之。　　“盛之”“湘之”“奠之”，三“之”字俱指蘋藻言。蘋藻总以宗庙之物视之，故不辞涧潦之行。盛而后湘，循序也。盛必筐筥、湘必锜釜，有常也。即此而严敬整饬见矣。　　“牖下”是神栖之处，“奠”是陈设此蘋藻。“尸”字通管上二章。齐，齐也，自始至终，无一件不齐一，故曰有齐礼。大夫妻西房视菹，东房视臱。曰季，似非出于礼义之素习；曰齐，又得于诚意之肃，将相夫子以惠宗公者，此季女也。

甘棠章

此诗为思召伯之德，然绝不道出“思德”字，并爱树亦不知何以至此。说诗须会此意。惓惓爱护而不忍伤之，南人爱伯之心直是无可奈何，言有尽而意无穷也[①]。六“勿”字即不忍字，非禁止之词。“茇”为草舍，乃草率舍止之谓。布政之下，偶或止于此耳，非舍此布政也。“说”，止驾也，“憩”，略息也。皆偶寓之词，犹恋恋如此，故曰甘棠且爱之，况于人乎？

每章冠以“蔽芾”二字，说者忽之。予谓此乃南人望见树阴，俨若召伯庇荫吾民景象。召伯藉此甘棠之蔽芾以自息，而吾人又藉召伯之蔽芾以共息。召伯息于甘棠之蔽芾者暂，而吾人息于召伯之蔽芾者永。故召伯来，而甘棠之下有召伯也；召伯去，而吾人心目之间有召伯也，曰“所茇”“所憩”“所说”，要知召伯当年原无赫赫光景，亦无许多搅扰，不过歇息一番，与百姓若无干涉。

---

① 原批注：“伐、败、拜字，义愈浅，怀义愈深。”

行露章

当时既被化，岂复有强暴男子？此只女子自誓之词。不然则文王之化，岂但可行于女子，而反不可行于文(丈)夫矣？　此诗须看一“谓”字。首章“谓行多露”，此贞女之凛于自谓也。下二章“谁谓雀无角”“谁谓鼠无牙”“谁谓女无家”，正畏于“多谓”也。所谓不轻于举动者，其胸中常设一无端之口舌，以早自提防，不待其及身而思自决也。礼义初明，人心猛厉，幽独自盟，义不汙染。故自言我之守身防礼，不敢逾越若此。假令犹有强暴不谅，横以相加，虽雀角、鼠牙疑似难辨，而我必白之，不妄从也。甚言以自固，非真曾待断于召伯也。

首章。言人若妄行，必有汙辱，我是以决不妄行也。“多露”影强暴字，绝人之意虽严，而绝人之词则隐，只托露为言，更不必添出正意，以类比体。露而谓之行者，谓露在道间，行则沾之也。“谓行多露”，“谓”字乃自量而自止之词也。女子原无夜行之理，其意只欲见平日自守之严如此耳。

下二章。勿云彼于我无家，无如我何也。此等强暴，礼外意外，何所不有？雀无角而穿屋，鼠无牙而穿墉，何必有家而后速我讼乎？故自处不可不慎也。“谁谓”，正叫起人之谅之也。　“角”音鹿，嘴尖也。牙为牡齿，是齿之大者。雀有咮而无角，鼠有齿而无牙，今穿屋穿墉，事则可疑，实理之易明者。雀淫物、鼠贪物，故取为强暴之兴。“室家不足”，所以明心迹之无累；“亦不女从”，所以明所守之不易也。合而观之，则畏多露者，即畏雀角鼠牙一流，人不畏讼狱者，即多露沾濡，无奈我之不出何也。

羔羊章

通诗以“素丝”“委蛇”句作主。节俭、正直非诗人口中语，只闲闲叙其服饰容貌[①]，而大夫之美，思过半矣。且此诗自朱传以“节俭正直”分眼，而说者俱以服与容作两端对言。然服羔羊之裘而委蛇自适，似一直说下，盖羔羊、素丝亦是"退食自公"之服也。　　素不尚华、五不事侈，即是节俭。千金之裘非一狐之腋，则其紽必多，故五紽亦见节俭。"退食"二句，就出公门行步时见之。"委蛇"，不操不纵，不亢不卑，众体皆适，非直步履也。由其不愧不怍而然，故曰正直。　　"羔羊"，常服也。丝与紽亦常制也。诗人岂斤斤以此美大夫？盖偶见眼而咏之，非真以服异也。倘其易以豹饰，吾乌知非震世雄风？倘更粲以三英，吾乌知非章身物采？缝中突兀曰紽，缝累曰緎，合二为一曰总。　　无过饰，自文王卑服之风来；有裕容，自文王懿恭之范来。　　人不自然，贤者特甚。苟着一节俭正直于胸中，纵不露于大廷，必不能浑忘于私室。所谓"贵而益谦与傲同，醉而益恭与乱同"也。故羔裘不难退食委蛇，维稍有意便是公孙弘之布被。

---

① 原批注："亦只直□，不必深一层，不必添一语。"

殷其靁章

通诗以"何斯"二句作主，三章一意，下二章咏叹无已也。　　只一"何"字，含许多思念之情。观他说三个"莫敢"字，此妇人亦知其夫勤王之心，有不敢多暇逸之意。　　古者戍役，仲春而归，此时雷乃发声①。即景而言，闺中思归于此独切。　　"雷"以兴此人也。"南山"以兴此所。"在"字与"违"字反应，"莫敢或遑"与"殷"字反应。荡子从军，何心归计，惟真诚笃厚人。公旬之托，不负五日之期。不虚此，可望其蚤毕事而旋归也。

"振振"，只带在君子上点过，只是记忆其平日为人，如此正是想像思念处。　　序曰："殷(其)靁，劝以义也。《召南》之大夫远行从政，不遑矩(宁)处，其室家能悯其勤劳而劝以义焉。"《周南》《召南》数个"振振"，解得不同："振振公子"则解仁厚，"振振君子"则解信厚，宜所子孙"振振"，则解众多。予谓俱解振奋之义焉。是"子孙振振"，言其振起飞扬也；"振振公子"，言振起将兴也；"振振君子"，言其振起毕事也。

① 原批注:“雷无定,反定;君子有定,反不定。兴意尔。”

标(摽)有梅章

通诗当以“吉”字、“今”字、“谓”字作主,一节紧一节。须知俱是一时之言,但惧之深不觉言之切耳。诗人一见落梅,便惧其晚,其中有隐虑也。欲言而又不忍言,惧辱话头隐然言外。

“标(摽)有梅”只对“桃有华”看。《家语》云:“霜降妇功成,嫁娶者行焉。冰泮农业起,昏礼杀于此焉。”故曰“霜降逆女,冰泮杀止①”,谓九月至正月也。《夏小正》“仲春会男女”,已是期尽蕃育之法,况标(摽)梅为初夏之候乎?曰“七分”“三分”“塈之”,皆形容时过而太晚之词,非必历尽而始咏也。然全要得自守语意,莫作急于从人语气,故初曰迨吉,谓吉凶之系于天者微,而荣辱之关于人者显也。总曰迨今,谓今日订百年之盟,则终身无一朝之患也。终曰“谓之”,谓六礼之备不可以须臾成,而一言之约可以俄顷决之也。“求”字见其必以正,“庶”者,未定之词②。“士”者,知礼义之人。三“求我”字,急忙中有分寸处。三“迨”字,乃要言从容有迨之意。言时虽迫而礼宜,“迨”即如“迨冰未泮”迨字,乃是求之不暴,而节之以礼之意。若说是叫他急为昏礼之成,则亦涉于情欲之私矣。岂女子自己口气?是时人情谫雪之甚,强者能守所志以自坚,弱者思得所托以毕世。

① 原批注:“风人特□女子意中之语而赋。此诗以美其贞信,非女子口中实有是语也。”

② 原批注:“走兔在野,人竞逐之;积兔在肯,人不敢动,为其有定主也。”

小星章

此诗只述其事,言其志,而夫人之贤自见。若说夫人如何不妒、在己如何感恩，便无蕴藉。即其以命自安，亦须得心和气平之象。若少激切，虽不含怨夫人，亦几自怨其命矣。要认两“寔”字，有贴然尊奉，毫无牵强意思。然其安命，正其感恩深处。

首章。后为太阴之象，妾特借其余光以自耀，故取兴于小星。以小星三五之少，兴夙夜往来之频，原有取义。　见星而往，是夜而初昏；见星而还，是夜而将旦。往来总在暗中，虽夙亦是夜，故曰“宵征肃肃”，有不敢忽以为常，便有安命意。“肃肃”二句一直说，但云“夙夜在公”，而感激之情已自无限。命之厚薄，听之于天，而惠之公私，听之于人，吾不能得天以享其逸，犹赖得夫人以贡其劳也。玩一“寔”字，有感无怨，意思尽露于此。

二章。以参昴二宿，兴衾裯二物。然要发一“与”字以映起兴意，微参与昴比，昴犹渺，然其寡俦，微昴与参俱，参亦了然其无偶也。“抱衾与裯”，自是御于君所之事，已不兼往还说。如往而即还，衾裯之抱何为耶？夫人入御君所，从容而有仪至旦，太史奏鸡鸣于阶下，然后夫人鸣佩玉于房中，告去。若媵妾深自谨述[①]，虽得当夕，犹不敢即安，故必曰“肃肃”。曰“宵征”，是其不同于夫人处，非以见星往还，谓之莫敢当夕也。

---

① 原批注：“此非‘述’字，然不识为何字也。”

江有汜章

此诗重“悔”“处”“歌”三字。要作感幸语，不可作觖[①]望语。江犹有汜也，而之子于归，岂不我以乎？若不我以，窃恐与《樛木》之训有抉而其后也。将必有悔矣。下二章俱做此意，悔而相安，安而相乐，似有次第。　宜看一“后“字，悔必待后，后则已晚焉。然后则能悔，后亦未晚焉。　女之妒者不可以口舌争，不可以名义劝，惟待其自悔耳。“处”者，前日心有不安，迎之则此心便安矣。“其啸也歌”[②]，谓其啸转为歌也。啸歌一顺说，侧重歌上，“悔”“处”“啸歌”，是媵临行时大喜过望，遥想正嫡如此。　《小星》有理而无欲，《江汜》欲消而理萌。“悔”者，人欲之终，天理之始也。

① 原批注：“与‘决’字通。”

② 原批注：“一歌字，更有琴瑟钟鼓之意。”

野有死麕章

此诗向止知扬女贞，竟以强暴加之吉士。不知此诗当与《行露》同看。女之有怀，惟春之故。吉士见之，一若有缘而忽注，一若无计以相亲，则又“有女如玉”之故。此时女之怀，士窥之；士之心，女亦喻之矣。故正色而语之曰：“舒而脱脱兮，无感我帨兮，无使犬也吠。”斯女也，输窾曲以见志，颇薄怒以自持，则又惟吉士之故也。惟夫有情之极，而能澹乎无情，当时之士女可知矣。

首章。春者天地交感，万物孳生之时。圣人顺天地万物之情，令媒氏以仲春会男女，过此，则“标（摽）有梅”矣。是以当春有怀。　兴意，言不洁之物，取之尚以茅包。况女子怀春，乃情之正，而顾以非礼诱之乎？　士而曰吉，决然不以非礼诱女，即如当春有怀，舍吉士其谁与归？切不可说坏了吉士。

次章。以三句兴一句，是诗之变格。以扑樕藉死鹿，而束以白茅，见人之厌恶也。女而如玉[①]，则系人之欣喜矣。而诱之则岂礼哉？便起下意。　首章“诱”字内就有凌节不舒、近帨惊犬意。次言“有女如玉”，言其美也。易以动人之诱也，尤言其重也，则非人之可得而诱也。　一说“如玉”言其贞洁之操，莹然如玉耳，下章意可见。依《注》以色言，亦有不假粉饰、不受点染意。

末章[②]。一气说下，重一“舒”字，大凡情欲多发于轻暴，必须慢慢忖量，则我之帨必不可感，我之犬必不可惊矣。两“无”字乃断然不可之意，无感帨是不得近身，无使犬吠是不得近家。曰林、曰野、曰犬，宛然一村落中光景，以小民之家而有此女子，非被化何以能然！

① 原批注：“如玉下更不说诱之，甚妙。”

② 此处原有一批注，然模糊不可辨识。

何彼襛矣章

此以"肃雍"二字作主,下面婚姻之称,称以"肃雍"也。男女之合,合以"肃雍"也。言族类之贵,则先女而后男,尊王也。言婚姻之合,则先男而后女,从夫也。　　此诗要会诗人望见王姬聚观赞叹光景。不挟贵,执妇道等语,此际俱无用处,却须倒从"平王之孙"一句认出王姬来。

首章。见华则知木,见车则知人,此兴意也。文王之德不外"肃雍"二字,王姬正本其家范之所陶镕来。讲中须着王姬身上,而不脱车意为妙。无从见王姬何由,见其和敬,但见车之驰驱中度、和鸾中节,想见车中人之敬且和。故设为问词,以形容其美。若道路之间,几不知为帝女之所乘也。

下二章。惟不挟贵以骄其夫家,故以平王之孙下嫁于齐侯之子,而不为卑,以齐侯之子上配于平王之孙,而不为亢。盖极言尊卑濶绝,乃愈见"肃雍"之难,而王姬所以可美耳。若但云族类两盛、婚姻两宜,反不见得王姬不挟处。　　男女之称,由王姬能降而自卑也。婚姻之宜,由王姬能柔以相承也。总重王边。　　一沐《关雎》《麟趾》之化,一染《鹊巢》《驺虞》之风,故见相称,不可专就族类言。　　前一乘是亲迎之车,后一乘是下嫁之车,则"平王之孙""齐侯之子"岂不俱在眼前?此其家世何等称、婚配何等合,故兴意再发两问,俱有咨嗟叹赏意。

驺虞章

此诗即春田所见,而叹仁心之自然[①]。凡至仁无心,群生庶类即其心,有一物之不遂,固属惨伤。求是物之必遂,亦属勉强,惟满腔是仁,而物各取之。如彼为葭为豝,自茁自蕃,而我若无心焉,乃见仁之自然。故直以驺虞叹美之。渡下吁嗟,不必用转语。　　此举一葭以概草木之并秀,举一豝以概禽兽之繁殖。只说葭之茁,而不言其所由茁,只说豝之盛,而不言其所由盛,只以驺虞叹美之,则此中不得言及诸侯樽(撙)节爱养来。　　须知康育之余,太和薰蒸,自然化被草木而草木不知,自然恩及禽兽而禽兽不知。故诗人只见其葭如此盛，豝如此盛，荡荡然与万物游于咸若之天，而莫可形容归功处，故曰“吁嗟乎驺虞”。谓即此兴驺虞共天地共育，不害中也。予思连“仁恩”二字不说出为妙，况又于中添增樽（撙）节、爱养等语，又增出此仁不由勉强等语。

① 原批注：“不言民而言物，诗人之善志言也。通诗都不要□出仁民字样来，方得其旨。”

柏舟章

通诗并未尝有“不得于夫”字样，惟首二句是显说见弃，而又是托言，余皆反复述己之忧，而不言所忧之何事。即明言群小之见愠，而不言见愠之何由。意甚浑含[①]，此说诗者当求之言外也。　　通诗精神实在首二句。《柏舟》内贞外固，“匪席”“匪石”之心，内之贞也，“威仪”二句外之固也。至于兄弟之莫据、群小之见侮，皆是飘泊的景象，与“汎彼中流”相应。

首章。舟以载物而不得载，妇以承夫而不得夫，此比意也。若以舟之坚比己德之固，乃是扬己，失诗意矣。味一“亦”字觉含愁无限。　　说又说不出，撇又撇不下，此之为隐忧也。沉忧之人不知所忧之何事，但觉胸中有物耳，故曰“耿耿”。只说“微我无酒”，而不言非酒能解，意最含蓄。

二章。首二句，言人心莫不如鉴，可以茹物，我之心，独为忧所缭乱，而不可以茹也。愬于兄弟，亦托言之，不得于夫，无往非拂逆之乡。故言“逢彼之怒”，无非形容其困厄无聊之状。怒非情薄，是以正义相责，不可把兄弟说坏。

三章。吾反复求其致忧之故，而不得也。意者心有缺乎。“匪石”“匪席”，则非心也。意者，仪可选乎。“威仪棣棣”，则非仪也，皆自反无阙，正自鉴自茹处。心与仪不平，重心上，而仪亦根心言之为妙。全备为富，全备而从容中礼为闲习，兼二意，才是“棣棣”。

四章。言我之“悄悄”然不能自已，于忧者何哉？则见“愠于群小”之故耳。因从前计数其见愠之状，其加于我者，如此其既多也；其受于彼者，如此其不少也。夫“我”何人也，而见愠也？群小何人，而敢于见愠也？“静言思之”，能无“摽”[2]耶？　“忧心”忧字，即上“隐忧”之忧字，“觏闵”二句，正见“愠于群小”处。“觏闵”，主媒孽中伤言，“受侮”，主媟嫚悖逆言，其不得于夫处，皆缘群小所致。即此便见嫡妾易位，故下章随以日月“迭微”喻之。“静思”对人前隐忍，言有取冤苦根，因一齐聚到心头之意。终窘便尔相心，实有自怨自艾之意。

末章。“迭”，犹言翻转，是把常道反转了。日月非真更迭而(微)，特以己意假说言之。

“心忧”二句，承上起下。“如匪浣衣”，极形容不得自如之状。“不能奋飞”是忧之极，而为一决绝之词，非义不可去而安之也。　倒置之横，既不可忍，羁縻之位，又无可推。“静而思之”，安能脱然无累也乎？“不能奋飞”，犹言安得身在事外意。　“胡迭而微”，玩“胡”字，正自今日之事言之，何乃更微及于日乎？此以天道之失其常，比人道之受其变。日无迭微之理，故着一“胡”字。　小序云：“《柏舟》，仁而不遇也。卫顷公之时，仁人不遇，小人在侧。”则此篇未必是妇人之诗。怨妇弃才，古今同况。

---

① 原批注：“一语稍不浑含，即是怼怨；一语稍不自简，便是扬己。”
② 原批注：“摽，落也，如有遗落也。恍惚惊悸之状。”

绿衣章

通诗重“俾无訧兮”句。“实获我心”，即“俾无訧”之心也。　此诗亦以“心”字作主。首二章“心之忧矣”，末章“实获我心”，三“心”字正相绾照。

首二章。妇人衣夫者也，夫人位中宫。黄者中央土之正色，杂以青则为绿。青，木气也。木克土，中宫所以见逼于旁蘖。　沈平齐云：“黄绿皆自然之色，不可相无，贵于各得其所用之道耳。”最得作者婉约至意。　上云忧之不已，言不敢自已于伦理之中也。下云忧之不忌，言不敢自忌于纲常之重也。

三、四章。言绿丝而女治之，宜其绿之为衣也。绤絺而遇凄风，宜其黄之为里为裳也。

绿，惟为丝，所以治之。妾惟少艾，所以嬖之。此人情之自然。庄姜已体察到此，不用《注》中“汝又”二字。　　凡嫡妾易位，无道以处此，便忿争致戾。我亦有过矣，故思古人以自励焉。说善处，只委曲以全夫妇之道，不兼处嫡妾言。　　“俾无訧”首（者），失意之人不求其好，止求立身无过之地，以免于罪而已。　　“絺绤”“寒风”，正是失位之故。

“俾”字与“实”字遥相呼应，下一“实”字觉有欣然会意情景。“实获我心”，正本上“无訧”来。此“心”字与首二章两“心”字应。　　我思古人，蒙难而志常正，单留此一种忧心。今古可以互印，则古人不已“实获我心”耶？玩“实获”二字，煞有深意。盖我自积忧以来，心忽忽其若失。至思古人，而恍乎若始获之，抑亦“实获我心”。举我所为俾无訧者，此乃所以俾之也。　　前思古人，根妾之见嬖来；后思古人，根己之过时来。

燕燕章

通诗以“于归”两字为主。“之子于归”是何等事、何等时，原不是寻常离别之情。曰“泣涕如雨”，曰“伫立以泣”，曰“实劳我心”，两人胸中各有一段说不出之苦吞吐言外。“仲氏”一章，似只泛言其作人之好，而不及其他，尤为苦心。“先君”一语，其意微露，其痛盖深矣。　　子丧国危，当日不忍言，亦不敢言。故只叙别离之感，而言外之痛隐然。

首三章。燕宿则相向，飞则相背，故取为离别之兴。每章首言“燕燕”，便影着己与妫相依光景。“差池”“颉颃”“下上其音”，皆取其若不忍离。于归处，要含蓄。但叙别离之情、子弑国危之戚，隐然在其中。妇人迎送不出门，别有深情，是以远送。凡瞻望涕泣中，有无限凄怆意，非为后会之无期也。无声出涕曰泣，盖畏州吁，不敢号恸也。“伫立”，有去者已去，送者未回，踌躇岐路情景。“劳心”者，此时目断行尘，无泪可挥矣。“实”字绝有味，政见无限苦楚都在心上，而口说不出，微逗下思其贤意矣。

末章。详叙戴妫之德。凡人朝夕聚首，虽深恩厚谊都可相忘。一经离别，便想像他平日许多好处。当时见愠群小，妫独以恩相信，方将依以待老，而遽尔睽隔，何日忘之，况其别也，何为而别？其归也，何事而归？情凄目眩，心焉如割。　“塞渊”“温惠”“淑慎”六字，透透彻切（彻），随字发之，方见他贤。曰“塞渊”，以见非有浮浅以酿祸；曰“温惠”，以见非有乖戾以召殃；曰“淑慎”，以见非有轻躁以取咎。而今日何以丁此大变也？“终”字亦要认，勖己处，正见他以恩相信、塞渊淑慎的所在。即以持己者勖我见得也，要深实也，要淑慎以无忘先君也。“先君之思”，夫人之自盟素矣。而妫之言如此，所谓“同心之言，其臭如兰”者乎！　“秉心”三句，此皆自事先君上见得，妇人自事夫之外无所为心，无所为身也。

日月章

此诗重“乃如之人兮，逝不古处”二句。见得我思古人，不想天下乃有如是之人，决然不以古道相处。下文所谓“不相好”“不我报”，“俾也可忘”，“报我不述”是也。总之是心志不定，故每章总以“胡能有定”一句，定正与回惑反。

首呼日月照临之久，见得古今皆不能逃其所照。“逝不古处”，则日月无古今，人心有古今矣。“逝”字训发语，予谓任其情之所往也。“逝”字便藏无定在内。味一“处”字，即下相顾、相好与报之必述，俱可照见。“胡能有定”，还是冀望其将来，正哀诉的口气。故情词凄断，不相联属。若说使其有定，必当顾我，便成呆话。“我”字有意，言彼固有蒙其顾者矣，何“宁不我顾”也？　据《注》解怨矣，非诗意也。大意谓斯人之不古处也，不知胡时能有定乎？使有定也，宁终弃我而不顾乎？一章仿此。　“冒”，是光辉覆被意。不我报，言我以礼施，彼不以礼答也。　“出自东方”，与“东方自出”，亦是照临，是“冒”意。“德音无良”，只如今人说德性不好、声名不好之类看。“俾也可忘”，言惟“不定”而我不可忘也。何时能有定乎，而使我可忘也？“可忘”，犹言放心也。　“畜我不卒”，就上边“不我顾”“不我报”与忘我来。如云生我不了意，则直指夫之不得，非真欲父母之终养我也。“报我不述”，言惟“不定”而

"报我不述"也。何时能有定乎,而岂其待我如是之不循理也!

终风章

通诗以"终"字为主。首提"终"字,就有复(覆)闭(蔽)愈深意,下复(覆)蔽愈深,正"终"字之意。各比下不宜以正意入讲,须体不忍斥言口气。"悼"字、"思"字、"愿"字,犹有望之之意。首言狂暴,次言狂惑,皆一句为比。三言狂惑不开,四言狂惑愈深,皆二句为比。

首章。狂风不及夕,今终日风,而且暴则甚矣。"顾我则笑"此句最是难堪,只消看一"则"字,分明话不投机,一团冷笑光景。"谑浪"句重"笑"字,言他顾我而笑,不过戏谑浮浪而笑,乃敖慢无实者也。"悼"是悼其意之不诚,亦只是自家默默感伤,非敢怒不敢言之谓。"顾我则笑"二句,曲尽狂夫之形态,谑笑于彼,心悼于此,正相照应处。

二章。霾有蔽塞不开意,倏而"惠然肯来",又倏而绝不往来,意如飘风,不可捉摸。然肯来无几,而莫来甚长,此思之所以悠悠也。来者夫妇之常,何以云"惠"?惟就不来之中偶一来焉,若出望外,故曰"惠"。下"莫往莫来",正根肯来的意思,言肯来之时少而莫往来之时多也。"悠悠"句,非止冀其来也,忧其狂惑之何时已也。

三章。狂惑暂开,在不旋日内看出。开者暂,而蔽者常,则阴曀如故矣。"嚏"本积忧所伤,气闭而成,不兼风雾说。"寤言"二句一直下,盖言寤而不寐,思之所以成此疾也。鼽者,气窒于鼻,嚏者,声出于口。

四章[①]。骤风迅雷,其止可待。至于曀曀之阴、虺虺之雷,则未有开霁之期矣。"怀"如怀抱之怀,藏于中而不能释也。狂惑一日而未已,则怀思亦一日而未已也。　　凡讲"思"处说得广,勿专以衽席为言。　　"寤言"二句各重下句,言提起非气结而病,即心结而不能忘也。总是忧之,非恨之也。

---

① 原批注:"后二章各首二句,写出千古黑暗世界。"

击鼓章

全诗以“我独南行”句为主。前三章叙南行之忧，后二章恐违室家之约，正忧南行之不返也，皆是怨词。惟有忧心则无斗志，既无斗志则动私情，意自联贯。　东门之役，五日而还，非久役也。详味诗旨，乃是伐郑之令初下，而行者哀怨决绝之词。曰“不我归”“不我活”“不我信”，皆痛恨州吁之词。“平陈与宋”是州吁当日紧着，故东门之役非急于报郑也，而急于得陈与宋也。然陈宋亦有难知者，厥后难发于陈，祸延于宋。南行者，犹有相与执手，以观三国之变也。

首章。击鼓踊跃，非是勇往直前之说，只形容用兵之状，坐、作、击、刺，皆是令人可惨的模样。“土国”二句①正形容用兵之苦，言当时之民或役土功于国、或筑城于漕，固无有一人之得逸者。“我独南行”而用兵，更觉有惨然者矣。此见他勉强从军。第二章之忧归、第三章之失律，皆本于此。味诗人语意，若不忍言及死亡，而有隐然寓于其间者。若此处说明，则“不我活”处即淡然无味矣。　“击鼓”二句，状州吁喜兵生事之态，见非得已之师也。

二章。此推其南行之故，而切不归之忧也。　此时问谁为将，则孙子仲；问谁为援，则陈与宋也。是役也，君欲之、子仲欲之、陈与宋亦欲之，而吾人固不欲也。乃以兵为饵，而必欲尽敌而返，敌可尽乎？其“不我以归”必矣，能无忧哉？　大将而呼之以字，轻之也。知是喜功乐战之人。“平陈与宋”，见有与国以助之，必起兵联祸结之事。　陈有宛丘军赋之兵，陈卫相睦，故求援于陈。郑庄佐宋，子冯争位之谋。宋郑有仇，故求援于宋。

三章。自陈其怠缓之状，见无斗志也。所谓无斗志，亦是说诗者之辞，非军士口中语。三“爰”字皆聊且之意，言聊且而居、聊且而处、聊且丧其马，而奔放于林下，莫之控御。总见将不归垣、士不依伍，孰有死绥之志、折冲之思乎？“居”，坐所安也，如宿食屯住之类。“处”，行所止也，如进止坐立之类。末二章亦是离次时闲思过虑，只叠叠说下。

末二章。在上“不我以归”内抽出此情为言，所以忧心，为之有忡也。“契”

者合也,“阔”者离也,言死生离合也。“执手”二句,即“成说”时重致叮咛语,不作两开。“偕老”者,生同室、死同穴也。不意锋镝骤起,则不但生离,又将死别矣。故云“于嗟阔兮,不我活兮”。今我既不得活,昔者约誓之言又安望其伸哉?故紧接“洵兮”,“不我伸”,正承“不我活”来。不平,须领其忧危之神。“爰居爰处”三章,根上忧心之忡,因与室家决别,曰是行也,不知于何居乎,于何处乎,于何丧其马乎?如求我者亦必于林之下耳。自分必不生还之词也。词愈急、心愈悲,若不知兵之未必败,而身之未必亡者。真乱国之风也。

---

① 原批注:“土国二句,非是怨人,只是自危意。”

凯风章

通诗以“我无令人”句为主。而下“母氏劳苦”,与“莫慰母心”,所谓“无令人”也。母本以淫不安其室,而曰“母氏劳苦”、曰“莫慰母心”,不独引为己罪,亦宽为母地,真孝子之言也。

首章。言凯风棘心,而下句无应,故属比。次章言风与棘,而下以母与子应,故属兴。凯风,比母之养子;棘心,比子之难成。“劬劳”就幼时鞠育抚字说。　凯,乐也。万物喜乐,故曰“凯风”。　次章以风美而材不美,兴母善而子不善也。圣善自通明贤淑泛言,“无令人”,谓不可以为人、不可以为子。

下二章。见子之不能养亲、不能悦亲,总是“无令人”也。紧挽有负劬劳意。　“劳苦”,言其身不能优游自安也。“莫慰”,言其心不免于经营也。总直指子不能养。　“莫”字全是自怨艾意。　以“寒泉”起兴,取其有清洌之意也。以“好音”起兴,取其声歌感动之义也。　一门昆弟,皆舜耕历山气象。

雄雉章

全诗以"怀"字为主,末章正是善怀处。首言"自诒伊阻",观破君子平日间未免有慷慨从王、激烈用世的光景,故悠悠之思,几欲临风而寄以德行之规,必使破尽"忮求"念头,以几几乎所谓"臧",则阻虽自贻之,还能自脱之也。不然,功名之会,风波之冲,实有以"劳我心"矣。全诗之神前后融贯如此。

首章。以适意于坦途者,反挑"阻"字。"自贻",就大义说。盖君子之远阻,非君贻之,亦非友贻之。勤王许国,臣子所当尽,乃自贻之耳。　　"自贻"二字有味,多是负气矜智、攘臂功名之人,故以"不忮求"望之。

二章。以摅音于逸致者,反挑一"劳"字。"展矣"句连下看,言诚哉君子之劳我心也。根上"伊阻",含下保身。　　宜看一"心"字,臣所以事君、妇所以事夫,总此心耳。故在外为劳人,在内为劳妇。

三章。"瞻"字紧关"思"字,盖举头便见日月,只不见君子。此际千端万绪齐上心来,而不能自遣。我思岂不悠悠?不止思从役之夫。　　"道之云远"二句,政是思中想望迫切之情。　　悠悠之思,合上劳心,俱含怨其不能自善意,故末章接以"知德行"云。

末章。正根悠悠之思来,盖思极而忽为庄语也。全要贴上"阻"字发挥。见得阻隔在世路,通达只在德心耳。其曰"百尔君子,不知德行"者,盖旅中相聚,不止一身,人各自善,自然相及,亦是至理。诗人之思曲而周矣。　　忮心起于忌,求心生于贪,与物无竞,到处坦途,同侪之交受,与室家之相亲何异。此正无所不至之思也。　　女郎诠理,原是千古闺思,变局若着解《太玄》,则雄雉妇人,便是柱下五千,非复闺怨矣。说诗者须浅浅写之,不得太讲道学。

匏有苦叶章

此诗刺淫。当以第二章"济盈不濡轨,雉鸣求其牡"二句作主。然通诗旁引托喻,而未尝直指其人,陈说古义而未尝一及时事,讥刺之意,隐然见于言外。　诗中多以水为喻者，盖取淫之义云。

首章。"匏有"句，喻婚姻之约未定也。"济有"句，喻先王之防甚严也。下则可涉之中又有浅深也。两"则"字皆非实语，总见济深叵测，不可轻涉意。"深则厉""深"字，不蒙上"深涉"深字。此还深中之可济者。水由膝以上为涉，由带以下为厉，由膝以下为揭。二句须合说，方得量度意明白。

二章。济之盈、雉之鸣，只立此两言以为濡轨、求牡之案，非即以此为常也。　"有瀰济盈"，喻淫者之逞欲，此必越礼义之轨度了。而曰不濡轨、有鷕雉鸣，喻室女之怀春，此乃求待吉之好逑。而曰"求其牡"，此淫者托邪说以自掩饰。故下以古礼示之、"须友"讽之。　车轮之广狭高下皆于轨看，一"轨"字正见礼义之度。

三章。六礼唯纳征用币，余皆用雁。唯亲迎以昏①，余皆以旦。雁取其和，亦贵其偶。旭取其明，亦重其始。此是"文定"之礼。冰泮后，方是归妻而亲迎，所谓求不暴而节以礼也。"鸣雁"正与上"雉鸣"应，"冰泮"正与上"济盈"应。

四章。只重"我友"二字。盖我与友素有高山景行之思，友与我夙有蹇裳渐车之惧者，何难从容以待？非独守深厉浅揭之常，亦以避濡轨求牡之诮耳。只重我之不妄赴，不重人之不妄招。　上节于"迨"字见不迫，此节于"须"字见不苟。朋侪之济川，正可与夫妇之居室对看。

---

① 原批注："归字、迨字紧相呼应。"

谷风章

通诗以"德音莫违"句为主。所谓"德音"，则第三章之"湜湜其沚"是也。篇中"黾勉"两字相映①，见我黾勉以求，所为"不违"，而夫不能黾勉以求，所为"不怒"，则于同心同死之谓何矣！全诗屡点"宴尔新婚"句，到末说个"不念昔者，伊余来塈"，语绝冷惋。

首章。言夫妇宜和，采其德而略其色。正所以和也。下四句意实承上说。　阴阳之和气，嘘则为风，濡则为雨。雨非风所致，然谷风至、阴阳和，故常以阴而雨,二字串看。

"黾勉同心[②],有要之于久意。"黾勉",两相忠告之词,欲成家不得不如是耳。如欲见弃,则有洸有溃矣。　　夫宜和而反以怒,是以色衰之故。然采葑菲者,不可以根之恶弃叶之美;为夫妇者,不可以色之衰弃德之善,亦犹是也。故德音而始终莫违,即色衰而同死可矣。言"不宜有怒",则此有怒矣;言"及尔同死",则此不与同矣。悲怨即在言表。　　"不宜有怒",起下"洸溃"来。"同心",起下"不我屑以"来。"同死",起下"既生既育""我躬不阅"来,"无以下体","无以"两字,极宜玩。下"不我屑以","以"字正与此反照。

二章。"行道"四句,正见弃时事。"中心有违",心与愿违也。"不远[③]"二句,有唯恐其去之不速意。苦即中心有违之情,以荼之苦甘于荠,比已之苦甚于荼。甘苦,即就荼说,而隐隐以见弃之苦相形言。末二句,形容新婚之乐,益见夫之忍,而已之为甚苦也。不要补、不见恤,意味更深。

三章。泾之浊也,以渭而浊;色之衰也,以新婚而衰。但泾虽浊,犹有沚之清,比己色虽衰,犹有心之可取。此心之可取,即首章之德音也。"不以我屑","以""洁"字正领上"湜"字意。"逝梁""发笱"等语,虽若戒新婚之词,然非怨恨口气,总是恋恋不忘、反顾的念头。若"我躬不阅",即轻轻作一转语,以自写其无聊之情,此已引治家之端。下遂举其事尽言之。　　或云"我躬不阅","阅"字乃眼看之义,谓我身且不看他在眼里也。若一阅其湜湜之沚,则必屑以之矣。　　"我躬不阅"二句,似乎绝意,政其不能绝意之甚耳。

四章。所谓"湜湜"者何如?勤劳家事、周恤邻里是也。均就辅夫说。济水者不问浅深,期于必济;与治家者不问有亡,期予必成。"何有"者,恐恃其有而反至于亡,则心何知为有。"黾勉求之",以求益进于有也。"何亡"者,恐安于亡,而终无从有,则心何知为亡。"黾勉求之",以求必脱于亡也。　　救丧,如致含襚以周其急,供粥糜以扶其羸是也。匍匐不过形容其尽力亟遽之意,即是首章德音之莫违处。　　凡于民有凶祸之事,邻里尚尽力往救之,况我于君子家事之难易乎?固当黾勉以疏喻亲也。

五章。"既阻我德"二句,是推"不我能慉"之故,"贾用不售",直以正意讲,而贾只带说,方是赋体。"昔育"二句,即上"何有何亡"时事。"恐"字心事,要发得出,即上"黾勉求之"之意。"比予于毒",即友以我为仇意。凡病者于危迫时，不得已而用毒药，愈则弃之。故曰“比予于毒”。

末章。“我有旨蓄”二句，是自陈其事以起兴，似赋而实兴也。宜就本文说，不必如《注》补“至于”二句。如云“我有旨蓄，亦以御冬”，此固蓄物之宜也。乃尔安乐新昏，而但以我御穷何哉？其御穷也，不能同心，而且继之以怒。有洸者逞其暴戾之气，有溃者极其辞色之严，即上“比予于毒”意。“诒”“肄”非言平日之勤苦，乃将弃时，故委以不堪之劳，令彼处之不能，而后藉口弃之也。诒之以肄，新婚之相，与婉恋似不如此。即昔日“来塈”之时，亦岂遂如此乎？“塈”，来嫁止息时也，念之则不须论到“德音”上，岂可谓无“如兄如弟”情态？或曰“肄”乃斩绝之义，与“伐其条肄”“肄”字同。凡言“宴尔新昏”者三，盖见弃在此，故不觉缕缕言之。　　末以初嫁可怜之事终之[4]，见夫之所重徒在色，而不在德也。夫色岂能长盛不衰哉？不独情景凄绝，亦有危动新昏意。

---

① 原批注：“篇中以德色为眼，夫重色，所以弃，已有德，所以悲。”

② 原批注：“黾勉二字为薄幸开一便门。”

③ 原批注：“薄字可恨，伤心在此。”

④ 原批注：“末句激之，非怨之也。”

式微章

二章俱重“胡不归[1]”句。须知黎臣陈大义以劝君归，宜有枕戈思奋之气。　　“微”字照下“中露”“泥中”看，归者望其光复旧物，见得失援于人，但有发愤于己也。当玩“君”字，为君，正以为社稷也。不然“微君之故”，则宗社破灭，正人臣视死如归之日也。胡为在此中露哉？君当念之矣。“中露”有仰无所复之意，“泥中”有俯无所立之意，总借言沾濡陷溺如此。“微君之故”，为君兴复之故也。　　臣子“中露”“泥中”，则君亦在中露、泥中可知。但委靡颓丧之主，多有甘受辱而不克自振者，故其臣言此以激之耳。

---

① 原批注：“胡不，是感动其君声口。”

旄丘章

通诗以“靡所与同”句为主。首之望、次之疑、三之微讽、四之直责其病根生于何处，只是“靡所与同”，故充耳不闻也。

首章。因时物之变，而偶然感触[1]，遂用其语相呼为兴。上“何”字有惊讶意，下“何”字有迫切意，要看“多日”二字，不重疑其不来，只要见情极势迫，盖不胜望救之意焉。

二章。上云“何多日也”，此“久”字“处”字，即承“多日”意来说，要看两“必”字，乃设为料度之词[2]，意者敌势方张，孤军不能以独济，人之求救于人，犹我之求助于彼也。意者义兵方出，他故适起于国中，外攘之事虽急，内治之计尤切也。曰“必有与”“必有以”，见无与无以，自当不遑启居、不俟终日者，胡为若是之处且久哉？　　知其不来而尤望其来，诗之曲尽如此。

三章。言葛又言裘，时历冬夏，其久可知。“蒙戎”二字，亦可想见客途之苦。“靡所与同”，谓我心则既悼危亡，又思兴复，而总不在彼心上，所以多日不救耳。岂真有兴有以哉？

末章。“琐尾”，即形容流离之状。“褎如充耳”，言颠连如此，闻之者无不动心，除非是塞耳之人，乃能安然不救。犹有激其来救意在。　录旄丘于卫者，见卫上不能修方伯连帅之职，次不能鉴观以自强于政，能无及乎？终以《载驰》，犹《旄丘》之志也，是其应也。

---

① 原批注：“不作绝望之语，深于责人者也。”

② 原批注：“替他解说，宽一步，人益难堪。”

简兮章

通诗以“简”字为主。下云“有力如虎”，虽不简于才，“赫如渥赭”；虽不简于貌，西方美人；虽不简于思，而第所职者万舞而已。执籥秉翟，便可奏其技矣，便可邀上之赏矣，何简如之！　此只叠叙目前事，言外之旨若傲愤满怀，正不必别作傲愤语。　《简兮》，诗人以极畅快之语写极忧结之情，真所谓以长歌为痛哭者。　思西方之美人，正是目无东土处。但诗人口中赞美而无讽刺，其言外之有甚于讽刺矣。

首章。“简”字即反照下美人发意。试思美人兴治之朝，“四友”“十乱”，济济跄跄，安所得简？首提二“简”字，就是不遇美人意，开口一句便已管到“思”上。　“简兮”二字，高唱而下，构起前三章神态，不必粘定舞上说。“方将万舞”，而际日中之时，在公庭之上[①]。此时此地，何所羁而何所虞，则真简矣。　“将”是将然之将，有慢不为事意。

二章。自称“硕人”，是言其抱负之硕也。而人但见其□□□□耳。故自云硕人，俣俣公庭，正是“在前上处”。万舞是其本职，而不独善舞，又且善御，总见才之无所不能也。

言舞而又言御，亦自其放旷发言，以消其胸中之块垒耳。倘遇美人而出其如虎之力，天下事一执辔之如组也，尚安能简简而万舞也？

三章。此正将舞者至此而舞，执籥以通中声，秉翟以饰德容，凡舞皆然。惟自誉其颜色之充盛，分明是豪举气象，有不为彼所局缩之意。公乃言曰：锡之以爵，果睹其渥赭之色，为真豫色乎？果嘉其籥翟之能，为真技止此乎？傍观者孰不荣之，然锡爵之公能为硕人主否也？前处之上能为硕人展否也？此中即有美人之思意，下文特表出而言之。　一爵之余，目睨公而心许美人，便不觉酒发衷肠，逗露心事出来。

末章。山隰各有所产，兴在己岂无所思，精神注向，全在“云谁”上生色。“云谁之思[②]”，“云谁”二字绝妙。自言自语、心口自问，政是旁若无人光景。上云公庭之硕人，此云西方之美人，意正相照。　据其语意，彼直视目前足当其意者，故直游神于西方也。　思美人何为？思美人之相映合处在西方，正与在前之公庭隐隐相照。　“云谁”二句已完，末二句正写其思中骀宕欲往之绪，非叹其远而不得见之谓。若入生不逢时等语，便非口气。

① 原批注:“卫事凌夷,如何投此人闲散?”

② 原批注:“西方美人,含意甚深。正不得以丰镐文武填说。”

泉水章

通诗以“有怀于卫,靡日不思”二句为主。思而谋,谋而虑其害,害而复思,总发一“思”字。开口便道淇水,政与肥泉“思须与漕”之思相照[1],以应上“靡日不思”之怀。盖到底尚是有怀于卫,神脉未尝绝望。　　归之不可,诗人合下已知,而犹多方计议、不能释然者,但不设一段计议猜疑,便觉情浅。不可归之意,卫女口中并不说出。

首章。泉水亦得东注,女心安得忘情?玩一“亦”字有几许感慨。“有怀”,只是怅望故都,有言归之想,且勿露父母终意。“靡日不思”,乃怀之永也。“谋”,只欲酌其情义之当,且未说到害义上。盖明知其不可,而辞若疑者,亦见愁绪万端,无可奈何之意。思归之人其指偏属于归,其谋者正谋其归,非谋其不归也。　　“聊”字有味。明知谋亦无所用,而聊与之谋,以遣其思也。不云“女子有行,远父母兄弟”,曰“不暇有害”,宛是谋变之词。

二、三章。正是他谋处,然未必果为告诸姬之言。彼姑自衍其词,而若有欲决不决、自猜自疑者,当以“不瑕有害”作主,而总根“远父母兄弟”来。“出宿”“饮饯”,为女子有行带说。“远父母兄弟”,言来嫁之日已远了父母,而并兄弟皆远矣。况今父母终,而止有兄弟在也?正其不安于心处,已埋下“害”字根脚,问诸姑伯姊,亦重不可归一边。　　或云诸姑伯姊是同支而嫁于别国者。季思云:“其思卫之心当与已同,故欲就而问之也。”《诗缉》云:“今父母终矣,姑姊尚存也。问其安否,感亲之没而念骨肉之存也。”　　“出宿”五句,俱虚拟之词,一直说下。见归卫如此之易,难道便有甚害乎?　　《诗故》云:“亦不至于有害云耳。”有云自恕之词,大是。“不瑕”,往解只是得无口气。徐儆弦曰:“瑕即瑕瑜之瑕,犹所谓‘毁诸己乎’意也。”如此方见谋意。　　要知"不瑕有害"非到此才看出来,"聊与之谋","聊"字内已了然矣。

末章。不说人只说地,意更深。　　思肥泉、须、漕者,系心宗国,即一故国之山川不能不慨想耳。思父母意,隐然言表。《注》中"安得,旧作绝意之词",非是。盖于决不得遂中,犹有万一之想,正得"靡日不思"心肠。"出游",是归宁寓言,勿作别解。"永叹""悠悠",即得"靡日不思"意。　沈无回曰:"是以思肥泉而永叹,思须、漕而靡日,不知何日出游其地,以慰我'靡日不思'之忧也哉!只如此叙过,而不可归之意自在矣。此卫女远望当归之词,不得归,卫女必不忍说破。"

① 原批注:"通诗都是意中语。出宿、饮饯、肥泉、须、漕,忽忽神往矣。"

北门章

此是诗人托为贤者口气,宜以"莫知我艰"句为主。王事政事之并集,见得忠勤不见知于君王;交谪之并至,见得廉洁不见知于妻子。

首章。北门背阳,日光所不到,犹君恩所不及也。然昏乱是臣子所讳,只就北门上模拟,切不比出乱世暗君来。忧心殷殷,只是遭逢不偶,郁郁不乐,勿本君国之忧来。"终"者,据今至昔而言。"已焉哉",即"终"字之意。窭者,无财以为礼,贫者无财以自给。贫甚于窭,故下一"且"字,是下章室谪根因。"莫知我艰",只闲闲说去,言此等艰难,我自受之、我自知之,终亦莫知也。"艰"字顶"贫窭"看。"已焉哉",言因不见知于人,亦无望于人矣。"天实为之",言天之置我于北门也,天之终我于贫窭也。天之艰我也,我其谓之何?"天"字正影君言,呼天即呼君也。

二、三章。王事政事,想皆琐细不切,非常职所当任者。此以世乱君暗之故。"适我",谓事事归到他身上。"敦我",有不复顾恤意。"埤益""埤遗",无非辐辏丛集之也。此是艰于外。室人,指一家言。尽人而求曰交,每事而謫曰遍。"謫"者责其贫,"摧"则拂其为矣。此是艰于内也。"已焉哉"三句,总承三"我"字,见《北风》"同归"。朝无共事,故专责于我也。

北风章

太阳衰微、群阴蒙蔽，则风雨之说也，是为乱象。媚惑盈朝、雌雄莫辨，则狐乌之说也，是为乱原。总曲摹一“亟”字，见去不可不速。携手同行，见群然欲去，非止一人。“既亟只且”，见去乱已急，更不可缓，只一气说来。非又推其欲去之故也。　　北风而有□，不止于凉矣。雨雪霏霏而密，不止于雱矣。总喻祸乱愈急也。　　朝多夤绿(缘)狐媚之奸，国有雌雄莫辨之类，其视祥麟威凤、翙羽高冈者，大相径庭矣。此国之所以将倾也。

静女章

此淫奔期会之情也，重一“爱”字。下相赠、相逐、相悦、相美，皆自“爱”也。首章自未见时言，搔首顾盼，踟躇不前，相俟无聊之状如此。言城隅，不止淫于家矣。　　二章赠彤管，有炜然之赤色。色可美，然我之所美者不专在此。盖说怿此女之美也。古者针笔俱有管，此不必深辨，只偶以一物相赠耳。三章不但会于城隅，且追逐于野外。归我以荑，诚美而且异。然荑何足美，乃美人之诒，则物亦美也。　　上章是爱其物又爱其人，此章是美其人因美其物。　　《小序》：“刺时也。卫君无道，夫人无德。”

新台章

三章第言齐女失所配，而宣公渎伦不待言矣。人而无人道，亦复无人形，故籧篨、戚施。宣公非有此疾，只国人恶之而以恶疾状之耳。一不能俯，一不能仰，正拟俯仰皆丑意。曰“新台”，旧无此台也。谓灭礼渎伦自宣公始也，不作台名。　　“不鲜”，犹言岂不鲜也，是少有的人。

二子乘舟章

此诗以“思”字作主。一章思其去而忧之,二章思其不归而疑之。设为忧疑,字字可怜。

不曰形而曰景,便见形影独吊、踪迹不可凭。故“养养”以志疑,“养养”正在“景”字上想出。不曰行而曰逝,见一去不复返,故紧承以“有害”。若曰前有贼而不知,后有谗而不觉,窃为二子危之矣。　“泛泛其景”,见他信心而往,形影不遑自怜。“泛泛其逝”,见他一往不返,利害不遑自计。非为君讳过,盖伤悲之极,不忍明言其死耳。

柏舟章

此诗以“之死矢靡他”句为主,自誓之意以渐而深。　兴意:以舟必不可去水,兴我必不可他适。柏舟不取坚致,只取有定在之意。“髧彼两髦”,以此时共伯父母尚存,故以两髦指之。古诗云“结发为夫妇”,言自两髦时便为我匹之意。“实”字不可忽,谓百年之盟,千古之信也。此仪一定,即我自生至死,矢靡有他心。“矢”字不可忽,乃心上自誓也。“天只”,“只”,就恩深罔极说。见母为我所天,何不谅我“靡他”之志乎?盖惊讶之词不必说坏。其母言“不谅”,正欲其谅之也。　“靡他”是无二心,“靡慝”是无邪心。“慝”,邪之匿于心者。“之死矢靡他”,其义犹显。至于一念邪思,亦誓死靡发,可见心之贞固矣。

此中见此心惟天可表,惟天我谅之意,即母犹未知也,况乎外人?即不求母知也,只求天知,知有夫(天)不知有母矣;知有天,不知有人矣。

墙茨章

此国人谓其母子夫妇之间乃天地间,不敢亵言、不忍为言。其实不言之言,乃所以深言之也。说诗者切不可明露宣姜、顽上丞(烝)下淫事来,以失诗人不言之旨。　　墙茨芒刺不可扫,内言丑恶不可道,皆无所容其恶,恶之深也。

偕老章

“君子偕老”乃一篇公案,副笄句,此偕老之法服也。且著为偕老之容,则有“委佗”“山河”。今“子之不淑”,已无偕老义矣。即有下面翟、展、瑱、揥之服,鬒发清扬之容,皆是冶容艳姿,与委佗山河相反。见者且怪为天帝,且讶为邦媛,亦“云如之何”。此通章诗意相贯,然通章只“子之不淑”一语,而余不及刺,止是形容其人之容服,而其不淑自见,不必说煞。

首章[①]。首五句泛言,下二句乃责宣姜。首句须提起说,下四句承此连络说去。“副笄六珈”,此祭服也。以祭服言者,谓与君子偕老,则与君子共承宗庙之统,故制此象服。“副”,编发以覆,而笄垂于旁,笄上加以六玉,作三件一串说。“委委佗佗”,见与轻佻妖冶者异,总是能与君子偕老、心无愧怍方是。委佗自得如山句,形容委佗之状,非平对语。　　服以章德,故曰象服。宜象服,谓是以偕老宜之也。妇人以贞淑为德,偕老正其淑节也。“委佗”“山河”者,则其淑节疑为淑范也。“子之不淑”[②]是不能偕老了,即有此象服,亦只见其不衷矣,将如之何哉?

二、三章。“玼兮”二句,服饰;“鬒发”句,容貌;“玉瑱”二句,服饰;“扬且”句,容貌。眉上眉下,俱可称扬。但眉以上广为美,上即高意,广即长意。“天”“帝”,俱以神言。二句一滚说,方得惊讶意。极言容服之美,亦含冶容诲淫之意。

“瑳兮”四句一串看,加展衣于絺绤之上,以示敛束。清、扬、颜作三件看。

"展如之人"二句,总上容服来,略重在色,而粘眼上讲,方象题面。称其有一国之色,正讥其无母一国之德也。 "蒙彼"二句,"蒙"字有意,见絺可蒙,而行可蒙乎?绁袢者,不过绁袢其形耳。而神情固未有束也。大凡妇人淫情俏质,多在眉目之间见之,故合上"扬且之皙(晳)"与此清、扬、颜,屡以为言。夫人入奉宗庙,则首饰有副,身章有翟,出见宾客,服有展,展有饰,非不尊且贵也。而宣姜之行果可对先君、视宾客而无愧否?故一则曰"胡然而天""胡然而帝",以怪异之;一则曰"展如之人,邦之媛也",以贱亵之,所谓"子之不淑"也。

---

① 原批注:"开口下偕老二字,是诗人史笔。"

② 原批注:"□淑也,□说得蕴含。"

桑中章

以"思"字为主。"要之"有不胜邂逅之情,"送之"有不胜缱绻之意。凡所以思故也。 玩"云谁之思",只言其心思得如此,历称贵族,以诵女之美,非必真有此三姓之女也。 唐也、葑也、麦也,皆易求之物。喻孟姜、孟弋、孟庸求之亦易也。 苏氏曰:"刺无礼则称孟,言虽长而忘礼也。美有礼则称季,曰'有齐季女',言虽幼而知好礼也。"

鹑之奔奔章

鹑从鹑、鹊从鹊,无相续也。 鹑性妒淫,两雄相见,必盛气而斗,恶乱其匹也。鹊傅枝而孕,不以形接,故曰鹊性不淫。 旧以为刺公子顽宣姜之词,予谓二人之恶著矣,此无所用刺者也。为惠公之词者,刺惠公也。盖惠公幼而立,立四年而奔齐,十二年而复入。顽烝宣姜[1],至生齐子、戴公、文公、宋桓、许穆夫人,非一日矣。《墙茨》《偕老》不及惠公者,恕其幼也。此必长而复入之时,国人见其恬然相安而不知耻,故为惠公之词以刺之。曰"我以为兄”,刺其安然为弟而不知逐也。曰“我以为君”,刺其安然为子而不知闲也。

①原批注:“卫风至此,人道尽矣。不再□,不可以国,故继之以《定之方中》。”

定中章

此诗精神全在“秉心塞渊”一句。盖卫当中复之时,宫室圮坏、礼乐废弛,山河虽如故,而农桑已易业矣。此非虚浮浅近之心所能振刷,文公惟秉塞渊之心,以始终于其间。凡所以建宫室、预礼乐、立国宜民、劝课牧养,皆是心之所贯彻。首二章,即是塞渊之心所注,特末章于民事上见其心之切,于物产上念其心之成耳。

首章。不可以营建、种植平对,种植因营建而及之者也。　“定之”四句,亦不可板对,盖必定星之中,而楚宫始作者,此即不敢妨农之心,便是真实为民念头。乃其楚宫之作,又必揆日景以正方面,而室始作焉。诚恐向背不宜,无所以成辰居星共之规,则人心莫知归极。此亦为人最深远处。此四句政见念头极诚实,极深远,便见塞渊一端。乃种植固营建内不可无者,则从而树之榛、栗,此二物者,其切人日用之需,所不必言。　便是椅、桐、梓、漆,异日者可充琴瑟之具,所以陶淑人心者,将胥赖之。　今人因“伐琴瑟”,便增出实笾豆,又以为作礼乐。玩诗意只闲闲说过,未尝有此意也。　按星以定名,取民事皆“定”之义也。

二章。此追维营建之始,见他一段详审精密念头。　“升彼”三句,重一“楚”字,不与“堂”对看。要知楚丘可兴礼乐之大邦,振可庶之大效,毕竟从虚以望,而因及于堂也。望楚又望堂者,恐大势有完不完也。景山又景京者,恐方面有正不正也。“景”是□□度日之景,不用树臬,盖树臬止正宫室方面,此先正一国之方面也。　“降”字正对上“升”字来观。“桑”,是观土之宜桑否。宜于桑必宜于田,故以桑验土宜,谓民之所资也。“终”,犹言到□□经纶之终也。对营建之始说,望景观卜,止求后来好,故后来果然好。“允臧”,隐隐指民安物阜，但不必与下章粘合。“臧”字正与上句“吉”字应。要把“塞渊”二字亲贴在内，以见其秉心于人有如此之不苟。

末章。上既言辨方、正位、体国、经野、综理，无不周矣。此乃言施诸政事者。 “雨”何云“灵”？盖时雨既降，土膏乃发，物之勾萌、甲坼，无不含灵，故曰“灵雨”。此正农桑之候也。 但以两世逋窜之民，一旦责以农桑，吾召而课之堂上则难，就而诲之田间则易。于是，“命彼倌人，星言夙驾”。“税于桑”，亲进桑者而命之；“税于田”，亲进田者而命之。由此观之，其所以为人者，何等样真实，何等样深远。虽然秉心而直，于人[1]为然，政未见其塞渊也，且不能塞渊于人也。惟是此心之塞，一实无所不实；此心之渊，一到无所不到。以至马政告修，有騋牝三千之盛。则物力有余、国势尊大，民之欣然乐生可知也。不然物力告诎，单靠桑田之民，欲充军国之用，亦不济事。然则“匪直人也，秉心塞渊、騋牝三千[2]”，政是其秉心之塞渊于人也，不可不知。分明是说文公如此操心，所以能光复旧物，而却于收处轻轻点出此诗旨，所以为妙。

① 原批注：“人，即指桑天之人。”

② 原批注：“三千，作是事。”

蝃蝀章

通诗重在责其无信、不知命。女子常守其“远父母兄弟”之心，即是信，即是知命。不然，则有害于阴阳之和，而人莫敢指之。 卫染“墙茨”“鹑奔”之俗，“期桑”“要宫”，恬不知怪久矣。文公光复，羞恶顿明，是可以风也。《相鼠》亦然。

首章。以天地之淫气人不敢指，比男女之淫行人不敢道也。

二章。以邪慝之气害阴阳之和，比淫奔之行害昏姻之正也。“女子有行”二句，见得婚姻之礼、明公正气，远其父母兄弟而行，乃有瞒了父母、骗了兄弟，私下干此不良之事，何为也？ 徐玄扈曰：“‘女子有行’二句，是觉之以大礼，而动之以至情也。”　阳气蕴于上、阴气蒸于下，二气交构而为雨。阳蕴已解、阴蒸未已，则折而为虹霓[①]。是地气之淫也。冥漠若无朕兆，倏而成形，人皆得而指之，以喻男女之事终不可掩也。“莫之敢指”，非畏之也，贱之也。　暮虹又朝虹，所谓朝朝暮暮阳台雨。　在人曰信，在天曰命。无信处即是昧天处。《礼》云“命以防欲”，故说到“不知命”“远父母兄弟”，“远”字乃远别之远。言别嫌明微，女子即于至亲，当自远别也，况外慕而怀昏姻乎？怀昏姻正不思远别而怀私。　《序》曰：“《蝃蝀》，止奔也。卫文公能以道化民，淫奔之耻，国人不齿也。”

---

① 原批注：“《月令》：冬之月，虹藏不见，虹不收藏，妇不专一。”

相鼠章

此诗作于文公复国之时，正人心惕历(厉)之日。惩戒之意多，讥刺之意少。故其言切直如此。

“仪”，举止动作之可象。“止”，则谦抑退损之意；“礼”，则举其全体而言也。　鼠有见人则交其前足而拱者，谓之礼鼠。故以兴人之无礼。一“相”字可玩。言只看一鼠犹然有皮，可以人而无仪乎？下二章仿此。　《序》曰：“《相鼠》，刺无礼也。卫文公能正其群臣，而刺在位承先君之化，无礼义也。”

干旄章

诗人得于创见，庆幸无已，故言之不足，又屡言之。通诗当以“在浚”等句为主。　盖车马旌旗，设此仪卫而在郊野之间，正见其屈己下贤，礼意之勤处。精神全在折节下贤一段，勿拘拘于车马旌旗上求。　下贤一典，旷阙已久。一时创见，在诗人亦出其不意。极为贤士庆其遭逢，以为不知何等样陈说，方可报称殊遇也。要在“何以”上摹写他夸美赞叹、矜诩不尽之意，反不重贤者所告上。　曰郊曰都曰城，有渐近贤者之卢（庐）意。或云，在郊在都在城，触处有人拥看。有见以为在郊，有见以为在都，有见以为在城者，不可拘也。郑《笺》云："四之五之六之，见人之数也。"严氏云："乘良马而来，已四辈五辈六辈矣。言下贤之多也。"按马无五之六之之理。予谓组之纰之化之，四之五之六之，总是国人沿街聚观、不胜兢羡而争道之。或有见以为组之四之也，或有见以为纰之五之也，或有见以祝之六之也。　"姝"字乃女子之称，何以是称贤士？盖贤士犹处女待聘而起，犹之六礼具而贞女行也。故姝字当是章美内涵，席珍待聘之。

载驰章

一篇心绪尽在"百尔所思，不如我所之"。故通诗皆是托词。章内两"尤"字，不过料想人情必然也。总是归唁之心，为义所阻，装出许多光景，以写一片热肠。故"归唁"一句实此诗骨子。　此诗望人救卫之心迫于归唁，以"控于大邦"二语证之，良是。凡言驱马、登丘、行野，皆非实事。忧大夫之来、怨大夫之阻，俱非实情。不过曲写其烦惫难堪、遑迫无聊之意耳。　许为婚姻之国，不能急告大邦以救卫，于许之大夫，不能无尤焉。诗意直注"控于大邦"二句。

首章。"归唁"内，有控大邦以图兴复意，只未说出。首曰"载驰载驱"，言其急也。人情惟亟欲到，每觉其缓，故曰"悠悠"。"言至于漕"，此预拟之词，非已至也。"大夫跋涉"，当作料想其然。若非虚想，何以先忧？只一"则"字可味。　"悠悠""言至"与"跋涉"，俱是意中摹出虚景。

二章。两段止一意而层叠言之，以见思之迫切也。"不我嘉""不我臧"，指跋涉之大夫也。"不远"，言不能使我思远卫也；"不閟"，言不能使我止而不思也。　"不远""不閟"内，便有中藏抑郁意。"旋反""旋济"，亦不必分陆行水行。

三章。"陟彼阿丘"，承上"不能旋反""不能旋济"言。言此时"归唁"不得，却便转来，又不忍，无可奈何。偶见阿丘，则陟之；偶见蝱，则采之，不过消遣事情耳。必曰登高以舒忧想之情、采蝱以疗忧结之疾，皆俗想也。　“善怀”“有行”[①]，语意自相起伏，言惯有许多忧思，然亦各有个道理。盖一遭变故，百虑丛生，此女子之常。故悬言之，而“归唁”自在其中。“许人尤之”，即所云“不我嘉”“不我藏”是也。“稚”则少不经历，无此识见。“狂”则执拗，自是不近人情。正与“有行”相反，冤(怨)许国众人不谅己情之迫切，无非装点出来。予谓陟阿丘，而因以采其蝱，甚无聊之词也。“善怀”以下却是此情，终不可置，把这念头又提起来。

末章。“芃芃”句，点归途之景，却有无聊况味。见所行者，许之野地；所见者，许之麦，而其中感念，不胜宗国丘墟，委诸草莽一段光景。“控于大邦”二句，谓求其谁可因而依者，求其谁可极而至者。即自大邦言，不必添未知其人其国意。宗国且不得归，岂有适异国之理？总是夫人计出无聊处。　“大夫君子，无我有尤”，此“尤”字即上“尤”字。前云“众稚且狂”，是恨词，此云“无我有尤”是哀词。气以渐而平也。　“百尔所思”，只就“不我嘉”“不我臧”上多方开谕之。谓“不如我所之”，非只一“归唁”便了却心事。“之”者，之其所“因”也，之其所“极”也，以图兴复意。其后卒赖齐桓以迁楚丘，夫人固已见之早已。　诗以不得“归唁”而作，而意不在“归唁”。卫灭野处，许为昏姻之国，宜急告大邦以救卫。而许人不能，故以“归唁”为辞，而末泄其旨所之，以讽之也。　按：狄入卫在闵公之二年十二月冬，迄于见麦芃芃，则为今年夏矣。尚未见邻邦救恤，所以欲控大邦，此是真情。

---

① 原批注：“下百尔所思，正对善怀言。”

淇奥章

三章。以“有匪君子[①]”为主。首言进益，“匪”之精神也；次言尊严，“斐”之气象也，末言成就，斐之体段也。“有匪”二字如何作“呼过”之词？　得力全在“切磋琢磨”“瑟僩赫咺”与末章下四句，亦各就其德之发见处咏叹一番，非有浅深也。

首章。竹内虚外刚，清劲无染，有似心体，植物中之君子也，故取为兴。“有匪”者，斐然成君子之章也。吾观其“匪”而思所以“有匪”者，不知如何剖刮，又如何分理，而文章光著如是也。倘“如切如磋”以有之乎？不知如何刮治，又如何消融？而神采昭莹，始如是也。倘“如琢如磨”以有之乎？夫且一见为“瑟僩”，而神志精密，内之所有何匪也②！夫且一见为“赫”且“咺”，而威仪盛著，外之所有何匪也！然则有匪君子，而吾能忘情也哉！即始可以知其终，吾终有神倾于“有匪”也矣。　　骨角有文理可见，理欲之相判也似之，故曰“切磋”。玉石无文理可见，理欲之相混也似之，故曰“琢磨”。

二章。竹之坚刚茂盛，亦有尊严之象。　　“充耳”二句根上“切磋琢磨”来，正是“敬慎威仪，惟(维)民之则”，“抑抑威仪，惟(维)德之隅也”。“充耳”以养其谋德之聪，“会弁”以昭其元首之威，俱是“有匪”之所洩露也。然只依本文说，便是赞他尊严，便含德在。诗人口中无德称字。　　公之致警于“耳提”者久矣，致严于“侧弁”者切矣。故此“琇莹”也、此“星弁”也，若从“切磋琢磨”中而点缀其物色也。何尊严如之？“瑟僩”四句，紧顶上尊严，而叹其形外之盛，与首章稍别。如云夫以是为“瑟僩”，则真“瑟僩”也。夫以是为“赫咺”，则真“赫咺”也。

末章。“绿竹如箦”，此“猗猗”者之极其盛，而“青青”者之要其全。夫竹亦有然者也。况君子之“有匪”而不已，底于成乎？　　德之无渣滓，似曾经锻炼之金锡。德之无圭角，似生成温润之圭璧，非德有生成锻炼之分也？上句形容不尽，故着下句。其实武公之金锡圭璧俱自工夫来，锻炼固由人力得之，即生质亦由工夫熟后，有以复其本体之自然也。总就切磋琢磨，底于浑化而言。　　“宽绰”，是不友君子、不御宾筵、不术烈祖时。言宽绰，便含自如意。故即“重较”以叹之，谓宛然如在“重较”无事之规模，非必真在“重较”也。“戏谑”，言其而康而色、载色载叹、和气制人者也，不可说粗。“戏谑”而曰“善”，便是“不为虐”，下句足上句。此四句是把人情所易忽处，咏叹他动容之中礼，已见德之成处。　　当敬而敬，则“瑟僩赫咺”；当和而和，则“宽绰善谑”，不必谓“宽绰”“戏谑”时，便不“瑟僩赫咺”也。“金锡圭璧”，政是“有匪”之极境，末以“宽绰”“戏谑”形之，所为自然成文，“匪”之至也。　　淇奥之进德，有天行之健；宾筵之悔过，有雷风之恒。抑之之日，诵有虚受之咸，则生称“有匪”，没谥睿圣，宜矣。

---

① 原批注：“于淇奥□□之可以为君子也。”

② 原批注：“瑟僩赫咺，正是有斐处。”

考槃章

通诗只重一“独”字。盖“独”非孑然无侣之谓。空山寂寞，而微动世芬，则独也，而不胜众之扰矣。今硕人即曰“矢弗谖”也，亦寤寐时独言之而已矣。即曰“矢弗过”也，亦寤寐时独歌之而已矣。且言至此而忘言，歌至此而忘歌，则其寐而寤也，亦惟独宿之而已矣。甚哉，硕人之能独也！　此诗须玩“硕人”二字。卫自《蕳兮》《硕人》，寄想于西方，非独朝廷窄，而山林亦隘矣。今者楚宫新复，旄旄满野。上有好贤之君，而下有盟心之士。卫于是乎有山林，有朝廷矣。故诗人三复咏叹之，不名为清人、为高士，而直名为硕人。非取其遗世，取其遗世而可以用世也。　世固有隐而弗成者，名曰考槃，言其成乎隐也。

想其地面山夹水，其上有陆，为高平空旷处。其旁有阿，为宅幽势阻处。中有流水，故硕人得隐处其间，非荒凉寂寞之境也。　“宽”“薖”“轴”，俱以胸次言，不离考槃，亦不粘考槃。“薖”，从草从过，乃草草过得之义。“轴”，车之进退，全由于轴。朝廷之轴，仕者主之，山林之轴，隐者主之也。“独寤寐言”，无酬对也。“独寤寐歌”，无应和也。“独寤寐宿”，并无惊破其梦者矣。“弗过”者，一丘一壑，足了平生。漱流枕石，无复他顾。“弗告”，非但不以告人，亦自形容不出。　“弗谖”，真也。“弗过”，足也；弗告，遁世无闷也。　“永矢弗谖”，政是“宽”字之神。“永矢弗过”，政是“薖”字之神。“永矢弗告”，政是“轴”字之神。予尝谓：空一世者，当空一心，若硕人者，空一心以空一世者也。士人不可无此诚趣。

硕人章

庄姜美而无子。美者，美其德也。此诗却不言德者何？盖以好德之事不敢望之庄公，但举世俗所共艳者特深讶之，以甚庄公之昏。　国君立后，以正阴阳，以供祭祀。族类所不重也，容貌益所不重也。推而至来归之仪卫，通国之人情，抑末矣。又推而至于生国之形势、土产之繁饶，抑更末矣。诗人备举而言之者，盖欲指庄公之昏惑，而不忍明言，故备述人情之易晓者以通之。

首章。言“硕人其颀”，即见伟然有国母之表。“衣锦褧衣”，即见尚朴不尚华，隐然非冶容也。此二句轻重，在以“齐侯之子”，而为卫侯之妻，见聘以嫡也。下文几节皆根此说去，惟其为齐侯之子，则必太子共母，故曰“东宫之妹”。惟其为“齐侯之子”，则其姊妹皆贵，故曰“邢侯之姨，谭公维私”，第不知邢侯谭公之情，视卫侯何如，则卫侯可以相观矣。

二章。极道其容貌之美。前五句犹状其形体之妙，后二句则并其性情生动处写出矣。

三章。来嫁事轻，还重在人情欢喜上。“四牡”二句，是马。“翟茀”二字，是车。“朱翟”字要紧。“朱幩”，拟人君之贵。“翟茀”，极小君之仪，“以朝”总承。亦只叙其来嫁时如此，不是夸其车马之盛。末二句，亦见通国乐以为母也。相亲是夙夜意中事，不必露出口中。言外见彼时“无使君劳”，君今果以政事劳乎？果诸大夫之退不夙乎？而何敖敖之硕人，竟与君睽隙也？

末章。亦重末二句。上五句言齐地广饶，起下所以士女佼好。而士女之佼好，正礼仪之盛备也。“施罛”二句相承，见动物之蕃。“葭菼”句，见植物之茂。此夫人父母之邦，乃大国之风，非陋邦人物可比。而当其“翟茀以朝”之时，“庶姜孽孽，庶士有朅”，不特可为盈门之烂，而见之者，皆知此媵臣如此其美，则硕人之美又何如也！“孽孽”，言其饰，即饰可见其色；“有朅”，言貌，即貌可知其才，佼粘士，好粘女。

氓章

通诗“不思其反”一句尽之。而“女之耽”，最要看其反复，皆由“耽”字来。唯“耽”，故期于秋，迁于秋，此不暇思。惟“耽”，故弃于“罔极”之士，笑于“不知”之兄弟，此已不及思。故曰“不思其反”。　此诗被晦翁“淫妇为人所弃”一句骂倒，几成千古疑狱。不知此妇求良媒、稽卜筮，何有礼也！至读其诗，曰“无与士耽”“女也不爽”，又曰“不思其反”，“反是不思”，与《谷风》《柏舟》情词相类。独是“蚩蚩之氓”，始图其婉娈，并利其妇资，强为言笑，假设信誓。至于尔悼、尔思，淇水亦笑人也。是淫在士不在妇，故曰“士贰其行”，妇之悔深矣。

首章。开口说个“氓之蚩蚩”，悔恨之意已自可掬。一“送”一“期”，是妇人极意钟情处。既恐其志之不坚，又虑其来之不果。且推且恋，情绪宛然。　既曰私奔，又焉用媒？《注》所谓“责所无以难其事”也。夫媒之订也以仲春，氓之约也以秋期，即此便非男女之正、婚姻之时。　“子无良媒”，谑之也，并“秋以为期”，亦谑之之词。

二章。且泣且笑，一意相依，有唯恐失之意在。乘垝垣以望之，便非守深闺以待字；见复关而言笑，便非往送之门而敬戒。卜筮不是预言，还是审问其曾一卜筮否？“以尔车来”，非迓轮之轨也。“以我贿迁”，非结褵之仪也。

三章。桑曰“未落”，则必有落时，可不虑其后？比意中亦含悔在。“吁嗟”二字写出事后追悔之情。鸠食葚则致醉，兴女耽士则失身。“耽”字便是“反”字之根。士犹可说，亦极形容女耽之不可耳。　妇人到狼狈时偏看出许多正理，说出许多正论，与烈女贞妇只争事前事后之别耳。

四章。“三岁食贫”，是言相从后，贫劳之岁月。“以尔车来”，未几而“渐车帷裳”已至矣。昔何风光，今何风景。早知有今日，即卜筮虽吉，吾其肯以贿迁乎？“不爽”，就始终一心言。“贰行”，便始终相背矣。“罔极”二句，紧承“贰行”，再数其过，是通篇之主。以士女相形，悔恨之深在此。

五章。“三岁为妇”四句，正言其“三岁食贫”之事。非为妇只三岁，观下

"老使我怨"句可见。"言既遂矣"二句，正"士贰其行"所在。"兄弟"二句，此只归途自念，羞见兄弟之辞。见弃之故，意在不言，方有深味。"静言"二句，只承兄弟说下，言兄弟之笑，亦宜叹也。我安得咎他，只"躬自"伤悼而已。

末章。上言"三岁食贫""三岁为妇"，何以遽言"老使我怨"？盖不偕老，则他日之老境皆怨境也，非目下以老而见弃也。淇有岸，舟行者及岸则思反；隰有泮，步行者及泮则思反。以映起下"不思其反"意。"反"谓反其"信誓"也。　"宴"与"晏晏"异。"宴"谓欢乐，"晏晏"谓言语之和乐。　"已焉哉"，是恨之甚而无可奈何之辞，须括尽通章描写凄凉情景。　《小序》云："刺时也。"《诗故》云："'抱布贸丝'，知鄙夫也。'子无良媒'，知未嫁也。里女失教，不有其躬，故曰刺时也。"

竹竿章

此诗提一"思"字作主。首言思之而阻于远，次言远而愈不能已于思，末则"桧楫松舟""以敖以游"，皆思之为也。可奈何？

首章。妇人无境之行，岂有竹竿钓淇之事？只是悬空想着宗国之人。或有以"籊籊"之竹竿，垂纶于淇云。"岂不尔思"，内有无限意思在。"远莫致之"，只就"远"字上生情，切不可露出义字。

二章。"远父母兄弟"，"远"字正与上两"在"字反照。父母生之，兄弟联之，而不得左右于父母、兄弟之侧，曾二水之不如也。

三章。"淇水"二句，上重常在左右，此重左右环绕为可乐。"巧笑"二句，是悬想淇上游女风景，故下章跃然作自己出游之想。

末章。"桧楫松舟"，只追想卫也。光景宛然在目，而己则无望矣。"出游"，即承舟楫说，亦绝意之词。诗人非必说断然定不归，才见绝意也。　"巧笑""驾言"各二句，皆思中之境，如亲履其事者。旧说加"安得"二字，便失诗气。

芄兰章

此诗不专作刺语，须知是抑童子之惰气，而进之以虚心也。　本不胜末，服不旗裹，此兴意也。童子佩觿，是讶之之词。正以其童子而僭成人之佩为不衷，能不能原不论。“虽则”句又转一腔，以尽刺之之意。“能不我知”，分明言其才能不足为我所知。说者俱以无智识言。“能”字竟何着落？“容”乃“容与”之容，“遂”乃“直遂”之遂，只此便见无才能矣。末句足上文，亦有惜他不自知其无能意。　“能不我知”“能不我甲”，须在“容”“遂”二句看出。盖天下知识才能之士，决然有一种冲虚之度，岂有妄自尊大的？　带之下垂者，悸然与觿韘而并垂，为观而已。一说，“悸”，带动若惊。　觿以解结，必理烦治剧者可佩。韘以开弦，射练命中者可佩。　《小序》云：“刺惠公，骄而无礼也。”《诗故》云：“刺其纵母之欲，无制强解难之才也。”按：惠公即位年十五六。

河广章

二章俱是极言适宋之易，见得所以不得往者，不为地也。各章之意，须于四“谁谓”字想见其言意。言我之不渡河而南者，或疑于河之广也，谁谓河果广乎？只一苇便杭矣。我之不自卫而宋者，或疑于宋之远也，谁谓宋果远乎？只跂予便望矣。然则河可渡而不渡，其有广于河者在；宋可至而不至，其有远于宋者在乎？　含臆不语，凄凉悲惋，千古如见。“跂予望之”，以目力量之，见其近也。　此诗不说归不得，却说归得；不说归难，却说归易，煞有深情。　按：《小序》止言襄公母归于卫，思而不止也。

伯兮章

此诗以“谁适为容”句作主。惟谁适，故因望之不归而痛于首。惟谁适，故因忧之莫解而病于心也。通诗宜重“思伯”二字。伯愿以身殉王，则我愿以心殉伯，故思之而至疾首痗心，夫复何恤？　篇中“为王前驱”句，的是此诗微旨。夫“邦之桀”者，而不从王，谁当从王？伯兮之妇犹知有王，周德未衰也。《北风》《鸨羽》亦然。

首章。玩一“桀”字，便见负才特出，岂肯故园空老。伯之所以久远，身之所以无主者，此也。今方执殳前驱，还归正未有日，以起思念之端，非大材小用之说。“为王前驱”，非必王真在行，以诸侯之命，供王之役，即为王也。执殳前驱，亦是妇人想见如此。

二章。“之东”者，周迁在卫东也。“首如飞蓬”，有身不暇自爱之意。膏以泽发，沐以涤首，是两物。丈夫为知己者死，女子为悦己者容，各有适也。今伯前驱于王，自得一知己矣。亦念尔空闺之妇，失一悦己者乎？故曰“谁适为容”，所谓“欲妆临镜懒”也。　“适”字似不必解作“主”字，即以适字解之，言有伯则情适矣，情适则容遂矣；伯东，又谁适而为容也？

三章。“其雨其雨”，是望雨者声口。“杲杲出日”，是重违其所望意。以天道之难必，喻人事之难定也。思苦必至首疾，亦所甘心者。盖首可疾，而伯终不可忘也。“愿言”“愿”字，疏云：“愿，每也。”

末章[1]。思极无聊之词，非真欲求谖草以忘忧，忧非谖草所能忘也。上二句是剔起下二句来，言忧可忘乎？忘忧是忘伯也。是以“愿言思伯”，虽至“心痗”，亦所不辞。语气一直说下，注中似多转折。　先下“焉得”二字，转到不愿得，更有深情。“思伯”，思其无主也。“心痗”，病其无主也。

---

① 原批注：“□字勿□。”

有狐章

偶逢瞥见，便尔钟情，遍体所需，种种系念。　　总是托言。盖不欲显言其人，故托狐言之。不欲显言欲适人，故托无衣以忧之也。　　“之子”自无裳，何与伊事？与子缝裳，意在言外。　　“之子”即指狐说。　　上无政、下无俗，故《小序》曰：“刺时也。卫之男女失时，丧其配偶焉。古者国有凶荒，则杀礼而多昏。会女之无夫家者，所以育人民也。”

木瓜章

此诗似赋而实比者。盖以木瓜等比微物，以琼琚等比重物，非真以木瓜等相施报也。千古高情，尽此数语。觉“报施”两字，浅俗不能出口矣。“匪报”一语，最宜三复。凡报人之施，而曰如是报之足矣，则报者之情倦，而施者之德忘。惟歉然常若无物可以报之，则报者之情，施者之德，两无穷也。　　《小序》云：“美齐桓公也。卫有狄人之败，出处于漕，桓公救而封之，遗之车马器物焉。”卫人感恩之极，设为瓜琼不等之喻，以致无已之情。见齐之投我如何之重，而我将何以报之乎？见非可以寻常报施之礼论也。　　季思云：“投者平居分义无往来之道，出于望外者也。卫之与国，姜姓为异，乃存亡之义，不出于诸姬，而出于姜氏，卫人所以感恩桓公之德无已时也。”　　夫子录《木瓜》于《卫风》之殿，于卫见乱极反治之几，于齐著存亡继绝之义，大有深旨。而朱子定为淫诗，不知何为。

黍离章

通章悯周，本意在各章“中心”句上。诗人不道破宗周宫室一语，只以“彼”字暗指，此是感慨最深处。两“彼”字有到处尽为禾黍之意。　　本是赋体，而以“离离”“靡靡”相呼应，故又属兴。“靡靡”，傍徨不进之状；“摇摇”，心忧而无所附着之象。　　两“谓我”，指“靡靡”情状言也。细味风指，初未尝叹人莫识己意，只言我如此情状。惟知我者以为心忧，若不知我者，岂不谓我将何所求？正见我如此“摇摇”心绪，真是隐痛，向何人说！言下便有欲呼天意矣。“此何人哉[①]”，“人”字，不指幽王，而指平王。犹云且看丘墟如彼，而乃有晏处于此者，伊何人哉？然明知其人，而必问之天[②]者，以见人有所不忍言，而天非终不可问者也。　　周迁洛邑，岐周故地，尽以封秦。不应鞠为禾黍，当是即所见以致彷徨不忍去之意耳，未必是故宗庙宫室之禾黍也。“如醉”，则昏然潦倒，故以应穗之垂；“如噎”，则气塞填胸，故以应稷之实。

---

① 原批注：“此何人哉？尚含不尽之思。作诗者正欲导人以恢复也。”

② 原批注：“苍天而曰悠悠，见天亦宽懈不当意也。”

君子于役章

此诗以“思”字为主。苟无饥渴，正是思之切处。通章语意句法，俱参差变换，惟两叹“君子于役”，及“鸡棲”三句不变，似是宽闲语，正是写情独至处。章首二句未及言“思”，而“思”之真境已摘破矣。“不知”与“曷至”相应，言归期不可知，连其所至之处亦不可知也。“鸡棲于埘”一句，描情极真。无聊之极，物物相关，但见鸡棲于埘，此时知为日之夕矣。到了日夕时节，牛羊亦皆下来。盖中二句关上下句也。　　“日之夕矣”，犹唐人云“月明花落又黄昏”，有无限感叹。　　君子离家以后，情形苦极，岂堪目前许多光景[①]？明明见有出即有入，有旦即有暮，而欲付萍踪飘泊、杳无归期之人，于不思非人情矣。　　“不日不月”，已往之期不可数也。“曷其有佸”，是来会之时不可知也。使可以日月计，思犹有个尽头。或知其会期，思犹有个定主。今也不然，即得免于饥渴亦幸矣。“苟”字最下得悽惋，知思之无可奈何，而但冀其生还，此思之极也。各末二句复揭“君子于役”，大有意味可玩。　　《草虫》《殷雷》，平淡之思也。《君子于役》，哀伤之思也，世有盛衰，而妇人女子之口传之，此之谓风也。　　“不知德行”，深得妙。“苟无饥渴”，浅得妙。然愈浅愈深。

①原批注：“诗意因思而触物，非感物而兴思也。”

君子阳阳章

二章一意，以“乐”字为主。“阳阳”、“陶陶”，皆乐之意象也。“执簧”“翿”“由房”“敖”，特“阳阳”“陶陶”之乐趣，所寄兴处，非以“簧”“翿”“房”“敖”为乐也。故看中二句，不过形容歌舞自得之意，勿太粘着。末句其乐，各与本章“阳阳”“陶陶”相照映。　　“阳阳”“陶陶”都在心上说，且勿露乐字。招我从彼，于房以听，根乐之教来；招我从彼，于“敖”以观，根乐之容来。“其乐”句，亦就乐舞上咏叹他心中无累、安舒自得之意，其安贫忘劳意并不露出。大抵此中真趣，有非妇人女子所知者，彼第见其“执簧”“执翿”如斯，与其招我“由房”“由敖”如斯，而襟怀之洒落，终有不可得而形容者。要见君子自有乐，不重相乐上。　　“阳”者，阳气之阳，阴气惨、阳气舒也。“陶”者，陶冶之陶，化土为器、尽情消融。　　“阳阳”不任忧责，全身自乐而已，君子居乱世之状如是。

扬之水章

诗意思处即是怨处，不明言役非其职，而但言思室家，其旨极婉。“不与我戍”，不是室家不肯同住。谓家在畿内，而我乃远戍，特自叹其“靡室靡家”之苦耳。　　以畿内之民，奉王命而往戍，楚犹未敢谁何，故特借以为重。甫、许近申，恰像连；甫、许都可恃以无恐，故兼言之，实非并戍甫、许也。　　“彼其”者，外之之词。而朱传以为指其室家，不可解。严云：“束薪，本易流也。而悠扬之水则不能流转之，以喻诸侯非难令也。[①]而微弱之东周则不能号令之，惟其号令不行，故彼诸侯之人不与我戍申，而使我畿内之民远戍，久而不得归也。” 始言薪，既言楚，又言蒲，愈轻矣。而不能流，言弱之甚也。较朱注为胜。 此诗失着只在一“戍”字。盖今岁戍之，来岁罢遣，则以无后继而废前功。今岁戍之，来岁践更，则以藩下国而勤王旅，无役不然，何日而已！

① 原批注：“因立己之小恩，忘弑父之大恶，总在言外。”

中谷有蓷章

通章以“仳离”二字为主。以岁旱草枯兴乱世饥年之气象，憔悴无润泽也。曰“暵其干”，贫者先瘁也。“暵其修”，则粗给者亦乏绝矣。曰“暵其湿”，则富者亦不免矣。通诗皆世乱感伤之词，即曰“遇人之艰难”，“遇人之不淑”，亦悼世之意重，悼人之意轻也，“何嗟及矣”。草草忧生之人，计无复之，是困极无可奈何之辞，无“安于义命”意。 曰“有女仳离”，不及男者，男皆散而之四方，无复存也。“嘅其叹”，犹有声，“条其啸”，则蹙口出而声亦微矣。至于“啜其泣”，乃所谓吞声饮泪者。 “何嗟及矣”，言以斯人且不自保，诚有不暇及我者矣，故曰“何嗟及矣”。

兔爰章

通诗以“逢此”句为主。三章无浅深，愤激之深，言之不足，又从而长言之也。奸邪得志，正真逢殃。则小人得恣其好杀之心，而天下汹汹多事。所谓“百罹”“百忧”“百凶”也。 此忧生之诗，其词危，举动视听，惧触世纲（网），却又不能“无吪”“无觉”“无聪”，所以忧也。 此诗虽是不乐其生，盖犹追思西周之盛，心事全在“我生之初”二句，此太平之想也。 “兔”“雉”之喻，不要直说出君子小人为妙。　　“我生之初”，东周之初也。此已非全盛时。“无为”，以刑罚得中言。刑罚不中，便有许多事。如党锢之禁，造者造端，如罗织之谓；庸者用意，如故出故入之谓。　　“尚寐”句，非是欲死而不欲生之意。言此等世界，动则致咎，其尚寐无动乎？然那勾无吪吪也？此等风声，闻亦不堪，其尚寐无聪乎？[①]然那勾无聪也？此等纷纭，觉则难当，其尚寐无觉乎？然那勾无觉也？若作死看，固哉为诗！　《小序》云：“闵周也。桓王失信，诸侯背叛。”鲁桓五年，王以诸侯伐郑。战于繻葛，王师大败。祝冉射王中肩。严云：“兔喻郑人，纵恣自如，而无可奈何也。雉喻周人，力战为王受祸也。”

---

① 原批注：“安得山中千日酒，酩然直到太平岁。”

葛藟章

此诗总是叹己所遇之穷，无实实依人之意，当以“莫我”句作主。凡人疏者不能强亲[①]，其患难不相收，困穷不相恤，亦自无怪，玩诗柄自叹二字，知其责人意尚轻。　　葛藟宜山谷，而在河浒、河涘、河漘，失所依矣。此兴意也。“绵绵”与“终远”字相应，盖“绵绵”是长蔓而不绝，如“终远”，则不得长相聚矣。　　“谓他人父”最妙是“他人”二字。虽以父母视之，而彼终不以子视，正以为他人故耳。　　“莫我有”，视之若无也。“莫我闻”，视我之穷困，漠然不相闻也。　　即人之流离失所，而民间之不能睦族可知，即民间之不能睦族，而上之所风可知。故《小序》云：“刺平王也。”　　王室若盛，则下国小民以天子为父母，以邻国为兄弟。盖由各能自保其父母兄弟，故在在相顾、相闻、相有也。哀(衰)乱之世，彼此皆不聊生，故冀人之顾而至于莫顾，冀人之闻而莫闻，冀人之有而莫有，亦其势之所必至也。

---

① 原批注：“我意已如亲父母，彼衷犹作路旁人。”

采葛章

通诗以“不见”二字为主。皆模拟其不见之情，一步深一步看。亟于见，故深思于不见。

“彼采葛兮”，彼采葛之人也。葛生于初夏，采于盛夏，故下承“三月”。萧采于秋，故下承“三秋”。艾必三年之久为佳，故下承“三岁”。　《小序》云：“惧谗也。”沈无回云：“‘彼’，谓君也。葛性善攀附，萧、艾并腐秽之物，喻小人也。‘采’，喻君方暱近之也。小人本好谗，君又暱近之，则易谗。故一日不见，如三月、三秋、三岁之不可知也。”古语云：“一日不朝，其间容刀。”

大车章

此以“畏”字为主。末章坚死后之约，盖绝望于生前矣，正畏之甚也。“大车”二句，勿露政刑，只就车服上隐隐见他气势威灵。　勿泥闻车声，见服色而畏之。只想到大夫身上，摹拟出所见所闻气象。　“不敢”之词微，“不奔”之词显。畏而不敢，其敢者固在也。末说死字，见得淫奔，而便置我于死也。是不畏的，其意跃然言外。　妇人至为情死，自是石乞一流人，不得与《丘中》《溱洧》一概抹杀。　《小序》云：“刺周大夫也。礼义陵迟、男女淫奔，故陈古义以刺今。大夫不能听男女之讼焉。”

丘中有麻章

此诗总是疑词。“有麻”“有麦”“有李”，各指其地而言之。惟其词出于疑，故所指无定处，“将其来”三字，望之也。望之，正是疑之。子嗟、子国，定是两人，淫者所私原无专一。　“贻我珮玖”，是实词，盖思之不见，而“之子”又牵于两情，故贻之珮玖以结殷勤。若作冀词，便无余致。　方喜《大车》之哼，犹闻周召之响，何意中谷之麦，竟成郑卫之遗，是王风之终于淫也。惟"有麻""有麦""有李"，兹其所以有《黍离》也欤？

《小序》云："思贤也。庄王不明，贤人放逐，国人思之，而作是诗也。"毛云："留，大夫氏，子嗟、子国，其字也。麻麦盈畴，是其教民农桑所致。"存以备考。　　"采唐"，男之淫，孟姜、孟弋、孟庸，不一而定。"丘中"，女子之淫，子嗟、子国、之子，不一而定。

缁衣章

诗人寄托无穷，一篇而三致咏焉。若每节深入，便失咏叹之旨。　　作诗者并未尝言感德，亦不自言用爱。但望此缁衣，自觉其服之恰称，而情之不能自已若此耳。不须泥定首句为致爱根源。试味他说个"宜"字、"好"字、"蓆"字，便跃然见爱之意矣。　　重武公能继桓公上。桓、武再定王室，其有德于周甚厚，而又善于其职，故周人爱之。"宜"字，内含此意。　　"宜"虽说是德称其服，亦是人意中见得如此。改衣、适馆、授粲，总未然事，乃心欲如此耳。　　"馆"，如今朝堂诸曹治事之处。"粲"，野人所自□，非卿士之廪禄也。"还"，周人适馆而还也。　　不曰新而曰敝，可想其意中一段模拟之情。适馆、授粲，亦同此意，都非实事。　　后二章总根"宜"字落脉，惟"宜"自见其美好，惟"宜"自见其开大而安舒。当知诗人有无已之爱，又当知有不尽之情。后二章正见其不尽之情也，只一意而叠咏之。　　"好"，有美盛意。"蓆"，是借用字眼。试看人到蓆上，何等宽舒，何等相宜。　　犬戎之难，父死其君，东都之迁，子定其鼎。当是时，列侯之德固未有出桓武右者。至于周郑交恶，取禾中肩，而缁衣之风替矣。

将仲子章

此诗以"畏"字为主，而以"怀"字相形。由"踰里"而"墙"而"园"，仲之来也，以渐而迫。由"畏父母"而"诸兄"，而"众人"，女之畏也，以渐而远。但此只是畏议论，非畏义理。　　盖假托之词也。词虽拒而意则与之。当知"畏父母""诸兄"与"人之多言"，只恐事一败露，反于怀中之意不能成就耳。《小序》云："刺庄公也。"仲子，指祭仲，叔段失道，而公弗制，且与祭仲谋，欲待而杀之。故诗人反其意。若祭仲有请，而设为公拒之之词，以天理感动之悟公论开悟之讽。公纵不爱，段独不畏父母乎，独不畏公族之议乎，独不畏国人之多言乎？是为谲谏。"无踰我里"，无谋我家事也；"无折我树杞"，无戕杀我兄弟也。

叔于田章

段不协于兄而媚于众，即姤。今贵介轻薄子弟、里巷少年，朋徒追逐，而极口夸美之意。

此章当以"仁"字"好"字"武"字为骨，都就与众处说。首章之"美"，紧言其善与人。"仁"则指其煦妪周恤言。二章之"美"，既言其善饮酒，"好"则指其与众献酬欢洽言。三章之"美"，既言其善服马，"武"则指其与众服马，能控御驰骋言。　　以国君之介弟，而使与众混处，人自然见以为仁。与众饮酒，人自然见以为好。与众服马，人自然见以为武。　　或重一个人字。下饮酒当一个人、服马当一个人，更无第二个①，故曰"巷无居人"。　　通诗皆私党者之词，犹河朔之人以安史为圣也。《诗故》云："里涂曰巷，里巷细民所居。段都京，既有人民社稷之寄，宜求良士以辅弼之。今乃为里巷小人所好，是速亡之道耳。"

①原批注："各无字上要如一若字。"

大叔于田章

前"叔于田"，自出田也。此"叔于田"，从公田也。观"献于公所"可见。

三章以“于田”为主，勿以“在薮”对，总是详其田事之始终，而夸美之也。看来段无大志，一驰马试剑公子耳。故“马”易而“黄”，“黄”易而“鸨”，此介弟轻肥气象。马而及弓，弓而及矢，此介弟喜兵气象。其徒作诗夸美，亦不过媚子狎客从谀游戏者，不然且为曲沃武公矣。

首章。执辔缓急得宜，而和柔如组，则制骖驰驱有法，而中节如舞，只一气说。此叙往狩在道时，其御之善如此，与下从禽而“罄控”不同。宜叠叠说到搏虎，而归重末二句，正是郑人爱叔处。“无狃”，夸美中之长虑。　　善御是才，而非勇不能；搏虎是勇，而非才不克。　　段之伤，正在才力勇艺之驰骋，正在此“厚将得众”之夸扬，虎之伤，国人戒之。鄢之伤，叔不知自戒，而国人不能先为叔戒。盖叔自狃也，亦庄公扭（狃）之也。

二章。“乘乘黄”三句，言马以起“良御”意。“在薮”二句，起“善射”意。“善射”二句，且空说。下二句正善、良之事也。　　“磬”者骋马从禽，随其所使。马即从之，曲折得宜，如“磬”也，以行言。“控”者，止马待兽，随其所使。马即止之，节制在手，如“控”也，以止言。“纵”者。舍拔而往，矢不倾斜也。拔，矢含弦处，矢含弦而舍之以去，故曰“纵”，以矢言。“送”者，弓之方张，其彇内向而来。既张而发，彇外反而去，故曰“送”，以弓言。但一纵便送，其势甚速。是一时事，“罄控”“纵送”，要发操纵疾徐，唯意所适光景。

末章。“齐首”“如手”，是两服不退而后，雨（两）骖不进而前，已有整暇意。“在薮”二句，要得终事意。末四句，要在气象从容整暇上摹写。“叔马慢”，无事于“磬控”，善御而不穷于御也。“叔发罕”，无事于“纵送”，善射而不穷于射也。欲纳矢而先释其箭盖，因韬弓而遂纳诸鬯中，承上“发罕”来。　　马迟、发罕，覆矢、鬯弓，言其从容得意，如庖丁解牛，“提刀而立，为之四顾，踌躇满志，善刀而藏之”也。亦可想见叔洋洋之意矣。喜其无伤，只带言之。　　《小序》云：“刺庄公也。”段以介弟而好勇恃武，搏虎以献，气凌其兄。从容毕事，旁若无人。岂令终之器乎？庄公稍有人心，当置辅弼以正之，立法制以防之，垂涕泣以道之，舍曰不然。一则曰“无庸，将自及”，再则曰“厚将崩”。是叔之恃材党众，反为必败之徵，而公喜其为将决之毒矣。微公养之，叔亦何敢至此，故《序》云“刺庄公”。左氏曰“讥失教”，六经之旨一也。

清人章

此诗作于既散之后。而尚曰“翱翔”，曰“逍遥”，曰“作好”，若犹未散者然，诗人微婉之词也。更不必说到师溃，只随文描写，其失自见。　　当时文公恶高克而使将，原非有心御狄。故郑人窥其意，但咏师众无聊之状[①]。在“彭”在“消”在“轴”，见非要害之卫、险阻之据也。固见久意，亦见没要紧意。　　“旁旁”“麃麃”，自驾驷介之人言，有无事不得归，自驰驱于彼意。见非未战养其气，既战养其勇也。“重英”“重乔”，有虚设故事意。见非其锋不可犯，其色不可辱也。“翱翔”“逍遥”，无敌可御，无聊赖而游戏，兼兵将言。“旋抽”“作好”，正言游戏之实，而与“翱翔”“逍遥”相应。“左旋”，无执绥死难之志。“右抽”，无抚剑赴敌之勇。“作好”，无出奇制胜之心。盖缘前无可敌之寇，后无班师之命，只得如此。　　玩“中军”，正指高克言，则不得与上句士卒平论。“中军”，正左右之主，而君之所命者。今惟“作好”，则众安得而不“翱翔”“逍遥”，安得而不“旋抽”？要之，中军之无事，则君之二事事于中军也。中军以此而“作好”，郑君乃以此而寄恶，何哉？故曰“郑弃其师”。　　《小序》云：“刺文公也。”阃有疑君、边有疑帅，清之民久也不散，使克资强狄以内向，则“河上”未可为无事也；“在轴”，未可为无忧也。树兵也，是有国者之大戒也。

---

① 原批注：“辞戏处，是无聊，不是自乐。”

羔裘章

通诗以“命”字作主。“直”者，“命”中常伸之气节，“彦”者，“命”中自露之文章。　　顺德与亲顺之服称，直德与武力之饰称，美德与英华之服称。然不重在德能称服，重在即服而著其德也。　　羔裘，大夫之服也。直而美，自裘上之毛言。武而力,自饰裘之豹言。"三英粲",自裘上之饰言。"如濡",言如是乎润泽也。"如"字不作衍说,顺而美,正如濡处。故加一"洵"字,言信乎如此也。　　"命"乃天命之性,"舍"如宅舍一般,人惟假寓其中,便有变迁,彼直凭之为舍,便是安身住足之所,而非得丧利害所能夺也。故"不渝"正在"舍"字看出,"不渝"内有知命之彻,立命之正意。　　"邦之司直",言邦家之直道,君子司之。上格君心,而毅振于朝廷。下情群奸,而直道伸于国论。兼言行,不专指谏诤说也。　　"邦之彦",谓其为一邦中之彦士,在朝则美政,在野则美俗,此兼内外言,勿涉名誉上说。　　"命"是天地间之正理,"直"是天地间之正气,"彦"是天地间之正色。[①]　　通诗当切郑国时事。盖郑俗多淫,纵恣靡靡,粗俚者不雅驯,粉饰者少诚实,是不顺、不直、不文殊甚。而斯人固自挺然焕然,乃有以振郑之靡文。郑之陋,二"邦"字正不闲。

①原批注:"□上二章见其文章从真气□出。"

遵大路章

全诗留恋深情,在"不寁"二字。二章一意。　　《小序》云:"思君子也。"严云:"郑庄杀弟幽母,射王中肩,悖逆已甚。君子去之。此盖托为挽留者之词。""不寁",故"不寁好",以先公之义讽之,冀其少留也。

女曰鸡鸣章

此诗通篇是妇戒夫,只有"昧旦"一语乃夫答词,见夫能受警也。然诗中血脉以"鸡鸣"为主,盖鸡鸣乃人生勤惰关头,下所戒之事,皆鸡鸣一时语也。故鸡鸣而昧旦,凫雁何在,亦自写其意中之弧矢耳。宜言饮酒何在,亦自写其意中之琴瑟耳。"来之""好之""顺之"又何在,亦自写其意中之投赠耳。所谓从梦醒时摹尽终朝生计也。　　玩上"弋""宜""饮酒""偕老",此夫妇事也。

然内而夫妇之静好，不若外而朋友之切磋，故说了闺门事，遂及于取友。若无末一章意，则弋射特薄技耳，琴瑟，特昵僊耳。朋友且有议其于妇人厚而于长者薄，又何取于鸡鸣之戒耶？故于夫妇言“静好”，于朋友言“好”、言“来”；于夫妇言饮酒，于朋友言解佩。　　通诗重一“兴”字，“兴”而为“翱翔”，一日之计则取凫雁。兴而为“偕老”，百年之计则谐琴瑟。兴而为断金攻玉之计，则集朋友。

首章。“鸡鸣”，言此天时初开、人事乍起，男儿事业当于此际寻思。下二章意皆在其中矣。而士即以“昧旦”复之，则士之心固已先女而警也。女急乘其朝气而相与鼓舞之，故随决之以兴云。　　“将”字全是虑晚光景。若曰“彼都人士”，已翱已翔，去取凫雁，盖有先之者矣。子倘犹未兴，而曰将翱焉、将翔焉、将尾人之后而弋焉。吾恐凫雁冥酩于空中，弋人何慕？　　“鸡鸣”“昧旦”，俱认为真，不作想像，然据其一时警惕光景，真有听于无声、视于无形意在。　　治生之事非一，亦托凫雁一事，余可意会。男子之生，悬弧桑以示有志于四方之义。然则妇人勉夫，以弋凫雁，夫岂徒志在得凫雁，以为饮酒之需耶？其志虑固已远矣。

二章。紧蒙上章，“弋言加”句轻，只引起下句“宜言饮酒”。带下句看，“宜”字叠上文。　　安静和好，已在饮酒谐老中，此是劝励之后，得以欢洽而静好如是。若使徒饮酒期誓，则好而非静矣。　　以心之静好，形为音之静好，即琴瑟之在御者，莫不静好也。“莫不”字，根自夫妇相处之心神上来，下文解佩结友，亦是一念“静好”之神情，所推而流溢处。　　“静好”二字，要看得好。不勤瘁，必无宁谧之趣；不黾勉，必无愉快之情。

末章。总是激励他去亲贤，见得妇人女子也汲汲要亲附贤豪，况有丈夫气者，安可不思？所以招致英雄，三“知”字要认妇人汲汲本怀。倘子有以“来之”“顺之”“好之”，而我或不知，非妇也。然徒知之，而无以“赠之”“问之”“报之”，亦何贵于知为也？故于梦觉之际，曲致其求友之思，则亲贤友善。而琴瑟之静好，又何如矣。　　“来”字不重人来，重我致其来。如豪杰方来豪杰，如英雄方来英雄也。既致其来，故思赠其往，字义相应。“来”中有志同道合、莫逆于心者。为顺顺则不忍其踈阔，故思问之。遗人以物谓之问，“来”中有高山景行之仰者为好。好其善，是彼以善施我矣，故报以相酬。襟佩之解，只形容好德之情无所不至也，举非实事。　　《雄雉》之诗，离后则勉以知德；《鸡鸣》之诗，和聚则导以取友。如此妇人，良师友也。

有女同车章

两章美处，俱根上“颜”字来。有此颜色、有此佩服，而又有此态度，信乎美且都也。“美”“都”二字，上文已有。末句加一“洵”字，以叹美之。　　“翱翔”，言车中容服随风飘举之状。“德音”又在容服之外，本其性情贤淑、为人称誉者，言非真有贤德之名也。一迷于色，自无往而不见其可美耳。　　于琼琚言“容”，与“都”“美”应；于“将将”言声，与“德音”应。各泛其类也。孟姜，世族贵女也，美质之佳丽也。“都”，饰之闲雅也。盖冶容艳质，多出于膏腴甲族薰浓含浸之下。彼山姬野妇虽美而不“都”。虽有“舜华”之颜、“瑶琚”之佩，所谓婢作夫人、鼠披荷叶，举止羞涩，焉能闲雅乎？　　《小序》云：“刺忽也。”《疏》云：“忽辞齐女，卒无大国之援，至于见逐。国人追恨而刺之。”言假令当日昏于齐，与之同车而归，其女有如是之美也。言外之意长。吴张云：“忽之辞昏，未为失也。国人见灾，挟宋以逐忽，故伤忽之无援以至此耳。此国人之心也。”　　看诗中孟姜，明是齐姓。《传》曰：“亲迎同车也。”则此非淫诗可知。

山有扶苏章

山隰所宜有者皆有，兴己所不宜见者乃见，盖怪之也。往言其情之荡，而子都则非往；“狡”，言其词之诈，而子充则非狡。俱属戏词。　　《小序》云：“刺忽也。所善非所善，刺其用人之非也。”休复云：“国人思忽，恶突之词。‘子都’‘狂且’，隐语也。”

萚兮章

木有将落之机，故风吹之；女有倡予之意，故予和之。盖取相求相应之义。和者，和其始；要者，要其终。意在动人之倡也。　　《小序》云："刺忽也。"《诗故》云："非刺也。国人思黜突而纳忽也。忽以世子践祚，正矣，宋人乃使祭仲立突而逐忽，故郑人不义突而作此诗。托言风之陨萚以见志。叔伯，谓大国也。安得大国倡义纳忽，我当起而应之矣。"钟云："思友也。"

狡童章

此略不为意之词。若说我自有人，便无味。犹言我自吃得下、睡得着的话。末二句政是因其狡而反言以戏之也。　　《小序》云："刺忽也。"朱子辨云："昭公犹在位，安得以狡童目之？且其为人柔懦疎濶，不可为狡。即位已壮，不可为童。"其言是矣。严氏以狡童指其所用之人，即扶苏之狂且也。

褰裳章

此章重个"思"字。"褰裳涉溱"，子思专而我思亦专。"岂无他人"，子意泛而我意亦泛。乃未绝而防其欲绝之词，正以动其思也。　　我思与不我思，是设两端以要其必从。　　《小序》云："思见正也。狂童恣行，国人思大国之正己也。"《疏》云："国人思逐突立忽也。"严云："郑亦非远，我之望救，亦非一国，而何其皆不来也？狂童篡弑自立，其狂已甚，不可缓矣。"

子之丰兮章

前二章，悔前期之已失；后二章，冀后会之可图。望实由悔生也。　　悔其不送不将，故言自今装载盛备。俟有驾予者，即与同行，非岂无其人之说[1]。　　偕行偕归，即与丰昌作偕老计，便不消俟堂俟巷。此等妇人煞有淫胆。若说别从叔伯，反少情致。　　《序》曰："《丰》，刺乱也。婚姻之道缺，阳倡而阴不和，男行而女不随。"　　"将"，承奉也，与送异。《注》训"亦送也"，会意解。

① 原批注："本文两与字，此说为是。"

东门之墠章

一志其所居，而叹其相远；一志其所居，而冀其相就。宛然者其室，而杳然者其人。思尔者我，而忘我者子。此时此情欲其相谅也。"墠""坂""茹藘"，历历在目，此思中之境。其人之远，乃心耳。疑恨之词。

风雨章

此诗喜幸之意皆在晦冥之候，鸡鸣之时。想以久待而得遂其欲，故喜剧而不能禁如此。当以"既见"二字为主[1]。曰"夷"曰"瘳"曰"喜"，皆根此说来。各章上二句言其时，下二句表其心，须一直说下。　　"风雨如晦，鸡鸣不已"，读之有天地瞑晦、异象争鸣之感。　　《小序》云："思君子也。乱世则思君子，不改其度焉。"依此说，则首二句是乱世光景。

① 原批注："□□君□作预拟之词，更深一□。"

子衿章

此淫女望其所与私者之词。上微责彼之忘情乎己，而下言己实致情于彼也。“子衿”“子佩”，盖目其服，想见其人，而又追言昔日之钟情若此，今乃音问不续，而又靳(蕲)于一来，其又何能以弗思？“如三月兮”，要缴转子，何秘尔音，而蕲于一来意。　　“挑”，谓举止之轩翔；“达”，谓襟怀之洒落。　　《小序》云：“刺学校废也。”《疏》云：“学校不修，生徒分散，或去或留。此留者责去者之词。”《笺》云：“独学而无友，则孤陋而寡闻，故思之甚。”

扬之水章

此诗以“无信人言”为主。上是欲与相好，下是欲其无信人言，而永以为好也。　　流缓则浮沉而不去，俦寡则依恋而不忘，二者皆有绸缪之意，故以为兴。　　终鲜兄弟[①]，明己之无他遇也。“诳女”，所欺者一人也。“不信”，则平日是无信之人，诳人多矣。　　《小序》云：“闵无臣也。君子闵忽之无忠良士，终以死亡，而作是诗。”郑云：“作此者，同姓也。”严云：“昭公兄弟虽多，皆怀心外士，虽多犹少也。故曰‘终鲜兄弟，维予与女’，言外此皆非同心者也。又戒之曰‘无信人言’，人言皆诳女者耳。”胡云：“君臣疑而要誓之词。”

---

① 原批注：“妇之党为婚兄弟，婿之党为姻兄弟。”

出其东门章

此诗当以“匪我思存”作主。盖此人当叔伯交和，蔓草纵淫之日，不胜厌恶痛恨之极，故此思直是砥柱中流的念头，真有挽回世风意在。若说我自有室家可乐，则其思亦已浅矣。“聊乐之云”，有姑且自足之意，言“缟衣綦巾”，虽难与“衣锦褧衣”“佩玉将将”者比，而我之乐，聊且寄之，是我思尚不专存于此，而况彼“如云”者哉？思曰“我思”，乐曰“我乐”，两“我”字正是诗眼，不可忽过。　“云”，状其绮丽可观，故应之以“缟衣綦巾”。“荼”，状其轻白可爱，故应之以“缟衣茹藘”。“聊乐”者，自乐也。“与娱”，则与之同乐矣。自乐于己，正见其不动心于彼也。　当看“乐”字“思”字，以乐止思，妙理妙法。

《小序》云：“闵乱也。公子互争，兵革不息，男女相弃，人民思保其室家焉。”“如云”“如荼”，指弃女也。兵革丧乱之后，丧服者多故，曰“如荼”。

野有蔓草章

此诗以“相遇”二字为主。每章首道其景，中状其人，末言其会。总之赋其相遇之情也。蔓草得露，其泽渥；美人得遇，其意浓。故又以为兴。“清”，是目，“扬”是眉婉，总之谓眉目间婉然美也。　“有美一人”，言无端而见一人也。“适愿”，以一人之欲言。“偕臧”，以两人之欲言。“邂逅”，非可久之道，不过适一时之情好耳。　《小序》云：“思遇时也。”严云：“冀得兵革宁息，男女及时而婚也。”归云：“贤者不遇时作此诗也。‘有美一人’，犹楚辞所谓美人也。”钟云：“晤好友也。”

溱洧章

二章俱以“观”字“赠”字为主。“秉蕳”之士女，就其大概而言，“往观”之士女，指其中淫奔者而言。首四句叙其时事如此。“女曰”下，见人往而己亦欲往也。　以溱与洧，引起士与女为兴。赠勺药是一时情思之偶，郑俗所重在采兰祓除。下“殷盈”“往观”“相谑”处，皆不脱采兰一节事。　“士曰既且”，复曰“且往观乎”，顺适女意也。婉转流连，不自为主动于欲也。　此诗作淫奔者自叙之词，非也。观诗内曰士曰女，则非其自作明矣。淫风虽行，诗人指其事而刺之，亦可谓“思无邪”者矣。　按公孙侨相郑，□(作)刑书。民歌曰:"孰杀子产。"此诗亦本此。孔氏删诗,以此终郑,良有深意。看下章"将谑","将"字原未尝谑也[1]。且"方涣涣"一语,已有"招招舟人"之思,此士女欲淫而不敢之词。"洧之外,洵訏且乐",言彼能禁我之乐于溱洧,能严我于洧之外乎?"惟士与女,伊其相谑",他日洧之外事也,敢踰墙踰里,恣行无忌乎?此淫士女之犹畏心,可观郑政矣。

① 原批注:"依此解将字,非声之误。"今按,朱熹以为二章之"将"字"当作相,声之误"。

鸡鸣章

通诗精神在"无庶予子憎"一句。盖时厘一憎于心,即时凛一声于耳。其以鸡鸣告也,而蝇声之误无暇辨,虑及于朝之盈而已矣。时厘一憎于心,即时形一色于目,其以东方明告也,而月光之误无暇辨,虑及于朝之昌而已矣。憎之心愈惕于中,则朝之虑愈迫于口,乃更危其词以告曰:君竟不畏憎耶?而犹然不乘虫飞起耶? 首二章须体会其衽席上先有一段无闻自闻、无见自见意思,故一触其似闻似见者,而蹶然起,蹙然告矣。蝇声、月光皆极形容之词,非必以似也。 鸡声、蝇声原自不同,月光、日光亦微有异,只是贤妃悚惕之心,故凡恍惚于目、疑似于耳者,无不认为真也。 下二句俱作贤妃口气说下,云勿谓"匪鸡则鸣",而"苍蝇之声"也;勿谓"匪东方则明",而"月出之光"也。向作"表妃之心",未是。 不正言鸡鸣而起,待旦而兴,君当急于视朝,而但曰"鸡既鸣矣,朝既盈矣",微讽之意宛然。 人将晓则更倦而思睡,虫飞薨薨,正甘寝之时也。"其(且)"字与"憎"字可味,说到浓情可憎,益见明作可爱,憎意即在"会且归"之中,非有两层。 不曰君之荒于内,而言己甘同梦;不曰以君之故憎我,而言以己之故及君,言最微婉。曰"盈"曰"昌"曰"归",妃所再三告者,若借忠于外臣焉。 此陈古以刺今。《小序》为哀公怠政而作,朱注亦曰古之贤妃,则不必指定为齐妃。

还章

此即一人之言，而见两人之称誉。只以“子之还”“谓我儇”二句紧相呼应，全要见他意气飞动，郁郁见于眉睫之间。　捷才曰“还”，“儇”则其别名也。总之有利而无钝。俊才曰“茂”，“好”则其别名也。总之有美而无丑。多才曰“昌”，“臧”则其别名也，总之有长而无短。虽云交相誉，实自矜于其党以示雄也。　并驱逐兽，有何揖让？其交相夸誉处，正是未知鹿死谁手之意，争之至也。　《小序》云：“刺荒也。哀公好畋，国人化之。”

著章

此设为新妇始见婿而诗述之词。使人读之不亲迎自见。“俟”者，等，俱是昏礼，只失却亲迎一段。　起头便着一“俟”字，便见不迎矣。　齐俗不亲迎，此妇未必知。初无刺意，此诗疑托为妇言，亦未必出自彼妇之口。曰“素”曰“青”曰“黄”，悬瑱者之饰，而瑶华等石，即所以为瑱者，非以所俟之异处。而并易其色与石也，方见为素，旋见为青，又见为黄，因一时乍见，未能熟视其全，见一次，则举一色言之耳。　凡言瑶华、瑶英、琇莹、琇实，皆借草木以形容玉之光色。　礼惟天子不亲迎，使三公逆后。鲁哀公问孔子曰：“冕而亲迎，不已重乎？”是诸侯已下无不亲迎也。此特卿大夫已下之事耳，而国君可知已。故小序曰：“刺时也。”按：充耳悬瑱谓之“纯”。纯，君五色，臣一色，而曰“素”曰“青”曰“黄”，故知卿大夫已下事也。

东方之日章

数“我”字见往来恋恋之情，无非为我意。以日在东方，兴之子在室，不是因时以起兴。“履即”迎之也，“履发”，送之也。　日月皆曰东方，昧爽而来，初昏而去也。叙其来故曰在室中，叙其去故曰在门内。　《传》曰：“月盛于东方，君明于上若日也，臣察于下若月。”　《序》曰：“刺衰也。君臣失道，男女淫奔，不能以礼化也。”

东方未明章

此诗刺意在“不夙则莫”句。以“不则”二字紧相应，便见无节不时。首二章言兴之早，已含他日不免又太暮意。诗人但把早说，而结露一“莫”字，语极含蓄。　“颠倒”，只仓皇急遽之状，本以己之蚤形君之尤蚤，而君命又来召，盖犹豫以为晚矣。此日既早，他日又晏，可知有使人莫可遵守。　“狂夫”句大可味。人心之圣狂，只在人心之迷悟上，早夜亦迷悟之关也。君臣间一种匆迫之思，固衰乱之象也。　《小序》云：“挈壶氏不能掌其职焉。”以末章为挈壶者之词，若君为其所误者，意更深婉。

南山章

通章以“怀”字“从”字“鞠”字“极”字为主。旧说以前二章刺齐襄，惟知纵欲以见其不兄；后二章刺鲁桓，不能防淫以见其不夫。看来此诗通刺齐襄，以不欲斥言其君，是以托喻于狐、驾言于鲁，其所以刺齐襄者，隐而彰矣。　屦有缅黄白黑散屦，凡五等，故云“五两”。伍伍相两，非五履也。冠之下结者为缨，缨之垂者为緌，此必双方可对结。　衡，东西耕之；纵，南北耕之也。　娶妻之礼，议于生者，卜于死者，是之谓告。四“如之何”，深思之词。“礼法”二字，穆然凛然俱在其中。　此诗全以定偶羞二君。首章是乱偶，次章发明有定偶，三章定偶本于父母而为人所乱，则贻父母之羞。末章见定偶合自媒妁而不免于乱，则负媒妁之约，均之非人类者也。鲁桓遭彭生之祸，而齐襄亦蒙豕立之殃，孰谓无天理耶？　《小序》云：“刺齐襄也。”末二章虽刺鲁桓，意则以襄为主。所以者何？鲁桓弑兄自立，有危心焉；结婚于齐，归田于郑，成乱于宋，树三疆以自固，尤属望者齐耳。齐襄恃强以行淫，文姜挟齐以纵欲，桓之不能制姜，以齐之势重也，襄之敢于淫妹，以桓之中怯也，故总归于刺襄也。

甫田章

此诗俱是戒其急意。齐俗急功利，病在一“急”字，故以此戒之。然未可骤与之语远大也。须在目前指点，以消其凌兢之心。　　非言人当安于近小，正是期之以远大。意盖欲图大，则当如“田甫”。田者之务去莠，然使“骄骄”未已，后益之以“桀桀”也，可奈何？欲谋远，则当如“思远人”者之务去劳，然使“忉忉”未已，更甚之以“怛怛”也，可奈何？欲结远大之局，则当如“婉兮娈兮”之务各循其序，然使以戴弁终，而不必以总角始也，可奈何？　　“婉娈”，幼之容，“总角”，幼之饰。四句一气说下。“总角”者，即戴弁之基也；丱然者，即突然之兆也。“未几”二字，正为欲速者发[1]。以童弁为喻，此只就人当身说法，遂使贪人莽人躁人立下大痞。　　末言近小，自然远大，正醒出四“无”字精神。　　《小序》云：“刺襄公也。”《诗故》云：“公尝师于首止，杀郑子亹，轘高梁弥矣，又尝伐卫而纳纪季之酅矣，又尝与宋鲁陈蔡再伐卫而纳惠公矣，皆务大功而求伯于诸侯之事也。内行不治，徒负众而恃力，何能有成乎？总角而弁，躁盛之喻也。”

---

① 原批注：“□未几突而四字语气，此诗人危语以动之，非缓语以觉之也。”

卢令章

通诗以“仁”字作首，下二章分对。三“美”一样看，俱以才艺言。如便捷轻利是也。“仁”，就田猎相与之间，交相欢爱，无自私自利之态，便见他宽厚长者为仁了。“鬈”“偲”，亦田猎时所见如此，盖皆武勇所奋发也。　　首章美其才德，下二章美其才貌。　　《小序》云：“刺荒也。陈古以风焉。”严云：“古有闻环声而喜者，非喜其田大也，其人美且仁也。”

敝笱章

重一“敝”字。鲂鳏本可制，笱敝则不能制。文姜本可防闲，庄必(蔽)则不能防闲。　　必言其从者，见车马仆从，皆不俟庄公之命，而惟文姜之是从也。　　“云”象簇拥，“雨”象连绵，“水”象奔流，总是多意，而义稍别。

载驱章

此言文姜乘车马之美，统徒御之众，来会于齐。总是一个了无顾忌之意。　　夫车之声疾，骇群听也；车饰之盛，系众观也。道路坦夷，行人众多，非隐僻处也。曰“岂弟”，曰“翱翔”，曰“游敖”，文姜之情，欢欣快乐如此，略无羞恶之心。诗人恶之丑之，而反复刺之也。　　“发夕”，急于赴齐，即夕启行，不能待旦也。　　止言其往，而不言其所往之何事，所谓“中冓之言，不可道也”。　　“行人”，以从行仆从言。

猗嗟章

通诗讥刺微意，全在开口三个“猗嗟”字，句句称美，句句是叹息不满处，诸“则”字亦是微词。　　此诗极言其人容貌、威仪、技艺之美，而以叹息之词发之，则其所不足者，必在容貌、威仪、技艺之外矣。　　凡论人必先称其所长，则其短不言自见。　　各章首句包下威仪、技艺[1]，而下则分析言之。人若委琐，便无仪可观，故言其体貌，则欣然而长。“扬”，以容止言。“抑”者，贬损怀叹之意，而反若有扬之者，则“扬”之更当何如？　　目之动，精神之流动也。故以为美。礼有徐趋、疾趋，为之有巧拙，故美其趋之跄然而巧也。“射”，兼大射宾射言，“臧”，兼巧力言。　　目与仪两开说，“仪既成”，只应接愈烦，而仪文愈审之谓。必到终事而犹无违，方谓之“成”。“终日”，见射之久。诸侯来朝，与之射于朝，曰宾射。将祭择士，射于泽宫，曰大射。燕宾客射于寝，曰燕射。“终日射侯”而“不出正”，举宾射以该其余也。　　“展我甥[②]”，此齐人之诗也。诗人盖欲露出鲁庄公来，未必有“明非齐侯之子”意，或言此等威仪技艺，不独可名于鲁，亦可名于齐，故曰“展我甥兮”。　　“昌”是富盛意，“娈”是臧嘉意。“清”是目清明，“扬”是眉宽广，而“婉”字则总言眉目之间婉然好也。“选”谓于伦等最上，国君之子教于成均，成童舞象，既冠则舞大夏。　　上言“不出正”者，中也；此“射则贯”者，中而有力也。“四矢反”，则兼巧矣。　　“御乱”句即粘上二句说，作未然事看。御外乱而不能御内乱，如正家之道何？

---

① 原批注：“无端发出猗嗟，讥刺之意已全托出。”

② 原批注：“展我句，还是赞叹之词。”

葛屦章

通诗以“褊心”二字为主。玩《小序》则魏之褊急不止一人，即此人之褊亦不止使女缝裳一事，举一事可以见其人，举一人可以见其余，乃诗者也。葛屦履霜，不过借此起兴，非以俭啬对褊急也。“掺掺”四句，俱是褊急，皆由俭啬生来。　　三月庙见执妇功，是已庙见为妇，未庙见为女，只一“女手”字便见刺意。“要襋”二句，总是缝裳事，只要看《注》中一“遂”字，总是气象迫促，略无从容婉转意。二“可以”，见此犹可，有何不可之有？　　“好人”句，见进止非不安舒。“宛然”句，见逊让非不有节。“佩其”句，见服饰非不贵盛，而中心褊急，则实不称其外，故不能不以为刺云。褊心宽说，而缝裳在其中，当玩“惟是”二字。此人褊心，凡事皆然，不止使女缝裳，故《注》着个“如前章之云”一“如”字。　　“好人”二字最宜着眼，盖奢为恶德，俭为美德，但举一切迫窄不堪之事，悉文之以美名，蒙之为好人，而礼竟弁髦矣。故曰俭之为恶甚于奢。　　序曰："《葛屦》，刺褊也。魏地恹隘，其民机巧趋利，其君俭啬褊急，而无德以将之。"《传》曰："妇至门，夫揖而入，不敢当尊，宛然而左辟。"《笺》曰："妇新至，慎于威仪如是，使之非礼。"此解于"女"字更为关切。苏子由云："君子之为国也，致隆而极广焉。故其降也，犹可以不陷。今葛屦而履霜，及其暑也，将安用之矣？妇之未庙见也，而使之缝裳，及其成妇也，将安使之矣？"

汾沮洳章

此诗所刺，实指贵人，若细民则无以刺为矣，但不必其公路等官耳。此诗全不说破俭不中礼，只在兴意上想他出来。　　"美"，就外面仪容礼节上说。"无度"，言其外之修整，不可以尽（尺）寸度量，犹言不可枚举也。"如英"，言容节之间，俊逸闲雅，如英华之可爱。"如玉"，谓容节之间，缜密温润，如玉之可宝。然虽有贵人之容，而殊不似贵人，盖转其语以为刺也。　　凡为"公路""公行""公族"之官者，必达礼，故借以刺之。　　玩"殊异乎"三字，则并未曾说出俭啬褊急意来，此隐刺也。只宜浑言之，不宜添出"俭啬褊急"四字在内。只言美则美矣，所称公路者，果专以此美乎？而兹之美处，正其所异贵人处也。　　公子仪为鲁相，拔其园葵，以卿大夫而与民争利，难乎为下矣。但"采莫""采桑""采藚"，言其意，非真有其事，故以为兴耳。"沮洳"，见卑下之处，一方一曲见壤地无多，不宜与民争也。"彼其"，鄙薄之词。　　俭不中礼，贪忍皆从此生，故诗人刺之。

园有桃章

此忧国小无政意，重"彼人是哉"一句。国之无政，正坐此弊心之忧，忧此也。"盖亦勿"，思欲人之深思，而共此忧也。二章一意，当以"忧"字为主。"忧"根"思"来。　　玩通诗并未曾说出"无政"来，只言心忧而无人知，无人思耳。所以"心忧"，所以"歌谣"，所以"宜思"，皆在言外。　　以核充殽、以忧度曲，此兴意也。　　沈云:“此亦兴之兼赋者也。所云国小无政,亦只是安于俭啬固陋,而不知经制之大、振起之谋。如园桃以为殽、园棘以为食是也,故以为兴。”　　“歌谣”,非但是忧之所寓,犹有借歌谣以隐讽国家、讥刺时事之意。故下以“子曰”二字接之,“子曰”字,政指“歌谣”说。“谓之骄”句下一“士”字,则“士”字不宜轻放。盖我不过一草茅之士耳,诚不任君相之任也。乃终一启口,便谓无君相之任,而妄干朝议,于是指为欺罔,指为怨望。惟所谓之其不知我一至于此。　　“是”者,言式微之国,宜无更张之令。“彼人”①,指当国者言。“何其”,即指“歌谣”说。此二句正反言以见其骄也。　　“心之忧”以下凡六转,总是反覆述己之忧,而冀人情之开悟也。　　若思之,则此时此国大有可忧者存,将与我同一歌谣之意也,或又有深于我歌谣之感也。而瑕非我哉!此动人以思国之念,非徒欲人之知己也。须知此思是思彼人果是否,我歌果骄否。　　“行国”,乃行吟泽畔之意,须带歌谣之不足说来。“罔极”,本“行国”言。出游甚于歌谣,似纵恣无极耳。魏以河汾小国,弹丸沮洳,近于强晋,君相所宜蒿目而忧。而徒以怡堂厝火之见,偷安旦夕,丧已无日。长虑却顾者,安得不思而忧也?

---

① 原批注:“彼人二句写出世□之状。”

陟岵章

此诗全要得想像语气,重一“慎”字。亲之所以念其子弟,与子弟之所以慰其亲者,只在一个“慎”,正想像之逼真处。　　三章每首二句是望亲,下则想到亲念己、祝己之言,俱从望中想像出来。想像亲念己,正是他念亲处。言亲之欲其“慎”,则其自慎可知。孝子不登高、不临深,正是此意,不得指何事为慎也。　　他日之聚首家庭,全在今日之珍重于逆旅。每章“无止”“无弃”“无死”,正领“慎”意,言慎以无致是也。“止”,谓止彼而不思归也。“弃”,谓弃此而不复返也。尚未说到死。　　第三章须在父母上□意,见得我行役于外，则单有吾兄依依父母之侧；望兄，政所以望父母也。　　吾侪方作，吾何敢以不作；吾侪未息，吾何敢以独息，故必偕。全重不得自如上，见离我同胞而与我同侪为侣也。“无死”，见犹得同侍父母之侧、以供父母之养意。

观《陟岵》而魏之所以役其民者可知，观《硕鼠》而魏之所以赋其民者可知。

十亩之间章

此诗不忍以去国之故明指宦危，而微以归田之愿托云野乐，故呼其同志以偕隐云。看诗柄，思与其友归于农圃，非只欣羡别人，乃自家想像隐居之乐如此。言今国小无政，朝野皆穷，想着四境之内，如何有闲闲泄泄所在。除非十亩之间有桑者焉，或者闲闲然享无事之福乎？除非十亩之外有桑者焉，或者泄泄然蒙自得之利乎？口气须放得松活为是。　　味一“行”字，虽未遽尔言归，而此时此心已不可挽矣。　　羡在畎亩，则厌在朝廷可知矣。畎亩之人安，则朝廷之上危可知矣，故《小序》云：“刺时也。”

伐檀章

此诗所美，正所谓志士固穷，宁为其事而无其功，必不肯不为其事而受其功也。用力指砥行，自食其力指用世，若谓矻矻攻苦，止为口腹之计，则所谓非力不食者亦细矣。　　通篇只重励志。各章首七句言其事如此，其遇如此，其志只如此，非必为其事时便思求售，目其不售而矢此志也。　　本文“君子”二字不可放过。盖餐不尽素于小人，正惟冒君子之称，而貌假廉贞，中藏污垢者，天下兼得之名利，偏供此辈之所噉。故诗人于“君子”三致咏焉，意固远矣。　　“坎坎”二字，是摹拟攻苦意象，即《易》所谓“习坎”也。所云伐檀为车，非实事；所言河中清涟，非实境，是借此事以见用力求食之事，又借此境以比所遇不如之意。至于“不稼”四句尤非实说，只借他来形他一介不苟[①]、甘心穷饿而不悔的念头。　　“置之河之干兮”，要看一“置”字，是置而不用之意。清涟景象难与清白之心相映，却与浓郁之遇相违。不可说我之伐檀为车犹稼穑以得禾、狩猎以得兽的话头。若下一犹字，此四句是比方了，不见他励志了。盖君子自有君子之稼穑[②]，苟非吾之所宜取，纵人见为稼穑，君子直曰不稼不穑也，禾胡取焉。君子自有君子之狩猎，苟非吾之所宜有，纵人见为狩猎，君子直曰不狩不猎也，貆胡瞻焉。三言“胡取”者，胡可得也；“胡瞻”者，胡可望也。非为取之望之之计也。　“素餐”，不必推到仕而不苟禄上。人苟虚生天地之间，而无益于世，即岩处家食，谁非素餐？故西山之薇，未可遽食，而空谷之刍，亦难虚受也。

① 原批注：“五不字，见励志。”

② 原批注：“有志之士，无稼穑之事，而有稼穑之心也。”

硕鼠章

通(章)借硕鼠以指在位者，不欲斥言之，为尊者讳也。重“食我”二字，注“贪残不平”，残以济其贪也。故本文以“食我”言黍不足而食麦，食麦不足而食苗，以比贪之甚也。　民出其力以事上，而反蚕食之，故曰“莫我肯德”。“三岁”，见非一朝一夕之故。《诗故》云：“言始以国家多故，暂重其赋，后遂仍而不改，今三岁，已习为常法矣。以是终身，其谁堪之？”　百年聚庐于此，一旦转徙乎天涯，去岂得已哉？“逝将去女”，犹未去也。只一“将”字犹有冀其悛改之意。　“适彼乐土，爰得我所”，亦意想料望之词，非真有所指也。只无食黍等害，便觉今日之困为稍宽矣，不必是大有道之国。指彼欣然而乐，正抚此黯然而悲也。　“得所”，谓得其所养，得其所生也。“得直”，谓得自直立，得自直遂也。被其害故哀号，若出境则害永不及矣。故曰“谁之永号”。　明主宁去吏，勿去民；暗主宁去民，勿去吏。吏去犹可选吏，民去谁复聚民？

蟋蟀章

通诗以“职思”二字为主。见得我辈艰难辛苦。历而成人,则“思”乃吾之“职”。彼夫风流得意之乡,岂是安身立命之所,则“思居”乃吾“职”也。彼狂歌酣饮之场,岂有百年无事之福,则“思外”乃吾“职”也。彼夫沉湎谑浪之地,岂非晏安酖毒之时,则“思忧”乃吾“职”也。“瞿瞿”以傍徨为义,本“思”之惕厉言,所谓安顿之处急须经心也。“蹶蹶”以颠蹶为义,本“思”之迫切言,所谓事几之会,急须努力也。“休休”以歇息为义,本“思”之止足言,所谓忧乐之场,急须回首也。三章作一样看。　首二句,言物不能安其常,时不能挽其去,已有无限咨嗟。“日月其除”,非泛说,言务门之日月将舍我而去,则农事复兴,有不暇为乐之意。便含“思”字意。“无已”句,是承上叫下语,不可以“相戒”字插入。“无荒”二句,是足上语,不是着力说,“职思其居”便是“无荒”。　末句全在自己思绪抽动处想像发挥,而特以“良士”来一印证。若欲取法良士便差。　三“职”字宜体认。盖人各有“职”,以为职之忧而漫置之,亦不得。三“其”字亦不闲。居曰“其居”,即外曰“其外”、忧曰“其忧”,总之皆吾“职”也,如之何勿思!　“思居”正指农事言,看“思外”,不宜迂远说,“思忧”亦不须十分危迫,总根“思居”说来。

“瞿瞿”,正是“思居”情态处。优而食厚,富贵之容必肥;节欲而劳神,忧患之容必槁,故曰“瞿瞿”。　“休休”,不在事后,就此焦劳即就此慰贴,何等安逸!《出其东门》以乐止思,《蟋蟀》以思止乐,极善居人心也。

山有枢章

此诗激为违生之言,而忧生之情愈盛,莫作任情放达看。如真任情放达的人,那计死后事?况于衣裳车马等项一发琐琐,不堪记忆,还是一味勤俭,看得衣裳车马等件,致之甚难,必须照管完全,决不使他人得以有之,此其不言之虑也。有□合前诗,总是一样肚肠,不过两样说话,极妙。　“枢”之在山,"榆"之在隰,荣悴无常,亦代谢之物。故以为兴衣裳车马,要知是勤劳所得者,"弗曳"等,只为"思居""思忧",不暇安享也[1]。　　廷内为乐之所,钟鼓为乐之器,洒扫亦有延接燕饮之意。"酒食"四句,一连下。"日"字即务闲之日。二"且"字有味,把一切所治之事,姑置之勿思意。"何不"两字口气甚急,当体认之。　　居幽处独,愍愍慕远,则虽短而似长。应务营业,矻矻劳生,则难长而似短。"忧"则一名,实有二义。　　《小序》云:"刺昭公也。"曲沃强大,将窥晋鼎。昭公徒有俭约之行,颓废不振,《山枢》暗刺而讽之。其曰"他人是保""他人入室",已预知其然耳。

---

① 原批注:"此诗得上篇'今我不乐'二句意而畅写之也。"

扬之水章

通诗以"从"字为主。惟欲从之切,故必隐之深。　石生于水,水弱而石强,以比沃本于晋,晋弱而沃强。　　"素衣"句,即黄袍加身之意。"既见",是成其代晋之谋处,欲为之隐。故但以"见"为言。"云何不乐",是喜其从之之愿也。　水清石见,比晋弱而沃之强益显也。谋自上出谓之命,非命令也。不敢告人者,恐事以泄败,而"从"之之愿不遂耳。　　此诗不明言晋衰沃盛,只以水缓石峻为比。不明言从沃为侯,只以侯服为言。不明言其为侯,只云"既见君子"。此即不敢告人处。《小序》曰:"刺昭公也。"严云:"设为国人相语之词,此微词以泄其谋,使昭公戒惧而蚤为之备也。"　　设为毖密者,正所以深告昭公也。　所云从沃者,亦潘父之党耳,非国人也。

椒聊章

以物之蕃兴国之盛,下遂以所兴之物点出"远条"二字,比其将来当益盛也。"无朋""且笃",便是远条之势。末二句致叹而已,不作两层。　　"硕大无朋”，言威灵气焰之无比也。“笃”是盘根深厚不可拔意。既曰“蕃衍”，又曰“远条”，见今日之沃已盛，而他日之盛更不可得也。　　“椒聊”起兴，见他培植之固。沃有“远条”，而晋之本实先拔矣，剪桐之封不没于树聊之实乎？　　《小序》云：“刺昭公也。”严云：“晋人言桓叔之强而不及昭公，意则忧昭公之弱，而非主桓叔。言在此而意在彼也。”称桓叔为“彼其之子”，为告昭公也，言外见不可不备意。　　《国策》：“木实繁者伤其心，大其都者危其国，尊其臣者卑其主。”正此诗之旨。

绸缪章

此虽是夫妇相语，亦诗人叙述之词，要描写其喜之甚而自庆之意。盖怨旷有年，无端邂逅，翻以人间乐事惊为天上奇缘也。　　“析薪”而散于地，非“绸缪”之，无以成束。男女之合而为婚，盖亦有“绸缪”之义焉。仲春三星昏而不见，嫁娶之候也。今昏而在天，则月令逮辰，季春之候亦算不得过时，所谓过时者，过其婚嫁之年也。“今夕何夕”，正是过时之意。《注》：“忽见”二字，从“何”字生来，有喜慰惊疑，恍然如梦之态。婚姻不得称“邂逅”，然而得自过时，喜出望外，亦若有不期而会者①。　　“子兮子兮”，一个“子兮”贴“良人”，一个“子”兮贴“粲者”。乃首章必先贴着“粲者”，而诘其所以乐良人者何。大抵燕尔之际，人之先属目于新人，故从而问之曰：“子兮子兮，将何以发付此良人也！”至于良人之所以乐，粲者所不必言，故徐及之。

---

① 原批注：“如此良人何，有心所欲达，口不能言光景。”

杕杜章

此诗以“独”字为主，全重自伤意。以独生之杜则甚茂，兴独行之人则无与，此反兴也。

“岂无他人”，正原其所以为孤特，非是不足他人的意思。　以不如兄弟之人而犹以兄弟之义望之，正其所以为自伤也。　“踽踽”“睘睘”，就情义上说，非形影孤单之谓。“比”，以心言，有眷恋之意。“佽”，以事言，有扶持之意。“岂无”二句，只言兄弟之亲厚，不当言他人之疏薄，恐碍下文也。“胡不比”“胡不佽”，非是冀人助己，正见独行可哀之状。“比”之而不能比，“佽”之而不能佽，所以“踽踽”而伤悲也。“胡不”二字，是叹恨之词，不必作求助于人看。

羔裘章

此从《序》说，刺在位不恤民也。只在“我”“子”“他”三字叫应上见精神。我不容他适，子岂容他诿。　其居也，必期获有宁宇，则“居居”而可。其“居居”也，必设以处之，恍置身于闾阎，“自我人居居”而可，而他人必不若子之亲切也。其“究”也，必期搜括极详，则“究究”而可。其“究究”也，必设以处之，若切己之痌瘝，“自我人究究”而可，而他人必不若子之推勘也。

子贡《传》：“晋大夫贤，国人美之，赋《羔裘》。”《笺》曰：“此民，卿大夫采邑之民也。故云岂无他人可归往者乎？”

鸨羽章

通诗以“父母”句作主，以违物之性，明比违民之情，是比体之似兴者。别处王事，自在供臣职、奋忠义上说，此只借王事作个话头，一直赶下。以失所而志怨呼天，是冀望其君之词。　“有所”，主力田致养说。“何食”，为王事之未已也。“有极”，谓王事有穷尽，则得力田，而父母有食矣。“何尝”，是子道之失其当也。使得耕田奉养，则复子职之常，而父母有尝矣。　《小序》云：“昭公之后，大乱者五世，故作是诗。”曰“曷其有所”云云，见征役正未有息期，不知至何光景也。“有常”，人子奉养之常耳，不敢有他望也。

无衣章

此自述请命之意，只在“岂曰”二字，见其倨傲无礼，无自夸意，并无自谦意。末句承天子之命来。　“安”，非心安也，特以命出自天子，则有压服人心，而无意外之危。不然，有假公义以议我，则不安，或有挟私怨以讨我，则不安。不安，则多凶多怛，何以为“吉”？不安，则褫夺莫必，何以为“燠”？故“吉”有尊荣交集意，“燠”有子孙承袭意。　武公城晋自立三十七年，而始以宝器请命于釐王，其目中岂尝有王哉？诗人恶之痛之，代为请命之词。故为偃蹇者，盖诛其意，非必武公有是言也。　《无衣》非美晋，盖闵周也。自釐王命曲沃为晋侯，而篡臣无所忌。威烈王之命晋大夫，袭釐王之迹也，有曲沃之命则有三大夫之命，出尔反尔也。　衰世天子反为乱人之资，此曹瞒所以终身不废汉献帝也。

有杕之杜章

通诗全在“中心好之”一句。国小，故君子不至。政因国小，而愈不能无望于君子之至。“中心之好”，全在于此。　寡以人民言，弱以势力言，即据天府四塞，而自视犹歉然，不拘拘在势力寡弱上论也。　“噬肯适我”，要本君子行道之心说，盖恐道不可以大行，或不屑就也，此非君子之心。诚然，特诗人料之如此。　“曷饮食之”，有思虑多方展转属望之意，正是“中心之好”处，是冀望之语，非绝望之词。　“噬”字即《易》“噬嗑”之噬，啮也。“噬肯适我”，犹俗云咬定不肯随我也。　“饮食”领“适”字“游”字来。　晋自曲沃盛而“远条”“蕃”，从之者多，集苑之意，于时有赋“硕大”者。其君始不胜强干之思，而兴嗟于“踽踽”，托比于“行人”未已也，复为《杕杜》之歌云。

葛生章

前三章感物而叹其生之离，重“予美亡此”。后二章感时而要其死之合，重“归于其居”。死合，亦不是绝望于生前，正思之深，而为是无可奈何之词耳。　　思到生离死合，皆因久出不归来。　　物各有依，己独无依①，此兴意也。“谁与独处”，一语而分两韵，言夫既不在，则谁与乎？但独处于此而已。“谁”字“独”字紧相呼应。　　枕衾之粲烂，方旦见之，故云“谁与”。“独旦”下“日夜”字，紧根“独旦”来。　　“夏之日”，乃“独处”之日也；“冬之夜”，乃“独旦”之夜也，故思与日而俱长，凡“日”皆夏之日也。思与夜而俱永，凡“夜”皆冬之夜也。不限言夏日冬夜。　　其断之“百岁之后”者，言万古此日夜、万古此夫妇，非是生或难相见，只（死）则实相从也。　　妇人见献公之攻战不休，知死亡之无日矣，故不敢遽望其归，而但言“百岁之后”，得同归首丘足矣，伤极之词也。

---

① 原批注：“焚却嫁时衣，消却心头恨。”

采苓章

此诗总是刺其听谗，亦是教以止谗。明有所指而不欲斥其事，故借一物言之。苓采于隰，苦采于泽，葑采于圃，皆非山中之物。而曰“颠”曰“下”曰“东”，历历可指，喻谗口之善状。“人之为言”，本是说谗言，而特借采苓浑言之。“为”字亦重，言出于“为”，便不可信矣。无信，只就谗不足信上说。至“无然”，方着听谗者身上说。天下有必不然之事，而谬为必然之言，此其言只利于速投第舍置之，而所为不然者出矣。知其不然，则自然不信其言。不从其言，而为是言者，无所得以售其奸矣。故曰“胡得焉”。“胡得”重我不使他得行其言。　　玩“苟亦”二字，可见谗言之入已深，未可直揭之为全非，或亦察诸情理，而倘有不可尽凭者乎？语甚婉冷。

车邻章

此诗首创见其君而夸之。下既见其君而乐之，其夸与乐总不在车马寺人上。　　车多而声众，马多而色奇，前此所无两，今忽有之，就此上便有长驾远御、凌驾一时的气象。有此寺人，传命出入，又见有高拱尊严、驱役人群的气象。“并坐”，国人相并而坐也。“鼓瑟”“鼓簧”，已非复向者弹筝拊髀、击瓮叩缶之为声，有改弦易声，进于中国优柔之趣矣。“逝者”，犹言自今以往；“耋”“亡”，自言，非指君也。即扶杖往观，冀须臾无死以观德化之成意。

“未见君子，寺人之令”，此诗人之微词也。盖昔日上下相亲，欲见则见，并无中外之隔。今日“未见君子”，而必假寺人之传令，严邃如此，尚安得既见而并坐鼓乐也？　　秦初固已柄用宦官，不待混一天下而已然矣。　　“并坐”者，暴富之家，其仆多狎；创立之国，其臣多野。此天子之尊，必假叔孙通也。　　此秦立国之始也。哀其耋、哀其亡，秦之声促而哀矣。嬴先亡于姬，岂不信哉？　　夫子删《书》，以《秦誓》为殿，知代周者秦也。删《秦风》，以“寺人之令”为冠，知亡秦者寺人也。

驷驖章

此诗以“狩”为主。盖大狩为诸侯之礼，襄公首举此礼，其威仪节度自与昔日不同。故国人纪其事以志夸。　　全章须重“游于北园”一句，见得北园为天子所御，孰得驱骋于其中？惟襄公有畿内八百里之地，此为“六王毕、四海一”之根脚。惟田于北园，而得骋其驷铁（驖），挟其“媚子”。虞人竞劝以供职，毕猎肆志以优游，此非今日创见者哉？故非徒夸美乎车马从卫，实夸大乎此园也。

首章。只叙其往狩之初，仪卫如此。见有车马足以乘载，有便嬖足以使令。不平对，只散散滚下。　　“驷铁（驖）”，见齐色又齐力也。“六辔”，只带在马上，不作御说。“在手”云者，亦有大权在握的景象。云“媚子”，是消君之雄心者也，云“从狩”，更能逞君之雄心矣。　　秦人开国之初，不闻延访遗老，而所从者惟“媚子”。夫“媚子”何等人也，而可以左右从公乎？

二章。翼兽而兽预，遂“左”而射精，方狩时事也。　　“辰牡”二句，只重翼兽之像，不重禽兽之多意。翼者，合围之谓。兽之供，各有时，故曰“辰牡”。“奉牡”，亦是诸侯之礼。“孔硕”，见国势方兴，百物咸若意。“公曰左之”，公命御者左其车，而依乎“逐禽左”之法，而公之“舍拔”，即无不中焉。射御俱归君说。　　此章要见有岐丰之土，故有禽兽之多；昔为天子之所，今为掩禽之地意。

三章。人游而马闲，车轻而犬休，毕狩时事也。　　“游于北园”，主君说，而媚子虞人带言之，以“游”字作主。下三句皆游中事，散散作三件叠看。只于“闲”“鸾”“载”三字，各见从容整暇意。　　“闲”，只是闲暇，勿泥调习。四马有闲暇之状，而无事于驰骤。轻车有和鸾之声，而无事于驱逆。田犬亦载于其上，休其足力，而无事于追逐。总写一时毕狩光景。　　狩以讲武，主习骑射击刺，以鸾车而载田犬，所尚可知。　　此章之纪猎，即楚人弋缴。对今日击狐射兔，后日以列国为凫雁，晋楚为泽中之麋，周天子为虎兕，诸臣智士为媚子虞人，而咸阳为追逐之薮矣。

小戎章

此诗每章上六句，夸军容之盛。下因及私情，重报君父之仇上。“念君子”，只带言之。谓公义所在，我妇人虽切于思，亦无如之何矣。

首章。以“小戎”二字作主，“俴收”以下皆根“小戎”来。“俴收”，车轸之制也。“梁辀”句，车衡之制也。“游环”句，御骖马内外之制也。“阴靷”句，使骖马引车之制也。“文茵”句，车上用物之制也。　　戎车，不重任载，而以驰突。故“收”比大车独“俴”，取其仅足收敛而便于旋习也。周之出师，路车有奭、八鸾锵锵，今则易以小戎俴驷，不务持重，惟便利是求。用秦俗以变周制，王政其不可复矣。　　辀以引两服之靷，引车之力此为最。要梁以辀之状，言其曲处分作五分，每分以皮束之，取其坚而文也。　　服马身夹于辕，控御固有定所，而骖次服外，非外出则内入，最难御也。故贯骖辔于环中，以制骖马不外出；置皮于胁外，以驱骖马不内入。是制骖之有法，而骖与服俱驯矣。　　服马颈当于衡，引车固有余力。而骖不当衡，无用力处，故别以皮靷二条，前系骖马之颈，后系阴板之上，使兵车之重，骖马亦得用力以引之也。阴版之设，所以揜轨，而骖马之靷，则系于阴，"阴靷"二字重靷上。续者，阴版上续靷之处也。续靷之处有环，消白金沃灌其环以为饰，故曰鋈续。　　短毂则利，长毂则安。兵车要驰突，而毂短则脱辐，故比大车长些。　　"驾我"句，看一"驾"字，所重在车上。"骐馵"，齐力不齐色也。　　"温其如玉"①，以秦地慷慨而此独有和厚之风，亦自妇人想像之如此。　　"在其板屋"，用除凶雪耻意。"乱我心曲"，言心曲内二边想着，除凶雪耻之事而若激；一边想着冲和温润之姿而若悲，故曰"乱"也。

二章。"孔阜"，则耐驰驱。"在手"，则任操纵。"骐骝騧骊"，备举其色，见皆天下之良马也。四马当有八辔，而骖之内辔纳于环中，故惟六辔在手。车广一盾不足以为卫，故合载之，非止防破毁也。画龙，见变化之象。合盾，见防卫之周。然重"合"字，尚其备也。系軜，见维持之固。鋈金，见文采之章。然重"鋈"字，尚其文也。　　軜与上阴靷不同。上是引车之靷，此是控骖之辔。　　"方何为期"，罪人未得，不知何日是归期耳。君子正当以除凶雪耻为事，见得我便念之，其不得归固自若也，而念之胡为哉？

三章。"俴驷"句另做，下"厹矛""蒙伐""虎韔""镂膺""交韔""竹闭"，作六件看。"二弓"，即交之事。"绲縢"，即闭之事。　　马被以伐甲，取其便捷也。而教之有素，无泛驾横奔之虞，则"孔群"矣。厹矛以敌人，言天下之莫不陷者，无逾此矛也。蒙伐以自卫，言天下之莫能陷者，无踰此伐也。素弓有韔而虎皮为之，亦以示威。马膺有带而镂金饰之，亦以美观。交弓于韔，而置必以二，以预其备。以竹为闭，而绲为之约，以正其体。

"言念"四句，总一"念"字，节概甚侠，而风度甚惠，故曰"厌厌"。声望虽雄，而韵致甚雅，故曰"秩秩"。即上"温"字意，二句宛然摹出一意中人。

---

① 原批注："如玉，只形容温字。"

蒹葭章

此诗总一秋思所幻。当此秋容惨淡之际，忽幻而为“伊人”，又忽幻而为“蒹葭”，为“白露”，苍苍不尽；旋幻而为“凄凄”，为“采采”，“为霜”不尽；旋幻而为“未晞”，为“未已”；又忽幻为在“水”，幻而为“一方”，幻而为“湄”，为“涘”；又忽幻而为“溯洄”，为“溯游”，又忽幻而为阻长；中央，幻而为阻跻；阻右，幻而为中坻、中沚。种种情景皆是从一思幻出。如卢生枕中，幻出无数人物也。　　“蒹葭”二句，正形容一个秋色凄凉景状。下便以秋水方盛说去，思在境先。“蒹葭”“白露”，特其借慨耳。若说触境兴思，便觉情短矣。“所谓”字有味，正是意中之人，难向人说[1]。其曰“伊人”，若有其人，并不得而指其人者。然“一方”，只是想像拟议其所在，非真有在也。连水亦是借话。“溯洄”“溯游”，本秋水说，正所谓“在水一方”也。“道阻且长”，就水上形容，勿就道路说。“宛在水中央”，亦“在水一方”上生出。一“宛”字，正缥缈无际光景。点出“中央”，分明说所谓“一方”者，不在上，不在下，亦不在中间。　　“道阻且长”，俱在波涛汹涌上看。曰“且跻”者，水势陡急而难上；“且右”者，水势渺茫而难值也。　　求其方而不得，又何人之求也？求其人而不得，又何方之求也？然则予所谓“伊人”者，果何“所谓”？而予所谓上下求之者，果何所求哉？蒹葭白露知我心，则知伊人矣。　　秦人壮志雄心，值此秋气肃杀之会，意为岐丰之地，乃有真人。而将欲从之，以有事于天下，但其意决然说不出也。只可就目前而指点清景云尔。

---

① 原批注：“但曰伊人，未尝言怀伊人也。”

终南章

全诗重“君子至止”句。此秦逐犬戎之后，受岐丰之地，始封而莅，止终南，不比游观览胜，有雄视四海气概。创见夸美，全以此。故句句要点终南意。　　终南，周西都之南山，王气所钟。旧隶封内，非大夫所得而抚有也。得以“至止”于此，宜可夸视中原矣。　　上章首二句，“条梅”生方茂之色，便可想跨踞六合气象。故“君子至止”，而神气振扬，第就容服间望之而已，知其不负君位矣。下章首二句，“纪堂”奠不拔之基，便可想带砺万年气象。故“君子至止”，而元气绵亘，第就裳佩望之而已，知其“寿考不忘”矣。　　“黻衣绣裳”，言以黻而绣之于裳。其实黻在裳，不在衣也。二句见非服缁衣之旧矣。“佩玉”句，亦见非复三命葱珩之旧矣。“颜如渥丹”，颜之移也。“佩玉将将”，佩之改也。“寿考”句，非祝其寿，只愿其久居君位，抚终南于永永意。常在此位，则今日之创见者，又为后日之常见矣，故曰“不忘”。

黄鸟章

通诗以“歼我良人”为主，总是叠咏以致痛惜之意。此诗专责康公从乱命之罪。东坡过秦墓曰：“穆公生不诛孟明，岂有死(之)日，而忍用其良。”罪康公也。　　黄鸟声音、羽毛之美，人所爱惜，乃“止于棘”“于桑”“于楚”，皆见止非其所，以兴三良之死，非其所云。“谁从”字极重，暗影康公从乱命，迫之圹中意。“惴惴”句，状其惧，以断其为迫也。呼“天”，亦有不敢直斥其君之意。　　“百夫之特”“之防”“之御”，见生有所用也。“百夫”正与“人百其身”相照。彼固以一而当百，此欲以百而易一。“如可赎兮”，看一“如”字，必不可赎了，不过设言以深致痛惜之意耳。且不言“代”，而言“赎”，煞有迫于君命意。　　夫子录此诗者，不独刺穆公，亦以刺康公也。又见秦雄居岐丰之故地，而仍用夷狄之恶俗，胥中国而夷狄矣。

晨风章

通诗以“忘”字为主，“忧”字亦从下“忘”字生来。“如何”，承上说，言我不忘君子，君子如何而忘我之多？此其所以可忧也。是直言，非疑词。　　“忘我”，只是不归，“忘我之多”，以时之久言，言如何不日不月，乃忘我之多时乎？然君子未必忘之，特以妇人多忧多疑，故兴言及此。　“靡乐”，则甚于“钦钦”；“如醉”，则甚于“靡乐”。总一“忧”字尽之矣。　首章以物有所归，则意甚适，兴己无所依，则忧不忘。下二章以物与地相宜，而情与事相系，故又以为兴。　《序》曰：“《晨风》，刺康公也。忘穆公之业，始弃其贤臣焉。”　先君招贤，贤人往之駃疾，如晨风之飞入北林。（原注：“先君，谓穆公。”）“钦钦”，言穆公始未见贤者之时，思望之心，中“钦钦”然。“如何”二句，此以穆公之意责康公。

无衣章

此诗重一“王”字。秦人非真有从王之义，只是欲速得志于天下，恐西陲之民犹有思周者，于是阳崇以勤王之声，而阴固以夺人之志，然后士乐为我用，由是关中之士日夜自呼其众曰“王于兴师”，为之歌“无衣”者三。此秦之巧用其民以取天下也。　各章首二句，言我之所以与子同者，原非直一袍一泽一裳也，而乃曰无衣之故也哉！便要跃出“同仇”意来。　“王于兴师”，所以为徇仇计。王之仇，乃我与子之同仇也。同仇誓不与之俱生，奋袂而起，气甚激烈，则曰“偕作”。同仇义不能以返顾，一往直前，心无顾忌，则曰“偕行”。　秦之国与战相终始，故其亡也，以好战之君；而其始也，先有好战之民。

渭阳章

此诗只在一“送”字，模写一段言有尽而意无穷之况。赠者将其送之情，而思者深其送之念。故“我送舅氏”一句，须重重发他。盖以我舅在外十九年，今得复国，是晋之宗盟有托，而秦之会晤无期。此一片甥舅至情，不容自已，故渭阳不为远也。“曰至渭阳”，礼不越境也。　文公之入，当为列侯，故赠别之仪，皆君侯之服御，所以郑重此行，而假以定晋也。赠之琼瑰之玉佩，不必作侯服，乃一腔离情所寄也。　　“悠悠我思”，要于言外见思亲意，不要说破。俯仰往昔，有无穷之感焉。

权舆章

通诗以“今也”二字为骨，诗意全于此处着精神。　　原诗人之意，实非为餔啜，特借饮食一事，以徵其礼意之衰耳，非谓饮食不继其始也。“夏屋”作授室看，供亿之厚在其中。　　玩两“每”字，见非一次偶然，乃见礼意极衰。　　衡“不承其权”，不可以平施；车“不承其舆”，不可以行远。礼贤而不承其始，而谓可以收士用，吾不信矣。其去志已在“于嗟”二字中。　　此虽君之蕑(简)贤，然秦士亦与有责。盖秦不好士[①]，当“渠渠夏屋”，即谓其以无余始可也。“权舆”之慨，士何见之晚耶？

---

① 原批注：“此秦坑儒之兆。”

宛丘章

以“荡”字为主，下鼓舞正“荡”中事。　　首章犹言有情，至岁月流连，殊少趣味，更为不及情矣。此诗人之善刺也。　　陈地广平，无名山大泽，宛丘，其国之胜地也。　　“荡”内，就含下文鼓舞。“无望”，即在“有”情上见。盖情思旷荡，废尽礼法也。　　乐有声，必有容，舞必应鼓而舞之，久则鼓亦久矣，须说得相关。　　古者，春秋以《礼》《乐》，冬夏教以《诗》《书》。今冬夏“值其鹭羽”，则常舞而无度矣。《商书》所谓“恒舞”也。文舞以翟，今以鹭，则素而无文，非正乐也。民俗如此，可以知导民之路矣。　　宛丘，其国之胜地也。汤(荡)焉而于宛丘，鼓焉而于宛丘，舞焉而于宛丘，无祈寒大暑，而皆见斯人焉。厌之之词也。

东门之枌章

一章聚而相诱也，二章诱而相期也，三章趋约而欲成也。　陈都宛丘之侧，东门、宛丘，其国之交会处也。“子仲之子”，女贵族也。“縠旦”，无阴云风雨也。“市”，因赴南原之约，而经过于市也。士大夫女，不得过市，今曰“婆娑[①]”，无愧耻矣。此犹期约之词也，“于逝”，则成往矣。　“视尔如荍”，男悦女也。“贻我握椒”，女赠男也。“握”，见手摸也。“鬷”，总也。男女合行之谓。　味“不绩其麻”，非淫者自乐语，当作刺淫者为是。故《小序》云：“疾乱也。”

① 原批注：“婆娑不必是舞，但徘徊翱翔之。”

衡门章

此须体隐者自家口气。首章重一“可”字，见无所不可也。下二章重一“必”字，见一无所必也。二意自相呼应。　上沩下湿，恨不急去之为快，惟棲而迟，则可久矣，故曰“游息”。人惟饥饿切身，未免愁烦，惟“乐”而“饥”，虽“饥”亦“乐”矣。“乐饥”字妙，正不必云忘饥。　衡门而不可者，岂广厦而遂可？泌水而不可者，岂鼎食而遂可？故原诗人之意，即衡泌，亦吾之寄。玩“可以”字光景，是不离“衡”“泌”上说，亦不着衡泌上说。　“食鱼”“取妻”，虽不是借言，贤者之意自当广也。“齐姜”“宋子”，是言族类之贵，非言色之美也。食鱼即偶得鲂鲤，娶妻而即偶得姜子，亦未始厌而弃之，而政不必作是想也。　持此“可以”“岂必”四字，终身何等自在。

东门之池章

每章俱以末句为主，兴无取义，惟用“可以”字相呼。以所遇之地可以治物，兴所遇之人可以快心。一“晤”字有味。“晤”乃解意，盖知趣之谓。随其歌咏语言，辄能会其情也。姬，贵姓，彼美淑之贵女，固世族之英，闺房之秀也。而可以“晤歌”“晤语”“晤言”，无不可焉，是之谓淫风也。　　《小序》云：“刺时也。”疾僖公淫昏，不可告语，惟思贤女以配，盖外此无策矣。

东门之杨章

通诗以“明星”句为主，有抚景增悲意。此诗疑虑之意反覆道之，物得其生而人不得遂其约，盖反兴也。“明星煌煌”，乃天将旦之时，正见负昏时之约。　　《序》曰：“刺时也，昏姻失时，男女多违亲迎，女犹有不至者。”

墓门章

此刺恶之诗，重一“已”字。首章是为恶不已，而追咎之。二章是危词，以激其已提醒处，全在“颠倒思予”一句。危之也、激之也、望之也。　　“不良”，泛就荒暴淫虐上说。　　恶木生于幽僻，犹为斧所析。恶行发于幽独，犹为人所知。僻地有梅，则鸮得聚其中，幽独有恶，则歌得发其隐，此兴意也。　　“斧以斯之”，以兴恶根宜斩之意。“有鸮萃止”，以兴恶犹可警之意。　　“思”字上与“顾”字相照，倘顾于前，则不必徒思于后；与其徒思于后，孰若顾于前？此虽刺词，实是忠告。　　《序》曰：“此刺陈佗也。（陈佗）无贤师傅，以至于不义，恶加于万民焉。”

防有鹊巢章

诗意通重"忉忉""惕惕"上，诗柄所谓"忧或间之"者也。鹊善相地，安则为巢，苕宜荒地，不戕则旨。"中唐有甓"，人罕践之，则成其美，"卬有旨鹝"，人莫戕之则成其文。总是以所宜有，兴所不当有之意。"侜"有装饰增加之意，须知"谁侜予美"，却从"忉忉""惕惕"中生出。然谓之曰"谁"，则尚在疑似之间。　　鹊巢积累，喻谗之渐积，苕草延蔓，喻谗之浸广，甓亦积累之意。鹝草杂众色以成文，犹谗言交积以成惑也。　　《小序》云："忧谗贼也。宣公多信谗，君子尤惧焉。"

月出章

每章"僚"字"懰"字"燎"字，是相悦处；"悄"字"慅"字"惨"字，是相念处。"佼人"句，正当"月出"时想见之。月下夷人，不胜清怨，忖其心，固应如是。政是以自家心事，忖别人肚肠，故曰悦而相念。　　"皎"，明也，"皓"，洁白也，"照"，照临也。"僚"，是美好，"懰"，是清亮，"燎"，是开明。　　"窈纠"，言思之幽远不可穷，绾结不可解也。"忧受"，言烦扰而心自受也。"夭绍"，言其纠紧而亟迫也。"悄悄"然，心之愁懑也，"慅慅"然，心之动摇也，"惨惨"然，心之悲怆也。　　《序》曰："《月出》，刺好色也。在位不好德而悦美色焉。"

株林章

刺意全在"胡为乎"三字。"胡为"，怪问之辞也。"从夏南"，正对之也。复反复其词曰"匪适株林，从夏南"，微词也[①]。既乘马，又乘驹，非一往也，亦见非微行也。"朝食"，非夜聚也。诗著祸乱之原也。　　卫之乱，至《墙有茨》而极，于是有狄入卫之祸。陈之乱，至《株林》而极，于是有楚入陈之祸，此之谓

"女戎"。

① 原批注:"□□信□隐隐□□妙妙主言言旨。"

泽陂章

《月出》,男思女也。《泽陂》,女思男也。物与地相称,事与愿相违,以"有"字相呼,而"无"字反应为兴。　　首章泛言其容貌之美,二章在鬓发上言其美,末章在矜严上言其美。　　疑亦女有所思之词。"涕泗滂沱","辗转伏枕",宛是妇人的光景。　　《序》曰:"刺时也。言灵公君臣淫于其国,男女相悦,忧思感伤焉。"　　鲁申公曰:"《泽陂》,泄冶谏而死,君子伤之。"　　《泽陂》,《株林》之应也,有《关雎》之风焉,则薰为《桃夭》之正,而《麟趾》应之;有《宛丘》之俗,则流为《株林》之淫,而《泽陂》应之。微之著也,如此夫!

羔裘章

"羔裘""狐裘",皆诸侯之服,桧君服之非过。但桧国之微,迫于强国之间,正当深思远虑,求为自强之计。乃服其羔裘,逍遥而已,服其狐裘,以之视朝而已,此外不能有所为,是偷安岁月,坐以待亡也。　　"在堂",块然在堂而已。凡人忧劳恐惧,则不暇鲜其衣。禹恶衣,文王卑服,卫文大帛之衣是也。今桧君之衣服解(鲜)明如此,则志虑凡近可知。　　只说"如膏""有曜",而遂以"中心是悼"终之,竟不明说所以然的缘故,乃恐恐然,燕在处堂之虑,已隐然在不言之中。　　"忉忉",思之也,"忧伤",危之也,"悼"则悼其不可复救。

素冠章

三章俱以“庶见”二字为主。曰“慱慱”，曰“伤悲”，曰“蕴结”，俱根“庶见”上发。

齐衰之服，虽不终丧之人亦有之，若祥则必终丧矣。故不言衰服，而言“素冠”，极有意味。人非情与服称，虽有素冠，何益？故必兼“栾栾”而言。栾者，因冠以想其人，因人以想其情状，一念思慕，意气未能平，故哀毁骨立之状如此。秉彝在人心，自有一种恻然相触处，故见“棘人”，而自“慱慱”也。“同归”，非与之同服，谓事求其当，行求其合，欲与之同归于天理、民彝之中，已不复泥在丧礼上。视彼准绳，不类尺寸，故曰“如一”。

“同归”者，天理民彝不得殊途也。“如一”者，天理民彝不容有二也。皆言望见之切也。“庶”者，冀见于不可见之词。

隰有苌楚章

三章俱以“乐子”句为主。此诗并不曾说出自己苦来，只是见无知之物如此荣茂而乐之，其苦趣跃于言表。　　“无知”，则无赋役之忧。“无家”“无室”，则无赋役之累。然本文却无处下赋役字，要说得含蓄。　　所贵于人者，曰有知，曰有家，曰有室，乃知苦而未尝其恬，“知”亦何为？家散而未睹其聚，“家”亦何为？室哭而未闻其嬉，“室”亦何为？　　只羡苌楚，便有无限情衷，不得十分以己与苌楚较量苦乐，只要婉婉抑抑点次为佳。　　《序》曰：“《苌楚》，疾恣也。国人疾其君之淫恣，而思无情欲者也。”

匪风章

诗之神全在“顾瞻周道”，中含无限感慨。其由来，全为周失其政，而天下亦遂若忘之。所以可为“怛”且“吊”也。　　“西归”，未暇算到周道自此复兴，但使人心犹知有周，则亦创见之事矣。故欲以好音慰其怀，此是想望语，亦原是悲感语。　　“谁”者，无实之词，“将”者，未然之词。　　“匪风发”而有天怒之恐，“匪车偈”而有覆辙之虞。总是形容乱世危迫之象。“周道”二字内，便有叹归周无人意，方起下有情。“西归”，虽说朝周，而意之所谈则远。就有遵侯度，禀王章，首天下以尊王之义也。“怀之好音”，全是假此音以激发天下意。“怀”字，不作“慰”字“思”字，怀抱间物极亲，见此人可亲可爱也。

蜉蝣章

此诗全重“心之忧矣”一句。天下事往往以无忧而酿成可忧，彼玩细娱而忘远者，醉生梦死，为欢几何？真所谓蜉蝣于天地者也。然不言其死，而反美其生，是比意妙处。说诗宜会此意。　　忧之而欲其“于我归处”者，盖人非相习之久，则痛心刻骨之语，言之者无色，当之者亦觉不情。人苟相忘之极，则隐微曲折之情，彼此可以相商，前后亦可以互策，故心忧而必欲归处以开导之也。大凡日与邪狎人相处，只管玩娱，日与老成人相处，自然惕厉，此实理也。“掘阅”，《笺》以为“掘地”解。“阅”，谓其始生时也。或云“阅”与“穴”通。蜉蝣甲下有小羽，如雪之洁白，是为麻衣。“如雪”者，亦易销灭之意也。《序》曰：“刺奢也。昭公国小而迫，无法以自守；好奢而任小人，将无所依焉。”

候人章

全诗之神重在末二句，以上总是小人得志。然小人之近，君子所以远也，季女而不免于饥，为斯故耳。“斯”字总承上意，不可忽。

首章呼拥之盛，在“候人”则宜，在“之子”则不宜。以二“彼”字相呼为兴。“彼其之子”，轻之之词，不必明露“小人”字。谓“彼其之子”，果何人也？而乃“三百赤芾”，是何服之者之众，而宠之者之滥也？提出“服”字、“宠”字，以起下二章为妙。　　鹈于鱼勤矣，出入泥涂而后得鱼。今乃集梁，因人以饱，曾翼之不濡，犹之子无功受禄也。但之子不足怪，彼服且宠之者则非人情矣。“媾”曰宠，谓好合以相爱也。此即小人之用处，便见群子之穷，故末章承言小人得志，而君子失位。　　“荟蔚”，象秽杂也。“南山”，象崇高也。“朝隮”，象君复假之气势也。“婉娈”，象美也。“季女”，象贞也。“斯饥”，象君之复摈落之也。　　非材之进，良材之羞；好女之进，恶女之仇，古今同慨。

味一“斯”字，则饥正在“季女”二字。世皆喜嫫母，而独婉娈；婉娈，即饥术矣。上文“不称”“不遂”，正在此处生情。　　诗意总归咎“三百赤芾”，联翩说下，把“斯饥”一语承上作结。一“斯”字有千钧力，作推原讲，才是全诗精神。

鸤鸠章

通章以“心如结兮”为主。心不可见，即像以见之，故从仪之“一”说入“心之如结”，既说出心之如结，则一身运用，即仪即心，不消复推入心内去，只就“仪”上描写。其所以为身法者，此也；其所以为世法者，亦此也。而心之“如结”见矣。要知“如结”便是“一”，“一”便是不忒，便是正解。甚直截。

鸤鸠之均平，即在“其子七兮”四字看出。“仪”即其心之可见者，通指一身之举动。“一”者，燕居有燕居之仪，朝庙有朝庙之仪，守其常则，而无奇邪回遹之象。　　当时“蜉蝣”致刺于“衣裳”，“荟蔚”徒侈乎“赤芾”。纷华盛，而仪度愆，至此为极。此皆由立心不正来，变态百出有如此，故全章只重“心如结①”三字。“结”者，操而不舍，凝聚不放逸之谓。仪之一，正是其心之结处，不是仪一，可知其心之结亦不是心结，而发为仪之一。

二章。从其在梅，则失其在棘；从其在棘，则失其在榛。居一以俟之，无不及者，故以为兴。　　带必丝，弁必骐，固见有常而以丝为带，则必以骐为弁，上下相称。尤见其有常，此特“仪一”中之一端，而要亦心之如结所著见者如此。　　带之丝，取其贞素而无他饰，即心之纯白所用处也。“弁之伊骐”，取其玄深而无过制，即心之冲漠所用处也。

三、四章。“其仪不忒”，不专指带、弁，泛就一身之举动言。“不忒”二字，即是个“一”字。有参差者，便有回邪，无参差者，便无回邪。然又只是一个“正”字。以之为身法，则正四体，即以之为世法，则正四国。“正是四国”，言四国之所以正，全赖于是。只重我足以正四国，还是未然事。　“正是国人”，根“仪之不忒”，不消说出，此诗情映带之妙也。　“胡不万年”，不重寿考说，只重表正之思。既欲与斯人共程之，因欲为斯人久留之。所谓四国不可一日不正，则不可一日无君子之仪也。要晓“毋二尔心，毋摇尔精”，即此可以久视长生，此万年之命脉，原结于“如结”之精神者也。　《序》云：“刺在位之不一也。”皆以为陈古刺今之词。

① 原批注：“心如结兮，只首章道破，后不再说，更深。”

下泉章

此诗前三章是伤今，以“念彼”句为主。末章是思古，以“四国”二句为主。然非两截，盖因伤今而思古也。又重一“有”字，作实字眼看，非仅空名之有也。念周京者，正念今之有王若无王也。此其所以不能为阴雨之黍苗，而但为下泉之苞稂也。　数“念”字俱虚含不露，即末章亦从有王处说，便感叹有余情，说破则索然矣。前三章比意，重王室凌夷上。王室凌夷，正小国所以困敝也。故“洌彼”二句须重一“洌”字，起下周京衰弱。即此，便见王室之可伤处，故紧紧以“忾我”二句接之。　此篇本是比体而因以为兴，要知首二句即具比兴二意，只顺文说去，而比兴之意自在。　寒泉，则不能润物，下流，则不能及物。浸渍，则害物。此衰周之比也。周京，诸夏之根本。惟其凌夷，所以小国失所。君子何日得置于怀，惟寐则稍息耳，一寤则忾然发叹矣。

末章。“黍苗”，比大国之得所。“阴雨”，比王朝之隆盛。有王者，见纪纲法度肃然齐一，大国以畏，小国以怀。下“郇伯”句，不过承王命而布王恩者也，只重有王不重郇伯。　通诗本文字字关应。昔也“黍苗”，今其“苞稂”矣。昔也“阴雨”，今其“洌泉”矣。　《诗缉》云：“《褰裳》，思大国之见正。盖齐桓未霸也，曹兵之时。晋文霸业方盛，襄王命之为方伯，《下泉》顾思明王贤伯，何耶？曹固可罪，而文于曹虐矣。执其君，分其田，以私憾故，将甘心焉。仅以货免，文能帖曹乎？《下泉》愧《木瓜》矣。”

七月章

通诗只一“授衣”“举趾”尽之，下皆发明此意。自二章至五章重“蚕”“绩”二字，“裘”与“室”，带言之。六章至末，重养老及幼，纳禾播谷。而末章“祭”“餐”带言之。　　邠民未寒思衣，未饥思食，如一火星之流、一气候之改、一禽鸟之鸣、一昆虫之变[①]，曾何与于民，而恻然兴感？且蚕事未终，载绩已急。衣裳既备，裘褐兼收。狩猎方动，室庐亦谨（墐）。今日蓄美酒，明日置嘉禾。今日去收瓜壶苴荼，明日去收黍稷菽麦；今日筑场以纳禾稼，明日乘屋以执宫功。既凿冰以供凌阴之役，又举酒以祝君上之寿。一岁之间，孜孜汲汲，无时不为衣食谋。一家之中，男女老幼，无人不力于农桑之务。且今岁之蚕桑若此，明年之蚕月复然。今岁之稼事既同，明春之播谷又始。穷年无敢少休。至其家庭之间少者敬老、老者爱幼；上下之际，君以亲民为急，民以奉上为忠。故观《七月》之诗，真见宇宙太和气象。

首章。前段重“授衣”，后段重“于耜”“举趾”。大寒在冬，而御寒之备始于秋，收成在秋，而务农之事首于春。总见他衣食之预。大火者，寒暑之候也。火旦中天而寒退，昏中天而暑退，故七月而火星西流，是暑退寒来之兆。“授衣”，家长授之家众也。“一之日”四句，原其所以“授衣”之故。“觱发”，以风而寒；“栗烈”，则无风而气亦寒矣。　　上止言“衣”，而下兼言“褐”者，九月衣已足矣。十一月以后，非祸不暖故也。倘女不备于内而无衣，男不备于外而无褐，何以度此觱发栗烈之岁？此见授衣不得不早。　　“于耜”者，未事而预其备。“举趾”者，及时而竭其力。壮者在田，至老者，亦同其妇子而“馌彼南亩”之耕，则治田早而用力齐矣。“田畯之喜”，言不惟君之祭祀有需，而其民之老幼亦无饥矣。此见力田不得不勤。　　本文“授”字“于”字“举”字“同”字“馌”字“至”字，见其长幼夫妇老少上下，皆有皇皇服事，一息不自安，一人不得暇之意。　　卒(卒)岁中,非特念小民之衣褐,亦念及公上之裳裘。“至喜”中,非但为禄入之有供,亦喜士女之有谷。故首章实备一篇之义,非特小民之蚕绩狩猎,即公上之裳裘祭饗,俱当总揭于此。七月以后,阴渐长,故以月言。十一月以后阳渐长,故以日言[②]。

二章。是备举一岁蚕桑之务,此因欲说蚕事,故再提起“授衣”,与首章实叙不同。“春日”五句,采桑以供始生之蚕。“迟迟”二句,“采蘩”以供未齐之蚕。总是一时事,不可以上五句对“迟迟”二句。此长短文法,流水侧下便了。“载阳”,对前“觱发”“栗烈”看。“迟迟”,人情在阳则舒,在阴则惨。故春日之行若见其独迟。　　《尔雅》:“仓庚知分,鸣鵙知至。”故阳气分而仓庚鸣,阴气至而鵙鸣。仓庚之鸣,正是将蚕之候也。玩“执懿筐”“遵微行”与“采蘩祁祁”等语,想见一时士女,慱(博)采旁求,群然载道光景。“女心”二句,从“祁祁”中想出。中有女焉,口虽不言,心却伤悲,以为“殆及公子同归”也。此本诗人题外生意,情景宛然。如尽当治蚕之时,又适有此事,见益不可不急于趋事耳。还他“女”字,不宜似妇;还他“心”字,不宜似情。男莫不耕,女莫不蚕,则衣食之本立矣。

三章。是备举来岁蚕绩之务。此文言“七月流火”,见是岁蚕桑之功既成,而来岁蚕桑之备方始。故于八月预收萑苇,以备楼蚕之用。至于来岁治蚕之月,则大小毕取,复如前日“爰求柔桑”故事。上文只说“求柔桑”,说“采蘩”,未曾痛发采桑之事,故因楼蚕之备,想出蚕月取桑之事而备言之。取桑之大者,总是一个“条桑”。“猗彼女桑”,取桑之小者。只重毕取,不重爱养意。此章虽论治蚕[③],其实蚕事上章已言之。此章上半截发其未发者,还要压下。重一“绩”字,与上章“蚕”字相照应。蚕生于阳气之淑时,故以仓庚为候。麻成于阴气之应时,故以“鸣鵙”为候。孔氏曰:“鵙以夏至来、冬至去,仲夏始鸣,应阴气之动。七月鸣鵙,则众芳歇而麻熟可绩。”　　末三句,总承蚕绩来。玄象乾,黄象坤,朱象南方之火,俱是正色,故为公子之裳。说出“为公子裳”,政以发明首章“何以卒岁”之意,见得为衣不备,小民之寒不足惜,而公子无裳甚可虑也[④]。　　“求柔桑”“采蘩”,皆办蚕时事也。“蚕月”四句,则蚕肥时事也。中间以“七月流火,八月萑苇”者,正见转盼而八月萑坚可伐,又是来岁蚕工之始事矣。况当蚕月而可不汲汲乎?旧作来岁治蚕之月,文势平顺可从。但玩诗词，似失却蚕盛时一段。又接下“鸣鵙”“载绩”，将属之今岁乎？来岁乎？今姑两存之。

四章。详为褐之事，欲言“一之日”“二之日”狩猎，而直自四月起者，四月纯阳之月[5]，微阴已胎，葽感阴气之先者，故物之秀自葽始。五月阴之成，故蜩鸣。八月阴之盛，故稻可获。十月阴之极，故陨萚。此四句总是寒以渐而进，下文狩猎张本。　　“一之日于貉”，便是武功，故“二之日其同”，遂曰“载绩”。一之日止是正卒往，二之日则正卒、羡卒俱往，故曰“其同”。寓兵于农之意，只于言外见之。　　貉贱而狐贵，故献其贵[6]。豵小而豜大，故献其大。此特出邠民无已之爱。　　“一之日”，阴方谢而阳将复，故“于貉”者，以杀阴气之骄，使让位乎阳。所以迎阳始复之机也。　　邠地苦寒，故其民详于裘褐之事。其国近戎，故其民勤于武备之修。蚕绩必献，一女之勤，不敢忘君也；狩猎必献，一男之作，不敢忘君也。

五章。兹既有衣有褐矣，复又室处者，邠地寒，即有衣裘而无密葺，犹未免于冻也。故又感物变，而又早为之计。　　为斯螽、为莎鸡、为蟋蟀，其形变也。或动股、或振羽，其声变也。由野而宇、而户、而床，其居变也。物以渐而依人，寒随物而浸至。昆虫犹不堪寒，而况于人乎？隙能生寒，而鼠又能生隙，故窒而塞之，熏而去之。塞而以当觱发之风，防寒之外入。墐户以御栗烈之气，防寒之内出。　　“嗟我”三句，见老者之爱，要补衣褐虽备，而又治室以御之，方见《注》中“终首章御寒”之意。于何以卒岁？在“二之日”下，则夏正之岁也。“曰为改岁”，在十月之下，则非夏正之岁者也。盖以建寅数之者，时王之正朔也。以“一之日”数之者，豳人之纪候也。当时俗盖两用之，故诗于“卒岁”“改岁”中互见。　　十二辰至亥而止，复起于子，故谓之改岁。春在野，冬在邑，所以节劳佚也。夏则庐，冬则室，所以顺阴阳也。“室处”而偏“嗟我妇子”者何？我农夫“于貉”“其同”，尚有事适野之经营，我妇子“馌亩”“求桑”，已备尝出户之辛苦，故此一室也，少安我妻孥云尔。

六章以后俱详为食之预。此章以“介眉寿”“食农夫”为骨。老者生长农家，瓜壶苴荼何尝不食，但乡民之养其老，则特有果蔬春酒以介眉寿，而不取以为常食耳。郁、薁、枣是果，葵、菽是蔬，酿于冬，用于春，故云春酒。古人举酒为寿，称觞则称寿[7]，此是常礼，非必谓饮此酒遂得眉寿也。　　“采荼”二句一直下去。樗不可食，爨必赖之。见天下至甘之味，惟农苦而致之，天下至苦之味，惟农甘而尝之。要知藜羹藿食，原是农夫之常，瓜壶苴荼，不是邠民俭处。食瓜断壶，亦要理会去圃为场之渐意。

七章。详农事之始终，正为食之本也。前章言“食瓜”“断壶”“菽苴”“采荼薪樗”，已有去圃为场之渐，故遂接言之。须在四句截上重一“纳”字，周农事之终。下重一“播”字，念农事之始。　　“筑场圃”者，筑场以为圃也。“纳”即纳于场之中。“嗟我农夫”，只农夫自相儆戒之词，勿作老者之命。禾稼之纳虽有迟早，至十月则万宝告成，无不纳于场矣，故曰“同”。　　自野入都邑，故曰“上入”。“宫功”一段，只轻轻驾过，而归重播谷[8]。盖稼“既同”，而始“乘屋”为农也；“稼既同”，而亟乘屋，亦为农也。　　茅以覆屋，索以编茅，昼夜兼为，正见其“亟”。　　“亟”宫功，仍以“亟”田功，要发一“亟”字，以见他重农之心。于其“筑”而“纳”之，见欢欣鼓舞之意；于其“亟”而“乘”之，见劝勉戒饬之意。

末章。及藏冰献寿者，盖祭祀燕飨，亦为食之余也。上四句趋冰役以备祭，须重一“祭”字。下毕农事以备飨，须重一“飨”字。　　十二月阳气尚微，于是凿冰以达之。至二月，四阳大壮，恐其太过，于是开冰而颁之。逮火出而毕赋，所以节其过也。圣人裁成天地之道在此，而宾食、丧祭，因以致其用焉。　　冰之凿，山人取之，县人传之，舆人纳之，隶人藏之。　　阴非冰无以辅其衰，阳非冰无以节其盛[9]。　　“九月”句不空。气肃霜降，万宝告成，筑场之候也。“涤场”，不是止扫场地。凡农功所未毕者，汲汲欲完事也。此二句便含举酒献上之意。　　“斯飨”，“斯”字宜玩。意若不容少迟旦夕也。岁时伏腊，岂不能烹羊炮羔，斗酒自劳？而登堂以进万年之觞，是进裳进裘所不能尽者，悉吐其悃于杯酒间也。

---

① 原批注：“全诗之旨，只在观时，观时之法，不是乘时，则是先时。”

② 原批注：“公刘正当夏时，所用在夏正也。”

③ 原批注：“□之不绩□成则一月而两事也。”

④ 原批注：“不曰公，而曰公子，有上下家人一体之思。”

⑤ 原批注:"寒于冬而萌于夏,非深心者不能察也。"

⑥ 原批注:"不讳私字,尤妙。"

⑦ 原批注:"诗止说养老,不必缠宾祭。"

⑧ 原批注:"生出一始字,妙想。"

⑨ 原批注:"上章备寒,此章备暑,后稷先公,礼教备也。"

鸱鸮章

通诗[①]重王室上,以"毋毁我室"一句为主。盖此时罪人已得[②],而王心未释,则王室之乱犹未可知,故不得不作诗以喻王。若因"不利孺子"一言而暴其劳于王室,说辛道苦,是一篇辨疏矣。　　流言之兴,而公弗避,居以待成王之察。则其心虽无私,而迹亦未明。故曰"我无以告我先王"。是以避居二年之后,成王既知流言之罪人,而疑虑未释,乃作《鸱鸮》以喻之。观其告鸱鸮以"无毁我室",可见其诗作于武庚未诛之先。自风雷之变,而周公既归,乃承王命作《大诰》,东征。可见公之东征,王实命之,当在王既感悟,而迎公以归之后也。

首章。以"无毁我室"句为主。曰"既取我子",特借以唤起王室之不宜毁耳。下申言取子之毒,无非甚毁室之尤毒,即以"毁"字中便含爱惜意,"室"字中便含勤劳意。"息""勤"两字取重。二章之"彻土""绸缪",与三章之"拮据""捋(卒)瘏",皆发明一"勤"字,而根一"息"字来。诗意原重"毁室",末二句只说爱子,一字不及爱室,盖动之以至情也。

二章。与三章俱承上章不可毁室来。"彻土""绸缪",正以预防其毁,以至于"拮据""捋(卒)瘏",皆为室未定之故。则我之任劳处,皆其深爱处,而奈何毁之也?　　二章此以及时图治,防患于未然,宜于"迨"字上着精神。天下阳运之开,即阴气之伏,故天之未阴雨,莫以为无阴雨也。　　"牖户"者,室之大利大害也。以通明而纳光则利,以开隙而露衅则害,故必彻桑土以绸缪之。　　"彻"者,均也,通也。均其本末之利,使无枯硬,通其轻重之势,使无偏滞,此"彻"字之义也。　　下民指巢下之民,隐然以一枝高居乎民上。高则有易危之意味。一“或”字，言我如是之绸缪，而今此下民敢有侮予者，犹或有之，予敢不“迨”是时而“绸缪牖户”也哉？若作决词看，则“翘翘”“漂摇”便说不去。　　三章，此以“未有室家”句为主，承上言彻土如此、绸缪如此，故惟虑荼之不能蓄，而何虑乎口之劳？惟虑蓄租之不足，以备阴雨之防，何计拮据之苦？夫是手口并作，而手口交瘁也。自“彻土”至“卒瘏”，皆根一“迨”字来，口气最紧。　　“未有室家[3]”，最有味。当时流言，必以周公平日勤劳皆为己谋，故周公言其为王室，正以破其“不利孺子”之说耳。　　大抵人情所自利在一身，我“拮据”“卒瘏”，不利殊甚。岂有不图身之利而顾利一孺子者？感悟王处，正在于此。五个“予”字可味。“劳”亦予也，“病”亦予也，惟予而已，无可他诿者，为予室故也。上四“予”字，见匪躬之义，下一“予”字，见体国之忠。　　“彻土”“绸缪”与“捋荼蓄租”，不必辨其孰先孰后，总是危苦之词。一章自为一意，叠叠相承。“彻彼桑土”外，何以复取一“荼”蓄之？桑取其气之坚，惟坚能肩大任；荼取其味之苦，唯苦能试诸艰。

末章。羽杀尾敝，正与“绸缪”“卒瘏”应。“予室翘翘”，与“未有室家”应。风雨所“飘摇”，又与上阴雨应，而下民之侮在其中。　　“维音哓哓”，在“鸱鸮”四字上见之。不呼王而呼鸱鸮，无可奈何之词也。须看一“维”字，见得苦心苦力，别无可以自效者，维音之哓哓而已。全为爱室苦心，自不容已，勿以此为作诗之由。

---

① 原批注：“通诗俱是暗比。”

② 原批注：“罪人斯得，谓流言之罪人方得而知之也。”

③ 原批注：“室家何以未有？恐其有而毁之者故也。”

东山章

通诗以“我东曰归，我心西悲”二句为主。盖悲不于往之日，而于归之日，不于归而至之日，于归而未至之日。何也？“徂东”以前，则皆“行枚”时事也，有死之忧,不暇悲也。归西以后,则皆“孔嘉”时事也,有生之乐,不复悲也[1]。惟“东”而“曰归”,则若濛雨,若室户,若町畽(疃)之属,皆归时所必历之境。若果蠃、若伊威、蠨蛸、熠燿之属,皆“曰归”时所必动之怀。种种提之,情何能已。故劳之者正所以释其悲也。

首章。最重“亦在车下”句,方切完师意。　“我徂”二句,在外之久也。“我来”二句,归途之劳也。叙往述劳,已有无穷凄惨。　骤雨可立待,蒙蒙微雨,其苦不堪。　“言归”可喜,而乃悲者,盖自至东之后,其间饥渴之苦,跋涉之劳,与夫不可知之事,不可期之想,于“言归”而若为辐辏,一念忽至,真若恍其相失者。况西向万里,安能一蹴而至?故为之悲。此羁旅之真情也。才说起便悲,即“曰”字可味。　“制彼”二句,是收拾作归计,而亦见完师意矣。“裳衣”,对素裳白舄,韎衣韦弁看。此二句要说得阔大。三监一靖,四海永清,此天下太平,销兵铸鐻之日,所以不胜幸,勿以兵危战凶而不欲事言。　既而在途,又见途中景物为得所,兴军士“在车下”为得安也。“蜎蜎”,有生意;“烝”是众聚貌;“敦”是安处之状。士于车下,什什伍伍,环向而宿。兹宿而何以云“独”也?正对“室家”而言,新婚旧妇,各各异地,故此车之下什伍虽众,众亦独也。然紧紧重一“亦”字,此正喜幸之意。时虽未遂室家之乐,而已无舆尸之凶也。

二章。室庐相近,则家事纤悉,一一上心,此人情也。故缕析形容之,以“果蠃”二句作首,“在室”对“在户”。“町畽”(疃)二句,以室外室内对,总是无人斩除,无人洒扫,故至此,而实根“滔滔不归”来。“亦可畏也[2]”二句,只以“畏”字逼出“怀”字,不要泥《注》中“然岂可畏”一转。“畏”,政畏此凄凉光景;“怀”,亦政怀此凄凉地面也。若说为家人聚此,而不得不怀,便无味。　诸句俱言所在,只“熠燿宵行”不言所在,以其飞之穿户入室,无实在也。《本草》:伊威多在下湿处,常惹着鼠背,故名“鼠负”,今讹作“妇”。

三章。只重“妇叹于室”“我征聿至”二句。见居者方思行者之劳,而行者适慰居者之望,光景宛然。　“鹳鸣”句承“灵(零)雨”来。鹳是好水之鸟,知天将雨,故长鸣而喜。谓蚁出垤而鹳就食之,亦大附会。军士自感于鹳声,而谅妇亦叹于室,此鹳鸣妇叹,皆征人在途中想像出来,见物理人情必至于此,原非实事。　“洒扫”句,与上面“果蠃”等句极有情况,极有照应。见得三年在外，恐动征人之感，于是剪刈其果蠃，扫除其伊威，并除其蟏蛸。町畽无麋鹿之游，室内无熠燿之形，此亦妇人倚闾望至之常，亦可想像而得者。“聿至”两字宜重看，见他阔别三年，一旦相会，恍然若梦，故不特深闺思妇感极而欢，远别征人睹故园之风物，何事不可乐，何景不可乐？一草一木，且喜且悲，此苦瓜有三年之慨也。此时家人父子，欢笑相迎，不言可知矣。“有敦”四句，舍夫妇之相见而言，见爪栗，又不言见之之可喜，而只言不见之已久，正见悲欢离合之极致，自有许多说不出处，只好借物见意耳。下文“其旧如之何”，情趣全在于此。

末章。虽极铺张新婚之乐，而无穷意趣却在“其旧”句。“仓庚”二句，是婚姻之候。以鸟之飞其羽鲜，兴女之归其仪盛也。　　“亲结其缡”，是戒命之礼，“九十其仪”，是往嫁之礼，只宜轻轻叙过，而末二语须重看。“斧斨”之劳方释，而“间关之辇”遂驾，新者之“孔嘉”不过如此，而惟将旧有室家者一点，便意味无穷。真结局妙境。如镜花水月，有形容不出的模样。若复以“我征聿至”时情景述之，则索然矣。　　须剔二“其”字，则以此之“新”，非犹夫人之新也，“其新”，乃三年来归，甫订之新也。则以此之“旧”，非犹夫人之旧也，“其旧”，乃三年以前好合之旧也。

---

① 原批注：“喜心翻到极，呜咽泪沾巾。”

② 原批注：“亦可畏也，骤思而卒然惊。伊可怀也，□念之而□然喜也。”

破斧章

全章以“四国是皇”句作主[①]。盖流言倡乱，人怀反侧，不正甚矣！周公东征，大义灭亲，毫不敢赦。凡四国有谋不轨者，孰不寝其未发之谋，以归于正？夫莫哀于四国人心之不正，而公宜欲尽匡而正之。此便见其心不为一身一家之计，而真如天覆地载之心。此便是哀我人之大。　　夫不正，则薄恶成风，邪僻成俗。故二章承一“吪”字，是邪化为正，奸化为忠。其为斯人虑者，何善也！故曰“亦孔之嘉”。不正，则人心涣散，臣不恭其君，民不戴其主。故三章承一“遒”字，是离者使之合，涣者使之萃。宛然见“攸同”“维辟”之盛，其为斯人虑，何其美也！故曰“亦孔之休”，皆生于“四国是皇”来。　　“四国是皇”，“皇”训匡。一说“皇”犹“皇皇意”，盖四国见干戈枪欀之兴也，心如皇皇然，何也？心恐惧而将变也。既而见纲常伦理之重整也，心益如皇皇然，何也？意昭明而有融也。

“四国是吪”，危者仍归于安，其势主静；而乱者忽返于正，其势主动。故曰“是吪”。

---

① 原批注：“破斧缺斨下用一哀字，章章言之，古人用兵用刑，念头如此，莫草草看过。”

伐柯章

首章比意，不重“媒”与“斧”，重“不克”“不得”上。至于柯之“则”，已现在手中，则斧何事求之？子已遘而成礼，则媒亦无所待矣。看来见之难易，只在心之倾慕惊喜上。

《小序》云：“周大夫刺朝廷之不知也。”归云：“公之东也，朝廷有人左右之者，则君臣之交合矣。”　　当公之居东以待罪也，东人日夜冀王之归公，而兼冀有人如召公者，道王以归公。以为此时危疑已成，非坚刚之斧断弗决也。堂陛未浃，非好合之良媒，弗和也。故一则致咏曰“伐柯如何，匪斧不克”，畴其用断如用斧乎？再则致咏曰“娶妻如何，匪媒不得”，畴其合情如合配乎？　　下章则为公归，其再相乎？其故武可按而覆者，譬之伐柯而有斧，旧柯亦新柯之则矣。又为公归，即见王乎？其“喜”“起”可合而联者，譬之娶妻而有媒，一见有笾豆之陈矣。（原注：“此解透顶大议，可以翼《注》。”）

九罭章

首章叙得见之喜，下三章切愿留之情，皆一时事。　兴意，言有非常之网，则必有非常之鱼，有非常之人，则必有非常之度。　东土喜见周公，非为其服，所以喜见公者，说不尽，亦写不出，故只举服言之。看他说个“衮衣绣裳”，便宛然有奔走聚观，相顾赞叹之状。　鸿之为物，其进有渐，其飞有序，又其羽可用为仪，君子之道也。

“岂其无所”，言当从容密勿也。曰“公归不复”，言终留相王室也①。虽朝廷不可一日无公，公亦无日不与朝廷为念，顾留相之日久，而居东之日暂。公虽留，无伤也。东人只模写已爱慕无已，不忍释然，初不计及公之当归与否，故苟得一宿再宿之留，即以为幸耳。

“是以”句提起，紧接“信处”“信宿”来。“无以”“无使”，一气叠说，恳切之情宛然。《注》中“且留”，并无“遽”字，极婉转有味。　《小序》云：“刺朝廷之不知也。”

以公之忠圣，而郁郁避居东土，故东土之人不胜愤愤，曰“我觏之子，衮衣绣裳”。见公不以罄折于端揆，而顾以周旋于下国，隐然有惜公之去者。其曰“于女信处”“信宿”，见留相为公之常，居东为公之暂，又隐然若有愿公之迎者。虽留公之意惓惓，终非其本心也。当知风人意在言外。

---

① 原批注：“曰信宿，信处，已见悲端。”

狼跋章

首章不失安舒之常，下章美公不失德音之常，总是遭大变而不失其常。要在心上见。由公心事光明正大，故著之仪，而仪如故，问之人，而人无间耳。　累于形者，进退皆病。周于德者，无往不宜。盖反兴也。至暴莫如狼，诗之意似以暴兴让，盖以天下之造变者，凶人之暴，而天下之销变者，吉人之让也。　诗人不欲使谗邪之口得加于公，故以“(公)孙硕肤”来替出遭疑谤话头。讲中切不宜露“流言”字面。　负扆临朝，上为宗社，下为生灵。大臣之苦心，所谓大美也。竟以是得谤，舍曰不辨，而居东以避之，所谓“逊”也。　父子兄弟之间，毁则同受其毁，誉则同受其誉，邀家庭之难，而居以为功，则置手足于何地？君父朝廷之地，安则并受其安，危则并受其危，乘发难之端，而分为得意，则视懿亲为何人？故“公孙硕肤”一念，真可矢之天日，何不可对之衾影？是以居不失其常度；真可质之鬼神，何不可信之天下？是以身不失其显名。　文王三分有二，公负扆临朝，俱是“亢龙有悔”。故文王孙于羑里，周公孙于东山。世后(后世)权奸，只缘地位相逼，骑虎不下，所以有篡弑之祸，乃知非圣人不能孙也。

鉴湖诗说卷之二

小　雅

广陵李清心水父　陈元亮寅倩父辑
汉阳李若愚愚公父定　浙后学吴思穆静腑父参
晋陵王章汉臣父　沈道先沧帆父订

鹿鸣章

通诗当以“人之好我”二句为主，而所重在一“好”字。盖“示我”之言，全从“好我”之心而生。而心之好，又全凭心之乐而发。故下文“敖”字，正从容游衍，以动其好也。燕乐其心，正心安意适，以坚其好也。看此诗宜以首之“好”、末之“心”，两相照映，而中间点缀“示我”意为得。　此诗语意参差，互相关照，总见其为亲贤受善，不拘形迹如此，却未尝节节将示教、叮咛，盖一经提醒，不须更说矣。　“人之好我，示我周行”，与“嘉宾式燕以敖”“以燕乐嘉宾之心”一例看。人至于好我、示我，则疑忌去，慈惠通，其乐可知，皆是自道其设燕之意如此耳。归重乞言，似认客作主。

首章。兴意。鹿聚于野，其情适，故其声和。宾在于燕，其情通，故其言尽。“嘉宾”二字，通诗极重，此盖宾之而不敢臣之也。“瑟”，堂上之乐，鼓瑟而歌，有声有词。“笙”，堂下之乐，立于悬中，有声无词。“鼓瑟”，对“吹笙”言，“鼓簧”带在“吹笙”内，此燕时之乐也。“承筐是将”，兼送酒劝饱，即行于鼓乐时者，此燕时之礼也。然此三句切莫板对礼乐，只虚虚写出一段好宾神情为得。“人”字，只借以动嘉宾，不必实粘嘉宾。盖上焉者，既有宾臣之风，则下焉者，人人有作宾之想，亦是事情应然。“示我周行”，语语须从“好我”发意，盖嘉宾示我之详，正嘉宾好我之深也。然既曰“示我周行”，切勿预拟题目。

次章。周行[①]，原是上下所通行者。“德音”三句，政是“示我周行”大机窍。“德音”至“是效”正是宾之嘉处。“德音”重“德”字，不重“音”字，若“音”不本于“德”，是违道以千(干)百姓之誉，而己自处于薄，欲使民不佻(恌)，难矣。“不佻(恌)”，是使本厚者不流于薄，非已佻而返之也。“视民”，“视”字，不必训“示”字，相其机之先动而逆防之，窥其势之极重而密返之。若民有机心，便被一眼觑破，决然容留不得也。“则”“效”，言即此便是标准。“式燕”句，言吾与之敖游樽俎间，庶几洽其好我之怀，而尽其示我之意，德教之陈，尤有溢于德音之外者。此与下章“以”字俱不可忽，“以敖”“以燕乐”，而好我之情，自有不得不动者矣。

末章。鼓琴，三句琴瑟，首已见出，此只重一“湛”字，此正是上节“以敖”内之事。末二句燕乐其心，正是首节求其心好我，而示我意。盖云，嘉宾之心，好我之心也。安乐其心，则无猜疑，无拘忌，庶所以好我者，油然益洽，而所以示我者，竭尽无余也。“燕乐”字紧领上“和乐”字意。“心”字正与“好”字应。鼓瑟、鼓琴虽是叠语，亦有不一而足之意。照“湛”字，可见乐而且湛，乃正欲以深入其心耳。　　玩“视民不佻(恌)”，可见通章重一“民”字。周行之求无非为此。　　宾臣者帝，师臣者王，九经先尊贤，尊之故宾之，宾之故乐之。

---

① 原批注：“求二章，一字不(及)‘示(我)周行’，(其)意更深。”

四牡章

此王者代使臣之词，只重私情不重公义上。“王事靡盬”，只将来做个话头，不甚重。前二章两“怀归”，便含怀父母之意。次言“启处”，亦指归家平时周旋亲侧说。中二章直言不得归，则父母不得养，能不感飞鸟而自伤乎？末章之怀归，则紧顶“不遑将父母”说，来告于君，庶几情之得达，而慰其怀归之心也。　天下惟君亲之伦并大，人生惟忠孝之情并切，使臣为忠而不得孝，王者正体孝以作其忠。

首章。“四牡”二句串看[①]，谓驾騑騑之四牡，而历倭迟之周道，有靡国不到意。“岂不”句，又带下一气滚说，见我出使之远如此，是游子他乡，而承欢未得，岂不思归？但为君即不得为亲，今上德下情，惟我是赖，所以不敢徇私废公，而怀归之心徒抑郁而伤悲耳。“盬”，亦盐也，出河东解池，引池水灌畦，自结成者，不经久而易败，故训不坚固为盬。

次章。骆马[②]，最耐劳苦。“嘽嘽”，训众盛。“嘽”字，从口，疑是马鸣。“启处不遑”，向指在道言，还，指归家奉亲以周旋说为安。启处且不遑，则归亦空有怀矣。

中二章。以鸟之得所止，反兴子之失所养。“不遑将父”“不遑将母”，正是伤悲处。然不可作怨恨不平语。“将”字内有多方周旋，不可止作“养”字看。于王之“事”曰“靡盬”，于父母之“将”曰“不遑”，正忠孝之情相照论处。

末章。“四骆骎骎”，只再叙出使事，以起下作歌意，非是叹使事不已。怀归内，即要入缺养意，惟其归养未得而有怀，是以用此怀作此歌。而以缺养之情，来告于君。庶使九重之上，亦知千里之外，有此“不遑将父母”之子耳！然非是欲君令我速归就养，亦非是欲君存恤其家，只是欲知我衔命远臣，有如许悲惋衷曲在。要知此是劳诗，作歌，就使毕后言。然作歌，不言“将父”，而言“将母”者何？若曰臣之父固亦效奔走之力者，即臣欲怀归，犹有夙夜无已之戒。独是慈母之怜爱过甚，游子之瞻依倍切，有母“尸饔”，不得不作歌以告于君矣。《皇华》遣使，风以义，《四牡》劳使，悯其情，是以出则尽职，归则忌劳。

---

① 原批注：“使臣之乘马也。马行地无疆，坤道也，臣道也。”

② 原批注：“首章有远意，次章有劳意。”

皇华章

通诗“每怀靡及”句尽之，总括下四章意，以“诹、谋、度、询”四字为骨。看每章“我马”句，即是“駪駪”二字光景。“诹”有不及处，又“谋”；“谋”有不及处，又“度”；“度”有不及处，又“询”。“诹、谋、度、询”又必要“周”，又各蒙“载驰载驱”说，宛然是个“每怀靡及”，若谓广询博访，可以补其不及，即每怀及矣。

首章。以华之随地皆盛，兴心之随念皆然。《传》曰：“忠臣奉使，能光君命。无远无近，如花不以高下易其色。”最有味，“駪駪”与“皇皇”相应。王者君临万国，所遣必非一使，则众多并行，特同时出使之臣耳。“每怀”指使臣之心言，正以天子之怀为怀。盖天子以其耳目心思之不及者，故受此托任，必其下周万状方可上报九重。此中甚有难及处，故每以为怀。“每”者，每念每事之每。“怀”字，只形容他不自足之念。

下四章。走马曰“驰”，策马曰“驱”。有奔走急疾之意，政可想出“駪駪”。　“诹”者，聚议之意。“谋”者，计划之意。“度”者，酌量之意。“询”者，穷问之意。大抵己所不及者，人或及之，即人所不及者，天下人或及之，故下一“周”字极妙。　诹、谋、度、询正古使臣问耆老，求遗佚，恤孤寡，举废坠本职。　诹者，诹其大概也。然不仔细商议，便为鲁莽，故又必谋之。然谋野则获，虽已中其窾窾，而或于时非所宜，势非所便，故又度之。于人度之，于己顾度，则得其精详，协于时措，然而事不嫌于再三，机不妨于过慎，故又再询之，以致其决。　《左传》：“询问于善为咨，咨事为诹，咨难为谋，咨礼为度，咨亲为询。”　《四牡》《皇华》皆出一“怀”字，然劳之则曰“岂不怀归”，曲体其情也。遣之则曰“每怀靡及”，深作其劝也。

常棣章

此诗以“凡今之人，莫如兄弟”二句为主，下皆发明“莫如”之意，而提醒处尤在“究图”二字。先死丧，次患难，次安乐，事愈轻、时愈暇，而兄弟之情愈不可解。　处变之须于兄弟，人人皆以为然，居常之须于兄弟，人人易忽，是以形容兄弟之亲，必须至重说到至轻，欲启人信兄弟之亲，又须易晓处说到易昧处。　“究图”二字，正示人重兄弟的关键，一“究图”之，便见“凡今之人，莫如兄弟”了。

首章。以华之同发者为至盛，兴生之同气者为至亲。《笺》曰：“承花者曰鄂，不当作柎。柎，鄂足也。”棠棣之花一柎生二萼，两两相丽，鄂足得华之光明，则韡韡然盛。以为兴者，亦取兄弟同生之义也。“凡今之人”，泛指世人，包下朋友妻子俱在其中。“莫如”者，言情莫如兄弟之亲，义莫如兄弟之重，只情亲义重，平平发之，而语气已不胜感激。

二章。以下皆发明“莫如兄弟”之实。“死丧”二句，是变中之常。“原隰”二句，是变中之变。于“威”字、“裒”字，见人不如兄弟。盖人且以为威，人且任其聚也，而惟兄弟怀之，是于情上见力，兄弟求之，是于力上见情。玩两“矣”字，亦见至情所迫自是不得不尔。

三章[①]。“脊令”，水鸟，而今在原，失其常处，则飞且鸣，以求其类，天性也。犹兄弟之于急难。“急”，如急人之急。“急”字是兄为弟急，弟为兄急也。良朋情意虽切，终无赴难死友之理，不过永叹而已。看“良朋”字，亦勿说坏朋友，然良朋且然，何况浅交。　无论力不能相及，即及矣，恐置人兄弟于何地？并恐置己兄弟于何地？故此一叹也。于良朋之心犹以为憾，于朋友之谊固已无憾。　言良朋则非浅交，曰永叹亦非无情，越说得好朋友热肠无可如何，益见兄弟妙处。

四章[②]。“阋墙”，是人欲昏迷之极，而天理犹然未泯。于此见尤莫如兄弟。“御侮”是真心发见，把斗狠之事都忘，兄弟不藏怒宿怨，只是这点真心。“无戎”，亦只势有行不去处，非其心然也。至良之朋友，亦不如阋墙之兄弟，正以著兄弟之亲耳。　急难，较死丧已浅；侮，较急难尤浅，然事虽一步浅一步，而兄弟之义则一节切一切（节）矣。　“况”也，“烝”也，《注》作“发语词，发语声”，非也。“况”者，交好之情况也。“烝”者，愤气之郁积也。良朋当急难之时，岂无一种不安之情况，是“况”也，莫能用情也，付之永叹而已。良朋当外侮时，岂无一种不忿之郁烝，是“烝”也，匪不反兵之雠也，其可以兴戎乎？一说“烝”，众也，谓继烝然而众也，亦不能共助。

五章。乃上下章之过脉也，“不如”二字，正与“莫如”二字相呼应，又以起下面“究图”意。丧平则无死丧裒尸之事；乱平，则无急难御侮之事。亦是设言平安时，人心易迷如此，非必前面丧乱一一经过，而后就安宁也。“既平”便是安宁，无两层意，此章刻画今人不知“究图”情事，绝妙。

六合七章。“傧尔”二句，言室家聚会之乐也。通一家言，“既具”，谓无故而咸在也。

“妻子好合”，泛就平日说，内阋不生，外侮无忧，琴瑟之乐可保其久。假令室家聚会，妻孥燕婉，岂非人生所乐？而一二同生，或睽违于异域，或相怨于一方，忽焉念及，能不凄然？此时纵能欢笑，亦属强颜，何孺之有？冲冲惙惙，既遣还来，何湛之有？　　按，“孺”字训小儿之慕父母。予谓孩提而稍长无不知爱，兄弟具而和乐。孺，言兄兄弟弟一团爱敬之诚，恍如孩提稍长光景，故曰孺也。何更以妻子为言？大凡人生稍长之时，兄弟之情自是蔼然。及至有了妻子，所谓衽席之爱重，则手足之谊轻。且妇人之言入，则骨肉之嫌启。得毋妻子之好合，不必问兄弟之合不合乎？孰知兄弟翕而妻子之和乐始可久也。　“且孺”“且湛”，二“且”字俱有意。妻固非疏，子亦天合，但妻子自有妻子之乐，兄弟自有兄弟之乐，不得之则不全耳。

末章。兄弟具而乐之真，是兄弟宜室家也，兄弟翕而乐之久，是兄弟乐妻孥也。“究图”不必推深，只平心虚气看，室家妻孥间，有兄弟与无兄弟何如耳？　　“究图”，不是悬空思想，直是体验于良心真切之地。“然乎”是活字[3]，如云试以宜室家、乐妻孥之理究图之，果信。室家之宜、兄弟宜之否？妻孥之乐、兄弟乐之否？乃见提醒人意，然不究图丧乱，而独究图安宁，正以安宁之薄兄弟也。

---

① 原批注：“脊令尾与首应，亦有手足相救护意。”

② 原文批注：“‘阋墙’‘良朋’正相对着。”

③ 原批注：“‘然乎’作问词看，更妙。《注》‘岂不’二字似□。”

伐木章

此诗以“求友生”作主,下二章尽所以求之之道也。王者下交于臣,而下一“求”字不止自忘势分,兼欲令人忘己之势分。非专藉燕饮而自谓,惟燕饮可以将之,则自不得不郑重绸缪,顾之而速,速之必来,常虑咎虑愆,而有无时节俱不暇论,总完得一“求”字。　　君臣也,而朋友之,政不徒视为朋友也。而家人父子之,甥舅兄弟之,心和气平而声应焉,此原不徒求之、燕饮之绸缪已也,求其咸一德,以协和万邦者;求其康庶事,以升平四海者。目中未两之谋,都旋(从)“暇”时,永计其“终”。本文“终”字“暇”字绝有关目。

首章。人伐木,而鸟若因之以鸣,此亦同声之感也。讵鸟求友,而人反漠然无“友生”之思乎？此兴之极有远神者。　　良禽择木,良臣择主,主明则士附,木茂则鸟归,故言鸟鸣,出自幽谷,一气滚下。“矧伊人”二句,鸟之出幽而迁乔,盖欲同群而共游于高明之境也。人求进于高明,舍“友生”其何赖焉?“求”字重看,乃用上敬下之义,故下面有许多周匝,许多委曲,然以精神为求,不徒燕会已也。“求”字内便有和平意,下二句以神之福歆之,正见友之当求也。　　“听”字,盖领友声意,听此声也,亦既和矣,亦既平矣,以和召和,而太和之气永洽于宇宙,以平召平,而太平之休竟垂于无疆。看一“终”字,有万年一日之意,用一“且”字,则和平亦不可平对。

二章。以伐木无不用力,兴求友无不用情,两段酒殽轻叙,须重“弗顾有咎”上。“速”字不专指召致,亦不是蚤临,诸父诸舅皆国家老成人,不可不惜,须速速与之周旋,故兄弟只云“无远”,而此独云“速”也。不来曰“适”,是适然不来,必无不来之理。此句轻,反言以正,见其当速也。“微我弗顾”,言无使我不顾念朋友也。“微我有咎”,言无使我朋友有疏薄之咎也。　　两以“速”就,是嘤鸣之音。“宁适”二句总是不计友之来不来[①],而我定必要致意,不可弗顾,不可有咎也。此是己情之切至处。我之得罪于友不足惜,而使朝廷有否隔不通之情,则和平之谊谓何?

末章。以伐木必于所生之地,兴燕饮必于所亲之人。此章本重兄弟无远,而却把失德的人情来簸弄翻起，以见己不得不委曲以尽无远之情。此非惩此始设燕也，只是借人照己意。此“远”字极有味，无论挟势分而骄为远，即情意稍不贯彻，志趣少不相投，如下文燕必拘于礼节，会必俟乎实期，皆是一“远”字。故下文“有酒”六句，总发一“无远”字也。“失德”以“愆”，亦只就自处说，与“弗顾有咎”一例。“有酒”四句不重，滚滚直发下“迨我暇”二句来。“迨”字极有味，大凡拘于时，限于期，虽亲亦不亲了。故“迨”字有不可实其期，非必卜日而饮也。然“暇”而曰“我暇”者何？盖诸父暇或诸舅不暇，诸舅暇或兄弟不暇，其暇不暇至难实也。如欲待彼之暇举燕，则燕何时克举乎？故迨我暇即饮此湑，庶失德之愆可免，而无远之念可罄也。要知和平之世就是宵旰励精，意气时时闲瑕(暇)，非必万几种种就理，乃谓之暇也。

① 原批注：“弗顾，便是咎。”

天保章

通诗以“天”“神”为主。首、二、三章极拟天之福君，而于中逗一“榖”字。四、五、六章极拟神之福君，而于中逗一“德”字。此欲其君式榖而修德也。上段合“厚益”与“戬榖”，故曰“遐福”。下段合“万寿”与“遍德”，故曰“多福”。九“如”字，各极其形容之词。　天道无私，神难亲暱，“戬”欲“遍德”，正致福根由。

首章。“尔”其君者，称天以为言也。命不于常，而此独为天所保；厥位维危，而此独为天所实。“孔固”者，常常保实也。下四句正“保定”而使之如此无时不受福，则积之厚矣，故曰“单厚”；无事不受福则积之多矣，故曰“多益”。“何福不除”“以莫不庶”，正是“单厚”“多益”之意。每下句俱是上句之词。造化无全能，有厚必有薄，有益必有损，此否泰相寻之理，盛衰倚伏之机。“单厚”而“除”，“多益”而“庶”，保实何孔固哉！

二章。“单厚”多，盖虽皆是福，然皆用虚字形容。故此章遂提“保定”之最紧切处言之。重“戬、谷、罄、宜”四字，所谓天之降福，并其受福之原而降之也。　“谷”字下得妙，谷为嘉种，然半蚀于螟螣，半集于粮莠，难云“戬”矣。惟有天以俾之，则谷亦何难于戬也？　“戬”有一齐之意，善亦有个源头，一善则无不善矣。说个“罄”字，识者便有太尽之忧，忧其未必种种合宜。乃观于《皇华》《四牡》诸什，而见民人之宜；观于《鹿鸣》《伐木》诸什，而见大夫庶士之宜；观于《常棣》之什，而见兄弟之宜；所称宜王之道，无有不尽也。此百行之皆臧，即百禄之是总，即此是上天之福。已昭受于行事之际，然天又降尔以“遐福”。尽善者，终善。宜者，永宜也。“受”字有力[1]，惟能受之，故天降之，正“明德维馨”之意。“惟曰不足”，言日日见之而不见其止是也，正是“遐福”。　“百禄”“遐福”，极其取数之多，则见以为百递其绵延之脉，则见以为遐。

三章。形容上二章之福，以结天福一段意。首二句须先点高大盛长意，在“兴”字内[2]。下乃分别形容之。言自其兴而高大者拟之，如山阜冈陵[3]；自其兴而盛长者拟之，如川之方至。“以莫不增”句又总煞之，与“莫不兴”句相照。“增”有山若增高、水若增深之意。　福何以如山阜冈陵，乃形容其叠叠拥护之势也。川水方至，则浩大而不可御，乃形容其福之来，方进而未艾也。

四章。首四句，只轻轻一直递下，以为下锡福，引子不甚重。天心仁爱人君，故直曰“天保定尔”。若神，则须有感通，故特言祭祀，以起下“卜尔”，昧如他诗感神获福之例。　吉诹日，君臣诹谋祭日，于旬有一日之前；至次日乃卜尔诹之日吉否。择士，先一日大射于泽宫，选与祭之士。士，诸侯大夫及贡士也。蠲士斋，三戒之类，洁其内也。濯祭器，除宗庙之类，洁其外也。饎，《仪礼》有饎爨，《注》云，“炊黍稷曰饎”，训酒食也。孝以尽志，享以尽物。享不欲疏，疏则忘，故禴继夫祠，烝继夫尝，按其节，毋愆期也。享又不欲数，数则黩，故祠后乃禴，尝后乃烝，循其节，毋越次也。　祠之言食也。禴，禴新麦也。尝，尝新谷也。烝，进品物也。禴、祠所以迎气之来，烝、尝所以送气之往。　“于公先王”，所谓孝于先公，因享于先公；孝于先王，因享于先王也。君即先公先王之神。“曰”字是尸传神意。“卜”不作期字解，凡人所凝受皆自其平日所为，卜之孝享如此，万寿可卜矣。五福以寿为先，寿即福也。非寿与福对言。　寿原非神之所主，故只云“卜”。“卜”者占也，占其寿也。福则主之自神，故云“诒”。

五章。上文之寿，此犹福及一身耳。人主通天下为一身，使徒一身寿而民不式化，即非君之福，倘表一民不归于雅化，亦未见福之多，故兹所谓“诒尔多福”者，即在“民之质”四句见得。“民之质”四句而云神之诒者，盖斯民也，先王先公所遗之民也，而斯民之皆善者，则先公先王之灵所为翼民心如此也。　“民之质矣”四句，分明是“击壤”讴歌景象，所以为人主之多福。只将浇漓之世，其民之巧伪智故，何如为主德之累反照，则质之即德，为德之即为主德自见矣。　“吊”字训至，予谓即“不吊昊天”的吊字，解作“恤”字为妙。　“日用饮食”正是他“质”处[④]，上既曰“民”，下复曰“群黎百姓”，申广言之也。“遍为尔德”，只是言遍斯民之为，皆为尔之德也，《注》中“则象”良是，却不须云“助尔为德”。

末章。形容上二章之福，以结神福一段意思。劈头四“如”字说起，以“万寿”“多福”正意已在上也。通节当根上文“质”字摹写，盖声名文物皆有时晦，惟质不晦，故拟其象曰“如日”“如月”，事业勋猷皆有时谢，惟质不谢，故拟其象曰“如南山”“如松柏”。　时方祝君，不得显以亏昃相形，只说既盈之月，中天之日，未足形容其盛也，便自浑然。 此是愿祝无已之词，既欲其如日月之方进，又欲其如南山之久长，又欲其如松柏之代新，皆意有余而言不足之意。　“恒”训弦者，以弦为常也。“骞”是损缺，指山一处。“崩”是倾覆，指山全体言，“不骞崩”，便寿了；“无不承”，便茂了，无两层。

---

① 原批注：“受字顶戬谷来，遐福又顶受字来，有以受之，其福乃遐。”

② 原批注：“兴，作也。万物无不作而盛者。”

③ 原批注：“五如字叠叠说下，只是可大可久反复言之。”

④ 原批注：“浑厚近德，机巧近贼。”

采薇章

双提“玁狁之故”，是一篇骨子。下面“靡使归聘”，“我行不来”，“岂敢定居”，“岂不日戒”，俱根此。 此遣戍之诗，激之以义，全重“我行不来”句，而备御防边之本，则在“日戒”二字。盖欲激之以义，乃先恤之以情，故云“靡室靡家，不遑启处”。欲为之议守以固其防，乃先为之议战以作其气，故云“一月三捷”。 止言遣戍，而不反将帅者，盖士大夫以体国为心，有不待勉者，小民之愚，或以为上之苦我，故此诗必极体小人之情，而使遵君子之令也。

首章。“薇作”，今年暮春；“岁暮”，明年仲冬，盖两期而还也。此已明说是离家劳身，下特抽出言之，家与身是下二章总谓。 重言“采薇”者，叮咛行期。“岁亦暮止”，又叮咛归期，定其心也。两言“玁狁之故”，见非得已之师。

二章。此承“靡室靡家”二句，而言其以义忘家也。“心亦忧止”，要点岁暮意，以归期之远也。“忧心烈烈”，紧顶“忧止”来，方忧归期之远，而又重饥渴之困，百忧丛集，故云“烈烈”。此内含舍室家说，方与“靡使”处有情。“我戍未定”[①]，此句最重，以方出戍言，起下或战或守，或胜或败，或固不固，边廷事体与犬羊性情不可遥度也。“靡使”，“使”字就同戍人言，盖程期未及两期，分番未及更代，正吾人戮力同心之时，更有何人可使归而问室家之安否？“我戍未定”，须看一“我”字，大抵人情当戮力之秋，或诿为君上之事，或诿为天下之事，便成退托，惟戍是我戍，则戍之示未定，直我戍之未定，所谓家事视国也，而又何以家为？

三章。此承“不遑启居”二句，而言其以义忘身也。 “王事靡盬”句，照上文“我戍未定”意讲，下面“不遑”与“忧心”，俱根“靡盬”来。“不遑启处”，言或严斥堠，或谨烽燧，边廷上那有顷刻少休？“忧心孔疚”，见得贼去则朝天有日，贼在则归阙无期。称职则太平之福，臣子无以言功；偾事则不测之忧，臣子无以逃罪。以忧之而疚也，惟切于忧而安得不慷慨以赴敌乎？故曰“我行不来[②]”。此句不是定死于边，马革裹尸，方是不来。只是忠义激烈，誓不与贼俱生之意。此句是全章骨子，下面之战守皆自此生发去。 首章何云身家不遑？盖玁狁群犬羊、耐水草，故其势专，而吾敢问身家？次章何云饮食不遑？盖玁狁逐腥膻、废餱粮，故其锋锐，而吾敢问饮食？又何云捐生死？盖玁狁习骑射、走死地若骛，故其众敢深入，而吾敢问生死？　　薇之“柔止”“刚止”“作止”，皆一时托以起兴，不必以此遂分别首启行，次在道，三至戍说。

四章。承“不来”言，重“一月三捷”句。盖戍实主于守，而此乃言战者，未有不能战而能守者也。“路车”，乃天子之命车。“戎车”，对敌有革车，驰敌有轻车，横敌有广车，负重有辎车。自有辨。提出“君子之车”，见方轮辕就道，而天子已望捷音之至矣。今日戎车之驾何为也？四牡之业业何为也？朝廷之上，尚有宵旰而未遑者，边陲之间，尚有处刘而可惨者，故不敢负朝廷，不敢负百姓，则岂敢偷惰乎？“岂敢”二字，政与下“日戒”二字相照，全要想像“玁狁之故”。　　戍役备边原未尝战，“一日三捷”，全在“不敢定居”之心上言之。古者御虏必用车战，故张皇路车、戎车，正以作敢战之气。　　“三捷”勿泥战胜说，盖需者事之贼，捷者事之几，故捷谋则智不及料，捷攻则勇不及角，捷合、捷散则谍间不及侦，是捷乃兵机也。　　从古边防岂少车马，题中着“君子”二字，大是眼目。

五章。承上“三捷”来，见捷不可常，则当议守；胜不可必，则当议戒，故“驾彼四牡”六句，滚滚说下，皆是戍守之具，须重讲“日戒”二字，此是戍守之本。上言捷则以月计，此言戒则以日计，意正相照。　　以戎车而驾四牡，重在车之可恃也。一“依”字绝妙，件件依着古法，神而明之，我侪小人，所当芘之以进退止齐，而一一遵其式，乃谓之腓。腓，足肚也。《易》之咸、艮，皆取象于腓，以著其随足而动。盖因君子自有制胜之法，小人寸步不敢逾越，一惟君子命也。守赖于营垒之固，则材官驺骑，如山之苞，故“四牡”句，只重“翼翼”上，以见车之行列整治。守赖于器械之精坚③，故象骨饰弓弰(弭)，鱼皮为矢服，此二句须玩注，“且(戒)”字当串插在车上去，合上“驾彼”五句，原俱就车言也。“日戒”如昼则树旌旗，夜则鸣刁斗，出则持剑戟，入则登城寨，此特戒之迹也。“戒”字还主心上说为是，方曰“三捷”，而即曰“日戒”，曰“孔棘”，固勉之以从王之义，亦教之以御戎之略也，孔棘即警戒之词，一呼一应，词气甚紧。

末章。重“今我来思”句，正应上“我行不来”，盖始励于不来，而非战则守，则奋志于不来者可来，而来则其情其景可预拟矣。故有今之往而他年乃见为昔者，其时则“杨柳依依[4]”。有后之来而他年乃见为今者，其时则“雨雪霏霏”。见往来各有关情处。　“行道迟迟”二句，是归途之劳，正根上“雨雪”来。“我心”句，总承久与劳来。言“莫知”，指君言莫知归时，复有道途之苦也。君劳其臣，而曰“莫知我哀”，其知之也不亦深乎！此节虽体之以情讲，末须缴转欲图其来，而今之去不容不奋矣。　“忧心烈烈”与“忧心孔疚”何别？曰，“忧心烈烈”为归期之远，忧在室家；“忧心孔疚”为“王事靡盬”，忧在国家也。　“载饥载渴”与“载渴载饥”何别？曰，“载饥载渴”是去时道中之苦，“载渴载饥”是归时道中之苦也。　“不遑启居”与“不遑启处”何别？曰，“不遑启居”言出戍于外，而欲居恒、从容于朝夕亦不可得，是不遑于家也，“不遑启处”根“王事靡盬”来，边廷镇守，昼而间谍，夜而巡逻，是不遑于边也。　“戎车既驾”二句与“驾彼四牡”二句并“四牡翼翼”二句何别？“戎车既驾”二句，是御敌之具，见有此战具，而敢忘战乎？故继以“一月三捷”。“驾彼四牡”二句，只重车之可守，要启下“君子”二句来，此专以行阵言而兼士卒在其中。　末章首四句与《出车》不同，此是戍人，又是雨期毕戍之常，《出车》是将帅，又是受命城方之事，故此当叙驰驱之劳，彼当感成功之难也。

---

① 原批注：“戍事未定，统就往者言。总之至毕戍，安有定时？”

② 原批注：“‘不来’是□疚，下□语盖□尔奋□之词。”

③ 原批注：“‘一月三捷’政是‘日戒’内心事如此。‘岂敢定居’，此即所为‘日戒’也。两章总一意。”

④ 原批注：“‘杨柳依依’，即首章‘采薇’之时。‘雨雪霏霏’，即首章‘岁亦暮止’之时。”

出车章

通诗只重美其成功，当以“玁狁于襄”“于夷”作主。首章言始受命而行，重一“棘”字。次章言戒惧之心，重一“忧”字。三章言奋扬之绩，重“赫赫”二字。四章往来之忧劳，重一“畏”字。盖其棘也，忧也，赫赫而扬也。皆本于心之畏也。五章则归未至，而言室家之思念。末章凯旋之乐境，将前面棘境、忧境、畏境至此而尽释矣。通章重“忧心悄悄”句，即奋扬显赫皆这点忧心所激，而“畏此简书”，正是说此悄悄之忧处也，此乃成功之本，盖直至末章方释忧而乐。

首章。重“维其棘矣”句。首四句是以诗人叙词述大将语气，阃以外将军制之，故一则曰“我出我车[①]”，再则曰“我出我车”。将受命于君，故曰“自天子所”，曰“天子命我”。“所”字指朝陛言，正对“牧”字看。“谓我来矣”，须玩一“谓”字，见天子念锁钥之寄，特谓我来，便有棘意，“召仆夫”紧承此“来”字，“王事多难”二句，则其告仆夫之语也。“多难”指玁狁陆梁，亦只是秋高马肥，易于南牧，与内侵逼近京邑者不同。“维棘”，只为王言不宿于家，非欲倍道兼程也。即此已见一点忧心矣。　一说“棘”谓王事，即吾辈之事，如棘茨在身，不可遑安。

二章。此述其往时忧惧之心，以慰劳之重，末二句尤重“忧心”句。　言前军在牧者，已有旐统之矣，而后军在郊，则设旄以统之建之。　于旐固有旄矣[②]，而建之于旄者亦设旄，故紧顶曰“彼旟旐斯”。“旆旆”，内有孰为前矛、孰为后劲、孰为中権、后先相望、气象森严意。　兵家先阳，取象鹑火，鸟隼曰旟，示勇健也；兵家后阴，取象鳞甲，龟蛇曰旐，示威武也。忧心是临事之惧，全胜不斗，大兵不创，单单仗着一副精神荡平胡虏，下文“于夷”作用全在于此。“况瘁”，怆恍憔悴，亦是将帅有以感之也，重在将帅上。

三章。奋扬之威，全在上文“忧心”中发出来，然非两时。忧危足感仆夫，而威灵遂已拥万众矣。　须要玩一“城”字。“城”乃城守之城，城则方以内天子制之，是以控御八荒；方以外蛮夷处之，足以襟带京畿，实夷忧之要任也。故王命云云，“彭彭”“央央”俱要根“悄悄”二字发出一段精爽。盖其精神整顿，略不一毫放倒，自有威灵气焰在耳目间，然此乃所以威其耳目也。仍复醒出“天子命我，城彼朔方”二句，以威其心，激励人心，振扬军势，全在于此。“襄”，训除，盖除其与中国为难者，而自安于夷狄之常。　下文以为“于夷”作已然看，故下言班师。“赫赫”非呼遇之语，对“悄悄”看，忧之为气，阴也，“赫赫”之气极阳，济以“悄悄”之阴气，所谓密静多内力也。此章传命与首章不同，前欲其争于行，此欲其严于守。　天子之命而在于城朔方，固当恪守庙谟，而务为设险守固之图，天子之命，而止于城朔方，尤当曲体君心，而毋为邀功生事之举。

四章。承上文能以“悄悄”之忧，而成“赫赫”之绩，如此则可以归，故因来以追往之景。“黍稷方华”，前岁之季夏；“雨雪载涂”，乃今年之孟春。岁历两期，载离寒暑，只在“今昔”二字上着精神。前诗欲起下伤悲，故所重在“劳”；此诗欲起下怀归，故所重在“久”，而下则原其久出之故也。此“不遑启处”，有议战议守，百方防御意。“简书”即上节“天子命我”一句。“畏”，凛凛钦承之意。首章之“棘”，正此畏棘之也[③]。二章之“忧”，正此畏忧之也。今虽归而在途，此畏仍自抱之，以相终始，直至末章此畏方释。　“昔我往矣”，“畏此简书”，往也；睹黍稷方华之景，皆是畏途。“今我来思”，副此简书也，即履“雨雪载途”之艰，稍释畏念。自古大将不畏夷氛而畏君命，所以成功。

五章。代为将帅室家之言，要在途中情思上想像出室家口吻，曲折尽致，直描出意外之想来。　首二句言昆虫变化，是暮春之景，即将帅在道感慨“雨雪载途”时也。“忧心忡忡”，乃是未见时而碍其心如此。“赫赫南仲”二句，则是其忡忡忧念中生忆度也。想北伐之余威，拟西征之新命，正是思望之切处。　全诗俱言玁狁，而此突然说出西戎，盖甫平北虏，又命西征，朝廷实不忍加促，于是从室家之思寓言之。向作意外之想，无味。　“喓喓”二句，正雨雪载途之候，即下“春日迟迟”之时，但以乐心感，便不俟春日，假使雨雪与“喓喓”“趯趯”，亦可乐；以忧心感，即不遇雨雪，不遇“喓喓”“趯趯”，便遇春日，亦可忧。此总一个春景，春景有许多变态，皆因人心有许多变态，故此三章边塞征人，深闺思妇，久离倏合，喜喜悲悲。未归则思，思则情景凄其种种隐痛。既归则乐，乐则忧愁冰释，事事赏心。故此章轻轻侧下，不可与末章平看。

末章。看四句，只点缀归时之景物，见与边尘之惨目，塞草之寒心，自是迥然不同。以春日作主：卉木荣春，仓庚鸣春，采蘩乘春，此亦景物之常，只“执讯获丑”一句点破上面光景，便见可乐。　末句归功于南仲，“于夷”与“于襄”不同，始也，侵凌之患扫而除之，犹以南仲之功在朔方耳；既归之后，而玁狁荡平，自是天骄不复反，其功又在天下矣。此章一片赏心乐事之景，皆为成功上生出来。须重末二句成功之大上，见得今日之春和景明，万物咸容，皆是南仲所收拾归来以报天子者也，此功岂小小哉！

① 原批注："著一个'我'字，见其责在我意。"

② 原批注："将言建旐设旄之事，故又本出车事言之。"

③ 原批注："畏此简书。平日这副精神魂梦□□□□□□此时方敢逗此一句。"

杕杜章

通诗追述室家思念之情[①]，以章内"伤悲""忧恤"字为主。首章重一"遑"字，以毕戍望之。二章重一"归"字，以至家望之。三章重过期，以物度其归之近。末章以卜验其归之近，一片在室家口气滚下，一节紧一节。　　皆述未至之思，不言已至之喜，盖望极则慰喜不待言，而况自上之人劳之，故但言其苦如此。　　首三章。杕杜虽以识时变[②]，而取义于杕，亦因征夫在外，而伤其孤特无依也。杕杜有实，是去年十月秋冬之交。"阳止"，即杕杜睆实之候。"王事靡盬"，只是代者未至戍，言尚无毕局。"继嗣我日"，指往役至今日言。"遑止"，言此时纵未即归，难道还不得暇，戎务一闲，便望征车旋返，室家迫切之情，故应乃尔。　　"征夫遑止"，要想出女心中暗暗自忖光景，不必添出"曰"字。　杕杜有叶，是今年二月春之将暮，正至家之候。"卉木"二句是承上文而衍其词。言惟"卉木萋止"，女心所以"悲止"也。"归止"，言暮春至家，古有实制也。其曰"继嗣我日"者，谓是行报君之日已长，辞家之日已久，百年偕老之期，其中之间阔者，不知几何日矣。其曰"我心伤悲"者，谓是行绝塞之征人独苦，深闺之思妇偏劳，时移物换之间，其中之感慨者，不知其何限矣。至登山采杞，则春已暮而归期过矣。"父母"，征夫之父母也。忧及父母，是不但女心伤悲而已。车敝马罢，又从忧中想其当归之状。"檀车"二句，只在久戍上料度。意云彼向之载而往者，车非不坚，马非不强也，而跋涉至今，宜亦无完车矣。计且"幝幝"矣，奔逐至今，宜亦无余力矣。计且"痯痯"矣，其载此敝车，揽斯疲驷，扬扬而来，当旦暮遇之，故曰"征夫不远"。　　此与下章皆将归而望,望极而旋疑忽信之词,皆意中往来之情,顷刻间事也。

末章。即承上紧紧说来,非又一时事。“匪载匪来”,即“卉木萋止”之时。“期逝不至”即登山采杞之日。“多恤”,不必指出所恤何事,有事可指便不多矣。此四句作递语宜轻,只重卜筮上。《礼》:“大事则先筮而后卜,小事则蓍龟不相袭。”今曰“偕作”,则相袭矣。见情之不得已,不暇计其相袭之渎也。由(繇)词也。卜有兆词,筮有占词,皆曰繇。“会”字从“偕”字生,盖其卜之筮之之时,私心窃自虑曰,如其一从一违,我其如卜筮何?今合言于繇,而皆曰“近止”,则征夫即刻可到矣[③]。当退而洒扫穹室,告我父母,户外有车“幝幝”,有马“痯痯”者,我征夫之聿至也,则思亦可以已矣,又何事于伤悲多恤为?

① 原批注:“遣之必曰归止、来思、劳之,反曰匪来、不至,绝妙。”

② 原批注:“妙在以睆纪时。”

③ 原批注:“曰不远,其词疑。曰迩止,则决矣。”

南陔

孝子相戒以养也。子夏序曰:“《南陔》废,则孝友缺矣。”

白华

孝子之洁白也。子夏序曰:“《白华》废,则廉耻缺矣。”

华黍

时和年丰,宜黍稷也。子夏序曰:“《华黍》废,则蓄积缺矣。”有其义而亡其辞。《乡饮酒礼燕礼》曰:“间歌《鱼丽》,笙《由庚》;歌《南有嘉鱼》,笙《崇丘》;歌《南山有台》,笙《由仪》。”朱子云:“间,代也,言一歌一吹也。”

鱼丽章

通章总见燕礼之盛。前三章以“多”“旨”“有”三字为主，后三章以“嘉”“偕”“时”三字为主。曲全之意，上三章已包括矣。下三章特申赞其曲全耳。前重一“且”字，后重一“维”字，“且”字开看，“维”字合看。　　“多”或博取以求丰，故患不美；“嘉”则有以全其“多”矣。“旨”或尽美而难继，故患不偕，“偕”则有以全其“旨”矣。“有”或拂经以取盈，故患不时，“时”则有以全其“有”矣。其全者物也，所以曲全者，礼意也。

细玩本文，上三章须重一“酒”字，下三章须重一“物”字。意云燕必有酒，而今之酒且何如也？“旨”而且“多”也，“多”而且“有”也，孰非君子之酒也？夫主人之意不在酒，酒如是，是亦其精诚之醞酿已。燕必有物，而今之物又何如也？“多”而维“嘉”也，“旨”而维“偕”也，“有”而维“时”也。孰非君子之物也？夫人主之诚不在物，物如是，是亦其恭敬之奉将已。　《序》曰：“美万物盛多，能备礼也。”

由庚

万物得由其道也。子夏序曰：“《由庚》废，则阴阳失其道矣。”

嘉鱼章

此诗总是道达乐宾之意，当以“乐”字“衎”字“绥”字“又思”字为主。“以乐”“以衎”“绥之”，俱在心上说，“又思”亦本心来。自我燕宾言之，才发得乐宾意。　　首章言燕之“乐”，次章言乐之浃洽处为“衎”，是有以娱其体也。三章言乐之固结处为“绥”，是有以安其心也。末章言乐之倾倒处为“又思”，是有以致其无已之情也。有嘉鱼则必罩以取之，有旨酒则必燕以乐之。

以"累之""绥之"取兴者,有"樛木",而"甘瓠"始"累",有"旨酒",而嘉宾始"绥"也。飞而复来,燕而又燕,此兴意也。

崇丘

万物得极其高大也。子夏序曰:"《崇丘》废,则万物不得遂其生矣。"

南山有台章

章章有美德、祝寿二意,三章虽无"寿"字,于"不已"上亦见其寿。末章虽无"德"字,于"保艾"处亦见其德。寿又本于德,重"邦家之基"等语。　　全要看"乐只"二字。乐乃天地之协气,寿国寿民咸在于此,而何不可以寿身?故每章总不可丢开"乐"字,别寻支节。"之基""之光"即是德,非德(不)足以为邦家"之基""之光"也,"基"所以固国,"光"所以华国。"万寿"云者,盖邦家一日不可无基,一日不可无光,则一日不可无君子也。百年为期,万寿则时之所不能限也。地之大界曰"疆",万寿则数之所不能竞也。　　"父母",言德之及人。"德音不已",言德之垂世。亲民所以固国,此中便可想出"基"字。"德音孔昭",此中便可想出"光"字。"不已"以时言,是垂之远,而不以时之久近间也。"是茂"以地言,是被之宏,而不以地之遐迩隔也。　　"眉寿""黄耇"以终"无期""无疆"之意,然须紧贴"乐"字说。言有可乐之德,如此浑身都是太和元气,而何以不眉寿乎?何以不黄耇乎?"保"之法,主于操而不主于纵;"艾"之法,主于需而不主于迫。"尔后"就本身说,所谓大德不朽即真身不坏也。　　此诗举草木为兴,各有伦类。"台"与"莱"附地者,故曰"邦家之基"。"桑"与"杨"叶之沃若者,故曰"邦家之光"。"杞"与"李"多子者,故曰"民之父母"。"栲杻"与"枸楰"耐久者,故曰"眉寿黄耇"。其取材之相当,非直叶韵而已。　　国之有贤人,犹山之有草木,以自覆盖也。君子之长育人才,如山之长育草木,多而不厌。　　取兴于"南山""北山"者,南为向离之所,凡迎阳气以生者,俱有以立根于不拔;北为成艮之地,凡领静机以出者,具有以结脉于无穷。　　《序》曰“乐得贤也”。　　《鱼丽》言品物之丰盛，故曰“优”。《嘉鱼》言欢忻之交通，故言“乐”。《南山》言德寿，是天下之达尊也。故曰“尊”。

由仪

万物之生各得其宜也。子夏序曰：“《由仪》废，则万物失其道矣。”

蓼萧章

通诗重“我心写兮”一句。下三章发明所以“写”之故。“为龙为光”，是在朝廷则朝廷重，而我心之“写”，“写”以此。“宜兄宜弟”，是在家庭则家庭和，而我心之“写”，“写”以此。末章又举来朝之谨，其仪又足以写我之心，则万福之同不以是哉！　　此诗极重“既见”二字，盖天子与诸侯联属一脉，只在来朝，否则非兴“菀柳”之悲，即重“匪风”之叹矣。“既见”，安得不“心写”？即美其德处，原不离“既见”，到末章遂单举来朝之仪，作结束矣。

首章。以“蓼萧”为兴，其云“湑”者，“萧”得露而天机若欣动也，映起下“心写”意。何以云“既见”？以君子谨觐礼，修臣职，求王章，故天子得见之也。莫将此二字忽略看过。“我心写”，以“既见”写也。“既见”何以便“写”？六服群辟无敢后至，则臣忠可葵，而王心自惬也。“燕笑”二句，根“心写”来，相承说下，重一“燕”字。“笑语”字相连，正燕时君臣悦豫也。重君忘分与之笑语上。“是以”紧根上二句来。“有”，康侯有之也。式序之日，常虑祸谪之不免，天子美之，而康侯之誉亦彰矣。天子葵之，而康侯之心亦安矣，良翰之芳声，禄位之永保，又在燕后矣。

二章[1]。其云“瀼瀼”者，天泽重被，而若生色也，映起下“龙”“光”意。“为龙为光”，亦以“既见”为之也，然“龙、光”即是德，不可说德足以为“龙、光”。言君子一来，便荣宠我国，是为国之“龙”，便光彩我国，是为国之“光”。“其德”，“其”字即指“龙、光”言。“不爽”，言其于国有常荣，于国有常辉也。夫德有常，则寿亦有常，而“寿考不忘”，谓不已也。是祝其常享藩封，而永为国之

“龙、光”也。[1] 诸侯承流宣化，凡所为变化霖雨天下者，犹龙也。故曰“为龙”，见能膏泽下民；曰“为光”，见能照临下国。“龙”字不作“宠”字训。“光”字，亦从日月之光摹拟之为是。

三章。其云[2]“泥泥”者，天泽浸濡，天机和畅也。映起下“岂弟”意。“孔燕岂弟”亦本“既见”，是见其燕时所形者也。“孔”字带“岂弟”说，言燕饮间，见其为人甚岂弟也。下遂因其德之形于燕，而想其在家“宜兄弟者”如此。“宜兄弟”即是“令德”，“寿岂”二字全根“令德”“宜兄弟”上讲。试观兄弟无良，受爵不让，即英雄多疚心之处，兄弟无故，“因心则友”，即匹夫有手足之欢。故寿而且乐，非令德之宜兄弟，曷致之？

末章。其云“浓浓”者，天泽重而枝欲垂，霜华浓而和欲流也，映起下“雍雍、冲冲”意，亦本“既见”来。见君子，因见其“鞗革”，因见其“和鸾”，因见其“冲冲”，而顺适雍雍而和应。然“冲冲”“雍雍”，此亦“龙光”之精采，“岂弟”之休风所露一端也。所以能写君心而同万福。此福不独洽在朝之笑语，庆在国之誉处。又不独身用康于寿考，家用休于岂弟，凡可以光有邦之亮采，彰康侯之宠赉者，莫不于君子集之，故曰“攸同”。 《序》曰：“《蓼萧》，泽及四海也。”

---

① 原批注：“在国。”

② 原批注：“在家。”

湛露章

诸侯来朝，必取于夙，则敬之至。天子燕之，必取于夜，则爱之深。故全篇以“厌厌夜饮”一句为主。首章情之厚，以“醉”字看来。二章情之亲，以“宗”字看来。末二章两“令”字根“醉”字来，醉则心志易迷，德性易乱；醉则言语易失，仪度易乖也。

首章。以露不遽晞，兴饮不遽归，重两“不”字。“不醉无归”非是醉则必醉

(归)意,若曰醉则言归耳,今固不醉也,其无归乎?总欲优游几席意。　合"安、久、足"三字,才是"厌厌"。

二章。以露在丰草则泽深,兴饮在宗室则情尽,重两"在"字。"在宗载考",对宗庙之严、朝廷之敬看。"成",谓成其燕饮之礼,只揭出"宗"字以见情之亲也。

三、四章。杞棘中实,故以兴德;桐梓外文,故以兴仪。杞有之,棘有之,桐有之,椅有之,各与"莫不"字相应。"令德"谓内有所主,不丧其齐圣之心也。"令仪"谓外有所摄,不愆其温恭之范也。"莫不"字云者,夜饮之厌厌,无异于初筵之秩秩,虽"不醉无归",未尝醉而不出也。虽在宗之考,亦犹在朝之肃也[①]。　"显",明;"允",信也。即此是德之"令"。"岂",乐;"弟",易也。即此是仪之"令"。

① 原批注:"此二章是良箴,更不须监史之设。"

彤弓章

三章总是推己报功之意,而反复咏叹之。各首二句,追言始时之重,以起"贶"之意。弓抗于檠,令体常正;櫜以囊,令色常新。皆藏中事。　每章重"中心"句,末二句紧承"中心"句一气说下,"贶"与"喜""好"一意。　飨者烹太牢,设几而不倚,爵盈而不饮,献如命数。牲肴俎豆盛于食。燕礼之大者,献数终而止,不得终日,故曰"一朝"。

首二句重一"藏"字。盖"藏",非慎之以使天下知荣之说,味"藏"字之义,隐然有利器不可以示人之意。故才不足以懋安攘,德不足以居宠利,则重器所归易以召天下之不祥,故藏而慎之,正使篡窃奸雄,冒功贼子无处窥伺也。郑康成谓彤弓之锡,使之得专征伐,是桓文之假托,先王未之有也。但诸侯有功四夷,天子锡彤弓以表之耳,初非使之得专征伐也。

"我有嘉宾"句不轻,须重发功足以捍疆围(圉),奠社稷,卫苍生。故下面紧接“中心贶之”一句，唯“贶”出于中心，故“钟鼓既设，一朝飨之”，而彤弓亦于是乎锡矣。内疑其臣，而外牵于功；内忌其臣，而外迫于势，不得不赐者，皆非中心之贶也。　“右”只是尊，不必云劝之以酒而尊之也。“酬”只是报，谓酬功也，不必云一献一酢，报施均矣，而又有酬也，此燕乡中见得尊之报之。　《注》“饮酒之礼”，至“劝也”一段，单释“酬”字，非释本文也。

菁菁者莪章

此诗以“既见”为主，一“乐”字贯至末。次章提出“心”字，以见乐之真。三章借“百朋”，以见乐之极。末章之安定，又从乐之中寻出一段情景。故此诗传神写照之妙，全在“汎汎扬舟”二句，说出许多愿见之情，所以今日见之何以不乐，何以不喜，何以不喜乐之甚，“锡我百朋”。　君子非等闲人物，此见非寻常接遇，所以不胜其乐。“有仪[①]”，即是燕饮，乐之以乐，将之以实，示之以慈惠，享之以大烹，皆是“有仪”中事也。乐虽在心，首章且勿露出“心”字。　“我心则喜”此才点出“心”字，见非声音笑貌之为也。“锡以百朋”原在喜上极拟其情，不将百朋来比君子。　“锡我百朋”上，不得插一“如”字，若云如得重货，加一“如”字便远矣。且通诗只此句露君子之所以锡我者重，见我之所以乐之，所以喜之之由也。　“休”承上比意，谓不定者到此而定。“休”即在乐中，非两层也。　何以取兴夫“菁莪”，盖道左之杕杜，欲借荫而无从；空谷之生刍，乃潜踪而自远；莪之得产于中阿、中沚、中陵，一以天之作合，地之献灵，均属意中之愿，亦均若有意外之缘，故三复咏之。

① 原批注：“乐且有仪，情发于外也。我心则喜，爱根于中也。”

六月章

此诗以“有严有翼”为主。首章师出以急，而二章比马、闲马，成服、止舍，全是整暇气象，此已见他“严翼”处。至于进必选锋，去不穷追，孰非“严翼”之心运行其间也？　　通章于“吉甫文武”上见将之才，而末露出“张仲孝友”，见相之德。盖宰相宰治于中，所以大将能立功于外，此中兴之本也。　“文武”句是通诗之大关键，有百战百胜之技，又有不战自胜之心，此政文武之交用处。　此详叙北伐之始终，命将出师，句句是天子气象。篇中“以佐天子”句，见佐之者，吉甫；主之者，天子也。暗露宣王善将，将以致中兴意。

首章。总一“急”字。“六月”，纪时也。“栖栖”，纪事也。“栖栖”常说，多以事变仓卒、人情骚动言。还是将帅为国悉万全之谋，有皇皇不安之意。下车马戎服，森然有备，正见中兴气象。　“戎车”三句，正出师事。戎车有五。“既饬”，俱备也。“载是常服”，戎服当临阵乃用之，在道则载之也。　“六月栖栖”四句，政刻摹一“急”字，下遂接云我之所以用急如是者，盖为玁狁孔炽也。　　“匡王国”与“定王国”不同，“匡”是正华夷之分，“定”是奠中外之疆也。　　此章首六句，与二章首六句，俱述出师之事。末二句，述王命之词。　“于”，曰也。

二章。此发上章未尽之意。盖比物，已在上“骙骙”内。戎服，即上所载者。比之、闲之，俱着实字。差择其力曰比。就出师时试其孔武曰闲。“则”者，是鼓进金退，磬行控止之法。　　用师之道，有常有变。使敌势孔亟，而徒胶故常，是不知变；使违时用兵，而不循常度，是又因变失常。今乃于三十里，是虽未战养其气，亦见他胸中有定见，故能持重如此。“维此”四句一直说下，须重敏与速意。　　“王于出征”，天子命之也，则还以佐助天子耳。“天子”二字，此是诗眼，不可草草忽过。　　上“匡王国”，即是“佐天子”，此“佐天子”即是“匡王国”。　　上章言“我是用急”，而此言应敌从容，则急中自暇。次章言不失常度，而下言“严”“翼”“共武”，则宽中又严。下“文武”二字，在此埋根。

三章。上四句侧落重下四句，见有此车马，固是以成功矣。而尤有严、翼以为行师之本。　　“四牡”二句，即在“四牡骙骙”“比物四骊”中，抽出形容长技素裕，以挑起成功有具。“其大”句，即形容“修广”二字。“肤公”谓攘夷安夏之功。“严”“翼”在心上看，真有未严将士而先严自心，未翼行伍而先翼心神者。至“共武之服”才着事上，此是全篇大头脑。见得首章之急，次章之不失其常，皆由于此出。　　“严”曰“有严”，政从不失常度中见，即宽纾而有以成其严。“翼”曰“有翼”，政从不失常度中见，即从容而有以成其翼。“定”字，照上栖栖看。　　“奏公”“定国”，相承递说，王国果定，非“膚公”而何？　　奏功、定国，俱作未然看，故本文二“以”字，上作“足以”说，下作“欲以”说。

四章。玁狁之“匪茹”，非不度强弱，只不度顺逆也。“整居”，大众盘据也。“侵游”，兵扰掠也。“至”，则深入之界也。此三句正所谓“孔炽”也。　　“帜文[1]”，帜上有文，画以鸟隼之章。要想出统前军者，有所以严、翼在。绛帛为旆，以继龟蛇之旐。要想出统后军者，有所以严、翼在。“元戎”，在戎车中选其大者，列在头阵，名陷阵之车。此奇兵，亦正兵也。要想出有严、翼于前茅者在。　　军后曰殿，军前曰启。正到焦穫等地，以绝其深入之患。　　焦穫、镐、方与泾阳，何不屯重兵以戍之，而使数被虏患？盖曰“玁狁匪茹”，如不捐数地以饵之，设或席卷而来，直捣神京，殊为可忧。故使之整而居者，侵而及者，所谓地利虽得，而孤军远冠，游骑四分，正是玁狁之不谙兵机，所言“匪茹”者，此也。当其时，欲制虏之死命，何不一军渡泾阳之水，使虏不得前；一军清镐、方之野，使虏无所掠；一军遮焦穫之道，使虏无所归？吉甫盖曰，六月之师，原非得已，故以十乘之元戎，先报玁狁曰：“大将军统百万之师，旦夕至矣。蠢尔丑虏，可复盘据侵掠于此地乎？”此将略也，非吉甫畴闲之？

五章。旟旐之建，选锋之乘，皆前队也。戎车、四牡大队继之矣。　　“如轾如轩”，分前后不得，车必覆于前，而不倚于前；却于后，而不侧于后，方才是安。“轾轩”本车上之制，此则如其制耳，非“如似”之如，即首章之“戎车既饬”也。佶而且闲，与“闲之维则”不同，彼以人闲马，此则马自闲于法，即首章之“四牡骙骙”也。此四句要想出有严、翼于后劲者在。　　以彼“匪茹”之罪，即殄歼之不为过，今第薄伐之，至于太原而不穷追者，盖太原以南，其地则吾地，其人则吾人。太原以北，其地不可耕而食，其人不可臣而畜，故至于太原。吉甫曰：“是可匡王国矣，是可佐天子矣，何必犁庭系颈之为威乎？”此帝王制御夷狄之要道也。　　“文武”二句。通章是“共武之服”，言吉甫之“武”处，而至此表出一“文”字以兼之，见其非武夫之武也。不要分贴某处是文，某处是武。“文武维后”，天子神圣之德也。文武并用，国家长久之策也。而又有文武之吉甫，以为万邦之式，则所以佐天子，而匡王国者，端有赖矣。

古今边事,半为文臣所坏。无事而讳武之名,有事而掣武之肘。即任事而未得用武之道,边防安得不败?故三代将帅,必材全文武,于国事乃克有济。

末章。"燕喜",还主饮至说,方见君臣朋友相关会处。燕而云喜者,盖以六月之师,吉甫实以天下之忧为忧,兹而太原成功,安得不以天下之喜为喜也?"受祉"句,言天子安,王国定,一人之福,天下之福,皆吉甫之福,故曰多受祉。若只以生旋言便小了。　　按,此章之燕,非仅仅归兵饮至的故事,盖吉甫成此匡定奇功,岂无震主之嫌,故宣王于功成之日,为之从容杯酒以释兵权也。正预杜异日鸟尽弓藏之隙,今而后吉甫之喜可知也,其多受祉可知也。　　"饮御"二句,只重讲上句。"炰鳖"句,不过饮御中之殽物,轻带为是。　　人臣于仓皇折冲之日,则不可诿诸友[2];于雍容樽俎之日,则不可忘诸友。故云"饮御诸友",解鳖为炰,剖鲤作脍,亦自快直抵太原与诸友痛饮云尔,敢曰功成饮至乎?

大凡阃外之権,多为朝中所遥制,未免以不穷追为养寇,于三十里为逗留,先启行又为轻敌要功,吉甫虽才,何能成功?故本张仲孝友之行,以见其处君臣朋友之际,如其处父子兄弟之际,断断休休,绝无忌功行谗之嫌。今日太原之功,半是张仲所致也。　　本欲明吉甫之功,故以边尘肃清为人臣之福;本欲彰吉甫之贤,故以孝友交怀为其主之光。

---

① 原批注:"帜文至下且闲,皆言兵威之盛。"

② 原批注:"就孝友□□可□出文武吉甫来。"

采芑章

此诗大意以"方叔""元老"二句为主。盛军容、严纪律、正壮猶之所露也。　　要知此是方叔承命启行时,词气雍容如此。　　即军容之盛,见方叔是能将;即纪律之严,见方叔是严将;即谋猶之壮,见方叔是智将;即伐玁(玁)狁之威,见方叔是名将。

首章。以"新田"在彼,"菑亩"在此,兴师众如彼,练习如此,语相呼应也。　宣王中兴，田野垦辟，于彼于此，王师所过足食，无转运、赍持、劳顿之苦，于此亦可想见"涖"与"率"不同。既秉钺以临之上，遂总部伍而率之以行，是一时事。　诗中每提方叔，重美将帅上。　"其车"句，言车而徒在其中。"师干之试"，言师众之捍御夫敌者，又极练习也，重"试"字。"乘其四骐"句，此引起下句耳。"四骐翼翼"二句，以车马分对。"翼翼"者，"两服齐首，两参如手"之谓。"路车"，将帅之车，非三千之车也。　"簟茀"句，车之饰；"钩膺"，马之饰。"鱼服"载于车上，故亦以为车饰。"钩膺"以饰马，而"鞗革"则御乎马者。总来是军容之盛。　往云南征不甚费力战斗，故只称军容之盛而已。不知此中俱要见威灵气焰，便隐隐关着"壮猷"在内矣。　"路车"是象路，其色朱。戍(戎)车是革车，其色黑。不乘革车者，此时尚未临阵也，与下章"服命服"意同。

二章。上六句轻，只蒙上章之文，以起下意。车以制敵[①]，旗以统众，二句对。　车中之轂，束皮以固之，此中宛有以昭其"允"也。车前之衡，杂文以饰之，此中宛有以昭其显也。即此一句，便可想出物色之间，无非壮猷。以鸾系马，尚其和，而马动鸾鸣，则其声玱玱。　"命服"，乃平日所命卿士之服，即"芾、珩"是也。"朱芾"对"葱珩"，"斯皇"对"有玱"。"芾"，束胫蔽膝，以韦为之。"珩"，系组贯珠，以玉为之。皇然者，有不可辱之色；瑲然者，有不可掩之声。见得谋猷素定，气象自舒。一倚衡而有折冲樽俎之风，一垂绅而有谈判笑甲兵之度。此中政可写出显允之神，正壮猷之所在也。

三章。兴意至末，以"飞""集"二字兴进退。二字含有节意[②]。"试"字内正指进退有节。"钲人"五句，俱有进退之节在内，以应上"师干之试"也。"钲人伐鼓"二句，不作互文，盖三军之行以鼓，而鼓之止以钲。于是进，钲人而告以伐鼓之。方将战，养其威则伐鼓，既而钲鸣，则鼓无声焉。既战，养其气则伐鼓，既而钲鸣，则鼓亦无声焉。此乃合钲人与鼓人而告以伐鼓之法，以钲为节也。诏鼓人以伐鼓，所不必言。　五旅为师，每陈一师则分五旅而鞠之，致审致详，使一一齐禀于令，犹云，陈其师而鞠之以旅焉。　其进方锐，无以治之则乱，故鼓声平和而不暴怒。其退方亟，无以治之则散，故鼓声阗阗而静治。　"渊渊"取其和平，战而若不欲战。"阗阗"取其齐一，退而若对敌。全要写出方叔之壮猷，号令严明。赏罚信必，以著其壮猷所在。

"显允"二字不可作呼过之词，要粘军事讲。赫明之气彰于日月，是为"显"；节制之精坚于金石，是为"允"。

末章。首二句，只引起下文，非声其罪之意。与下"来威"首尾相应。言据其始，若(敢)与大邦为仇，而方叔何以使之畏？盖以彼兵谋兵威，而又兼以北伐之名，是以蠢尔之众，皆来服耳。　　此章只重"克壮其猷"上③。从老得壮，惟方叔老成，故能尚谋不尚战，以谋为壮，不以力为壮也。如上之气度从容，纪律严明，亦见壮猷之一斑，服蛮荆，全在于此。　　转到"执讯"四句，须云"而况此兵威之盛"云云。　　"执讯"句，以人之奋勇言威也。"戎车"三句，以车之众盛言威也。"啴啴"，以数言；"焞焞"以势言。"如霆"句，即众盛之势而状其雄也。　　"执讯获丑"矣，而兵威不解如此，所以能寒敌人之心，而"来威"耳。　　按，"执讯"四句，虽言其威之盛，亦为壮猷之方叔率之，所以声势如此也。"征伐玁(獵)狁"句，正见壮猷已试于北伐。"蛮荆来威"，言蛮荆虽蠢，于顺逆之数，未必暗于强弱之形。今方叔之壮猷如此，将欲战乎？如昔日之"共武"，而知战之固非策；将欲走乎？如昔日之"奏功"，而知走之亦非策。于是不得不来威云。威名所著，生平不消两战，朝廷不消二将，岂非"师贞，丈人吉哉"！　　北伐之师，功以成名；南征之师，名以成功。　　兵威、誉望，俱本"壮猷"来。

---

① 原批注："'其车三千'，即车以该徒。'旗旐央央'，即左以该右，即后以该前。"

② 原批注："上六句亦轻。此章原非有将我未战之事，只言纪律如此。"

③ 原批注："壮、猷，都从显允二字发。"

车攻章

此诗的重"会同"，以收涣散之人心，故章内"会同有绎"句最重，而关锁在"允矣君子"二句。盖周先王以有事，惟镐可以利控御，故建都于西镐；以无事，惟洛邑可以观人文，故□都于东洛。今者洛邑之往，原为会同。会同一事，原以收拾天下人心，必须奋扬振肃，使天下齐凛于威严，而不敢越。则以田猎一事相与讲武，而振作之。此乃震叠天下大机权，直将“君子大成”全副精神揭出，与天下看见。　　此诗看法，首三章滚滚叠到“嚣嚣”句，以见始事之严，会同以至不盈。四章须滚滚叠到“不鷩(惊)”句，以见终事之严。末章总兜以“有闻无声”而始终严肃也。

首章。“攻”，造作中度，而车坚致也。“同”，差择精良，而马齐疾也。“车攻”，见田赋复，而舆人效职；“马同”，见马政修，而牧人供事，非如昔日车马之凋敝也。两“我”字亦有味，车曰“我车”，马曰“我马”，见控扼独操意。两“既”字，就平日已如此言，是天子中兴，百度维新之意。　　“庞庞”句，是过脉语。“庞庞”，训充实。言以马驾车，克满于衡轭之间，故曰“充实”。“徂东”句，未言作何事，只泛泛以复古中兴发意，而暗含会同。将往东都，必有王命布告，故曰“驾言”，二字须说得百分郑重。

二章。“好”“阜”字本“攻”“同”来，因下言往狩，故曰“田车”。“甫草”，即下文所为“敖”也。“驾言行狩”，即从“徂东”之中，带言行狩一段，见得到了东都，车良马攻，可以行狩于甫草之地，天下诸侯其肯以射夫从事否也？　东都者，先王朝诸侯之地。“甫草”者，先王大蒐之地。全要写出中兴复古气象，寓着君子“大成”精神，不专为获禽计也。

三章。此有司夙戒，以待会同之毕，而田猎也。“之子①”虽是有司主其事者，原在天子也。“选徒”内，有车在。“嚣嚣”内，有两意，即其嚣嚣声之众，见徒之盛，王赋之复也，而止闻嚣嚣然选之声，见徒之肃，军律之严也。然照下“有闻无声”句，须重静治边，此皆肃于“驾言”之新令处。　　田猎之徒，有麓人以戒途，兽人以辨物，虞人祖旌，司常掌旂，故选之嚣嚣。“选”训数。近主选择说，汰其老弱，拔其精锐，毋令冒尺籍也。　　建旐，正统此所选之车徒。而设旄者，又特以为旐之表章耳。　　搏兽是未然事。敖山之下，平旷可以屯兵，翳荟可以设伏，故俟会同之毕，天子将搏兽于此，全要埋“会同”在内。

四章。过下，宜云东都之行，为会同也。故田猎未行之先，但见明堂一开，群后毕集。上两句，是诸侯在道时光景，此明王中兴群心愿效奔走意。下二句是诸侯入朝时景象，此明王振肃群心，无敢参差意。然总是入觐事，须一直说,不宜分对。　　“奕奕”,一路相属曰连络,各路皆有曰布散,内有众盛意。赤芾以蔽膝,金舄以饰足,见侯度之谨。“会同”,朝会通称,非特□字义耳。“有绎”,两阶各立,谓之陈列;五等相比,谓之联属,内直严肃意。读是诗,总见当时朝会之盛,要形容人心畏服意出,八百会同之盛,其复见于今日乎,孰敢有紊乱,以干一王之大典者?

五章。以下方言田猎之事,俱要本“会同”来言。既会同以肃文物之风,随田猎以振武功之气也。　　“决”与“拾”相比曰“佽”,“弓”与“矢”相得曰“调”。射夫、诸侯皆去金舄而用决拾,舍赤芾而持弓矢,故曰“射夫既同”,言人心之协,同心同力,非比其偶也。然射夫上须提天子为主。　　“助我举柴”,犹下章悉率左右,以燕天子意。“举”,谓如举事之举,重在“助”上,不重获多。“助”字根“同”字来,天子建大绥,诸侯助以小绥,天子执路鼓,诸侯助以贲鼓,人心乐趋而积禽举矣。

六章。“四黄”,言不但齐足,而又齐毫,见马之有余。“不猗”,言不但齐毫,而又中法,见马之调习。末便说到御之善处。此二句略轻,重下二句,美其射御之善。　　过君表,逐禽左,不失其驰也。射左膘,巧也,达右腢,力也。“舍矢”,如锥破物也。御者守法而射者又命中,要想出“射夫既同”,人人奋发,各竭其生平长技,以献至尊光景。　　按,五御之法:一鸣和鸾,二逐水曲,三过君表,四舞交衢,五逐禽左。五射之法:一白矢,二参连,三剡注,四襄尺,五井仪。

七章。此见王者之威,复见王者之惠也。　　“萧萧”“悠悠”是众定而闻马之独喧[②],众静而见旌之自动也。此二句只是言毕事景象,甚轻。重在“徒御不惊”,见终事之严。“不惊”者,人众而声自寂,事久而志不乱也。回视嚣嚣静治者,又何如乎?全章关键正在此句,下句颁禽均带言之耳。　　“大庖不盈”者,三等之获,惟下杀乃充君庖,又止得十,故曰不盈。　天子好生之心,不获留于其生,亦稍留于其死。朝廷寡取之政,将欲行之于财货,乃先行之于品物,颁禽一事,中兴大略睹矣。

末章。要根“会同”上发,见得田猎一事,尽会同之诸侯,莫不震叠,只看“之子于征”始终“有闻无声”,即当年文武成康之旧,不过此。允矣其君子乎,展也其大成乎!　　末二句要看“允也”“展矣”四字,盖弛贵振之以严,而以严始，又惧其以弛终。今始终一于静治如此，此其精神何等管摄，法纪何等整肃！这行狩不要看做小事，只一事而全副精神，非常事业，皆征于此，岂不允也云云。　　“德业”二字，亦是后人蛇足。讲此二句，正宜以“君子大成[3]”还之，不露“德业”字面为是。　中兴之盛，全在“会同”上见。“于征”指会同言。“有闻”，轻轻说，言闻其有此行耳。“无声”，是无声名之可纪，犹所谓事已立而迹不见，功已成而人不知也。较《注》更胜。　古今来败乃事者，无如虚声而行师为甚。今“之子”东都之行，只务实事，不袭虚声，所以能振千古中兴之治。

---

① 原批注：“只以此子还他便是。”

② 原批注：“四语装点太平景象。”

③ 原批注：“（君）子又□成□□展也。‘大成’须带属望后来。”

吉日章

此猎于西镐，亦见复古意，而通诗之旨，在“悉率左右”“以燕天子”二句[1]。盖举猎原以收拾人心也。本文无一语归美宣王，但看下之人如此奉上，则所以致此者跃然言外矣。田猎之事，古人所讥，乃因此见其车马之盛，纪律之严，所以为中兴之盛。

首章。重一“祷”字，不重诹日。车牢马健[2]，与祭祷各开说，不必泥是神助。　　“从其群丑”与下章“漆沮之从”，“从”字，乃从禽之从，追逐其后，故曰从。　　《曲礼》，外事以刚日，内事以柔日。凡祭祀为内事，田猎行师为外事。戊、庚，皆刚日也。　　《周礼》，春祭马祖，此云祷者，是将用而又祷之也。

二章。以“天子之所”句为主，重在择地上，择马意轻，已说在上章，此特引起下段意耳。　　“差马”，就“孔阜”中择之，而无不齐之足也。“兽之”四句，依注一直说下。盖天子举猎，欲以验气化之盛衰，物类之饶乏，而苟荒僻之地，则禽不应弦，兽不供射，于天子何藉焉！惟漆沮原是根本之地，王气所钟。而适当开泰之期，万物咸熙，复见先王“攸伏”“濯濯”之威，以此地为“天子之所”，不亦宜乎？此与上章，皆未猎时事。“甫草”“漆沮”，乃王者田猎专地，非临田而后择也。

三章。上四句，总是“孔有”两字以应上“兽之所同”，不甚重，只重末二句人心之齐上。　　“中原”，即漆沮之中原。“其祁”以地言，“孔有”指数言。趣则“儦儦”，疾行而追其类也，则前之兽可知；行则“俟俟”，缓行而留其群也，则后之兽可知。或三为群，其群不可数也；或二为友，其友不可计也。百物改观，非复凋耗景象。　　夷厉宇宙，半为狐兔窃据，故有逞捷足而先应者，其象为“儦”；有处錞而为后应者，其象为“俟”；有倍其声援，以防格斗者，其象为“群”；有呼吸而生死可图、患难而手足堪恃者，其象为“友”，然又不一其类也，故曰“儦儦俟俟”“或群或友”。　　“左右”，从王之人也。“悉率左右”，自相率也。或射或御，各供其事也。“燕天子”，不拘拘就获禽言，须以中兴大气象说，须重“天子”二字。蒐狩之礼，天子亲执路鼓，下大绥，本非为从禽之乐，正欲申号令，明赏罚，观人心用命与否。今也众心竞劝，各相效力。盖至鼓三阕，车三发，徒三刺，若今日始知有天子者，而天子辗然喜可知也。

末章。“既张我弓”四句，政是“悉率左右，以燕天子”处。“发”，谓射即中也。“殪”谓射即死也。《注》“中微制大”，语极精当。　　一发而殪玁狁，再发而殪荆蛮，三发而殪淮夷，四发而殪徐方，其小不用命者，有如此豝；其大不用命者，有如此兕也。　　既猎而燕，亦见复先王之盛典，与《蓼萧》《湛露》之举同，非但酬劳于田事之臣也。　　天子之燕，政见驰驱之后宜从揖让，则以杯酒之间收其武功，而养之于文教，深得御世之道。此中极可想出收拾人心，君臣“喜”“起”之意。予读二诗，皆田猎讲武事，徒以武事夸，则亦秦之“驷驖”，郑之“火烈”耳。唯赞东都之猎，而归之徒御不惊，有闻无声。美西京之猎，而归之以御宾客，且以酌醴，则武功中之文物自彬彬也。

---

① 原批注：“两提出天子，以振肃天下。”

② 原批注：“着一‘既’字，似重马一边。”

鸿雁章

通诗要得喜幸意，而所重在“维此哲人”“谓我劬劳”二句。首二章便含“谓我劬劳”意。末章特以知音志喜耳。　　此诗作于安定之后，痛定思痛，其志则喜，其情则哀，故“劬劳”凡三见之。前之“劬劳”，以离散言；中之“劬劳”，以筑室言；终之“劬劳”，合离散与筑室言。喜幸意，只见于中章，而仍以感慨气脉发之。

首章。鸿雁，秋南春北，转徙无定，故以为流离之兴。“于征”就流离在途言，本王室式微来。“劬劳”，即在途之苦。“爰及”二句，言其所与行者，无非可怜之人，而就其中，夫失妇者有之，妇失夫者有之，此辈尤可哀也。

二章。阳鸟居诸，民怀故土，性也。重“其究安宅”上。“于垣”宛然见国运中兴，民生再聚光景。“百堵”者，非一家也。“劬劳”，以作室言，与上不同。“安宅”，重室家完聚上，应前“矜人”看。“究”者，幸庆之词。已安集而曰“究”者，时尚有筑室之劳故也。　　安宅而曰究，见为治者不在锐始，而忌倦终，此诗人之微旨也。　　首章“爰及矜人，哀此鳏寡”，玩“爰及”二字，“哀此”二字，似暗指君言，谓彼时虽劬劳于野，爰及有矜恤我人者，能哀此鳏寡也。则于下“于垣”有脉，而于“哀鸣”“哲人”“谓我劬劳”意关得有情。

又思章内三个“劬劳”字，须看做一样，二章宜云今既百堵作矣，则虽是劬劳于野之后，而终已获安定也。如此看则末章劬劳作歌处，亦关会有情。

末章。鸿雁之哀鸣，盖幸中泽之集，而追念“肃肃”之勤也。比已（己）之作歌，盖幸安宅之究，而追念“于野”之劳也。即此便见我之歌乃出于劬劳之情，然此情幸有哲人知之，惟其知之，故能为我矜之哀之[①]，而终安定之也。倘其在愚人，将“谓我宣骄”矣。欲如哲人之知我得乎？“愚人”二句，轻兴叹于愚人，正感恩于知己，乃感激哲人之转语也。　　《淮南子》云：“穷者欲达其言，劳人愿歌其事。”　　“惠鲜”“怀保”，文王之所以王也。“哿矣富人”“哀此茕独”，幽王之所以亡也。“爰及矜人，哀此鳏寡”，宣王之所以中兴也。茕茕小民，可忽也哉？

① 原批注:"欣幸之中,情深感恻。"

庭燎章

此是诗人写王者口气。当以"夜如何其"一句作主。"夜如何其",虽兼早晚,只重恐晚上。"未央""未艾",是反诘之语,"乡晨"却是正说"夜未央",紧粘"何其"说,若曰"夜岂犹未央乎"? "未央"是诘问之词。"庭燎之光"是料想之词。交接处委曲转圆,着一"虽"字便失题神。 "晰晰",见庭燎之光衰,而鸾声可辨。"有辉",见庭燎之光夺而物色可辨。总来是紧急声口,见不容安寝意。 有问必有告,而云"庭燎",是物若,以形告也;云"鸾声",是人若,以声告也;云"观旂",是天又若,以色告也。 予谓通诗只重"君子"二字,盖周王之问夜,总是迫以君子之思。故本文一则曰"君子至止,鸾声将将";再则曰"君子至止,鸾声哕哕";三则曰"君子至止,言观其旂"。正所谓梦想贤豪之意。况宣王志图中兴。当匡定,则需"文武"之君子;当疆理,则需"旬宣"之君子。有"维翰"之君子,则蕃宣在四国;有"柔嘉"之君子,则保兹在王躬。而《车攻》曰"允矣君子",是一君子与众君子神自投也。不然,昧爽视朝,自有常期,何必再回致问?

沔水章

天下之乱,未有不始于讹言,讹言莫惩,而谗言兴矣。谗言兴,而忠良尽于一网,祸患流于四方,天下自此乱矣。此何可以不忧?徒忧无益,必时时念之可也。念之亦无益,必敬之而后可。一人敬亦无益,惟合我友以为敬,而公忠之力旺,则奸邪之气始衰。"嗟我兄弟,邦人诸友",皆我友也。全诗意只如此。

首章。以"莫肯念乱"句为主。水犹归其壑,鸟犹得其止,兴人不反其本。

亲如兄弟，远如邦人，近如诸友，殆尽乎人矣，故曰“莫肯”，曰“谁无”。“乱”谓讹言繁兴，陷于罪罟也。“莫念”谓相安于谗口交搆之中，已含不敬意。“谁无父母”，正见当念乱意。人纵能置君上于度外，父母则人情所最切者，故但云“谁无父母”，其含义极深。

二章。以“念彼不蹟”句为主。水方盛而未艾，隼方扬而未止，忧方来而未忘，此皆理势之不可遏者。故用“彼”字相呼为兴。　“不蹟”，蹟者，迹也。讹言变乱是非，绝无踪迹可凭，政见暗地风波，无可躲闪也。　“念”字，承上“莫肯念”来，人莫肯念，而我于是不能不独念之。“起、行”非忧之所至，谓恐惧修省，欲宴安而不可得也。“不可弭忘”者，一忘之，则害至，而辱及父母，正己自持以敬的意思。

末章。以“我友敬矣”句为主。兴取物不自纵，而人乃纵谗也。“宁莫之惩”，谓有以惩之也。意云，“讹言宁无惩止之者乎？”“我友敬矣”，谗言无自而兴矣。此惩之法也。

莫惩，就兄弟邦人诸友看。不止曰谗言，而必先曰讹言。且曰“民之讹言”者，从来小人欲肆奸欺，先鼓众口之风波以煽乱；欲伤善类，必借闾阎之蜚语以风闻也。

“敬”，是战兢临履意。“其兴”，言不兴也。此处有安其身以及亲意。细玩本文语气，当云“我友其敬”矣，谗言其将兴矣，含意始婉至不尽。　《小序》云：“规宣王也。”首章言诸侯或朝或不朝。二章“不蹟”，则不朝者也。三章“集于中陵”，则来朝者也。不服者既可忧，则服者维持之不可不力也。乃听讹言之污蔑，而莫之惩。果尔，则诸侯将皆不自坚，各相诫曰，“‘我友其敬’矣，谗言其将兴矣”，设为诸侯相语之词，规王之远谗，以怀诸侯也。

鹤鸣章

通诗以“鹤”“鱼”“檀”“石”四字为主①。总是托喻讽王，而正意隐然言外，欲王深思而自得之。“诚明好恶”等字目，俱《传》《注》以己意贴出，诗人原无此语。一言以括之，只一成心之不可执而已。首二句要急，次二句要活，下四句要反。次章要推深一步，见天下之物皆王之药石、箴规也。　　君子见道于天渊间，而知天下多鸣皋之鹤，跃渊之鱼也。君子论心于木石间，而知天下无全美之材，无全弃之物也。　　看首二句，要玩“声闻”二字，说至于天，则分明谓天听之卑也。次二句要玩一“或”字，言渊、渚原无泥境也。看“惟萚”，是本身所落者，是恶从中生者。“维榖”是另生之木，是恶从外累者。看“为错”，尚粗用之，至“攻玉”则精用之矣。“乐彼”，“乐”字，有意。“他山”，“他”字不可忽。　　次章一声也，有两闻乎？一形也，有两在乎？一园之下，两匿瑕乎？一山之中，两藏器乎？非也。此风人自翻前喻，易一字而旨愈长也。讲次章，要得申言光景。申言鹤，见得显著之机，更有难掩者存。申言鱼，见得活动之机，更有无方者在。申言檀，见得爱中之恶，定之不穷。申言石，见得恶中之美，收之不尽。天下事，独鹤、鱼、檀、石为然哉！

---

① 原批注：“《鹤鸣》一诗，可以类万物之情，可以悉天下之理。”

祈父章

全诗以“胡转予于恤”句为主。首二章言役已非职，末章言役已非法。禁兵远戍，独子从军，初或许以为一时权宜之计，而竟久于役，此所以怨也。军中未必皆独子，然甚而母之司饔者亦有之。“有”字甚活。　　《祈父》刺怠也，《杕杜》之反。　　通诗一“王”字为主。京师天下之本，是以先王壮畿内，大张六军，凡羽藉之士，老死不相转徙。此非予民以定居也，王在故也。惟为王，而为予计者之审也。亦惟为王，而望计予者之聪也。今撤卫藉，以棘疆圉，势既内轻，必有尾大不掉之患。故今日之役，予小人之恤不足言也，谓予王何？有母之司饔，不可也，将无母其可乎？甚矣，祈父之不聪也。

白驹章

白驹之留，百无一就，世岂真有不情之人哉？世原无不可留之贤，此特托于留，而思焉者耳。玩“所谓伊人”“其人如玉”，原非实有其人，决然欲归而不可留也。只虚虚想出，空谷之内，倘有所谓伊人者，其人如玉乎？而安得与之缔朝夕之欢，逍遥于此，而为嘉客也？见得臣之一字，绝不敢道，只望其为嘉客耳。为嘉客于此，在我之计亦得，即为伊人计，于焉客之，而公之，而侯之，此等逸豫，儘自无期，而奈何坚其遁思耶？则伊人将终于空谷，而吾人何以望之？惟望其无遐心，而惠以德音焉，亦幸矣。俱是悬想中描出留贤情况也。

首二章[①]。以今朝逍遥、今夕嘉客为主，俱在不可留上发出。“食我场苗”上，要添“安得”两字，食苗留马，俱是托言。　一朝一夕，非可言永，于不可留之人，而得留一朝一夕，亦已永矣。　“逍遥”，见不敢以机务烦之；嘉客，见不敢以臣礼待之也。以王国当彼居停，以朝廷作彼羁旅，方切“客”字义。　欲留其人，而计及其驹，欲留其驹，而计及于维絷，维絷之，而仅永今朝，永今夕，皆爱极而不能自已之意。

三章。“贲然”，往只云“宠临”之谓。《易》曰“白贲”。贲，原从白生来，故曰“贲然”。“来思”谓去之念一转，而兹之不去者，即命之曰“来矣”。

“尔公尔侯”，见得我但敢以客视之，而至尔欲为公，则公矣；尔欲为侯，则侯矣。“逸豫无期”，此非“縻之以好爵”，亦非动之以大行。盖肥遁之士，大抵把爵位为桎梏，惟泉石可优游。不知居公之位[②]，尽公之事。尔公也，公何烦于尔？居侯之位，尽侯之事。尔侯也，侯何烦于尔？见得朝廷之上，自有乐地，不必山林也。故以“逸豫”二字拨动之。“无期”言无限量，不作长久说。

“慎尔优游”二句不平，若曰慎哉尔之优游乎，其可决于遁思也哉？“遁思”，“思”字与“来思”字打映，见得尔亦当自家思之，“思”着“遁”上，此尔之自然者也。易其“遁思”，而为“来思”，此际政当勉强自制，慎无一意恋着优游也。在野之优游有尽，在朝之逸豫无期，此际不可以不慎。

末章。言伊人之翩然而往，将何所之？遥而望之，意有一境焉，非场也，空谷而已；意有一物焉，非苗也，生刍而已；则意有一人焉，非公也，非侯也，仍其人而已。此何人乎？温润以泽，缜密而栗，叚精于圭璧琮璜之外，殆如玉云然。不可亲者，迹；而可通者，心。但使音问相通，慰我离索，犹胜彼波沉雨落耳。　“尔音”，不作经国之言，若贤者既去，而犹望以草茅谈当世之务，此必不然。　“金玉尔音”，“金玉”字即领上“玉”字意。言人以玉而重尔，则可；尔若以金玉而自重其音，则恝然忘我朝廷，即遐心也。金玉，当贵重看。贤人去留惟此心耳，而心在，固结于平时，不在绸缪于临去。今问其所以留者，不过曰“今朝今夕”耳。夫今朝今夕之后，遂忍坐视其睽违乎？问其所为留者，不过曰“尔公尔侯”耳，夫尔公尔侯之外，宁别无致其殷勤耶？迨其临岐（歧），不过曰“毋金玉尔音”而有遐心耳，并无所谓徘徊于继见也。如曰“贤”，固去而不可留也。夫世岂有真用贤，而贤欲去？真留贤，而贤不留？至留之而去之，而留贤者何如矣？

---

① 原批注：“从白驹说起，无聊之想。”

② 原批注：“曰慎曰勉，只此二字，便可想挽留极苦。”

黄鸟章

此诗以“不我肯穀”句为主。呼黄鸟，以比本国之人，无居己之室，而利己之有，下示以反国之意。此诗比意，与《硕鼠》一例。　“穀”，即患难相赒恤之道。“明”，是知其缓急休戚也。不可与居，是强凌弱、众暴寡也。始邦族，次诸兄，次诸父，是困愈甚而思愈亲。“不我穀”，言其薄；“不可明”，言其昏。薄者必昏也。　民一也，得其所，则歌《鸿雁》；不得其所，则呼《黄鸟》，为人上者可以省矣。

我行其野章

此诗“昏姻之故”四字最重，见以亲故相依，反不以亲故相恤，乃所以谓薄也。　“行野”而“蔽芾”，是穷于居也，“就尔居”，正望其有以居之，“尔不我畜”，而任其恶木之蔽焉。“行野”而“采蓫”，是穷于食也，“就尔宿”，正望其有以食之，“尔不我畜”，而任其恶菜之采焉。“不思旧姻”，而维“新特”之是求，此二句正是指上“不我畜”之事言之也。下二句是原其情。趋富厌贫，薄俗之大；喜新忽故，人情之常[①]。诗人抑扬其词，亦加人微罪之意也。　末二语，似为薄者开一生路，然词恕而意则刻。“成不以富”，反语也，薄责之以新故，正是冷语毒刺，非真谓为新故，而不为贫富也。“成不”句，如云“怎得恁地恶薄”。“亦祇”句，如云“或者脱不得世情”，其实是恨其厌贫耳。　人不经新，何由得故？今日之旧，亦昔日之新。人既可新，终须可旧。今日之新，亦来日之旧。吾特置“贫富”而视尔之用情终何若也。

---

① 原批注：“求我新，我字从彼字来。”

斯干章

通诗以“似续妣祖”句为主。筑室全为“似续”计。而颂祷者，先言兄弟之和，兄弟正是绍妣祖之传，而膺君王之任者。然此室，乃世世所居，所处，所躋，所宁，所芋之业也。故后言“乃生男子”“室家君王”，是愿其世世相好无犹，以“似续妣祖”于无穷也。生女子带说周家世有女德，到底为一褒姒所坏，则知女子所关亦重。人君继世而立，多疑忌一兄弟。祖宗创造之艰，多覆坠于子孙，则此二者，实人君之大福。

首章。上四句直从筑室上说起，便要含“似续”意。带河为险，则秩秩之干，绕于侧也。丰水之遗泽，若溽而深矣，阻山为固，则幽幽之胜面于前也。高山之厚业，若培而固矣。且自下而观，盘基之巩固，竹苞不啻；自上而观，结构之隆密，松茂不啻，是形势善者。而制度又美，真帝王不拔之基也。而居是室者，将何如？故下愿之云云。“兄弟”要本居是室意发之，相好“无犹”。一正一反，谓嫡安于继立，庶安于分封，影下君王意为妙。然在少不妨长，庶不问嫡上言。必如此，可以绪承松竹，代抚山河。

二章。此以筑室为主，而“似续妣祖”意最重。宅镐卜洛，祖宗之贻谋甚远。“似续[1]”者，圮坏之后，为之振起，正是干蛊而非狭小前人之制度也。故“似续”句，是筑室之大名目。“似”，以言乎象贤也，俨然传出妣祖仪刑的一般。“续”，以言乎绳武也，俨然接着妣祖线索的一般。“筑室”，“室”字所该广，百堵作，而西南之户，因而列焉。西以顺阴，南以向阳之意。下四“爰”字，俱自室言，要在王者身上说。于焉而居，向明出治，振外王之业也。于焉而处，向晦宴息，顺内圣之躬也。此“似续妣祖”之上下陟降者也。于焉而笑，或“明”“良”“喜”“起”，或室家胥庆。于焉而语，或咨大政，或决大疑。此“似续妣祖”之泮涣优游者也。　　“筑室百堵”，即含下垣墙堂室意。居处笑语，即含下“芋”“跻”“宁”意。故此章又括下三章，下特析言之耳。

三章。筑室以治垣为先，此言筑垣墙，便是筑室。“风雨攸除”，天不能为之灾也。“鸟鼠攸去”，物不能为之害也。此四句，即上“竹苞”“松茂”之意，要见夷、厉以来，嘒星之变，旱魃之忧，《鸿雁》《黄鸟》之悲，便不成一个宇宙。而一旦整顿严密，就见有天清地宁，飞潜各得之象。不宜专在室居上发，两“攸”字有几几末易除、未易去之意，而必求所以除之、去之，此乃“似续”精神最吃紧处。“君子攸芋”，以此室而王者居之，便有尊无二上、势无两大之意。

四章。此言堂之美。四“如”字，总是形容之词，不是比喻。“跂、翼”拟其正，自堂之大概言。“矢、棘”拟其直，自堂之四角言。栋是屋之脊梁，宇是屋之四垂，故拟其高，有鸟警而变革之象。檐是前后之正檐，阿是旁出之侧檐，故拟其华，有翚飞而五色彰施之象。

以朝万国，以临万民，皆在于此。故曰“攸跻”。“跻”者，升也，如日之升，为初出，为方中。见得君子以出震之帝，升于是堂，其精气直上达于妣祖，而九有八荒，都仰如日之照临。

五章。此言室之美，室乃寝室。“殖殖”二句，是规模之大。“哙哙”二句，是向背之宜。“正”与“冥”,是一室,向明处为正,“哙哙”然轩豁,若与王心之灵明洞达者符;幽深处为冥,“哕哕”然深广,若与王心之玄穆宥密者合。总是状室之美处。　　“正”为向阳,“冥”为向阴,负阴抱阳,所以安神“攸宁”者。政所以养“攸跻”之气,而深息其神也。

上“跻”字,即“爰居”;此“宁”字,即“爰处”,而“笑、语”在其中。

六章。缴起前面“似续”一段忧勤,而埋后段“生男女”的张本。此章承上章“攸、宁”而言,而“安”字,正领“宁”字,安则“似续”之志已慰,便要想见妣祖无怨无恫,而欲有以阴骘之矣。“乃占”,只是醒来王自忖忆于心[②],与大人之占不同。熊、罴、虺、蛇尚未明言阴阳之象。只是四物者,竹苞、松茂之地不恒产焉,即鸟革、翚飞之构不摹形焉。其非耳目所习,明矣。而忽感于梦,则朕兆之异可知,须晓亦是设为之词,非实有是梦也。

七章。此设为占梦之词。男子秉阳刚,居阳位,而熊罴则阳类也,与《螽斯》《麟趾》并其美矣。女子秉阴性,居阴位,而虺蛇则阴类也,与《关雎》《樛木》衍其庆矣。见吾王“似续妣祖”,而天地妣祖福吾王以昌后之福也。男子之主,固足云“祥”。而女子何亦以云“祥”?周室开于《关雎》,必曰淑女,其后“哲妇倾城”,“休其蚕织”,“艳妻煽处”,祸乃无穷。下章女子之生,而“无非无仪”,非祥而何?

八合九章。重男上,而女特带言之。说男有君王,又重王上,而君特带言也。　　“乃”者,将然之词。“载寝”三句,俱见古人早豫教之法。“寝之床”,以他日有居尊之体也。“衣之裳”,以他日有“垂裳”之荣也,“弄之璋”,以他日有纯粹润色之猷也。“其泣喤喤”,是气体之间,验其为伟器也。末二句,嫡服纯朱,以天下为室家而为王;庶服黄朱,以一国为室家而为君,便有宜君、宜王意。“室家君王”内,要见有兄弟相好气象。　　“裳”,昼日衣也。衣之者,明当主于外事也。　　“裳”,下之饰也;璋,臣之职也。言无生而贵者,明欲为君父,当先为臣子也。　《周礼》“赤璋以礼南方”,“弄璋”,南面之象也。

女子之生,待之固无异礼,望之亦无异能,上下意相阕,卑之,非是抑之。乃卑法地也,所以象坤道之静。“裼”是缚儿被。《笺》曰:“夜衣也。”明当主内事也。上男子“裳之”,出其手,示有志于四方。此女子“裼之”,并手足而裹之,示无外务也。“弄之瓦”,取女子有纺绩之义也。“无非”,口无僻言,身无邪行。

“无仪”,家不干蛊,国不与政。“仪”训“善”,只是才能,不作德说,如所谓哲妇也。唯“酒食”句,即承上句说落。末句总承上二句来。作大邦之淑媛,与天朝之君王而济美,称君子之好逑,与相好之兄弟,而同休国家之祥,孰大于此。“下莞”以下,总就设燕时颂祷之语,通要承居室而言。沈无回曰:“筑室而子女生,则本支甥舅从此开矣,故设为梦以祝愿之。”“室家君王”,《注》云:“有室有家,为君为王。”正指婚姻之室家言,与君王对看。不作以天下为室家,以一国为室家看。

① 原批注:“古公作岐,百堵皆兴,此亦百堵,不欲过侈。故曰‘似续妣祖’。”
② 原批注:“人之精神,与天地阴阳相通,故梦各以其类至。”

无羊章

中兴考牧,而末从牧人身上发出。天下国家之大计,民安物阜,关国家之气运,原是一齐来的,梦之有无,不必深论。　　此诗若止上三章,则一庶人之富耳。有后一章,便与天下相关。

首章。以“谁谓”发端,见前此犹凋耗,今已非复昔时光景。“三百维群”,指一群而言,其群不可数也。“九十其犉”,指犉而言,其非犉者尚多也。牛羊之盛如此。何以验之?羊性群则争,而今“濈濈”然,是一个和意。牛耳病则燥,而今“湿湿”然,是一个安意。即此安和,便为众多之验。

二、三章。正如一幅牧事画图,参差叙述,总见其盛。不作人顺物性,为物所盛之由。四“或”字,要看得活。见若“降”者矣,非尽降也,而降者或有之。见若“饮”矣,非尽饮也,而饮者或有之。时与境俱休,或自有寝者,何必寝,何必不寝也。时与类俱动,或自有讹者,何必讹,何必不讹也。牛羊不畏风雨,亦可随地得刍。今有蓑笠、餱粮,可以任物所适矣。　　别其色有三十样,非每色有三十也。此亦不重色上,只重众多。“尔牲则具”,兼祭祀燕飨言。“薪”“蒸”“雌”“雄”,只是有余力为之,非牧养有法致然,亦非勤于所事之谓。四“以”

字，俱粘牧来说，总见牧人从容自得，而其追随于淡烟微雨之中，出入于峻坂丛林之内，皆可想见于言外。“矜矜”二句，言坚强之状，无损拆之虞。少损曰“骞”，全坏曰“崩”。羊有疾辄相污，故曰“群疾”。“麾之”二句，见物解人意，言羊而牛在其中，不必以难制易驯为解。“毕来”自野入家，“既升”自家入牢也。“毕”字、“既”字，见三百之群皆驯也。

末章。牛羊众盛，中兴之符也。年之丰，人之众，自是实事，故托梦言之。　“牧人乃梦”，此句不可轻，人生觉不灵而梦灵，而梦出于无觉之人则更灵。牧人之梦，非梦牧也，国梦也。“众维”二句，只是恍惚仿佛之相，非似人实鱼，似旐实旟，亦非人变为鱼，旐变为旟也。　鱼与黍稷，皆生于阴阳之和者，故梦鱼而为丰年，以类占之也。旐旟，皆所以统人者也，故梦旟而为人众者，亦以类占之也。　“丰年”“室家”要本“民靡有黎”“稼穑卒痒”来，方见宣王中兴气象。　一说“众维鱼矣”，实维丰年，水涸而鱼卵化为蝗，此乃凶年之象，故梦“众维鱼”，鱼育而蝗乃不作，非兆丰年而何？

节南山章

“不平谓何”是前九章纲领。而不平之实，全在委政小人，“弗躬弗亲”一章是也。是以下干民怨，而上犯天怒。为小人者，决然望他惩心不来，而末以一言归之王心，乃知前面许多说话，虽刺尹氏，其实刺王用之也。所谓“讹”者何？“如届”“如夷”，乃讹心之实也。　言臣，则曰“不平其心”；言君，则曰“或讹尔心”，探本之论也。　天下之所以平者，政平也，政之所以平者，心平也。　篇内言天者六，言民者六。盖君之所畏者天，国之所恃者民。故诗人惓惓于此，俱以声动尹氏之心，即以讹王心也。

首章[①]。上四句，以南山惟高峻，则石自巉巖，兴尹氏惟尊崇，则民皆仰望也。曰“师”，则重臣也，“尹”则世臣也。“具瞻”，还作望其用人行政意。《注》所为“不善且勿用”，只把“使人”二字作过脉，而以“忧”字、“畏”字，反应“瞻”字讲。“忧心”“不敢”，本“赫赫”来，国之有高位，君子藉之以行其德，小人凭之以播其恶，君子居之以来天下之善，小人窃之以钳天下之口。“如惔”者，内热之谓，忧甚也。戏谈不敢，况敢正言直指乎？畏甚也。见当时防川监口，道路以目景象。盖小人欲行不平之政，未有不先作威稜，以沮人议论者也。独如国家何？“卒斩”承此二句来，末句又承“卒斩”来。小人见浅，未睹其卒，每每忽之，然据他作为，终有“斩”的日子，所以当察。“既”字、“卒”字，最可味，此章言“民具尔瞻”，以下五章节节有“民”字，正与此相应，皆言其失“具瞻”之望也。

二章[②]。山谷本虚，而草木之长茂实之，可见山犹均平，兴职位如山之高峻，而不能如山之生物均平也。“谓何”，有怪之之意。“不平”只以心言，至第四章，方指言之也。此不平处，便是不能体天心之大公，所以上干天怒；不能会民心之大顺，所以下生民心[③]。此正尹氏悔过之时也。乃曾无惩创咨嗟之意，其何以收人心，谢天谴哉！“荐瘥”而曰“方”，不是方兴而未已意，“方”字，正照上“卒”字看，言国之斩虽于其终，而瘥之荐尚于其始，正可挽回之日也。　　“无嘉”，见举世皆以灾害相吊唁也。末句，只是状尹氏之泄泄也。“惩”，指心言。“嗟”指声言。嗟而不惩，何救于事？

三章。以“秉国之均”为主，见心之当平。末深慨不平之愧于职也。前既云“师”，而此复云“尹氏大师”，列其名位职分，见皆不当不平者也。曰“周之氐”，见庶司百执，皆周之末秩，唯宰相系天下安危，故曰“唯周之氐”。政主乎平，故曰“国均”，见非平其心者，不能秉也。细玩“秉”字，有专其责之意，言一国之均，天子不敢自秉，四方不能共秉，而总归之秉国之人，则责固专异。下“维四方”“毗天子”，皆领此“均”字说。盖均而后无负于四方。则卒其涣，而合其离，乃见秉之统摄亦均，而后无负于天子。则翼其怠，而佐其勤，乃见秉之护持，俾民不迷，使天下晓然知大臣之心，为国为民而欢然乐从，无有迷惑，正应“民具尔瞻”之意。末二句言不平之祸及于国者，必如此，则秉均者宜自为计也。“不吊”即上文“天方荐瘥”二句意。“不宜空我师”，见得尔以不平致降祸乱，固其宜也[④]，我师何罪，并及空劳，此乃大不宜耳。　须知“四方”，天子之四方也，“维四方”正以毗天子，而俾民不迷，正是维四方也。且“俾民不迷”则我师不空，而天心不用眷矣。“空”字，正应“迷”字。

四章。此是指其不平者言之。重用人，而行政在其中。“弗躬”二句起“弗问”二句。“弗信”者，以其不自为政，无以慰具瞻之心而疑之，正与上“不迷”

相反，是已欺民矣。今所用之人，未尝改之舆论，未尝试之诸艰，人谁不知不可用，单单瞒着得一个君子耳。故下一“勿”字，合上四字，此正心之不平处，故以“式夷式已”告之。“夷、已”二字不平，此章正教他平其心，须重“式夷”上，而“式已”又根“式夷”意落下。末二句，即是“无小人殆”之意。“琐琐姻亚”，正“弗问弗仕”之小人。“膴”者，厚而仕之，极其尊宠之谓。须味“则无”口气，有用不得姑恤，用不得迟疑，立地驱除之谓。此句“无”字与上“无小人殆”“无”字，正应上“已”字。　　于尹氏，何以曰“赫赫”？于“姻亚”，何以曰“琐琐”？盖以姻亚而得处膴仕，则挟宠示威，非直尹氏赫赫也，即其姻亚亦赫赫也，以我言之，不过琐琐者耳。

五章。上四句言不平之祸，下示以违天之道，亦只是平心而已。　　“不傭”“不惠”四句，须要味出民心恶怒上来。四郊多垒，海宇妖氛，但可言乱。惟夫民心，迷乱绎骚，如沸如羹，斯之谓穷极之乱。星飞日食，川竭山崩，但可云变。惟夫民心，愁苦呻吟，侯诅侯祝，斯之谓乖戾之变。要晓得“鞠讻”“大戾”俱从下民恶怒之心所造。则今日欲挠天变，在收民心，这个到也不难，只要君子“如届”，乱心便歇了；君子“如夷”，恶怒便违了。君子分明指着王说。“届”者，至也。“君子如届”，则尹氏自然不敢“弗躬弗亲”，盖凡机务之所至，无不以精神至之；民自肃于朝廷之综揽，而不敢有乱心矣。“夷”者，平也。“君子如夷”，则尹氏自然不敢不“式夷式已”，盖凡设施之所及[5]，无不以衡量平之；民自激于朝廷之公正，而恶怒不知何去矣。民心即□□□，何“不傭”“不惠”之有？四“如”字，有不胜想望之意。

六章。“不吊昊天”，言彼既不能“如届”“如夷”，自不免“不傭”“不惠”耳，正及上意说。“乱靡有定”承“鞠讻”“大戾”来。所重在“式月斯生”句，言乱日甚一日也。“俾民”句，承此句说。“不宁”，即恶怒乱心。“忧心”句，家父自言。上“忧心如惔”，如炎凝之乍炽，以乱之始生言。此“忧心如酲”，如宿酒之未醒，指乱之又生言。“谁秉国成”，与“秉国之均”应，盖“国成”即“国均”也。纲纪法度，一成而不可变，故曰“国成”。又曰，事得其平则成。以尹氏之不平者秉之，焉能得均而得成。“不自为政”，与“弗躬弗亲”应。“卒劳百姓”与“俾民不宁”应。“谁[6]”字，贯到底。“卒”字，照“斯生”来，亦有终不改之意。其始也，贪一己之逸；其终也，贻百姓之劳。故曰“不自为政，卒劳百姓”云。

七章。承言乱既“式月斯生”，民既“劳而不宁”，则四方皆蹙蹙矣。所以虽有能骋之四牡，而无可骋之四方⑦。须知诗人非果欲去国，但言天下皆乱，以见致乱者之罪耳。“我瞻四方”二句，政是四方之失所维，而民尽迷于所聘也。

八章。言君子之避乱无所，以小人之习乱无常也。此小人，正指尹氏所委政之党类言。盖宰相既任情为用舍，则士类皆任情为喜怒。“方茂尔恶”四句，总是形容小人争权争利，彼此相倾，谗害忠良；彼此又忽相比，忽离忽合，倏喜倏怒，总欲中伤善类。君子引身而退，而谴辱随后，所以触处畏途，无适而可。　此章形容其怒易转喜，就见喜易转怒意。　　见一尹氏当国，举荡平显白之世，尽化为回遹险怪之风也。

九章。俯仰时事而叹之曰，尹氏之不平，其昊天使之乎？倘非天实为之，彼何能以六尺之躯，开此莫大之衅？故归之昊天，无非痛恨尹氏之意。“我王不宁”与“俾民不宁”相应，见君与民同祸意。“俾民不宁”乃四方之失所维也；“我王不宁”乃天子之失所毗也。“不惩其心”与前“憯莫惩嗟”相应。“其心”即不平之心也。“覆怨其正”与前“不敢戏谈”相应。

末章。尹氏之恶，戏谈之不敢也，正言之而覆怨也。然家父乃周之世臣，谊不容不谈、不容不正者，故作为此诵，以究昏乱之由。皆由王心之非，终不得曰“民之讻乱”，曰“天降鞫讻”，而曰“王讻”，就含着“心”字。“心”指王心。“讹”训化，有日政月化，优游浸渍，不知所以然之意。所谓讹其不届之心而届焉，讹其不夷之心而夷焉是也。万邦曰畜，久病之民，其元气有难平复，必从容渐渍，以养之云尔。尝读《易》至《小畜》曰，“健而巽，刚中而志行”，畜之义不利小人，利庶民也。吉甫作颂美诗，以名著也。家父作诵，寺人孟子刺诗，以名著也。为吉甫易，为家父孟子难。

---

① 原批注：“此章□言其不平。”

② 原批注：“此章诵言其不平。”

③ 原批注：“‘天方荐瘥’四句，正□出，谓何口气？”

④ 原批注：“‘维’‘毗’二意串看，照后‘式讹’二句□见。”

⑤ 原批注：“政有当为者而不为，如平途而废步也。”

⑥ 原批注:"'谁'字,此怨问之词。"

⑦ 原批注:"出门皆有碍,谁谓天地宽?"

正月章

通诗总是忧讹言之祸,以"民之讹言,亦孔之将"为主,而褒姒为祸本,"无弃尔辅"为救祸之策。　　首章忧讹言之致乱,是一篇之纲领。二章忧己之伤于讹。三章痛国之亡于讹。四章冀天之加罪于讹。五章叹人之莫辨于讹。六章承上"未定谁知"而言世道之局蹐,所谓讹不止则乱,无容身之地也。七章正明己之所局蹐,所谓君信讹,则己无见用之途也。此以上皆"孔将"之祸,然信讹处,便是用小人,而执我不用处,便是弃贤人。八章言所以弃贤而用讹者,皆惑于女宠之故。此致祸之本,乃一篇之关键也。九章是弃贤之祸。十章是用贤之益。此两章一正一反,见贤之不可不用如此。而奈何王之不能,则臣仆之祸,将为逃之。故十一章、十二章总是君子道消,小人道长也。末章上二句,承小人得志来,即"旨酒"四句意。"民今"四句,承"亦孔之炤"来,痛下民之受病。此三章总是不能用贤,而反纵奸以肆乱,"孔将之祸",未知所止矣。

首章。四月纯阳而霜降[①],便含下小人女宠,在以阴后阴天,非无故而变也。此二句,只引起下二句,不可以天变、人祸对看。"民",即下小人。"讹言",如飘风之卒发,莫知所起止,乃小人所托以倾君子者也。"孔将",盖讹言起于一人,而祸将炽于天下,是祸之大,不是言之大也。然祸大则忧亦大。"京"字,正从"将"字生。"独"字影下文[②]"莫之惩"。谁知乌与邻里、昏姻之意?言我以一人而独抱宗社生民之虑也。末二句,承言我之所忧之大者,亦以我之小心畏慎,众方不察,又不敢显然忧之,是以幽忧而至于病也。鼠在穴中,谁人知者,故曰"瘉忧",正映"独"字。

二章。"父母"四句,重一"瘉"字,正领上章末句"痒"字。连用四"我"字,亦接上我独忧,注所谓"伤己适丁是时也"。讹言安得有好言,其曰好言者,乃情好之言也。莠言[③],莠之乱苗者,言之乱正者也。俱是小人之口而出,是变幻由他口,此其所以为讹也。忽焉好,忽焉而莠,正讹言之象。我观其言,是以忧心一日甚一日,故曰“愈愈”。“有侮”,指讹言中伤言。乱世人情,往往与正论相反。故见其独忧,以为矫激;见其小心,以为沽名,而妄加排斥。所谓一国之人皆狂,而反以不狂者为狂也。

三章。言己之见侮不足言,而国之将亡深可虑。“惸”是惸独之惸,即“念我独兮”之意。“臣仆”“从禄”,皆亡国之忧也。民人,俱指一世言,不分有位无位,仕于公曰臣,仕于家曰仆。“从禄”,不专指仕而受禄,食其毛即受其禄。末二句,即上二句而叹之,乌合易散。“谁”“何”二字相映。盖哀民生之无定也,是危言以动之词,不是二心语,“人”字,泛指世人言,非诗人自谓。

四章。“瞻彼”四句,以人之视物,大小甚明,兴天之于人,善恶无别。“中林”,大木之处,而维有“薪”“蒸”,喻朝廷宜有贤者,而但聚小人也。或云中林之木,莫不摧毁,而维(唯)“薪”“蒸”在焉,其残之也甚矣。二说俱有意。“方殆”即上臣仆之祸,正著讹言之恶。要看“方”字,所谓“不自我先,不自我后”,斯时亟望天之“临下有赫”,视彼矜此。今乃淫人肆虐于吉人,而淫人犹未蒙祸,视天反“梦梦”云。须看一“视”字,盖天何尝梦梦,视之者,若见其梦梦耳。“梦梦”训不明,或云讹言一梦语,瘨忧一梦想,臣仆一梦景,故曰“梦梦”。“定”者,如呼人于梦而为定觉也。“既克有定”谓梦梦之中,天政所以稔其毒,而益之疾。究竟小人还受显报,则梦梦之中,天意既已克有定矣。“靡人不胜④”,言凭他奸谗,天决胜却他。“伊谁云憎”,见行恶者,自与憎之理会,可憎者,自与夺之机会。天何心哉?本文止有憎字,不兼善说,盖讹言之人,始而殆乎人,终而殆乎己也。知后日之祸非憎恶,则知今日之未祸非曲庇也。后定而今不定耳,第不知天果何时而定乎?

五章。“谓山”二句⑤,不是比体,只影借说,此是说高说低之意。见高下由彼口说,所谓“好言自口,莠言自口”也。此处不要又添立意来讲。“宁莫之惩”,指王言。下“召彼”二句,总是王莫之惩。盖讹言之是非,自心可以立剖,今王去召故老,又去讯占梦,正是王狐疑不断所在⑥。　一说“召彼故老”但问之占梦之事,不尚道德而信机(禨)祥。则鬼神变幻之说,更助其好莠错出之澜。讯之如此,又何烦王之召也?　此以人谋而屈鬼谋之诞,彼以鬼谋而折人谋之短,虽具以圣自负,而谁知讹言之是非哉?　讹言雌黄一世,夤缘满朝。避祸者,以知而不知;附势者,明知而不敢自用其知;至于为其眩惑者，又以不知而不知，故曰“谁知乌之雌雄？”乌之雌雄，言易辨非难辨也。

六章。承上“天不能胜、人不能辨”来。则今日臣仆之祸，诚足以丧心折气，令人可畏之甚。“谓天”四句，言讹言变化，不独谓山为冈陵也。能使高天为局，厚地为蹐，执之有故，言之有理，而人受其毒也。正见“孔将”意，俱主讹言说，较《注》更胜。　两“谓”字，内有号呼景。两“不敢”，内为讹言所迫而然。“局”，卷曲而立，身之偻也。“蹐”，累足而行，步之狭也。总忧乱之甚，不敢自适意。“斯言”即指此四句。“有伦有脊”，全在乱害难容上见。盖参之人情，合之世变，此“局”“蹐”之言，真有伦序而非迂远，真有理义而非鄙倍也。今人即讹言之人，使人至于局蹐而不自安，则其为虺蜴可知矣。此说依注。

七章。此正虺蜴之害，当以“天之扤我”句为主，即“终其永怀”章意也。地力虽薄，且能生物。天心至仁，乃不爱人，此为反兴。“扤我”“不克”，谓挫折而困顿之无所不至。“求我则”，犹云求我做个贤人榜样也，不是求为修己治人之则。“如不我得”，言必欲得之，不患其不得也。“执我仇仇”，是苦苦束缚，使不得展布也。“仇仇”，不一言之，见无一事不与我牵掣也。“力”谓着实用之也，非谓使己尽力。执之如此，则不必退；用之如此，则不必进。正是“天之扤我，如不我克”处。　“彼求”四句，须切讹言讲，若闲之局外，又若置之局中，夫然后有事可议为侵，无事可议为旷，而好莠之口得以肆其虺蜴。此政讹言之巧于困人处。　士居乱世，拼一退而不仕耳，读此诗乃知，乱而可退，犹非乱之至也。

八章。承上言，“扤我”不足惜，其如宗周何？上四句轻，只以“胡为”字，起下“褒姒”。意云，吾忧之所以若结者，以政之厉也。而王政胡为暴厉如斯？意本原之地，必有蛊惑王心者矣。“厉”字以上，用讹致乱，皆是为厉处。而正何为厉，上面所言皆不正也。“燎之”四句，以燎之难灭，反伤宗周之易灭。盖言王惑于褒姒如此，则谗言并起，乱本已成，不至丧国不止。文武之钟簴犹存，缠洛之山河如故，而一女子潜移之衽席之间。还是未然事，诗人却似已灭者，口气最可想。味“灭”字，不用水傍，益褒姒为灭国之本，而人不见其灭之之形也。《汉史》云：“此祸水也，灭火必矣。”是一证。乃知作诗者一字不苟下也。

九章合十章。根上“灭之”来，须紧连，看重“无弃尔辅”三句，总是所以挽褒姒灭之祸也。　须看两“终”字。“艷妻煽处”，一班讹言小人，称觞颂圣，专欲屏逐忠良。此辈只管目前，那知后面路局，故君子永思其终。以行车为喻，曰，今有行车者于此，行险不止，倘有讹言者于此，则必以为天无阴雨也。永思其终，得无遇绝险，而又受阴雨之窘乎？而且以为车何以辅，为弃之已耳。噫嘻！到得“载输”时节，“将伯助予”，恐无及矣！则窘之于终，何如怀之于始。故辅为尔辅，以之员尔辐焉；仆为尔仆，尔屡顾之，则载自然不输。即终或逾绝险，曾是不意，又何阴雨之窘哉？屡醒“尔”字，见得尔自当为计。载，尔载也；辐，尔辐也；辅，尔辅也；仆，尔仆也，决然尔当自为主持，不可为讹言所惑。俱在行车上说，而正意自是跃然。先辈曾议，上章亦且慢贴弃贤意，隔断诗人语气，下章才贴，方见员活。　　“永怀[7]”句，贯至下章，此窘阴雨而输载，下顾仆而逾险，一正一反，正“永怀”中所当取舍者也。　　下章以“无弃尔”句作主，不可与仆平说，玩《注》便见，辅喻大臣，仆喻庶官。“不意”与“永怀”相应，味一“屡”字，有旁求俊乂，而眷顾有加意。国家已不可为，而惓惓曰“无弃”，曰“屡顾”，曰“终逾绝险”，皆设言之，以深致痛悼之意。

十一章。俯仰时事而复叹之，以见祸之必不可免也。鱼之靡乐者，以炤之易见也。贤人之所以忧者，以祸之易及也。下“忧心惨惨”句，正应上“靡乐”。“国之为虐”，指王信讹言之小人以为之也。“为虐”即“为厉”意。“念”字，即上文“永怀”字意。　君子不专计一身之安危，其“忧心惨惨”，惟念国之为虐，而民罹其害耳。

十二章。言我之忧如此，而小人之乐如彼。方且旨酒嘉肴，以洽邻里婚媾。若不见臣仆之惨在于目前者，我之忧安得不益甚也？　　“洽比”，所谓“小人之交，甘如醴”也，“云”，旋也，与亲戚相周旋也。此四句，不宜专在幸灾安祸上看，此是树交植党，朋比为奸，欲以声势相倚，奸谋相济，以令坚固不可动摇意。末二句，言己独忧国之为害，见小人之不忧也。

此与下章总在小人得志上。

末章。“佌佌”“蔌蔌”，即讹言之人。合上有酒有肴，与此有屋有谷，皆是以讹言见用而有之也。“方”字，见王正宠用之日。屋与谷，皆民力民财为之，此民之所以无禄也。此“无禄”字作实看，与前作不幸者不同。“天夭”句，谓天降小人为妖，以椓丧斯民耳。“哀此”句，是就“无禄”中揭出，最可哀者，以动王之一悟，非真以富人为可也。盖衰乱之世，贫富均之受祸，总在苦一边。故善政不施，穷民固无时而晉；虐政不改，富人亦有时而哀，总见讹言之乱，祸及生民，而用贤挽回天变，不可不亟矣。　“念我独兮”，我尤哀此惸独，此诗人不徒自哀，而哀天下也。

① 原批注：“此肃杀寒苦之象。”

② 原批注：“‘独’字是古今通患，若忧之者众，亦不至乱亡矣。”

③ 原批注：“□谓之莠，则莠□可知。”

④ 原批注：“胜人，原诗意，要人之胜天。”

⑤ 原批注：“讹言变迁，能使山陵易位。”

⑥ 原批注：“惟上之人可惩而不能惩，故下之人能辨而不敢辨。具谓‘圣心’，实惧祸，谬为大言也。”

⑦ 原批注：“曰怀曰寤，皆自君子言之，王固不知也。”

十月之交章

大意是刺王用皇父，以召灾异，怨皇父，正所以刺王也。前三章纪灾异以日食为主。电雷、山崩、川溢，只带言以甚之耳。日食之应，小人侵君子。故此诗全重“不用其良”句。“不用其良”，见皇父卿士一章，而皇父罪之魁。所以五章六章专言皇父之恶。七章八章言已遭皇父之害，而安于命也。　诗故谓“十月之诗”，乃被徒之家所作。

首章。重言日食之变。十月，一阳未复，六阴用事，此纯阴之月也。庚辛为金，而辛日重光，又阴金；寅、卯为木，而卯日单阏，又阴木。群阴之互见如此，此而日食，则阴壮之甚而侵阳，是变之变者。“孔丑”，正在十月辛卯上见出，盖群阴擅令，微阳不能独存，故曰可丑。“彼月”句甚轻，特以形容日食之甚耳。“微”训“亏”，亏对满而言。盖天之道尊阳而卑阴，益阳而损阴，而日月之受光因之。月，阴象，受光少，其体宜亏，故望日前后皆不能常满而无亏。日，阳象，受光常满，其体本不宜亏，而日食之余，如月之亏，是变之大，则乱亡兆矣。乱亡则民被其祸，故哀之，可哀正可丑矣。天象民情，若不相干，天象变于上，而遂思下民之可哀，此诗人之隐忧。

二章。"日月告凶"，谓日月以凶咎之兆告于人主也。日食月食，皆是月不避日之故。故其道，即月当避日之道也。虽兼日月，实紧顶上日食说，月掩日而日为之食，即所为日月告凶矣，不须兼月食说。　"四国"二句不平，无政由于不用善来，岂曰不时，正四国无政之事。"不用其良"已暗指用皇父了，谪见于日月以此[①]，月食亦非常，特较日食，则阳当盛，而阴当微，犹是变中之常。若日食，阴至胜，阳必有不善为之感召，特未知应在何事何人耳。玩"于何"二字，有不可不深求其故意，"不臧"正打着"告凶"二字。　食与微不同[②]，上以阴阳之本体较之，此以阴阳之胜负较之。　上天月不避日，人间小人不避君子。君不用良人，故天不用常道，上下相照，分毫不爽也。

三章。须看注，非但"日食"而已句，亦是带言，须以"雨"为主。淫雨之后，山川失常，陵谷易位，俱本阴盛阳衰说。　"烨烨"，单指电言，电光一发，雷即继之，此不足异，异在时当十月耳。十月雷伏地中，阳之已伏者，由阴之专其外，是以复出。"不宁"，暴气偾兴，而静者乱也。"不令"，沴戾继作，而顺者逆也。尝考《月令》云："孟冬行春令，则冻闭不密，地气上泄，民多流亡。"观此，可知"不宁不令"矣。"百川沸腾"，是失其润下之性。"山冢崒崩"，是易其艮止之常。"为谷""为陵"，又承"沸腾""崒崩"来。已上总是天变，要说出天心仁爱意。本咎幽王，而曰"哀今之人"者，微而婉也。"莫惩"，以天变不足畏，正是无政，而不求其所以用良之意。　"崒"，训崔巍，谓山之崔巍者崩也。一云"崒，状崩形之残缺也"。　心惊惕曰"憯"，创改为"惩"。《易》曰"洊雷震，君子以恐惧修"，正"憯""惩"之谓也。"憯"训曾，未当。

四章。正是不用其良，以穷召灾之本也。首句独重。中六句各自为对，须根皇父植党来。皇父是天地间一个大不良人，而用之为卿士，则卿士不用其良了。而因之司徒等官，能用一个良人乎？"艳妻[③]"句，又是不用其良祸根也。卿士位卑，而兼总六官，权之所归也，司徒敷五典，扰兆民；冢宰统百官，均四海；膳夫主撤膳，不得以滋味导王；内史掌八柄，不得以私意乱法；趣马掌王马政，有故则不秣；师氏纠王得失，有美则诏王。卿士以下六官，皆政之所出，而所用皆非真良，安得国有政乎？　皇父操权以来，若司马，若冢宰，若膳夫，若内史，若趣马，若师氏，恨不得以一身总之，然皇父不能分一身尽踞朝廷之要路,不得不分置宇内之小人。故若番、若家伯、若仲允、若聚子、若蹶、若楀,种种不良,尽列通显矣。　　“艳”以色之美言,“煽”以势之盛言,“处”以宠之固言。曰“方处”,所为蛊惑者未艾,而皇父之用当益坚矣。“艳妻”加一“煽”字,言势如火之炽也。周室能禁几销铄乎?

五章合六章。承上。言王用小人,皇父为甚,皇父之罪攫(擢)发难数,即以今“营向”一事言之,而其虐民不仁,贪利不忠,亦可见矣。　　“抑此”章重一“时”字,惟自以为时,故不顾人之利害,而违时以徙。首二句,度皇父之心也。自古圣王,不敢鄙夷其民,以从己之欲。每有兴作,必谋及庶民,故曰“胡为我作,不即我谋”。“彻我墙屋”,正是迫民以徙,而田之“汙莱”,乃徙之害也。末二句,是皇父责民之辞。盖欲假大义以掩己之恶耳。　　“孔圣”章,重一“圣”字,分明指出皇父卖弄聪明,刚愎自用情状,欺君害民,皆由于此。皇父以亲宠,得封东都畿内,法当二卿,而置“三有事”,盖僭比于列国之诸侯矣。“多藏”,是富民之贿进者,皇父即以之为卿耳。“不慭遗一老”,非是收为私用,只是顾了自家,便不思为国,且恐耆硕在朝得以指摘其过,于此罢斥老成,故得恣行封殖。然则守王者何人?内焉,一艳妻;外焉,家伯、仲允一班人耳。“慭”字亦妙,见得不敢望你推诚任之,便是勉强姑留一人亦不得。末二句,转应“亶侯”句。“择有车马”者,非一人之词,故《注》下一“悉”字,盖取富人以实之向都也。故上“多藏”指贵者言,“有车马”指众之富者言,二“择”字不可遗。

七章。此是皇父纵谗作孽也。“从事”即从前非时之役。此二句,只借以起被谗意。“谗口嚣嚣”即是家伯一班,比周党恶,谗害善良耳。无罪遭谗,即下民之孽也。“匪降自天”,即叫起“由人”句。相聚而言曰“噂”。再三而言曰“沓”。据其面相谀悦,虽肺腑可以相倾;而转背便相诋毁,谗人之反覆如此。“职由人”与“匪降自天”相应。皇父植党自卫,一时皆排击倾陷之流,如上文番、伯之类。

末章。孔痗,只是遭皇父之恶而被祸尤甚意。“我独居忧”根“彻我墙屋”二句来,“我独不敢休”根“黾勉从事”来,总是一个“痗”字。“有羡”“莫不逸”亦自“我里”相形言之,非真羡逸也。凡人之情,己处其乐,不知人之忧;己处其忧,但见人之乐,自伤之至,则视天下之苦无甚于我者。“不彻”指贫富劳逸之不均言。"不敢逸"与"不敢休""不敢告劳"意同,俱是畏皇父之虐焰而不敢也。说者俱作安命之意,不似罪皇父矣,殊非诗旨。　　"我友自逸[4]","自"字有意,见得到此时节,决然安宁不得,不过自家悠悠忽忽,讨得斯须逸豫,我如何可效之乎?此处煞有借"黾勉"以沉其气,借"噂沓"以挫其锋,借播迁流徙以坚其贤,欲劳一身以逸天下意。

---

① 原批注:"不用其民则用无良可知。"

② 原批注:"微,不明也。原不□当食字看。"

③ 原批注:"称褒姒则曰艳妻。"

④ 原批注:"末句大是担当贯道语。"

雨无正章

群臣之去,全是不敬,此诗当以"各敬其身"为主。"胡不相畏"二句,揭此一"畏"字来以惕之使敬意。首为怨天之词以发端,中备道时事之难处,而体其甚不得已之情。若曰,凡此我皆知之,但人臣之义不可不敬,有难以去自由耳。章章句句,要见不可去意。说王处不过假装一个冒头,以宽他一步,正是紧他一步。责王意其实不重,世乱主昏,去者原非得已,作诗者亦绝意于其君,而厚望于其臣之词。

首章。姑为怨天之词。以发责人之端,而言外见其当安于命也。　元气广大为昊天,故承之以"不骏"。仁覆关下为旻天,故承之以"疾威"。曰"斩伐四国",则有罪无罪皆被祸矣。然有罪无罪,不是对待语,须压到"若此无罪"二句,以见斩伐之祸为甚惨。"有罪",即下谗谮之人;"无罪",即下正大夫、邦君、诸侯。"舍",谓置之于饥馑也;"伏",则明正其罪。　　"降丧"二句,即"不骏其德"之实。"舍彼"四句,正是"弗虑弗图"处。

二章。言君不知改图,群臣所以去,言外有义不可去意。　　"周宗"六句,总是人离。人离亦承上天变来。"周宗"指周同姓之宗族,言既灭是已然事，言骨肉无可依也，易姓之祸又落一层。此章语脉，须以“正大夫离居”作主。此诗乃“暬御”责正大夫之诗，故下云“曾我暬御，憯憯日瘁”，而此云“正大夫离居，莫知我勩”。由是内臣若“三事大夫”，则曰“莫肯夙夜”；外臣若“邦君诸侯”，则曰“莫肯朝夕”。此虽未曾离居，而忧谗畏讥、不安于位之意，已自可想。此皆离居为之倡也。合此六句，见亲疏，大小，内外无一人共休戚者。离居，是出居者。莫肯夙夜朝夕，则虽未抛弃官守，其心已不在朝廷矣。勩，有劳而耐久意，“莫知我勩”，见众人皆去，我独居，无与同心共事者，非劳逸不均之说也。“为恶”，即下好奸恶直意，但“庶曰”二句全轻。若曰此固君德之衰耳，所以反其恶而至于臧者，独非臣责乎，而胡可若是恝也？

三章。“如何”四句，即上“覆出为恶”意，亦不必重，只重下四句，言王虽自弃于善，而臣岂可共弃乎？君法度之言不信，此“覆出为恶”之病根也。“凡百君子”，即上“正大夫”等。敬身，只是反“离居”、莫肯“夙夜”“朝夕”之心，若引身而退，从容棲迟，便涉纵肆矣。盖身不建勋，仅能知“勩”，“敬”已衰矣，况并“勩”莫知乎？身不旰食，仅免离居，敬已微矣，况并“居”莫定乎？末二句又以“畏”字剔醒“敬”字。往以“相畏”二句平说，还须以“胡不”字贯下一直说，乃是即天当畏。见人可畏，即人可畏，见身宜敬也。“敬”，即所为畏也；各敬，即所为相畏也，此非畏人也，直畏天耳。今日之天，“不骏其德”之天也，“疾威”之天也，如何昊天而敢有屑越乎？此直提其夙夜朝夕之良心，而俾其共习于“勩”也。　　章首“如何昊天”，章末“不畏于天”，两“天”字紧应。

四章。重“莫肯用讯”句。恶者，寇之招，为恶不退，是玩寇也。不善者，变之兆，为善不遂，是乐祸也。亦是“覆出为恶”之意。轻点王失以起下，当以此讯王也。当此不退不遂之时，此岂一身一家之忧，奈何“憯憯日瘁”者，独我暬御之臣乎？“憯憯日瘁”即上文所谓“我勩”。有言苦不信，去又不敢，勉自效吾“敬身”之谊。“莫肯用讯”句，正应上“辟言不信”句，见王虽不信，而举朝默默，“辟言”亦何由上闻？故百尔君子，既“莫肯用讯”，则非可遽以不退不遂咎王也。王如终于不退，终于不遂，何以亦有听言之时也？当其听言之时，令一君子沥肝胆于前，众君子吐血诚于后，王即不转于一言，未始不转于众言也。奈何据事答之，不肯尽言极谏，一有谮言及己，便人人祈退。若谓百口誉我，曾不如一口毁我，且唯恐谮之不及者，“敬身”之谊安在也！须侧重倒末句为是。此二句正[1]"莫肯用讯"意，所谓谋国之薄，不如爱身之周也。　　一说"听言"，窥君必听之言，始答之也。"谮言"，言方有可谮之机者也，不必说到谮及于己方退。

五章合六章。紧承上"莫肯用讯"句说来，言尔之不肯尽言，亦无怪其然。吾谛观时事，诚若有不易者，但人臣之义，不应若是耳。只为忧时虑事之言，而责去者自隐然言外。　　五章"不能言"，即"辟言"者。"能言"，即谮言者。　　"匪舌是出"，犹言不以口舌用事，而但鞠躬尽瘁也。"瘁"字，即"日瘁"瘁字。"哿矣"三句，不与上三句平，须重上三句，以见言之难处。　　六章承上"维躬是瘁"，则今日之"棘"而"殆"者，维"仕"耳。《注》殊不妥。"棘"与从容反，"殆"与安稳反。此二句，以下四句见之，"可使""不可使"，都就君子一边说。"得罪于天子"，不敢使天子有罪直臣之名，而姑婉转以图"巷遇"，此乃所为"可使"也。两"云"字，乃去者空摹无形之罪罟，以乱其衷；预设不然之谤讟，以掣其肘。只是不肯实试于所使，人情大率类此。　　不知敬身之义，说个"敬身"，便已无罪于天子，说个"相畏"，便已无怨于朋友，以外罪怨，何须避得？　　此章要知"仕"是无所逃之义，原是责其离散，而反道其不得已之情，真令人心折也。

末章。"谓尔迁于王都"，此诗人责群臣本旨，正挽其"夙夜""朝夕""敬身"以事王也。宜迁而不迁，是必有其故矣。而托词拒我曰"予未有室家"，见得非是乐于去国，第无人为我作室也。然我微察尔之情，则思结于衷，如鼠之幽，无声泪下，如血之出，激切之至，无有言不疾痛者。若止为无家，何至于是？此分明是惧祸。然诗人忠厚，不直穷其惧祸容身之情，而第就其所谓"未有室家"之语而诘之曰，昔尔离王都而出居于外之时，谁为作室以待尔之出？昔也不以无室而不出，今乃以无室而不迁乎？盖出，尔之情也，虽无室而亦出也。迁，非尔之情也，讳其不欲迁之情而托之乎无室也。君臣之义，果若是乎？语不过六句，而问答详明，情词凄切，贵得近情，乃所以为尽情也。读此诗使人不敢言"明哲"二字，君子处乱世，身在事外，乃可用此二字。若身在事中，止用得一"敬"字耳，除此皆苟免矣。

① 原批注:"末二句曲尽规望,自守念头与养身相。"

小旻章

此刺王惑于邪谋,不能断以从善。当以首章"谋犹回遹""亦孔之邛"二句为主。二、三、四章,总极陈乱世谋夫之象,正所谓"谋犹回遹"也。五章言非无善谋,而"回遹"之世无所用之。末章言丧亡可惧,正应"亦孔之邛"意。

首章。言君而呼天者,盖王之谋犹,乃敷布于下土者。今王之谋犹邪僻,乃天之夺其鉴也。故曰"旻天疾威,敷于下土"。非无所归咎之谓。"谋犹"二字有辨,议论曰"谋",由是见之施为曰"犹"。"回遹"者,心术之迷、决择之谬也。《注》下一"惑"字、"断"字,极妙。"谋臧"二句,正王之"谋犹回遹"处。"臧"即下"哲""谋""肃""艾"之言,关于先民大猷为福国庇民者。"不臧",即下"潝訿""迩言"等类。而蠹政害民者,善恶不分,便从违莫决,谋犹之回遹如此,则议论之间已决乱亡之祸,是病在国,非忧之以至于病也。此句便见人所不知,而我独知其丧亡意。"谋犹"之"谋",属王;"谋臧"之"谋",属臣。通篇刺王不露一"王"字,即"疾威"之布,亦托之天,此其立言深厚处。

二章[①]。"潝潝訿訿",就谋议时说。"潝潝"成,固可以邀其功;"訿訿"败,亦可以免其祸。其设心如此,故《注》云:"其虑深矣。" 国家有此小人,定然误国,故曰"可哀",非哀小人,哀国事也。 "谋之其臧"四句,旧云小人群然蛊惑乎王,即是"潝訿"处。看来四句,俱仍就王说为安。谓谋之臧者,与小人具违之,而于不臧者,反与小人具依之,王为小人所愚弄如此。 两"具"字,全从"潝訿"生来,众口一词,已成一雷同之世界。 "伊于胡底",言从善则以善为主,而有所定,邪则彼此煽惑,何能有定?此章正是推明上章所以谋臧不从,不臧覆用之意。此与上章两"视"字,含末章"知"字之意。

三章合四章。即所谓"胡底"也,病在"多"字。 卜亦就谋上说。"我龟"二句,是极状"谋犹"烦渎之象,非实事,不过设以起下意,不重。重"谋夫孔多"二句,"发言"至下章,俱申明此二句意。　不谓之忠臣、谓之略士,而止谓之"谋夫",则"谋夫"二字命名原劣。"集"者,合万为一之意;"不集"者,散漫无成也。所谓议论多,是以成功少也。　"发言盈庭",正"谋夫孔多";"谁敢执其咎"正"是用不集"。　执其咎者,任其成败之责,而决其是非之归也。　"执其咎"三字,非胆识兼到不能。　议论不关利害,则人得各进一说;事后设分成败,则人皆互相推诿,小人误国往往持两端如此。

夫不任事而议事,何益于事?如不行路而但言路,何得于路乎?不断无成,正意即在"如"字内。　此章病在"迩"字,承上"谋夫孔多"来。两"匪"字,紧与两"维"字应。两"是"字,正反两"匪"字。"先民""大犹",正谋之臧者。"迩言",即指上盈庭之言。"莫敢执咎",即生民大猷亦无所成,况"迩言"乎?听则惑,争则不决,即"盈庭""不集"意。然曰"是争",则小人同谋之中,亦有觭角矣。　末二句,筑室之喻,却要重行道之人谋之,六字正应上"迩言"。盖筑室自有工师,此先民也;且有绳墨,此大犹也。"不溃于成"者,必不成也,转应上"是用不集"意。上曰"不集",此曰不成,俱极言其"邛"也。

五章。乃历举善人可与共谋者,要看"虽"字。"圣""哲""谋""肃""艾",正是"先民"之辈,而抱"大犹"者。所谋之其臧者,皆从此出。至"沦胥以败",则以王之谋臧不从,而为小人所讹故也。　国论不定,本"发言盈庭"来;民之"靡膴",本饥馑离散言。　数"或"字,谓不皆浅末之人,而中或有此者。"圣""否"二字不平,谓有圣在中,岂其皆否也?圣则藏于思矣,岂惟圣哉?或有藏于视而哲者,或有臧于听而谋者,或有臧于貌而肃者,或有臧于言而艾者,种种皆先民之遗,而佩服大经者也。　"泉流"句,言善人为群小所消阻,如流泉之往而不返也。末句根善人说到国事,言善既沉沦,国亦与之俱败也。重"无"字,是发王爱惜之、培植之,使无至此极也。圣、哲、谋、肃、艾,正对上文小人看。盖"回遹"者,正由心不通明。具违具依,是不识人,便是不明,故曰哲,以箴其明意;是听是争,便是不聪,故曰谋,以箴其聪意。"潝潝訿訿"之态,名为丑厉,故下一"肃"字;盈庭浅末之议,名为夸毗,故下一"艾"字,皆足以箴砭当时也。此章望以用贤,正是前三章"谋"字有归着处。然止述贤者名目,而不敢声言用贤,知其言之无益,事之无济,直付之"流泉"一叹而已。

末章。重“知”字。“不敢”者“知”，故不敢也。可见谋之不定，病又不在谋，在识不定耳。　　首三句轻，只叫起“莫知其他”一句。“暴虎”、“冯河”，是为显祸，谁不知避之？试思今之中于虎者，几人不死于虎？而死于非望者不少也。今之中于河者，几人不死于河？而死于意外者又不少也。柰何不一悟及之乎！玩“他”字，是隐然不露，不可明填入丧亡在内。　　他如事有大于虎与河者[2]，机有隐于“暴”且“凭”者，竟莫知焉。盖谓其群然罔觉，而惟“迩言”“是听”“是争”也，连邪谋语亦不曾说出。　　“人”字，暗指王与小人，亦只以“人”字还之。若曰夫人者，有回乱之责者也。“莫知”，则祸不可支矣。故“战战兢兢”，正说我之知其他处，而恐惧如此。临深、履薄，虽是形容战兢，却要见谋犹邪僻之中，有隐祸将临而可恐，有大陷将履而可惧。而吾临及于此，履及于此焉，得不战兢也？非惧祸及已，乃为国惧也。亦非徒说己之惧，乃以動王惧也。

---

① 原批注：“‘潝潝訿訿’，阳与而阴排之，深为自全之计也。从来小人情状如此。”

② 原批注：“凡厥有谋，皆以暴虎冯河之心将之，谋庶其远乎？”

小宛章

“有怀二人”，“无忝所生”，为诗之本旨。而其要只是一个敬心主持，故第二章说出个“敬”字，而至末章之“战兢”，则更洗发出“敬”字精神。此点敬心，自“明发”之念头起，而贯于夙夜，贞于日月，自一身仪范以及后代子孙，无非一敬所系持也。　　敬，正是穀。故曰“自何能穀”，“式穀似之”，两个“穀”字正相应。“迈”“征”，“敬”之工夫。“战兢”，“敬”之精神也。

首章。鸟上达乎天，忧上及乎亲，皆努力求至之意，故以为兴。“忧伤”，谓处此刑罚无常之世，而为“自何能穀”之虑也。　　“怀二人”，即是念先人。先人，念其所生之自，将何以“无忝”也，岂是空念？“明发不寐”，即下“夙兴夜寐”，不自暇逸之意，非夜气清清之说。下谨仪、教子，正有怀中所为之事。

"有怀二人",虑辱亲也,此自家反到良心,不容泯灭处,以为下文小心的靶柄。

二章。"人之齐圣",彼其形于仪者,无不温克,即饮酒亦然。夫饮酒之时,人所易肆,吾见其"壹醉日富",而昏然不知矣。人其可不以"齐圣"为典刑哉?此四句非平对,须抑扬挽转"齐圣"上去。　"齐圣",不专在饮酒上着工夫,饮酒在"齐圣"中抽出,尤害事者言之耳。说"温克[①]",谓温恭自持,胜乎酒而不为酒胜也,就埋末章"温恭"的脚根。

"壹"者,心一于此也,与"克"字反,言专务酣饮而日甚一日,又何威仪之有[②]?"各敬尔仪",仪虽在外,而"敬"则由中,全在心上做工夫。"天命",指自家身上说,天命去来,只就敬不敬上决之,一不敬便去,一去便不来矣。此是儆惕使敬之词,须知士气国运,盛衰治乱一体者,此以大气数言之,祸福在其中矣。

三章。此相戒以教子,而兴意俱于末句见之。以"中原之菽"起兴,见天下之物有同利,而天下之理独无同具乎?"螟蛉之子"起兴,见异类尤可速似,而同气独不可相似乎?

末二句,时以"穀"字终"采"之兴;"似"字,终"螟蛉"之兴,看来还以"穀"字为主。上章戒昏入圣,是自己之穀而似其先人处,然尤必教诲其子。"式穀似之",庶家声永保也。"似",非似己,亦似其设也,要知一敬之外,别无善道。才名意气,末世皆用,不着"穀"字,内有沉机藏用,以自全于善道意。上文温克尽之,故教子不求其胜人,而第求其似我。　《诗故》云:"菽荚善拆,采菽者,必秉其晨露未晞之时,则无遗脱,喻教育之宜蚤也。蜾蠃生卵于空穴之中,必取桑虫以妪之,喻教子者宜择所师也。"

四章。上二章,言穀其身,又穀其子,此犹泛说个自穀的道理,不曾实下工夫,下手处全在"日迈月征"四字。　以物之飞鸣不息,兴人之进修不怠。两"载"字,与两"斯"字相应。　"迈"有勇往意,"征"有进趋意,虽不外谨仪教子,然此只发他一段"匪懈"心事,不必过牵。乱世之日月,非唯悠忽不得,抑且莽撞不得。故一日之内,所当"迈"者何事,我之所"迈"惟斯;一月之内,所当"征"者何事,而(我)之所"征"唯斯。"迈""征"字,有实力;两"斯"字,有虚神,不敢不及于斯,亦不敢越于斯也。是故"夙兴夜寐"之中,惟以斯图,总于“明发”，而求无忝于所生也。言日、言月、言夙、言夜，直是一息不倚。夙、夜，正日月中之时候。而兴、寐，正迈、征工夫。兴、寐内有“明发”之思。期“无忝”，正所怀之意。

五章。此前三章，念亲之意尽矣。然忧乱之意既甚，相戒之心无穷。故又提出世网可畏，寻常工夫未必遂免，而更思自善之道以起下章。　　兴意以物性之反常，起刑辟之反常也。“填寡”本不宜“岸狱”，而曰宜悲惨可掬，故日迈月征则可以自穀矣，犹凛凛不敢自保，故曰“自何能穀”。　　“出卜”，非真欲问之神，只见人之意想穷耳。“握粟”，意甚轻，不可另作贫语。前云“式穀似之”，此云“自何能穀”，惓惓進善，以求似先人也。

末章。承上言自善之道只此一敬，盖不待卜者也。　　“温恭”，是谦和的人；“小心”，是谨慎的人，俱以心言。以“集木”形容他谦和处，以“临谷”形容他谨慎处，非两层说也[3]。

夫恭人小心，是当世贤者，尚且有“集木”“临谷”之惧，而况尔我庸人乎？“战兢”二句，是凛凛自危[4]，把日迈月征念头始终不替。集木虽危，犹有木可倚；临谷虽危，犹有地可藉，若水则全无凭藉，其恐益甚。　　此战兢心事，正是上面“明发”所怀、征迈所惕的意思也。然亦只是忧危意思，非必遂谓此足以“自穀”也。　　通诗念念不忘父母，然不外一“敬”字。盖守身事亲，自是人生日用学问，不独处乱世为然，而乱世为甚。

---

① 原批注：“一克字妙，克字念作圣。”

② 原批注：“威仪可以定命。”

③ 原批注：“通章念字怀字。”

④ 原批注：“‘无忝’字精神在此写出。”

小弁章

通诗只写自己忧痛迫切之情，而轻轻逗出“君子秉心，维其忍之”，飞忙又说出谗言来,见得不关秉心之忍,只缘谗言为构,而君子以易言致之,全要发出一段引罪负恶,感动亲意。“忧”字是一篇纲领,故章内凡七见之。处父子之变,更无别路,只有哀伤痛割而已。

首章。宜臼被废,如穷人无所归。“提提”上着一“归”字可味。　《尔雅》云:“不反哺者,为鸦乌。”鸦乌不能反哺,犹己之不能致养,自罪之辞也。　《笺》云:“穀,养也。”天下之人无不父子相养者。“民莫不穀”,“民”字,见得凡民尚有父子之爱,我奈何以国嗣反独见弃?　“何辜于天”,“天”即亲也,不敢斥言之也。二“何”字,自审之词,言我果何所得罪于天乎?是必有所以得罪者,但未知我罪何在也。上句设为自恕自推之词,而下句方自省其罪之所在也。　“云如之何”,《注》“安之而已”,非也。此是反求将如何处之也。“云”者,设为问词,以求处之之道,非忍绝望也。

二章。言周道之“踧踧”也,一弃置之则蓁芜矣;父子之亲也,一隔绝之则忧伤矣,此兴意也。“鞫”,穷尽也,言尽为茂草也。虽是兴意,而恍见异时黍离景象。以下四句,极述忧伤之苦。盖疾痛之深,不自知其词之错乱反覆也。此章“忧”字,凡三言之。“惄焉”句,忧之而至于痛也。“维忧”句,忧之而至于哀也。“疾首”句,忧之而至于病也。总只写出一“穷”字。

三章。植桑梓以遗子孙,尚且不轻剪伐之,盖爱其亲以及亲之所植也,况父母乎?　玩“靡”“匪”二字,谓家庭朝夕,所瞻只有一父,所依只有一母也。　“不属毛”,言外不连其气体也。“不离里”,言内不丽其心腹也。是惊怪不自信之辞。此一段正言天性至情,非谓我瞻依父母,父母亦当我爱也。末二句,复转一语曰,然则“我辰”之故耶?“我辰安在”,要知有罪以致之,非关辰也。

四、五章。旧以物之无所不容,兴亲不容其子;物之犹顾其类,兴亲不顾其子。直骂君父,既少蕴藉,且其体亦邻于比。惟各就本身见弃上说,只要于“舟流”“坏木”四字贴切,终是兴体,而语气不觉浑然。鸣蜩依柳,萑苇依渊,都有棲泊;为人子者,见弃于亲,而失所依归,有如舟流莫届,此何能以不忧?此上章之兴意也。鹿知留群,雉知求雌,都有亲属;为人子者,见弃于亲,而无所附着,有如坏木无枝,此何能以不忧?此下章之兴意也。此处俱绝不要打着父母身上去,直至下章方终逗出“忍”字。“届”,训至,言一被弃逐,有不知其所终者。　“不遑假寐”，言莫说“假寐永叹”，虽假寐犹将不暇矣。《注》“今昔”字可删。坏木无枝，所谓生意尽矣，盖见逐于亲，无复生人之乐也。“宁莫之知”，《注》云“人莫之知非也”。玩“宁”字，似言亲不之知也，有冀其开悟意。

六章。以“忍”之一字为主。“投兔”者，同生而非同类；“死人”者，同类而非同气。哀投兔，墐死人，皆一种不忍之心。王视同气，岂有不若异类？视至亲，岂有不若路人乎？玩“谁（维）其”口气，有不说煞意。“忍”，只是不怜恤之意，非残忍之忍。说到“秉心维忍”，正是感之以一体至情也。涕陨无声，悲之极处。

七章。蒙上“忍”字来，言君子岂有忍心，只为谗所误耳。大凡谗言之人，惟恐天性之惠，终或难割，是为危切之语，以利速投。苟略一纾缓而究察之，则未有不疑者也。到得见疑时节，谗人应以离间受罪矣，而毋如君子之信何也。唯谗是听，如受酬爵，得即饮之，曾不以天性之爱而舒缓究察，遂欲肆其残忍之惨。噫嘻！“伐木掎矣，析薪杝（扡）矣”，说与伐、与析，已是不惠之极，而掎焉、杝（扡）焉，则犹有舒究之心，不忍遽焉摧折。今乃舍彼有罪之谗人，而加我以非罪，则惠我反不若一木一薪乎！　伐木掎，不伤其根本，是爱物之仁。析薪杝（扡），不混其条理，是析理之智。　“舍”字从“信”字来。“佗”字从“不惠”“不究”来。“舍彼有罪”，亦非欲移罪于彼也，犹言不问我之有罪无罪，而唯以相加，正所谓“不舒究”也。　看来“佗”字，为逐我于他所，不必训“加”字。

末章。业已信谗见废，尚作戒勉语，是诗人委婉处。　以为宫闱高矣，却不是山，以为宫闱深矣，却不是泉。王当日自不当易其言，使属垣之耳，得以颠倒其柄，致有今日之事，谗言之人，由王有以致之，而归咎于属垣者，亦《小弁》之言也。　人之窥伺，随处而在，即如极高深者，非山与泉乎？犹未必其无人，恐垣墙之外有著耳而听者也。

“由”，言由心之言也。由心上欲转移者，而轻溲于言也。　末四句，犹恐谗人日夜播弄，断绝悔悟机缘，而以此为属望也。故紧承曰“无逝我梁”二句。邹云：“人情奋于自决中，有不决者在也，使视其亲如途人，亦何必为此言哉？”　“笱”，训事，指视膳问安言。盖身虽被废，终不忍忘亲也。

巧言章

通诗重“谮始既涵”上，惟其“涵”之于始，所以心易度而不度，言易辨而不辨[1]，党易除而不除，卒信之以成乱也。病根全在一“涵”字。

首章。以“无罪无辜”二句为主，重一“乱”字。　为人父母，见宜保护善良意。“乱如此幠”，的“乱”字，还未指出谗言来。“昊天已威”四句，即“无罪无辜”二句，而重言之。“已威”，谓谗言之肆虐。“太(大)幠”，谓谗人之罔极。曰“如此幠”，曰“已威”，又曰“泰幠”，皆已事之词。曰“无罪无辜”，又曰“予慎无辜”，“予慎无辜”，盖身罹其毒反覆致审之词。旧说谓冀其获免，非是。

二章。须看一“初”字，一“又”字，见祸乱渐进之意[2]，而最重乃一“涵”字，“如怒”“如祉”正与“涵”反。　祸根在一“涵”字。凡谗言之所以构乱，必先以其不可信之言，尝试一番，此时决然未必为是，但不从此痛惩一番，则亦既宽容之矣。浸假密迩既久，渐窥意向以中之，而谗始见信焉。此时人见以为乱之生也，而不知乱不生于此也，盖自“谮始既涵”之时[3]。此乱生之初，至此则其又生也，生而又生，何时其能沮乎？何时其能已乎？则庶得一“遄沮”“遄已”之法，以救此“无罪无辜”者而可，而亦不难也。“君子如怒”，则“乱庶遄沮”矣。“怒”者，破其“涵”而为断，毅然不求以宽容，则谗之不信，即乱之不生，故曰“遄沮”。如是则怒非作威，乃作福也，无罪无辜之人，忽焉拨云雾而见青天。君子之怒谗人，岂非以祉正人，从是正直气伸，谗人决然不敢中伤之，故曰“乱庶遄已”。

“怒”如针砭去疾，“祉”如粱肉养生，“沮”如筑堤壅水，“已”如斩草除根，形容可谓曲尽。绝之犹亲者，谗言也。一言足以废千百言者，又谗言也。故“涵”即是不能怒，此不能怒则彼必不能喜矣，便是不如祉。　怒而随继以祉者何？盖怒者，人君雷霆之用，可暂而不可常，故有祉焉，以雨露之仁济其雷霆也。

三章。“屡盟”反“如祉”；“信盗”反“如怒”。“盗言”四句，又承“信盗”二句而申言之。　盟益多，疑亦益多，则猜忌滋生，示谗人以可乘矣，故曰乱长。　　上言“信谗”而此言“信盗”者，谗人乘间伺隙以中君子，故曰盗。信盗则贤否淆于立谈，而罪及无辜，故曰“乱暴”。然大奸似忠，大佞似信，故其情虽盗，而听其言若津津有味，故曰“孔甘”。“甘”字虽不属王，而中含嗜之不厌意在。“餤”者，进食不止之义，正映“甘”字。

言“甘”则似于“止共(恭)”，而实非正共(恭)也。“止”，谓止于供职，无出位之思也。“匪其止共(恭)”，正说出小人心事，若只就职事说，小人之曲谨，殆过于君子，但不是止於共(恭)耳。为王“邛”者，信之而乱止，则王休也；信之而乱生，则王病也。“邛”训病，本上“甘”字、“餤”字。所谓美疢滋毒也，且见信谗者王，受祸者亦王也。

四章。以“他人有心”二句为主，反覆兴比，皆不出此。“奕奕”“秩秩”，要见难意。“作之”“莫之”，要见易意。　　“寝庙”四句，虽是兴，却是国家大事。一是祖宗统承所系，一是纲常伦理所系。而唯王尽制，唯圣尽伦，殊非群小之所得而混乱者。如此说方关切时事。“他人有心”，即“孔艰(甘)”之心。排谄善良，偷弄国柄，令人不可测识，故下文以狡兔影之。　　“遇犬获之”，言谗人虽狡险得志，又更有狡险者中伤于汝。自古小人更相倾陷，岂有善终者哉？兔、犬皆喻小人也。　　此合下二章“心”字作主，惟能度心，故言发而即辨，党亦何难除之有？

五章。兴意，木以柔而树之，辨其木之有用也。讵荏染之木能辨其有用，而往来之言不能辨其有故乎？　　“行言”，旧兼下二项说，不知此章专为谗言而发。故“行言”单指下“巧言”。往往来来，浮浪不定，此正所为巧言也。“蛇蛇”二句，特以起末二句之意，全重“巧言”一边。“数”字妙，不得作说话字解曰“数之”，辨不足言矣。　　“自口”，心如其口，“蛇蛇”正形容硕言出口之状。巧言，诪张其词，如簧之可听，而察其情状，定有负惭忸怩之意。硕言，心如其口，故曰自口。巧言，口覆其心，故当颜厚。

末章。是反覆其辞，以贱恶之语意相递转下，总见其不难除也。　　曰“居河之麋”，言是个下流贱品。曰“微”“尰”，言其丑恶甚也。“尔居徒几何”，无党与也，皆贱之之词。“拳”，训力，即是勇，不是权字解。“尔勇伊何”三句，总见其不难驱除也，特王不悟耳。

国家之有小人，其强悍跋扈者，多易败；而奸深诡谲者，多难除。此何以故？为其心如重渊之不可窥而知之实难，其言如悬河之不可御而辨之实难，此其所以卒至覆国。不然虽有羿、奡之权力，章、蔡之结党，决而除之，如发蒙振落耳。诗人由心不难知，言不难辨，而始推及于党不难除，意深远矣。

---

① 原批注："诗人非急辨自己之罪，实忧天下之乱。"

② 原批注："乱，浊乱朝纲之乱。"

③ 原批注："谮始句中，该着谗人之猾贼微巧，与听谗者昏□弥疑两般情状。"

何人斯章

暴公之心术"孔艰"二字尽之。末章之"反侧"，正所谓"孔艰"也。"孔艰"内即含下文始厚今薄，欺天罔人，踪迹之诡秘难摩，鬼域之情状莫测，一篇之意尽括其中。下文特段段委曲以申其意耳，作诗不过"极"之一字。　通诗只言不见，而不言其谮，即六章言"诅尔斯"，而不指出斯之何事。末章言其反侧，而亦不正言其谮之反侧，使之闻言而愧，不明言，甚于言矣。渠决无颜见我，而屡屡欲其一来，虽曰望之，实以愧之。

首章。打头先揭其心而道破，只一"孔艰"便括一篇之意。　"孔艰"，旧云艰险。此诗责人忠厚，岂宜开口便骂？"孔艰"句，正与"胡逝我梁"相应，言其用心太过耳。

一"胡"字紧接上"孔艰"意，怪其与己疏也。　末二句正指其人，与"何人斯"句相应。明是暴公而特设为一人，以宽暴之罪，而又以从"暴之云"微讽之，若信若疑，可解不可解，虽不说暴公，而暴公之心如芒刺矣。

二章。"从"字与首章"从"字相生，为此诗者，明知是暴公而曰"谁为？"二人之中疑是暴又疑是徒，是恶之而佯为不知之词。祸不必明说谮，只是失位得罪，与下"唁"字呼应。不责其为祸，而责其坐视己之祸，不入以唁也。夫不入唁，便是"云不我可"矣，然始者亲厚时，岂若如今之不以我为可乎？此与第七章，俱是追其既往。第七章正言，此是反说。　只一"不入门"，亦是寻常，而反覆诘怪之者，正以己方得罪相知者，不宜过门不入也。　“始者不如今”二句，是诗脉，伯、仲、埙、篪如贯，是始者我可之事，为此祸而不入见，是今日云不可之情。第六章有一“否”字，正与此“可”字映。

三章。首四句言其踪迹诡秘，羞面见人，于谮人愧人之态备极形容矣。“不愧于人”，反言以丑之也。“畏天”，此以照察言天，方切“不见”字。“不愧”二句，《注》作“直刺之”，似非语气。郑云“皆疑而未察之词”。意云尔之不见我者，岂尔之有愧于人乎？尔固不愧于人者也，岂尔之有畏于天乎？尔亦不畏于天者矣。见得于人不愧，即天亦不畏，而独不敢见我者谓何？岂自愧其为祸乎？抑畏我之反能为祸乎？

四章。疾若飘风，亦不见其身之意。“胡不自北”四句，不是恶其相值，只相值而不入为可疑。意其我疏而又我近，意其我亲而又我远，则我心之搅乱也多矣。“胡不”二字，与“搅心”相应。　大凡小人中伤君子之后，定然多方相避，而又不甘受相避之名色，所以“逝梁”“逝陈”，故为旁若无人之态，而其实惟恐撞着其人，所以往来飘疾，有急欲走过其门光景。

“安行”二章。彼未尝托无暇而穷其非不暇；知彼必不来，而顾望其来，皆设为依违之词，使小人不得转动耳。

五章。“脂车”，是逝梁、逝陈之托词。“亟行”，是不入门、不见身之托词。“壹者之来”，不是冀望他来，其意只是说他无面目见我，故以此打动之耳。末二句，见得一来便了，原无深求之意。“壹”字宜玩。

六章。此又就他“亟行”而言，尔之往而不入也。既云“亟行”矣，顾有往而亟，岂有还而亦亟行者？倘还而入，则曩者不入之疑可复夷易；还而不入，则云“不我可”之心转难测度。“否”字与“可”字反，即二章“不我可”之谓也。“祇”字有意，盖谓我心以一见为安，尔之不一来也，于心宁独安乎？　望其既还而见，亦是寓言，其实暗暗刺他，若云去，便躲避得我，恐怕转来相见，将若之何？

七章。此即所谓始者，不以我为不可也。　彼时宦途未久，意气方新，利害相倾之念尚未及动。故一当朝议，或主倡，或主和，更不复各自为心，所谓异姓而不啻同姓之好，故曰“伯仲”。且同官而不啻同调之奇，故曰“埙篪”。　“及尔如贯[①]”，即承上二句说，是言若有所以贯属之而不容离者，若有所以贯彻之而不容隔者，若谓“如物之在贯”，则迂矣。 “谅不我知”一句绝妙，言昔者伯、仲如贯之情，到今日时节，谅尔亦不复知有我矣。尔果诚不我知，则“出此三物”以诅之，可也。凡盟，是盟将来；诅，是诅已往。暴公谮已在前，故独言诅也，政见尔纵不愧于人，决不能不畏于天矣。“斯”字，正指相知意看。

末章。“有靦面目”，言尔虽逝梁而不入，闻声而不见，而尔之面目，固靦然视人也。靦然以面目相对，正是无耻。此二句见非唯天不可欺，即人亦不可终欺之意。 “有靦面目”，而“视人罔极”，真所谓心之“孔艰”，而反侧亦已甚矣。“彼何人斯”，而反侧至此？吾故作为好歌，以极天下之为反侧者。煞末二句，仍以“彼何人斯”口气出之为妙，切勿明出是暴公，绝不伤皮动骨，却自咬肺钻心，故曰“好歌”。 “视人罔极”与“谗人罔极”同义，言尔靦然亦有面目，乃视人何若是罔极乎？正发其情之奸也。下“以极反侧”，二“极”字正相应，言就尔情之无底极处，作此诗以究极之也。 面目要见人，必须心思可对人，方是不愧于人，则尔反侧之心，诚当悔败也。然云“极”者，极之于无所置面目之地也，通诗煞在此句。夫诗本以责之，而实以悟之，谓之“好歌”也亦宜。

---

① 原批注：“只首二句便是如贯处。”

巷伯章

篇首两“成”字，乃谗人罪状，为下“投畀”之案。篇终“敬听”一语，绝可想，盖恶恶若巷伯，其为痛恶之言者，已极快心矣。政恐听之者愤激于心，不无逞于一击，而或反受其伤，故劝以敬而听之，分明欲他从小心中斡旋消弭，此中当有大运用在。

首二章。“贝锦”“南箕”，一是因小饰大①，一是因微成著。正惟深文以巧诋，故见其甚。惟阴构以骤张，故言其诡。 “萋菲”“哆侈”，总是形影之词。言谮人者，必说成一片锦，方耸动得人；必做成一个箕，方簸弄得人，乃其所为劈空造出时，萋兮、菲兮、哆兮、侈兮，以成之者也。　“萋菲”，非物；“哆侈”，非星，只形容如是之貌耳[2]。贝文似锦非锦；南箕似箕非箕，故又以为谗言无实之喻。　“哆侈”只拟其微张，传曰：“言有因也，斯人自谓避嫌之不审也。”　“谁适与谋”，意若谓独出于己，恐不如此甚也。《注》但言“谋之阋”，非诗人口气。

三、四章。紧顶上“谋”字说，“缉翩”“捷幡”，所以饰萋菲成贝锦，张哆侈成南箕也。然轻信之门既启，则反中之祸不测。且驾妄凿空，能使忠贤之臣横罹其毒[3]，而况罪盈恶积，能保谗佞之辈不伏其辜？　“缉”，有罗织之义，入人罪名。“翩”是往来踪迹之状，伺人过失。故接之曰“谋欲谮言”。　“慎尔言也”是将后日致人之疑者，动其不为谮，非教人慎为谮也。“不信”，不信实也，不是听信之信。　“捷捷”，是习于应答。“幡幡”是巧于变换。亦自言语上说。故接之曰“谋欲谮言”。“谮言”者，谮人之言也。“既”字，作终字看。但“谓女不信”，就有女迁之意，“既其女迁”，亦缘“谓女不信”来。

五、六章。上是求诉于天，以王之不明；下是求制于天，以王之不振。“好好”，有志得意满意。“草草”，有惧祸不测意。于“好好”见骄，于“草草”见劳，此二句承上，言今唯尔信而未迁也。　所望于苍天者，单云一个“视”字，见得不敢立望诛夷，只一看此模样为何如？政见谗谮高张，不但道路以目，连苍天亦有敢怒不敢言光景在。　此“谁适”句，与上少别，盖谋之不得其人，正见彼之独肆其恶。　“豺虎”四句，只起“投畀有昊”句。“不食”，见求脱馋余不得，求死虎口又不得也。“不受”见乞免寒威不得，乞死绝域又不得也。　“投畀有昊”，即“苍天苍天，视彼骄人”之意，见得天之视此已久，好生痛恨在那一边；投而畀之，不知何如处置耳。　还其所生，不言死而致死之也。

末章。“杨园”“亩丘”，谓卑可升高，下可益上之义，故以为兴。　欲知杨园之道者，当先历亩丘，言此谗人欲谮大臣，故从近小者始。此以地之相连，例谗言有次相及之意。

“敬而听”者，警惕此心，如事事息息皆可招谤。故听萋菲之喻，当知小人之因小以成大者可畏也；听哆侈之词，当知小人之因微以致著者可畏也。常取“草草”之言以自防，非止空听而已。

① 原批注：“首节小者大之，次节虚者实之。”

② 原批注：“太甚，言其所为之忍也。”

③ 原批注：“身罹其祸，而代为之谋，似呆似谑。”

谷风章

此朋友相怨之诗，以“忘大德”为主。“将恐”二句，即是大德，“安乐弃予”即是忘大德。“弃予”内便含有思怨意。世路风波，翻云覆雨，阴阳凉燠之慨，盖有不忍言者，故屡致意于“谷风”。

首二章。且慢露“德”“怨”字，只含其意发之。　春风起，则阴雨多从之，喻朋友相须以成恩义也。　回风从上下曰“颓”，回风力薄，不能上升，谷风并力相扶而上，以喻朋友相汲引，则德义相高也。　“维予与女”，重“予”字；“女转弃予”，重“女”字。　四“将”字，绝可想，见得略有患难之来，却以为将恐惧，而急欲得我，到得略觉遂意，却以为将安乐，而便弃我。上言“予女”，犹二人也。“置怀”，则若一体矣。上言“弃予”，犹为迹疏。“如遗”则委之路旁，不复记存矣。

末章。以谷风之长养也，巍巍之处，不无死草萎木焉。然发生之德大，伤残之怨小也，以兴朋友有相成之大德，而色不能无忿，词不能无怒，是小怨也。女岂可忘彼而记此乎？

出之恐惧种种，皆德；思之安乐种种，皆怨。　本以患难相依，安乐弃之，而诗人若不忍直言，犹以大德小怨分任其辜，此忠厚之意也。　《序》曰：“刺幽王也。天下俗薄，朋友道绝焉。”

蓼莪章

通诗以“哀哀父母”二句为主。重看一“生”字，我赖父母之“劬劳”以生，而父母不得我之养以死，只把我之生与父母之死合想起来，此情何如其哀痛，真有无以为生者。故曰“鲜民之生，不如死之久矣”。此“生”字，与首二章“生”字应，四章又详道父母生我之恩。而叠叠云“我”者，见我之为我，非父母无以生至今日，而哀哀之情，益无以自解。末二章哀己之独为“鲜民”，亦生不如死之意。　“缾之罄”章，应“匪莪伊蒿”。“父之生我”章，应“父母劬劳”。“南山”二章，应“哀哀”二字。

首二章。“匪莪伊蒿”，非义变而为蒿也，只是终之所成，不能如始之所望。莪、蒿、蔚只一种，渐长则渐无用。《注》以为“非美材”，不可就材质上形容愚、不肖，只主终养上说为是。“哀哀”二字，承上起下，非哀父母也，自哀其不可以为人，不可以为子也。“哀哀”二字略歇，而以“父母”连下句看。“劬劳”“劳瘁”总不出“生我”一章，此处只宜含蓄说。“劳瘁”者，“劬劳”而至于瘁也。

三章。缾取给于罍，亲仰给于子，理相似也。　“鲜民”影下文两个“我独”，为鲜人到鲜民地位，便死也难瞑目，但生在世间，益为不堪，故曰“生不如死”。　“无父”二句，应“鲜”字。“出则衔恤”二句，应“生不如死”。抱苦在心，郁郁不自得，神魂不定，怅怅无所之，此之谓“衔恤”。“靡至”正应“耻”字，正所谓“匪莪伊蒿”“伊蔚”也。

四章。此正所谓“劬劳”“劳瘁”而痛切言之。　“父兮生我”一句，须重看，见得不论后边抚字之恩，即此属毛离里，形气所钟，正是一本大根节处；况乎“拊我畜我”云云者，若此之“劬劳”也！　生，本其气也；鞠，成其形也；拊，防其惊畏也；畜，时其乳哺也。“鞠”“畜”，《注》皆训养。而“鞠”是胎养；“畜”是乳养；“长”是日夜调护以俟其长；“育”是起居必谨以保其和；“顾”，亲行而子不随则回首顾之；“复” 顾之又顾，不暂释也；“腹”，置之于怀也。“德”字，就人子所以报亲者言。人子欲以德报之，其如天恩之罔极何？君之恩，捐躯足报，以身为吾有也。至于亲，则身亦亲之有也，虽捐躯莫报，而况于身之外乎？而况于身之外且不能致之亲乎？其哀痛可胜道哉！

末二章。以物理之齐，兴人事之不齐。只在二“独”字上志哀。“何害”“不卒”，皆指不得终养说。“莫不穀”，亦只是得终养意。　　此孝子既抱“衔恤”“靡至”之情，触目生感，睹南山，感飘风，俯仰悲伤而不能已也。

大东章

此告病之诗，总是“哀我惮人，亦可息也”之意。二章，困役伤财，正是“惮人”之可哀处。“维天有汉”以下，只将下土件件空虚，而西人为虐未已，极其形容。把一个天说来说去，直从望天处说到怨天处，从不能助东人处，说到反助西人处。似呆似谑，全在空中想出意景。

首章。兴义全在“饛”与“捄”字，以起下“砥”与“矢”来。饛，满，满则不平；捄，曲，曲则不直。以不平、不直者兴平与直也。　　“周道”二字须重看，根文、武、成、康整顿开辟来。“如砥”“如矢”，有王道“荡荡”“平平”景象。　　古者委积施关，道路无限，百姓悦之，相将远来，视道如砥如矢之谓也。思其如砥，有不砥者矣；思其如矢，有不矢者矣。　　古道依然[①]，而时事顿异，故特伤之，“潸焉出涕”，含悲蓄怨，所谓望城欲哭也。赋役西输，未宜露出。“君子所履，小人所视”，要见赋役均平时，令人自然遵道气象。

二章。曲写东方困苦，都要映带周道上讲，不要以“杼柚”三句伤于财、“佻佻”三句困于役板作两对，诗家之妙，妙在点睛。此章点睛处，只在“行彼周行”两句，须云吾何顾周道而出涕哉？盖以此道之内，固穷大东小东之所有者，而由此以输之周，东方竟何一之不空哉？但举一“杼柚”言之，而空已若此，不观之“纠纠葛屦”，而以履霜者乎！噫嘻！所视之小人勿论，即所履之君子，如“佻佻公子”者，而“行彼周行，既往既来”，往往来来之内，能犹以周行为“如砥”乎？“如矢”乎？此所以使我心疚而潸涕也。

三章。“获薪[②]”尚不可侵（浸），兴“惮人”岂不可哀！下即望其有以息之也，不复作兴，只是因兴而并言之也。　　“惮”，兼财力言。凡征发之烦[③]，供亿之困，皆可言劳。不尽人力，不尽人财，皆可言息。　　“契契”者，忧若切心之意，契契然不寐而寤，当寤而叹，惟哀我劳惮之人也。自诗人哀也。时说皆以为契契而寤叹者，乃可哀之惮人，与兴意不合。　曰“薪是获薪”，见薪非他人之薪也，亦可以载矣。“惮人”非他人之惮人也，亦可以息矣，下章正不息之事也。

四章。首二句承“哀我惮人，亦可息也”说。“劳”即“惮”也，“不来”即不息也。　“职劳不来”，若以劳为职，而不当抚恤者，见虐用之也。此“职劳”一语，括尽《大东》之旨。　“粲粲衣服”，视“杼柚其空”者何如？“熊罴是裘”，视“葛屦履霜”者何如？“百僚是试”，视“行彼周行”者何如？此六句，须总承财力，不必分看。句句把“东人之子”来形，方得本旨。别言“舟人”“私人”者，举卑贱以见其余耳。　“东人”则举其贵，“西人”则举其贱，此际回环，不知正有如许觖望。　“是试”，不是“私人”居“百僚”之位。盖身处于不官不民之间，而兼挟夫蠹公蠹私之术，是皆能窃百僚之威福，以制我“东人”之死命，竭我“东人”之膏血者也。

五章。“或以”四句，是极言西人之暴殄，不必实指“酒”“佩”之供，且“酒”“佩”是供亿外之需索，出于无可奈何。不然，“东人”且饔飧不给，何有于“酒”？衣服且不完，何有于“佩”？两“不以”，见取之尽锱铢，视之如泥沙也。盛世之民求鉴于君，哀世之民求鉴于天。故曰：“维天有汉，监亦有光。”“有光”，只言监下甚明。监我意在有光之下。“成章”“报章”，亦在“七襄”之下。“七襄”“终日”在历七个次舍。　织女至“箕”“斗”，绝无望助于天之意，不过云只听天上有此物，于民则何济？所以盛言下土之空虚也。

“维天”以下，则穷蹙无聊之词，若曰“东人”之力，取之地者已竭矣，意者其望之天乎！盖意其有助，则见似助者而欣然喜；意其有害，则见似害者而蹙然悲也。忧惶困迫之人，大抵情事如此。　“维天”至末章，诗人只将“东”“西”“南”“北”四字簸弄得绝巧，若曰天之有汉，是天所以隔断东西，平分南北者也。故其东则有导日之启明，其西则有继日之长庚，其南则有舌广之箕，其北则有柄长之斗，而牛、女、天、毕皆无不依云汉以呈光，可历历数也。然遍而瞩之，东西南北如斯已矣，于下土何与！

六章。“报章”者，织之用纬，一往一来，反报而成章也。织女之驾，徒右旋而不反，故不能反报而成章。“七襄”影“杼柚”意，“服箱”影“往来”意。启明在日未出之先，使我得日出而作，虽有此星，何从见之？而今皆我辛苦时，则皆我见启明时也。长庚在日既入之后，使我得日入而息，虽见此星，何关心焉？而今皆我拮据时，则皆我见长庚时也。　　启明、长庚总是一星。当其辰见乎东方，以小明倡大明，始事之象也，则有启明之号。当其夕见乎西方，以余明嗣正明，不尽之义也，则又有长庚之号。《天文志》云："毕三星如罝然。"然皆其名也，故曰"载施之行"。"载施"句总承"启明"三句。

末章。"维南有箕"，上四句与前所举诸星一例。下四句则更下一转。翕舌、揭柄，亦是极言畏恶西人，惊疑痛嫉意态，特寓言于箕斗耳，未尝怨天也。

箕斗之象原是如此，但伤于噬者，畏见夫噬之似；伤于取者，畏见夫取之似，故以为若有所吞噬挹取云尔。　　据鞙鞙（鞙鞙）之佩不以为长，除非教织女服（报）章始得；据职劳之不来，除非教牵牛服箱始得；据公子之往来不胜，除非教启明引光于未旦，以助我早作，长庚续光于既没，以助我昏作始得；据熊罴之裘，除非天、毕掩取兽皮以资我上供始得；据酒浆之竭，除非南箕助我簸扬、北斗助我挹浆始得，而无如天上之不可假何也！

---

① 原批注："顾之出涕，含情未发。"

② 原批注："首四句已括下。"

③ 原批注："词出之双叠尔。作两截便误。"

四月维夏章

此诗自伤之意，在"我日构祸"一句，而"废为残贼"二句，则是构祸根因。

易曰："大哉乾元！万物资始，乃统天。"一元之气，常流行于四时。君人者应天而时行，不骄不伏，四时皆春矣。乃或骄阳伏阴，如酷暑，如凄风，如烈寒，令民不能自生体元之谓何故？此诗但序夏秋冬而不及春，意深哉！

首三章。祸乱日进，只借时序以见之。若直以时序作过，文又非兴体。

三章之兴只以情与景相况。一章即夏景之薰灼以起兴,而以"忍"字应之。二章即秋景之凋瘁以起兴,而以"瘼"字应之。三章即冬景之惨戚以起兴,而以"害"字应之。乱离之人触景成愁,曰暑、曰凄、曰烈,已见乱意。　"四月"二句,旧言暑去有时,天不欲以暑病人也。其说甚戾。纵云据一"徂"字,徂得暑又添一凄凄,安可以"徂"字作暑之往去而可庆也?当云四月是夏,入夏便暑,直至六月,暑方有将退之渐。中间三个月,赫赫炎炎,云我无所酷暑病人为,何如就影起一"忍"字来?故兴之取义,以夏之暑极其酷,兴祖之情极其疏也。怨先祖,不忍斥王也。"先祖非(匪)人",往云先祖岂非人乎!是成何解?当云先祖非他人也。"胡宁忍予"乎?一说先祖非以我为人乎,何忍使我至此极也?亦可。　言秋日既凄,必无完卉,兴四海既乱,必无安家,"乱离瘼矣"。　乱离来病人也,其声凄然,"奚其适归",即下"潜逃""翰飞"之意。言日寒则风疾,其气相似,民谷(穀)而我害,其情不相似。上云"奚其适归",则天下皆乱矣,而此又云"民莫不谷(穀)"者,盖自伤之甚而为此言耳。《注》合三章"祸乱日进,无时而息",看来无此意,只是哀伤之情,触目生悲,故夏怨其暑,秋伤其病,冬悲其烈,无一时得自宽耳。　"冬日""秋日",犹言冬时、秋时也。

四章。山有美材,则人知其美,位有恶德,乃不知其恶,暗指王也。"废为残贼",言伤残善良,贼害忠贤,正其尤也。何莫知之哉?本文"废"字宜玩,凡仕人国者,(而)不可为忠良尽瘁之臣哉!但自立则为忠为良,自废则为残为贼,故吾愿世之仕者,为忠良毋为残贼,为自立毋为自废。

五章。以泉水有时而清,兴遭乱无时而善。言非遭酷暴即逢凄烈,欲解脱而不能也。"构祸",本残贼酿祸来;"能谷(穀)",指免祸言。

六章。以南国且有乎江汉,兴王不有乎已。"纪"谓经带一方,包络无外。见流水无情,尚有环抱之势也,尽瘁者恪共臣职,内瘁精而外瘁躬也,"莫我有",视之若无,而不蒙顾惜也。玩"宁"字,若谓是殆残贼之所蔽乎,而何以忽我至是也?　上"废为残贼,莫知其尤",咎其君之用此人也;此"尽瘁以仕,宁莫我有",咎其君之不任此人也。正两下相应处。

七章。承上"莫我有"来,是言义无所逃,已之所处,只索尽瘁,非实有欲逃之心而不可得也。　人臣而可飞、可潜[①],则亦鸢鹑、亦鳣鲔而已,不知君臣之义无所逃于天地。人试抚心自思，原匪鹑鸢也，原匪鳣鲔也，则孰是其可飞，孰是其可逃哉？

末章。当夏则苦烦暑，当秋则感凋伤，入冬则又苦风寒，至于蕨薇之生，是芳春矣，人皆熙熙于艳阳，我顾作歌以告哀，是终岁四序，卒无须臾之欢矣。

君子不明言自己，正诗词之活泼处，不必以我字代之。告哀，见天下事可哀，而我哀之也。我哀之，我告之，庶几有共哀者，其可不至于哀也！　世之作歌，有“以究王讻”者，有“以极反侧”者，兹之作歌，“维以告哀”而已，有时事不敢尽言之意，正诗柄所谓自伤也。　看来此诗不但自伤，实有维乱之意。盖其所告哀者，告此尽瘁之精诚也。其云“能谷(穀)”，不是保全身家之谓，直欲斩除残贼，斡旋祸乱，使夏暑、秋凄、冬烈之气，都化为阳春才是。

---

① 原批注：“望云惭非(飞)鸟，临渊愧浮鱼。”

北山章

通诗重“不均”意。“独贤”是“不均”好名目，宜以首章“朝夕从事”为主。言“偕偕”强壮，便伏下“未老”“方将”意。言“朝夕从事”，便伏“尽瘁”“劬劳”意，下特详之也。故“四牡”二句，应“从事”二字，“嘉我未老”四句，应“独贤”二字，“燕燕居息”十二句，应“不均”二字。　要知此诗非以私劳鸣怨，乃以公义鼓忠，故篇中特揭出一“王”字及“贤”字，政以忧国之忠献之“秉均”者，如徒作不平之叹，取义便浅。

首章。登山采芑，只是羁旅情况，要重“王事”二字，见得男生而志四方，趁此“偕偕”时节，“朝夕从事”，亦移孝之忠应尔。然曷思从者何事？王事也。王事不可以一人任明矣，乃“王事靡盬”，独以忧我父母哉？一“我”字，词旨跃然。　“偕偕”二字即解作“夙夜”，必“偕偕”字谓偕役之士子看，亦好，《注》训“强壮”，想会下膂力意来解也。

二章。“溥天”四句，词平而意串走，重在王臣一边。　　居王上，为王臣即当均，为王事而无才者多逸，有才者多劳，何大夫之不均至是也？　“大夫”二句是一章纲领语，须和平不可涉怨怼语。只言“大夫”，切不可露“王”字；只言“独贤”，切不可露“劳”字。　　自“大夫不均”而不贤，如我已“朝夕从事”矣，顾天下事非不贤者任也。然则我其贤乎？天下之事更非一贤者任也，然则我其独贤乎？

三章。“四牡”句承上“从事”二字，“傍傍”有旁午意，“经营”如作室，然四方非一隅之任，而托力于一人。　　“嘉我”四句，一直赶下，惟未老方壮，始膂力可以“经营四方”。“嘉”字、“鲜”字，正所谓“独贤”二字也。

曰“嘉我”、曰“鲜我”，若以之为知己者，然言外要见“未老”“方将”非我一人之意，而“我”字连上章“我”字，俱对“莫非王臣”，说出“独”字之意。一说“方将”，“将”字即“将奉”之将，谓必如我这等人方将奉得王事，然却绝少，故独任之耳。若训方壮，则与上“未老”重复矣。

四、五、六章。虽言劳逸之不同，亦只两两言之，使人之自察。有告劳之意，无怼怨之心也。看数“或”字未尝粘着自己，而已隐然在中，大夫之不均亦不言自见。　　三章口气俱须抑扬，“或燕燕居息”者有之，而“尽瘁仕国”者几人？“或息偃在床”者有之，而“不已于行”者几人？下文仿此。　　“燕燕”重言之，见安之甚。燕燕者安居无事，而尽仕者启处不遑，此二句以安危分。息偃者无行役之艰，而不已者无旦夕之暇，此二句以行止分。或深居而劳勚不闻，或劬劳而疲于奔命，此二句以动静分。栖迟偃仰者优游自得，而王事鞅掌者无暇修容，此二句以勤(逸)分。湛乐饮酒者方怡情尊俎，而惨惨畏咎者则惟忧罪罟之及，此二句以亲疏分。“出入”二句以疑信分。　　鞅以控马而执在手，一脱手则马奔而不可驭矣，总揽国事亦然，故曰鞅掌。　　使此辈燕息之外，亦无多言，不过一床笫中人、一房帷(帷)中人、一杯酒中人耳。今且出入而风[1]议也，酒中之语毒于酖，出入之谈迅于风，初姑以贤饵我，而后将以咎罗我矣。　　“燕燕”等句俱指大夫言，见得小臣不二心而爱力，大臣亦岂宜凭宠而怀安？远臣不避祸而畏讥，近臣亦岂宜籍权以称快？

---

① 原批注：“风不必作‘讽’字解。”

无将大车章

此诗全要玩“无思”二字，思而至于不欲思，思转深矣。　　三章皆以将车者之自污，兴忧思者之自病。　　百忧，旧泥小注兼王事家事，然按诗柄行役劳苦而忧思，则百忧俱在役事之劳苦上说。“无思”，非戒其勿思也，乃言此百忧多端，特无思则已，一思及则不胜其病也。　　车在尘中冥冥不可见，兴人在忧中耿耿不能出。“颎”者，沉忧之人，胸中若有一物，而又无可指名。“不出”者，在忧中自知之而不能自遣之也。　　“自重”，犹言空思烦懑一番也。重训累，谓疷则累其身，颎则累其心也。　　多忧损志，多思损神，故曰自累。

小序云：“大夫悔将小人也。”严云：“君子推挽小人，小人既进，则谮害君子，如人推挽大车，大车既进，则尘污于人，故君子悔之也。”“无思百忧”，犹今人言勿复更说，是我误也。

小明章

此诗总是一个“靖共”之念。首三章各“畏”字分明，是自己不敢不“靖共”之意，无愧于职，无负于君而无怍于神，庶几福可祈而谷(穀)可保矣。末二章戒友而以“靖共”勉之，见“念彼共人”，非徒念也。“靖共”二句，正是“无恒安处”之实。“正直是与”，又总是“靖共”中事。末二句不过以神福歆之，以见“位”之不可不“靖共”，以应“罪罟”意。　　乱世之末流，居者行者，皆不得其所，以“罪罟”谴怒。反覆观之，则僚友之处者，亦岂有乐事哉，所以思之而涕零如雨也。末二章以自免之道戒之，方悲己而忽念人，忧伤中之转境多如此。“天”“神”二字是通诗眼目，见衰乱之世，天固非梦梦，神亦非罔罔意。所以己之劳则诉之于天，僚友之福则徼之于神，俱有凛凛不能自保之意。

首章。呼天意轻，“我征”二句，是行之远。“二月”二句，是时之久。“心之忧”句，总上久远意说。　　“念彼”二句，固非久别怀思而冀晤，亦非言我劳彼逸，而至忿憾不平。思边事之不宁，而忽游神于朝，宁想见“共人”优游无事，不觉涕零如雨焉，便埋下“安处”根脚。　“怀归”，亦非泛言还返乡井之语，照上“艽野”，有不愿遐征而愿近侍（之意），指归朝而言也。

二章。以“念我独兮”二句为主，玩“独”字，便见非众之所与，回邪者交亲，正直者孤立，自古伤之矣。睠睠怀顾，非内顾深切，正指朋友有畏谗畏讥，睠睠焉怀之顾之而不能忘也。谴怒，见暴横妄加也。

三章。“政事愈蹙”，即“孔庶”之事繁而又急也。　“采萧”句，只点岁暮光景，见所见无非收拾的景象。夫人已务毕岁之事，而我无言归之期，则此心之忧，惟有反躬自咎而已。“心之忧矣”二句，若云此孰为之，事关君国，义不容辞，乃我之“自诒伊戚”耳。《注》曰“不能见几远去”。是戒他人以“靖共”，而自欲远避，亦自相矛盾矣。　“反覆”，不指刑罚说，谓王有成命，而奉行鲜终，恐以反覆无常罪我也。　“谴怒”，是明入之于“罪罟”也。“反覆”是暗中之于“罪罟”也。小人之可畏如此。

四合五章。“君子”即“共人”，只是“共人”便见“安处”，上念“共人”，而此规以①“靖共”二字，串说为是。言惟是自念其所为“共人”，而审于共之之义，共于尔位而尽其所有事，抑且靖以善其共，而不喜于多事云。　“正直是与”，不是取正直之人以自助，言尔位非一人自私之位也，亦非可以私泥群小之人与俱也，惟正直之人是与。共为靖共，即《书》“同寅协恭”之意。　“神之听之，式谷（穀）以女”，凡人相与以心，此心之神不可欺，即神之所在也。且见得政荒君暗之世，不敢曰君之鉴之，第冀神之听之耳。　“式谷（穀）以女”，“以”字不作“与”字解，以左右之也。言神贻之以谷（穀），有若或相之者。　“与”者，我助正直，不是求贤自助，有讽以保全善类之意。照上三章末句，似谓万里孤臣全仗良友。　上三章既念且畏之矣，至是始嗟叹而厚望之。盖当时偷安在内者，惟恐正直之来，形己之短，百计以远役之，令不得一日立于朝，如伯嚭密启吴王遣伍员使齐之类。故告之“无恒安处”，惟正直之人是与，而又出于中心之好，乃为“靖共尔位”，见听于神耳。不然，而惟谴怒之加，反复之谮，陷正直于罪罟，怡怡偷处之，神宁无夺之鉴、益之疾乎？

① 原批注："嗟尔二字，此政涕零睠顾、出宿中事情。"

鼓钟章

通诗以"其德不回"句为主。幽王之流连，正其德之回也。纵琴瑟笙磬之和，雅南籥舞之序而德回矣。去淑人君子远矣。　　通诗皆婉刺之词，鼓钟伐鼛，宜其乐也，而见之者反忧。作乐者今之人也，而怀思者古之淑人君子也，是所以刺也。末章见其乐是也，其人非也。我之忧之伤之者，非乐之故也。

首三章。嘉乐不野合，今乃于淮水之上，作先王之乐，失礼甚矣。"淑人君子"，泛指周之盛王。"怀"加"允"字，见得淑人君子，怀之原不能忘，今在淮水，闻钟一发，信夫淑人君子真有使人不能忘者在耳。然言怀之不能忘，不言其怀之所在，含蓄无尽，且不要露出"德"字。至"其德不回"，方实指其乐之有节处言德也，如"罔游于逸，罔淫于乐"意。至"其德不犹"，空空言其德，与今人不相似，微微卸到王身上，而荒乱意未尝说出。"妯"，忧愁结于心，为之妯动也。　　各章"鼓"字只作击字，伐鼛才真是鼓。

末章。首句提起。琴瑟，堂上之乐，笙磬，堂下之乐，堂上堂下相比，故曰"同音"。　　"以雅" 是以音而奏夫雅也；"以南" 是以音而奏夫南也；"以籥"，是以籥而协夫音也。　　凡乐之章有诗，乐之容有舞。以诗歌则音律分明，以舞蹈则疾徐有节，是谓"不僭"。升歌，字字皆金和玉节，以磬为主，众音并作，以笙为主，磬止则笙亦止，先之以雅，终之以南，秉羽吹南籥而舞之，舞必依乐音以为节。　　此章言下分明，见即古"淑人君子"，被之律吕间之声容，亦不过如是而已。

楚茨章

此力农奉祭之诗。总以“敬”字为主，首八句提出一个奉祭的根由来，在于力农。至于“以为酒食”，包尽下文牛羊“为俎”“为豆”之意。“以飨以祀”二句，包尽下文“剥烹”“饮食”“芬苾”“匡稷”等意。“以介景福”，包尽下文“万寿”“百福”“尔极”“后禄”等意。故首章意已尽，下文不过详言以祭受福之事耳。　“废彻”以上事神受福之事，以下则燕私称庆事，然“燕”亦祭中事也。

首章。主酒食言。祭以酒食为主，而牛羊俎豆佐之。　首四句不过雅力农之所由兴也。“我黍与与”二句，自未获言；“我仓既盈”二句，自已获言。

本文数“我”字不闲，大抵力诸原者皆农之筋力所成，而督于野者皆我之精神所□。　黍曰我黍，稷曰我稷，仓曰我仓，庾曰我庾，见得有兹黍稷者，我也，而诏兹黍稷者，非我也。所为对黍稷而忾然者矣。获兹仓庾者我也，而开兹仓庾者非我也，所为抚仓庾而爽然者矣。故以是黍稷酿之为酒，烝之为食，而将何以乎？以之祭神，而飨以尽意，祀以尽物。以之献尸，而“妥”以安其位，“侑”以劝其饱，是以其胼胝之诚，荐为馨香，则先人有灵，便从我耕黍稷之时，已鉴精处，而能不于“飨祀”“妥侑”之余，介之景福乎！　“妥”训安坐，尸即至尊之位，或不自安，故以拜安之也。“侑”训劝饱，尸告饱，祝侑曰“皇尸未实”。侑尸又食，主人不言拜，侑尸又三饭。

二章。以“祀事孔明”句为主，“济济”五句，是荐牲之敬。“祝祭”一句是求神之敬，“祀事”句则总承之。　“济济”自容貌言，“跄跄”就步趋言，的指主祭者说。　“洁”，视牲而度其色纯角正也，“剥”“亨”以治牲言，“肆”“将”以献牲言。“剥”，全其体；“烹”，熟其味。　《周礼》“内饔”：“凡宗庙之祭祀，掌熟割之事。”　“烹人”，掌共鼎镬，以给水火之齐。

四“或”字，见分理之周意，以事言不以人言，盖此牛羊或者剥之，或者烹之，或者肆之，或者将之也。　“祝祭于祊”，以神无不在，故博求之也。祊内，阴也，魄之所属；外，阳也，魂之所属。阴阳之间，魂魄会焉。故祭而索之。 "明"，训备、训著，仪文兼至，备也；典则昭明，著也。 神无形，故曰皇，尸有象，故曰飨。二句虽平，总以神为主，"飨"，即飨其剥、亨、肆、将之牛羊也。 《洪范》"五福"，以寿为先，故"万寿"即是"介福"。此即所谓孝孙之庆也。 "烝尝"，春夏物生未成，礼从其薄；秋冬黍稷既登，可以伸备物之敬，故用烝尝。

三章。言贱而"执爨"，内而主妇，外而宾客，无一人不敬者，总来皆以成公卿之敬耳。 其间行礼之次，为俎，以享神也；"燔""炙"，以从献也；"为豆"，以献尸也；"献酬(醻)交错"，既献尸，而行旅酬(醻)之礼也。 "为俎"二句，皆蒙"踖踖"二字，以执事言，政曰"踖踖"。主妇之敬以交神言，故曰"莫莫"。 饔爨以煮肉，廪爨以炊米。 "为俎"，谓载牲于豆。"孔硕"，就牲体言，所谓博硕、肥腯是也。 《特牲》云："主人献尸，宾长以肝从；主妇献尸，兄弟以燔从。"燔者近火，炙者远火。 "内羞"，谷物；"庶羞"，牲物。内羞在右，阴也；庶羞在左，阳也。皆盛之豆以荐也。此三项皆献尸事。 东西互对饮[①]曰"交"，东西错综互饮曰"错"。昭"献酬(醻)交错"之文，则有礼仪；洽"献酢(醻)交错"之情，则有笑语。"卒度"，谓无不合于法；"卒获"，谓无不得其宜。至旅酬时而终无失礼喧哗，则从前之敬可知。"卒"字宜味。 敬立于此，神降于彼，有相为酬酢之义焉，故曰"攸酢"，二字即顶上"献酬(醻)"生义，所谓人以诚献神，以寿酢也。

四章。以"我孔熯(熯)矣"二句为主，以"苾芬孝祀""齐""稷""匡""勑"为骨。 自"祝祭于祊"，至"献酢(醻)交错"，礼行既久，故云筋力竭矣。"式礼"句就"孔熯"时说。"式"，凭也，依凭此礼而行，无过差也。此固本蓺黍蓺稷之精诚，抱此礼以终始，其孝为何如哉？由是工祝以其所致告者，往而予孝孙，谓：尔尽孝以祀，苾苾芬芬，恍乎"与与""翼翼"之景，犹在俎豆间，"神嗜饮食"，能不"卜尔百福"，使"如几如式"乎？且尔之所以将是"苾芬"，亦既"齐""稷""匡""勑"虽"孔熯"犹然者，则孝亦已极矣。以孝之极者为礼，则亦以福之极为锡。"时万时亿"，永永锡之以极焉。 "苾芬"八句，皆嘏词，重类应意。"饮食"，合上黍稷、牛羊、俎豆之类言；礼容，合上妥侑、献酬(醻)、济跄、莫莫之类言。 "如几"，谓如其意中之所期也。"如式"，皆恰恰合式也。“式”者，事理当然之法也。往谓“如法之多”，谬甚。　　祭有祭之几，福有福之几。尔之祭能如神几，而福安所不如尔几乎？祭有祭之式，福有福之式。尔之祭能如祭式，而福安所不如尔式乎？　　“齐”者，整而不乱。“稷”者，敏而不缓。“匡”者，端正而无跛踦。“敕”[②]者，戒慎而无怠弛。不言锡福而言锡“极”者，诗人祝君以福多，言致福之本也。最妙是二“时”字，盖“极”不离乎时者也，故极之而至万也，时以之；极之而至亿也，时以之；惟能妙于时，所以能符于极。往以虚字眼略之，非是。

五章。此乃交神明之终，逮群下之始，所谓既尽礼于所尊，遂致爱于所亲也。　　“工祝致告”后而“送尸”“彻”馔“燕私”，皆祭毕时礼次。　　曰“既备”者，礼终三献也；曰“既戒”者，乐终三阕也。然“礼仪”句，根上“匡”“稷”等来，不宜与“钟鼓”分，礼乐对看，还重上句为是。“徂位”，即未祭时分列之位，与前“徂赉”时酳尸之位不同。　　告[③]利成，言孝子之顺养礼毕也。上“致告”，是祝致神意；下“致告”，是祝传尸意。　　尸在门外，则疑于臣，故迎尸送尸，皆以门内为节。尸以神为度，故神醉而皇尸起。神以尸为依，故送尸而神保归。神既于此而归，则馔亦于此而彻。主人之俎，佐食彻之。宾客之俎，有司彻之。君妇所彻者，笾豆而已。“不迟”，有如见神之在上，不敢缓亵之意。“燕私”，只重亲亲，其曰尊宾，只推所以不及宾客之意。备者，备留而与之燕，大小具在也。　主人以胙俎豆笾，及祝尸兄弟之庶羞燕族人于堂。主妇以祝豆笾及姑姊妹之俎燕内兄弟于房也。

末章。此承上燕私之事，而遂及与燕者之庆词，正叙后禄之所以绥也。燕祭不同乐，而云皆入者，歌咏异而乐器同也。　　“后禄”，对祭时所受之福为后禄，盖向焉钟鼓之戒，足以通神，贶而获禄于前；兹焉“乐具入奏”，足以悦群心，而禄又将固结于后。绥者，安也，安至亲而即有以安及其身也。“尔殽”四句，诗人叙事之词，轻看。“神嗜”六句，方是与燕之庆词，须抑扬看，正分疏前禄后禄。　“神嗜”句，即上文“黍稷”“牛羊”等而述之。“使君寿考”句，即上文“介福”“万寿”等而述之，此意亦轻，重在“孔惠”四句。“惠”“时”“尽”三字俱要本力农来，收丰年降康之协气，以惠其先，无怨无恫，惠莫尽焉！积终岁，务本之精诚，以时其祭，匪懈匪忒，时莫尽焉。　“勿替引之”就祀典说。“子子”，不止一代之子；“孙孙”，不止一代之孙。享祀妥侑之礼，决当永永不废，斯固国无乏祀，非所谓后禄而何入。前言受福，止在君身，留子孙一着，说在燕私称庆内，以足前神福未尽之意。　末二句是幸之词，非戒之当如是也。

小序云：“刺幽王也。政烦赋重，田莱多荒，饥馑降丧，民卒流亡，祭祀不飨，故君子思古焉。”严云：“《楚茨》《信南山》《甫田》《大田》四篇，唯《楚茨》首章二句言当时所见，余皆全述古事，形容其田野修治，年谷丰穰，祭祀礼乐之备，燕饮威仪之美，言之反覆而不厌者，盖诗人遐想太平之盛、田家之乐，惆怅羡慕，恨不生乎其时，所以伤今而思古也。”归云：“荒瘠之土，旧皆沃壤，今抽茨棘，昔蓺黍稷，此四语慨想无穷。‘子子孙孙，勿替引之’，后王乃有废礼者，语外深长。”

---

① 原批注：“此是导饮，非祭毕之燕。”

② 原批注：“照章首一句，应侧重礼容述。”

③ 原批注：“彼告，安孝子之心也。”

信南山章

此诗以奉黍稷为主，重“曾孙之穑，以为酒食”二句。瓜与牲无非田禄中所出，亦与黍稷并荐者，同是一时事，而分三段言之，总见致力于民者尽，而致礼于神者周也。

首章。欲言以黍稷奉祭，故从治田说起，重“曾孙田之”句。　“畇畇”，即“甸之”之功；疆理，即“田之”之事。　疆理不是一定，只是在外为疆，在内为理，理即疆中事，“东南其亩”，又理中事也。　疆，千夫有浍，浍上有道，万夫有川，川上有路是也。理，一夫有遂，遂上有径，十夫有沟，沟上有畛，百夫有洫，洫上有涂是也。　然地不皆平，水必就下，如地势东南下，西北高。遂自西而东入于沟，则为亩于遂之南以障之，遂自北而南入于沟，则为亩于遂之东以障之，使不旁溢也。　疆理之法[1]，总师禹甸之遗智。地之趋于南也，自江淮汝汉始，兹之疆理，曾孙因其地而南之，亦犹禹之治水于南条地之趋于东也，自青徐沂泗始，兹之疆理，曾孙因其地而东之，亦犹禹之导水于东海。

二章。百谷之生，皆赖阳气之盛。阳气埋伏不深，则发泻不盛。故冬雪要盛，是以阴精之凝重，所以酝酿阳气，而欲其深蓄者也。至于献岁发春，土膏乃动，正阳气所舒时节，倘不以雨滋润之，则阳气又苦于枯槁高亢，不能薰蒸透彻，把阳气渐引渐升。　《注》中“饶洽”二字极妙，此不是雨之霑溉，还是阳气醇和，得雨畅达，故沃野之肥泽如此，须以雪为主，玩本文“益”字可见。　“优”有加多意，言其布之广。“渥”，浸渍也，言其入之厚。“霑”，燥湿和调之意。“足”，斟酌饱满之意。皆就天泽入地中言。此章虽专言天泽之厚，而“优渥”二句又兼地利矣。故“生我百谷”，总承天泽地利来，即下文“黍稷彧彧”之事。　“生百谷”中，要见黍与与而稷翼翼，粢盛之奉于是乎在；菽旆旆而麦幪幪，俎豆之实于是乎在，方见荐宗庙之意。　燠则云阳而异，寒则云阴而同，故曰同云。　蝗产于地中，冬有雪，寒气逼之，深入于地，一雪入地三尺，三雪入地九尺，故三白为丰年之兆。语曰：冬无积雪，夏无余粮。

三章。“疆埸”句，承“疆理”来；“黍稷”句，承“雨雪”来。然须垂重“黍稷”句，方与下意相接。　“曾孙之稷”，见得“曾孙”自疆理来，一段尊祖孝宗之意，停蓄已久，而今幸穑事成矣。此非徒为人上者，尽所以重民之道，以有此穑；而为人孙者，尽所以孝先之道，以有此穑也，故曰“曾孙之穑”。　“尸宾”，只重献尸，而“宾”则带言之。献宾，亦所以为神也。　此时犹未畀也，末章方是畀尸宾之事。　“寿考”句，亦是永居公卿之贵，永享田禄之奉意。

四章。“中田”[2]句，便田事也，不重，只以起庐畔之有瓜耳。上“疆埸”是田畔，此是庐畔有瓜以尽地利也。献瓜非另一祭，是秋尝时适际瓜熟，故并献之，亦非荐新也。盖凡天地之所生长，苟可荐者，莫不咸在，示尽物也。讲献瓜处，须云与黍稷俱陈，方合本旨。　祜在天，皇祖何能锡之？只是使之寿考以永受之也。

五章与六章合看，是一项事。“血膋”以上是既灌迎牲事，“苾芬”以上为既奠升臭之事。“孔明”句，总承上两段。　　五章全重迎牲。“祭以清酒”，亦为迎牲而举。以酒灌地，使馨香下达以降神也。浊莫如五齐，清莫如三酒。祭祀有五齐以神事之，有三酒以人养之也。　　“从以骍牡”，则主以黍稷可知。享以祖考者既迎牲，献于祖考之前也。　　启毛、取血、取膋，平看，不可专主求阴阳之说。取膋备升臭之用，此时尚未焫也。焫在奠爇之后。　　“执其鸾刀”，《祭义》云：“祭之日，君牵牲，既入庙中，丽于碑，卿大夫袒，而毛牛尚耳。”《传》曰：“刀有鸾者，言割中节也。”《特牲》云：“割刀之用而鸾刀之贵，贵其义也，声和而后断也。”　　此一迎牲而见其曲全也。　　末章上三句是荐牲之事，下三句获福亦只承荐牲来。“烝”，是进之宗庙。“享”，是献之祖考。此既奠之事，焫萧升臭，正在此时。而“苾芬”句，须入黍稷俱馨、瓜菹并洁之意。　　“孔明”，兼承上章说，有许多节次，见终始不遗，节次不紊也。“万寿”，即“介福”。

---

① 原批注：“看亩便知理之密，观理自知疆之大。”

② 原批注：“此是因黍而及瓜菹。”

甫田章

此诗不必拘方社田祖之祭，一章各举一事，各叙一时，总是公卿重农一念，则敛散省劳、祈报庆祝皆此意也，所以来《大田》之答。　　通诗意在为民，而“自古有年”句为一篇纲领。首章上五句是有年肇于古，下五句合下三章，总是有年见于今，而以“薿薿”“善有”作眼。“薿薿”为有年之始，“报”为“薿薿”而报也，“善有”为“有年”之终，“祈”为“善有”而祈也。末章正获“终善且有”之实。　　章内两个“农夫之庆”，要着眼：上为农夫庆其既臧，故且报且祈；下为农夫祈其终善，故祝福祝寿。

首章是从公卿敛散之法说到周洽之仁、巡视之劳、劝相之勤，文义叠叠相承。　“甫田”，是一成之田。“倬”，虽言中公外私，经界分明，意只重“岁取十千”上。盖举收数之多，以见丰登气象，非以制民之产，取民之制平说也。

“我取其陈”二句须玩两“我”字，盖“陈”，我之陈；“农人”，我之农人也。故取我之陈，食我之农人，一体之谊如是也。况天道推陈而出新，则陈者新之母也①。散其母，子乃愈旺，正是节宣所在。　两“取”字不同，“岁取”，取于民；“我取”，取我之积，以补助民。　“自古”句，所以推明上文，又以起下意。　“今适”，“今”字正领“古”字来。“适南亩”，此正观黍稷之盛衰，以验有年之继否也。　“耘”，去草以除其害；“耔”，壅本以护其根。此正农人尽力以养公田。“或”者，多人之词。凡禾之患，不俱生而俱死，是以先生者为禾，后生者为秕。是故其耨也，长其兄而去其弟。　“黍稷薿薿”，见“自古有年”，今又有年，无非民力之普存也。　“攸介攸止”，往作闲旷可止息处，看来此句正根上“适南亩”句。此南亩也，我农人早出暮还之所介者也，彼介焉，我攸介焉。此南亩也，我农人祈寒暑雨之所止者也，彼止焉，我攸止焉。“烝我髦士”，有恻然慰怃之思，更有溢然劝勉之意。众人不能遍及，故进其可与言者与之言，因以谕乎众耳。　“我”字、“曾孙”字，“农人”“髦士”“农人”等字，皆诗中虚字，而重农精神全现于此，各章上下君民相关应处，极是有情，不可草草看过。

二章。正奉方社田祖之祭②，上四句是报，下四句是祈，一报一祈，俱要得为民之意。　“黍稷薿薿”，所谓“我田既臧”也，“报”者报此也，非报秋成也。“祈甘雨”，祈以大此“薿薿”之苗也，非祈来岁也。　上言“齐明”“牺羊”，礼之盛也；下言“琴瑟击鼓”，乐之盛也。报主于享神，故礼以备物，于报处言之；祈主于乐神，故乐以达和，于祈处言之。不必作互文看。　“社”者，五土之神，能生万物者，以古之有大功者配之。《祭法》：共工氏之霸九州也，其子曰勾龙，能平九州，死以配神社而祭之。“方”，谓祭五方之神于四郊也。勾芒在东，祝融后土在南，蓐收在西，玄冥在北是也。“田祖”，谓神农始教造田，谓之“田祖”。先为稼穑，谓之先啬；神其农业，谓之神农，名殊而实同也。　“我田既臧”，乃自今之“薿薿”而可必其允臧者。“农夫之庆”，谓非耘耔之力不及此也。　雨以害物则为苦，以长物则为甘。“介黍稷”，谓益大其“薿薿”之黍稷也。“谷(穀)士女”者,因报成,而知有赖于民如此。黍稷非甘雨不生,士女非黍稷不育,三“以”字,相承递说。　　归功于农,即归神之功;溥惠于下,即溥神之惠也。　　《月令》:“仲夏之月,乃命百县雩祀,百辟卿士,有益于民者,以祈谷实。”是夏亦有祭也。若必秋成报赛,则谷已实矣,何事于祈,且祈年足矣,又何因而遽祈甘雨耶?　　“以我齐明”,即《中庸》“齐明盛服”之“齐明”也。此时黍稷未成,故但齐明其志,奉此牺羊以进耳,何必改齐为粢而倒用之?

三章。以“曾孙来止”为主。须知此章,即“烝我髦士”一时事③。上言“自古有年”“薿薿黍稷”,以起奉神之意,于省耘事未及详言,故此章备述其事,见亲民感民之意,旧谓祭毕省耘,非也。　　“曾孙来止”,即上“适南亩”也。“以”者,曾孙以之也。此不重妇子之来馌,而重曾孙之偕至。“田畯”句轻。喜者,喜其耘事之齐,非如后章乃喜其获事之齐也。　　“攘”者,见得农夫不敢上献,而自强取之。“左右”,言取而尝之者无方也。此二句,见上下相亲,蔼然家人父子之意。　　“禾易长亩”,重“长亩”上,“易”即“薿薿”之意。但此履亩而行,又见其竟亩如一耳。“善”者,“实颖实栗”之美。“有”者,“万亿及秭”之饶。　　首章云“自古有年”矣,而今适南亩,禾之易治如此,知其终善,而将复“有年”也。“且有”,“有”字正应“有年”“有”字,是以曾孙喜其有而不怒,农夫感于不怒而克敏矣。　　“旨否”二字不平,意云:其“旨”耶?知其力之足以供也;“否”乎?而家人不尽之爱,为力屈者多矣。

末章。上四句,正是“终善且有”之实,下四句归其“禾易长亩”之功。“曾孙之稼”数句,见得“终善且有”,总出农夫之勤所致。而“十千”之取,稼也而属之曾孙矣,“庾”也而属之曾孙矣。　　“如茨”,谷实之密比也。“如梁”,实繁硕而垂末,而穹隆如屋梁也。“如坻如京”,极言其崇峻高大之象。曰“乃求”,见昔所备者不足以贮,而又求益也。总是极状禾稼之多。而首章“十千”之取,农人之食,俱取给是矣。　　“黍稷稻粱”四句,往作告神之词,非也。是诗人本曾孙之心,为曾孙之言。　　“黍稷稻粱”,言种种“善”“有”也。本是“曾孙之稼”“曾孙之庾”,而曰“农夫之庆”,养公田者本农夫也。　　“介福”即“万寿”,就农夫身上说。介稷黍,谷(穀)士女,常享丰年之庆,便是“万寿无疆”,便是报其“我田既臧”之功,非祝其年岁也。　　看来此章是预道之词，一则曰“农夫之庆”，再则曰“农夫之庆”，见以农夫始，以农夫终也。我何力之有？是所以劝也。　小序云：“刺幽王也，君子伤今而思古焉。”一成之田，百取十，万取千，什一以税之，三年余一，九年余三。又取陈以食之，劳相之暇，间进其髦士，以使之就学养而又教之也。天下丰乐，莫不尊亲，自古至今已非一日，而不可复见，故反复叙致，不能自已焉。

① 原批注：“传云：‘尊者食新，农夫食陈。’”

② 原批注：“一时之祭，而报祈俱焉者也。”

③ 原批注：“是将省耘时上下情景覆说一□。”

大田章

此诗人为农夫之词，非农夫所自为者，以“曾孙是若”句为主，凡顾望之词，段段与前篇相关，方是答前篇之意。　大意言：曾孙之所重者，农也，我农夫不过“既种既戒”，“俶载南亩”，使至庭硕，所可以若曾孙者止此耳，不能使虫之必去也，泽之必及时也。今以虫则去，以泽则周，此皆曾孙平日事神得天有以致之，故遂言曾孙报赛之事，以祈其景福焉。

首章。从首句平平递下，一气直趋末句。　田大利稼多，稼多则种子多，器具多，故预备之。元“备乃事”，虽承上起下，然不必拘今岁来岁之说。“覃耜”，即上所戒之具而耕之也。“百谷”，即上所择之种而播之也。“庭硕”，是始生之苗，庭焉而不拳曲，硕焉而不低小也，照前篇“黍稷薿薿”看。如其意曰“若”，“若”字内兼谷（穀）士女，充国用说，然而农夫之可为者，惟此耕种之勤耳！即田祖之御犹藉于君，而至欲感格天心，非君德不可，渐渐说到君来，以致颂美之意。

二章。看四“既”字、二“不”字，俱自苗时而要其成功，宜轻递过，以唤起苗害当除。故此章当以“田祖有神，秉畀炎火”二句为主。　“方”“皁”“坚”“好”，承上“庭”“硕”来。“既方”，自孚甲始生而将合者言。“既皁”，自孚甲始合而将实者言。前既择之精，耘之密，故得“不稂不莠”，此皆人力之所致也。至若四虫伏处于根节心叶之间，非若稂莠杂种，可以人力芟除而尽，故愿田祖之神投之炎火以除其害，望田祖从君“御田祖”来。 “田稚”，即所谓“不获稚”，盖幼而未及齐者。

三章。以“雨我公田”句作主，言苗生如此，雨不时不可也，故“有渰”云云。若作苗害既除，所少者雨，则是四虫未去之先，雨可少也，非是。 天将雨，则地气上腾，蒸为湿润，渰浸万物。 “有渰”四句，要本祈甘雨来，言我农夫胼胝之外，夫复何为？单单赖有曾孙之德，上格皇天，所以遇着要雨时节，云便萋萋然，雨便祁祁然。此固天之所以“雨我公田”也，而我私遂以併被泽焉。“私”，我私也，而“公田”亦曰我，亲其上之词也。 下四句[1]承上，天泽既周，地利无穷，但见收成之际，彼此皆留不尽也。“稚”，刈获所不及者；“穧”，已刈而收敛所不及者；“秉”，辇载所不及者；“穗”，谓刈而析乱，秉束所不及者。“彼此”字活看，见处处皆有也。四“有”字，正所谓“终善且有”者，于此处见得。 “寡妇之利”，非是有意以惠寡妇，只是美利洋溢，及士女之余也。 天泽怙君德而降，则私田之泽，亦君之泽也。地利得天泽而盛，则寡妇之利亦君之利也。

末章。首四句与《甫田》别。《甫田》是君悦民，此是民悦君也。 “来止”，非徒为省敛，实为禋祀四方而来。首四句，只宜轻递说过。归重祭而受福意，应前篇“报以介福”意。 首句是农夫相告之词。“以其妇子”，仍是曾孙以之，若作农夫，则获者何人？以者何人？“田畯至喜”，喜其获之齐也，此句亦甚轻。 祀“方”者，以收成之富，固田祖去虫之力，亦方社御灾之力，固上天兴雨之功，亦方社捍患之功也。 牲各从其方色，南方用骍，北方用黑，举南北而东西在中。 “黍稷”，又正田中所出者，还以报神也。景福之介，虽是农夫称愿，亦须承神福来。正是答前篇“报以介福”意。前篇是祈年之祭，故曰“以我齐明，与我牺羊”，盖黍稷犹未成，不用以荐也。此是报成之祭，故云“以其骍黑，与其黍稷”，盖黍稷既成，始用以荐也。诗人不苟用一字如此。

---

① 原批注：“陈者以食农人，□者以利寡妇。”

瞻彼洛矣章

此东都之至为会同，而作诗之意重讲武，故通章以“作六师”为主。看一“作”字，便有万年之精神。下二章，只重万年之“保”意。一遗福禄，一遗讲武，盖两意互见也。　　人心习于骄惰，国势渐至衰微，惟逆防其势之所穷而振励之，则阴鼓天下忠勇之心，而可潜消其不轨。一“作”字绝妙，“作六师”，以有为之气保“万年”以无事之休，此是实事，不作祝愿说。　　看一“保”字，“如茨”现前，治安之福也。下“万年”“家邦”，则久安长治之道也。　　洛邑，天下之中，挟崤渑之阻，盖四方必争之地，天下无事则已，有事则必先被兵。故天下之盛衰，候于洛邑之安危，而洛邑之安危，候于武事之振废。　“君子至止”，见镐京之止，非不可以那居，而必朝会东都，方可以布德振威。“福禄如茨”，只在四海一王、人心一统上看。“茨”，苫盖之塈，积而加厚意。“作六师”，重天子亲御戎服以率之。久安之师必玩，玩者吾励之；不教之师必弱，弱者吾奋之。皆所以鼓其气也。若训练闲习，自有大司马之法在。　　万年保室家、家邦，自是实事，非祝愿也。惟治不忘武，故能潜消天下不轨之心，而久安长治之道在是矣。所谓强者之兵计终身而发，霸者之兵计子孙而举，王者之兵计万年而动也。　　二、三章，将首章武备福禄之意，分开各发一义。二章不必补福禄，三章不必补讲武。　　“君子至止”二句，一时之治安也。“君子万年”二句，万世之治安也。一时之治，安一时之福禄也；万世之治，安万世之福禄也。俱就讲武上见。“万年”，只当一“永”字看。天子以天下为家，故曰邦家。　　“韐”，是蔽膝之衣，合韦为之，故谓之“韐”。天子玉琫而珧珌，诸侯璗琫而璆珌。琫、珌是鞞上下之饰，非刀饰也。　　“韐”主耀而“鞞”主藏，周王讲武，得张弛之道矣。　　周道尚文，其势必趋于弱，六师之作，得《豫》道矣。　　小序云：“刺幽王也。”严云：“诗人瞻洛水之深，广思昔天子至止，朝会诸侯，其锡予之福禄，有如茨之盛。若国有征伐之事，又使韎韐临戎，以作六师而行之。当是之时，朝觐会同，四海来格，爵赏征伐，自天子出，何其盛也！乃今泱泱之水犹昔也，而盛事远矣！”

裳华章

诗作答洛水，重“我觏之子”一句。惟于洛水一骤见之，而可爱可美如此，则其人可知矣。三章俱就其可见处美之，末章则由可见以及其不可见也。此诗首云“心写”而“誉处”，是诸侯之有庆处，然“维其章”，“是以有庆”也。观其左右之间无不宜，无不有，随处而无不有章焉。盖惟其中实有之，是以外亦似其所有而有章也。则其所以章者，政以章其所有，而岂徒在外貌之辉煌哉？所以一见而卜其“有誉处”也。首“有誉处”是有庆，末“惟其有之”，正其“有章”，如此看来甚妙。

首章。以华叶之交辉，兴君臣之相得。“我觏”，以会同讲武而觏也；“心写[1]”，是平日仰望才德之思。至此而共增一时之庆，共扬一时之威，所以倾倒肺腑，而无复留恨。　　既能写我心如此，则从此上下交而名闻流，而有得君之誉；从此明良契而爵禄绥，而有安处之休。皆是已然事，是以二字紧顶上“心写”说。

二章。裳华芸黄，亦有灿然文章意，故以为兴“有章”。往以《湛露》之“岂弟”、《蓼萧》之“龙光”、《采菽》之“匪舒”混讲，非也。予谓此处“章”字，须照洛水之“作六师”来。一人惧其守文而靡，故以武振之；康侯惧其狃武而黩，乃以文维之。以德济威，以文洽武，此政是喜、起交辉景象。　　此之谓“庆”[2]，亦不止是天朝之眷遇，侯服之尊荣，盖“维其有章”，以此润身，即以此华国，所谓笃周之庆，而因以自笃其庆者也。

三章。以黄白二色，兴骖服一色。　　此想见其“有章”一节，见得“之子”所以“有章”者，吾不能知，而只就四骆六辔之间，已有载其彬彬之雅度以出者。观于马之齐色，可想“不忒”之仪。观于辔之顺从，可想“匪敖”之度。吾亦安能穷其涯涘哉？

末章。“左”“右”是借用字。左一边势居逆，则转手应之，便觉机宜惬适为难，况左复有左，则益难，之子乃“左之左之”，而无不宜也。右一边势居顺，则随手付之，便觉泛应不穷为难，况右复有右，则益难，之子乃“右之右之”，而无不有也。　　庶务纷纭，人多易乱，而君子处之各当，故曰“宜[3]”。庶务多端，人必易竭，而君子出之不穷，故曰“有”。　　“维其有”，与上“有”字不同，上言有之于外，此言有之于内也。　　当看一“似”字，见得其所有者，吾无以穷其藏，而此之“章”为“宜”、“章”为“有”者，不过其似焉者耳。

此章切忌添出才德名目。

---

① 原批注：“《蓼萧》承燕饮说，此就讲武说。”

② 原批注：“曰‘是以’，曰‘维其’，见非倖致意。”

③ 原批注：“此见天生全林，以位明时意。”

桑扈章

全章重“彼交匪敖”句。此天子燕诸侯之诗，正从“兕觥”“旨酒”间想出他一段“匪敖”之神。“乐胥”二字，政“匪敖”之神也；“不戢不难”四字，正“乐胥”之神也。人臣有功于朝廷，则未免挟其功，而趾高气扬，则明暴其敖睨之气，安见可乐？不然，外为谦卑曲谨，以见我之善居功，则其心有震主不赏之嫌，是又阴载其敖惰之情者也，安见可乐？惟其平日有屏翰之大功，于戢而不曰戢，于难而不曰难，则真率坦易，上下交而其志同，极为可乐，此才是匪交之神。

首章。桑扈交飞而有文，兴君子上交而获福。　　往以“乐胥[1]”作呼过之词，非也。此合二章，全重一“乐”字，惟不以势骄，不以位敖，一唯以和易岂弟，形于上下之间，是天之所福者，谦也。故天祜受之，亦不重天祜，只重一“受”字，唯可乐则承受有基，凝受有本，故曰“受”。　　人臣之福，本出于王，而曰天祜者，命德唯天，王者不得而私，若代为君子祝者。

二章。承受祜说来，言受祜处，于何见之。彼其一段“乐胥”之气，即如仁者乐天以保天下之心，万邦皆恃之以为屏焉，则天怙散满于万邦，而皆君子有以受之也。旧分得天统人说，非是。

三章。“之屏”承上言，既为之屏，则卫乎外者。更有以持乎内，故“之翰”

即在“之屏”内，看出非两事也。　“为宪”泛就修己治人说，非(法)其屏翰也，重我足为宪上。　此二句，是绩茂于一人，而法垂于群辟，总是功之大处，而君子居功不骄，全在三“不”字上见之。盖其收敛处是戢，而其自然收敛者，原不待戢；其谨慎处是难，而其自然谨慎处，原不待难。是谦德以居功也，将见人道好谦，天道福谦，受福自多矣。然自受者视之，真觉量无穷而福有限，“那”而不见其为那也。

末章。古之王者，与群臣燕饮，无失礼者，其罚爵徒觩然陈设而已。旨酒非柔，宾主笑语以柔欸胜，故曰“柔”。　“匪敖”即在燕饮时见之，根上“不戢不难”来，盖以戢难之心，上交于天子，不过是匪敖之形迹。以“不戢不难”之神，上交于天子，此真其匪敖之精惋也。　“万福”之来，皆此匪敖之心自求之也，故云“来求”。至福来求，我斯享之无穷矣。傲是凶德，凶去则吉自来。

《小序》云：“刺幽王也，君臣上下动无礼文焉。”诸说俱以为思古之词。

---

① 原批注：“乐胥从燕饮看出。”

鸳鸯章

通诗散看，各重“万年”上。盖福禄至天子极矣，所不可必者惟久长耳，故以“万年”祝之。历年之长，卜世之远，俱在其中，总是愿其久享乎天休也。

首章之兴，鸳鸯必于飞，毕、罗始有可施；君子必万年，福禄始有所附。

二章之兴，鸳鸯雌雄未尝相离，君子以万年享遐福，亦有相维不舍之意在。　“福禄宜之”，福禄宜君子也。“俾尔罄宜”，若与君心之保泰者合。“宜其遐福”，君子宜遐福也。受命咸宜，若与天心之申命者符。此天人相与之理也。　“宜”者，相宜适当之谓，譬如彼物与此物相宜，适当则两物乃成相聚，不则判然散矣。　久远之福，只恐享国不永，有此福无此寿，便不相称，惟万年而遐福始相宜也。

三、四章。“乘马”为人所养所安，兴君子亦为天所养所安也。　“福禄艾之”，谓成赋而养在中邦，膺贡而养在四夷也。　“福禄绥之”，谓乾坤清泰而上下安，民物咸若而四方安也。　“艾”者，所以滋福禄之气于万年而不息也。“绥”者，所以奠福禄之神而不动也。　“福禄”二字，只可说太平治安，不可说崇高富贵。“万年”二字只作“久”字，亦不可作“寿”字。　合“艾”“绥”二字，只当作一“宜”字。　《小序》云：“刺幽王也。思古明王交于万物有道，自奉有节也。”严云：“先王之时，入泽设罻皆有时，杀胎覆巢皆有禁，合围掩群皆所不为，故其民渐被仁政，皆有仁心。鸳鸯待其长大能飞，乃执毕以掩之，有得有不得焉，皆不尽物之意也。德及禽兽如此，宜其寿考而福禄也。”又云：“古者明王所乘之马系于厩，无事则委之以莝，有事乃予之粟，爱国用也。奉养之节如此，宜其久于福禄也。”

頍弁章

此诗以喜见意为主，追言未见之忧，预言无几见之恐。正以发其见而喜、喜而燕之意。盖天子之亲，散处藩封，不难于富之贵之，而难于见之，故亲之之意，以见为重。　始为情至之语以款之，终为危迫之语以动之。

首二章。各六句。赋其事以兴燕，下喻其相依而欲其相亲也。　本言与燕者，其弁頍然，赋体也。而“实维”句，又以唤起“岂伊”二句，则兴矣。曰“岂伊异人”，言非疏远无瓜葛者，一语大有感慨。　茑萝附松柏以生，犹兄弟亲戚附天子以为亲，非情相固结，其势亦有与国同休戚者。故未见而忧，既见而喜也，重“既见”上。“既见”，就在燕言。“未见”“既见”，当以未燕既燕说。“庶几”，喜幸之词。　“实维伊何”，是问何人斯，故下应“兄弟匪他”，“实维何期[①]”，是问何期约，故下应“兄弟具来”。奕奕飘散，无栖泊意。“臧”，对“炳炳”看，形相隔而情相远，有无限猜忌嫌疑，何等不臧？此忧之所以盛满。今欢然聚天伦之乐，天下事无有善于此者，故曰“有臧”。　首言“兄弟匪他”，见得虽有甥舅在内，其实骨肉之谊，犹之兄弟而非他人也。次言“兄弟具来”，见得兄弟来而即有骨肉之谊，犹之兄弟者亦具来也，便已包甥舅而言。故末遂总点出。

末章。“如彼”二句，正意在上见出。“如”字，即“若”字意，与“先”字相呼。　霰集，则知有雪，阴阳之相符也。老至，则知有死，常变之相因也。只是泛以天道喻人生，是光阴几何，驹隙易逝之意，非说忧兄弟之将死，亦非说忧自己之无日也。“维燕”，紧承此说，言幸得与兄弟甥舅乐饮于此夕，是人生所难遇。凡我君子，亦惟为我尽今夕之欢而已，则凡生前之可忧，身后之可虑者，一切置之度外矣。《易》曰：“日昃之离，不鼓缶而歌。”则大耋之嗟与此同意。

相会之始为此危语以相感动，极欢趣耳，与《山枢》不同。　《小序》云：“刺幽王也。暴戾无亲，不能燕乐同姓，亲睦九族，孤特将亡，故作是诗。”严云：“幽王之时，危亡已迫，而不自知。族人与国同休戚，心窃忧之而无由进其忠告，故思王不燕乐同姓，藉以为词而告以败亡之戒，非欲王燕乐之也。但诗优柔之词，先从宴乐上说来，以渐及危亡警惧之意，故读者不觉，真谓刺不能燕乐同姓也。”　又云：“上二章以‘未见’为忧，‘既见’为喜，词犹缓也。末章言国亡无日，族人纵得见王，其能几乎？当急与族人饮酒于今夕，亦唯宜宴而已。言‘今日(夕)’，谓未保明日之存亡；言‘维宴’，谓天下事已无可为，惟须饮耳！其词甚迫，所以警告王者，甚剀至矣，岂真望王燕乐之哉？王燕同姓，服皮弁，故首以为言。”　玩末章词旨哀伤，必非盛世之诗，而朱子不从小序，则几于《伐木》《行苇》矣！

---

① 原批注：“时，善也。物序其时，则善矣。”

车舝章

通诗重一“德”字，德是坤德，足以承乾，顺德足以佐健。首章德音，闻其有是德也。次章令德，见其有是德也。下三章自愧其无德而喜觏此令德之配，其德真可景仰，而不负其初迎之心也，始终只是个好德之情。

首章[1]。本其亲迎之始，重“德音来括”句。　　未见而德已闻，故曰“德音”。“娈”字内，即涵有美德意，非言色之美也。　　思如饥渴，已伏末二章写心之案。　　“虽无好友”句，承“来括”来，借以形容一段宴乐的意思，犹云只我夫妇二人，亦当饮宴以相乐也。模拟乐事之词。

二章。以鷮之集兴女之来。　　上章未见想闻，故曰德音，此则实见其德之令矣。上章只是望其来会，此则实领其教矣。然“教”非启迪之谓，凡内教以襄吾外教，阴教以翼吾阳教，如《鸡鸣》“解佩”之类，自初至言之，故曰“来教”。　　婚姻以时，故曰“辰”。硕女以德，故大。　　“式燕”二句承“令德”来，惟喜其令德之教，是以燕之。举同牢之礼且誉之，致称道之言。　　“好尔无射”者，有燕不能将，誉不能尽之意。　　“好尔无射”，以德故也。若好色，则有时而射矣。

三章。本上“好尔无射”来。燕饮之时，而歉然不足之中致蔼然相亲之意。三“虽无”字，不重谦意，只重无穷之情上。盖喜新婚之极，而无以为情，只觉物之轻、德之薄耳。　　“式饮”是合卺而饮，“式食”是同牢而食，而垂重末句，自惭无德而获令德之教，不觉乐意之形，故曰“式歌且舞”，非真歌舞也。“与”字正与“来括”“来教”相应。　　情最深者，略其物之轻，恩有余者，忘其德之薄。三“庶几”字，乃望之之意，与三“虽无”相照。

四章合末章。以“写”“慰”字面平看，应首章始时饥渴而言，其终归写慰也，不必以末章为总叙，始终各重末一句。析柞薪，仰高山，行景行，俱有惬欲意，故以为写慰之兴。“鲜”字，言尔之德，世所鲜见者。“覯”字，正指上“来括”“来教”言。“写”字，总上燕喜(燕誉)、饮食歌舞，而饥渴之思，倾写无留也。有高山而不仰，有景行而不行，情必有所不能已。有贤女而不得覯，心必有所不能慰，盖自叙其意中之事耳。　　“高山”句，寓有令德可瞻仰意。“景行”句，寓有令德可率循意。“四牡騑騑，六辔如琴”，以御此“间关之舝”，正以迎季女，而慰我循景行、仰高山之心也。

小序云：“大夫刺幽王也。褒姒嫉妒无道，谗巧败国，德泽不加于民，周人思得贤女以配君子，故作是诗。”　　崔云：“幽王昏乱，法家拂士斥矣，所信惟妇言，故诗人冀其改德于贤女耳。”　　严云：“时褒姒方宠，而大夫更欲求淑女以配王，则疾褒姒甚矣。凡乐彼者皆所以恶此也。”　　诗人乐淑女而不羡旨酒嘉肴，则今日不安其饮食之节可知。言无与而犹歌舞，则今日非无端之痛疾可知。

① 原批注："'匪饥匪渴'，(深)于饥渴矣。"

青蝇章

通诗总是戒王无信谗言之意。要其终，极于乱国，见信之祸大而使王知警。原其始起于交构，见信之端微，而使王知察。

首章重"营营"二字。蝇能污白为黑，如谗人之诬蔑善类；驱去复还，如小人之易进难退。集于樊，行且入乎几席盘盂之上矣。喻谗人为乱，渐致迫近，不可不慎其微也。　　注"往来飞声"，四字最妙，不惟酷肖蝇声，且贴下"交""构"意。　　"止于樊"者，以蝇飞则有声，止则无声。"樊"字训藩，有限制之意。盖讹言有惩，静言有刑，则谗自止也。　　"岂弟"二字有意，盖慈祥乐易之心，止可茹纳善类，而不可优容奸邪，若以岂弟之心优容谗口，则不断之意，适足开群枉之门矣。故曰君子如怒，乱庶遄沮。　　一云，持猜忌之心，则谗易入，故以"岂弟"称之。

二、三章。青蝇而止其所，则势难驱；谗人而恣其欲，则乱难弭。故以为兴"棘""榛"，皆所以为藩也。　　"罔极"，以谗人之心言，即"孔艰""反侧"之意，正与"止"字相反。"乱四国"，乱天下之公是、公非也。然其所以阶之乱者，不在于四国，而在二人之构。盖欲煽国家之祸，必先携尔我之交，第使彼此交构，而可以乘其势而乱之。被谗者一人，听谗者亦一人，故曰二人。

宾之初筵章

全旨只"无俾太怠"一句，足以该之。射饮祭饮之善，全是无怠。"不知其秩""不知其邮"者，怠故也。凡醉者，苦于不自知，而知昏于怠，无怠则知常醒，知醒而醉亦可以自持矣。两“不知”亦须体认，监史设罚，无非以儆其怠之意。　　武公饮酒悔过而作此诗，何以首及射祭之饮？往谓以之发自儆之端，非也。盖射祭之法即饮法也，故射祭而饮酒之时，以言其威仪则“卒度”，即欲“幡幡”“怭怭”“僛僛”“傞傞”而不能也；以言其笑语则“卒获”，即欲“载号”“载呶”“匪言”“匪由”而不能也。以言其坐，则子孙宾客以分之，而何有于“舍迁”？以言其饮，则一饮百拜以成之，而何有“既醉”？以言其出，则采齐肆夏以送之，而何有于“不出”？盖合此则为“秩”，违此则为“邮”，故曰射祭之法，即饮法也。如舍射祭而无故举饮，外纵“温温”而心已先息，即不得已，监以纠其失，史以书其过，童羖以致其罚，彼且詈为拘，嗤为迂矣，饮何以善乎？

首章。总是因射而饮之善。一射之中有三次饮酒，故未射而“孔偕”则饮，将射而“举酬”则饮，方射而“祈爵”则饮，意只叠叠说来。　　未射而先行燕礼，所以安宾也。宾如司马、司射，三耦、众耦皆是。　　“秩秩”，谓宾列于筵之左右，坐次有序也。凡肴实于豆，核加于笾。“有楚”者，别其器也。“维旅”者，陈其物也。此二句虽是礼仪之盛，然不甚重，须递说酒之和旨，重到“孔偕”上去为得。　　“孔偕”，兼内不丧德，外不丧仪，起下“太息”来，方有照应。　　既安宾而将射，则乐正乃命工迁宿悬之钟鼓于堂下，以避射位。主人遂举所奠之酬爵，交错以遍也。　　《仪礼》：“主宾一献一酢。”主人又酌以酬宾，宾受之奠于席前而不举。至旅时，主人乃举以饮宾，谓之“举旅”。宾举于阼阶之东，主举于阼阶之西，往来交错，礼度安闲，所谓“举酬逸逸”也。此二句，亦不可平对言。将射之际，举奠于席前之酬爵，尽数饮毕，以为祈爵之地，由是行射，则抗大侯而系左下之纲，张弓矢而有引满之势，比次其才之相近者为耦[①]，而三耦、众耦之既同，更代发矢以奏其命中之功。　　“祈尔爵”，形容他发矢时之心，盖不惟胜者以此自期，而追原不胜者之初心，亦未尝不期于此，此可见其醒然自持不流沉湎处。　　祈爵，只是彼此心上默默期中之想，玩此只是以饮酒为辱也。虽说祈尔，实重在自免饮之意。此其用意善，故为饮之善也。末补使凡饮酒者，皆如射饮，宁有酒祸乎？此章“初筵”，对本章下面“饮酒”说，第三章“初筵”，又是对本章“既醉止”说。

二章。奉祭不重，重下面祭饮上。　　锡“纯嘏”以上，主人献尸也。“奏尔能”以上，子孙献尸也。“奏尔时”以上，宾客献尸也。各段内俱有尸酢之爵，即是祭饮也。　　举“籥舞”以该武舞，在庭；举笙磬以统八音，在下。“烝衎”，木和奏说。“以洽百礼”，要主乐说，谓礼以次举者无不备，而乐以合乎礼者亦无不备也。　　“百礼”，兼礼文礼物看。“壬”，见合言百礼之规模广大，而统之极其全。“林”是分言百礼之品节详明，而析之极其密，总以足上“至”字意。　　看来“籥舞”四句，总言乐之盛；“百礼”二句，总言礼之盛。以其乐之和，合其礼之备，此神之所以来格，而纯嘏是锡也。然“锡尔纯嘏”，与别处不同，便是饮福，且此章意，原不重祭，特将来引起祭而饮耳。　　与祭有子孙，皆湛然而无勉强之意，而乐于洗觯献尸，以各展将事之能，及尸酢以爵，乃受而饮之，此见子孙有事于祭，无一人不饮，而亦无一人沉酒（湎）于酒者。　　“室人”，即宾客中佐主人为尸设馔者，名曰佐食，非执爨之类。宾手挹酒以献尸，三献礼成，而室人又为之加爵，此原献尸之礼，非就宾所酌再加满些之谓。　　于是酌尸以康体之爵[②]，而尸饮乎三，宾饮乎一，以各奏其时祭之礼。此见与祭者无一人不饮而亦无一人沉酒（湎）于酒者。使凡饮酒者皆如祭饮，亦宁有酒祸乎？　　“奏尔能”“奏（尔）时”，俱是献尸而有饮尸酢之爵意在中，然止言“奏尔能”“奏尔时”而不言饮，则饮之少可知，盖酒原重奉神，不重在自饮也。

三章。注言凡饮酒者，谓非射非祭而饮也。上说古人，此说今人，故再以“宾之初筵”提起。“初筵”，盖对下之“既醉”，则此之温恭为初也。　　“反反”而顾礼者，周旋欲中规，折旋欲中矩也。“幡幡”，则虽欲顾礼，不可得矣。“抑抑”而缜密者，拟而后言、议而后动也。“怭怭”，则虽欲缜密，不可得矣[③]。“不知其秩”，不知“反反”“抑抑”之常也。看来此“秩”字，即首章“左右秩秩”之“秩”字，谓醉昏而不知此秩秩之序也。　　“舍其坐”二句，即叠“幡幡”。“抑抑”者，退让以明礼；“怭怭”者，纵欲以逾闲。　　《礼记》六：“君子可以宴，可以酹，不可以沉，不可以湎。”

四章。“号”，长呼。“呶”，喧哗也。是非言而言，非由而语。此句已伏末章之意，不可与下“舞”“弁”对看。　　“乱笾豆”，“舞僛僛”，无一善状也，总起下“邮”字。　　“侧弁”二句，承“不知”来，又甚言之，重“傞傞”上。惟不知，故不止也。　　“僛僛”，傍若无人之状。“傞傞”，不知人事之状。　　“既醉而出"，不独有节，饮中之趣亦止。　　"并受其福"，重在宾身上。　　"伐德"，就丧仪言。"孔嘉"句实见其不可不令仪耳！且叹而且戒之也。　　曰"维其令仪"，见无令仪，必伐德矣。总是重言饮者之善，正以深著醉者之失。　　酒非有过，饮者常至于过。饮者之初，亦未有过，其终既醉，则不能无过，亦慎终如始而已。

末章。本"号""呶"说来，重言语上。　　"凡此饮酒"句，正不闲。古来有无，故而举饮者，无故而举饮是彝酒，而非法酒也，所以荒湛致醉。　　"或醉或否"，重醉一边说，惟不皆否而有醉也。所以立监以察其愆，又佐史以书其过。一察一书，相为副贰，故曰"佐"，非谓佐、监所不及也。　　"彼醉不臧"，指上"幡幡""怭怭"等情。"不醉反耻"者，因监史之纪察也。　　"式勿"以下，本上文"反耻"来，都是不醉者意中事，非实话，全要形容不醉者之情，正见醉之可耻也。　　惟其既醉，则无从而告之，然醉者之可耻，病根只在一"怠"字，若稍自谨饬，必不至此。故"无俾太怠"一句，乃通诗之大关节也。　　饮酒间动容之失，固非一端，而妄言之得罪于人尤甚。故上说"威仪"，此又揭"言""语"而深告戒之。自言曰"言"，答述曰"语"，由醉从酒中出者也，正应上"号""呶"之意。　　人至于醉，则监不足畏，史不能纠，凡诸礼义之言，皆不能入矣。故设言此无之物以恐之，亦不得已，以处醉者也。

"不识"与上两个"不知"相应。尔饮酒至三爵，已"不知其秩"，"不知其邮"，昏然无识。"矧敢多又"，则心愈怠，言愈肆，监不胜察，史不胜书，其为"伐德"当何如？甚矣其可惧也！　　《礼》云："君子之饮酒也，受一爵而已(色)洒如也；二爵，而言言斯礼也；三爵，而油油已退也。"　　《宾筵》与《抑》诗相表里，"屡舞僛僛"，颠覆之惧也；"或醉或否"，臧否之虑也。"匪言勿言，匪由勿语"，扪舌之箴也；"彼醉不臧，不醉反耻"，惨惨梦梦之忧也；是谓"伐德"，回遹其德之警也。"矧敢多又"，"矧敢"，射思之志也。而所指"大怠"之"怠"，即"无射"之"射"。然则此诗独为饮酒戒哉！"不愧"之心，"有斐"之颂，所自来矣。　　又曰"颠覆厥德，荒湛于酒"，宾筵一章，大都从荒湛颠覆之虑上生来，故言之痛切如此。　　序曰："《宾之初筵》，卫武公刺时也。幽王荒废，媟近小人，饮酒无度，天下化之，君臣上下沉湎淫佚，武公既入而作是诗也。"毛、郑俱以上二章陈古以驳今，次二章刺当时之荒废，卒章乃言天下化之。

① 原批注:"射夫两人为一耦。天子六耦,诸侯四耦,大夫三耦,多者为众耦。"

② 原批注:"酌彼康爵,兼宾与室人。"

③ 原批注:"写出饮中恶道,为下文'怠'字张本。"

鱼藻章

此以"有那其居"为主,惟"那居",故饮非淫荒,乐非逸豫,正乐以天下也。　　三章所重在"在镐"二字,盖镐京是天造地设,以定四方之极者也。故王在斯,而握天下之维者在斯,享天下之乐者亦在斯。"岂乐"不于饮酒见,于"在镐"见也。　　每章以"在在"二字叠下,为兴。然世主亦有恣情燕饮,而置天下于罔闻者,将无类于颓废。故末指出"乐饮酒"乎哉!盖"有那其居"矣,不徒曰"那居",而曰"那其居","那"不在居也。不徒曰"那其居",而曰"有那其居",固自"有"所以"那其居",而非"那"之云也。忧勤宵旰,盖有在于"那"之先者矣。　　以天下之安危,为君身之休戚,此诸侯善颂处。　　萍藻,鱼之所庇,乘流噞波,数见其首,数见其尾,言得所也。　　首合二章曰"颁首",曰"莘尾","首""尾"二字有味,兴王之在镐,无为之福与有道之长,迎之无首者,随之无尾也。　　序云:"刺幽王也。"严云:"水深则鱼乐,今浅水生藻,而鱼在焉,既露其首,又露其尾。至依于近岸之蒲,抑又浅矣。犹言鱼在于沼,亦匪克乐,喻民之穷促窘迫也。今幽王方在镐,'岂乐饮酒','有那其居',若不知危亡之将至者,然民失其所矣,而王乐独能久乎?"

采菽章

通诗以"彼交匪纾"句为主,平日所以"殿天子之邦"者惟此,今日"优哉游哉"以戾此者惟此,故被"锡予"而膺福禄皆本于此。

首章以盛物有常器,兴待臣有常礼。　　"君子",兼同姓异姓。"何锡"

句，是拟议之词，此处宜入厚意，以为下薄意张本。“虽无予之”[①]，口气最难体，言吾于“君子来朝”，锡赉之心诚无穷也，而车马服物有定数，今虽无以予之，维此“路车乘马”而已。又将何以予之？维此“玄衮及黼”而已。要见驭幸之典，自应如此，非所谓殊恩异数也。　锡车马以分族氏也，赐衣服以别官阶也。金路以赐同姓，而乘马之樊缨九就；象路以赐异姓，而乘马之樊缨七就；衮龙以绘于衣，自公而下，随其等以降杀，黼黻刺于裳，自子男而上，随其等而加隆。

二章。追其始至时而喜之。以“言”字、“其”字相呼为兴。观其旂，闻其声，又见其马，总一套事。　“嘒嘒”，声之细，无敢驰驱故也。“载骖”，分言四马之中，两为骖也。“载驷”，合言一车之马，驷为乘也。其中须见侯度整饬意。　末句总承。言虽未见其人，而已知君子之所届矣。要见喜幸之意，然称诸侯之仪卫，已想见其“匪纾”，不徒以文物之盛也。

三章。“赤芾”，所以蔽膝。“邪幅”，所以束胫。但诸侯来朝，仪无不饬。独言二者，盖蔽膝以谨拜跪，束胫以利趋跄，举此以见其余耳。此中皆已含得“匪舒”意，在“彼交匪舒”一句。“交”字绝妙，见得上之所交下，以和易容与为道，而下之所以交上，则以恭敬齐速为道。其实“匪舒”内，含有一段兢业小心，欲以佐天子、保邦之谟而斡旋，“那居”之倚伏此内，便含得下“殿邦”之神，故天子深鉴之，而有以予之也。　天子褒嘉，锡予其臣，必有言以将之，故曰“命”。“命”字即承“予”字说，盖“予”之所在，即“命”之所在也。　“福禄”句，放开一步泛说，若专指“锡予”，则首章方以为薄，又自为厚矣，亦非申重之义。　上文只说“君子”，而此从既见后，说个“乐只君子”，政以其匪舒之诚为可乐也。下文“优游”二字，政是“匪舒”之神，以后屡点“乐只”，皆含“匪舒”在内。

四合五章，俱本“匪纾”之敬来，故“乐只君子”内，俱脱不得敬意。“殿天子之邦”，来朝之敬，有以殿之也。“天子葵之”，来朝之敬，君心葵之也。“平平”“率从”，则其敬心不止于一人处；优游戾止，则其敬心不止于一时处。但中有“万福攸同”“福禄膍之”，则言其敬心所感而获也。注中“宜必”二字不必泥。　“万福”就宠承君恩开看，不必泥车服言。　“膍”有积厚之意，亦就君恩开说。军后曰殿，一人殿则全军皆安。“殿邦”，乃谓以一人而安王家也。葵心向日而倾，与日光相映，“天子葵之”，心相照映也。　在己有优游不强之意，以率左右，则平而又平，非倾倚颠蹶之状也。两“亦是[2]”字言君子固是“匪纾”，即“平平左右”，亦以是心而相率从也。　“交”时固是“匪纾”，自在道时亦以是心而戾也。“平平”二句与“优哉”二句，在第三章“君子所届”内看出这个意思。上章舍其身而言左右，正以决福之宜同，此章舍在朝而言戾止，正以决之必媲，皆点缀之词。　小序云：“刺幽王也。侮慢诸侯，来朝不能锡命以礼数，征会之而无信义，君子见微而思古焉。”

---

① 原批注：“虽无予之，无限情礼，在此四字。”

② 原批注：“‘亦是’二字，想见优游之神。”

角弓章

通诗之旨，在“无胥远矣”一句。二章至第四章详王以远教而民效之之事。末三章正言“无远”之道，而深慨王之不能也。观“尔之教矣，民胥效矣”，下“无教猱升木”，则“教”字最可玩。篇中说“民”不过借来比方，而实意重在王族。

首章。“角弓”，张之乃来，一弛便去。“兄弟婚姻”，亲之乃近，一疏便远。

曰“无相远”，有望其念情之深、义之重、黾勉同心之意。即法行于恩之所不及，恩裁于法之所必穷，而不远之情自在“远”字内，便含信谗意，系责在王身上。

二章。承上言，若一远，当不自尔止也。“胥然”者，亦以兄弟可无亲？九族可无睦？就意向上说。“教”即以远为教也，此是身教，与下“教猱”之“教”应。“效”者，其处兄弟昏姻亦如尔也，就作为说。

三章。天下善人少，不善人多，恶人相病，须上化之。抑扬归重上化，方是旨。　兄弟间，惟宽容包涵最好，故以“绰绰”为令。若彼此递相责望，意思便已紧急迫狭了，安得不至相病？　“绰绰”，状相与之和。“交瘉”，状相煎之急。　　人有不及，可以情恕；非意相干，可以理遣，况兄弟之间乎？

四章。正是“交相为瘉”之实。“无良”，即指不令之兄弟，各挠一方。犹云无自道不是的。大凡物情，让有余地。不让，遂无余地，兹受爵之际，我不让人，又欲使人让我，狠戾成性，苟可下石，即兄弟昏姻不遗力焉，则相戕相贼，不至于亡不已者，怨毒之流祸然也。未至于亡，古来之福，靡有两。既至于亡，古来之祸，亦靡有两。“已斯亡”者，谓至于亡而彼已也，是倒语法，往以“已”字作“终”字看，非是。

五章。此正“受爵不让，至于已斯亡”也，以不量力、不知足，正意总提在前，而以三喻一气说下。肩重而不顾，必至于败辕；既饱而求食，必至于溃腹；既醉而求饮，必至于濡首。见未有不亡者也。“宜”字、“孔”字以嘻笑讽喻，行其警戒。　　“如食”二句，不但刺小人之过（取），正暗暗刺王之过予也，意云彼固饕餮，更无奈推食者何矣；彼固沉湎，更无奈导饮者何矣。

六章。言其所以交瘉而终败者，其故皆由效上之教耳。此正示以“无胥远”之意也。　　“毋教”二句，是两下比，平看，以一“毋”字贯。猱善升木，只好驯，不好教。涂善着物，只好离，不好附。如猱如涂，即不令之兄弟，无良之民也。“徽猷”，令也，良也，与“胥远”相反。“君子有”三字宜玩，言此“徽猷”，不令者所不能有，而君子有之，以自为令者也。若示以如此者，始足效也。又无良者所不能有，而君子有之，以自为良者也。若示以如此者，始足法也。故曰“小人与属”。“属”，取联附之义。远者亲，瘉者和，而怨者平也。

末二章。言王不能去谗而反长之，其教如此，故“我是用忧”也。“晛”，以喻王明之察谗也。“式居屡骄”，言益长无良之气也。“式居”，言居此位即莫肯下遗之意。“骄”者，远兄弟昏姻之本也。玩“绰绰有裕”，宽裕温柔，正“骄”之反。　　灿然有文以相接，驩然有恩以相爱，中国之道也。谗言残害骨肉，灭绝人伦，中国道尽矣。故曰“如蛮如髦”，忧世变也。　　“晛”，日也。日，君象也，即“徽猷”之所照也。　　“瀌瀌”是盛，“浮浮”是无实。雪、晛之喻，最有味。雪之零也，万物萎焉，即女萝松柏不能依附而绸缪。雪之消也，天地泰焉，即《伐木》《行苇》得以丰枝而强干。

菀柳章

此诗只自言己所以不朝之故。始则虑其极欲以求我，次则虑其过分以求我，终则虑其求之不遂而加祸于我。总是“彼人之心，于何其臻”也。　　人臣之朝王，人臣之自靖也，而曰“无自暱焉”“无自瘵焉”。所以“无自暱”者，不忍其“予极”也；所以“无自瘵”者，不忍其“予迈”也。盖畏其后也。终之曰“居以凶矜”，则予之靖，不免今之凶，要看“居”字。于周无分毫之德，而于己有不测之祸，是“自暱”“自瘵”之为也。　　目其王曰“上帝”，又曰“彼人”，若甚尊之，又若外之，盖畏之甚也。　　《蓼萧》之“既见”，自求多福。《菀柳》之“自靖”，反为僇辱。天下不宗周，岂尽诸侯过哉？　　“甚蹈”中，已含“极”字意，盖言其喜怒不常，祸福不测也。　　《诗归》云：“‘居以凶矜’，目前即不堪，不待后日也。”　　郁阴之木可憩，暴虐之主难亲，反其意以为兴也。末章以鸟之飞，尚有所止，兴王之心乃无所极。　　彼所谓“予极”者何物？“予迈”者何为？“凶矜”者何居？奈何离居以避王祸？为此诗者，或为问鼎之奸雄，或为请隧之枭獍。吾政恨帝不蹈也，蹈而此臣安所逃诛也？

都人士章

通诗以“彼都[①]”二字为主。所思在彼，所伤在此也。彼都之盛，不可想，只可想他人物，而深寄其低徊。咏都人士，咏君子女，非徒咏都人士、咏君子女也，政于“彼都”内有许多不忍明言者，而姑咏士女唱叹之耳。乃思士女而只在容服上言者，盖世道人心固有流露于此中者焉！其间根自治化培育，即士女默化于其中而不自知，故末以带之余、发之旟自然气象言之，有无穷慨慕意。

首章。“彼都人士”，原非极盛时人物，只是未经乱离。　　“狐裘”句，是都人之服饰。“不改”句，是都人之仪表。“有章”句，是都人之声华。所以可思者，全在“不改”“有章”四字上，盖世道人心于是乎流露焉！说个“其容不改”，非必有意修容。说个“出言有章”,非必有意立言。　“万民所望”,今日追想之词,当日不知也。言望在彼,则厌在此可知。然“行归于周”句,不可看作闲语,言此人士皆涵濡于周京文明之化者,而于是“行归于周”,具见其委蛇于王化之中的景象。　“望”,是快睹之意。

二章曰“台笠缁撮”“绸直如发”,有村庄下里意。三章曰“充耳琇实”“谓之尹吉”,有贵家大族意。总是言盛世之人,贵贱俱佳,浓淡皆好也。四章又就其容饰中抽出美之意,重在“垂”与“卷”上,不重在“带”与“发”也。见一带之垂,亦非夫人之带也;一发之卷,亦非夫人之发也。观末章复申言之可见。然末章不曰人之有余,而曰“带则有余”;不曰人之可美,而曰“发则有旟”。当时之宽舒可想见矣,今日之迫促亦可想见矣!　二章以上,单言“人士”;二章以下,兼言“士女”。　“台笠”句,见他冲朴处。“绸直”句,见他闲雅处。“台笠”者,以夫须为笠,戴之于首。“缁撮”者,以缁布为冠,撮之于髻。笠用台,撮用缁,亦见古礼不改处。　“绸直如发”,见得美处不可言尽,只如一发,何等绸直可爱。“绸直”者,以言多而不局曲也。　“充耳”句,言士有礼服。“尹吉”句,言女有礼法。“尹”,吉甫之先。“吉”,蹶父之先。爱其人,故借贵姓以目之也。曰“谓之尹吉”,则民家闺秀,皆娴礼法,皆可称大家。“带”是身饰,“发”是首饰。“而厉”者,昭大观之度也。“如虿”者,示闲静之饰也。　“言从之迈”,欲共游于礼法之中也。“言”字妙,见得只好是这样说耳,到底不能“从之迈”也。　“匪伊”四句蒙上文,又推出自然闲美一步。上言“而厉”,带之垂已有余矣;“如虿”,发之卷已有旟矣。此只以“匪伊”字、“则”字形容出闲雅之妙。“伊”者有心之谓,“则”者无心自然之谓。盖服饰同欲其盛美,又不如无意文饰为盛世之象也。譬如三家之子,一游于通邑之观,而神气尽其一自然、一不自然也。　看此诗,只可说昔之盛美,不要入今之凋谢。　各章前四句,皆诗人所亲见者,今不可见矣!一人之身,而前后如隔世,岂惟都会之盛衰?抑亦世运之盛衰也。　四个“不见”,有无限感慨,更有无限属望,正与首章末二句相应。　“望”,乃快睹意。“盱”,言悬望意,意自不同。“菀结”,谓心如草木,宛转结束于心也。

① 原批注:“各章以‘彼都人士’叫起,感慨无穷。”

采绿章

以“思”字为主，都非实事。后二章，预道归时光景，纶绳固是虚想，而观鱼又于虚想外复生一想，正是思之极处。

首二章。以终朝之采，而卒不盈，原无心于采也。因夫不在，而“谁适为容”？原无心于沐也。且方采绿，而忽思发之曲局，而归沐之情景可想。“五日”“六日”，只借以形容失期之意。

末二章。言君子未归，而实劳我心如此。使其得归，狩则为之韔弓，钓则为之纶绳。钓而有获也，则亦将与君子共睹之，相亲相暱，不至如今之怨旷也。然而君子之归何如耶？只此便是思望之切，若谓无往而不与之俱便俗。　此总未见时意拟之词。本文三个“言”字亦有意。执弓者何人？而能不为之韔？秉纶者何人？而能不为之绳？鱼无可观，而寄观君子之心。观鱼无可乐，而供乐君子之情。惜乎此情尚虚而有待也。此吾之致慨于“采绿”“采蓝”之会也。　《小序》云：“幽王之时，多怨旷者也。”

黍苗章

通诗重“召伯劳之”一句。此诗出行者之口，重感德归功上。只叠叠说下，要得预道语意。　自古兴大事，动大众行者，鲜不告劳，无不切怀归之想者。此诗言“我行既集，盖（盍）云归哉”，若有欣然竣役之意。若当时申伯无功于国，而宣王封之，劳民动众，能无怨乎？吾知宣王之能任贤也，将统率之也。

首章。物生盛，有天泽以济之。远行劳，有仁人以慰之。　“南行”，自营建论，非止在道言也。“悠悠”，是地之远、时之久，此中就有劳苦意。“召伯劳之”，谓体恤抚字之，正劳者劳之也。

二、三章。此从役者庆幸之词，盖惟召伯之劳来抚循，故今日之役，无有他虞。凡我同侪惟待土功既成，言旋言归而已。　二章，负戴推挽之劳；三章，奔走驰驱之劳。皆南行事。　　末二句，非不集则不敢言归之谓，总根上"召伯劳之"说来，盖有所恃赖，而为是预拟之词也。　　八"我"字，乃直任于己，以示奋往争先之意，非徒为劳于其事也。八"我"字内便有烈烈景意。"任""辇""车""牛""徒""御""师""旅"，作八件，俱指人言。车本乘载，但指御车者言；牛本驾车，但主服牛者言。

四章合末章。皆归功预道之词。　　"肃肃谢功"四句不平。言能营肃肃之功者，由于能成烈烈之师也。　　"谢功"，包城池宫庙，并下原隰流泉皆在内。"肃肃"，以规模形势言。"营之"，谓区画董治之也。　　"烈烈"，就作邑勇于趋事言，就上二章见。　　"成之"，即是慰劳抚循有道也。　　二、三章要看"我"字，四章要看"召伯"字、"成"字，映上"集"字。　　"原隰"二句，本上"谢功"来。建侯开国，民事特重，故特于"谢功"中抽出言之。"原隰"，就疆理言。"平"者，因地利之高下而治之也。"泉流"，就沟洫言。"清"者，因水势之蓄泻而通之也。　　上"成之"，成征师之烈烈也；此"有成"，成所营之谢功也。"王心"句，不单主亲贤说。建邦以民为本，原隰平，泉流清，则重农之意遂矣。故曰"王心则宁"。　　末缴由能劳来，以归重召伯，方是旨。　　《小序》云："幽王时，卿士不能修召伯之职也。"

隰桑章

通诗以心爱为主。首三章，曰"如何"，曰"云何"，正有模拟不出意，况便含"遐不谓"意。　　此诗并无未见而爱，既见而喜两层，总是作无可奈何之词，以志其极喜耳。

首三章。总以可喜之物，为喜见君子之兴。"其乐如何"者，虽欲自言，而口不能以形容，见乐之至。　　"云何不乐"者，虽欲不乐，而心不能以自禁，见乐之深。　　"德音"，就君子说，言君子固素有是德音者，今一见之，契尔之德音，不如胶而不可解乎？如此解，与上文之"乐"，下文之"爱"，更相体会，莫作好贤之德音说。

末章。上文之“乐”,就今日言;此章之“爱”,就平日言。　“遐不”二句,一正一反。“谓”字与“藏”字相应。末句仍是心爱本不欲忘,却说“何日忘”,乃诗人形容之妙。此章有连自家有不解其故意,此正见爱之深处。　千古情痴,正在口角难传处,钟情欲绝,若可谓得,非心爱矣。诗人正以“遐不”二字颠幻出之,是何等描写。　徒能谓之“其乐如何”已耳,还能自写其如何之景况否[1]?徒能谓之“云何不乐”已耳,还能自状其云何之意象否?　不谓之,而但藏之者,正是心中之爱无能忘处也。　《小序》云:“刺幽王也。小人在位,君子在野,思见君子,尽心以事之。”

---

① 原批注:“胸中襞藏千般话,及到相逢一句无。”

白华章

通诗总是一“远”字,而“二三其德”为“远”之病根。盖远则泽不被,故引“白云”;远则泽不通,故引“北池”;远则贱乎嫡,故引“桑薪”;远则诚不上达,故引“鼓钟”;远则爱反下行,故引“鹙”“鹤”。何其无良至此也?至是而自卑其身,故曰“履之卑兮”。　幽王以妾夺嫡,以孽代宗,而曰“之子之远,俾我独兮”,若夫妇离隔之小小者。此宗社危亡所系,而曰“天步艰难,之子不犹”,犹欲其深思而得之,厚之至也。

首章。言夫妇相须之常理,而叹王之不然也。“之子之远”,兼身远、心远看。“独”字,正承“远”字,而反上“束”字。

二章。言其泽不普被,因推本于不思也。　“天运艰难”,不是申后一己命运,王家嫡庶之变,关系宗社,但微露其意,以俟彼究图耳。

三章。言其泽不旁通,使己忧念之切也。　“啸歌伤怀”,所谓长歌之哀,过于恸哭也。“念彼硕人”与“之子不犹”相应,为下“懆懆”“迈迈”张本。“硕”字反应“滮池”字。“念”字,就人伦大变言,非仅怀其宠泽也。

四章。言王之卑己，使己念之至于劳也。　以薪之美，而用之失所，比后之尊，而使之失所。“劳我心”者，正谓失其所用，如上二句云云。

五章。言有感必应，我懆懆以念子，宜乎感动。何于“迈迈”以视我，竟不一顾也？　“懆懆”即伤怀劳心，“迈迈”即“不犹”意。　或云“鼓钟”二句，谕宫闱之事不可掩也。幽王废申后，必加以难明之事，人所不见者，而其心本欲立褒姒，则外之所明闻也，岂可掩哉？

六章。言嫡妾易位，而重己之劳心也。以物失其清浊之分，比人失其贵贱之常也。“劳我心”者，谓所养之失，如上所云也。但上劳心，只伤自己，此劳心，有伤人伦大变，关系国家意。

七章。承上文言。无良至此，则以其德之无常也。　鸳鸯非独，比有常，雌雄一德，死不相背，见非如之子之“二三其德”也。“鸳鸯”，鸟之爱其类者也。

八章。言王之嬖妾为失身忧之而至于病也。　盖言之子远我，我不足惜也，而以之子尊贵，自处于卑贱。君身一失，何以履至尊、统万国？且不为己忧而为天下忧矣！　通诗都是隐语，不可将嫡妾等字间说在内。

绵蛮章

此诗感慨期望之意，反复道之。　此诗最怕过为卑屈之辞，以短士气，反须以肮脏神情出之，若曰君不见黄鸟乎？毋谓黄鸟小也，“止于丘隅”，而“绵蛮”作语，吾知其欲养摩空之全力而一举千里也。但以“道之云远”，非一蹴可到者，而于是已不胜其劳苦。虽然，其心固不欲以丘隅终也。当是时也，有能“饮之食之”，如所称笙簧好我，而歌《杕杜》之诚者乎？否则生平非以温饱毕志者，而于饮食何有？有能“教之诲之”，如所称和平相勉，而奏《伐木》之雅者乎？否则生平非以辞色借润者，而于教诲何有？有能“命彼后车，谓之载之”，如所称无弃尔辅，而为非熊之载者乎？否则生平非以轮毂徼荣者，而又于后车何有？嗟嗟黄鸟，吾于是而莫穷其所趋矣！即今之“止于丘阿”，夫岂肯以丘阿之一隅老而惮行哉？特畏当路者不引乎为援，而不能以孤骞远趋耳，则深有望于“饮食”者、“教诲”者、“后车”“载之”者，实重于用我耳。嗟嗟黄鸟，吾于是而莫穷其所极矣！即今之“止于丘侧”，夫岂肯以丘阿之侧老而惮行哉？特畏当事者不实心相济，而不能以薄翼远极耳，则深有望于“饮食”者、“教诲”者、“后车”“载之”者，实厚于待我耳。不然，矜全之意多，特达之意少，遇知己而犹之不遇，不宁以一丘老哉？　　周之盛也，大司徒以“保息六养万民”，三曰赈穷，四曰恤贫，五曰宽疾，岂有如《绵蛮》诗人所思者乎？可以观世变矣！

瓠叶章

此诗总是歌工述主人之谦词，而意笃情真，自可想见。首章以“瓠叶”为主。后三章以“兔首”为主，见菹不必嘉蔬，肴不必异馔，即此一“瓠叶”必献，一“兔首”必献，诚以将乎其物也。　　“君子有酒”，以是酌而尝之。“是”字，正指瓠叶。“酌”与“尝”俱就酒言。　　古人治兔之宜，鲜者毛炮之，柔者炙之，乾者燔之，各自有法。

二章，主献宾也；三章，宾酢主也；四章，主酌而又献宾也。[①]酢虽属宾，亦重主人致宾之酢。献而后酢，酢而又酬，非独行礼之次为然，亦要见不以物薄，而酒一行即止，正诚意绸缪，无已时也。　　丰以燕宾者，《鱼丽》是也。《易·鼎》之《彖》曰：“大烹以养。”圣贤薄以燕宾者，《瓠叶》是也。《易·损》之《彖》曰：“二簋可用享。”知《易》之意，则知诗之旨矣。或云：“古者蔬以毳羹，未闻徒羹瓠叶者。”礼有兔羹、兔醢，不闻用首者。衰世荒简景象如此。

---

① 原批注：“主宾倾倒之情，全在四‘酌’字上。”

渐渐之石章

此诗全于各章“不遑”句，写出忠义之气来。其曰“不遑朝”者，闻鸡前进，晓骑凌寒，安于从军之分也。其曰“不遑出”者，法重身轻，有进无退，凛于行兵之律也。其曰“不遑他”者，竭力致死，无有他心，殉于勤王之忠也。“武人”二字须看。盖国家重阃外之任，则命之曰将臣。而今出不闻歌《采薇》，入不闻咏《出车》，不过一武人而已。末章就劳役中，指尤不堪者言之。　其山穷者川断之，其 川尽者山间之，重重相间，远不可极，故曰“悠远”。　末章。“有豕”二句，已然之雨征也。“月离”二句，将然之雨征也。　豕性负涂，虽白蹢亦污。今群然涉波，濯其足而见白，是久雨停潦多故也。停潦雨歇未久，而月离毕，则又将雨矣。　“月”是水之精华，“毕”好雨之星，将有大雨，征气先见于天。盖兵阴象，久用而不戢，厥罚恒阴，人事作于下，则天道应作上也。

苕之华章

通诗总见国势不可久，而民命不可全。“苕华”柔脆之物，“其黄”“其青”总无多时，比周将亡也。　“维其伤矣”，闵周之将亡，伤已逢之也。“不如无生”，正伤其生之不久也。　言“羊”以见陆物，言“鱼”以见水物，其去《无羊》《鱼丽》之世远矣。　“羊羵其首”，山无草也。“三星在罶”，水无鱼也。人食鲜饱，饥馑甚也。天下将乱，必先饥馑，而戎马是生焉！

何草不黄章

此诗首言尽民之力，次言尽民之情，三章如是，则是不以人道待，而以禽兽待其民矣！至于幽狐循草，又兽之不如矣！　“何人不行”，见不独我也。

"矜"不作鳏,只作可矜怜言。"哀我征夫,独为匪民",承上"矜"言。"哀我征夫,朝夕不暇",承上"率旷野"言。上盖不有其家,此则不有其身矣!士乘栈车,庶人乘役车,则兵车不足而取之,其物力之雕敝可见矣!往以此"有栈",乃是言车之状,以实字当虚字用耳。《苕华》言国家之衰微,人物之凋耗,人民之不聊其生,天运穷矣!《何草不黄》,言士民役使之繁数,征行之劳苦。士之人视之与禽兽无异,人事极矣!周室至此,无可为矣!

鉴湖诗说卷之三

大　雅

广陵李清心水父　陈元亮寅倩父辑
汉阳李若愚愚公父定　浙后学吴思穆静腑父参
晋陵王章汉臣父　沈国祯星纬父订

文王章

此诗重"仪刑文王"一句，而"仪刑"之实，又结在"敬止"上。"聿修厥德"二句，政是法其"敬止"，乃"念祖""仪刑"实际。　　全诗首言文王即天，末言法文王即所以法天，言文王便要看一"天"字，言文王之德要到与天为一处。"缉熙敬止"，乾之惕也；"亹亹""不已"，乾之健也。"陟降""左右"，先后天而不违也。　　篇中"陈锡哉周"，以应帝命之时；"缉熙敬止"，以应有周之显。"商之孙子"，引来照"本支百世"之荣；"殷士肤敏"，引来照"周士"传世之显。把商周一兴一亡，两两相照，无非教他法此鉴彼，然法鉴不平，"鉴殷"正是"念祖"中图回警策之情。

首章。总是言文王以显德受新命。首四句大意已尽，"不显"二句申言之，末二句又赞叹之，正是德之显而命之所由时也。　　直头扬厉文德，意味便易索然，但从灵爽间，想出"於昭"，便为第四章"熙"字打照了。"周虽"二句，往以历世侯服，故曰"旧"；初有天下，故曰"新"。细玩"虽"字、"维"字语气，见得周自有邰肇祀，历夏商而侯封如故。粒食之德，后世虽有食其报者，而聿新乃命，单单靠着文王维籍此神之昭，为命之新耳！"不显"句，即"於昭"者而赞其显;“不时”句,即“维新”者而叹其时。然不曰“文王”,而曰“有周”,统子孙都说在里面,是文德贯乎周矣!世之显,即文德之显也,须会下章“文王孙子”四句看方得。时非以当日为西伯者,为天命文王之时,政以今日有天下者。为天命文王之时,“时”字政照上“新”字看,此所谓“新”即所谓“时”也,亦须会二章“陈锡哉周”及四章“假哉天命”意看。二句虽分承,其实德显,故“命”“时”串说为是。末二句“在上”、在“左右”都从“念”中见来。恍乎有容可象,有型可尊,便埋“仪刑”二字之根。　　“陟降[①]左右”,正是文德与天合一处,微逗出下章“亹亹”精神矣!又影下文“缉”字,伏“永言配命”的张本,“昭”字、“显”字影下文“熙”字。

二章。前言德之显,末言所以显,故说“亹亹”二句,以著其德之显。前言命之时,末言所以时,故说“陈锡”六句以著其命之时。　　“亹亹”自文王之心体不息言,不要用《注》“勉”字,下文“敬止”乃其实也。要看“令闻”二字,政所谓“不显”也。显于人,政昭于天之实。“不已”,政所谓既没而“於昭”也。“百世”“亦世”,俱本此“不已”二字。然“令闻不已”,正自“亹亹”来。德不已闻,亦“不已”所为显也,乃天岂徒欲报之以名已哉?定教子孙臣庶实实受“不已”之报,才了“陈锡”之怀。“陈锡”五句,子孙臣庶俱本文王说,俱要点修德意,“以服事殷”,文王己身辞之,天欲福文王而不得,则维有文王之子孙可以福之。“侯”字,绝可想味。“不显”亦以德之显言之,故下紧承以“世之不显,厥犹翼翼”。“不显”与“有周不显”相应,而止说“周士”,何也?首章“有周不显”,已该子孙,则“本支百世”内,已有世显意矣!故“周士”下一“亦”字。　　锡子孙而并及臣庶,乃见敷锡处,照后命不于“常”,何能保得百世,只就文王以“不已”之德,流“不已”之闻,理当如此,是隐隐讽王修德却不说出。

三章。是“凡周之士”两句意。但前重一“显”字,以周士之子孙言,此重一“世”字,以周士之祖考言。“犹”,即下桢国宁君之谋猷。“翼翼”,《注》训“勉敬”。勉即“亹亹”,敬即“敬止”,分明是君臣一德,传世之显全以此。近云“翼”须解做飞鸟之翼一般,缺了一边不得。一边欲以护持国脉,一边欲以护持君心。放了不得,收了不得,念头煞甚整一,此中直欲干旋世教,挽回世道,以佐百世之烈。　　“思皇”以下,皆承此句而敷衍之,以收首句之意,故“思皇”“维桢”“以宁”,皆本“翼翼”上说。“生此王国”二句,见天命有在。天所以使周士传世之显者，非为周士，乃所以为周之国也。“桢”训干，桢以立墙，人以立国，故曰“周桢”。“文王以宁”，谓今日在天之神宁也。“以宁”，“以”字谓以此“周桢”宁也。“文王陟降”，既无不在，则宁文王之子孙，虽谓即宁文王可也。反复言“多士”者，欲君臣交儆意，故下章呼“王之荩臣”，正是双关语，非所谓不敢斥王也。“多士”之显世，总是有周之不显也。

四章。上三章已详言以德受命之事，此则指其德与命之实言之。“穆穆”二句，以“敬”字作主。“敬”者，“乾”之“惕”也，原是天德穆穆，先虚言一个境界，盖敬德浑然，无迹莫可形容，故曰“穆穆”，便见同天之“於穆”，与“无声无臭”相合处。“缉”，法天之健；“熙”，配天之明，皆敬之本体也。此不可作“勉敬”工夫，字字须以合天发之，方得受命真关窍，故曰“假哉天命[②]”。本文更不添一“集”字，正以维天之命、文王之德，原是合一的。德之所在，即命之所在也，然必至商孙臣服，其命始验耳。“亿”字、“维”字，正相应众多子孙内，非无智能谋、勇能抗者，而上帝既命，亿万一心，维有归服而已。此与下章虽说绝商(商)，其实重命周之福上。　　敬体本明，说“敬”便“熙”，敬到极处，自无不明，说“敬止”便“缉熙”，“於昭”之神、“不已”之门皆本此。

此章重“天命靡常”句。此承上起下语也。“殷士”四句，点醒“靡常”之意，须急急滚到“念祖”上去。　　上云“侯服于周”，重在周；此云“侯于周服”，重在商。“靡常”者，惟文王缉熙之敬，有常则命乃常。注：不则如商子孙，转移侯服，焉得有常？是岂命之不可常？乃德之不可常耳！“肤”，威仪之美。“敏”，才能之捷。此亦何忝于“思皇”之士也！然以天命归周，人安能违之？“祼将”，周之事。“黼冔”，商之服。服则商而事则周，尔祖何以得此于天乎！其故可念矣！“无念”，就“靡常”发来，有不得不念意。此“念”字尚虚，下文“修德”“配命”，才是念之实也，然不实说宜念尔祖，而曰“无念尔祖”，其情远矣！呼“荩臣[③]”而动以“念祖”者，全为兴亡之机，显然在目，可惧而不可恃，非止欲王知周之何以致此也，蒙上叹息“殷士”，故急呼周臣“念祖”，念厥犹“翼翼”之祖也，而意则指“穆穆”“敬止”之祖，所谓声东击西，一棒打着两家，听者谁不动心？岂是托辞以告王？“王之荩臣”四字，一一可味。

六章。叠上“无念尔祖”一句，气脉直摄到“自求”句。此四句，只完得“王之荩臣”两句语意，但上文虚含，此乃点破念之切实处耳！下“鉴殷”一段，正见祖之不可不念,意非两层。　　文王之德是性成的,此“厥德”还有修之一段工夫,而工夫只在“敬止”上。“配命”非与“修德”有二,只是修之有常处,便是永配命故。修德者,是法尔祖之敬;而“永言[4]配命”者,又法尔祖之缉熙其敬也,如此则以尔祖之德,保尔祖陈锡之命,是“自求多福”。“自”字重看,见祖不能为尔代也。德曰自修,命曰自配,故福亦曰“自求”。“殷之”四句,言殷当时亦有配命之德,故不至丧师,而后不能永言配之,所以便丧,则命岂是易保的?尔欲保命,信乎修德之功不可已矣!　　从来说者谓此诗凡八言“命”,此“命”字独以理言,余以福祚言,然予谓上文王“缉熙敬止,假哉天命”,此即是文王之德与维天之命配处也,则此处“永言配命”即是配此天命。此天命关系有天下,故甚大而曰“峻”;此命在人主心上凝承甚微,故曰配;人主心上凝承处一不永,则便与此命配合不来,故曰“靡常”,又曰“不易”。殷之“克配上帝”,亦曾配此命也。若以配命又单作天理之命,则配上帝之“配”,岂与上“配”字有二乎?“师”以人心言,殷之配上帝,不说到子孙覆亡,意甚含蓄。

末章。叠上言命不易保,而紧示以保之道,只在法祖。“尔”字直指成王说,盖不易之命,承之者尔躬也,当修德而与命永配,岂可自尔而遏之?“遏”字,正反上“配”字义。“问”正与上之“令闻”应,宣而昭之,亦欲其如文王之“不已”也。文王曰“闻”,据已然说;此曰“问”,据未然说。此义在“尔祖”,至今为昭,当从而宣大之,遂实寔以此问之[5]天下,无不晓然见为义,而啧啧称之,乃为“义问”。“有虞”,只就兴废存亡说。勿露德字,大意谓:毋曰有命自天,尔躬可勿问也;试度殷之兴废存亡,果自天乎?正是敲醒上“尔躬”二字意。“无声无臭”,是天之无心成化处,其倾覆栽培,一任人之自取,空度他也无益。须着实去“仪刑文王”:必须“修德”之功,法其“敬止”之心;“配命”之永,法其“缉熙”之意。“仪刑[6]”二字,正根上“念”字来。念之而气体可亲,则仪之;念之而显谟可尊,则刑之。政与“在上”“在左右”打照。“万邦作孚”,要在“仪刑”句看出。盖不能“仪刑文王”,则尔之心与尔祖违,万邦之心便与尔违矣!惟“仪刑文王”,所谓祖孙一德,则君民一心也,然此以人心言,人心即天命也。揭出一“天”字与首章应。

① 原批注:"'陟降'二字连看。"

② 原批注:"'假哉天命'即维新之命。"

③ 原批注:"'荩臣'二句,一篇提醒精神处。"

④ 原批注:"'永言'是自己心口间常常念及处。"

⑤ 原批注:"(昔)人论名,正其论实处。"

⑥ 原批注:"'仪刑',法文,即法。"

大明章

此陈周家以德受命之事。通诗重"明明"二字。文之"明明",在"小心""昭事"上。武之"明明",在"燮伐""清明"上。文王"昭事上帝",赫赫之命,实始基之,及至"笃生武王",德明而又明,则命赫而又赫。"上帝临女",那得不伐商而挟四方?总是"下武维周"一句尽之,而鉴殷意不过带言,作一"不易"之证耳!　　文之"昭事上帝",武之"上帝临女",正与赫赫之命相贯通处。首云"明明",末云"清明",正相呼应。读《大明》之诗,当知天人、夫妇、父子、君臣之际,安危治乱、兴废存亡之几,如应影响。

首章。"明明"二句是通诗大旨,须交互讲,方见交与之机。双言"明明"者,明之极也。须合文武偷发。君人者,必有严恪之心以格天,而念念精明;必有和顺之气以应天,而念念光明,方管得下文之"翼翼"、武之"燮伐"意。命之分数如其德之分数,二句语平而意串。赫之始几曰"集",赫之旺气曰"临",亦须偷映下文发之。"难忱",以天命去留言,非不可知,只是不可倚以为信。"不易"句,承"难忱"说,此申上二句,下二句即以纣证之。"维"字要玩。凡人保守身家,谁敢称"易"?然关系犹小,丧失犹微。惟王而国家之,前不易述,后不易倡,当时不易弥逢,一不慎,求为匹夫而不可得,何不易□之。"天位",见其势尊;"殷适",见其统正。天乃使之不得一日安其位也,非以其无明明之德,故无赫赫之命乎!二句全重一"使"字。"使"者,天使之也。天有权而人主不得专其构,则"难忱""不易"可知矣!　　"不挟四方",则多福去而方国携,是天欲易四方之清明，故不使昏浊者久据其位，正启下文武意。

二章。重“生此文王”句。母之贤，因生子之圣，总见“明明”之有所自耳！　“挚仲”四句，言以挚国之仲女，而“任”其姓者，自殷商侯国来嫁于周，而为周京之妇，一气说。“及”字，或作“与”字看，予谓明类长君王季[①]，所行维德，卓乎不可及矣！太任“思齐”“思媚”，其所行之德，实能及之。末二句紧承“维德之行”来，见“生此文王”，是一德之所合而生也。

三章。总言文德之“明明”，只以“小心翼翼，昭事上帝”二句作主，一直说下，不可以“得天”“得人”平分。“小心”，不是畏惧，只是心体之敛藏细密处，故以“翼翼”形之。此“缉熙”“敬止”之本体如此，不着工夫。事上帝而曰“昭”者，乃其小心处，恍见天光之临，而有毫不容昧处，屋漏处见天，大廷处见天，所谓“终日乾乾”，对越上帝者也。“聿怀多福[②]”，非上帝降福，谓多福乃自我之小心上怀之也。怀此心以事帝，即怀此心以萃福。“不回”，从小心来，心大者多驰逐，故以僻诡恣其回。文以小心治邦家，无畔援，无歆羡，平平正正，何回之有？四国人心，犹然直道而行者，故以平致平，以正格正，群归心于我矣！上“多福”且泛言，“受方国”，正“多福”之实，然不重在方国来附，重在不回之德，有以受之，所谓多福之在我怀也。“受方国”正与“不挟四方”反照。合天人以观德而“明明”可见，即合天人以观命，而“赫赫”可见矣！　“天监在下”三章一气滚下，重到“笃生”一句，“笃生”句，又要重“燮伐大商”上去，故此三章全要“天”字贯到底。

四章。“在下”即与首章“在下”字相应。“有命既集”，即承上文王说来。言赫赫之命已集于明明之文矣，但胤不昌，何以承命？配不定，何以昌胤？故“天作之合”。云“合”由“天作”，最重，两“在”字却轻。然亦见天意所钟在焉，主以天意，产以地灵，总见所生不偶之意。　“命集”直须透末章“伐商之命”来，故此章气脉直赶到“燮伐”句方住。

五章。此述太姒之德，及婚姻之事，只宜轻轻递过。　“伣天[③]”句不是与天相伯仲，盖文王之德与天为一，譬则天矣，而太姒配以幽闲贞静之德，譬则天之妹也。“文定”四句，亦不是以婚礼之始终对看。此四句，总是“嘉止”二字，要看一“祥”字。“光”字紧承“伣天之妹”来，唯有此令德，则万世似续之祥，已基于此，故以今日之盛礼，其光几何？以他日无穷之发祥论之，其光何显也！

六章。天既命文王于周京，以开王业矣，惟天命之于周者，文直还之于商，故文谢之于身者，天转命之其子，直聚数世积德，归并一人身上发泻出来，故曰“笃生[4]”。“保佑命”，俗作三平看，非也。“命”字要单挑出。首章之“赫赫”、下章之“临女”，皆自“命”言也。而“保”有安扶之意，“右”有赞翼之意，皆其命中事也。“燮”字，是乃以和天下而非威天下也，故曰燮，顺天命不足以尽之。　“燮”字，文从三火，有光昭之象，照首章“明明”二字。

七章。此与下章所以尽“燮伐大商”一句意。　“如林”者，言众而不为之用也。“矢于牧野”，虽兼商周之师言，然牧野为天人翕凑之地，非为商周对垒之区，以至仁伐至不仁，气自百倍，故曰“侯兴”。“上帝临女[5]”，根“既集”之命来，言天眷周德，命已在女，勿就在“侯兴”上见。然是诗人设为师众之辞，非实有此言。　一说，“维予侯兴”，谓维予以诸侯而兴耳。侯兴则天子亡，此意不言自见。今以“侯”为“维”，与上“维”字重叠，不成句矣！

八章。师众之盛、将帅之强，俱从一片人心上看出，只闲闲叙伐商景象如此，宜轻递过而归重“肆伐”上。　“时维鹰扬”句，须重一“时”字。周与商所争者时耳。时未至，不得先时以举事；时已至，不得后时以违功。甲子之日，时在周不在商也，故吊伐之事，慨然任之而不辞云。说个“肆伐”，政见武王不得已之心，欲伐不伐，未敢肆然，直到此田地，天命、人心递相为主，遂不得以自由而伐，于是肆焉。则“肆伐”政所为“燮伐”也。会战之朝，晦之终即是明之始，故曰“会朝清明”。此“明”字正与首章“明”字相照。　“燮伐”以和言，伐之德也。“肆伐”以威言，伐之功也。惟德顺天，惟功救世，二者相济而不相悖也。　须知天之复命武王，总以鉴文王之明德昭事，明已通于帝，犹未普于天下，直到“会朝清明”，方见以德之明，普为治象之明，方是“明明在下”，方了得首篇“明明”之意。“多福”虽“聿怀”，止于方国之受，犹未混一，则“赫赫”之命犹未诞受，必有四章、六章之“命”，复使文王生武王，伐商而有天下，方了得“赫赫在上”之意。

---

① 原批注：“只说太任，而王季之有德自在其中。”

② 原批注："'怀'字最妙，帝曰予怀，文曰聿怀，天人之际，交相(怀)也。"

③ 原批注："《易·兑》：'少妇曰归妹。'"

④ 原批注："('笃')字正(应)上文'伣天之妹'处言。"

⑤ 原批注："'临汝'正应赫赫之命。"

绵绵章

"民之初生"与"文王蹶厥生"相应。周家生之脉，苞孕于沮漆，郁结于周原，茧露于拔兑，故"民之初生，自土沮漆"，由此而迁岐，由此而服昆夷，由此而虞芮成，有兴起之势矣！乃曰"文王蹶厥生"，以终"瓜瓞"之比，而"疏附""后先""奔奏""御侮"之臣实成之，兴王非一世之事，一人之为也。

首章。比该全篇，而在本章则重"瓞"字，言瓜始于"瓞"，比周之王业始于漆沮之微也。"绵绵"亦不可忽，必绵绵不绝，乃能致之，是深根固蒂中间，不知多少盘根错节、秋实春华以至此。正意在首句下，补发今日昌大意，以唤起"民之"句。"厥初生民，时维姜嫄"，周民之始生也。"民之初生，自土沮漆"，周民之又生也。由其中微而复振，若初生者然。"陶""复""穴"是三件，自民居言，乃邠地所不能无者。"室家"兼君民言。"未有"者，只不能如下文朝市、庙室、门社之制具备耳！

二章。要见太王为保民而迁都意，只重"胥宇"二字。避狄而必"来朝"者，正见正大光明，从容应变，不为昏夜潜遁也。讲中切不用"仓皇""周章"等语，须形容他一段略地、相宇精神出来。"天作高山，太王荒之"，如何逼于狄人之侵，始议迁邑？盖无故举事，恐骇民心，太王于是借狄人之侵，以承"天作"之意云尔。至于"爰及姜女"二句，正天立厥配，受命既固之意。当时流离播迁，既无有折冲御侮之臣、疏附先后之士，及姜女以"胥宇"，亦足以资其内助云尔。"胥宇"，大概说后边定民居、立庙社，皆是非专主己之室家言。　此章点内助，与末章推功四友，俱是开创大关系。

三章。总是"胥宇"之事。首二句见地脉之美，验于草木。"爰始"二句，稽之人神，各协其谋。"曰止"句，不专为人神协谋也，须看"膴膴"二字，是万世帝王之都，天造地设，以待贤德之君者，故“谋”亦为“膴膴”而谋，“止”亦为“膴膴”而止也。“止”字，正对“走马”之“走”字看。“筑室”，兼君民，未然事。“乃慰”四章正详言之。　　告以宜于此居止，又告以时日之吉，如此看两“曰”字方有着落。

四章。见首重民事意。凡言“乃”者，继事之词也。“慰”，是悯其跋涉之劳；“止”，是遂其即次之欲；“左”“右”，是列于周原之左右，即上“慰”“止”事。总是居民要见都邑，虽改而安堵如故也。“疆”，是定其井、夫、涂、遂之制；“理”，是明其沟、洫、川、浍之限；“宣”，谓散居庐舍以便田事；“亩”则芟夷垦辟之功。总是授田。要见旧业虽移，而丘甸如故也。“执事”，执安养之事，重在“周”字，而周于自己未有宫室之前，尤见一段汲汲为民深念。八“乃”字内，要发出太王许多综理苦心。　　“乃疆乃理，乃宣乃亩”，虽是授田，其中寓有深意，以岐虽远狄，而密迩昆夷。疆理之纵横者，制以高下，则侵轶无虞；宣亩之布散者，联以什伍，则四境皆兵。

五章。言命官营建，先立宗庙，盖尊祖之意。　　量地制邑、度地居民，司空之事；正众庶、令徒役，司徒之事。故两召之。然“乃召司空”三句，是下文作庙室门社。总冒“俾立”句，含庙社室门说。“其绳”二句，旧专指“作庙”言，还是泛就所欲立者，定其规模，如分别何处是庙，何处是宫社，皆引绳以取直，而缩版以载焉，特其所先营者宗庙耳，非专以作庙言也。《易》卦《萃》《涣》皆以“王假有庙”为言，盖“萃”因民之聚，立庙以坚其归向之心；“涣”，忧民之散，立庙以收其荡析之志。太王知此义，故作庙以居之，庶后稷以来，姜嫄之祀统可无斩也。故云“翼翼”，非止左昭右穆、前堂后寝已也。

六章。此就“缩版以载”者详言之，而见人心之劝，要根“慰”“止”章来。此归市之众，感太王周爰执事之仁，而乐为君趋事耳！不可泛泛在治室上看。“陾陾”，言人之众；“薨薨”，言声之众；“登登”，见用力之齐；“冯冯”，见得力之固。“百堵”句，总承上群力并举来。上五句内，已有乐事劝工意，末句特就其中，即鼓声以验民心之竞。“弗胜”者，鼓以役事，役止鼓亦止，役发鼓亦发，今民不肯止，故鼓不胜击也。然不过点缀一时民情如此，重“百堵”句。

七章。此立门社而其势尊，其用大也。三“立”字，俱是创始意，有焕然一新气象。然二门之设，不专是焕王居，明体统以齐万民之观也。须照上文狄难，与下昆夷令犬豕之类，仰若虎豹□关而不敢近者，皆系于此。故“伉”字与“将将”字，俱以外威内顺点之。“戎丑攸行”，是未然事，盖言“冢土”之义如此，亦承狄难来。宜祭名，谓求福宜也。　　按冢土之制，崇土为坛，植木为主，设坛壝而不屋，所以通天地之气而和风雨之交也。

八章。此前五章，俱是脱西戎之陋习，建岐下之鸿图，康阜生灵，肇基王迹，正所谓自修之实，而闻所由起也。风声闻望皆可以慑服人心，故曰“不陨”。　　“柞棫”四句，似应主文王，但自太王而后，尚有王季，其勤一段德业，在文之先，还从太王荒岐，渐说到文王康岐，终无渗漏。当时周公历叙世业，遗却王季，此意含在木拔道通内，特不明言耳！“柞棫”二句亦不平。“行道”即在“作(柞)棫”之下，人众而启辟攘剔之日加，故至于此。“混夷”二句，见国势振而夷氛自靖意。盖我中国之气运，夷人识之最先，故乱则先叛，而治则先服也。“駾喙”，总是形容其畏服之状。“维”字，言不暇他谋，正与“不殄愠”相应。然虽是文王事，亦本太王来，而文王字面不露为妙。　　本章一“问”字极重，可见君德之显晦，关遐方之畔服。首篇戒之曰“宣昭义问”，旨深哉！四“矣”字，不期然而然之意。

末章。“虞芮质成”，是讼狱者归也，便兼得诸侯归意。此本文王盛德来，实由太王世德也。“蹶生”者，盖初生只是初起，至是则向之所起者，厥然兴盛，非复初生微弱之象矣！“蹶”如努(弩)斯张发，不可御意。一说从来生于忧患，文王蹶然震动，其惴惴然欲解六州之去己也，与走马倥偬一样辛劬，故曰“蹶”耳。“疏附”四句，要在“生”字上剔发。“疏附”者，写生机于江汉。“先后”者，懋生意于黼扆。“奔走”者，爱其生者，在野人之口。“御侮”者，畏其生者，在远人之心。以受命之君，犹不可以无佐命之臣，成功若此之难，后王可不念乎！　　“疏附”四句非全归功四臣，须以文王为主，盖文王蹶生，此其神化之妙，实有不可窥测者。故下拟议其词而各以“予曰”发之，言倘亦由此四臣之助而然耶，盖深叹文王得人之盛，而亦见文之受命，非予所能形容也。须知四“有”字，亦惟文王能有之也。　　太王以冢土后两门，文王以御侮殿四臣，信乎周无争天下之心也。

棫朴章

通诗归重“勉勉”二字。首章之“济济”，不可着容貌看，正是“勉勉”所流露，如《大学》“恂慄威仪”，一般总是一个“勉勉”之德。“奉璋”二章是“左右趋之”一句，《云汉》二章是“济济辟王”一句。　　此是咏歌文德，所云“济济”“勉勉”，原不露德之实相，却将人心归附趋向，摹写圣德之妙。末二章旧作推原所以得人者，由有以作人也。味咏歌语脉，正不必然，各开看更有意味。

首章。以“薪”“槱”二字应“左右”二字为兴。“薪”用之今日，“槱”用之他日，根“芃芃”来。“济济”与“芃芃”相应，虽就容貌言，正是根心生色之妙。“左右”字宜合看，言无方也，须包得广，下“髦士”“六师”亦在内。“趋”字自说得有意味，乃精神鼓舞，意念联属。怠者以辟王而奋，涣者以辟王而萃，方打着下“作人”“纲纪”意。下二章是左右趋附影子，不可认止有此两项人。

二章。此“趣”之于祭祀者，“济济”句上乃统言之，此须粘带祭上看。“左右”，亦单指祭时之左右，与上亦异。“奉璋”云者，“辟王”既执圭瓒以行正祼，而诸士各执璋瓒以助之亚祼也。非以有事为荣，实以亲德为幸耳！“峨峨”，就“奉璋”时衣冠体貌言。“攸宜”，全在“峨峨”上见得。在君“济济”于上，在士“峨峨”于下，一德相肖两相协，亦两相称也。须重文王能得髦士①以助祭，不重赞美髦士。

三章。此“趣”之于从行者。以“烝徒”之同于济川，兴“六师”之同于归德。“于迈”泛言，君行则师从，凡朝会征伐皆是。“及之”者，意者朝会则有服事之忱，征伐则有询仇之义。此足以耸六师，故六师竭蹷恐后耳！“及”字形容其争先恐后，如不及之意。

四章。以天象大而成文亦大，兴圣德久而成化亦久。《易》曰：“观乎天文以化成天下。”　　“周王寿考”，“济济”之德容，永永在人耳目间，即永永在人魂梦间，而何不作人也哉？“作人”，此盛德自然感动，不十分着力。“寿考”，见德教入人深矣，故曰“遐不”。　　上有云汉以焕天文，下有周王以启人文，故“作”字须说到人文日新上，方与“为章”之兴有情。

末章。“追琢”就是文，“金玉”就是质[2]，文即文其质也。“勉勉”就是“纲纪”所在，非有两层，即此纯亦不已之本体，便有范围一世之精神，无工夫亦不必兼行，政只在心体上摹拟为得意云。四方本至齐也，心一动则乱；四方本至乱也，心一定则齐。　　“勉勉”之神极浑全，所以纲四方也；勉勉之神极详密，所以纪四方也。纲则无所遗，纪则无所紊，所以四方皆在他线索内，牵着便动也。

上章“作人”，只说他鼓舞作兴的事，而作之精神细密处，还在此章之“勉勉”。

---

① 原批注：“‘髦士’之趋，在一‘奉’字上见。‘六师’之趋，在一‘及’字上见。”

② 原批注：“金玉有真文章在其中，故曰质之至。”

旱麓章

通诗以“岂弟”二字为主。凡天地间福禄，不过和顺之气所凝成，故“岂弟”自然受福，即谓以“岂弟”于禄可也。盖“岂弟”之气上升，而福禄自当下降。有降于明者焉，以作夫人；有降于幽者焉，以劳于神，总一本于“岂弟”。然则以“岂弟”而致福，初非有（意）于求之也，即谓之曰求，而仍曰“干禄岂弟”而已。　　看来此诗只是摹拟赞叹“岂弟”之妙，不重福禄上。化人格神，亦不过借来摹福禄二字，不□□定粘着。

首章。“旱麓”无意于“榛楛”，君子何心于福禄，是以自然之理为兴。“岂弟”，总是一团太和元气，以安体豫，直谓岂弟便是禄可也。故此处只宜重讲“岂弟”，而带言“干禄”。文王岂有心干禄，自吾人见其禄之应德而至，则曰干之以岂弟云尔。　　榛可以供篮，楛可以为矢，文武之材以比圣德。

二章。器之美者味必美，兴德之盛者福必盛，要认《注》中“必”字。上章“干禄”，是言己有以感召之；此章“攸降”，是言天有以锡予之，盖惟“岂弟”之德上，迎斯福禄之恩下降。

三章。以“天”“渊”兴“君子”，以“鸢”“鱼”兴“人”，以“戾”“跃”兴“作”，是倒兴体，谓“君子”以“岂弟”之德，为民之“天”“渊”，而民自率“鸢”“鱼”之性，以与君子相飞跃也。玩此兴意，主人自然感化，说与前篇重周王振作之功者不同。“作人”，正所谓以天下为福也。　　“岂弟”，是一段和气，人自入于其中而鼓焉、舞焉，初何尝有意于“作人”，而不觉其何以作矣，故曰“遐不作人”。

四章以下，只是咏叹不已之词。初无相承意，牲酒不重，当带德说。“既载”，载非酒也，以“岂弟”载之也。“既备”，备非牡也，以“岂弟”备之也。“岂弟”二字入三“以”字内，“以享以祀”者，乃“岂弟”之君子以之也。“(以)介景福”，以之者亦是此“岂弟”之君子也。

五章。物盛必为人所爨燎，兴盛德必为神所抚慰。神不专指祭祀时说，乃平日与鬼神合德也。劳之至者，人之滔荡耽乐者，皆是鬼神播弄处，无斁之圣，神亦自来启沃耳。　　“劳”字对“逸”字看，盖行“岂弟”于仁世则收功逸，行“岂弟”于暴世则用力劳。“劳”者，劳之人道也，亦神道也。

末章。“施”字绝可想味。“葛藟”施于“条枚”，“福禄”施于“岂弟”，其气直自与之相求，即婉转维系，政是天地间正理，何回之有？　　“求福不回”，与“干禄岂弟”相应，通缴一篇之意，若着一毫觊幸，便是回邪，便不成为“岂弟”。《易》曰：“受兹介福，以中正也。”

思齐章

此诗总是一个“无斁”。所谓“无斁”者，“肃”“雍”“临”“保”是也。二章惠宗公、刑家邦，正“无斁”之心感之。三章正是“无斁”之体。四章至末章“烈假”“式”“入”，以至化成天下，纯是“无斁”之精意，涵濡到底。

首章。从母圣妃贤说到文王身上，盖叙起法也。　　“齐”“媚”二字影下和敬字。此四句不平，本“思齐”为“思媚”，即其为贤妇，正见其为圣母也。二“思”字，《注》训语词，但“齐”“媚”而俱云“思”，则其和敬在心思上论也。“太姒”二句，重一“嗣”字。“徽音”，即“思齐”“思媚”之“徽音”。百男只是引来征德，不宜在昌后上呆讲，即其能裕后，正见其能相夫也。成之者远，则文王性生处自多；助之者深，则文王根本处自足，非全籍母与妻者，须于文王身上点缀得有情。

二章[1]。上三句重一“惠”字，便要写出“肃肃”之神。下三句重一“刑”字，便要写出“雍雍”之神。“惠宗公”，平日能振宗公之大业，何怨之有？平日能体宗公之隐心，何恫之有？“刑”，谓以身仪之，如官府之刑法，能使之凛凛不敢逾越意，盖五伦中惟夫妇最亵。“刑”字下得极妙，下文“至”字“御”字俱根“刑”字来，然三句不重有序，只重人无不化上，宜妻子以和兄弟，原自相关，故曰“至于”。迎者，人方喁喁观法，而吾之仪表适与之合，真如庖丁治牛，迎刃而解，略举二端而幽明之理尽是矣，俱重文王身上。

三章。四句各开说，于《注》二“极”字、二“常”字，见得纯亦不已，而“极”字又在双言“肃”“雍”；“常”字又在两“亦”字上见。“雍雍”“肃肃”在心上看，盖未发之体，浑然一极，和敬不分，发之则随在各呈一极，有发皆中节意，然“在宫”“在庙”亦是虚拟之词。盖“雍雍”不易接也，而恍于“在宫”接之；“肃肃”不易形也，而恍于“在庙”形之。且宫之中有“嗣徽”之人在焉，庙之内有“宗公”之神在焉，曰“雍雍”、曰“肃肃”[2]正与“惠”处、“刑”处相关，绝巧。故合上章一是以“雍”为“惠”，一是以“肃”为“刑”也。“不显”虽以地言，“无射”虽以时言，总要在心上看。盖“不显”是心境之渊默，如其“不显”之初便是“临”；“无射”是心机之融洽，如其“无射”之初便是“保”。此自然惺惺之心体，不可说到工夫上去。　　明德本体，无一时懒散昏昧，故借“临”“保”字来形容他“无斁”之心，非真有所“临”，真有所“保”也，玩“亦”字可见。　　“不显”句是戒慎不睹，恐惧不闻。“无射”句是不动而敬，不言而信。

四章。此合下章，俱承上来。故俱下一“肆”字。上二句不因人而损，下二句不因人而益，上下各开看。纯亦不已之德根于性也。“戎疾”泛说，不必入事实。“烈”是心体之光明，“假”是心体之正大，直指德说。“不瑕”，谓蒙难而亨，光者不因之而晦，大者不因之而缺也。　　如或学古有获，从谏则圣，便非性生。“不闻亦式”，谓心体自有个定则也。“不谏亦入”，谓心体自有精会处也，通（节）自心体言，勿泥《注》作事上看，要玩两“亦”字。

末章。以上文二节意都是说文心之“无斁”处，至此节则表出其“无斁”之心有以默化乎人也。“有德”，谓亦有文之德也。“有造”，谓有志造文之德也。“誉”即德造之誉，而“髦”则成其“有德”“有造”之俊也。然不直言文王，乃曰“古之人”者，正因今之“成人”“小子”而遐想夫当年，故曰“古之人”。“无斁”云者，即上“肃”“雍”“临”“保”便是“无斁”，即所以造就人才，不可云惟德“无斁”，则所以作人者亦“无斁”，又添出一层。　　一刻之斁，一世所以无人心；寸心之联，奕世所以有风俗。　　末二句是赞叹语，非推原语，不然，则上“肆”字何以着落？

---

① 原批注：“此尚未说出(德)字，而格神、齐家则皆主德言。”

② 原批注：“是末章‘无斁’义□。”

皇矣章

通诗大旨在“求民之莫”。所谓“莫民”者，只在明德之君，当以“明德”作主，故叙大王曰“帝迁明德”，叙王季曰“其德克明”，叙文王曰“予怀明德”。篇中称帝者八，称天者一，具见上天为民立君之意，而周家世受天命者此也。通诗章章要带安民意。

首章。“皇矣”四句，统为命大王、王季、文王张本，“维此”以下，乃首言立大王以安民也。　　“临下”句，含下面“监”字、“究”“度”字、“顾”字在内。求莫民，是“鉴观”之本意。求非求民，乃求君，虽以民言，就有个立君意了。“二国”，指夏商之季言。“不获”者，所行之政失其安民之道。“究”“度”正是“求”字。“耆”，致也，谓以安民之意致之也，正与“获”字应，谓能获安民之意者，即以其意致之。一说“耆”，迟久也，谓徘徊详审迟久其意而属之周也。“增其式廓”，即立君意。为民而立君，为君而择地，以究其安民之泽也，此正默致其意处。“与宅”，即“增其式廓”也。　　其曰“二国”、曰“四国”、曰“西”，俱与“四方”应；曰“究”、曰“度”、曰“顾”，俱与“监观”应。

二章。此言太王承与宅之命，而迁岐肇基也。章首须见出莫民意。“作”“屏”是去死，“修”“平”是存生，“启”“辟”是去无用，“攘”“剔”是留有用。太王于此亦有监之、观之、究之、度之，以寄栽培倾覆之权意，然不可斤斤在山木上讲。盖走马流离之日，用不得姑息，做不得卤莽，故一政之粃无弗除，一奸之蠹无弗肃，且祖宗之元气当培，生民之膏血当惜，此中具见太王一段荒岐精神，经纶草(创)时得宜处。“帝迁”二句，不过推原上八句之意，提出一个“帝命”来，以见天授，非人力也。“帝迁”乃作屏，以前事明德即上“莫民”之德。“迁”字妙，邠非胜地，岐实奥区，反用夷之扰乱以速其迁也。“串夷”句，轻带上说，见明德有一日之馨，胡虏无百年之运也。此二句便是受命矣，设相承无人，则命于何固，故厥配之立，不专是理阴教之说，还重作对以生王季之意，所以卒成王业，而与宅之命为益固也。　　立配，在荒岐前，此时实赖其助，所谓二国之后皆以妇人败，太王独以妇人兴也。　　“作屏”“启辟”等事，即通二国不获之天心，而微寄其斩艾者也。“修平”“攘剔”等事，即达“西顾”“乃眷”之天心，而默通其呵护者也。

三章。“省”[①]字妙。上帝莫民之心，时时在念，故以宅与太王而迁之，及其迁而又从而省之。　　《瓜瓞》之诗言王业之成，故“柞棫”二句下二“矣”字；《皇矣》之诗言王业之始，故“柞棫”二句下二“斯”字，见前此未“拔”未“兑”也。自太王荒岐作屏、修平以后，“斯拔”“斯兑”如此云。故此二句见精神气象见于林木之间，有方兴未艾之象。此时式廓既增，已成其为邦矣，但欲得明德相继者，以承对此邦，则民于焉可莫也。“作对”，盖以可安之地与夫能安之人，两两相称之谓，然此“作对”之意非待太伯之让、王季之受而后定，自初生太伯、王季之时，而缵太王以当此邦者，已属之王季矣。“因心”四句，正言王季莫民之德，而为天“作对”之意。三“则”字语气极紧。“心”字下得妙，如当日兄让弟亦让，此特友之迹耳。惟可受即受，遂承兄意以莫民，不知有国之可利，但知有民之当安，故曰“因心”。“因”字亦下得妙，伯因父，季因兄，心总是因天心也，“则友”其兄即以受其让为友也。修德以笃庆，王季原非有心，只是尽我当国之事以去，莫民而庆自笃耳！“锡光”就“笃庆”见，庆笃而民称王季并思太伯矣！民思伯而伯光也，然庆笃而民诵王季，并不思太伯矣！民不思太伯而伯愈光也。如此讲方合“至德无称”之旨。　　衍庆于前，一如兄之自为子;敷庆于后,一如兄之自为君。故庆为其庆,光亦其光云。“受禄”句,谓受此“作对”之天禄于无失也。“奄有”句,虽自后人言,却在“受禄无丧”内见,后日之“奄有”,乃王季之“受禄”“奄有”之也。“有四方”,正领对一邦言。

四章。正申上“则笃其庆”之事。首二句不平,玩下“克明”六者,皆从“帝度”之心而出,而“音”的意思轻矣! “帝度”[②],在受让一节上,使之处常而经,处变而权,一味以义为准,但变通合宜,或不理于众口,故又清净。其“德音”卒无因迹而疑其心者,故曰“貊”。“其德克明”[③]句最重。盖君德实难,非聪明宣哲,出于天授,未足以有临也。此句领头,下“克明”始与“克类”对,非叠文也。明于事之是非曰“明”,明于人之善恶曰“类”,明于师道以作人曰“长”,明于君道以立法曰“君”,以此克明之德而王此大邦,自然有以莫民。“顺”与“比”皆所为莫也。清无矫拂曰“顺”,势无隔绝曰“比”,二字模写得“莫”字极切。“邦”字回顾岐山极妙,始曰“作邦”,今曰“太邦”,盖再传而“斯拔”“斯兑”者,益以扩矣。“靡悔”[④]云者,盖文王之德,足可掩迹前王,王季克明之德,能与文德并显,将“帝度之心”可以万世如见,帝貊之音可以千古常诵,德何悔焉? 上章言其有光于兄,此处言其垂光于子也。惟德之明不晦于后,斯命之膺不止于身。“受帝祉”即上“受禄无丧”,“施于孙子”[⑤]即上“奄有四方”。二句不平,即以其受者施之也。 “克长克君”,家之统统于长,然长不及季也,而季之德克长之。国之统统于君,然君不及也,而季之德克君之。此解“克”字较《注》更精。

五章合六章,见文王“畔援”“歆羡”之俱无,而岂有所利于“密”? 特以“密”实暴民而伐之,以莫民也。七章合八章,见文王声色不大,夏革不长,而岂其欲张大武功? 特以“崇”实仇民而伐之,以莫民也。总言文王有明德而天命之以莫民也。 天命之谓性,此两个“帝谓”,皆在文王性中见出帝命来。两“无然”,非戒词,亦不着工夫,文王本来无之也。“畔援”“歆羡”须看得细,“畔援”不必畔理援欲,即畔欲援理,犹未免理与欲对。“歆羡”不必见欲而动,即见理而暴,犹未能与理为一。“畔援”“歆羡”,人心也。“无然”,即道心也。此皆先天之本体,初未尝参以后天功夫,故曰先天之莫民,欲民之尽登觉路也。然必身登于岸,方能拯援斯民之陷溺,而后无负上天求莫之心,是文王以先民者莫民也。惟其先登于岸,则先天不违,能奉天心以行天讨,而有伐密之役，密人侵阮，敢距大邦之命，便是理之当怒处。“怒”者，怒民之不莫也。“爰整”二句，只是命将以御之。曰“笃”、曰“对”，正见文王见理真而道心不动，一意奉若天道处。两“以”字皆本伐密来。“笃祜”云者，盖抚字小国，乃周祜之及人处也，而阮被密侵，则周之祜薄，不及厚庇邻国矣。为小国去害，乃所以厚周之祜也，至“以对于天下”，则祜又不止是祜一阮矣。然笃祜对天下须本莫民意讲，盖上帝求民之莫，圣王代天莫民，非为周也，皆所以为天下也。故整旅遏密，直是造周以造天下，总所以副上帝求莫之心也。　“以对”，“对”字应前“作对”，王季与邦为对，到文王便以对于天下，亦须着眼。

六章。“依”[6]字就心言，应上“怒”字，看可怒而怒发之中节，故其心自安闲也，政是无“畔援”“歆羡”光景。上云“遏”者止其来，此云“侵”者穷其地，盖所伐者止密之君，而不及密之士女，有秋毫无犯意。“陟我”五句，总是一个“侵”字，要看几个“我”字不专在得密地上讲，须重得密人之心。程邑之作，只是定密地以一人心耳，非徙都也。“度其鲜原”，“其”字指密地言。“居岐阳”，负山也；“在渭将”，带河也；“方”，向也；“王”，往也。俱就人心言，文王未为天子，下语须有斟酌。“度其鲜原”以下，即“笃周祜”“对天下”之实，虽在形胜讲，而一片安民之心不可轻忽。

七章。“不大”四句，政是明德之实，大抵不用其明，乃为至明。即如“声”未始非德中传播之籁，“色” 未始非德中宣著之彩；“夏” 亦德中阳明之气，“革”亦德中变化之神。但其中默默有一“帝则”在，而运用极微，故曰“不大”；推移极速，故曰“不长”。“帝则”亦非必并“声”“色”“夏”“革”而空之，第知识[7]不忘则逆而之人，知识忘自顺而之天耳！故四“不”字之心，即浑合“帝则”。生杀予夺，总是“帝则”，故有伐崇之役。“仇方”，文王志于莫民，而崇侯助纣以虐民，是民之仇也，即尔之仇也。非以谮己故仇之也。“询”，含下仁义二意，问其能悔罪则赦之，问其终怙恶则歼之，总之求莫民而止，必同与国者，亦见人心共诛之也，非徒藉其援也。“钩援”“临冲”三件，攻城之具轻。末句承上三句，皆在帝命上讲。文王登岸，即是合“则”，而顺“则”乃其登岸处。

八章。正言伐崇之事，全是以“帝则”为操纵。四方无侮，此是顺“帝则”之仁处；四方无拂，是顺“帝则”之义处，俱非“声”“色”“夏”“革”“知”“识”上用事也。　“闲闲”，言设之而不用。“言言”，有任其高大而不即攻。“连连”，有各司其局，不奔突进击意。“安安”，有各遵纪律，不浪战要功意。讨罪出于天，故类之；兵法造于古，故祃之，亦以昭其罪于天神也。致附全为崇民，其君若肯自新，亦在赦例矣。“茀茀”，有攻击强盛意。“仡仡”，尚负固不服也。“伐”，声罪以讨之也。“肆”，纵兵以攻之也。“绝”，殄其祀，若实告崇之先灵，今而后崇不当复享血食也。“忽”，灭其国，直正告天下，今而后崇不当复隶分封也。“四方”，“方”字正与“仇方”“方”字应，盖崇之役而曰“仇方”，盖仇四方也。当是时，侮四方实甚，拂四方实甚，今文王为之声其罪，无非求莫也。四方岂有侮之、拂之乎？则以“帝则”顺而人心无不顺也，故“侮”字、“拂”字正应“顺”字。

---

① 原批注：“‘帝省’五句，直趋‘作对’。”

② 原批注：“‘帝度其心’，‘心’字即照‘因心’‘心’字生来。”

③ 原批注：“德音必本于明德，故承说‘其德克明’。”

④ 原批注：“‘靡悔’二字与‘克明’字相照。”

⑤ 原批注：“‘孙子’内暗藏武王。”

⑥ 原批注：“‘依’字正可想出‘莫’字神情。用兵必有根本之地，才可安百姓，俾无驿骚。”

⑦ 原批注：“知识正是‘大’与‘长’的根苗，与天则相衡箸。”

灵台章

上二章言观乎天文以察时变，以“灵台”为主。下二章方观乎人文以化成天下，以“辟雍”为主。咏“灵台”而言物之盛，以见能育物也。咏“辟雍”而言声之和，以见能作人也。　　此诗要认诗人叙述语法，民乐意在赞叹上见，却不须明说出乐字。　　通诗当以“灵”字为主，盖台以“灵”名者：观“子来”之状，则曰此民之灵也；观“勿亟”之令，则曰此王之灵也。成以不日，则曰此神之灵也。然台灵矣，而囿何不灵？囿灵矣，而治何不灵？囿沼灵矣，而囿之飞走、沼之游泳又何不灵？且叩鼓而宫应，考钟而商应，钟鼓亦含灵也。喈喈乎选声而进，按律而陈，矇瞍亦献灵也。文王之世，何多灵也！

首章是一气话。既攻以庶民，则民已来矣。既成以不日，则成已亟矣。下只咏叹上文以形容民之乐趋也。　　“经始”，只唤起之词，重“始”字。“经”者，度地为基；“营”者，设表正位。俱一时事。“子来”下须补“攻成”二字方是。《注》：“方”字、“已”字、“虽”字、“自”字，最说得民心惟乐意出。

二章。“囿”“沼”承上“台”来，加一“灵”字，亦不可忽。两“王在”字宜重看。曰“王在灵囿”，则囿中有王，而囿中之物何勿灵？曰“王在灵沼”，则沼中有王，而沼中之物何勿灵？不然，囿中无王，安知不对“攸伏”“濯濯”“翯翯”者而神枯？沼中无王，安知不对牣跃者而岑寂？“攸伏”“濯濯”“翯翯”“於牣”等光景，俱就民摹写出来。此中全要见宇宙太和，万民咸若景象。

言外有樽节爱养，如豺祭兽始猎，獭祭鱼始渔，故物无疵厉、无凋耗，此王道之成也。麋鹿鱼鸟之乐，即王之乐，不必进一层。

三章。首一句是悬乐之具，二句是统乐之音。下二句不平，夫是钟鼓之音若是乎其有论乎？徘徊久之，不觉令人跃然，曰此奏之辟雍[1]者也。夫辟雍何地也而奏是乐？於乎，不其可乐也哉！　　“虡业”，是悬小钟磬者，非悬贲镛者。“贲鼓”列于东序，镛钟列于西序，非置于虡业者。但鼓声欢以立动，钟声铿以立号，易至散漫。“於论”者，大不过宫，细不过羽，所谓乐而不乱，服而不厌，从律而不奸也。“於乐”，非音乐可乐，亦非其地可乐，只浑浑言作乐于辟雍之可乐。

四章。首二句是乐之不能已而言之不能尽，故又叠起言之。乐之更端曰奏。　　作乐先击鼓一阕，复奏亦自鼓始。《注》：“方奏”二字，所谓有论者方著其论，可乐者方衍其乐，要见欣幸其未艾意。

---

① 原批注：“叙台池苑囿，而及辟雍学校，极有深意。”

下武章

通章以“世德作求，永言配命”二句为主。按武王以戎衣继绪，似难比德于先世，难合符于天理，难取信于天下，难为训于子孙，故此诗一一为他剖破□□庸达孝之旨。　　此诗总是“王配于京”，尽之求德。“配命”，是“配京”之实。首四章是可大，末二章是可久，此又从继先上看出裕后来，皆是了“配京”之案也。　　“孝思”二字重看，在武王为求德，在“来许”为“绳武”，在今日为“媚兹”，在万年为“有佐”，孝之分量固如是也。

首章[1]。“下武”对“在天”而言，谓在下之武王也。　　一说文王以下，至武王而造周，然自此上之如哲于勤家之王季，哲于肇基之太王，盖世有之也。“在天”，言三后精神，上与天昭，便见其未易配处。“配京”，谓在京之居，克当其在天之灵，故曰“配”。而云“于京”，则正指“维周”者言之也。　　往以“配京”自王业言，然玩下“求德配命”，乃“配京”之实，则知所谓“配京”者，乃是“作求世德”，以永配命者也。二“配”字正相照。　　“世有哲王”，“世”字便埋下“德”字，“哲”字便埋下“昭”字。“三后在天”，“天”字便埋下“配命”“命”字。

二章。上章“世有哲王”句内，就是有世德处。此三后之世德，原是与天命合的，今武王而曰“配于京”。夫京非先世所有也，化家为国，易侯为王，先后之际，得无意绪不亲而血脉不贯乎？不知真能缵绪者，不在传先人之迹，而在传先人之神。故志事所在，武王振作精神，参经权通、常变多方以求其合，前所未有，自我作之可也。此求“世德”即是配命了。下句转出一“永”字，以见天命之所配者。“永”，即是祖德之所合者无穷也。　　三后之德，只是个“昭事上帝”，故“三后在天”。所受命于天者已久，而兹曰“配命”，政不负其在天之灵意。“命”字与“天”字关映极切，何必添出天理来？人心之所信者，先德；人心之所共信者，天命。“成王之孚”，谓世德之求，配命之永，有以成之也。“成”字在武王身上说。

三章。“式”本“孚”来，“则”即是“式”。下“媚”“应”，即此“式”“则”便是。故此连下章，皆尽“王孚”一句之意。“孝”而曰“思”[2]，就心上看。迹或不合，心无不同，故此思一断，则即断三后以来之精脉，即断民心所久联之同脉，民又安得以式三后者？式之惟此孝思之永，可以映彻六合内外，可以映彻千载上下，则世德之式依然在望，常若三后之示则于下土之景象，所以信而式之也。但下土之与王者，势位悬截，而此心同，则其思亦同，无不可随分以自尽其心，即所谓达孝也。“维则”，重自我可则言，盖理道到极至处，人自不能出其范围，非必以武王之事为法。

四章。曰“兹一人”者，盖三后以来，得此一人也。“一人”字，正与“三后”配意。“媚”[③]本“孚”“式”来，此便是“应”之至了。“应侯”句，遂言所以应之者，非以私媚而维以顺德，盖所求之世德，乃顺于祖考之德也。吾顺于三后而不拂先德，斯民顺于吾之德而不拂一人，乃所为顺德者何？亦曰“永言孝思”而已，故“永言”句与上不同，上是推原，此是申赞也。“昭哉”句，全在通先人之节，济天下之变。心事如青天白日，可以对祖考，可以对天下，可以对子孙，曾何嫌疑？曾何悔恨？此句正收结“王配于京”之意。　　“嗣服”，即求德永命，不专以业言。

末二章。见“孝思”永于当时则“嗣服”昭，“孝思”永于后世则获祚远，总是一个“永”字。　五章、六章亦以足“维周”之意。　　“兹”字非虚，正是上“媚兹”之“兹”，昭于兹即可昭于后，特患“来许”未能绳之耳。如此说方是重武王能裕后，不重后人能继先也。“绳”字不着力，“祖武”原是为后世绳也。绳之者，只继其求世德者以求武王之德，依其永配命者以配武王之命也。武王绳三后之武，而其道昭来世，又绳武王之武，而其嗣益昭，则三后在天之灵配于武王者又配于后人，岂不“受天之祜”哉？受之者，子孙所以受之者祖武也。　　“武”字照“德”字看，“绳”字照“求”字看，盖存之身为“德”，遗之后则为“武”，谓之“德”尚须于“求”，谓之“武”但须于“绳”。

六章紧根“绳祖武”来。“四方来贺”，即受天祜处。盖天之所在，人必归之。“贺”非朝也，谓“贺”有绳祖之新君也。“有佐”，照“媚”“应”，又推进一步，盖犹是“媚兹”一情，犹是丕应一机，但草野抱之，只属虚想，惟附侯土之位，则此之效于朝家者，不徒曰“祜”，不徒曰“应”，而曰“佐”矣。此合上章，要看“万年”二字，所谓“昭兹来许”也。　　一“孝”也，而上曰“思”，对三后言也。　此曰“武”,“武”训迹,以垂于“来许”言也。此合上章非后人能缵绪也,盖武王“配京”之业,政即后人以衍“孝思”之精,借“来许”以竟作求之量。必如是而“嗣服”始昭,“配命”始永,“王配于京”乃不虚耳！句句须挽到武王身上去。

---

① 原批注:“此章作下三章引子。”

② 原批注:“‘孝思’即上‘求世德’之思,‘永配命’之永。‘思’字正作‘求’之精意,莫作助词。”

③ 原批注:“‘媚’即应也。求德配命之德,主其感,故曰‘应侯顺德’。”

有声章

通诗以“求宁”意为主。文之迁丰,而“追来孝”者此心也。武之迁镐,而“诒孙谋”者亦此意也。　“作丰”而始于“伐崇”,见得欲以救民,即文不得不用武也。“作镐”而首于“辟雍”,见得欲以化民,即武不得不用文也。且文迁丰而曰“追来孝”是继先,见孝道也。武迁镐而曰“燕翼子”是裕后,见慈道也。

首章。“有声”,暗指安民之声。“骏”训大,予谓“骏”有负载之象,又有神行之象。　至治无为,文非真有所求也。太平无象,文非真有所观也。“求宁”“观成”,诗人特形容其心视民如伤心事耳！“求宁”“观成”,一气不断。“求宁”便欲“观成”,使其未成犹未宁也,故观成正急于求宁心事,此内便含容民畜众意,为下伐崇、迁丰张本。君者群也,群天下之民而安之也。

二章。承上“求宁”“观成”,重“作丰”意。从“武功”说起,为“作丰”张本也。“受命”,受“询尔仇方”之命。“武功”,成“肆伐”“忽”“绝”之功。盖观兵耀武,见谓动大众而弗宁,不知劳我师而弗宁者,暂奏厥功,而辑“宁”者永也。“伐崇”,本非为“作丰”计,但“武功”既成,民归渐众,自不能已其安民之心,故“作邑”以容之。所谓“求宁”者,正欲宁之于丰;所谓“观成”者,正欲观之于丰;是其除民害,即以奠民居,故曰“文王烝哉”。　天意在除残而“伐崇”,天意在容民而“作丰”。奉若天道,故曰“克君”。

三章[1]。述其作都之制。城在旧沟，邑称其城，自是体制如此，无规模狭小意，只为武功甫定，土功遂兴，有似乎急成己之欲者，故以“匪棘”二句表其心如此。“来孝”，谓先世以来相传之孝，如公刘迁邠而曰“辑思”，太王迁岐而曰“慰止”，王季作邦而曰“顺比”。安民一念，家法相承，文王“遹追”而及之，自不得不汲汲耳！岂曰棘欲哉？是其念祖德，皆所以念民隐，故曰“王后烝哉”。

四章。公之“濯”，正与声之“骏”相应。夫丰垣，特“伊淢”之城耳，其规模不甚弘大，何以遂见公之“伊濯”？盖以其筑邑安民，功在生灵，故甚着(著)明也。“维翰”，不是归往受廛，当时民被纣虐，赖丰垣之中，“父母孔迩”，有以翰护之。翰，庇之也。至此不惟宁一邑而且宁四方，功之所成亦几可观矣！是其奠民居，即以副民望。故曰“王后烝哉”。然文虽三分有二，乃恪守臣节，安民之功终身不克大成，不无待于武王也。此“四方”亦指六州之四方言。

五章。推迁镐之本。首二句轻，“维禹之绩”中，含文之作丰，亦与有功焉，正见武王迁镐之发源也。“攸同”与上不同。上只同其归附之心，此是同其臣妾之戴。“辟”亦与“翰”不同。“维翰”只是倚赖意，“维辟”便禀其政教号令了。盖“维辟”必有立极之区，亦“维辟”必有敷文之责。故建京、建学讵容已乎？即此会极之有归，见皇极之有锡，故曰“皇王烝哉”。“维辟”内，要见武王安民意。

六章。重迁镐。以“镐京”二字提起，正见是武王之所新立，以收束攸同之民心者。“辟雍”何以为迁镐中首务？盖武王所行，无非体文“求宁”“观成”之志，脱或形势弗便，礼乐不兴，不可谓宁，基业因前润色，俟后亦不可谓成，故鼎新之日，建京建学为极大机务也。“东”“西”“南”“北”即上“攸同”之四方也。四“自”字，皆本“镐京”言之。四方先言西者，镐京在西，近者先被其化也。“服”是服其教化。重“思”字，见其为心服。“思服”而曰“无不”，正服之有同心也，是其能统人者又能作人，故曰“皇王烝哉”。

七章。首四句一直说下。“考卜”者，盖以卜其可以为安民之地否[2]。“惟龟正之”内，要见天地鬼神，启以都会之机。　　“考卜维王”，不是倒装句，卜筮之道必先断于心。曰“维王”，则王志先定矣！稽疑，所以定众志也，正以终考卜之意。“成”，以终宅镐之意，此其慎重之意，乃协神谋以奠民生，故曰“武王烝哉”。　　成是成镐京，辟雍特带其中。

末章。兴意。以“有”字与“岂”字相呼应。丰水犹以润泽生芑，武王岂不以泽及后人为事。“诒谋”二句，正是事不平，重“诒孙谋”上，谓建此立极之地，开此会极之区，则后代世世为孙者，其谋已定于此矣！而敬承之子不过坐收“攸同”之治，坐御“思服”之众而已。所谓燕之③也，此专在作镐京上，言建学带说，是以民之安诒子孙以安也。然不徒安一世之民，而直有以安万世之民，故曰“武王烝哉”，所谓以父道尽君道也。　“诒谋”，须安民上讲，盖我周家法，世以安民为事，先以之追而后亦以之诒者也。先后不易民而治，则祖孙不易事而谋。

---

① 原批注：“上言受命于天，此言追孝于前。”

② 原批注：“文王迁丰，何等忙迫！武王迁镐，何等周慎！总为安民之故耳。”

③ 原批注：“曰‘燕翼’，不翼，亦不燕矣。”

生民章

此诗尊后稷以配天，当以“天”字为主。首章“履帝武”句，见得稷者，天之所生。末章说个“上帝居歆”，见得以天之所生者还与天配也。　篇中“有相之道”一句，是全诗纲领，天之生后稷以此，稷之配天以此，“庶无罪悔”，正指其相天之功。

首章。此言受孕之异，当以“生民”二字为主。“克禋”七句，皆生民之事。“生民如何”，是发问之词，与“时维后稷”句相应。盖天欲生万世之民，乃先生我周初生之民也。“禋”“祀” 内有姜嫄之精诚上通天帝意，所以帝示之以“武”，又若起之以“歆”。巨迹之说，事涉怪诞，然“履帝武敏”，中间用一“帝”字，则知作者原示以天意之神也。“歆”“震”“夙”是三时。“歆”，是感孕之初，“震”，是孕成之后，“夙”，是将产而避居侧室，以自敛戢也。“介”“止”非指郊禖之地。“载生”二句，犹言生育出来，乃是后稷也，与上“如何”应。　“履帝武敏歆”，细玩文义，“履帝武”，“帝”字当指炎帝高辛氏说天。下章称“上帝不宁”,则以“上帝”字别之矣！盖姜嫄者帝喾之世妃也。“履帝武”,随帝喾之迹以出祀郊禖,其精诚敏于感格,故天遂“歆”之,因而于其间止息处,震动而早觉有娠也。如此看“歆”字,则与末章“上帝居歆”相照,甚妙。如此看“帝”字、“敏”字,尤为有理,千古之讹可破矣！

二章。此言降生之异。“如达”,只如顺达之达,何以拟之羊子？不坼副,无灾害,总是如达意,然“如达”“不坼副”,便是“无灾害”。又即“不坼副”二句,便是“赫厥灵”。又即上数句,见其昔日禋祀,果“康”我“宁”我矣！只足上意,不作推由语。“宁”则心无怨恫,“康”则安意以享也。“居然”句,非谓无人道之语,“居”,安也。上“如达”三句,正是“居然生子”也,故下紧接之。严氏曰:“居然生子,言安然无病而生子也。”

三章。此言见弃之异。上“居然生子”,既不作无人道说,然则何为而弃之乎？意昔帝喾氏嫔妃之广,姜嫄以出祀郊禖遂孕,不免在人情疑贰之间,故有三弃也。然三弃之者,人也。牛羊、平林、鸟之偶然而值者,即天也,故曰莫之为而为,今人却似天处处布置,以待稷之至,反把实事说玄了。　“覆”之,护寒气之下侵。“翼”之,护寒气之上逼。鸟之“覆翼”,天使之也。鸟去而稷呱,亦天使之也。无一处非死地,无一物不护生,可见天之所生,人不能死之也。　呱声“覃”“訏”,失养时声犹如此,尤见不凡。

四章。此言种植之异。　“岐”,是容貌魁梧。“嶷”,是神采峻发。“匍匐”之日,已见器局之不凡,至于能“就口食”,此不过自知食,亦何心于粒民之食？然其食天下之识,已于游戏时若露其端。“艺之”字,贯下四件。“旆旆”等,不必入种植有道,只是无心处而天机自启、化工自呈,即稷亦不自知也。以童稚之年,做参赞之事,时虽未为农师,而“有相之道”,已胚胎于此矣！

五章。此言其有功于农,而肇有邰之封也,全重“有相之道”一句。下七句,句句见相之道。　烝民之粒食,皆稷所为,故曰“后稷之穑”。“有相之道”,须看一“相”字,盖洚水甫平,艰食方奏,天下一丰草之区,即有黄茂,孰从而辨之？后稷谓丰草为苗生害,不啻四凶之流毒,故推五刑五用之权,斩而刈之。黄茂为斯世利,不啻庶官之造福,故昉五服五章之典,封而植之,故今所薄为农功,正古所遵为“相道”也。　数“实”字,皆着力之词。正所谓“有相之道”。稼之始事,实有道焉,如何浸渍以发其芽者？为“方”,为“苞”,为

"种"是也。穑之中事,实有道焉,如何灌溉?如何耘耔以滋其气者?为"裒",为"发",为"秀"是也。穑之终事,实有道焉,如何呵护以要其成者?为"坚",为"好",为"颖",为"粟"是也。封邰,虽云主祀,实重封邑,以报功看。"即"字,正与"时维姜嫄"相应,而祭祀意该之。故下章即本受国为祭主说,而于黄茂中抽出宜于祭者言之。

六章。此言兴农事之利,以开国之祭也。秬、秠可和郁鬯,穈、芑可供粢盛,皆宜于祭者,故言此以为肇祀张本。"获""亩""任""负"皆民为之,以供稷之祀事者,不重教民,重"肇祀"上,兼宗庙群神言。盖稷受有邰之封,则邰之内神外神,稷皆主之,而有周之祀实自此始矣!　　以农之务教其民者,既自稷而兴,以农之利祀其先者,亦自稷而起,故曰"肇祀"。

七章。详上"肇祀"之意。"或舂"四句,承"秬""秠""穈""芑"说,本章以此四句为主,是为饎之事,方见是穑事之所奉。下分吉蠲、求神、献尸三者平看,"以兴嗣岁"句总承之。　　"舂""揄""簸""蹂",总是致其精凿意。"叟叟",燥湿相投之声。"浮浮",水火既济之气。"谋",是卜行祭之日、择助祭之人。"惟",是斋戒以清其神,涤濯以洁其器。"取萧"句,是祀内神。"取羝"句,是祀外神。"燔"近火,"烈"远火,燔所以备庶羞,烈所以荐豆实,以献内外之尸也。"以兴嗣岁",是兴起将来,使嗣兹岁所肇之祀也。有无穷意。　　附考:《周礼·夏官》注云:"行山曰軷,祀軷者封土为山,象以善刍棘柏为神主。既祭,以车轹之而去。"[①]

末章。上章是后稷自奉有邰之祭,此章是今日有天下,郊天而配以后稷之祭,故下一"卬"字以别之。　　"始"字与"居"字相应,"胡臭"句轻,接上唤下之词,此重在推原上帝之所以速享,正以稷之配之者当也。"肇祀",谓自后稷以稼穑肇祀之时。"无罪悔",正应"有相之道"。天为生民而生稷,稷粒民以相天,有功即是无罪了。"以迄于今",谓民享粒食之利于无穷,则此有相之功在天者亦无穷也。　　"居歆",直与初生时"不康禋祀"相照。"迄今","今"字又与本章"亶时""时"字相照。昔日姜嫄以郊祀而生稷,故其祀也上帝康之宁之;今日后人以郊祀而配稷,故其祀也上帝歆之。上帝之生稷也,欲有相也;上帝之歆稷也,以其能有相也。故天歆稷之心即是生稷之心也。

① 原批注："是后稷义起之礼，不须一一附鲁周制。"

行苇章

通诗以"莫远具尔"为主。后三章曲尽亲亲之情，无非"莫远"意也。"戚戚"二字极重。行射致祝，总是曲全此戚戚之情，王人亲亲之意，全重在欲父兄彼此修德以永年，而共迓国家有道之长，故末云"以引以翼""以介景福"，意极弘远，说者徒以亲亲私恩论，几失诗人之旨。

首章。言"行苇"本有生意，惟勿害，则其生茂；兄弟本皆至亲，惟"莫远"，则其情亲。兴语重"勿"字，正语重"莫"字。"敦"，谓生意敛而未舒。二"方"字有意，言勿得如此，方得如此也。"戚戚"①，有出于天性，自不容已意，正与"敦"字相映。"莫远具尔"，一反一正，不远便迩也。二"或"字，是于开燕之初，预拟何人当"肆之筵"，何人当"授之几"。此言情当如此，下方是举燕。此二句情不在"肆""授"上，在肆、授中叙"莫远具尔"之情。

二章。此宜以"缉御"一段单提，而以"献酢"二句作行酒，以"醓醢"三句作进肴，而"歌咢"句又单言乐，总见优宾之谊也。　铺陈曰筵，蹈籍曰席②，依之以几，总之一"肆筵"也。"缉御"，如陈之风人，职之宰夫，祝鲠在前，祝饐在后，即礼所谓更仆也。"献酢"二句，须重到主人身上去。盖献以致宾之酢，洗爵以致宾之奠也。洗爵者，示不亵；奠斝者，示有终。"醓醢""燔炙""脾臄"，总之皆嘉肴也，一一荐之，非以人声和歌，即以鼓肴独奏，其将之以礼，又申之以乐，总绸缪无已之情。　此上都要点祭余意，如"侍御"在"骏奔"之后，"献酢"沾"旅酬"之余。饮食则自庙而悉彻，为燕私之需；歌乐则自庙而悉入，为后寝之奏，方见祭毕而燕意。

三章。此以射礼寄觞政，故凡射固以中不中较也，今日之射则惟以饮不饮较也。　"坚"者，弓体劲。"句"者，弓体平。"既均"，泛言射者，故曰"序贤"。"如树"，专言胜者，故曰"序不侮"。　两"宾"字正与下章"维主"相对，见得兄弟也而宾主之，其情极挚。两“序宾”，主意是劝宾以饮，皆中序贤，却不定要宾贤，皆多中“序不侮”，却不定要宾不侮。设方以尽欢，惟恐兄弟一人之不饮，正所以尽戚戚之雅也。

末章。又举酒祝寿，而顺其修德以享之，正主人亲亲之本意也。　　“曾孙维主”者，盖昔为宗庙之主，今为燕饮之主也。“酒醴”一句，燕将毕而犹醹酒酌大斗者，情无已也。酌大斗紧属下文。“黄”，寿征于发。“耇”，寿征于面。“鲐”，寿征于背。须看一“祈”字，谓举酒而祝之如此，非因饮酒得寿也。然获寿考而不交修一德，亦非考终命之道，故又以“引翼”“维祺”祈之。大凡年老神昏气衰，“引”谓引其志使不昏也，“翼”谓翼其气使不衰也。二“以”字着力，父兄之自相以也。末句“以”字直接上“以引以翼”两“以”字。“寿考”，即“黄耇鲐背”，“祺”即承“引翼”说，寿而吉，便是介景福也。

---

① 原批注：“戚戚根祭毕燕上来。”

② 原批注：“席设在筵上一层，故曰重席。”

既醉章

通诗只“永锡祚胤”一句尽之。“景福”“昭明”，暗指祚胤万年。“令终”，暗指“永锡”意。曰“有俶”者，正指今日之祚胤言也。大意具见上三章。“公尸”以下即嘏词以实之耳。

首二章。“既醉以酒”二句，须会前篇意发。“既”者，尽其礼、终其事。父兄不以燕饮为思，而一燕之中殷勤委曲，饶却情意，故曰“饱德”。　　“景福”泛言，下“昭明”其实也。故第二章只承“昭明”说。“昭明”对幽暗看。福限一隅，则暗在天下；福止一身，则暗在后世。惟天下后世，无一不全，方是昭明之象，故“明昭”二字须虚，虚含下“祚胤”发之。“万年”须含下“永锡祚胤”之久长，切不可作寿字看。然此二章只重“万年”上看，此即所为“令终”也。所以“介”由我，“介”尔由天，自是不同。

三章。“昭明”承上说来，只以此二字作主。“有融”“高朗”亦自其“昭明”者而极言之也。　“有融”云者，不特融其瑕类，且并融其童光。单见有一段峻极而不可逾的光景则曰高，而至欲状其为如何高，则已融矣！单见有一段清通而不可掩的光景，则曰朗，而至欲状其为如何朗则已融矣！　“高朗令终”，即万年昭明也。“终”是无穷之意，所谓有融者常融，高朗者常朗。“有俶”，正是明“令终”意。此“昭明”在今日则为善始，垂之永久则为“令终”，然语意归重“令终”上。　《行苇》之诗，君以神之惠惠我；《既醉》之祝，亦遂以尸之嘉告告君。见今日臣子之愿祝无凭，昔日之神明昭告可据耳。“令”字、“俶”字、“嘉”字皆是善，三字相照极妙，下文“类”亦善字之解，正与“令”“俶”“嘉”相照。

四、五章。先言“锡类”之由。主祭者既敬，助祭者亦敬，是君臣一德以为之类。主奠者既孝，举奠者亦孝，是父子一心以为之类，而福亦遂以类报之。　“笾豆静嘉”，君子之敬见于礼物者，还主笾豆所荐品物言。“朋友”二句，谓朋友之摄佐者，皆检摄威仪以佐主人。“摄”字原无二义，而朋友如此，则主祭者可知，故“孔时”遂指君说。　“威仪孔时”句，是君子之敬征于礼容者。时者，谓始而求神，终而献尸，皆有威仪而能不疏不数，非孔时而何？　有嗣举奠献尸，旅酧之后，主人嗣子入，尸执迎牲前所奠之酒饮之，以致转付祖考之意。嗣子乃洗爵酢尸。“不匮”者，言当旅酧告成后，其心犹若祝祭迎牲始也。　“永锡尔类”，总承二章意。“类”亦取其与君臣父子之善相类，须虚影“祚胤”讲。　“永锡”即“万年”也。“类”训善，即“令”也、“俶”也。“类”而谓之“永锡”，即“景福”“昭明”“融朗”之善其终也。

六章合下二章，乃“锡类”之实，正“万年”“昭明”之事。此章又为下二章总领。　“室家”句，非闲语也，乃言天命正于此中凝承，后嗣正于此中孕毓，是“那居”之地，即锡福之地也。　末句只重“永锡”上，盖祚是今所已有者。曰“永锡”其“祚”，不止今日之联群辟而摄祭也。胤亦是今日所已有者，曰“永锡”其“胤”，不止今日之有孝子以举奠也，必有万年永锡，斯谓“高朗令终”。

七章。“胤”非“祚”，罔与藉非所称万年之胤也，故永锡以祚，使祚与胤以类从事[①]。君子为景命之主，而景命附焉。若有依毗之义，故曰仆。此万年有仆中，即暗打着子孙身上言矣，但“天被尔禄”，“尔”字则自君子今日说起以垂来耳！

八章[②]。“祚”非“胤”，罔与承非所称万年之祚也，故永锡以胤，使胤与祚以类从焉。　女有士行，则母贤而子必圣矣！“孙子”当指嫡而宜于王者言，方与“景命有仆”意相承，非如他处以子孙之多为福也。上章天禄景命，正承受在此孙子身上的。上章重“被”字，此章重“釐”字，即上文“永锡”“锡”字，此所谓“令终”也，“有俶”也，皆“公尸嘉告”也。

---

① 原批注：“仆字正以类相从之义，(胤)(自)(可)(永)。”

② 原批注：“‘其仆’接‘有仆’，则又上下相联意。”

凫鹥章

五章各重“公尸燕饮”二句为主。首章已尽其意，下只反复咏叹之。尸以象神，祭毕之燕，故不敢留，而转为次日之燕，故云绎而宾尸。　凫鹥，水鸟，而在泾、在沙、在渚、在潨、在亹，(闲)适得所可知，以昨日象神恭敬之。公尸而来燕，其安亦可知也。故“来宁”“来宜”“来处”“来宗”“熏熏”，即以燕时象之。曰“成”、曰“为”、曰“崇”、曰“无后艰”，亦即以燕时祝之。　凡言福禄，只是承君燕而祝颂之宽说。酒肴，即裸将之余滴、燔炙之余羞也。

“来宁”，言昨日为尸，敬谨不宁，今则享登筵之逸，无象神之劳矣！福禄不求而自至曰“来”；“成”，言完全无缺陷也。　“宜”者，以昨日之尸为今日之宾为相宜，为有扶持翼相意。　“处”，即“宁”字意，但“宁”以心言，“处”以身言。“来下”，自上而下，易词也。　“来宗”，就宾以尊之言，于宗之燕，即是祭。福禄亦就神降之说。“崇”者，祭既受福，燕又受福，故曰积而高大。　“熏熏”，非若为尸之时，严敬而戒慎也。“欣欣”，言酒之美而可乐也。变“来燕”为“来止”，不必又添入“燕”字。“无后艰”对前日祭上看。盖前日为尸，使天子劝拜于下，何其易也。使尊于前而怠于后，是易于前而艰于后矣！故前后相继，尸宾相推，是为“无有后艰”，当自今日言，不必推到后面去。

假乐章

通诗以“显显令德，宜民宜人”二句为主，下三章段段与此二句相应。如穆皇、仪闻，照王者之“显显令德”。任群辟，燕朋友，照王者之“宜人”；纲四方，塈斯民，照王者之“宜民”。“受福无疆”，照王者之受禄子孙。至此则王之保佑命者，益固于无穷，所以终上“天申之”意也。

首章。“假乐”，称美之词轻。“令德”，含敬美意。“显显”，显之又显，绝无一毫昏翳之障。始称令德，宜民人，正令德显显处，谓以是德显于政教间，则“宜民”，影下“攸塈”说；以是德显于举措间，则“宜人”，影下“燕及”说。“受禄”，盖“宜民”有以慰天求莫之心，“宜人”有以慰天简在之心，所以受禄于天也，谓显显之令德有以受之也。“保右命”，即天禄之实，皆已然之。福“自天申之”，即以“保祐命”者，申锡于无疆。“申”字内包下“子孙”在。

二章。以下三章皆详“自天申之”之实。“千”字从“受”字生，盖本是受之，非千之也。“百福”，“子孙”以下是也。“子孙”，“百福”中最大者，亦不止就一世言。“千亿”是多。“穆穆”四句是贤。　　敬者德之聚也，聚则有幽深玄远之意，故曰“穆穆”；美德之充也，充则有盛大宣著之象，故曰“皇皇”。正与“显显令德”相应。　　“宜君宜王”，正此敬美之德宜之也。然君王不平，须重“宜王”上。乃所称“宜王”者何？亦如“显显”者之“宜民宜人”而已。以下遂指其实而言之。　　“旧章”，本君子令德著为令典者，正“宜民宜人”之善经也。但智者以聪明乱之，故多愆；愚者以怠忽玩之，故多忘。有敬美之德，必无愆忘之弊。不愆忘，便自能“由旧章”矣！“率由”与“宜民宜人”相应。

三章至末章，单自宜王者愿之。“抑抑”“秩秩”，正“穆穆皇皇”之流露处也。“之纲之纪”，正“不愆不忘”而“旧章”之“率由”处也。而始之由群辟，既之燕朋友，则是王者之即有以宜其王也。盖嫡嗣乃“百辟卿士”之主，而“旧章”之所统承者，故言王而君在其中。

三章。“威仪”二句，政所以继显显之令德也。德显为仪而曰“抑抑”，所以深显显之气也。德显为音而曰“秩秩”，所以贞显显之神也。“旧章”，先王与群匹共成之，以贻后王者也。故人主欲变先王之旧法，必先去先王之旧人，惟“无怨无恶”，以任“群匹”，如是而对庶正之心，犹是奉先绪之心，若一似其“率由”者。然是“率由群匹”，所以“率由旧章”也。往以“信任”解之，非是。且不曰“群臣”而曰“群匹”者，盖王嗣于群臣不作徒隶视，而作匹敌视，故怨恶所以无隙可生也。“受福”二句，凡人主长久之福，全在维系一世人心。“四方之纲”，正是“受福无疆”也。“无疆”言广，不言久，要看一“受”字，以君德为本。　　“无怨”二句应“宜人”，“受福”二句应“宜民”。

末章。“之纲”，紧领上四方之纲纪，即是自朝及野，自臣及民统系于纲者。纲既张，纪自理也。此句便是天子之勤于位处。“燕及”，玩“及”字中是因安民而及之也。大抵纲纪日张之世，人臣得从容效忠，绝无掣肘，只此便是燕，非偷安无所事事之谓。“百辟卿士”，正是朋友荷“燕及”之休者。“媚”以心言，是臣子自效之忠荩，非以“燕及”故媚之也。“不解”“攸塈”，乃是媚心所发。“不解”，正其“穆穆”之敬也，正其“抑抑”之密也。纲纪非王嗣自立，乃“旧章”也。“不解于位”，特其常率由之而已。“民之攸塈”，谓民之所以塈也，勿作已安说。然朋友不是此意，则媚为私媚矣！　　看来“解”不必训作“懈”字，盖“解”乃解散之义。天子之位，乃纲纪所属，倘位上一解散其纲纪，四方便无统属，民何由“塈”？“不解于位”者，不解其位之纲纪也，此民之所以攸塈也。

公刘章

通诗以“思辑用光”句为主。欲光国，须辑民；欲辑民，须笃于为民。故章章以“笃”字起之。　　末章“止基乃理”一句，尤全诗之血脉。自首章至四章，总是一个“止基”。五章总是一个“乃理”。故末章“止基”以上总其始，“乃理”以下总其终也。

首章。公刘厚民，全在“思辑”两字。　　公刘当不窋失官，窜身戎狄，念民生之未安，慨国势之未振，故“非居非康”，虽语其在西戍(戎)的心事，却通章彻首彻尾只是个“匪居匪康”之心。此二“匪”字自其心言，正以起下“思”字。下文“乃埸乃疆”[①]二句，政是“匪居匪康”实用力处。　“埸”“疆”，使民易其田畴。此时彻法未定，不可强解以大界沟涂等语。“积”“仓”，从“埸”“疆”出，“裹粮”又从“积仓”出，此乃先为富强之备，以为迁国地也。“思辑用光”[②]，此句是公刘迁都大主意，见前此非无此思，而思有所未敢用者，恐民未足而议迁，则适以病民也。此乃笃民最吃紧处。“弓矢”二句，形容迁国时声势赫奕，防卫森严，政可摹出“光”字。“爰方”字最可味，见不如此富足，不敢轻行也。“启行”，要见“思辑用光”，在此一举矣！

二章。此言相土，重“胥原”二字。“陟降”二句，正是“胥原”，而先以“既庶”三句，要见邑居未定时，民情已安，政是人情之已辑，可见邑居之不容缓。　上陟山巅以胥风气所由来，下览平原以胥风气所由止。上下山原之劳如此，正所以求安奠此庶繁顺宣之民也。“舟之”以王，象文德也。“舟之”以刀，象武备也。然此三句不过即剑珮以见躬亲其劳，文事武备意亦不重。

三章。此言营邑。“逝彼”四句，总是一个“度”字。“于时”四句，总是一个“营”字。　逝泉、陟冈，与胥原无异，但上是览形胜以定都，此又于所都之地览形势以作邑耳。　“瞻溥原”而必“逝百泉”者何？以溥原瞻，溥原则平旷不可得其胜故，百泉绕其侧，而逝以瞻之，是观下者审矣！“觏于京”而先“陟南冈”者何？以京觏，京则起伏又不能尽其详故，南冈临于其上，而陟以觏之，是上观者审矣！　初然只是个京，自公刘觏之，而率庶繁顺宣之众居于此，是京而为师所居，故曰京师。见带河为险，阻山为胜，风气之所萃也。下四“时”字，欲以辑民而光国，此其时也，不作“是”字解。“处处”，公宫设于中，而民居绕于外也。“庐旅”，道途有侯馆之资，庐市有止宿之场也。“言言”，为涣汗大号计也，“语语”，为商榷大政计也。通就公刘当时营度规模说。

四章。此言落成当播迁甫定之余，而落成一燕，臣则跄跻，君则君宗。“辑”莫辑于此，“光”莫光于此也。　“于京斯依”，对上迁徒（徙）以至相度之劳看。宫室既成，则公刘之心安，而群臣之心亦安。落成之燕，亦为民而设也。“跄跄济济”，便见诸臣不以草昧而□□□，亦不以劳瘁而多懈弛也。“俾筵俾几”二句，只闲闲叙群臣就燕光景，宜轻递过，然须兼同姓异姓言，为下

“君宗”张本。　　“乃造”者，谓燕时之肴，乃造曹而执于牢之豕也。执豕用匏，《注》用“俭”“质”二意，但公刘当日何常斤斤以俭质相示？自后追慕其风，以为此古人之俭、古人之质云，见天造草昧，不得不有爱惜物力之意。“食之”，承肴来；“饮之”，承酌来。然情洽者分易混也，故公刘于异姓则临之以君，其聚之一堂，犹夫散之列署也。于同姓则临之以宗，其列之樽俎，犹夫叙之世牒也。　　草创时一燕，已具有万年规模。　　此合上章，所以定其居。

五章。此言授田。东西为溥，南北为长□□□□□□□□暖向背不同，水泉灌溉有利不利，自不容不详慎矣。故“既景”以审其方面，使田有一定之向；“乃冈”以察其形势，使田得高下之宜。相其孰为向阳而暖，孰为向阴而寒，以顺百谷宜寒宜暑之性。观其泉之上流从何来，下流从何泻，以备三时或旱或潦之虞。“景”“冈”“相”“观”，只如此四平看，不必以相阴阳领“景”字，观流泉领“冈”字，总是辨土宜以授民田之事。　　“三单”者，以十之二归农，以十之一扞御，则兵无召募之烦，民亦无转输之苦，是寓兵于农而不悉民为兵也。　　有田则有粮，但原隰异宜，故须度之野，度以步涂，度以辙也。彻田而行什一之法，见不竭民以奉上也。夏制未有百亩，公刘亦未必行彻，特自后人追论其先，见九一之税有所自始耳！　　“其军三单”三句，总是以井出军，即以井养军，兵赋之法，直两藏于井田之中也。　　“度其夕阳”，兼辨土宜定赋税言，而以“允荒”紧承之，见民归之众。地之溥者益溥，长者益长也。总是疆理以奠其食。

末章。总括一诗之意，以结“思辑用光”一句之案。“于邠”句，庶繁之时也；“涉渭”句，陟巘之时也；“取厉”句，处旅之时也；“止基”，依京之时也；“乃理”，彻田之时也。皆尽安养之道于始者。“皇涧”“过涧”，“溥长”之时也；“止旅”“芮鞫”，“允荒”之时也。皆获安养之效于终者。至是则人民和国家显而厚民之事毕矣！　　欲涉渭取材，因为舟以通往来；欲利作室之器，故取厉锻以备用。“爰众”，视向之庶繁者为益多。“爰有”，视向之积仓者为益足。“夹”以相向言，“遡”以相联言。“乃密”中兼生齿、归附二意。《郑疏》：“芮之言内也。水之内曰汭，水之外曰鞫。”

① 原批注:“《注》□强,强字,即在富字内。”

② 原批注:“思辑句□在启。”

泂酌章

(通诗)重“岂弟”二字,是欲王有岂弟之德,以保其民,而说出却□□□□,“岂弟”乃为民父母之大根本。“攸归”“攸塈”,总父母中事。

兴意。“可以”字最有味,以无源之水,犹可资民用,岂用德之君不可为民依? “挹注”二字大有功夫,盖澄浊求清水之可用,全在于此。“彼此”二字,更不可闲闲看过,盖君之与民总为尊卑阔绝,彼此形骸未忘,所以民不被泽。若能平此之心以体彼之心,则平易自能近民而呼吸相通,安得不为民父母?重君子为民父母意。 “归”,是寄托之意,趋于其教,就于其养,如子之切瞻依于父母也。 “塈”,为民赖之以为安。谷遂其生,各若其性,如子之荷怙恃于父母也。 总见君子所系甚重。必去尽责,方能无负耳!平淡美之,正所以戒之也。若曰民常父母我乎,亦可以仇我;民常我归我息乎,亦可以背我、嚣我。俟王自悟而召公不言也。

卷阿章

此诗虽以“矢音”发端,末以“矢诗”总括,与“矢音”相应,然通诗血脉止在“俾尔弥尔性”一句。“弥尔性”不是终其寿命之谓。“性”者真性也,乃天命之谓性。“弥”字乃完满之意。此“性”本是光明纯洁,故曰“圭璋”;此“性”本是轩豁严饬,故曰“颙卬”;此“性”本是四方所共秉,故曰“为则”“为纲”。然而性中之良知易昏,当用“引”;性中之良能易怠,当用“翼”。“引翼”到性上去,必须“冯翼”“孝德”,此“尔性”所以克终也。故下文“颙卬”“圭璋”,正是真性之完满处,而“冯翼”孝德之“引翼”,乃所以俾之“弥”也。且“媚天子”“媚庶人”,

尤吉士之本性也。“萋萋萋萋”而“雍雍喈喈”，则遂吉士之性矣，不足以“弥尔性”哉！至于车马以命使贤人，则尤在王之自俾矣！　　诗意在讽王用贤以保泰，而只作《赓歌》语气发之。三“俾尔”字，已指著吉士吉人身上，但含蓄不露，及说到“为则”“为纲”，则前面福禄所以可久者跃然露矣！由此说出“吉士”“吉人”，原自效忠，而上所以命之使之者，亦自有具，奈何不使之效其弥性之助耶？通篇语意俱引而不发，令王自思。　　大臣告君之体，不可涉一庶僚谏诤语气。

首章。“卷阿”“飘风”，此虽地列其胜、天会其和，然二句不平，当以“卷阿”作主。游于卷阿，而适飘风之自南，正是阴阳协候，万物长养之时。“岂弟君子”，如今臣子称“圣明天子”之类。　　“来游”句不平，重“来歌”上，方起得“矢音”意。“矢音”中间包许多意思，尚说不出，只云以欲言之意，披露于王前而已。　　“来游”而歌，因歌而“矢音”，若无意于献规者然。“矢音”不必言盛衰倚伏之机，而君臣交儆意已隐然言外。

二章。首二句，“游”字领上章“来游”之“游”。　　“泮奂尔游”，见积平日许多之宵旰，而今乃有此游，则非般乐以为游，而其中政多系累者也。尔之游，亦极“泮奂”焉，而潇洒自得矣。“优游尔休”，见积平日许多之忧危，而今乃有此休，则非逸豫以为休，而其中政多窘迫者也。尔之休，亦极优游焉，而从容自如矣。此俱在天下升平上想出福禄来，故下遂以善终言之。“弥性”，字字极细，要晓得泮奂优游，俱是情所受，而非性所受。情喜游，性或反喜息，情以为休，性或反以为恤，必须啬之以保其和，方称“弥性”。“弥”之为言，弥缝而无渗也。性曰“尔性”，弥曰“尔弥”，两“尔”字极大得力。“俾”字，指下任贤。“酋”是善终，而曰“似先公酋”，便有深意。盖先公所以致此者，必有道矣。“先公”字，政于上“尔”字对照，见得一味尔游尔休，未必能似先公意。

三章。“昄章”，畿甸要荒，倬然大明，无侵凌紊乱之意。“孔厚”，言其倬然大明者，又自巩固不摇。此二句要入天地山川在内，谓覆载间皆吾天地，而又清宁不改；流峙内皆吾山川，而又带砺无倾。即此是已主天地山川之百神矣，而犹欲要之于久，使皈章孔厚者，永保于无穷也。“主”，非徒为祭之主，是神之藉灵依之为主也。且“主”字内有“常”字意在，凡不常者只如过客一般，不得为主，惟常而后可以为主。

四章。"受命长"，只谓受天之命已久。谓文武以来历数已久，则着不得"尔"字。如谓幼冲践祚，来日无涯，则着不得"矣"字。"茀禄康"，谓坐享重熙累洽之盛，而无事于缔造之艰也，即此便是今日纯全之嘏。下只重"常"字，谓长者益长，康者益康也，都是歆动之语，要他自思所为弥性者，功将何俾。

此上三章，始言享安闲之福，次言享全盛之福，次又言享长久之福，俱不脱"俾尔弥尔性"一句。所谓"俾尔弥尔性"者，功将何俾？全须言外着神为妙。

五章。四"有"字，根性命之流行、先公之培养来。"冯"者，如几之冯，设之则安，撤之则仆也。"翼"者，如鸟之翼，舒之则两，折之则孤也。"孝"者，不遗乎亲，必不肯后乎君也。"德"者，不苟于家，必不肯坏于廷也[①]。"以引"者，如盲者之不能行，必前有人焉，引之向方。"以翼"者，如蹶之不能起，必左右有人焉，翼之奔走。　二"以"字最重，盖引翼者士，而所以引翼者则惟王之以也。到得"弥性"时节，皇极有建，合天下人之性，总范围于一性之中，故四方以为则。

六章。根上"四方为则"来言。德之则四方者何如？吾见"颙颙卬卬"焉，尔性一弥而透发其天命之精，自若是之尊严；吾见"如圭如璋"焉，尔性一弥，而消融其情欲之累，自若是之纯洁，抑见有"令闻"焉；尔性一弥，而有以当夫秉彝之好，则德音著，抑见有"令望"焉；尔性一弥，而有以溢夫明德之先，则威仪著。　此三句总根冯翼孝德之引翼，正所谓"俾尔弥尔性"也。"四方为纲"，"纲"者，众纪所系，天下统于一人，犹众纪属于一纲也。两章紧相联看，切不得以师道君道立眼平对。

七、八章。下集所止，上戾于天，凤皇之性；上爱天子，下爱庶人，贤士之心，故以为兴。冯、翼、孝、德，皆为王兴太平者，故曰吉。天生吉士以待王用，故曰王多[②]。"蔼蔼"训众多，非是。须从贤人之心言，谓其爱君爱民之心蔼蔼然也。如此看"蔼蔼"字，则于下"维"字、"媚"字大有情。"维"字承"多"字来。随所用而皆能效职也。使之命之，正是上文"以引以翼"意，但俱是引翼天子，而此又分言"媚庶人"者何也？盖辅天子修"颙卬""圭璋"之德，以为纲为则，是"媚天子"也，而天子之为纲为则，皆曰四方，则天子之及于庶人处也。"媚庶人"者，使则于天子、纲于天子也。是爱惠庶人，即所以忠爱天子，非分两事。　容悦非媚，而忧盛危明者为真媚；姑息非媚，而教思容保者为真媚。

九章。“凤鸣”四句，言一时相值之甚偶。“菶萋”二句，言一时相召之必然。凤凰鸣高冈，盛世之贤才也。梧桐生朝阳，治世之明君也。重“鸣”字、“生”字，有想望之意，不重在“高冈”“朝阳”上。末二句只叠言生朝阳者如彼其盛，鸣高冈者如彼其和，而感召自见，不须下转，且与下章各开说，扯作兴意甚无谓。

末章。“君子”四句，只就车马点醒王心之好贤，其实明良感召之机，在以德相招，非徒藉是车马，宜浑浑言车之庶多，岂止以供伴奂之役乎？恐鸾舆而外皆虚车也。马之闲驰，岂止以骋优游之休乎？恐法驾而外皆留良也。召公作诗至此，言及于车马突然而止，不明言其所以用车马之处，故谓“矢诗不多”③，盖欲王自得于意言之表也。　两“既且”字，即未见其用，然非不足用也；即不知何用，然非不可用也。词若不可止而辄止，意非不可尽而不尽，使王不能不动焉！

---

① 原批注：“如不以冯翼孝德，将如之何？亦言外之意也。”

② 原批注：“王多意，即上四‘有’字。”

③ 原批注：“‘不多’字‘维’字，沓下可味。”

民劳章

通篇相戒，以安民为主。而安民之道不外禁奸，禁奸即所以安民也。大抵无良之人，未有上不媚主而下能虐民者，故言“寇虐”先以“诡随”冠之。况其言则“昏怓”，其恶则“罔极”，其状则“丑厉”，其用心则“缱绻”，此皆败道反正者也，必谨而遏之，使不得自纵，然后中国可惠，而四国咸受其福耳！屡言“惠此中国”者，小人浊乱在朝廷也。　篇中数“王”字煞有深意，盖托为僚友相戒，而意则刺王也。

首章。“民劳”兼“中国”“四方”言，暗含被小人所虐意。“亦”字与“汔”字紧相应。曰“可”，见唯此时为可也，他日将不及矣！“惠此”二句，含小人近王，浊乱在朝廷意。《笺》云:“王爱京师之人。”则天下邦国之君不为残酷。然惠绥之道别无他法,只是去其虐民者而已。“无纵”四句一连说。　　“无良”之人,何故“诡随”?大抵居高者,多喜软熟而恶刚方。小人欲进其身,未命先唯,未命先诺,故不徒曰“随”而曰“诡”,小人之情态曲尽矣!“无纵”者,明以烛之,断以绝之,毫不姑息也。下“无良”之“谨”、“寇虐”之“遏”,只是一无纵而已。　　“憯不畏明”,紧联上句说,言遏此寇虐之“憯不畏明”者。　　小人为寇,民财所以竭也;小人为虐,民生所以斩也。　　小人之奸既去,君子之泽可施矣!故“柔”者宽而抚之,应“绥”字。“能”者顺而习之,应“惠”字。此皆去小人后细用安民之功也[1]。　　“王”字应上“民”字。“民”,王民也,说个“民亦劳止”,便见王不能定意,远近皆安,则本固而邦宁矣!“以”字最着力。

二章。“小休”之“休”,以民之休息言;“王休”之“休”,以王之休美言。“民逑”,联其涣散之心而使之聚也。　　“惛怓”小人刻意虐民,非多事不能遂恶,非多言不能生事,“惛怓”其必至也。“无俾民忧”,使民不至安受其毒也。　　人情慷慨发愤者,志虑难持于坚定,往往锐始而怠终,况小人之党难除,斥其一则援之者众,尽其类则仇之者多。或有夙夜朝夕于王,而于此辈未免多务调停者,此即“弃尔劳”也。当时非真有除奸之成劳,总是重其责,故往来其词以透进之也。中国尊,万民聚,非王休而何?

三章。“作慝”,即“罔极”,总根“诡随”来。从来柔恶即刚恶也,然说个“慝”字,直已穷其隐矣。　　敬仪亲贤,正“无纵诡随”之本。盖小人蟠结朋党,党盛必合众君子方可以胜之。然终以意气相标炫,而小人随得目我为党,故敬慎[2]中,煞有许多深心密虑在,远奸安民窍系全在于此。　　去了小人,必须进用君子,不然去一“诡随”,复进一“诡随”,遏一时之“寇虐”,“慝”且不后时而作矣!民劳其何息之有?

四章。“俾民忧泄”,俾民愤懑之情,尽宽解也。　　“丑厉”,凡人正大者常光明,“诡随”者常丑暗。　　正道,是安民大道。正败,小人用事,纪纲法度皆废坏也。　　“而式弘大”,“式”字根“正”字来,是正道以为式,关系最为弘大。　　此人非能着意去奸者,诗人特发自家意思耳!

末章。“国无有残”,国无有伤残之民也。“缱绻”者,小人唯无纵之已耳,一纵将反为小人用,太阿倒持而不可收,即明知之而蔓延固结,莫可谁何。如云"去河北贼易,去朝中朋党难"是也。故曰"缱绻"。"正败",犹未尽反也。"正反",则纪纲法度无不废弛,是非曲直无不倒置矣。"玉女",委任托重,便是宝爱也,见我之不能已于言者,非止为民,亦以为女也。女纵不爱国爱民,独不自爱乎?迫切之词也。　　"大谏",即通诗也,见关天下国家,言之不足,详娓反复言之,故曰大谏。欲其无负王所托也,亦所以讽王也。

---

① 原批注:"奸人虐民,刚狠执□,一一反其所为,此际又却性急不得。曰'柔'曰'能',大有妙用在内。"

② 原批注:"'有德'非可耽,就'敬慎'字有味。"

板板章

此诗刻责僚友,而意主戒王,以敬天安民为主[①]。"怀德维宁"一句,足以尽之。敬者德之实,而民之安,乃君之宁也。　　曰"敬天",政所为安民也。曰"怀德",政所为敬天也。曰出话然、为猷远,政所为怀德也。曰辞辑民洽、辞怿民莫,政所为出话之然,为猷之远也。总是一意到底。

首章。通诗大旨,括于此节。　　首二句天变民病,即不宁意。中五句,是不能敬天以安民,即不能怀德意。"是用大谏"管下七章。　　从天道说到人事,此谏法也。　　上帝居民之上,以安民为道,此其常也。重言"板"者,尽反其常也。"卒瘅",政根此说。此二句见天变之病民,必有人以致之,正当修人事以回天,而人事乃如此也。　　凡人议论,初非无根,谋于心之猷,即出于口之话,故即其口所宣者有不然,便知其心所虑者,有不远也。"不然",反下"辑""怿"看;"不远",反下"怀德""敬天"看。凡人心知有圣人,犹依傍名教而不敢尽悖,今既自是寘行,何依据之有?故曰"管管"。或云管是小物,私智自用,所见亦小,诚如以管窥天也。"不实于亶"者,修词不立其诚,为谋不务其实也。此二句又"不然""不远"病根。　　天人交变,略无畏惧,此皆无远大长虑致然,故总承之曰"犹之未远"。　　上"犹"字,是谋画,此"犹"字又在话猷上一层看来。下“犹之未远”，即打转为犹不远，非二意也。断不可分作两项。“大谏”者，反常之世，不得用迂远之谈也。

二章。“方难”“方蹶”，就民之不洽、不莫见，即上板板之天也。“宪宪”是不知忧，“泄泄”是不知急，此从来庸臣之酿祸，甚于奸臣之召乱，即上“不然”“不远”之态也。说个“方难”“方蹶”，见得天祸方始，正可容其挽回，勿为已难已蹷，我无如天何也。　　“辞辑”[2]四字顶上“出话”句来。但一“出话”，何以便能安民？盖“辞辑”即是宣猷以辑民处也，“辞怿”即是宣猷以怿民处也。民洽于其言即是辑于其犹，民莫于其言即是怿于其犹，此是“无然宪宪”“泄泄”之实，所以救“板板”“卒瘅”之祸也。　　辞非号令，乃是人臣立朝事君者之议论。辑、怿，亦只是出话谋猷之间，卒心易气，可否相调。此全是为猷念头蔼然，知有民不知有己，而辞以宣之，便能为民造福矣！　　上章曰“下民卒瘅”而归本于“出话”“为犹”，此可相证。　　沓下四“矣”字，直接上两“无然”语脉，盖谓当此“天难”“天蹶”时，只有此一着耳！

三章。上云“犹之不远”，则尔不能自为谋矣！故我欲代为尔谋。况是时“难”且“蹶”者在上，“不洽”且“莫”者在下，岂是缓图？岂是近论？而“听我嚣嚣”，故戒之曰“我言维服”。“勿以为笑”，盖以规切之言，入靡圣之耳，非言之难，而听之难也。“询于刍荛”，是先民一句成话，引以见不告犹询，刍荛犹听，况僚友乎！况大谏乎！“维服”，如服之在身，决不容一刻卸却，不必训“事”字。

四章。不过即上章“维服”“嚣嚣”之意而加紧言之，以见言之不可不听也。　　“灌灌”[3]，即上“即谋”“维服”意，正是本亶实之心，以远于为猷处。“蹻蹻”，即上“嚣嚣”“为笑”意。蹻，乃趾高气扬，正是谑处，以“蹻蹻”当“灌灌”使，老成深虑全没气力，即伏下文“载尸”之案。　　“耄”字，应“老”字。“忧谑”，正与“谑谑”相应。“多”字，根上“忧”字说。“不可救药”，就时事言。“多将”，必然之词也。　　此以不听言之祸惧之也。

五章。此正言其可忧而“不可救药”之实。　　“夸毗”三句一气说下。自矜以罔人曰夸，雷同以附和曰毗，正不然之话也。大言夸人，必有凌厉之态。循言毗人，必有侧媚之状。耳目易而观听乱，故曰“威仪卒迷”。小人之焰张，则君子之气结，善人于此安得出一言，以与不然之话抗？又何能出一猷以与此不远之猷争？则有载尸而已。善人正是揆事惠民者，今惟载尸，则民之愁苦虽甚，谁为之揆度其所以？斯民徒为乱亡咨嗟，孰有顺其生养之望者乎？欲惠我师，必须善人。欲善人之用事，如何容得夸毗？到此才缴得“我言维服”两句意。　“天之牖民”以下三章，正告以回天之实事。

六章[4]。承上言，“殿屎”“灭资”，民定归于邪僻，而为上者夸毗，卒远适以导之邪也。故言牖民之机，不可不慎。　“牖”，开通之义，室暗故牖以通明。“孔易”，意全在首句发之。“如壎”四句，极形容其易耳。　壎篪，喻天人之相应，不以气隔也。璋圭，喻天人之相合，不以形隔也。取携无益，喻天人之相授受，不以顷刻待也。“孔易”句总承，犹属天之开民说。上之化下，又就上看出上文辞辑而民便洽，辞怿而民便莫，即是“牖民孔易”机窍。　“民之多辟”轻说，归重到“无自立辟”上去，意云民即多辟，其天自在，岂可于话优之间自立于邪以导之也？要看“自立”字。　“多辟”，不洽不莫也。“立辟”，即“不然”“不远”“夸毗”之类也。若自立辟。　闭其牖即以塞民心之天矣！

七章。藩以限外，垣以卫内，屏以为蔽，垣以障土，城以环卫，皆有形之险也。　“价人”，即上“载尸”之善人。平时有经邦之资，临事有应变之略，故“维藩”。“大师”，今民虽“卒瘅”，虽“殿屎”，然合众愚可以成至智，合众弱可以成至强，故“维垣”。“大邦”，望国足为外重者也，故“维屏”。“大宗”，巨室足为内重者也，故“维翰”。此四句平看，而怀德则独重此德，乃君心立话，犹之主立辟即非德，非德即非所以联众志而自固之业。　不曰修而曰怀者，见一出话一为猷，都念念在德上也。　四者之为“藩”“垣”“屏”“翰”，有形之宁也。怀德之为宁，无形之“藩”“垣”“屏”“翰”也。“宁”字独用虚字，极妙。　宗子派出本支，可以立磐石之宗，可以制异往之变，故“维城”。但六者之中既以德为本，则怀德当总在后，而倒维城于后者，所以起“无俾城坏”意耳。“无俾”句，全本修德说，德正立辟之反。“俾”字正属辅君者言，“畏”字即就“独”字上见，到斯畏则非宁矣，而亦以其独也，以其无德而坏城之至也。

末章。此承上“怀德维宁”而归本于一敬也。“敬”字根“独畏”二字来。见人主畏于独，孰若检于“出王”“游衍”之天，而敬其怒，敬其渝也？　天之怒，戏豫者必不觉，惟敬者觉之，故“无敢戏豫”。天之渝，驰驱者必不知，惟敬者知之，故“无敢驰驱”。而“无敢”字极重，盖戏豫不生于戏豫，而生于敢戏豫之心；驰驱不起于驰驱，而起于敢驰驱之心也。下四句又著天之明威以作其敬。“明”“旦”者，敬中所自呈之灵爽。惟敬天始能见天之明，惟敬天始能见天之旦。两“及”字正根两“无敢”字来。　　如日之方中，此曰明之象也。但日中则昃，明则有晦之候矣。惟日之方旦，明正无穷，故曰明而复曰旦。　　首章从天变说起，故此章极言天之不可不敬，以收一篇之意。

---

① 原批注：“章首从天变说起，故末亦以敬天结束。”

② 原批注：“辑者，其出话之安然处也。怿者，其出话之蔼然处也。”

③ 原批注：“‘灌灌’二句，玩尽古今进言通意。”

④ 原批注：“此又本次章‘词辑’四句而深言之。”

荡章

此诗嗟叹之神，结在“殷监不远”二句，而刺王吃紧语，则在于“明尔德”，即首章所谓“鲜克有终”也。凡任小人，废典刑，沉湎炰烋，皆是德之不明，一似命之多辟处，而诗人嗟叹，为任用小人居多。　　厉王之恶大概有四：任小人，废典刑，沉湎于酒，炰烋自用，而其失则在“不明尔德”，使“本实先拨”也。

首章。“荡荡”二句，原其常也。“疾威”二句，怪其变也。“天生”二句，故作疑词。“靡不”二句，正解其故也。　　“荡荡”，是无一民不畀之以恒性也；“疾威”，酷肖“掊克”“强御”“炰烋”之状；“多辟”，照下“鲜克有终”说。人之辟，若见其命之辟也。然此四句，说天即是说王，并未尝怨天，只是委婉其刺王之词耳。两“命”字，俱就人所受于天言。“匪谌”，承“多辟”说，而唤起“鲜克”句。末二句申“匪谌”意，盖唯“多辟”，所以天命似不可信。惟鲜克终，所以至于多辟。下文贪慕、沉湎、炰烋、颠复等，何其辟之多也，然吾能信其初而不能信其终，吾见其责在人而不在天。　　意指厉王而托之烝民，是诗人微词,须于自解之中寓怨叹之意。

二章。托言纣者,厉王之恶,略与纣同。曰文王,亦以法祖之思动之也。

以四"曾是"作起语,亦是怪叹之词。上二"曾"言何乃有是人,下二"曾"言何乃用是人也。"强御",言其酷;"掊克",言其贪。贪酷是一套事,不是两样人。"滔德",即指"强御""培(掊)克",必曰"天降"者,治乱虽由人事,实气化使然,且应转其命多辟意。下句随转到君身上去。"女兴是力"者,王惟好暴,故强御进;惟好货,故掊克庸。总见小人之肆恶,皆由君有以纵之也。　　治世未尝无小人,乱世未尝无君子。厉王之世,天非独生荣夷、卫巫也,芮伯、召穆、卫武皆在焉,奈王不用何?

三章。"义类",是恤民命,厚民生者,此句轻,乃反言以起下意。专言强御者,谓暴足以济贪,即掊克亦在内矣。"多怼"承"强御"来。"流言",凡小人倡为害民之事,必有一段辨博以济其奸也。真文忠曰:"内有衣冠之盗,而后外有干戈之盗,故云'寇攘式内'。"此三句即上文"在位""在服"之事,不另作一层。　　诅咒,以怨谤其君言。盖用非其人,则怨归其上也。小人一日弗去,则怨谤一日勿已,故曰"靡届靡究"。

四章。"炰烋"二句就王言。"炰烋",虎狼之状,本"强御"说,虐也。"敛怨",即上作祝是也。言其贪,即此便是德之不明处。"不明"四句,只一意而重言之。不明非特无知人之哲,亦无以为取人之则,所以前后左右公卿皆无人也。盖"强御""掊克""在位""在服",岂真空虚无人,但有义类,方是有人,寇攘不可以为人也。

五章。总根"不明尔德"来。首若为怨天之词,而此曰"天不"云云,信乎多辟之由人矣!"天不"二字直贯下去,大意重"湎酒"上。既湎于酒,则昏于德,而任用必皆小人。　　"不义"正与"义类"反。　　"既愆"四句,总承酗酒来。"既愆"二句,是以湎酒而夫(失)仪;"式号"二句是以湎酒而失言。写一时君臣沉酣景象如画,总是一"湎"字。上章所云"德之不明"者,此也。皆酒之流祸也。

六章。以"人尚乎由行"一句为主。"如蜩"二句就世乱上说,"小大"句就国危上说。"蜩""螗",形容怨谤并兴;"沸""羹"形容民情骚动。此二句根上"侯作侯祝"二句来。"人",指王言。"由行",乃强御掊克之不去,炰烋沉湎之不改也。末二句又极言之。"奰"字即蜩螗沸羹意。　　大抵帝王仁暴不止，躬被其赐，躬受其害，而后民之喜怒生焉。意气动于朝廷，而天下之感应如响。

七章。承上人心之离，即是天命之去此。只提出"殷不用旧"来，以应"人尚由行"之意。　　天下怨乱，小大近丧，时之不善甚矣！然非上帝不时也，但殷不用旧臣旧法耳！"虽无老成人"一转妙。盖今之不用旧，动说无老成人，借使世无老成人可用，不尚有典刑可凭藉乎？此乃所以深析其不用旧也。"莫听"，谓莫听其用旧之言，然后大命卒倾，信非上帝为此不善之时矣！　　须知章内所嗟叹殷纣事，皆是嗟叹厉王。旧于"老成人"内，入微、箕等语；于"典刑"内，用风、憩等语，殊失。

末章。"人亦有言"四句，是影借语，正意须在"人亦有言"上，就题发意，方是赋体。　　"本实先拨"，指国家大命言，而打动人主，却在"枝叶未有害"上。　　君之本在德，君德不明，其本绝矣。　　通篇只说殷纣，而忽以"殷鉴"一语，显出鉴殷精神血脉，尽收注于此。

抑章

通诗以德为主。"抑抑威仪，维德之隅"、"温温恭人，维德之基"，两段关目，盖有"温温"以为之基，方有"抑抑"以为之隅。"谟""犹""命""告"，皆本于此，此所以为臧嘉之德也。从此慎己之言，听人之言，而顺德之行，乃所以使德无颠覆，无回遹，而四方训、四国顺，乃有以受德之报也。修德功夫微密处，尤在"不愧屋漏"。下段听言，听从知入，知从虚启。温温之人，其心虚，虚则哲，哲故顺，小子"未知"，病在于"盈"也。"靡盈"二字，"温温"之意。

首章。"抑抑"是自然缜密如此。凡人的精神，扬则浮，抑则沉，抑而又抑，则缜密到极头地位。"德之隅"者，谓德本浑融，而此有可畏可象，如室之有角有棱也。此正与下"回遹"相反。哲、愚，就仪之知慎不知慎言。世之名为哲人者多，而能慎仪者少。岂非聪明之人都是懵懂，故曰"靡哲不愚"。此是痛恨无威仪者，而故为此说，未必真有此言也。　　"亦职维疾"意轻。盖本借庶人以甚哲人之当慎，非谓庶人可安于愚也。总是承人言，而怪叹之，以发自警之端。　　“庶人（民）”四句，向依《注》以气禀之偏全言。予谓庶人而无仪，原是未修德，又安望其外见有德之隅？故曰“亦职维疾”。哲人而无仪，则缘其抑抑之心不存，而与德之隅相戾了。此无隅，乃其无德也，则德何可不修哉？

二章。俱泛言，未着武公说。“无競”二句不平。“有觉德行”，正尽其所为人也。　　“维人”处不添“入道”字。此“人”字即顶上“哲人”“愚人”来。能尽所为，人人皆愚而我独哲，则四方自然以之为训。人之所以为人者，则在一德。夫德之见诸行者，昭然有觉。故“觉”字亦不作“直大”，正是哲而夙知，自觉其德之可行处。“有”者，修而有之也。“顺”字，反上“戾”字。夫人能以有觉者为人，则为哲人，不为愚人，便已自家不戾，四国何从有戾？故曰“四国顺之”。“訏谟”四句，政是“有觉德行”之实际。德行于“谟”，利所在，与天下共兴之；害所在，与天下共革之。是曰“訏谟”。德行于“命”，乃所以宣此谟也。兴利革害，画然一定，绝不朝更而夕改，乃为“定命”。德行于“犹”，利之所在，为万世开太平；害之所革，为万世杜隐祸，是曰“远犹”。德行于“告”，“告”乃所以宣此“犹”也。兴利革害，必以其时，决不违势而失机，是为“辰告”。夫如是，亦何有于威仪哉？然即威仪之敬慎，而民便以之为则，则所为四方训、四国顺者，故已露其大凡矣！敬以胜怠，慎以防忽，政是“有觉”之透露处，与上“抑抑”相照。　　此俱是临民莅政时言之。

三章。切指时弊，只是箴警，非实有此事。　　看“其在于今”，见上章所云，皆先王明刑所在。　　“兴”，训尚。此“尚”字管下三句一气说，总与上“訏谟”三句反。“迷乱于政”，即“颠覆厥德”。“荒湛于酒”，即迷乱颠覆病根。“女虽”句，是承上起下语。　　“厥绍”，先王所垂之国统。“明刑”，指上“訏谟”等。“弗念”“罔敷”，皆从上句一直递下。盖责之切而不觉其气之急也。“求”者，考究询问之意。“共”者，执守奉行之意。而“共”字正紧顶上“求”字说。　　“皇天弗尚”至“实虹小子”，此五章作一气滚下，合内外、大小、言动、隐显必造，到“臧嘉”方是修德之实，正是下手做工夫处。

四章。“肆”字，承上“迷乱”“颠覆”来。天之所尚在德，德之弗修，天弗尚也。天之所去，亡不旋踵。此三句危辞以惕其修德。　　“夙兴”二段，只就地之内外远近、事之大小常变，举其一二为言，以见修德之密，且应“訏谟”二句意。　　兴寐洒扫，正非亲细务。盖百世之精神，宵旦而是；两仪之肃穆，则庭掖而是。政是自强其为人，而以昭其有觉处。　　其曰“维民之章”者，正顶上“维民之则”来。盖民之所则，止则其章，不则其暗，令能完吾心之觉，即以耀民心之章矣，谓上下间俱有一段精明气象也。　　“车马”“弓矢”“戎兵”，三平看，以“修”[1]字贯。“用戒”二句，犹言用以修戎事之作，而遏蛮方于远遁也。“修”“戒”“遏”三字珠贯，故以“修”为“戒”，则戒非止有其心，而实有其事；以“戒”为“遏”，则遏非止豫其备，而实豫其谋。道德中原有经略，即此是“訏谟”“远犹”；祖宗朝世虑蛮方，即此是“敷求”“克绍”。　　此章乃无事不法天，盖人主当“弗尚”之天，“訏”必每事法天以整肃之，故“夙兴”以领皇天清明之气，“夜寐”以领皇天静深之气；庭内之洒扫，以领皇天净彻之气；车马、弓矢、戎兵之修，以领皇天肃杀之气。如是皇天尚之，无“沦胥以亡”矣。

五章。言既周治国之方，又严治己之要也。　　“质”训成、定。看来“质”字即民之质矣！“质”字，民如虚伪反覆，便有不测之虞也。“侯度”，凡制自王朝，颁于侯国者，正先王“明刑”所在。然《康诰》曰：“作新民则质人民。”亦“侯度”中最重者，亦有串意。　　“用戒”句，以一“用”字挽上文两“用”字，见得“用戒戎作，用遏蛮方”，此所以戒不虞也。乃其用政不徒在于修武备以为外威之计，而要在于修文德以为内顺之图，则质人民，谨侯度，此乃为戒不虞之妙用[2]。　　慎言、敬仪，勿平。慎言乃敬仪中事。合慎言于敬仪，则“无不柔嘉”。玩“无不”字，正因敬仪而详及之耳。柔不粗暴，嘉不恶厉，政与“抑抑”“温温”照看，然言犹易忽，故复借白圭以申儆之。须玩“玷”字，正“柔嘉”之反。　　慎言，不独缄口不出，必如“定命”“辰告”，方是能慎。

六章。此承上“慎尔出话”一句，而深着谨言之戒。　　玷言皆自易心始，故曰“无易由言”。“由言”者，由己言之也。“易”之为言，皆苟言也，故又云“无曰苟矣”。“无言”二句，泛言感应必然之理，以引起下四句意。天下无有言之善而不雠，犹之无有德之善而不报者。“德报”句，只是伴“言雠”句说，重“言”上。　　“惠于”二句，正是谨言，从无易、无苟而出之者也。“惠”字贯到“小子”，正应前“柔嘉”意。“子孙”句，谓法其善言于不忘。“万民”句，谓钦其善言而不倍。此是言之见雠者然也，重在我为可绳，为可承说。此虽说言之相雠，还寓规戒意，盖反而观之，则失言之祸大也。

七章。上三句轻，重“尔室”二句，盖即其察乎动者，而勉其存乎静也。“友君子”，此指地之至显，人之共觏说。　“辑柔尔颜”，举威仪一端。“不遐有愆”，指一身威仪言。辑柔已是不愧了，而“不遐有愆”全是检身不及的念头，已见其志之无射。　“不愧屋漏”，非更有别法，只此省愆之心无显无微，无见无不见，罔间罔息耳。　“屋漏”③，就一念之炯炯不昧，可透天光处看出。　一“尚”字绝可玩。盖人无端而必以屋漏为不显，为莫觏者，此必其有所愧，而姑为此语以自宽也。“无曰不显，莫予云觏”，政是“尚不愧于屋漏”极得力处。　“神之格思”三句，即神鉴以发明不可愧之意。居室岂真有鬼神？亦只自人心之神上言，故着三个“思”字，大有味。　“不可度”，谓鬼神无不至，其至处不可得，而“度”非谓至与不至不可度也。　此心一射，则愧从而生。曰“不可射”者，正所以求无愧也。　“显”则有君子，君子之友可觏即可度，故“辑柔”之功可以防其射。不显有鬼神，鬼神之格莫可觏，即莫可度，苟厌射之生，适所以增其愆。此章正申明前“敬尔威仪”一句意。

八章。要看“辟”字“为”字。辟之所为，将为人则者也，不愆于仪矣，而不免愧于心，终非德隅自然之符，故从仪上做工夫，不若从德字做工夫。为德政从“不显”“不觏”处为之也。　“臧”“嘉”者，“愧”“射”消而粹精备，正是有觉之真神。二“俾”字承上“不愧屋漏”来。“淑慎”，是臧嘉之见于仪者，以缴“维德之隅”意。少逾理谓僭，臧则不差于理。“不僭”者，其隅也。少害理曰贼，臧则不害于理。“不贼”者，其隅也。根上“淑慎”“不愆”来。　“臧”“嘉”不可见，故把“愆”字、“僭”字、“贼”字，以臧嘉之反者，来形容臧嘉。　“鲜不为则”，才抓住“辟尔为德”一句气脉，且与“维民之则”句遥应。此还未说到人法上。人法意，影在“投桃”二句。桃李，借字发意。此二句是感应之必然，末二句是感应之必不然。反言以决其应也。　虹亘于天，倏忽散灭，故训溃乱。

九章。上文备言修德之事，而此下启其听言以修德，庶不蹈愚人之辙，正申发首章之意。　木刚则折，惟柔软乃可为弓；人满则损，惟温恭乃可进德。　“温温”，非自貌言，乃其敛尽骄心浮气，冲然若无知识一般，与下“盈”字反。“基”，如基址之“基”。盖“无兢”者德，然刚必以柔为基；有觉者德，然大必以小为基。故“温温”之恭，乃为进德之基。此句正与“维德之隅”句相照。盖德之既为,必问其隅,隅在内,与外之相符,故取夫“抑抑”,德之未为,先问其基。基在上,与下之相累,则取夫温温。然不有基,安有隅?不以“温温”始,安望以“抑抑”终?　　“其维哲人”三句,则言其所以能进德者,以其能听言也。灵含于虚,哲人即是恭人,其退然若无知识处,政是大知识处。“话言”之善,即是“德顺”字,须从温恭上体贴出来。　　“哲”“愚”二字,首章已有,此又提出来,说起听言后面皆是醒之以“知”,使为哲不为愚耳!

“民各有心”,只说愚之不同于哲如此,此所以哲人能为德之基,以立德之隅,而愚人之终于斯疾也,有唤醒愚人之意。　　此下一曰“未知”,再曰“未知”,是其愚而不哲处,而“手携”“示事”,面命耳提,及“谆谆”“旧止”等语,正是“告之话言”也。如“靡盈”,则哲人之温恭矣!如“梦梦”,覆用为虐,即愚人之覆为我僭也。

十章。“於乎”,承“愚”边说来。“手携”四句,欲开其愚而使之哲也。所喻不外“臧否”,“臧否”如上所谓“有觉”者顺,“颠覆”者亡也。　　“臧否”未知,犹未便是愚,告之详切而犹言不知,难道是哲?此其病,全在自负,若哲失之于“盈”也,故接以“靡盈”。人能去其盈满之心,则虚以生明,识见到此,造诣亦到此,成固不在知后也。“民”字可玩。见得就是凡民。但能靡盈,则知已夙而成,自不“莫”,况为人君而可以则民者乎?“靡盈”,即上“温温”。“夙知”,紧承“靡盈”。“成”又紧承“知”。“知”字与“哲”字相映,“成”字与“基”字相映,臧嘉其成也。

十一章与下章。俱承上所言,一以天警之,一以天惧之,无非针其愚而牖其智耳!　　“孔昭”,只虚虚以天道恶盈好谦发意,且谩说到祸福上。“靡乐”,言时当警畏,靡可逸乐自纵,以获罪于天也。　　“梦梦”,《注》谓不明乱意,则非止不知臧否之谓。如前所云“迷乱于政,颠覆厥德”,以致沦亡。故曰“梦梦”。此“梦梦”与“靡乐”之心相反。故我为之“惨惨”而忧也。　　“谆谆”,即“手携”四句意。“藐藐”,亦正是他“梦梦”处。不以为教,而反以为虐,则甘于哲人之弃,而为愚人之归。其“梦梦”又甚矣!“借曰”我非故为是“梦梦”,特未有知识而然。则女既耄,其涉历世故已深,“梦梦”岂其宜哉?[4]信乎言之不可不听也。　　虐者,犯分之意。　　按:“未知”与上文“未知”,上承“未知臧否”言,此承“梦梦”言也。

末章。“旧止”，即上文“先王之明刑”也。“旧止”不徒听之，而能用之，则反其梦梦之愚，而为温温之哲，将出话不苟，何悔于既逝？屋漏不愧，何悔于明庭？故曰“庶无大悔”。下艰难、丧国，正推原有大悔的缘故。　　譬，晓也。即指丧国之言说。夫此时国家未危，而我乃取丧国之言，为尔晓谕，尔必为迂阔无当。试观福兴祸亡之理，则所为“皇天弗尚”“沦胥以亡”，就是眼前的事了。故曰“不远”。　　“回遹其德”，即不听“旧止”之谋，自为盈满，“梦梦”“藐藐”，不修政令，不谨威仪，而终于迷乱颠覆也。　　“俾民大棘”，盖不足为则、为章、为训、为顺，使民至于困急，则“皇天弗尚”，必加之以大悔，而丧国也必矣。安可不听言以修德哉！

---

① 原批注：“‘修尔’四句内，已具此谟犹命告，必抽出言之，以洸发‘訏’字、‘定’字、‘远’字、‘辰’字出来。”

② 原批注：“此从承平无事中讨出一个防微杜渐的念头来。”

③ 原批注：“‘屋漏’字奇，即日明日旦意。”

④ 原批注：“心之梦，其何以对天之昭。”

桑柔章

通诗当以“告尔忧恤，诲尔序爵”二句为主。“忧恤”只是在民瘼，下“靡国不泯，民靡有黎”，“宁为荼毒”与“罔极”“未戾”“回遹”，总是下民之瘼，而民受病之由，以王不能序爵之，故五章以下反复刺王之不能“序爵”。“隧风章”合“中林章”，因王不能序去位之爵而诲之，此君子道消也。“圣人章”合“有隧章”，因王不能序在位之爵而诲之，此小人道长也，故为谋。九章总是不能择相，则其所谋且慎者，不过聚敛掊克而已。乱不因之日长哉！“回遹”“未戾”皆本于此。末三章所以又究极言之，以代王序之之意，正以启王心也。

首章。以桑为喻者，国家苞桑之业，根本全在恤民，盛则遍被其荫，衰则并被其伤也。一“柔”字分明说周先王以柔道治天下，所以征讨不形，诸贤师济相与爱养下国，故曰“侯旬”。“捋采其刘”分明起下文，贪人剥民财、尽民命，苌楚忘其生，楼且斩其泽，故曰“瘼此下民”。“不殄”二句紧顶一“瘼”字来。填，满也，积也。“倬彼”，见治乱安危，无不昭察意。“我矜”，非但望其矜己，实望其悯民穷也。民病之可矜，备在下三章。

二章至四章，俱是征役之怨词，正下民之受病而可矜处。“四牡”二句见征役不息，有耳闻目击，无非厌苦之意，“乱生”，根此说。“不夷”，言无平定之期。“靡国”句对“民靡”二句，承征役来，以侯国有调遣之烦，万民有死亡之患也。灾余曰烬，言其时之民，得存性命者，皆残废之余耳。国灭则藩撤，民烬则邦本摇，国家之气运，安得不日蹙乎？

三章。“国步”四句一气说，国将殄灭，嗟哉可惧！恰似天困苦我民一般，居无以免患，以征役之事劳也；出无以免患，以征役之事广也。此二句正“天不我将”之实，这便是为梗处[①]。“君子”四句只借君子作转语，而归其乱本于小人。言祸端不起于此而起于彼也。如下贪人忍心胥谮，正所谓“竞”，君子安得有此？　　末路将言王用小人致乱，故此又先说与君子无干，又若佯为不知也者而曰“谁”，盖以吸起一篇之势。　　“无兢”不可作君子无争话头。“竞”字须贴合征役意思。曰“秉心”，则不特无兵事已也。曰“实维”，见当时自有致之者矣。

四章。正承上“厉阶为梗”之苦言也，居边陲之苦，则思内地之安，念旅寄之劳，则有故乡之望，故曰“念我土宇”。看来此不专是久役思家，还根“靡国不泯，民靡有黎”来，恐室家不见保，故忧心慇慇而念之也。“我生”六句一气滚下，总是俾怒之实。“不辰”，非言生时不善，言不幸生于此时也。周都于西，师由西往，故曰“自西徂东”，正指征役言，天怒于上，民困于下。今之见病者有矣，危急者有矣，而饥渴劳勚之骈集，锋镝死亡之日戒，则我独多，而我独棘也。合上二章，总是下民之瘼。

五章。“为谋为毖”，非真谋且毖也，明是与小人谋之毖之，故边以长乱。此“慎”字起下“考慎其相”之“慎”字来，此“谋”字起下宣犹之“谋”字来。“乱削”即上四章所云，此正王之所当忧者，故告之以忧乱而已。乱莫如用贤退不肖，故诲之“序爵”。说一“序”字，见共(其)序若天，定不可兴以私也，便含择相意，“谋毖”之道盖在此。“谁能”二句，言此时序爵至要至切，如救焚然，故以

“执热”喻之，须以正意互讲，不可类了比体。“淑”字指更化图治说，若不用贤，有乱日益乱、削日益削，故曰“载胥及溺”。　此下两章遂极言贤者之困，以引起不能序爵之意。

六章。重“力民代食”，是不安于朝。下章重“稼穑卒痒”，是不安于野。逆风而行则气唈而不得舒，忧心抑郁，其气闷之状类此。“荓云不逮”，“荓”字非世乱使之也。上章明说贤能已乱，若云世乱非吾能逮，明与前文牴牾矣。不知拯溺救焚之略君子夙所自具，全要看“肃心”“肃”字。想他无竞中有几许维挽苦心在，而忽焉一顾堂皇，贤哲混淆，是非倒置，有扪心而悲莫逮耳。此其使之不逮，实由不能序爵来，于是退而稼穑，以代禄食而已肃。“稼穑维宝”二句，推原“好是”二句之故，须发他一段不得已心事②。夫使君子而恋稼穑，即非肃心，乃无心稼穑，而不得不宝之者，谁使之？使君子而躬代食，即非肃心，乃无心代食而不得不好之者，谁使之？此非不能序爵故耶？要晓得不能序爵之日。无竞君子只一民耳，既已谓之民矣，虽有肃心，其能以畎亩之身，料理军国事耶？故其云不逮者，实有以使之也。

七章。“天降丧乱，灭我立王”，此不得禄食既困于朝矣，而“降此蟊贼”，使“稼穑卒痒”，又困于野也。“哀恫”四句皆本蟊贼说，皆危无可安之所，见不特征役之靡所定处也；尽荒无可食之资，见不特征役之天不我将也。一说“赘”即“赘疣”之赘。疣赘矜身，人必憎之，人赘于国，天必憎之。今日赘形将具，天不能给其卒也，必降之荒以殚其命。“靡有旅力”二句亦不是无力以念天祸，分明见得念乱图存事，当在要路柄权之人，岂我在野遭此危困之极者做得来？

八章。上文贤人危困，皆由王之不能序爵，而序爵自择相始□。“惠”训顺，顺民之心也，择天下才，任天下寄，而即就天下人。用天下才，谓其能与众志通也。本文“犹”字与上“谋”字应，“慎”字与上“毖”字应，君臣相得只在此心。君子以“无竞”秉心，惠君以“宣犹”。秉心自然，不谋而合，又何须考慎？但因君子决不躁进，小人偏有貌君子之心而来者，故必考慎之，而后得一相：“无竞”有相度、“肃心”有相才可知。“瞻”言有相识，“作为式谷”，则有相业可知。此正为“民人所瞻”处。若彼不顺民心之君，自有不顺之臣与之合，彼其自以为臧者，以不顺为臧也。“自有肺肠”者，不顺乃其肺肠也。二“自”字正是不顺病根,此与“秉心”二句相反,“卒狂”正与“瞻仰”相反。“宣犹考慎”,正序爵之真命脉。

九章。此承上“君之不惠”来。　　以鹿之相从,起友之“相谮”,盖反兴也。朋友以在位言,不相信乃谮,故“谮”训不信。后面“覆背善詈”是也。此是其秉心之竞处,若君子秉心无竞,则胥以谷矣。“进退维谷”承“谮”说,进则挤之于前,退则议之于后,“进退”二字须合看,方见无所不穷,不必泥《注》“恶俗”看。此正为上无明君,容此谗佞在朝耳。

十章[③]。虽以圣愚相较,意实借“圣”以形“愚”,须重愚人边。　　“瞻言”者,惟其见之,故能言之。“百里”非指地之远,只是超然域外意。“狂喜”不止是安危利灾,正其用事相谮之情态也。我非愚人也,非不能言天下之祸几,但彼既与狂喜者利其灾,必不乐与忧危者察其几,非唯无益,而且获咎,如此畏忌何哉?　　“瞻言”之言,在祸患未然之前,先见之言也。“菲(匪)言”之言在祸患已见之后,救时之言也。二“言”字正相应。

十一章。此正指王不能序爵。所谓不顺而俾民卒狂也。　　善人,国之宝也,则弃之如遗;忍心,国之贼也,则念之不已,所谓“自有肺肠”者也。善人弃,既无以致民之安;忍心用,适有以重民之困,民不堪命,所谓肆行“贪乱”,虽荼毒以害人,亦安为之矣。“宁”字妙。民岂为荼毒者?迫于忍心之人,不得已则安为此也。正与上“俾民卒狂”句应。

十二章。言君子小人之易辨,而爵不能序也。　　以风之行有所自,兴人之行异所趋。“作为”与“征”字对,或与“以”字对。“式谷”即下“直(职)谅(凉)”是也。近看“谷”字即五谷之谷。谷者,种之美良,人直以一身之谷,餍举朝君子之腹,充遍野小人之饥也。　　“中”则隐暗而不光明,“垢”则汙秽而不清洁。末二章皆隐暗行秽之实,然不曰“行而征”,有相趋相逐之意。一则为风之清,一则为风之浊,道之不同如是。

十三章。此之“有隧”,须添一“尚”字,见风之行尚有道矣,而况贪人败乎善类,是无道一至此。反兴也。　　“贪人”别是一路,既非君子路上人,如何不败善类。“败类”即上“朋友已谮”二句意,顾谁使之,得以肆毒于朝端?盖怨王之词,不重责贪人上。

“听言则对”,非必待王问也,此时目击时艰,不胜愤愤。念王善听言,且将此贪人之不可用对王说一番，然知其不听言，徒抑郁而谁语，故惟自诵其言以如醉耳。“诵言”，犹独语也。“如醉”即悖眊意。　　“诵言”二句，非怀忠之不尽，以主听之不聪也。　　“匪用其良”句，实是通章骨子，且结上“诲尔序爵”之意。

十四章。“朋友”即指贪人。此人本王所顾，复伤王不能听言，故嗟此人而叹之，实以告王耳[4]。“予岂不知而作”，谓今日匪言畏忌之朝，欲伸孤愤。予言不无过激，然惟言之激盛，亦中之偶，故曰“如彼飞虫”“时亦弋获”。此二句是赋体，正意在“如”字之上。　　国有胥溺之祸，小人岂能独存。君子为是言，固为国家忧恤之计，亦小人自全之策。“阴”字影“侯旬”字来，见国家菀桑之阴，不改其盛，则女亦托处于阴覆之中，故曰“阴女”。“反予来赫”即上文之“以(已)谮”，下文之“善詈”也。　　看来“阴”字作平声，不作去声。言“我”只是阴刺于“尔”，使尔自悟。尔反“赫”加于我，使我为惊，“赫”字正与“阴”字照。

十五章。此合下章见今日之乱，无一不由小人。三“职”字正应第三章“谁生厉阶”“谁”字。　　“民之罔极”言贪乱无穷极也。“职善背”言小人面是背非，如鬼如蜮不可方物，此致乱之本原，亦小人护身之秘密即此。“善背”处就是为民所不利之事，盖必合天下之不利，始成其自利，既求其自利，何暇顾天下之不利也。“如不克”即是职兢用力。末句要看“兢”字，专用力于争兢，则秉心不正，亦见有回遹之意，此民所以趋于回遹也。“兢”字正与第三章“无兢”“兢”字应，见君子无兢而小人职兢，所以厉阶之生端，在小人不在君子。

十六章“未戾”四句一气说，又究其“职凉善背”之情也。　　“未戾”者，即居无定、徂无往，骚然不宁意。所以然者，专由盗臣窃君之权以行寇虐，故民扰乱如此，盖至目之为盗，而王所为自独俾臧者，真今之所谓民贼也。“凉曰不可”“覆背善詈”，是形容小人用心之险，口然而心不然，乃其“职盗为寇”根源。小人盗君权为民寇，其“中垢”之情如此。尔自以为其垢在中可以掩饰，而以善詈之言，非出自予也，而吾已作尔歌矣，见小人纵能掩主目而不能逃《桑柔》之刺也。

① 原批注:“《仪礼注》:疑立,正立自定之貌。盖人有疑,则徘徊而始定也。”

② 原批注:“人尽稼穑,人尽代食,则胥溺谁挽?此二句须从‘不逮’发义。”

③ 原批注:“通诗语气至此一顿。”

④ 原批注:“□必待其自投,故云有□而□。”

云汉章

此诗“何辜今之人”一句,是全篇大旨。“曷惠其宁”句,正照转“何辜”句意。首章至六章,“靡神不举”一句该之。七、八章,“靡人不周”一句该之。忧旱祈雨,而通诗不露一“雨”字,盖其惕然惶惧,不言及雨,正其忧之深也。看“曷惠其宁”一句,全章总是“求宁”之念也,将“王曰”四句作头,见“不宁”之甚。下面“靡神不举”是修废祀以求宁。次章“靡神不宗”,是修常祀以求宁。三章“先祖于摧”,则不宁愈甚矣。夫是慨先祖之忍,以冀神之宁。末三章是尽祈报之典,以自及其宁。“靡人不周”以共祈于宁,而此宁终不可已也,故曰“无弃尔成”。末云“曷惠其宁”,盖不敢必矣。篇中凡诉天处,俱要似号呼引咎之意。若疑有所以致之而然,不可作怨望语。

首章。说“云汉”“昭回”,先提出个旱的景象,为各章“旱既太甚”张本也。“汉”者,水之精,天将雨,先兆于“汉”。今“昭回于天”,无雨可知。　“王曰”二句作一气读,正忧民之真切处。此有民无罪,而罪在己之意。“饥馑”即是“丧乱”。“靡神不举”,是求废祀而修之也。正《周礼》所谓:“索鬼神为荒政之一。”牲玉各随方而用,故曰“靡爱”,曰“既卒”。“莫我听”,非咎天也,咎己若之何而天莫之听?隐然有引罪号呼意在。　《春官·大宗伯》:“以苍璧礼天,黄琮礼地,青圭礼东方,赤璋礼南方,白琥礼西方,玄璜礼北方。”圭瓒以礼先王,圭璧以祀日月星辰,璋邸射以祀山川,皆祭神所用。

二章。此修大祀无应,而自反也。　“蕴”者,阳气之蓄积。“隆”者,阳气之骄亢。就指“虫虫”之热气郁积,骄亢而不解也。“不殄”,相续不绝也。“自郊”三句,正见“不殄”。自郊祀天地,以至庙祀先王,而咒自天而下,自地而上,皆尽其“奠瘗”之礼。“奠”是妥侑祼献之类。“瘗”是祭毕凡玉帛祝册,皆燎而埋之。　　“靡神不宗”,总上言之,上索废祀,故言“举”。此修大祀,故曰“宗”。　　后稷乃宫所祀者,虽亲而恐力有不逮。上帝乃郊所祀者,至尊而感格甚难。是难致其临之意,非咎天之能救而不欲也。　　是必躬之未尽,有以致之。不然,何以亲者“不克”,而尊者“不临”也?末句正是自省自咎意。　　一说“饥馑荐臻”“耗斁下土”,极矣。然与其祸此“何辜之民”,不如吾以身当其罪,故曰“宁丁我躬”,无非为万民乞命也。

三章。言废祀修之无应,大祀修之无应,则旱不可推而去矣。是以“兢业”如此,“兢业”即下“相畏”意,以此句作主。“如霆”句,正是形容其兢业。下六句言不容不兢业之故。　　“周余”二句,指厉王大乱后言,非干旱之故。“不相畏”,“畏”字正与“兢业”字应。　　君民一体,民无遗,君安得独存?祖孙一脉,身既灭,祖安得复祀?俱有相关意。然则此“畏”,非畏身之亡也,是畏民也,畏祖也,因以畏天也。

四章。此与下章,俱只是忧惧之甚,无可奈何而呼父母、呼天之意,勿作归咎看。　　“不可沮”,凡荒政所当举者,已尽力为之,而此灾竟“不可沮”也。　　“赫赫炎炎”“云我无所”,旧以天地虽宽,无阴以息,非是。盖人主以天下为“所”,天下皆在“赫赫炎炎”之境。万民失所,则“我无所”矣。“大命近止”,亦非上“不我遗”意。“命”而曰“大”,还合天下人之命言。　　“靡瞻”句,只承上起下之词,如欲“瞻顾”于废祀之神,则“群公先正”既“不我助”;如欲“瞻顾”于宫祀之神,而“父母先祖”“胡宁忍予”乎?玩“胡宁”二字,煞有责躬意,在此是哀词,不是(怨)词。

五章。首四句一气说。言山童川涸,已为焦土,而“旱魃”方肆虐未已。“忧”者,忧其挽回莫施也。“惔”“焚”“熏”皆从火,“旱”如惔,“旱”如“焚”,而心如“熏”,则“旱既大甚”,而忧“旱”者,亦热中极矣,正字法相映处。　　“群公先正”,人鬼也,其听卑,故以“闻”祈之。“不我闻”,若不闻我之尤也。此二句轻,特以起末二句。“昊天上帝”既付我以天下之重任,而宁得复使“我遁”也?此所以适“丁我躬”,而责不容辞也。　　“魃”原不列于祀典,其为虐也,若欲邀“群公先正”圭璧之荣,分“昊天上帝”郊宫之祭者也。

六章。全是自反意。“黾勉”句,即领上“宁俾我遁”来,言民命方急,当黾勉以救之。有畏惧而不敢去者,此“畏”字,即上“胡不相畏”“畏”字。末章勉励诸臣,正“黾勉畏去”之意。　　“胡宁瘨我”二句,亦非怨天,乃诉天而自审之词也。“祈年”以下正发明“胡宁”之意,“祈年”句是祈,“方社”句是报,俱是常祭。孟春是正祈,孟冬是预祈,祈皆在前,故曰“孔夙”,谓有先事之戒也。方以报生万物,社以报成万物,皆在后,故曰“不莫”,谓无后时之愆也。二句即敬恭明神,不我虞,不度我奉祭之心也。“悔怒”指旱,就天言,“宜无”二字有味,宜无而不无,必有其故矣。　　访天宗,日月星也。

七章。此合下章,不敢自望回天,庶几有赖群臣云尔。　　“友纪”,朝廷职事,上下相司,钩绳相布,故曰“友纪”。“散无友纪”[①],以救旱之故,职事散乱,无复统纪也。下七句正“友纪”之“散”处,“鞫”是救旱而计虑之穷。“疚”,是救旱而形容之病。“庶正”“冢宰”,其责尤重,故特下“鞫哉”“疚哉”。下则平叙职名,而以“靡人”二句总之。　　“鞫疚”等只说得“无友纪”,其救旱意,全在“靡人不周”处。“周”字意,下文之“昭假”是也,“无不能止”,谓群臣鞠躬尽瘁,无肯曰人不能胜天,而遂止不为者。上句有同心意,下句有尽心意。“云如何里”,言如何使我无聊赖之若此也?纵不为予一人恤,独不为诸臣恤乎?

末章。明星夜见,依然云汉之“昭回”[②]。要看“有”字,所有者,唯是嘒然之星,则所无者,是沛然之雨,意在言表。　　“大夫君子”,即上“庶正”等官。“昭假”句,即上“靡人”二句意。“无弃而成”,盖周救至此,正是扼要时节。亦易相诿懈弛时节,所当益修“昭假”之诚也。君臣皆以安民为责,民安,则非特君人安,而诸臣亦可释鞫疚之劳也。故曰“以戾庶正”。独言其长,该其余也。　　“曷惠其宁”,暗指雨说,若有不敢绝望雨,又若不敢期必雨也。结句最妙。

《小雅》始于《六月》,言其功也;《大雅》始于《云汉》,言其心也。

---

① 原批注:“散无友纪,要知此□之之词,看下鞫哉云,则友纪原在。”

② 原批注:“两言瞻仰昊天,情极势通,想见宣王之勤恳。”

崧高章

通诗以“世执其功”为主,“功”在“维周”三句见。末章“申伯之德”“柔惠且直”,又其立功之本。“揉此”二句正与“维周”三句相应。总见分封以贤贤,而非徒以亲亲也。　　未封之前,蕃四国,宣四方,以为周之翰。既封之后,则谅其“揉万邦”,闻四国。而在南土,亦是周之“良翰”。二“翰”字正相映。

首章。上四句原其降生之异,下言其辅世之功。重“功”上,以为封谢张本。　　天极则山灵,山高则神聚,故神灵和气,物产不足以当之也。特发而为人文,甫生不足以尽之也。再降而为申伯,“维甫及申”,见精灵已露于“甫”,而至此大透发于“申”也。上“及”字以世言,下“及”字以功言,俱以申伯作主。“维翰”以夹辅王室言,照下“良翰”看,“蕃宣”,是“维翰”中事。“四国”以诸侯言,“蕃”者,保障之,使大小无相侵之虞。“四方”,以百姓言。“宣”者,疏通之,使远近无不暨之泽,作已然之功说。

二章。“亹亹”亦只是呼词。“王缵”三句一直说下,总领诸侯,乃申伯先世事,故曰“缵”。建邑于“谢”,使南国诸侯在其统领中者,皆以“屏”“翰”“蕃”“宣”为“式”。“式”正“缵”中事。“王命召伯”[①],亦见郑重其事意。“宅”,该宗庙宫室城郭言。“定”,以经营言。“登”,以成就言。“功”,正是“屏”“翰”“蕃”“宣”之功。四章之“功”,方指营谢。“王缵之事”,“世执其功”,两意相属,盖世世常守其功,则世世缵事于无穷矣。

三章。“式是南邦”,即上“南国是式”。“因是”二句,即上“于邑于谢”,但上述王之意,此则述王之命耳[②]。　　王方以“式是南邦”期伯,而苟体势不重,不足以镇压南服,故表里江淮,控带荆徐,因“谢”作“庸”,扼吭之虑远矣。下“彻土”两段,承“作庸”言,彻土田以供禄食,迁私人以遂室家,亦分封之制宜尔。但于“王命”上见其郑重,而王所以一一申命,总为“式是南邦”。　　“彻土田”,王者之大法,故命大臣。“迁私人”,王者之私恩,故命“传御”。

四章。此备言谢功,以起下就国之意。“功”,营谢之功,与上“定宅”相应,谢固无城,而今创立之,故曰“有俶”。城以卫民,庙以奉先,举其重也。召伯以此功告成于王，则谢人有庸，南邦可登。申伯之就封有日矣，故锡之车马，以华其行，四牡以驾车，钩膺以饰马，俱以诸侯仪卫言。　　按：巾车钩樊缨九就，同姓以封，申伯异姓，而四牡云云，彰异数也。故下章首二句侈其事而复言之。　　此已锡之，不作预备看。

五章。"路车乘马"，即上所锡之车马，而此则遣之也。"我图"以下，王者申告之词，分土锡圭，皆以起下，是"保"意。"莫如南土"，非徒以地美民众，有酌全才，择重地意。既与之以国，则当与之以守国之器。而圭可合瑞天子，布信友邦，故曰"尔宝"。王舅此往，南土是保，欲其益树屏翰，益著蕃宣。"以式南邦"，即"世执其功"意，非徒守国也。迈，音基，语词，非辞王而行也。

六章。言就封时，饯之隆，而供之备，意不重申伯之行且速。上曰"信"，曰"诚"，见王之不能舍伯，伯亦不能舍王。有势不得已，故黾勉辞去。　　时王省视岐周，申伯往辞，故王饯之于郿。全在亲饯上，见王待之隆。既辞，乃复南，还于镐。然后适谢。"彻土疆"，与上"彻土田"同，但上是井其田，以立永世之规，此则取其赋，以供□□粮之用，故所重在"峙粻"二字。复言召伯云云者，见得自召伯"彻土疆"之时，已预峙其粻也。"式遄"句，承"峙粻"来，见道路中无留滞，非速其行也。

七章。重"戎有良翰"句，下三句正见其为良翰，而周人所以喜也。首三句轻。"番番"，精神奋励、风度振饬之意。入者自此而入于彼，非已到于谢也。"徒御"句叙其从行之有此仪耳。　　申伯在王朝，则王朝重，而在南国，则王朝益重。故周邦之人以有良翰喜之。然申伯为南国之式，宜南国之人喜之，而曰"周邦咸喜"，即南土之人喜可知矣。申伯方入谢，而遽有良翰之喜者，以平日维翰蕃宣卜之也。"不显"，是呼词。"元舅"，言其亲，然"不显"处，须先提申伯为文武全才。"宪"字方有力，所谓"文武"者，言宽严并行，恩威兼济。即下文之"柔惠且直"是也。"武"字，断不可以"武事"之"武"言。谢居荆徐要冲，故须文武全才以为保障。"番番"五句，暗应"保南土"意。"不显"三句，暗应"式南国"意。

末章。"柔惠"，即其文之有恩处，"直"，即其武之有义处。此德盖本钟岳神中和之气来。玩一"且"字，见刚柔兼济之妙。大凡天子以柔道致太平，而中兴之主必须刚德。君德尚刚，而臣复以刚佐之，则有太刚则折之弊。然一于柔，则又有太柔则废之弊，惟“柔惠”而且“直”，则柔而不专于柔矣。“揉”者，谓矫而正之，揉曲而使之直也。“揉”字内，政包“柔惠且直”之妙用。　闻者怀柔而颂仁，惮直而颂义也。　歌于工为诵，诵之词为诗，诗之声则为风。词之所叙，气象宏博，谓“孔硕”。声之所咏，意味深长，谓“肆好”。“肆”字，亦有意。声视其词，诗硕则风遂好，有余音矣。“以赠申伯”，全本他德业来，见申伯为天朝之硕辅，即大言之而非夸。申宿作天子之好仇，即好言之而非谀。　因亲建侯，疑为私恩，而元舅之亲，特一言见之。见锡之、遣之、饯之以华其作者，非止一外戚之荣而已。

---

① 原批注：“要得诗人叙述王命语气。”

② 原批注：“只历述其有此命，非命词也。”

烝民章

当时山甫为王朝重臣，所以保王躬而补王阙者，一旦出而筑城于齐，虽是赋政于外，将奉王命处，然王躬谁保乎？王阙谁补乎？况以大臣而城齐，则侯国之势愈重，而京师之势渐轻，此仲山甫所以永怀也。此诗实有微情，不可作褒美之词看去。　天生山甫，以保兹天子，山甫为天以保王躬，此正两下大关键处，而其事一人。补衮阙者，正所以保之也。末章之怀，正从此发窍。保王躬是山甫专职，城齐是宣王失着，“永怀”“慰心”，是吉甫微旨。

首章。头四句揭一“则”字出来，并揭一“德”字出来，以为山甫之德“柔嘉”，“维则”地也。言天生丞民，有一物，必有一则，此则乃民所共秉之彝，而其间有顺是则以为懿德者。此其可“好”为何如？勿以朱《注》依孟子，作“性善而情亦善”迂话。　“物”字即“民”字，物之则即民之彝，而民之彝即民心之懿，而可“好”者也。“懿”字即下“嘉”字。　“天监有周”二句，正“保兹”之由，而生山甫，正见“保兹”也。“生”字，须在懿美性成、物则天生上发意。天生天子，以保烝民，则不得不生仲山甫以保天子。

二章。以“德”字贯，方是备举。德本降生之异来，天生天子，既以刚德而秉乾刚。天生山甫，即以柔德而应坤纪，则“柔”正人臣之则也。“柔嘉”，“嘉”字即上“懿”字之义。“则”字，即上“物则”之“则”。“令仪”四句，俱要以“则”字作骨，摹出他“柔嘉”处，以其则检身而束心，则仪色曰“令”，而心曰“小”；以其则型古而范今，则古训曰“式”，而威仪曰“力”。　　仪，形于身言，色，见于面言，“心”又是仪色之主。“小心翼翼”，恐失却此“则”也。“是式”之“式”，即“维则”之“则”。仿古为式，从恪遵帝典，钦若王谟，不可看作经生语。“威仪是力”，不出“令仪令色”中，只“令”字较“力”为现成耳。

“天子”二句，上重一“若”字，下重一“使”字，中兴之睿思无穷，在朝诸臣，未免太刚者，失之太过，太柔者，失之不及，而惟山甫柔克之则，政与天子刚克之则两两券合。天子岂有不若乎？明命之播，亦不宜过于刚、过于柔，而“柔嘉维则”，故可使赋之。　　此非一德之潜孚默契，何以顺天子之德心？非一德之运量推行，何以布天子之德意？都主“德”上说，方是旨，不宜在事业上浅看。

三章。承上“德”来，惟有全德，故以全职命之。故章首不曰“仲山甫之职”，而曰“王命仲山甫”，须以“王命”贯到底，且未说尽职上，至下章方是山甫之尽职也。　　职虽有四，而其实“保王躬”则其主也。须拈出“王躬是保”一句，以应“保兹天子”意。盖“百辟”，王躬之环卫也。“式”之者，作忠顺以为百辟之表，实使之继乃祖大保之位，以保王躬焉。王躬以德为安危，必须辅养之，观下文举德以补衮可见。至于王躬有命，则以山甫为喉舌，而出纳之政，所以保王躬之无结轖也。至于王躬有政，则以山甫为感应，而敷布之政，所以保王躬之无痿痺也。此两项皆是保躬大关节，故特抽出言之。　　“爰发”，天子期之之意，不可作四方已应看。通节要见内外大小，俱少不得山甫意。

四章。亦不可分四段平看，宜以首二句“奉命”单说，中间明于察人，明于持己对言，而以“夙夜匪解，以事一人”，重讲单言之。盖上下文义皆是事一人之事，而本章“将命”，亦所以事一人也。　　“肃肃”者，付托尊严，期于必效之意。“王命”只浑说，而敷政亦在其中。“将”者，谓法度之宽严，赏罚之得宜，奉行之唯谨也。　　与治同道为“若”，与乱同事为“否”，明之者不夺于毁誉，不蔽于爱憎也。下"明"字又与此"明"字不同，上是明于辨人，下是明得持身之大道理。"且哲"即本体，明中而视之作"哲"。旧分明于理而察于事，非是。如此，则不入于悔吝之途，故能"保身"，然岂止是自全，乃保身以"保兹天子"也。须知事一人乃所以保王躬，至其所以事一人而保王躬处，只是下文"衮职有阙"中，而"甫补之"二句便是。

五章。此就德之"柔嘉维则"，抽出言之，见其足以佐一人。仁□义正之治。　宣王中兴，志在哀此鳏寡，又当时强御在位，故天生山甫以佐之，不徒以超出常情作解。其必以人言起之者，第以见其懿德之全，异于烝民也。"不茹"二句□说"不侮""不畏"，正是"不茹""不吐"之实。不茹不吐者，中德在我，不随人分刚柔也。大臣持衡天下，其道自当如此。　"不侮"，有扶弱济危气象。"不畏"，有禁奸除暴气象。

六章。语脉是总撮上文。上第二章，是山甫之全德，即其能"举"处。三章以下是以德事君，即其能"补"君处，此则要而言之也。　"德"，即"懿德""德"字。"如毛"者，谓"彝"，乃民所自秉德，乃民所共好也。只此句是"人言"。"民鲜克举"，谓有其德而不能体，则物自物而则自则矣。"克举"者，盖物具而"则"亦全也。"爱莫助之"，正极言举之易，要看得活。末二句，"补衮职"，全根"举德"来，不曰"王"而曰"衮"，衮正被于王躬者，且"阙"字讳言"王"，诗人之善于措词也。此二句从来以为格君心之非，不知"格"字如何解得"补"字？"非"字如何贴得"阙"字？盖"阙"非过失也，修攘之间，或过用其精神，即是阙补之者。只是以我柔嘉之精神，薰蒸天子之刚健，自然潜杜其亢，而预防其悔，所谓"事一人以保王躬"者，正在此。

七章。至此方说及城齐之事，政心有所未满于其事，而为之微言也。山甫出行，而以"靡及"为怀，何也？盖以驾马鸣鸾，王命以城东方，在外而不在王侧，则相位久虚，恐王阙未及补也，恐王躬未及保也，恐夙夜之间，一人未及以"匪解"事也，故"靡及"之怀以此。如曰城齐之后，起大事，动大众，调度失宜，害有不可胜言。以此为"每怀靡及"，则浅之乎为怀矣。　"每怀"句，此正见山甫"小心翼翼"处。

末章。"四牡""八鸾"，不是叠语。益以仲山甫只合端居庙堂坐，而与天子论道，乃一旦揽辔远行，则何为者？此诗人之隐词也。　"式遄其归"，是料其成功早旋，王躬不可一日无人保，王阙不可一日无人补，其必速归，以保兹天子乎？然此诗吉甫冀拟，而预道其有此归之速耳。据山甫之心，方怀“靡及”而未得归也。故作为此诗以慰之耳。“作诵”，指通诗言。“穆如清风”，隐然以风朝端，而动其重元臣之思。隐然以风宰辅，而动其蚤复相之想。意旨含蓄不尽。　　城齐虽重役，岂无陪贰干略之臣可以当此？必撤全才重望之山甫以董之。宣王此举似失轻重，即山甫之意，正无日不以朝廷为急，而封疆为缓，故曰“仲山甫永怀”，而以“遄归”为慰其心。老成忧国两相照对，扬厉之中，微寓规讽，言甫之诵真如清风矣。

韩奕章

此以“缵戎祖考”“榦不庭方”为主。“实墉”四句，乃自榦以“榦不庭方”之实，所为“缵戎祖考”，以长百蛮也。周自汾王失道，诸侯继世而立，多不请命。宣王中兴有此，诗人叙其事以美之，非徒美韩侯能请命，实美宣王能锡命韩侯。故通诗以“王命”为主，至其中锡饯之礼，与婚娶之事，无非道其一时之盛。

首章。厉王之时，诸侯皆侮，梁山之道，或未必通。“有倬”处正见中兴。“受命”两字，全章大关键。下面“亲命”与锡予饯赠之厚，皆本于此。要点士服入见，不敢自擅意。亲命与策命不同。重其继体之始也，以下皆亲命之词。

虽以缵祖考为继绪，“无废”至末为修职，须一串下去。盖体国之忠，实承家之孝，非平对之词也。“无废”者，侯无废也，起下“修职”意。“不易”者，王不易也，应上“缵祖”意。“不易”，与“无废”正相映。“虔共尔位”中所包侯职实多，而“榦不庭方”，又“虔共尔位”中第一事，故抽出言之。韩地近边，蛮夷之叛服不常，故欲其榦而正之。“榦”训正，有先自正而后正人之意。须会末章意发之，不专是征伐。

二章。首五句与上请命是一时事，欲言受锡，故再提言之。“王锡”以下，俱诸侯之仪，句句将士服入见来形，方见宠命之隆。“王锡”句管下六句。

蛟龙之旂，析鸟羽以为表章，是旂之美。以竹竿为车蔽，尽杂色于车上，是车之美。玄衣而画衮龙，赤舄而加金饰，是服之美。颔下有钩，而樊缨为带，眉上有饰，而镂刻以金，是马之美。以去毛之皮持式中，其制坚也。以浅毛虎皮覆式上，其文炳也。此正车饰之备处，又不止“簟茀错衡”而已。御马之鞗有下垂之革，辔首金环，有缠扼之饰，此正马饰之备处，又不止“钩膺镂钖”而已。合之，总见侯国之光，天朝之宠。

三章。饯与赠不可平重，饯上而赠，乃饯时所予者。　　韩侯反国，仍行祖道之祭者，尊其所往，犹如始行也。　　显父之饯，亦王命也。见僚友洽，将行之燕，正天王留不尽之情也。酒之多，杀之盛，蔌之时，正饯中事而出自天府者也。“乘马路车”，盖常制之外，特有赠行之仪，亦殊典也。然所重在饯，故复以笾豆终之。　　“侯氏燕胥”，言韩侯膺此燕之荣光，不作相乐说。

四章。入觐亲迎，事与时会，故诗人及之。　　“汾王之甥”，派出王家，母族贵也。“蹶父之子”，胤系侯服，父族贵也。俱承上文“妻”字来。　　“迎止”五句，是往迎礼极其盛。“诸娣”四句，是来嫁之仪极其盛，语意宜归重到韩侯“顾之”来，以见韩侯之乐也。　　“不显其光”，“显”者，显蹶氏之光也。“诸娣”，谓娶一国而二国媵，迎一女而九女随。“祁祁”训“徐靓”，“徐”以行动言，“靓”以态度言。“烂其盈门”承“诸娣”看。“烂”者，烂韩氏之门也。　　看迎曰“百两”，是迎以邦君礼，从曰“诸娣”，是送以夫人之礼，必关着始受命为诸侯。

五章。此虽叙韩姞归韩之乐，乃以见韩侯封域之美也。语意须归重韩侯身上。　　“靡国不到”，非专为“相攸”而行，以出使侯国；而承流宣化之余，随便为韩姞择可嫁之所耳。“攸”字内，有觅其可以燕居者何在，求其可以誉处者何在意。　　“孔乐”至“令居”，总是一“孔乐”。九土之宜不一，大江以南，多川泽，大河以北多平原，故韩国非川泽之国也，乃有流而为川，潴而为泽者，则地之广可知。川深而名鱼聚焉，泽深而辰牡育焉。川泽之所亏蔽，奇禽怪兽间出焉。总是物之饶也，广而且饶，故令居为可庆。“庆”者，蹶父“旬宣”之日已庆之，后日韩姞于归，自燕安而喜乐也。“燕誉”，正拟归韩之情如此。　　《埤雅》云：“猫食田鼠，虎食田豕。”与下“实亩”相关，故可乐。

末章。首二句轻。当时先王命燕师，创此溥大之城，就见他命先祖主巨镇于此，以为北方百蛮之长，意今王又锡以追貊，使韩侯悉长之。见今日之命一循先朝之故典。故“因”字正因先祖。此正“缵戎祖考”处。　　自类之多言，曰“百蛮”，自种之大言曰“追貊”，自其居之地言曰“北国”。然此正“不庭之方”所当“榦”者也。韩侯既为北方之伯，其可不“虔恭尔位”而安于自懈哉？必高其城，深其池，以作百蛮之具瞻。正田亩之经界，定税课之册籍，以起北方之来极，又必“献其貔皮”，献其“赤豹黄罴”之皮，以作蛮方来享之思，所谓“夙夜”“虔共”“以佐戎辟”者，正在于此。此与首意互相发。但上是述王命，此只诗人申广王意以规之也。　　四“实”字不轻，循习久便有名而无实矣，所谓“实”者，盖有实政，尤有实心焉。

江汉章

此诗作于成功受赏之后，当以“肇敏戎功，用锡而祉”为主。上三章总是“肇敏戎功”一句意，下三章总是“用锡尔祉”一句意。通篇臣是以武功受赏，君是以武功赏臣，而末云“矢文德洽四国”，则知武特以平一方之夷，而文乃所以隆四国之化。诗人之旨微矣。

（首章。“浮浮”者）言顺流而下，下四句言整兵而往，是一意而两叙之。“江汉浮浮”句，有山川改观气象。“武夫滔滔”句，有人心效顺意思。下“出车设旟”二句，又在“武夫”内，装点出师光景。“匪安”句，照“敬戒”看，盖四方未平，王心未慰，故不敢即安，此成功之本也。　　“求”者以淮夷散处潜伏，故欲得其渠魁。“铺”者，以淮夷窃据中原，故欲陈师以诛讨。

二章。此既伐而成功之大也。首二句轻轻叙起，“经营”，即上“来求”“来铺”。中间有许多处置安排，如何以屈其力而服其心也。“四方”，指淮夷之四方。观下“式辟四方”便见才经营而便告成。想平淮不甚费力，故王师一至，已望而靡矣。　　“四方既平”，即领接“经营四方”句说，上观国势则荒服靖，而畿甸安，王国于是安焉。下观人心则反侧除而顺治著，民争于是息焉。王心自告成以来，此心已宁，而视此靡争者，则不“载宁”也乎？此“宁”字正根“匪安匪舒”来，唯不宁而可以致王心之宁耳。

三章。以疆理为主。上六句述王命疆理之意，下述召公疆理之功。“王命召虎”，不是因虎捷书告而王再以策书命。前云“经营”，已该“疆理”在内矣，此因平淮后专重疆理，故重提王命耳。　　“式辟”，谓恢复其所侵占之地以归我版图也。“彻”，乃即其所辟之土而行彻法。　　以疮痍甫定之民，而遽严国法似乎疚，以武事方定之际，而即行经界似乎棘，故曰“匪疚匪棘”。　　古人伐叛讨贰之后，必去其苛政，平其赋歉，以慰民心，故以(此)章言彻法之事。彻以取民，此王国一定不易之极也。今则辟其侵地而治其疆界，乃使四方来取正于王国，而相安于君一民九之常也。　　“疆理”，即彻田事，至南海而止，环江汉无不辟之土，亦无不彻之田，而王国之极立矣。

四章。宣王欲行报功之典，故先原行赏之意。　　“来旬”，谓遍治经营疆理之事。“宣”，即布此经营疆理之命。此句是诗人叙词。“文武受命”以下则皆王命之词。　　“文武”四句，以继先勉之。末二句以报功歆之，总是将以下章文王之命康公者行其赏，故此先以康公之佐文武者论其功。　　“维翰”，召康公曰辟国百里是其“旬”，布文王之政是其“宣”，而其绩正在江汉之间，其祖武可绳也，故云“是似”，“似”字须重看，见以承家之孝，为体国之忠，鼓舞激发，自有不容不竭蹶者。　　“肇”，开也，有扩大之意。本“似”字来，不曰“功”，而曰“公”。王则期虎而嗣祖，召则劳于王室，各尽其道也。“锡祉”，益经营疆理。能有成功，则尔以康公之翰文武者为吾翰，则吾亦以文武之福康公者为尔福也。

五章。本上“用锡尔祉”，说报功当推恩，故“釐尔圭瓒秬鬯”以祀其先，此是把(祀)先之祉，报功当加地，故告于祖庙，而锡之山川以壮国势。锡之土田，以供国用，此是裕后之祉。然此釐在何处釐，此锡在何处锡，益从其祖受命于文王之所，以宠异之，前以康公之佐文武者论其功，此以文武之命康公者行其赏也。　　“于”，往也，不在镐，而往岐周。方昭文有世臣，而康有贤胤也。“虎拜稽首，天子万年”，要写许多报称之私，形容不出光景。　　“万年”不得虚说，有水清江汉之波，永收淮南之贡意。

末章。“虎拜稽首”，与上不同，上是拜于文庙，此是拜于康公之庙，正用圭瓒以祀其先之时。“对”是不坠君命，“扬”是不隐君赐，即“扬”便是“对”，总是张皇之义。　　作庙器而勒策命于上，则宸章与鼎彝并垂不朽，故谓之

“考”。盖即考王命之成也,非自夸其经营疆理之功成也。　　“天子”句是祝辞,并勒之策命后也。忠臣爱君,必望之有冰,而规之以所不足,故因寿而进之以不已之名。然名非可幸垂,故又因名而进之以文德。“令闻”句虚,“矢其文德”,是其实。武节飚逝,一时之功也,协气横流,万年之计也。至于文教浃洽而尽,洸洸之武夫化为恂恂之义士,文武之治,旷世重光,则庶定者、靡争者,相忘于沕穆,令闻不已,其在斯乎?　　宣王方以武功褒虎,而虎乃以文德勉宣王,盖不矜己之功,而纳君于德,意度远矣。

常武章

此诗专美天子自将之功。故前五章重“王旅啴啴”一句,是服边之威。末一章重“王犹允塞”一句,是服远之本。故首章之亲命乡士,策命司马,皆不重。只重自将,须滚到“有严天子”上去。唯天子自将,故在道而服乎人,驿骚之所以致也;至徐而得乎地,淮浦之所以截也。皆是先声夺气。“王旅”一章方是两军对垒,而末章又推本于平日之王,犹见战胜于庙堂者,不必角力于边境也,非天子之功而何?　　首章之“命”,云“既敬既戒”“惠此南国”;二章之命,云“不留不处,三事就绪”,其为国为民一点之真心,即“王犹允塞”之露其一斑也。

首章。夷厉以来,威灵不振,几于泯泯灭灭,宣王奋然中兴,亲征淮北之夷,如雷霆之骤发,而日月之光昭也,故曰“赫赫明明”,正就王命言。“王命”贯下七句。　　诗人欲张大宣王之亲征,故称其为世臣,曰“南仲太祖”,称其为重臣,曰卿士、曰太师,称其为名臣,曰皇父。　　“整我六师”二句,见得不徒饬兵数,而且以修戎政。玩“以”字可见。“既敬既戒”句,全在“惠南国”上着神,见得战胜攻取,同所不难,惟要万全取胜,一怒安民,俾南国受吾兵之利,而不受吾兵之害,此中须大费精神,故不得不敬戒也,敬戒乃行师第一义,亦见天子自将比寻常严翼更别。

二章。王命,上是亲命,此是诏内史而策命之也。“左右”以下皆策命之词。　　“左右”二句串言陈师旅而誓戒之也。“淮浦”即是徐土,以淮实环绕于徐，故必循而省之。“率”，有环视之意。“省”，有熟察之意，察其为乱者而诛之，不欲概及无辜也。　“留”，是宿兵以镇之。“处”，是迁延不还。“三事”，高原下隰平地为三农，皆指淮浦之农也。　此皆是慎武事而不欲穷兵之意。末章“允塞”之“犹”，于此已寓，而旋师之旨有自来矣。此即尹氏至太原而返旆，亦用此道也。　曰“既敬既戒”，又曰“不留不处”，盖骄兵诲敌，老师病农，俱非时雨之师，亦非不得已之意也。

三章。以“赫赫业业”“有严天子”二句为主，上二章皇父为大将，休父为副将，此更提出“有严天子”，见天子之自将也。“赫赫”，威灵光显，与衰飒者异。“业业”，气势昌盛，与琐尾者异。“赫”“业”，此即所为严也。“严”曰“有严”，此中便藏一个王猷在内。　“王舒保作”，见是刚中而应，行险而顺政，以静待动，以逸待劳处。此即所为“有严”也。盖“严”者，用奋迅，“有严”者，用舒徐也。　“匪绍”，不失之轻遽。“匪游”，不失之散漫，节制之师，威严之体，自是如此。乃徐方之人便已连络骚动，而为之震惊，即其势有如雷霆之作于其上，时有摧击之虞而徐方如此其震惊者矣。　用兵之道，攻心为上，师行若此，先声直夺其心也。

四章。重“王奋厥武”句，震怒形□“奋”字也，政写出天子之“有严”处。“虎臣”二句，虎臣之武皆为王之武。“铺敦”二句，六师之武，皆为王之武。末二句总承。　“武”以名篇。此章要看“王武”二字，徐方之服皆在此。“震”，天之怒也；“怒”，人之怒也。“如震如怒”，承“奋武”来。　如虎之自怒，其怒皆出于忠愤，非必激之而怒也。　“铺”，言其众之集；“敦”，言其陈之厚。仍执言其势之雄，若就而“截”之，不留余力者然。　此淮浦向为淮夷窃据，今才至其地，截然不可犯而为王师之所矣。此章只论气象如此，非交兵也。

五章。要发出天子自将兵，出万全意，故“王旅”二字颇重，言吾王奋赫业之威，以出节制之旅。凡命之卿士，掌之司马者，皆王之旅也，则“啴啴”而众盛焉。下六句极状“啴啴”二字，又总之极状“有严”二字。　数“如”字，皆形容之词，不作喻说。飞已疾，翰又疾，所谓后人发，先人至也。“江汉”，言六师之众，前无始后无终也。如山静翕之势，撼不可动，藏于九地之下也。如川动开之势，往不可御，动于九天之上也。不可绝首尾之相应，不可乱部伍之整齐。“不测”，不在谋上说，谓分合无常，奇正之互发。“不克”，谓战胜攻取，所向无前。大征以自将，言有一举而洗濯其秽，而咸与维新也。

末章。前言“王命”“王武”“王旅”，分明是兵威，而此章直本之“王犹”。“犹”不训“谋”，而训“道”。不单指用兵说，又美之以“允塞”，分明与舜之干羽，文之因垒同道，故“王犹允塞”句最重，是一章之大旨。“允塞”，皆在心上看。“允”者，心不欺；“塞”者，心不伪。天下惟虚浮者无威望，信实者有精灵。“严”曰“有严”，全根“允塞”二字来。　　“来”，对背叛言。“同”，对涣散言。“来”与“同”，要本心服说，皆王道之信，实孚之使然，故曰“天子之功”，即卿士之敬戒，左右之陈行，皆天子精神所鼓奋也。　　淮夷叛，皆四方所以不平，今“来”且“同”，则四方无扰攘之惊而既平，平则不特“来”，且易不庭以来庭，而稽首称臣矣。不特“同”，且改逆命而从命，而中心“无回”矣。　　“王曰旋归”，即“不留不处”之意，见亲征非得已也。要知确有收敛武功，以纯养王猷意。　　西周之祸不在淮夷，近在西戎，乃见诗人献替之忠。《江汉》之后，继以《常武》，乃知圣人删定之意。

瞻卬章

此诗章内三言“人之云亡”，慨贤人之陷于罪纲也。而贤人陷罪，皆由妇寺相倚为奸，故首云“罪罟不收”，后云“天之降罔”，“罔”与“罟”正相应，而夺土田一节，正是剥落贤人以厚奸人，正王之信妇寺以亡贤人处。末云法祖救后，亦不外收纲罟以存善人。　　诗中虽并言妇寺，当以宠褒姒为主，盖女谒盛，故寺人亲妇，寺近则正人疏，女戎兴而外戎乘之，此定势也。

首章。“瞻卬”以望惠也，惟不惠故降大厉，降大厉故邦靡定。邦靡定故士民瘵，一气说。　　“蟊贼”四句不平，刑罚之纲罟，正小人之为蟊贼，以害士民者也。　　“靡有夷届”“靡有夷瘳”，正上文“孔填不宁”意。　　“邦靡定”，指邦之用舍，刑赏靡定也。　　“蟊贼”四句，此乱象也，乱本则在第三章。

二章。此单言刑罚之偏，以发“罪罟不收”之意。四“女”字俱指王说。“人有土田”四句,“取”非其有者,其贪之本谋也。“此宜无罪”四句,出入人罪,正所以行其贪,总即“蟊贼”“罪罟”,而士民之所以瘵也。　重“收无罪”上。言“脱有罪”者,只以见其独及无辜耳。

三章。言致乱之由,以“乱匪降自天,生自妇人”二句为主。始借“哲夫”以形“哲妇”之奸,终兼□□人,以甚哲妇之恶,无非见乱之生自妇人也。“哲矣”句只引起之词,不重,只重“哲妇”句。“倾城”者,以其干预外政也,“懿厥”以下正倾城之实。　“懿”即蒙“哲”言,比于枭鸱,厌恶之也。“长舌”正与“匪教”“匪诲”相应。　首言“降此大厉”而阶此厉者,竟自哲妇当之,乱真“匪自天降”矣。　正人君子之言,足为我教诲。若妇寺之言,则敏对以成奸,饰巧以乱实,为谮为愬而已,何教诲之?　“妇寺”,谓倚宫掖以为奸者,莫寺若也,重“妇”一边。

四章。所谓“倾城”者何如?“鞫人”四句,极言妇寺罔人之恶。末二句,又专言妇人干政之非,以见“长舌”之所以“倾城”也。　“鞫人”以长舌折服乎人,以口舌胜者。“忮忒”,则又阴险莫测,又以巧诈胜者。“竟背”,谓其谮言,至后日不验。“伊胡为慝”,正是“忮忒”之常态。　“忮害”是鞫人之根,而“忒”即“谮始竟背”之根。此虽是妇寺之谗谮,陷人罪吾,而长小人之蟊贼处,实妇人肆其长舌,与寺人相倚而乱。乃“公事”如此,故下以君子不宜识商贾之利,责妇人不宜干朝廷之事。“如贾”二句,不作兴,不作比,是例《论语》。“休其蚕绩(织)”中有“鞫人忮忒”四句之意,则倾城也必矣。

五章。上已极言妇寺之致乱,此又穷其乱本,而归之于王。　要看两“何”字,设为问诘,令王自思,且两“何”字中见天神,非无故也,然不必指出其故。注以王信用妇人句,乃诗人不言之意。　“不富”,非饥馑荐臻之说,谓神不富王以盛大之业也。　是时犬羊之变未发,而曰“舍尔介狄”者,盖妇既得以僭夫,则夷必得以乱华,以阴召阴,则介狄之祸有不免矣。“以刺”“不富”,即不祥也。“舍介狄”,忌正言,即不吊也,色荒于内,故“威仪不类”。　“人之云亡”根“维予胥忌”来,正指善人为妇寺构成罪罟,而弃其土田人民,以亡于罪纲(网)之中也。“邦国”句单承“人亡”来,殄如脉绝,瘁如病危,此正天谴神怒意。

六章。此承上章末二句，而重言其可忧。“降因”，谓“降此刑罪”以为纲罟之害，照首章“罪罟”看。故下遂接以“人之云亡”，谓善人罹罪罟而亡之也。“优”者，用法繁多之意。“几”者，几彰祸迫之意。

末章。以泉之发，必有其源，兴忧之生，必有其始。“宁自今矣”，谓自妇人入宫之时而已忧其有今日矣，此话含蓄无尽。“不先”“不后”，所谓祸乱之极适当此时，已无可为者，然惟天能为于不可为之时，故曰“无不克巩”。盖天能降乱，亦能已乱也。　　“无忝”句有深意，远色而好德，无忝祖之“刑于寡妻”；远奸而亲贤，无忝祖之不近刑余，将宫中无“倾城”之舌，阃外无“介狄”之侮，“大厉”之天转为“克巩”之天，以能保我子孙，而士民尚亦有利矣。可见周家天下，皇祖以哲开之，此时有窈窕之淑女，故“城成”。乃今日有鸱鸮之“哲妇”，则“城倾”。妇德之系天下如此。

召旻章

通诗重用小人上，故末束之“不尚有旧”。“旧”人，即章内“兢业”“斯稗（粺）”者。“小”人，则章内“蟊贼、昏极、皋讹、务为罪罟罔人者。上篇是刺王宠褒姒，故末望其君以“无忝皇祖”。此诗是刺王任小人，故末望其臣以有如召公，皆乱极思治之思也。

首章。重“饥馑”字，末二句皆为饥馑之故而然。　　旻天方垂愍下民者，今若此其疾威，故降丧乱甚厚。“瘨我饥馑”，正“天笃降丧”处。　　“流亡”又根“饥馑”来。“流”者，散而之四方也。“亡”者，转而为沟中瘠也。“居”，则中国被其害。“圉”，则边境罹其忧。居卒荒，故诸侯内畔矣；圉卒荒，则大戎外侵矣，“日蹙”之势已见于此。

二章。致乱之由尽于此章，“天降罪罟”，贯下说，即指“蟊贼”“昏椓”之人。言凡此辈罗织善良，使手足无措，真罪罟也。本由王用之而曰“天降”，是无所归咎之词。“蟊贼”，状其害。“昏椓”，状其人。“回遹”，是状其心术。总是“丑诋”此一流人，不须以椓丧为奄宦。　　稼穑之有蟊贼，其害在内，国家之有小人，其害亦在内，故曰“内讧”。“讧”，训溃。如痈之内坏也。　　“溃溃回遹”，总承上二句，来斯人而使之“靖夷我邦”，我邦其可得而靖乎？其可得而夷乎？此句见乱非降自天之意。

三章。“皋皋訿訿”，此即是玷处，而王乃使之“靖夷我邦”，曾不知其玷也。“兢兢业业”“孔填不宁”，所为旧也，王乃不用其旧，而“我位孔贬”矣。小人亲则君子疏，势不两容也。

四章。此承上章贤奸错乱说来，即首“天笃降丧”之意。正意在“如彼”之上，方是赋体，既用非其人，则“蟊贼”者伤其根本。“昏椓”者□□其生意。膏泽尽竭，民生憔悴，其无生全之气，如草之遇旱而不遂其茂，如草之栖木而不濡其泽①，此是流亡卒荒之状，如此民困则国乱，此所以必溃也。凡水之溃者，其势横暴而四出，故乱之甚者曰“溃”也。

五章。首四句领上“岁旱”“栖苴”之困，而甚言其疚也。一气说，言昔之富不若今时之病，而今时之病又不若此处之甚也。“时”以时言，“兹”以地言。所以致此者，由小人之用事耳。然王固不知其玷矣，此时欲望王罢斥之不能，君子“我位孔贬”矣，此时欲望君子斥逐之亦不能。只得以自分引避之情委曲望之小人，故曰“胡不自替”。　　彼小人之“皋訿”多玷，犹粗粝之疏也。斯君子之“兢业”，精纯犹精鉴之稗（粺）也。“怆兄”，忧乱无情绪之意，根“不自替”来。

六章。承上。言小人不替，而至有今时之疚。是祸乱之来有自矣，而今之说者，于“池之竭”不云其外之不入，于“泉之竭”不云其内之不出，小人用事而致此大厉，奈何竟昧所自哉！此是刺王之不察，所谓曾不知其玷也，不可看作比。须入正意，参看上。“不替”，小人不自替也。此“不云”，王不云也。小人误国，其罪可正，其恶可锄。唯不以为阶乱，此中便有不可胜言者矣。故曰“溥斯害矣”。“忧之弘”由“害之溥”来。　　“不灾我躬”，盖不云自小人，则必归罪君子。“我位孔贬”，犹其轻耳，正叹其“害之溥”意。

末章。说个召公，便见用贤；说“今也蹙国”，便见不用贤，不必补出。末只说“有旧”，而有之不用在言外。“旧”，即上“兢业不宁”之人。伤其有贤不用，而用小人，遂使侵削至此极耳。　　日蹙如骊山，见四夷之侵，緜葛见诸侯之叛。

《周南》系周公，《召南》系召公，明化之盛者，必有开于二公也。《风》之终，系以《豳》。《雅》之终，系以《召旻》，明化之衰者，必有思于二公也。

---

① 原批注："不遂茂，以陆草言；栖苴，以水草言。"

鉴湖诗说卷之四

三　颂

广陵李清心水父　陈元亮寅倩父辑

汉阳李若愚愚公父定

浙后学劳天与自民父　晋陵王章汉臣父　吴廖生　有王父　订

清庙章

此周公即在庙之人心，以扬先德之盛。通章以“文德”“无射于人”为主。“文德”何德？只是一个“肃雍”，但就“文”言“德”，反不见盛，姑就人心上言之。周公作此乐歌，盖以文王收拾天下之人心，是举庙中以见天下。总无有射于“文德”也，故上言“显相”“多士”，而下总之曰“人”，“人”字该天下而言也。

首言“於穆”哉，此清静之庙，便见所以奉文王之神者于斯，所以立文王之主者于斯，并主祭者一付精神含蕴于斯。下直接“显相”云云。文王之庙，何独以“清①”名？天德清明，文王象焉，以文王象天清明，故谓其庙为“清庙”。如此说，方于本文“在天”两字映带，且“清庙”而云“穆”，正因文之“穆穆”而云然。　“肃雍”，便是“文德”，三句一气说，言“文德”之“肃雍”，非特“显相”为然，其余“多士”无不执行之也。然“肃雍”两字不平，敬之从容合礼处，即是和肃，而不雍勉强之敬也。合说方妙。　“显相”之“肃雍”全体是文。“多士”之“秉德”一体是文。文王“在天”“在庙”，而文王之德固在人心，故“对越”“骏奔”俱根心说，但自神言之，则心在倾仰。自主言之，则心在趋跄，即此便见他“肃雍”之德，不是以和敬去“对越”“奔走”也。“对”，谓以德对之也，即“作对”之“对”。“越”，谓越人而之“天”，以与之“对”也。人主生而奔走天下，犹易没，而奔走天下实难。今“骏奔走”而曰“在庙”，则文德之感人更为可想，此二句亦不平。“骏奔”即是“对越”处。　“骏”而曰“奔”，趋事如马之疾也。“不显”二句，总领上文来说，而“无射”句又承“显”“承”来。夫即在庙之人心观之，则文王之德，岂至今日而“不显”乎？文明之精，昭然在人心上发扬，犹之乎光昭西土之日也。文王之德，岂至今日而“不承”乎？纪纲之泽，俨然在人心上奉若，犹之乎左右奉璋之日也。显矣，承矣，文德在人心[②]者，“无射”乃如斯也。“人”字说得广，不粘“显相多士”。“斯”字，指在庙者而言，若曰天下之心历久而不忘也。于斯庙中之人心而知之也。　文王之德“无射”亦保，又云古之人“无射”，文心原“无射”，而今没后，人心之“无射”，皆文德之注在人心者。“无射”如斯也。“斯”字，正不闲，即指斯庙而验之耳。　文王之德不可名言，但观奉祭之人如此，而其德自然可见。

---

① 原批注：“对越、骏奔，杂出于此，何以云清？入于此肃雍也？”

② 原批注：“不显不承之词，正而反，无射之词，缓而顺。”

维天之命章

通诗只重赞文德上。以“纯”字作骨，“骏惠”字、“笃”字俱根“纯”字来。文王之德，上合体于“於穆”，下衍庆于子孙，语意一贯。　“文德之纯”，惟同天道之不已，则其可以示法于后人者，又何有或已处，故后人必顺之、厚之，方能以此心之不已，而合“文王纯德”之不已也。惟文心同天，故与天合德；必后心同文，方可与“文”合德。

“天”与“文”并颂，非“配”说，尤非“例”说，盖共是一个真精，流行于太虚，“为命”“降命”于圣心为德。“於穆”哉，其“不已”也，重“不已”上。“不显哉”，其“纯”也，重“纯”上。　“维”字有意，言只天是这样，当有“文德之纯”意在前。“命”,乃命脉之命,指元化推行言。一元之运为“亨”、为“利”、为“贞”,而贞又起元,循环迭运,莫窥其端,使有端可窥,亦有时而尽矣,故“於穆”正以赞叹“不已”之妙[①]。往以“不显”上添一“岂”字,与《清庙章》“不显”同看,非也。盖上章重一“显”字,此章重一“微”字,应上“於穆”。大凡着了形迹,便易间歇,天之命浑是“无声无臭”之妙,引之不见其始,推之不见其终,“不已”固如斯也。“文之德”隐于“潜”,而声色不大,养于默而知识俱忘,则其“纯”又何如者?“纯”,只是如其天命之初,便是不必说到人欲之杂。　“文德之纯”,“不已”之所凝也,直要说到万分浑合处。

二章。言“文之德”“不显”矣,而我或著焉。“文之德”“纯”矣,而我或杂焉,此皆神所悯恤也。果何以恤我,而默喻之于冥冥中乎?“收”即收敛之“收”,应上“於穆”“不显”意,不安于小成,而必欲拓充开广之,故曰大;不敢作聪明,而必欲持循据守之,故曰顺。然不曰“骏惠文王”,而曰“骏惠我文王”。“我”字有深意,文王往矣,“我”在即“文”在也。是以“我”顺、“我”非,强“我”以顺“文”也。“笃”者,对“我”而言,“我”既顺之,后王又顺之,世世相袭,便见厚矣。一不笃即不顺,一不顺即背于“文”,即违于“天”。夫“天”固以“不已”者,“命”于“文”心而为“纯”,而后人固可不纯。文之心以合天之命。“骏惠”“笃”字,皆根“纯”来。“纯”固愈推愈顺,弥远弥厚者也。　“假”字不必作何,“溢”字不必作恤。“文德之纯”,自其真精之凝会处言也,文王“假”此真精,以流溢出来示我,我即凝敛精神,收其所溢,以“骏惠”我文王也。看“收”字领“溢”字,甚切。　文德自纯,不知有“溢”,所谓“溢”者,亦其“显”焉者耳。“德”如此为“纯”,即如此为“溢”,所谓“收”者,亦其“纯”焉者耳。　曰“我”、曰“子孙血脉”,何等亲切!词归子孙,意则重文德上。“收”之者我,而使我不得不收者谁?“惠”之者我,而使我不得不惠者谁?使曾孙“笃”之者我,而使我之曾孙不得不笃者又谁?此正透出“文德之纯”处。

① 原批注:“於穆不已四字,合说始妙。”

维清章

此诗重赞"文典"上。首二句只说"文典"当法如此,不是说后人当法文王也。下三句亦只说得"文典"所以当法,而法之意在言表。　　文王之神在天,文王之心在"法",即康岐之政是也。文心原是"缉熙敬止",其所垂为"典"者,后人亦当"缉熙"而"常清"之[1]也。　　"典"正与"法"异,盖法随世而数易,典垂世而不刊,故不曰"文之法",而曰"文之典"。"始祀"只浑说,始祀文王,迄于今奉祭之日。或用之以"缉熙"于"纯嘏",以成"永清";或用之以"缉熙"于"成命",以成"日靖",故曰"有成"。然不可以创、守平看,须由"创"而递落在"守成"边,方见今日守成,尤当用此"典"意。"维周之祯",正在"有成"上见得。盖祯祥乃太平之兆,而"文典"则所以开太平者。故用之一世,而一世治,乃一世之"祯"也;用之万世,而万世治,乃万世之"祯"也。信乎,所当"清明"而"缉熙" 也。　　旧以"清缉熙"属后人犹可,以"有成"指成王当日,则不宜若是之夸。当云,今日之所当以清明之心修"缉熙"之法者,莫若"文王之典"。所以者何? 以"文王之典",自肇祀之日迄用于今,而已有成矣。周家之祯孰大于是?　　"禋",王者祭天之名。周公宗祀文王于明堂,以配上帝。"肇禋",谓以文王配帝,自此始也。　　上二章言"德",此章言"典",则心法、治法备之矣,如是而乃可以祀文王也。

---

① 原批注:"缉与熙字义同,缉熙者,□清之□。"

烈文章

此诗全重"报功"上。爱之以德,正所以不忘其功也,说固然矣,而全章关键总在"不忘"二字。盖今日所祭者,不忘前王耳。然前王有"训四方"之道,而今人不忘;有"刑百辟"之德,而今人不忘耳。"辟公",今日不忘前王,故来助祭，为我锡福；我受尔助祭，锡福之功，固当使尔“继序其皇”，但尔之居四方而为“百辟”者，原在前王所训、所刑之中。今日不忘前王之祀，即宜“继序”不忘前王之道德也。如此，方是我“继序其皇”之意。　　首“辟公”即末四方之“百辟”也，而称“烈”便含”无竞”意，称“文”便含“不显”意。“祉福”乃神锡，而云“辟公”者，盖助而获福，犹其锡也。天子以天下为福，王假有庙，使有一夫不至，便是福薄。“无疆”就是“祉福”，“子孙保之”就是无疆。总之一意，此节正所谓“戎功”也。

“无封靡”二句，题以相祀为王，以在□为宾。下语须从祭上说入，若曰尔如“封”，即“荐”兹“广牡”，亦其以“封”荐也；尔如“靡”，即“奉”兹“大糦”，亦其以“靡”奉也。故“无封靡”云云。“无封”者，守我周九赋之法，而取民有制。“无靡”者，遵我周九式之规，而费出有经。见得未入庙时，尔固时时有“对越”前王之心也。“戎功”，正指上“锡兹祉福”三句之功。上“崇之”，已是“皇大”矣，而“继序其皇”，则又使其后世有常“崇”也。“皇”字、“崇”字，俱不要用加地进爵意。玩末节示以“训四方”“刑百辟”之道德，则所谓“皇”之意，乃《大雅》“不显亦世” 之意也。　　锡福报功，俱以及子孙为极，故自其极处言之。　　今“辟公”尽职于朝，而更能锡福于庙，则必有一点心序意。“序”在，故不徒使之继位，而“继序”也。“无兢”四句，从势力爵位相形得来，盖人情只晓得“继序其皇”，则威足以驭、力足以驱者，强矣，不知“道”一立，四方即为之训服，可见“道”之竞也。人情只晓得位膺百辟、爵显四方者，显矣，不知“德”一昭，百辟即为之刑法，可见“德”之显也。於乎！前王不忘[1]，要见我今不忘前王，故于庙貌之开，见尔辈之咸集，依稀“无竞”“不显”光景，尔之共承于前王庙中者，又焉得忘也哉！此当奉祭庙庭时，就将人心思慕来作证，使其惕然有感动处，而戒饬劝勉意蔼然言外。若说勉其取法前王，意味便索然矣。

---

① 原批注：“一於乎□字，一□咏叹□辟公□那不忘的缘□有不□不尽□不修□者。”

天作章

此祭太王之诗，只重“太王荒之”句。以善作视善守，欲见天于祖也。太王仁人之归，不陨之闻，种种可思，诗人不言，而独念夫蕞尔起家之地，使子孙知天人之相求，其故甚微，故首揭之曰“高山”，形胜造于天，故云“天作”。草昧辟于太王，故亦云“彼作”。太王之功与“天”并矣。　“荒”，始辟也[①]，不但作屏修平，凡一切教养草草做了一番了，所谓草昧经纶也。　“文王”句不得与“太王”并重，谓彼惟善承天之所“作”如此，故文王因得而“康”治之也。设太王无以“作”之于前，文王何由“康”之于后也？“康之”不外“辑宁怀保”，培植高山之命脉意。　夫太王能承“天”以开“文”如此，所以彼险僻之岐山，遂成“有夷之行”，此句不徒是道路之平也。好恶不僻，刑政不偏，以至反侧潜消，须自君心上说出形胜。　太王迁岐，费无限精神，方造此无疆之基业，子孙其轻弃乎？故结以“子孙保之”，望其必如“文王之康”，然后可无负“太王之荒”也。　“保之”者，王业艰难，根本之地不可忘也，非谓止保此一隅也。祖宗以一岐山而遂有天下，子孙固不能以天下保此岐山乎？[②]

高山之当保，固矣，何以复有迁丰之举？迁丰，王以保岐也，拓其拥卫，乃以巩其本基，又何以复有迁镐之举？迁镐，正以保岐也，罗其局势，乃以深其根蒂。

---

① 原批注：“或云荒者以此□尚未□于文□犹然□荒景□太王□天之□也。”

② 原批注：“保非保岐山，保天下，乃保岐山也。即文王康之，亦是保之之法。”

成命章

此诗颂德处，全要认一“心”字，盖“命”原与“心”通，心不单则命不凝，心之单不至于“宥密”，则心不单。　“宥密”总是形容其心，心外无德，德外无命。　首言“二后”之“受命”，正起成王之保命也。“成命”，如“假哉”“命文”“临女”“命武”是也。“二后”受之，文以“敬止”之德受此命，武以“敬胜”之德受此命，是二后固合天以“宥密”之德，而代天以“靖治”之休者，皆其一念“不敢康”之心为之基也。成王继之而谓其敢康乎？大约康之象现于世而为“靖”，宅于心而为“敢”，故一有“敢心”，则世未见靖，而心先见康者矣。成王正恐德不足以承天，则业不足以致靖，故夙夜积德，以承藉天命者，至于“宥密”田地。德立于此，命承于彼，如有凭藉者然，故曰“基命”。然亦是后人追诵语，若成王当日但见“天命靡常”，不知何以，祈天而已。“夙夜”二字不分，方见功之无间。本旨是颂德，还不重功夫，故“宥密”二字，直指其成功言之耳。“宥”，谓大其心，以与天命之广大处相合；“密”，谓细其心，以与天之冲漠处相合。故叹之曰“熙缉”，言其能继文武之精神而熙明之也。《注》以业言，末（未）是。“单厥心”，即领“缉熙”说，言缉熙文德，则法祖之心已尽，缉熙武德则承父之心已尽。　“厥心”，即“不敢康”之心。念念不敢康，即是“单厥心”。　非始“不敢康”，而至此便云“康”也。此心运处，即是治之日运处，故曰“靖之”，而文武所受之命可保矣。至“靖”字内，方见是保业意。　玩“靖”字，正与“宥密”字相映发，盖心体“宥”，自能含天下于“在宥”；心体“密”，自能奠天下于“宁密”。可见有文德之受，不可无成王之基，此成王之德，所以可颂也。

“靖”字根“不敢康”来，夫唯人主不自安，而后可以安天下。　二后是创、是命者，反说一“受”字，见创基之心，未必非守成之心。成王是守命者，反说一“基”字，见守成之念，不可无创基之念，此便见他不因袭处。

我将章

此诗通章重一个“畏”字。首“将享”以告虔，乃方祭时之畏心而冀天之享；次法典以致治[1]，乃未祭时之畏心而必祖之享。末则欲夙夜常存此畏心，以为法祖祈天之本，而倨其常享之意也。　须知此祭非郊祭，乃宗祀。郊祭者，以天道事之，则藁秸以为席，陶匏以为器，茧栗之牲，扫地而祭，所以尊之也。宗祀者，以帝道事之，则牛羊以为牲，簠簋以为器，鼎俎之实其荐用熟，所以亲之也。此正祀文王于明堂，而尊之以配天，故首节说“天”处，即所以冀文。次节说“文”处，即所以祈天。末则“畏天”，即以法“文”。文王之与天合者，“敬止”之心也。后人之思与文合者，亦只是夙夜畏天之心也。　　全旨以“天”为主，不敢必“天之右”而必之于文王，不敢以气类之接必“文王”而以遵“典”靖四方必文王。然且曰“我其夙夜，畏天之威，于时保之”，若不可冀倖者焉。

二“我”字最有深意，与末“我其夙夜”“我”字相映，于焉而问所“将”，而“将”者维“我”也。于焉而问所“享”，而“享”者维“我”也。却不重在躬亲。奉而进曰“将”，奠而献曰“享”，然“将”“享”字内有“畏天之威”的意象，又要看两“惟”字，见得我所“将者”，“维羊”耳，“维牛”耳，此可以望天之享乎？天威难测，必有出于“将”“享”之外者，方可以冀其享也。须含下法典畏天意方妙。“右”字乃尊临也，而泥作牛羊之“右”陋矣。“维天其右”，须要关会“文”意在内，不然则单成祭天矣。先正云：皇天虽无亲，而幸有与“於昭于天”者在也，则斯礼也其亦天心之克当乎？上帝虽靡常，而幸有在帝左右者寓也，则斯礼也其亦帝心之居歆乎？

过云：天不可必也，吾必之于文王与天合者；“文”亦不可必也，吾必之于吾心与文王契者。盖文王当日不知几夙夜立此典章，正奉若天道，以咸四方者也。故我于平日文王之“典”望为仪而则象肖之，依为式而矩矱矜之，凛为则而顾畏持之，日日靖治乎四方。上天“求莫”之心，文王创是“典”以慰之久，王求宁之心，我又法是“典”以慰之[②]。此则“将”“享”未行，而精神已上契矣。故今祀事一举，而此锡福之文王既与上帝而同来“右”“享”矣，此“右”“享”亦要会天意。　　“伊嘏”不是赞词，以“典”贻后人，即是以治安之，福贻之，故曰“伊嘏”。　　“靖四方”而云“日”者，谓时时以此“典”靖之，正其夙夜之畏心处也。以“人”对“天”，只好说个冀望之意，故首著一“维”字，以孙率祖，可验其感孚之素，故次着一“既”字。

须承上云，我之“将”“享”以告虔者，诚畏天也。然此畏之迹也，我之“仪式刑文典”以求“靖”者，正法文王畏天之心也。然此心须持之有常，故“夙”焉。“仪式刑文王”，朝乾之心，以见“天威”于动履夜焉。“仪式刑文王”，日炅之心，以见“天威”于静寂如此，庶我心无愧于文王敬天之心，而天心与文心斯常眷顾矣。“保之”，不要说降鉴，乃自保其心体，然亦不必添出文王来，然亦不敢恃为可保，是心上思想如此。 “于时”“时”字即领着“夙夜”字。“天威”，即是祭时如在其上之威。须知首节词气便凛凛有畏天威之意。“夙夜畏威”，只是常存此念。常法文典，以靖四方耳。我乃不敢与“文”并言“配”，而独言“畏”，我乃不敢与“文”并言“命”，而独言“威”。盖文王处明夷之候，偏宜言命，必有变化之神龙，德始妙于“无首”。于今日处天飞之极，偏宜言威，非惕以有悔之思，即小惩无当于大诫。 张子西铭云：“‘于时保之’，子之翼也。”“子”字下得妙，最得以父配天之意。人君于父为子，于天亦为子，则天即父也。“畏天之威”，即孝子所以严父也。盖不特“仪式文王”之治法，并欲追翼翼之心法矣。

---

① 原批注：“法文处，绝不言天，以文一天也。畏天处，绝不言文，以天一文也。正见他配处。”

② 原批注：“□典即□以日□无两。”

时迈章

此诗以“昊天其子之”为主。首以“子之”发端，次言“子之”之“实”，末言保所为“子之”之“命”，通要见反商意。 敷文求治是周家上着，即“怀柔”“式序”，都是“懿德”妙用，通诗重“求懿德”上为妙。 周取天下，得诸侯之利，故其保天下亦虑诸侯之害，废兵求靖，正是武王权术处。

“时迈”，此革商之后，最初一巡，不可泥为十二年之制。此“时”字与末章“时”是通诗之眼，不可忽过。“时迈”中，正行朝会祭告之典。“子之”内，兼天命为人神主言。看下“实”字，此处不必太着疑词，后二节“允”字，正与此“其”字相应。

“实”字一直贯下①，言天意“实右”而尊我于臣民之上，“实序”而次我于夏商之后，果于何而验之？盖我一朝会而人即“震叠”，一祭告而神即“怀柔”。则信乎神人俱以我为主，而“右序”者“实”也。　　商居蛊极，武当革初，故即以“震”道用之，但震之自我动，此“震叠”则自彼震动也。“薄言”，才发号施令，尚未行庆让黜陟，此时善者未敢自信，恶者业已悚然。恐难逃新天子之刑诛也。“怀”，是来格来享。“柔”，是无怨无恫。所谓我怀之而神即归于怀，我柔之而神即归于柔也。“百神”，所包者广，而特举河狱之重者，以见神之无不格也。一“及”字可见。然只依本文说去，不必说出泛溢骞崩。百神之效灵，皆响答新天子之秩望，岂非天“实”使之故？信乎王之为神人主也。“后”字正领“右序”，“允”字正领“实”字。　　“上”对“天”则为“子”，“此”对“人神”则为“后”，为人神之后，则为天之子矣。

承上言，“天”既命“我”为“后”矣，而将何以“保之”？　　当玩“昭明”二字，如考绩，彰则明，清则暗，德义兴则明，替则暗。今惟一一明之，便见他“保”处。“在位”，指诸侯言。“式序”，言以一王之定式，去序诸侯之贤否、功罪，见我周天子之位，“右序”于昊天，尔诸侯之位，又“式序”于天子。此一句不可与下四句以政教子(上)分，谓“在位”“式序”矣，而时夏之民心，久为商俗所蒙蔽者，是有沾于“昭明”之治者也，故“戢干戈”“櫜弓矢”，示以不用，而惟“求懿德”以敷布诸。此时之中夏，非复纣时之昏翳也，或于放而不敛，有似乎时之夏也。　　“求”如访《洪范》于箕子，陈《丹书》于太公，乃搜求之“求”，非讲求也。此俱就时巡时说，即此“式序”。行是，能保昊天作君之命懿德；求是，能保昊天作师之命，故曰“先王保之”。　　有私于己，不得不防，有机于人，不得不藏，故为之“戢”之“櫜”之云。

---

① 原批注：“实字且领其字而实之□。”

执竞章

此诗功德不可偏属，只是“刚明”两字。创业者非“刚”不竖，守成者非

"明"不著。是以播为音乐，皆以昭其广大清明之休，而拜以威仪，总若凛于威灵赫濯之盛，乃知福之多、福之大、福之反，则皆"无竞"之休，"是皇"之庇，所贻者远也。全以扬厉"三后"作主。　　举祭而称祖宗之功德，便觉俨然如在祭，则受福正受此也。　　"执竞"以心，言"执"便是"竞"，非"竞"一心而"执"又一心。武王手辟宇宙，非弱植所能胜。维心"执竞"，斯烈"无竞"，两"竞"字正相照。盖心之"竞"，即武德之显处，烈之"无竞"，即武功之皇处，而成康总之，则岂"不显"哉！德有继，"执竞"之心而并昭者，成之光明，康之对扬，总归"不显"，所谓继治世者其道同，不可将二王各自为说。以此昭格于上帝，只使之继武烈而君天下也①。功在宇宙而曰"执竞"，反自其内之所存者而言；德基"宥密"而曰"不显"，反自其外之所运者而言。

自彼节一滚说下，此极言成康之德之"显"。"奄有四方"句不闲，谓其治之所统，极于四方，以见其德之所被，亦光于四方。"成"之四方，非徒藉"武"业而有之；"康"之四方，非徒袭"成"业而有之也。此见有光于"无竞"之"烈"，"上帝是皇"，非偶然耳。　　"斤斤"犹云斤两之谓②，明在成康之世须有权衡其间，如其明之分数而止，乃为"斤斤其明"。"钟鼓"至末，正言今日邀"三后"之功德，以奉祭祀意。　　乐所以象三后之功德者，故犹是"钟鼓"耳，"磬筦"耳。有功德以被之，自觉"喤喤"而和、"将将"而集，此中见其足以播"无竞"之勋，扬"不显"之懿也。所以三后恍豫，而"降福穰穰"。"降福"，如云得荷"无竞"之休于不替，承"奄有"之庆于无穷也。作乐处，即有威仪在，至下节"反反"则礼度之，雍容与乐之和而为之。盖着像节之盛备，与乐之集而为之益协，不可分乐、礼平言之也。"简简"承"穰穰"来，积之多则合之大也。一说谓："穰穰，丰盈中又如有所简择而畀者然。故云'简简'。'仪威反反'，有宛乎执竞之在望，恍乎不显之如在也。"或云：反之于始而如一也。所以三后嗜此饮食，"既醉既饱"而"福禄"之来反覆不已也。盖惟子孙有威仪之反，是以上承先祀，故祖宗有福禄之反，是以下庇后嗣。"反"字正相照。

① 原批注："'是皇'紧根'不显'说。"

② 原批注："前作明□，□悉□两必到，故曰斤斤。"

思文章

此章以“思文”为主。稷以穑事开国，功在养民，乃云文德，何居？不知立民之命即立民之性。虽敬敷在司徒，而文明之窾綮先自“稷”开之，故“文”之一字便照“陈常”取义。本文“思”字，非语词，盖思在“陈常”，故云“思文”。一说，人皆以“稷”为农事之祖耳。自我思之，其“文”可配天也，配天非与天同大之谓，试观“稷”未生以前，景色之荒芜自如；“稷”既生以后，世道之文明遂启，一似有天不可无“稷”，有“稷”而天始可无忧，故曰“克配”。此二句且虚下“立我”处，正言其配天也。“立”字《注》训粒食，是言立民生，立民性，“莫非尔极”也。下“贻来牟”，是立民生之极。“陈时夏”，是立民性之极。　“极”字不但应“烝”字，直暗摄到末句“陈常”而言，盖“来牟”“率育”之后，而使“时夏”之常道得“陈”，是立民之德所极至处也。“来牟”正是“此疆尔界”所种植以自立者。主民之种非一，特举“来牟”者何？旧谷既没，新谷未升之际，民非“来牟”无以续食，便有生养不偏处，故此“来牟”虽帝命之，而自“稷”始贻之，则树艺之教率之于稷，而自有以育民矣。若解率作遍，则反重天，不重稷矣[①]。　“陈常”岂后稷事，但粒而为养有常产，“陈”而为教有常心，其为常总一也，何必别其孰为司徒、孰为司空？此“时”，中夏之疆界，即可为常道所陈之疆界，不惟慰天惠民之意，而且慰天牖民之心，故曰“克配彼天”。“陈常”只在“养”上看出，“陈”亦不是“稷”陈之也，《注》中得以字可玩。　“帝命”三句，一直说下，见稷之子民以粒食，出民于禽兽，皆天心也。

① 原批注：“率字领贻字，自稷言，不自天言。”

臣工章

此诗以“敬公”为主。“咨”“茹”成法，正所以敬公也。次节说到“明昭上帝”处，天命凛凛，其可不敬乎哉？然吃紧又在“维莫之春”句，下反覆皆欲其不失此时耳。　　“嗟嗟”二字，已含当敬意。“在公”，以农事言，农事虽是田野，而实关系于公家。故农之事乃公之事也。率之者谨而民无失时矣，一不谨而民有废事矣，故以“敬”戒之。下“咨”“茹”，正“敬”字意。“敬”字从“夙夜敬止”发脉，见君与臣当一敬也。法何以云“成”？盖周家自肇祀以来，明农之典亦云备矣。但藏王之府成也，入臣之手而坏矣。行令之际成也，行意之时而亏矣。王用是欲尔“咨”“茹”，庶几良法不坏于奉行之人耳。“咨”者，禀受而行，遵其科条。“茹”者，量度而行，尽其意义，而曰“来”者，欲其来与公家禀受而奉行之也。

次节是启以治“新畬”之法，而事在“莫春”伊始，则“维莫之春”极重。“莫春”即“来牟”将熟之期，故下遂以“来牟”引起“新畬”之当亟治，亦又何求？谓当此时又何事外求，只该求“新畬”之如何治耳。“如何”二字正是“求”，正是“茹”处也。许多人事在内，问之也，亦趍之也。新畬难治，一则土新而膏未发，一则土熟而力或衰也。“於皇”四句，正见新畬之当治，以来年为言者，虽是说莫春已至，却要见天心育养下民，故言“上帝明明”，以此续民食者。“明昭”二字即领上“厥明”，“明”字谓上帝爱养下民之意。“昭昭”可验，特在尔善承之耳。故“於皇”七句只在“将”“迄”“奄”三字上，形容时之易至，以见当亟于乘时，意皆戒之，非歆之也。　　“命众人”，农官命之也。五耕用钱，五耨用镈。“奄观铚艾”，言收成之利，只在耕耘之中观之耳。西成不可迟，则东作宜及早矣，此句正与“莫春”相照，亦与“受厥明”句相承。

噫嘻章

此戒农官，重一“率”字。“率时”六句，一串说下，皆是”率之”之事。
此诗劝农称“成王”，而复以“噫嘻”发之，可想见成王当日感于《七月》之章，有一段真切体恤农夫至意，而农夫亦无不尽力光景，故歌之以为劝。“率”是统率、督率之意[①]。凡欲播必先耕，故以播谷引起“骏发”。田以一川为限，人以万夫为率。所谓率万夫之众，耕一川之田，非地自地，人自人也。本文三“尔”

字，俱着实责成字眼，见“尔”既任职农官，则田皆“尔”之田，人皆“尔”之人，耕皆“尔”之事矣。　乡遂之地田不井授[2]，则沟洫之内皆为私田，“十千”所耕即发此“三十里”之私也。《疏义》曰：“倡民力者，莫如私所为出于天下之公，则视之为不给。惟视之为一己之私事，则齐心并力，不期然而然矣。”

“发”有奋迅意。“服”有帖习意。此皆“率”之妙用。　大抵使官治农，而王者治官，所以举里遂可知川，举川可知天下。　田家劳苦之事，一人任则见劳，二人偕则见逸，此农之所以自含为“耦”也。

---

① 原批注：“时谓乘时而治之，不解作是字。”

② 原批注：“前篇言在公，恐示之私，则易□，此篇言尔私，恐□之以公，则易偷也。”

振鹭章

此诗以“在此无斁”句为主。“戾止”与“在此”相映。“亦有斯容”，便含有“无斁”意思。　上节拟其容之美，下节幸其誉之久，各开说，不必添出“德”字来，即如《有客》一篇，亦并不说出德行。

首节。以“鹭”言，非兴非比，乃即物以美其容也。　二代之忠质，周室之羽仪，故借鹭之容以美之。“振鹭于飞，于彼西雍”，想味语意，恍若鹭可以无雍，而雍必不可以无鹭者。“亦有斯容”，宜体“亦有”语气。要本精白乃心发出，语意便含喜幸，微逗下“无斁”意思。　一说鹭是白色，客修殷家旧容，尚白，故云“斯容”，言容可睹而心何如也。下即以“无恶斁”言之，隐然谓若分彼此，而起“恶斁”之心朝夕间，“誉”即难保矣，陈注宜玩。

次节。感废兴之故者，多责之故主之子孙，是彼之难于相信也甚于此。密桑土之防者，多不保先王之苗裔，是此之难于相孚也甚于彼。“客”则“在彼”，媚之为君；“在此”，尊之为客，孰有“恶”“斁”之者乎？然“在彼”句借起不平，重在此句，以与“戾止”相映，谓作君在彼久，系一方之具瞻，而作宾于此犹是。“誉”字承“无恶斁”，稍宽说。“夙夜”是循环不已之意。“永”字正承“夙夜”

二字说。“庶几”是喜幸语，非期望语。

丰年章

此极言“丰年”之庆，以见当举报赛之意。重一“皆”字，以“丰年”二字为主。　年若不丰，非旱即涝。旱不宜稌，涝不宜黍，今“多黍多稌”，则就燥不至如黍、就湿不至如稌者，可例而推也，所以为丰年。　《注》：“高燥以土宜言之，寒暑以天时言之，地不为物之异宜而易其势，天不因谷之殊性而偏其施。总顺其自然，以听物之自取。”

“万亿及秭”，皆就“廪”言，正是多字之意。酒醴正此廪之所藏者为之也。“畀祖妣”，自宗庙之祭言，等祖敬宗，无乏祀也。“洽百礼”，自邦家之用，言养老尊贤，无旷仪也。《周礼》十二荒政，其一曰杀礼。盖年俭则祀杀，年丰则礼备也。“福”即丰年之福，“降”谓田祖方社之降。“种”字言一黍一稌皆神休也，一祭一飨皆幽贶也。利之皆处即穑之皆处，此报赛之不容已也。　看本文“以洽”字面，则所谓“百礼”，即是灌将、妥侑、求神、献尸之类，专承祭祀言亦可。

有瞽章

此初作乐而合乎祖之诗，以“肃雍和鸣，先祖是听”作主。“是听”，正是合“祖”，合于祖者何？即合之以“肃雍”也。

《周礼》有上瞽、中瞽、下瞽，是为“三瞽”，□瞭相之，此举作乐之人。凡所以备其器数，调其声音，皆有司存也。云“在周之庭”，见一代之新声，继《大濩》而有作，便有先祖在上，众客在旁，神之听之，人之观之，无不于斯也，故曰“总序”。

此节总是一“备”字。首二句是饰之备，中二句是器之备，末二句是音之备，相递说下。“设业”二句，总重一“业”字。“业”所以悬，而“崇牙树羽”，皆是“业”之饰。“应”乃小之以节一音，“田”乃大之以节一变[①]。然总只是一个“县鼓”也。“鞉”以节乐，自帝喾作鞉而上应昴星，以通王道，而有雷鞉、路鞉之异。“磬”以收乐，自伶伦造磬，而律应夷则以别亲疏，而有编磬、笙磬、歌磬之异。“柷”之制，中虚以出声，所以起乐，其象为阴，盖乐作，阳也，以阴数成之。“圉”之制，敛实以成声，所以止乐，其象为阳，盖乐止，阴也，以阳数成之。此与二三句皆本首句“设”字来。“既备”二字总领上文[2]“乃奏”二字，又以起下文，“箫管”二音又从其所奏之中举出，以见其无所不备、无所不奏也。此即《序》“大合诸乐”之意。此已奏矣，但未及言其盛美耳，非止言其乐器之备也。“喤喤”二句，正乃奏中事，此特表其和耳。“喤喤”句，且漫露“和”字，至下句方是，谓自其“喤喤”者而辨之，则秩然“肃”；其“喤喤”者而合之，则蔼然“雍”。顾“雍”字即“和”字，特加一“肃”字者，盖一于“雍”则混而无别，便非中节之和，故“肃雍”二字不可平分。宜云今日“喤喤”之声，乃“肃”以济“雍”而和鸣也。此句句要见发扬祖功，光昭先德，方见是作乐以合祖。“先祖是听”，太和之以蔼先德，而有德之祖油然合也。大乐足以扬世功，而建功之祖俨然合也。若空空说个“是听”便无味。“我客”统承“先王”，彼所用之乐，皆大圣人之乐，后有作者，难为其继，则亦难为其观也。亦“永观厥成”，此即“我客”之观，以必先祖之听，不可以感神、感人对言。“观成”者，言观我之告成于先祖也。蔡九峰曰：“乐以象成者也，故曰成。‘永’字，照诗柄‘始作乐’‘始’字。”　　武王之乐六成而已，一成而观，武始而壮出也，再成、三成而观灭商而南也，四成、五成而观南国而分左右也，六成而观复缀，以崇天子也。乐者，声音之道，而言“观”，备言声容之美也。乐云“肃雍”，正合着先祖“肃雍”“无射”处，故曰：“闻乐知德。”

---

① 原批注：“□□□虞上者，夏帝足之一变。”

② 原批注：“下备字足上备字，举字足奏字。”

潜章

此诗重“漆沮”句。“漆沮”，祖泽之所钟(锺)，王气之所萃。“潜”，水之深处，要见此中之培养甚深也。“有鳣”二句正言其鱼之多，享祀四时常祭之外，又有此举，非大祭也。王者于祖以人道事之则有寝，以神道事之则有庙，祭神道，荐人道也。“景福”须切尝鱼，要发出祖宗眷佑、天子护福气象。　冬寒，鱼不行孕，性实而肥，故众鱼皆可荐。“鲔”岫居，至春始出而浮阳，故“春荐鲔”。

雍章

此诗歌以彻祭，须像祭彻语气。　全重“既右烈考”一句，而根“宣哲”“哲武”来。首二节天子得诸侯以尊祀文王，正是“右烈考”之“右”字。下二节因深念父王裕后之泽，见后人得以举此“在之”之典，是即以“烈考”右“烈考”也。

首节。“雍雍”“肃肃”，总是一个“右烈考”之心，然不重“雍雍”“肃肃”，只重“辟公”“天子”上，见今日之祀“烈考”也，非第公侯执鬯，髦士奉璋之旧也，乃以天子之尊来此“辟公”之相，已伏两“右”字案矣。天子何以“穆穆”，盖当庙貌一更，文考可作，有相对难言光景，故不觉于“穆穆文王”之下，又留此一番穆穆，此正诗人入庙而有见于天人之际，鼎革之微，不忍直言其心，而婉摹其容如此，次节“於”字之神在此。

次节。“天子穆穆”内，有无限徘徊之感焉，故接叹曰：“於！”云“荐牡”，正“辟公”之以“肃雍”而相处。曰“予肆祀”，则天子穆穆亦在此时。　“假哉皇考”句亦不闲言。今日天子主鬯，辟公奉璋，则皇考乃大哉之皇考也，子居皇位而父苟未享皇祀，则子心终是不安，今日之右以皇祀如此，庶几皇考享之，而安我孝子之心也。此中见武王以天下养，尊为天子父，自表其右“烈考”及“文母”之意如此。　此诗歌于彻祭之时，与初祭不同，故“假哉”二句当作幸词，不作异词。

三节。"宣哲""文武",非泛论道德,俱重安民上看。大凡民隐至难洞悉,故以人察人,必尽人者能知人。"宣",以心之虚言;"哲",以心之灵言。"维人",言即"宣哲",便成至虚、至灵之人也。"文",以徽柔言;"武",以刚健言。"维后",言即文武,便成有恩有威之后也。但还他"人"字,不必添出"道"字来;还他"后"字,不必添出"德"字来。此四句总是善于安民,故下二句紧顶安民来,所以慰皇天"求莫"之心也。须看一"及"字,盖从君视天,万不相及,故巫祝之虚词不及祈也,柴望之升中不及徼也,可借以相及者民耳。天心安,斯天眷隆,有以"克昌"其后嗣矣。然须在安民心事上说,否则但为子孙计长久耳。　"克昌"者,非赖"天"意,乃赖"文"意。　一说,尽人,即有以通日照月临之天。尽后,即有以合阳舒阴惨之天。直言"文",以人、后而燕天也,不必添安民意。

末节。"绥"字、"介"字,正文王之"克昌"处。"绥眉寿",是昌我后以可久之时也;"介繁祉",是昌我后以可大之福也。二句须串说,盖为天子得天下,正"繁祉"而非有可为之时则不可得。惟"文""绥我以眉寿",则有可为之时。"介以繁祉"则有得为之势,是以今日者"尊烈考"为天子之父,而及"右文母"为天子之母也。"右"字,即一"来肃雍"之"辟公",相"穆穆"之"天子",合四方之"广牡","荐"一人之"肆祀"也。"烈考""文母",不平。玩"既"字、"亦"字,可见"烈"以"功"称,"文"从夫谥。　此诗一字不苟下,首节称"天子",对"辟公"言也;次节称"孝子",对"皇考"言也;二节谓以"天子"之礼尊亲,则称"皇考";末节承上有格天裕后之功来,故称"烈考"。"文母"虽带言,其实"关雎"启化,缵女开祥。"文王""宣哲",文武之德,其赞助者不浅。

载见章

全诗以"率见""昭考"二句为主。"载"训则。予意"载"与"再"同,谓昔见武王,今见成王,故曰"载"也。而径从入觐说起者,盖诸侯之来,本为来朝,而是诗之作,则为助祭也。故章首便要提祭意。　一代法度皆昭考所定,故见"辟王"而求之者。是以焄蒿凄怆之感激,而为天威咫尺之戴以如生如存之怀，结而为靡慼靡忌之思。脉脉打出助祭根苗为妙。　　“龙旂”句，旂之美；“和铃”句，车之美；“鞗”句，马之美。俱来庙之仪卫。要见得“昭考”精灵足以耸动烈辟，而“烈光”如此乎赫矣也。　　“章”，王章也。龙旂、和铃、鞗革，皆王者用以彰有德者，故曰“央央”，曰“阳阳”，曰“有鸧”，曰“烈光”。此非载道之光，即殿天子邦，而朝廷与有荣施意。　　“率见”者，“辟王”因“辟公”“载见”，怆然有感于先王，故率以见“昭考”。两“见”字，自有顾盼。“以孝以享”者，合天下之“孝”“享”以为一人之孝享也。“孝”以尽志言，“享”以尽物言。两“以”字自“辟王”言，而“辟公”特助之耳。宜云见“辟王”之敬，正以之为见“昭考”之敬也。“休有烈光”，正进之以为祖庙之光也。

末节承“孝”“享”来，“以介眉寿”。三“以”字紧叠下，皆以诸侯为之也。“祜”已然，“寿”未然。“多祜”指有天下之福言，而得眉寿以永保之，此诚“多福”之所在，而为“嘏之纯”全无亏者矣。果孰“绥”之而孰“俾”之哉？盖由辟公助我“孝”“享”，感我昭考，是辟公绪而俾之也。下面“多福”“纯嘏”，即上“多祜”。“缉熙”即上“永保”，不过提出辟公来以示归功之意，今要在“绥”字、“俾”字认意。“熙”，明也，福而熙明，不继则晦矣。

有客章

此诗重“既有淫威”句。数“有客”字，皆以“淫威”而有之者也。　　通诗虽有始至、将去、留之之节，皆一时事，喜得于所见，故预拟议之耳。　　不革其礼乐，是存殷也，直与服事之心一样。　　“有客”句提起重看。当时万国共臣，而独有于周为客者，已见礼遇之异矣。既是客，则仍殷礼，而“亦白其马”，马得用白，亦淫威中之一事也。然虽是白马之客，而客实未尝以客礼自倨傲也。吾见其萋然且然而敬慎者，皆选择而来之。“旅”，旅客之“旅”。“旅”之敬，皆客之敬也。　　此节一喜之，一异之，只叠叠推说，不作三平看。只是因“马”以见人，因“旅”以见主也，全要见骤得快睹，俨然初至时光景。庙见既毕，则归国有期。“絷之追之”，“左右以绥之”，皆设言也。　　一宿则为“宿宿”之客，再宿则为“信信”之客，絷马欲其宿而又宿，信而又信，只是欲其不止信宿意。　　“縶马”与“亦白其马”句，应其至也。见其马而喜其来，则其去也，素其马而不得去矣。　　微子尹兹东夏，本不可留。留之，只是爱之无已。追之，就已去言，亦是预设之词。“左右绥之”，是多方以安其心，斯可以留其身。下二句正所以“绥之”也。客所以不安于留者，大抵禾黍之悲在念，故“淫威”二句，言此以见先王之统未绝，天子之典犹存，客心亦可以少毋而无难留矣，不是自多其所予也。“淫”谓浸，“淫”出于寻常等威之外，“降福孔夷”即在“淫威”上言，盖自客御之则为“威”，自君锡之则为“福”。“夷”字正领“淫”字，“福”字正领“威”字。“夷”训易也，大也，是诸侯不得僭者，而降之则易矣；天子所独用者，而锡之则大矣。　　通诗亦不必添出“德”字。　　车则大辂，旂则大常，用天子礼也。朝则以雅，庙则以颂，用天子乐也。

武章

此诗以“遏刘”二字为主。此“遏刘”之“武”，正协得“允文”之“文”，继述所以称善，故特因象成之乐，表而扬之。首末“烈”字、“功”字相应。　　“武”以止戈成文，故此诗皆言用武之意，非诵武功也。

首二句，揭“武”功之大，须浑浑含安民意思发之，下“胜殷”数句，方是发明“烈”之所由“无竞”处。“允文”字可味，全在视民如伤，不忍发天下之杀机上看。“克开”，往言“修和有夏，辑宁邦家”，非旨。须把文王亦说入止杀内，方于“开”后有关，以殷纣之嗜杀，即我文王献地献邑，伐密伐崇，亦能沃如熸除谣（淫）刑、剪助恶之党与，然而杀终不止“无竞之烈”，卒难“耆定”者，以不胜殷故也。武王“嗣”之，意承夫不妨变之节，躬冒夫不得已之为，起而胜殷，以止其杀。所为宁忍于一人，而毋忍于天下也。夫惟其胜殷之“武”，为“遏刘”之“武”，则其用武也，即所以嗣文王之“文”也。所以能致定其功，而成此“无竞之烈”耳。使“武”而不胜“殷”，则杀无时止，而功亦无时定矣。“烈”，亦人得而竞之矣。　　文王以服事殷，何以曰“克开厥后”？盖三分有二，无“开后”之心，实有“开后”之绪，故在文纯熙之气运，于此含者正于此“开”；在武行善之局面，于此翻者转于此嗣[1]。　　郑云：“耆，老也。”言武王晚年乃定其功，不汲汲于取纣，十三年以前，犹然以服事殷之心也。是胜殷与事殷同一心，“遏刘”与“求宁”同一道。

① 原批注：“若非武王之武，亦怎成文王之文？”

闵予小子章

此诗以“继序”为主。文武以来相传之“序”，只是一“敬”，重在“夙夜敬止”一句。“敬”者所以“继序”之实也，“孝”者皆能“继序”之名也。　　“念祖”者，“念”即是敬，此武王所以继皇祖之序也。“敬止”者，“敬”即是念，此成王之思以继皇考之“序”也。　　此“序”不容忘，则此念安能已？末“思”字即前“念”字。　　首三句非徒自鸣哀痛，乃言皇王之“序”在身，莫知所以继之也。小子惟自闵其“序”之难继，因而仰求皇考之所以继皇祖者，然不言己之念皇考，而但追想皇考之生平，正是“念”之真切处。“永世克孝”即所谓“永言孝思”也，而谓之“永”，便包下“夙夜不忘”意。　　“念兹”二句，正言皇考“永世克孝”之实，重一“念”字。“陟降于庭”，即此“念”之所呈露。此政“皇考”不忘“皇祖”一段真精神，思所以善继其序处。即此无时不念，便是无时不敬，故以自己勉敬承之。　　“夙夜”正与“陟降”参看，“陟降”是无处不念，“夙夜”是无时不念，总是一样念头。　　上“陟降”，乃皇考之夙夜见文王处。此“夙夜”，乃小子之陟降见皇考处。盖欲与皇考同一“永世”之思也，且“夙夜”二字又与“永世”二字相映。

末二句是推言，所以勉敬之意，不必添入“敬”字。　　“皇王”句是仰叹之词，便含“序”意。不以业言，乃心法相承之“序”，文之敬止、武之敬胜是也。“思序”正与上“念”字相应，“不忘”指“序”言[1]，而全在“思”字上领出，即“夙夜”，如此以至于永世也。此处须由继皇考说到继皇祖上，如此庶在疚之躬可瘳，“不造”之家无虞耳。

① 原批注："不忘之思，即是永世之孝。"

访落章

通章以"率时昭考"为主。"悠哉"四句，言其道之"难率"。"多难"四句，言其又不容不"率"。"绍庭"二句，正所以"率"之也。末二句则"率"其道而赖以自善之意。然未之敢必也，所谓"访落"也[①]。　乃莅政之始，非即位之始。　"我小子"以危疑之身而当政之始，是时欲谋所以率之，但"昭考"之道其时已远，而朕未有以及也。

"悠哉"指道之全体言。"艾"，尽也。未能造到尽处意。　"将予"二句，正推明其所以"未艾"处。"将予"，就是把我去就他，三字便涉牵强，便自"判涣"了。"判"者离而不合，"涣"者散而不凝，以功夫未归一言。味此语意，则成王固已默识武王之道，若不曾用功夫，则使以为易，岂识此味哉？　"维予小子"，语气一顿，着此二句正见不可不率意。"绍"字应上"率"字，贯下"厥家"，上下"陟降"，字法错落，不宜板对。

昔为会朝之庭，今为负扆之庭；昔为化国之家，今为不造之家，此之弗绍，则"多难"何由靖、判焕何由命？然道之所"绍"，即是休之所"昭"，庶几赖皇考之休，"以保明吾身"云。　末二句须看一"身"字，我所绍者，皇考之庭也、皇考之家也，而不知皆皇考之身也。皇考之身有厝于不倾者，而吾独可使之危乎？皇考之身有彻于无翳者，而吾独可使之迷乎？然保之者皇考，而以保者仍自身也；明之者皇考，而以明者仍自身也[②]。本文"以"字正吃紧工夫所在，不然徒悬想"昭考"之"休"，冀其"保明"，恐"未艾"者终于"未艾"，"判涣"者终于"判涣"矣。然亦只言(旨)己所期如此，若其所以"克绍"者，正有待于群臣。

① 原批注："□才实□始生，故谓始为落。艾老则刈，故谓终为艾。"

② 原批注："□□中要点不为风雨所倾，不为蜂鸟所蔽意。"

敬之章

通用成王语意。以"敬"字为主，"敬"者，卓然之谓，学者所由开其聪而使之卓然者也。　　天之鉴人曰"显思"，人之奉天曰"显德"，行天之显曰"日鉴"，人之事天曰"日就"。吾心之光明处，吾心之天，维"显思"也。而吾心之不聪也，则命亦将不易也。"佛时仔肩"，正以不易者在躬也，故复望群臣之示我云。

首节是群臣语，要在成王口中体贴出来。叠言"敬之"，见"敬"呼吸无形，前后接续，密移不觉者，故重致其戒，就心学说，不可认是敬天。下称天以耸动其敬耳，讲"敬"字，宜含下意来说，言无一日之可怠，无一事之可肆，此句是一篇大指。下"显思"五句不过发明不可不敬天之"显"，以人心之一敬一肆皆其所昭察也。命之不易，以"敬"则命留，不"敬"则命去也。惟"天显"，故"命不易"，是一串说。"无曰"三句[1]，正是一"显"字，而命之不易，即可知"无曰高高在上"。其曰"高高在上"者，皆是不敬念头，所由之□也，故慎无然。"陟降"二句宜一直说下，不可分上句为事，下句为时。盖下句"兹"字即上句"士"字，下句"监"字即上句"陟降"也。大意云唯"陟降"，故曰"监"也。

下节乃自为答群臣语意。　　入敬之道全在一"聪"字，所谓"光明"，正"聪"字之意，"示我显德行"，又所以成这"聪"字也，故说一个"不聪"，而未能"止敬"，即此便见心体未必光明，而不能无赖于群臣之显示者。"日就"二句，须提一"学"字，盖学者启聪之门，故愿以求致其"明"。"日就月将"，正下学之功。"就"，是造就意。"将"，是进往意。日日就，月月将，即是"缉熙"，故"缉"字从日月推出，"熙"字从"将""就"得来。　　"敬之"是工夫，"光明"是本体。"缉熙"于"光明"，则工夫到而本体现。不聪者至是而聪矣，然却是遥想其光景。如是非遽言成功如此也。　　"仔肩"之重，领命不易说亦好，予谓在敬上看为是。盖以敬自负曰"仔肩"。"肩"者，肩之于心也，即仁以为己任意。　　学到光明地位则诚，所谓"显德"也，乃虚摹其德有如此，而未尝实证之行，正须"佛仔肩"者，仍有以示之。　　德行上着一"显"字[2]，凡德行皆从"光明"中发出，最是昭着（著），举以相示，将与我心之光明相触发，而任可堪矣。要看"行"字，正映上"厥士"，必见于"行"，则"就""将""缉熙"等，方不是弄虚头话。此诗"聪"字、"缉熙"字、"光明"字、"显"字，俱紧要，正所以合"显思"之天者也。

---

① 原批注："主曰字，不在口头，直从□念偶□处□□病根。"

② 原批注："显德正光明之路，故曰行。"

小毖章

此诗以首句为主，而求助意只见于末二句，此明明指管、蔡事，但讲中只就"蜂鸟"发挥，而正意自在[1]，不作喻说。

"惩"以已然言，"毖"以未然言，知惩即是能毖。玩"予其"二字，有悔悟自艾，愿与廷臣更始之意。　　"荓蜂"二句是轻使之过。"肇允"二句是轻信之过。正指其所惩而当毖者，但细味"莫予"四句，语脉当一气层叠说下，勿将使、信开看。盖信之，所以使之也。"莫予"二字正与"自求"紧相呼应，盖"螫"之者蜂也，而"荓"之者乃予也。"莫荓"者，非谓人尽不可使而疑之也，从来使贪使诈自是大英雄伎俩，只要得其术耳。　　大鸟未飞之前，恰像桃虫，此正大鸟之敛翼以愚人也，"拚飞"之际，始知大鸟。此正桃虫之舒翼也，不是变幻话。　　"未堪""又集"，呼应甚紧，犹云事既不堪变，又丛集也。"多难"就三监起衅，顽民未服言。"集"字有萃聚之意，不止一事为然，如不能毖，将肘腋之内，更生辛螫萧墙之际，复起"拚飞"也。此二句要想出汲汲望助群臣意。　　细玩此诗，语意见得轻使、轻信诚是致乱，只恐惩创过甚，尽天下而不信之、使之，其又何以任天下事也？旁皇两难之间，不能无望诸臣之助。

---

① 原批注："天下事未有不狃于小者，故以小毖名篇。"

载芟章

通诗以“振古如兹”句为主。“万亿及秭”以上，是耕耘收获，总是稼穑之事，而“匪且有且”一句尽之。“为酒为醴”至“之宁”，是祭祀燕享，总由丰年之庆，而“匪今斯今”一句尽之。“振古”承“今”字来，“如兹”承“且”字来，总是自古有年，以见神休之远也。

此是报赛田事之歌，而章内只侈言丰年光景，并不露报神之语者何？盖神明之说太胜，则民将忘其本业而趋于侥幸，此言人不言神之微旨也。“载芟”二句略言春耕事，“千耦”二句略言夏耘事。　“芟柞”未即是耕，盖将耕而先除草□也。土之解散，由先除其梗，亦因冻涂释而土膏动。《周官》：雉氏掌杀草，秋绳而芟之。绳，音孕，谓含实也。芟其绳则不成熟矣。　“隰”谓新发田也，“畛”谓旧田有径路役者。或“徂隰”，或“徂畛”，言耕夫遍野，无旷土也。

首节是始之辟土如此，尚未及言人力之何如，故此则以“主、伯、亚、旅”等言之[①]，然是悉数其“耕”之人，未便说到“耕”上。须重一“主”字。“主”乃总理田事者，“主”既不敢自逸，出而力田，于是内外亲疏毕出以详耕之事。“嗿”字见耕夫之众。“馌”字见餉媍之(之)勤。然“有嗿”只带在“馌”上看。“思媚”二句，闲闲点缀，分明画出春耕光景，不必说媍何以“依士”，何以“媚”也[②]。　以略然之耕从事于南亩，此主立伯等人用力处，所谓“载芟载柞，其耕泽泽”者也。　此合首节“耕之泽泽”，一似有神焉相之，而土无不解；“主、伯、亚、旅”，“强”“以”之竞奋，一似有神焉以相之，而力无不协；与妇之相媚而相依，一似有神焉以相之，而情无不笃。句句含神休意，方合报赛之旨。

次节是继之除害如此，尚未及言苗生之何如，故此则以“函”“活”“达”“厌”等句详之。“播厥”六句，重“绵绵其麃”，以终耘之之事备。“谷”承上“俶载”来，实以谷种言，“亟(函)”是生意萌于中，“达”是生机以于外，“驿驿”[③]有接续之意。“厌”，是受气足者；“杰”，是得气而先长者。至“厌厌”而受气皆齐，而耘可施矣，于是“绵绵其麃”，所谓合“千耦”而“徂隰徂畛”者也。　　此若有神焉，为之蒸动于其间，而后地无不发之利，人无不殚之功也，假令“播”而不“亟(函)活”，或“达”而未必“驿”，“厌”而未必“杰”，“杰”矣，未必其尽“厌厌”，将“绵绵之麃”，农夫何所施也？此谓非神焉以相之不可也。

“济济”三句叠过，重在为酒醴上。“济济”，以主、伯等言，人之多也，“穫”是刈之于野，“实”是积之于场。“万亿秭”，总是侈言其积之之数。“酒”是三酒，“醴”是五齐，“为”者，即以是所“穫”所“积”者为之也。该下祀先、尊贤、养老三项说，祭有十伦，其礼实繁，而皆以酒行之。故曰：“以洽百礼。”“飶其香”，香如飶也；“椒其馨”，馨如椒也，皆酒醴芬芳之气。“邦家之光”，非借光仁贤之谓，盖以大有之年设燕之礼，自是丰年嘉会，便见邦家光显处。若凶荒杀礼，气象萧然，何光之有？“宁”，但看执酱而馈，执爵而酳，便已宁矣。按谥法，保民耆艾曰“胡”。　　已上三事，通主朝廷言。　　此合“载穫”节，亦当点入神休。盖“穫”矣，能必其“济济”。“实”矣、“积”矣，能必其“而而”。万而亿而秭，恐酒醴无所资，而祀先、尊贤、养老之典，为之缺然。将奈之何？今皆不然，则神之为也。　　上之春耕、夏耘、秋收，是稼穑之事；祀先、尊贤、养老，是丰年之庆。分贴未为不是，但稼穑、丰年原是一套事，宜重“匪今斯今”边，以起“振古”句，“古”字打合“今”字，“兹”字打合“且”字。“振古”自周家开国时言，见神贶之隆由来者远，可忘报乎？　　前半写田家景象，茅茨鸡犬，历历在目，有让畔争席之意。后忽说向宗庙朝廷上去，作大气象，何等章法！

---

① 原批注：“□□六□□贯四五□□不□耕□□不然。”

② 原批注：“□必媚□思媜不必依曰有依绝自可□。”

③ 原批注：“□于□□□于□程故以驿驿□□贤□□夫□□不□□□。”

良耜章

此与《载芟》章皆小颂农功之有成，而神贶在言外。通诗重“诗(续)古之人”句，与前篇同意，句句含神休，方合报赛之旨。首二节是耕，耕之者人，而“实函斯活”孰司之？“或来瞻女”三节是耘，耘之者人，而“黍稷茂止”孰相之？“获之挃挃”二节，是获而至于“百室盈”“妇子宁”，孰为之？微神休，固不至此也，可忘报赛乎？故为之“似续古人”云。

首二节“畟畟”，见器之备，“俶载”，见耕之蚤。“播谷”二句，带在耕上说。　　三节叙在耕之后、耘之前，以耕与耘皆有饷也。　　妇瞻其夫，子瞻其父，乃来馌者，以筐筥而“饟伊黍”，不是无异味，只是农家之常食如此。四节“其笠”三句，总是形容耘者勤敏处，首动则“笠”举，“纠”然有轻举之状。手运则“镈”入，“赵”然有刺土之形。　　“荼”是陆草，薅荼以养谷之宜高而寒者；蓼，是水草，薅蓼以养谷之宜下而暑者。“以”字蒙“其笠”二句说。

五节自“荼蓼”滋，而几与“黍稷”争此土矣。但当其生则瘠黍稷以自肥，而其害大；及其朽则释其肥以肥黍稷，而其利亦大，故曰“朽止”“茂止”。

六节“挃挃”，是穫之声众，凡秕谷多，则穗头撑起而不密。“栗栗”则密矣。“其崇”二句总是“积之栗栗”。“墉”者，拟积之高。“栉”者，拟积之密。“百室”，乃一族之人，四闾之众也。“开”者，盖耕则通力合作，而收则计亩均收也。

七节“盈止”，谓汙耶满车，穰穰满家。“宁止”云者，尝思岁遭凶歉，则追呼在门，责券在室，妇子曷胜怆迫之苦！惟丰年之岁则老有养、幼有育，俯仰自是无虞，故曰“宁止”。民富而安，乃天下之福，非独不劳于馌饷而已。

末节承上言丰登之庆如此，皆神休之贻也，安敢忘报？牡而犉，色之纯也。角而求，角之端也。君无故不杀牛，可见周王重农，犉从方色，故不重尚。　　“似”者[①]，肖其重本之心。“续”者，接其报本之典。“续古之人”，不重在祭统所垂之远，只重自古有年，见神以福古人者福我，则我亦宜以继古人而报神也。此诗是王者之祭，故列之于颂，不止民间报赛。

① 原批注:“言似续,见得只修□事,不敢言报也。”

丝衣章

此言士之助祭,敬而获福,句句要体贴主人意。省器者,体主人静嘉之敬。省牲者,体主人博硕之敬。省鼐者,体主人鼎铉之敬。“不吴”者穆然,主人奏假之思。“不傲”者肃然,主人对越之忱。是士之敬,皆所以助天子之敬。故士之获寿亦与主人万寿之休而并永。

“丝衣”者,玄衣纁裳,皆以丝为之。“爵弁”,其色赤而微黑,如爵头然,故云爵弁。此二句不重衣冠上,只言服此服之人而已。　　初省器,次省牲,再次省鼐,三告皆告于“基”。“基”者,庙门内西夹室之基,与西阶相宜处也。《注》所谓“塾”即是夹室。《祭礼》:“壶投于东序,笾、豆、铏陈于东房,几席及敦,陈于西厢。士则升自西阶,至东序视壶濯,入东房视笾豆,及西厢视几席。举则降自西阶,往于基以告主人曰:‘已濯而洁矣,已具而备矣。’”《注》中“壶濯”,“濯”字是盥洗盆,与洗濯之“濯”不同。　　牲与鼎俱在门外,鼎正当门,居牲北。牲居鼎南,少近西,士往门外视牲毕,乃反于基,告其充肥,又出门外,举鼎幕而视之,然后还入于基,告鼎之洁。盖此时主人立于基不动,而自堂而下、自外而内皆士代之往还也。此三句有循序而省、循序而告、周旋无违无错之意。

“兕觥”二句,正诗柄所谓祭而饮酒也,盖觥以罚不敬者。“兕觥其觩”,明不犯也。“旨酒思柔”,明不乱也。“不吴”,所谓“笑语卒获”也。“不傲”,所谓“礼仪卒度”也。然饮乃祭中事,不与祭对,虽当旅酬之后,犹然反告之初,能始终一于敬如此,固宜神降之福矣。“胡考之休”,不要说神之所锡,只是敬乃德之聚也,即福之聚也。　　“自堂徂基”,但言所往之处,不言所为之事,牛羊但言所视之物,不言所往之处,互相足也。“鼐鼎及鼒”,不言自徂,蒙上文也。

酌章

此诗通章重一“时”字，盖时也者，在世为治乱，在心为经权，故时之所及，臣可易而为君，时之所贞，创可垂而为守也。篇中两“用”字俱重时者，自然之运，妙在善用其时。“用”即篇名“酌”意也。　　须看“蹻王之造”句，武王，创业者也，其“无竞之烈”，卷舒乎时，而非因时为卷舒者也。时何以晦？卷之而晦也，非与时俱晦者也。时何以“纯熙”？只是因武王“用大介”而“纯熙”也，非与时俱显者也，一“造”字最有意。

“於铄”句，以气势言，然“铄”者光明之义，意云我武正大之心思可揭日月，光明之举动无事阴谋，故曰“於铄王师”[①]。《注》训“盛”字，似未妥。“遵”者守而不动，“养”者畜而不发。“时晦”，天命人心未尽归周，如晦昧然，但天地之运将大明，必先大晦[②]，而晦之之终，又实为明之之始，故下句即以“纯熙”接之。“纯熙”云者，谓天命人心尽归于周。周之时绝无一毫晦昧气色也。须知“遵养”乃武之恪守臣节，惟待纣之悔悟而已，若谓养威以待觉，则非十三年以前之心矣。　　“是用大介”，言武王即“用”是“时”，一着戎衣以伐纣也。“用”字属上，非以“用”字连“大介”看也。“王造”，谓一统之业，乘时以创造起来，故王之造，王之时也。然王之造以用介而造者也，故曰“蹻蹻”。“龙受”，“龙”训“宠”字。不知此诗周王以龙德造功，龙有六位，各以时乘，武之造周，真如龙之变化而不可端倪也。何必改作“宠”字？　　“载用有嗣”，“用”字正与“是用大介”“用”字相映，言武王用一“时”字以“大介”，而后人所用以“嗣”之者，实惟此一“时”字为师，如时当止，则师其“用晦”之意；时当行，则师其“用介”之意，必能师厥“公”，方能保厥“造”也，然不重我去师他，只重武王足以为后世师。　　“尔公”，“公”字训“事”字，予谓乘时之熙以取去天下，乃公天下而非私也。后人则当从其公心处师之，庶不窒其随时之象，而可以宠受“蹻蹻”之造。　　“师”，师其时也，如成康继武王，一味“缉熙”对扬，与民休息，正是善师其时处。

① 原批注:“熙出于晦,故能铄云。”

② 原批注:“□之晦□商之□数所□乃之中义所□也。”

桓章

此颂武王能始终安民以承天。“绥”“定”二字是章旨,始“绥”卯(邦),终“定”家,正相照应。　　武王伐暴,总为“万邦”,及克商之后,武又不以“万邦”为“万邦”,而以为自己之家。夫如是而后可以托天下也,故曰“皇以间之”。

首宜先提商家不道,毒痡于万邦,秽彰于四方,而天欲命一人以间之也久矣,乃我武王“大介”一举,救民水火。此万邦之士女所以“绥”也。由是人心和于下而天心应于上。“屡获丰年”[①]之祥,虽大军之后,必有凶年,亦不可以常理拘矣。由今日之眷命以谅后来之天心,天又将于时和,“丰”之外更启以久安长治之庆,盖未尝有“解”也。“匪解”乃天意未尝解散之意,读作懈字为是,此句乃承上起下语。　　“桓桓”是呼遇之词。“保有”三句一直说下,“厥士”乃同心同德之士,尝用之以绥万邪(邦)者。“保有”即“于以四方”便是,盖爱士而解其事,权此足为保矣。然不若试于用之为保也,鸟尽弓藏,乃后世恶习,此诗不必引以相形于以四方,所以使之大小相制,轻重相维,以定天子之家。“家”字正指四方言,盖天子以四方为家也。“定厥家”又使万邦永绥之意。　　夫“厥士”者,天之所“简在”以授武王者也;“厥家”者,天之所开基以任武王者也。今武王能保厥士以定厥家,是合天“简在”之意与天求异之心,故曰其德“昭”于天也。此句又与“天命匪解”相映。　　夫除暴安民,异于商之毒痡四海;用贤图治,异于商之焚炙忠良。故知武王之代商以君天下也宜也。“皇以间之”,虽兼承上二意来,然意当垂重用贤图治一边。盖此章原只重“保有厥士,克定厥家”二句,除暴安民一段意思,不过提起之词耳。

“皇”训“美”,予谓“皇”乃“君”字之义。“间”训“代”,予谓“间”乃乘间之“间”。

意云于其"绥邦",而见其宜乘"间"以统万邦也;吾于其定家,而见其宜乘"间"以有"四方"也。盖一脉相承,自是浑合无间,若易姓之际,一商一周判为二代谓"间"也。

① 原批注:"屡丰便是天命□在。"

赉章

此兼颂文武之功大,意谓大封虽出于武王,而所以大封者,实本于文王之德也。通章当以安天下之意为主,重"文王勤止"句,下文两个"绎思"俱本"勤止"来。　　通篇是代武王说意中事,故开口只说"文王"。二"我"字如武王自言,则武之德在其中矣。文王之勤,指其"求宁""观成"之心,正是一个"定"字。日昃不遑,修和有夏,是为民而然,非为封国而然也。　　"我应受之",不是受其封国,是体其爱民的念头,而以其身当之,中间有许多通变达权,因"有二"之遗,拓为四海永清之烈,非仅守其故业已也。

夫"文王之勤",无非叹天下之定,"我"之"受"亦承其勤者,因以定天下。而我倘不以文王所遗之天下还之天下,则始虽以除暴而定之,终或以私据而争之,天下又何由"定"哉?故布其功德在人而可"绎思"者,以赉有功,使对伯甥舅甸男采卫,人各据其封,人各效其职,天下不庶乎可定哉?　　"敷时绎思",所谓公天下也,即以公其"勤止"也。"徂"字不作武王之往,亦不作诸臣之往,只作虚字看,谓自此以往,欲求天下之安定,故不得不敷之也。　　"时周之命"须以公天下之意发之,若曰今日公封之典,虽予之命也,实周之命也。虽周之命也,实周时也。时在周,谁敢玩命?故此"时"字即"敷时""时"字。　　"时周之命"句,乃叫明一代之新典,以警醒群封之诸臣,见非复商之私昵恶德意。　　"於绎思"与上"绎思"不同:上"绎思"着文王上看,末"绎思"在诸臣言,然惟可思者在文王,则当"绎思"者在诸臣,语意正相呼应。勤劳即是功德,求定天下即是勤劳心事。前"绎思"即指勤劳所寄之土宇,后

"绎思"正是土宇所载之勤劳,还他题中字,而不必添出"功德"字。又曰"敷时绎思",只代得分茅土字样。"我徂"句,只代得建诸侯字样。

般章

此颂武王巡狩之典而表其为新命,乃警励天下之大机也。通章重个"时"字,首叫起"於皇时周",中云"裒时之对",末云"时周之命",见此乃一时更新之政,竦一时之人心,以成一时之大统也。大意重朝会上,因朝会于方岳,而乃祭告方岳之神耳。

首句提起,言於皇哉,此时周也!一代初兴,百神正于此时而受职,群辟正于此时而望治,而我周将何以命之哉?如此提"时"字、"命"字方妙。"高山"是总名,"嶞山""乔岳"正是"高山"。"陟高山"者,乃于时迈之方,举升中之礼也。于时瘗埋以告后土,其礼在山之趾,则见此山为峭削绵延而名曰"嶞山"。于时燔柴以告皇天,其礼在山之巅,则见此山为嵯峨盘踞而名曰"乔岳"。此二句是祭一方之岳神也。然四方非一岳,四岳非一神,故"允犹翕河"句,只重取道于河,以周四岳意,不可作河神之感格。　　总上三句,虽言祭告,而朝会已在其中。盖高山陟而一方之诸侯已朝会也。"翕河""由(犹)",而四方之诸侯已朝会也。故"敷天"二句即承上而推言朝会之意。　　"敷天"句,要点诸侯想望其新政之颁,以起下"对"字意。"敷"字与"裒"字正相照。上之令欲"敷",下之心欲"裒",此处正相对也。"裒""对"只可说修礼辑瑞,协时同律,以示更始意,不作庆赏黜陟,亦是各各聚于方岳之下,非总天下而聚于一方也。　　末句"时周"分明与首句"於皇时周"相叫应。盖此时之周非昔时之商,且此时之周又非昔时之周,时在周而不在峭也。时王命而非侯命也,此时此命即鬼神皆以时而居歆,山川皆以时而改观,而诸侯可不以时而肃若也哉?　　上文"时周之命",重以恩结天下,此"时周之命",重以威震天下,不可混看。

駉章

通诗重一“思”字，人主一心乃万物所寄命之处，故一念之纯驳即关群生之荣瘁。然不曰“心”而曰“思”，盖思者乃心所发窍之处，正指其谋虑注措言也，方于马政上有协。但每节上句“思”字，思得广，万事通焉。下句“思马”方是以此思而思及于马，则能修马政而马无不盛也。诗人原是美僖公之善思，而只举一马政以验之。

每节“駉駉”，虽云腹干肥张，然不于此处见马之盛，马盛在各节所“有”及“以车”句见之。“坰野”句就其水草，马得所养，便见牧之有方，已寓马政，不徒泛泛以牧马之地言也。　“薄言”二字，谓略举其数，亦有此等多样矣。各节马色，须照《注》体贴，然马不重色，言色，特以验其盛耳。章内数“有”字，直从侯德摹出，若谓其有驈，则必其有所以驈者，直笼起“思无疆”大旨来，不止见其多而已。　“伾伾”，筋力之强健也。“彭彭”，气势之盛大也。“绎绎”，长驾相联，无中蹶之患也。“祛祛”，直前奋迅，无不胜之虞也。　首节“臧”字即映转“彭彭”。二节“才”字即映转“伾伾”。三节“作”字即映转“绎绎”。末节“徂字”即映转“祛祛”。　《疏》云：“礼，诸侯六闲[1]，马四种：良马、戎马、田马、驽马。”一章，良马也。朝祀所秉，故曰“彭彭”，有力有容也。此忠臣孝子之思也，吾以见“无疆”。二章，戎马也。齐力尚强，故曰“伾伾”，有力也，此捍外卫内之思也，吾以见“无期”。三章，田马也。齐足尚疾，故曰“绎绎”，善走也，此振柔起懦之思也，非“无斁”不及此。四章，驽马也。主给杂使，贵在肥壮，故曰“祛祛”，强健也，此忧国恤民之思也，非无邪不至此。　思非徒思也，必有马政以养之，如所谓牧之得其地，司之得其人，畜之不枉其性，用之不穷其力，策之必尽其道，鸣之必通其志是也。“思马斯臧”，言思及于马，而马即驯良可御，若随所思而俱臧焉。甚言神速之效也，下三项“斯”字仿此。

---

① 原批注：“□字说马妙。”

有駜章

此鲁君燕臣而臣歌此，以相乐也。通诗重“于胥乐兮”一句，首二章极摹在公之乐。乐政不在“醉舞”“醉归”也。“飶香”可以想大有之庆，“令仪”可以观贻穀之规，原埋“有”字、“谷”字在内，至末章颂祷之意，则在“岁”字、“孙子”字耳。

兴取叠用“駜”字，与叠用“在公”字相呼应。“夙夜”字不可分，犹言早晚间也，燕饮在“在公明明”句内，“明明”，言君之主是燕者，固“明明”辨治矣，而诸臣亦皆辨而不迷，治而不乱。此虽指威仪上言，而令仪即见令德也。“鹭”是舞者所持之鹭羽，振其羽有如鹭之下，有如鹭之飞，形容乐舞之善也。“鼓”即所以节舞，不是两事。　“醉言舞”，是饮者起舞，与上伶人之舞不同。　臣有余敬而君有余惠，故曰“夙夜在公”。在公饮酒，醉言归不必说，既醉而归为节，亦不必说不醉则不归，只平平云君臣皆醉而言归也。　末句“于胥乐兮”，首章根“醉言舞”来，次章根“醉言归”来。　首节云“在公明明”，严矣，而必舞以通其情，严而泰也；次节“在公饮酒”，和矣，而云归以成其礼，和而节也。

载燕中，含乐舞在，见君恩及臣，故下以颂祷报之，一愿其得天之祥，一愿其裕后之庆也。　“今”字与“岁”字相应，是岁岁无穷之意。年必有所以致之穀，则必君先自有之，皆是颂中寓规。　宜味本文“岁”字、“穀”字①，天合四序而成岁，故计及于月；仅属卿士之用，计及于日；亦属师尹之能，惟统之以岁。而冬夏之得其常，风雨之从其好，该是矣。道备诸美而称“穀”，故徒崇夫文，恐启柔靡之渐；欲崇夫武，又非尊亲之遗。惟揭之以穀，而身极之所建。彝训之所新约是矣。　要岁之“有”，有于天，天犹未可必也。穀之有，有于君子，即自君子“贻”之，富庶之国又可常为礼义之国矣，故于岁之有，见君民之咸休，于善之有，见先后之济美。此“于胥乐兮”句，就想见异日“雍熙”之盛说，比上二节“乐”字关会较大。

① 原批注:"君子交泰,就是□微,故□曰以□,而曰□始分□就筵指点□从泰□丰,自是感□道理。"

泮水章

《序》曰:"颂僖公能修泮宫也。"盖修而幸之也。

此诗以"鲁侯戾止"作主。"载色载笑"二句,政是莅泮实事。教事毕,则从而饮酒,"顺彼长道"以下,皆称觞颂祷之词。通章只重一"德"字,德之工夫是"敬",德之"昭假"处是孝文武,即是"明德"。"德"即是"长道";"道",即是下文"式固尔犹",条窾虽分,合之则一也。　又曰全章只重"既作泮宫,淮夷攸服"。盖一个"作"字,括尽前四章,一个"服"字括尽下三章"允文允武"句,乃前后最关键语,前四章"允文"二字尽之,下三章"允武"二字尽之。

首节[1]。兴只取"其"字相应。泮水何以可乐,盖泮之为水,源发于丰,派衍于洛,洋溢于东瀍西涧。今日一旦再振之,斯文幸甚,而中国臣民与远夷观望皆系于此,故曰"思乐泮水"。"采芹"意轻,带言之。　陆农师曰:"芹取其馨也,藻取其文也,茆取其味也,三者皆有义存焉。"　"鲁侯戾止"至末,只重"戾止"二字。旂之盛、马之美,皆根"戾止"来。意云旂犹昔也,鸾犹昔也,马犹昔也。以"戾止"于泮,顿觉其"茷茷"焉,"哕哕"焉,"蹻蹻"焉,崇儒重道之意彰于物采,此非今日之旷仪乎?　"无小无大"[2]犹云无论成人小子也,"从迈"不是圜桥门观听,实欲亲其教也,故次节即以"教"字承之。

二节"其马"句轻,不可与"其音"[3]句平,然"其马蹻蹻"沓一句量韵,盖马因戾止而见其蹻蹻。夫仅其马之蹻蹻也哉?马足所传,便已传播其德音而出,尊儒重道之名,固昭昭而未可磨灭矣。"色笑""匪怒",一正一反。"色"者颜之和,"笑"者声之和,曰"色笑",则"匪怒"矣。　"教"字虚说,下文"长道""明德"俱在其中,盖敷教在宽,我侯明伦讲学,而饮人以和,所以大以成大,小以成小,其教乃为易入。

三节。饮酒意轻，愿其获寿服众，获寿意亦略轻，重在有道以服众。"难老"祝君以其所难也，又冀君德清明，政治修举，于"难"字义始备。在泮而先以寿期，不可概作称觞致祝之语，即"周王寿考，遐不作人"之谓。"群丑"，虽指鲁国之众言，而下"淮夷"即在其中，愚而易悍曰"丑"，涣而难萃曰"群"。　　道何以曰"长"？凡刑名操切，其为术也短。礼教信义，其为道也长。下"明德"即是。此处须浑言之。"顺"字须在鲁侯身上言，是与此道无一毫背戾之谓。"顺"此道即顺人心所同然之道④。"群丑"之心，自是屈服于道化之中矣。此二句为下五章总领，最重。下政所为"长道"而详言之。

四节。首二句提起作主，下"威仪"之"则民"、"文武"之格祖，俱本"明德"说去。威仪是明德之着于身者，"文武"是明德之用于国者，然较重文武边。"穆穆"非呼过之词，见得一身乃国人趋向，祖宗付托所系，故不觉穆然一阔深也。上云"顺彼长道"，必自明德始，故承说"敬明其德"，德体本明，而用功在"敬"，所谓"敬以明之"也。"威仪"即是明德流露处，讵其德以敬而明？独于德之隅而不以敬而慎之乎？乃民不知有德，第知有威仪，民于是而则法之。说个"维民之则"，便是屈此群丑之露端处。　　"允文"四句，此正本上"明德"来，"德"原合"文武"而言之，此乃所为"长道"也。　　祖何以称"烈"？想自"文武"以显承造周，而我祖周公鲁公用之以为"烈"，故曰"烈祖"。本文二"允"字宜重看⑤。"文"则"允文"，无务为粉饰之浮华也；"武"则"允武"，无务同武士之强阳也。但"文武"二字亦不平，须启"文"于"武"看。鲁自二公而下，代称守文而武烈不竞，故必"文"与"武"合，斯有光于烈祖。"昭格"者，直与之相契言。"允文"之"文"即是"烈祖"之"文"，"允武"之"武"即是"烈祖"之"武"。"孝"即在"昭假"⑥处，见"靡有"示者，只无一遗憾之意。"自求伊祜"，言顺治之福，乃其文德之自致也，威严之福，乃其武德之自致也，故曰"自求"。下"服淮夷"，其"自求伊祜"中一事也。　　"祜"自文武之"允"中得来，非言祖锡福也。故"允"处即是"昭"处，"昭"处即是"假"处，"假"处即是"孝"处，"孝"处即是"求祜"处，非有二也。玩此章"允文"属在上文内治一边，"允武"已向下文外攘一边，自是通篇关键。

五节。以下皆愿其"服淮夷"之事，即上节"允武"之意而根"明德"。"夷"则所谓"修文德以来之"也，则"允文"意在其中。故此数节以"明德"为主，而

“多士”之“克广德”心，亦体君之德以为德也。　“克明其德”句，与上“敬明其德”一样，但上曰“敬”就工夫说，故以“穆穆”冠之，此曰“克”，就现成说，故以“明明”冠之。　“明明德”，是有服远之本矣，况今日作泮而受成释奠，又有其地，将见文教既宣，则武功自振意。淮夷从此攸服乎？如所服之淮夷有割其馘者，则“矫矫”之“虎臣”，以此而“于泮献之”。有囚之可问者，则“淑问”[7]之智臣，以此而“于泮献之馘”。是不服之人须有力者取之，故属虎臣；“囚”是有罪之人，须治狱者审之，故属“淑问”之臣。然不重得人，只重两“献”字，以见服夷之功也。　“虎臣”乃“淑问”，总根“作泮”来，以厉学宫，则雍雍以试。戎作即“矫矫”，以彰敬敷则似契，以申明允则似皋。然“矫矫”四句，俱要像饮酒时颂祷为妙。　“作泮宫”，“作”字还以振作言，盖修之是重作，而莅之则振作矣。上文“伊教”，即是“作之”之方。　受成决其谋也，释菜奠币，祀先师也，馘取左耳以其无闻也。

六节。此合下节言，将略兵威，因归到“固犹”上，以终淮夷攸服之意。此章言将略也。“多士”以将帅言，下“徒御”方指士卒。　“克广”[8]句，重本莅学来。忠君爱国之心，人所固有，但不能推广，或为利害所夺，或为身家所□□，则从事惟恐在前，献功惟恐在后，斯怯而不能胜，忿而有所争耳。惟能推广之，斯能建大功而不争也。　“克广”即须关会“桓桓”意看。“广”之云者，必扩生平祷诵之宿，解忽易为安攘之雄谋，故向以为“济济”者，而今乃见为“桓桓”，所谓心隘则勇者，亦怯。心广则怯者，亦勇也。　狄，《注》训“狄除”之义。“烝烝”是数之众，“皇皇”是威之大。然不重师之众意，重将兵者得人，故多多益善。“不吴”是不喧哗，“不扬”是不轻躁。言纪律严也。及其成功而旋，又各相推让，略无争端，告于问讼之官，惟献其功于泮而已。末二句要见多士皆归功于鲁侯意。

“烝烝”者，仍还揖让之风；“皇皇”者，复肄诗书之业。而“不吴不扬”者，尽解武弁之饰而安章缝之故。如此讲，方贴合莅泮章旨。

七节。以力服之，此一时之伐也；以心服之，斯百世之业也。故又进之曰“式固尔犹”云云。　弓□而曲，矢搜而疾，车大而博，总是器械之精甚。轻重在徒御，“无斁”见人心之竞。盖亦体德心之将士而为心者。然亦不甚重，还重在“式固尔犹”句。　“孔淑不逆”，言此兵威之振，固足以使淮夷之效顺矣。然而卒未可知,必须“式固尔犹”。“固”者,左右不得窥,边鄙不得泄,最是细处。包上“敬明文武”在中,获者匪徒屈其力,直有以屈其心矣。曰“卒”,见不特一时之顺从,所谓南人不复反也。

末节。兴意重“怀我好音”,而先曰“集于泮林”则取兴。原不脱“作泮”,可见诗人通篇只郑重得“作泮”一事。　　“憬”字正感悟于君之明德[⑨],非徒慑于将士车徒之威而已。向日附楚、附徐、病鲁、病杞,至此则悔罪于明德之主,归命于长道之君,而愿与从公之大小,自附于上国之观也。此只以终上“卒获”之意,非另一意也。“献琛”正见他“憬”处,然此句且虚,有“元龟”焉,有“象齿”焉,有“南金”焉,悉以之“大赂”焉,三项正其所献之琛也。淮夷所贡镔殊暨鱼,厥篚□纤缟,龟出九江,象出南越,金出荆扬,今淮夷其地不产龟象,其国不属荆扬,以一方之人而贡四方所有,故赂为大也。　　须知皆颂祷语,非实事,要知“献馘献囚”。“允文”即所以“允武”,至使淮夷“献琛”,“允武”还归于“允文”。

---

① 原批注:“首提思字,动公以深长思也。”

② 原批注:“无小无大二句,便已传出思乐□泮。”

③ 原批注:“其音昭昭,便泽温中国,施及蛮陌意。”

④ 原批注:“士习颓堕,欲激之使□,民风之□□□□驯之□□。”

⑤ 原批注:“允文是德教,允武是德威。”

⑥ 原批注:“昭假,昭字与‘其音昭昭’相映。”

⑦ 原批注:“淑问句,乃明五教以严五典,明五兵以弼五刑之意。”

⑧ 原批注:“将士之克广与鲁侯之克明,正是上下间无一不先自克,又何有于淮夷。”

⑨ 原批注:“四我字宜玩。食□怀我,则是无不有我。此彼之所以不终于彼也。”

閟宫章

《序》曰:“颂僖公,能复周公之宇也。”

此以修庙为主。故首二句先提出修庙,而下即推其有庙之由,而详言其郊庙获福之事,庙祭获福,重“保彼东方”二句,郊祭获福,重“保鲁”二字。大抵此诗血脉，以“大启尔宇”二句，并“复周公之宇”一句，暗相关应。　篇内虽分郊庙，然本旨所重祭庙，而鲁之有郊为特典，因并纪之以志夸，不可分对。　此诗始终只是言修庙耳，说诗者皆于此中添出郊祭等字，然于其庙祀又何不说禘耶？今玩其诗文，止云“皇皇后帝”，云“天锡”，虽有郊之意，而诗人亦知鲁郊非礼，故讳言“郊”字，可谓得立言之法矣。学者须体认此旨，勿点出“郊”字，方得诗人之旨，只重言庙祀，而天帝锡福意带言之，但观首二句及末一章所言何事。

首节。首二句，所修庙制之美，以下推本后稷之事，盖鲁之有国本于周，周之受命本于稷也。“赫赫”六句，降生之事，重“是生后稷”。“降之”九句，受封之事，重“奄有下国”。

“閟宫”，合鲁之群庙言也。“鲁庙”，周公称太庙，鲁公称世室，群公称宫，惟其深閟，故“清静”。“实实”，言下之盘基固也。“枚枚”，言上之结构密也。是修之后，其美如此。　“降之百福”，至“下国”，是天所以福稷；“俾民”至“之绪”，言稷所以福天下，见天不虚生乎稷，而稷实无负乎天。一意相承看。粒食无资，不特非民之福，亦非稷之福，故不云百谷而云“百福”。“奄有下国”，紧紧足上“降福”意，言天降之于稷，使其因此而□有封国也。　“有稷”二句，是稷为农官典司稼穑，故民皆有之，乃昔无而今有之谓。“奄有下土”承此四“有”字来，只遍播于天下之意。　“重穋”，乃自黍稷中抽出，其熟有早晚者。“植穉”，乃自菽麦中抽出，其种有后先者。　“缵禹之绪”，见平成之烈，赖粒食之利而有终也，重“稷”上。　“降之”三句，重一“降”字，是帝命率育。“俾民”三句，重一“俾”字，是粒我烝民。

二节。“厥功”以上，言周之所以有天下，以原周公辅世之功，归重一“功”字。“王曰”以下言成王分封之意，以见有鲁之由，重“建尔元子”句，“俾侯”三句正是一个“建”字。

兴隆在此，则凌替在商。“实始剪商”，言其势，非言其志也。至于“文武”二句，是缵其安民之绪，天之届以商命言，盖纣之自绝于天，已无丝毫留存。“牧野”一举，正是其尽头处也。致其“届”则周命之齐有以致之。“无贰”二句，正本“届”字说来，盖天命于彼，一日未极人心于此，一日有疑，今已穷极于商，故曰“无贰”云云，此即是“敦商之旅”意中语。“敦商之旅”二句，以周公为主，起下封国来。曰“克咸”，见非一人之功，而周公之功为尤大也。　“王曰”以下，要见功在王室，叔父不可无封，而“佛时仔肩”，冲人不可无相，故特“建尔元子”。“侯”以列爵言，即伯子男出其下，宇以分土言，即七十、五十无与伦，为“周室辅”，重与同休，方见报功意。此五句述王之意不可实说。“大启尔宇”，开其国也，非作其家也，后“周公是宇”照此。

三节。上告周公以其意，此命鲁公以就封，故”鲁公”四句总重一“侯”字，“山川”二句正所以“侯”之也。　龟、蒙、凫、绎为“山”，沂、汾、泗、河为“川”，所以镇国之胜，讙、郓、常、许为土田，所以充国之本，句、须、颛、臾为附庸，所以广国之卫，俱根一“命”字来。然此处只是言锡爵土，并未曾锡以郊禘之礼。礼原制自周公，岂有周公在日，其子受封而遂安然受郊禘之命？说者动插云，我鲁之封于此而始，郊庙之典亦于此乎锡矣。此不考古者之过也。《礼运》曰：“鲁之郊禘，非礼也。”周公其衰矣，《诗故》曰：“周公自隐、桓以下，不书郊亦不讥其废礼。知鲁之郊，自僖公始也。””“周公”二句不平重，得统于周公，必曰“庄公之子”者，纪其世也。　“龙旂”①二句，主郊祀讲。《礼记·明堂位》所云“孟春乘大路，载弧韣，旂十有二旒，日月之章，祀帝于郊，配以后稷”是也。一说主庙祭上讲，以郊禘非礼，鲁所当讳也。予谓鲁之郊禘始自僖公。此二句须总言郊庙承祀之仪，以起郊庙之祭而获福来。但此二句看法宜以承祀提起，言其承郊庙之祀也。“建彼龙旂”，以揽六辔之耳耳。从此以致敬于庙，春感雨露，秋感霜露，奉行惟谨也。享祀之礼文、礼物，合于时制，当于故典，而不差忒也。从此以致敬于郊，主以“皇皇后帝”，配以“皇祖”之“后稷”，而所享而献者，乃用赤色之牺骍。　“是飨”二句，郊祭而获福。“飨”者歆其物，“宜”者安其心。串下须重“宜”字，盖鲁以诸侯承天子之祭似觉不宜，故曰“飨”、曰“宜”。此诗人之微词也。“宜”，在周公之功上看，降福既多，须照“纯暇(嘏)”章来。“周公”二句，庙祭而获福，承“匪解”来。“福”字须照“秋而载尝”四节意。　下一“既”字，盖推开郊祭，以起庙祭之获福也。“亦”字承上“既”字来。　上“皇祖后稷”，指后稷为皇祖也。此“周公皇祖”，“皇祖”又另指鲁公也。此为修庙而颂祷，故言庙祭获福独详，而郊祭只带言之。

四节。至是若详言庙祭获福，“秋尝”七句是终“春秋”“匪解“两句之意，宜把首二句作头。“白牡”对“骍刚”，别祭品也。“牲尊”句备祭器也。然祭品不止于此，故又以“毛炰”一句申其详；祭器不止于此，故又以“笾豆大房”申其详。“万舞”句另讲。

“秋尝”二句，是先时而戒，见礼之豫福设于角衡，设于鼻。“牡刚”正“福衡”所施者。鲁祀周公以王礼，故从殷之白以比于宋，别其嫌也。其祠鲁公以侯礼，则从周之尚，以遵乎时，谨其度也。　“将将”，谓牲尊盛酒，则将将盛美。“毛炰”句，作三件看，封人所饰则有毛炰，腊人所掌则有胾，烹人所供则有羹。“笾豆”句亦作三件看，笾以盛肴核，豆以盛菹醢，大房以盛牲体。中间乃有等威，如周公十六，鲁公十二，与“万舞”句周公八佾，鲁公六佾，自是不同。　“万”者，舞之总名，兼文武看。文舞，舞《大夏》，象文德也，籥师掌之。武舞，舞《大武》，象武功也，师干掌之。皆言容而包声在内。　“孝孙有庆”至“鲁侯是若”，总一孝孙之庆。若单据本章则下文正详其实。“俾尔”内要见“周公皇祖”阴助默相之意。　“俾尔”六句，一直说下，言使之享福寿以常保其国也。“炽昌”是福，即所以保寿。“臧”是“寿”，即所以常福，与寿合，故曰“保彼东方”，使鲁邦常为吾君所有，而无亏崩震腾，正所谓常保之实也。

方盛为“炽”，无所不盛为“昌”，有年为“寿”，维祺为“臧”，各两字相联，重下二字。“不亏”如日常盈也，“不崩”如山常固也，以土地无侵削言；“不震”，如地常静也，“不腾”如水常平也，以人心无机黥[②]言。　末二句愿其得寿考之佐，以翼常保之运。又本上六句推广言之，冈陵就保国说，“作朋”，有同心一德之意，交而得朋即为泰，不交而畏朋即为否，此二句另是一转语，见上面许多福寿，毕竟由耆贤得之，隐隐启以用贤图治意。　杨升庵曰：“《吕氏春秋》：鲁惠公请郊庙之礼于周，天子使史角往报，使成王果赐，惠公何复请之有？且周公既用礼乐，何为白其牡乎？白者，殷之色也。鲁君臣效宋之郊，使有以僭用讨鲁者，则以宋为解耳。”

五节。伐远成功[③]，原蒙上获福来，盖赖“周公皇祖”之灵，以有此，皆所谓“孝孙有庆”之可证者也，不必待“莫我承”下，方入庙祭。　“公车”六句皆出师之事，有田则有赋。“车千乘”者，虚称也。有车则有徒，徒三万者实数。　“朱英”二句，承“公车”说[④]，车右有矛，则朱英以饰之，车左有矛，则绿縢以约之，二矛利击刺也。重弓，备折坏也。总归车之盛。此三句重一“车”

字。　　“贝胄”二句承“公徒”说，言其徒之胄，则以贝饰之，而朱綅为之缀。其徒之众，则增增然众多，总归于徒之盛。此三句重一“徒”字。　　彼入寇而我当之，谓“膺”；我伐寇而彼畏之，谓“惩”，即齐桓北伐山戎，庄与其谋，南伐荆楚，僖列于会事也。　　我既直前而不避，彼又创艾而不来，此便是莫敢御。此三句须重一“敢”字，见不独攻力，而且攻心。楚人听命，屈完来盟。凛凛不敢逆我颜行而耀祀于春秋。诚当今一盛事矣，正所以发“周公皇祖”之灵气而有光前烈处，所以今日庙祀一举，“周公皇祖”即以庆锡之也。此处如不点入庙祭意，便脱却章旨了。

“俾尔”八句对看，“昌炽”至“与试”，言既得福寿，又得寿之佐，“昌大”至“有害”，言所得福寿，又得有寿之吉，总是反复极言之耳。但此八句与上章不同，须云武功大，故福大。武功之垂裕远，故福远。　　寿而富，言后来之日尚多也。昌而大有单厚之积，极于无涯意，耆而艾有胡考之休，日益顺意。耆，取老之义。艾，取养之义。勿作六十曰耆，五十曰艾。“万有千岁”，极言时之久意。“无有害”即“无后艰”之意。“寿胥与试”与“三寿作朋”同意，但上重一“朋”字，是我之亲于老臣；此重一“胥”字，是臣之愿用于我也。　　“试”者，如戎狄（戎），当试之以膺击，如荆舒，当试之以惩艾，如公车、公徒之军，实当试之以训练、保聚，方与“朋”字有别。

六合七节。反复其词，专以扩充土宇为说，乃受福之最大者。以发上“保彼东方”“鲁邦是常”之意。　　“泰山”三句，合下“凫绎”句，是保已有。前“遂荒”贯至“淮夷”，后“遂奄”贯至“南夷”，皆归重“服未有”上。“大东”，海邦在东，“淮夷”在南，“徐宅”海邦，亦皆连属于东者。“淮夷蛮貊”亦皆连属于南者。专以东南为虑者何？盖鲁西比（北）一隅，王城环卫与国基置，可以无忧，故设备只在东南。　　“来同”，谓同盟也。“率从”，相从于中国也。“诺”，是遵约束、听号令、唯命之意。鲁侯之功者，以上文愿其保邦[5]，是福也，非功也，至“服所未有”而后为功耳。　　“是若”，言此是鲁侯之心，而得如其愿也，不可作远人顺鲁侯看。　　然凡此皆神禆之也，故讲中须根上文“福女”意。

八节。首提一“天”字，是申言郊祭所获之福。所谓“是飨是宜”“降福既多”者也。　　“天锡公”句提起，且虚说，下皆“纯嘏”之实也。人惟寿可以享福，故以寿始终言之。看鲁人大意，专以恢复疆土为重，其言“眉寿保鲁”，即如上文以泰山、凫绎引起服远之意，还重在复“常许”，“眉寿”略引其端，与末句相应。　“燕喜”四句，盖言开疆拓土之后，备享邦家乐事，而“寿”又有以享之，所以为“纯嘏”耳。　天子有事于明堂，故锡鲁以朝宿之常邑。天子有事于东省，故锡鲁以朝宿之许田。常见浸(侵)于齐，许见易于郑[⑥]，故以复之为愿。“居”字，正见恢复意。　会于下，以释齐人之讨，声姜之善也。禘于庙，以享夫人之尊，成风之寿也。　宜者，若其心，有“明良”相得，为国家“喜起”之庆也。“邦国是有”，谓无改于启宇之初也。此数语内，有身用休、家用康、朝廷正、邦国治之意，故总承之曰“既受多祉”。　末句本上看“寿”而言，不特“眉寿”而已也。又实有“黄发儿齿”之征，其寿正未有极也，而“多祉”将永受之矣。　诸侯有大德，受采邑于京师，将朝而宿焉，谓“定朝宿之邑”。

末节。正以终“閟宫有侐，实实枚枚”二句之意，须重“新庙奕奕”。末三句是推作庙之人，而目及庙之所□□者大，总根“新庙”两字也。“徂来”“新甫”二山，是固“周公皇祖”之灵，所不泯而护焉，亦泰山凫绎之詹所鼎峙而立焉。所以瑞气攸聚，发为异材，以供后人鼎建之资意。　“断”，是截于所生之处。“度”，是量其所用之宜。“寻”者，取其长。“尺”者，不弃其短。“寻”“尺”，正度中事。“松桷有舄”，则他材可知。“路寝孔硕”，则庙规制之大可知。“桷”，是构于新庙之上者。“寝”，是设于新庙之后者。故以“新庙奕奕”句总之。“奚斯所作”，要本鲁侯主之来。“曼”者，体制之长。“硕”者，规模之大。只上“松桷”三句而叠映之耳，所谓“实实枚枚”者也。“万民是若”言周公鲁公，功德在民，故咸乐其庙宇之新，要见万民崇报之心，与我公春秋享祀之心而相协也。　《注》：教护，指令监视也。属工，谓付工以事。课章程，谓考工以能也。

---

① 原批注：“考《周礼》，日月为常，交龙旂。僖公不建日月而建交龙，是不敢全用。”

② 本书标点者注：此二字原文皆从木，后一字声旁与“捏”字同。古文中此词亦有作“卼陧”“杌陧”者，今后一字采自韩愈。词义为动摇不安貌。

③ 原批注：“上章是允文，以祀先而获福；此复允武，以格先而获福。”

④ 原批注：“□□□□竞□□说□□公□□责□于公□。”

⑤ 原批注:“荒即荒□之义。”

⑥ 原批注:“曰复周公之宇,则无改启宇之初矣。”

那章

通章总重“执事有恪”一句。上三段乐无不备者,正是敬无不至也。商人尚声,声之中,即是敬。“自古”四句不过推其传敬之远,非是至此而方尽其敬也,所谓“绥我思成”,思以此也;“汤孙之将”,将以此也。　　首两句,未祭而奏其乐。“奏假”八句,是工祭而备其乐。“庸鼓”四句,是祭毕而盛其乐。此三段正见他“温恭朝夕”“执事有恪”之一端,则知非徒尚声也,有所以“声”。“声”者,温恭之心也。

“猗与那与”句,非徒起首一节,下二节俱是“那”字意,然既称“那”矣,而所置所奏者[①],独以“鞉鼓”言,何也?《礼记》曰:“鼓无当于五声,五声不得不和。”是乐之所由成,在于鼓也。鞉所以节乐,是乐所由成,亦以鞉也,非举鼓之大小以说乐之大小也。奏鼓只言鼓,不必粘鞉。“简简”者,言初作时,森发之象,辨而不乱,约而不杂。此内便若传出恪恭之神来,但奏鼓则诸乐以此为纪纲而皆奏矣。　　祖何以称“烈”?式九围,祐斯所,此汤之所为烈也。“衎我”句,此未迎牲时,且把乐来荡涤一番,以宣祖德,以扬祖功,若以迎其来也。至下节“绥我思成”,方是烈祖感格而临意。

此是迎牲后,方祭之时,汤孙复奏乐,以假祖考。“奏”字内,正以达我之所思[②],而烈祖来格,则安我以成人之象矣。然所作之乐何如而能遂至此耶?下“鞉鼓”四句,正言其所奏之美,乃“思成”之所由“绥”也。　　鞉鼓管籥是堂下所奏,玉磬是堂上所奏。“渊渊”“嘒嘒”,盖深远中有和平,清亮中有和平,虽各一其声,而和平则一也,故曰“既和且平”。相济如五味为和,相调如八风为平。鞉鼓音大,而管声音细,最难和平。今与堂上准乐之玉磬,有以依之,则和依于磬,乃真和矣。平依于磬,乃真平矣。此四句便是“穆穆厥声”,下只提出“汤孙”来,正与下“汤孙”应。　　声之“穆穆”,全为象汤功德,汤孙之“於赫”,亦为主汤之缌,若专此美汤孙,则下“顾予烝尝”两句,何其不敢自必而乃先自赞耶？故“於赫”“穆穆”须本汤说，方得题神。　　声发于有，而此曰“穆穆”[3]，言美以善而至，文以情而深也，乐之善总归烈祖，若以合其实也。　　镛鼓斁然而甚盛，是祭毕交作而森发景象，非若祭时钟鼓间作也。万舞奕然而陈列，是祭毕舞罢而摆列景象[4]，非若方奏乐时文武间作也。此二句要入形容功德意，方见“斁”“奕”之妙。

客之夷怿不甚重，言人心感格，而烈祖之假又何如。助祭者之豫，若与我烈祖之衎、孝孙之绥者，交欢于一堂也。“亦”字最有含蓄。嘉客亦悦先祖，可知政不必将格祖衬出“亦”字，此之乐又若以送其往也。　　曰“衎”、曰“思成”、曰“夷怿”，总之见欢欣流通，神人胥悦，全藉一段精诚感格，故遂接以“自古在昔”一条。

“自古”四句一气说下来，作一句读。　　于“奏声”则曰汤孙，于“温恭”则曰先民。二节之“思”虽在心，而非乐不足以成“思”。奏假虽乐，而非敬不足以将乐。　　“自古在昔”先民，叠言以成文。“有作”，言已有作而为“温”者，毋或戾也；已有作而为恭者，毋或慢也。“事”即朝夕所执之事，自奏乐而迎牲、而毕献，皆朝夕之事。“有恪”，正是温恭处，言无时而不敬其事也。《宾筵》曰：“乐既和奏，烝衎烈祖，以洽百礼。”可见有一事则有一奏，故执事中须将“乐”字点缀，方得“尚声”之意。

末节。“汤孙之将”，见得汤孙之声政以传汤孙之赫赫者，政不在孙而在汤，则其有以顾我可知也。前说“绥我思成”，而兹又冀其“顾我”，是“温恭有恪”，不敢自必意。　　提唱“汤孙”有味，与上“於赫汤孙”照看。

---

① 原批注：“置之尚未奏之也。”

② 原批注：“思成二字政可想出下文温恭有恪，兢兢积虑意。”

③ 原批注：“穆穆之美，尽在上文。”

④ 原批注：“要见九□告成□客□盛意。”

烈祖章

通诗以"有秩斯祜"句为主。次节是"祜"之"秩"于庙中者,若震于烈祖之声灵,而享尽物、孝尽诚,因而锡我以毒之无疆。三节是"祜"之"秩"于宇内者,若恋于烈祖之德功,而人心凝,天泽渥而锡我以福之无疆。但第三段得天得人,即在第二段"载酤""进羹"内抽出言之。盖"清酤""和羹"之奉,虽在"奏假无言"之孝子,苟非"约軧"来享之人心,何以献此"清酤和羹"?倘不得丰年之庆,又何以备此"清酤和羹"?惟烈祖方命,厥后之人心垂之不替,故祈祈而来者如此。烈祖昭假迟迟之天命,承于无穷,故"穰穰"而降者如此。正是"申锡无疆,及尔斯所"之意,以见祜之有秩也。末段则言今日承有秩之祜,以奉"烝尝"者,乃烈祖一脉之"汤孙",是即以烈祖之怙将烈祖之祭也。

首言"烈祖",要见功德之隆,如"日跻圣敬",布昭圣武说,不作呼过之词。"斯祜",含下天命人心说。"秩秩",便是无疆,以远垂子孙言。所谓可大者,衍之可久也。"尔"是歌工称主祭之词。　　祜止一时者易,祜及无穷者难。唯有序,故能"申之无疆",而兹得以及之,不然一传再传,有所及有所不及,安见其"有秩"也?　　此段文法错综,只重"无言"一句,不必强对。献酒献羹,正指斯所所备之祭物,载虽在尊之义,然必酌以裸献,方神为之居歆,故曰"赉我思成"。"赉"与"绥"不同,前篇是乐以安神,故云"绥"。此处是酒以祀神,故言"赉"。　　然我之所以格神者,不止一"清酤"也,"亦有和羹"。"亦"字正领"既"字来,"和"字当"调"字看。"戒"者,预备先熟也。"平"者,调和成味也。但三字珠贯,盖"既戒",所以为"平"也;"既平",所以称"和"也。"奏鬷",泛点,勿专泥进"和羹"。"无言",自主祭者说。"靡争",自助祭者说。盖祭而曰"思成",乃合上下之思而成之也。第恪而言,即犹之乎怠而言也。争于共职,即犹之乎争窃职也。故祭贵"无言""靡争"云,然"靡争"又本"无言"来,正是凝于思处,所谓祭不徒恃乎"清酤和羹"也。　　"绥"字贯下,"无疆"则总承之。获寿,亦本"先祜"得来。

"约軧"三句,是得人。"降康"二句,是得天。"受命"句,作承上起下语。末二句，总承天人来，但中间气脉相联，不宜板对。　　清庙肇开，万方毕集，须点烈祖平日孚此厥后者已至，故备此车马而假享于此，此时靡有争也，以心降神曰“假”，以物献神曰“享”，即“载清酤”“进和羹”之事也。人心即是天命，我之受命固广大矣，而天命不止于此。“自天降康，丰年穰穰”，则祭祀之百祀可以洽也，而若有以阴相其祀事之成乎？夫人心不改，天命如初，故烈祖“来假”，鉴其诚也。“飨”，飨其物也，“眉寿”“黄耇”之福，锡于“思成”之余者，宁有疆哉！有藉先祜以举祀典，又藉礼典以承先祜意。　　“约軧”一件，取軧之固。“错衡”一件，取衡之华。　　“以假以享”与“来假来飨”不同，上句重诸侯言，要看二“以”字。下句重烈祖言，要玩二“来”字，是天人来之也。玉帛来万国为“淳”，等威加群辟为“将”。　　章内三个“无疆”，须有分晓。“申锡无疆”是帝王之业，远垂子孙者无疆也。此句须看阔大，下面两个“无疆”，皆着奉祭的本身上看。“眉寿”三句总是寿之无疆，而《洪范》“五福”，以寿为先，寿无疆即福无疆矣，故曰“降福无疆”。此据今日言也，与“申锡”自是不同。“申锡无疆”，则前日之福及于今，降福无疆，则今日之福及于后。

末节。冀汤之享意与前篇稍异，前篇“烝尝”之“将”，指作乐以将恭敬言，此处“烝尝”之“将”，指合天人以将羹酤言。此处“汤孙”云者，要见烈祖之祜，惟汤孙得而承之，则烈祖之祭，亦惟汤孙得而“将之”也。上文已云“赉我思成”“绥我眉寿”“来格来飨”矣，而此处又冀其“顾”者，亦孝敬无已之意也。

玄鸟章

此颂三后之诗。契乃商人之所由生，汤乃商业之所由造，武丁乃商道之所以中兴，故并祭之。言契处曰“天命玄鸟”，言汤处曰“古帝”，命曰“受命不殆”，言武丁处曰“受命咸宜”，此乃诗眼也。但契处未言其德，而汤曰“武汤”，武丁曰“武王靡不胜”，则其世德之相映处也。　　此诗首尾以“天命”为重，应以“殷受命咸宜”一句为主。　　《小序》云：“祀高宗也。”惟祀武丁，故本之契，以见商之所由生。本之汤，以见商之所由造，而总承之曰“商之先后，受命不殆”，以归重武丁。曰“在武丁孙子”，若曰不在武丁，命亦几乎殆矣，而武丁所以受命者，其武德犹之汤，故“受命咸宜”云。

首节“天命玄鸟”三句，言契，是商人所由生，乃有一国之始也。“古帝命”二句，言汤是商业所由成，乃有天下之始也。　“玄鸟”“生商”，不必泥遗郊事，只是言郊谋出祀之时，乃玄鸟适至，而简狄于此钟灵孕秀，因而生契。“生商”，谓生契也，其生也有自，则其出也有为，克尽敷教之道，遂膺“殷土”之封，而宅居殷土芸芸（芒芒）然，气势广大，已肇开有人有土之基矣。讲“宅殷土芒芒”处，亦要点入“桓拨”意来，才与“武”字有情。　“古”字一读，轻看，不与“帝”字相连，是后人追言之，故曰“古”。“武汤”字，不轻，君德以刚为主，汤则智勇天锡，刚健性成也。然亦概言其武德，不必实填伐夏事。“正域”句正根上“武”字来①，“正”以人心言，“式于九围”，所谓以武“正彼四方”也。“域”以“土”字言，天下为疆，所谓以武“域彼四方”也，此则玄王之统克绍，而殷土之宅愈大矣。

二节。“方命”句根“正”字来，则四方之大分以正；“奄有”句根“域”字来，则四方之大势以正。　“商之先后”二句，言商先君受此有人有土之命，皆其武德所凝，承而“不殆”者也，即此便可想出“受命”之宜在内。　惟其受命之固，此所以可为后人凭藉，而武丁之为孙子者，得赖之以中兴也。“在武丁孙子”，言此命犹然在武丁之世，此处只要发汤受命之固，至下文方是颂武丁。　以“汤”对“孙子”言，故曰“先后”；以“武丁”对“先后”言，故曰“孙子”。三节首二句提起，言其武德无愧于汤，正受命获福之本。“龙旂”二句应“方命”句，以见人心不改。“邦畿”三句应“奄有”句，见土地如故。“四海”二句叠“龙旂”二句，“景员”句叠“邦畿”三句，此三句不必重，并上文“龙旂”五句，亦不过形容他“受命”两字，总重“武王靡不胜”，此受命之所以宜也。

武王只是袭汤之徽号，武德在一“胜”字上看，凡起敝兴衰，更化善治，俱有一段精明果锐担当而负荷之，以救涣散之人心，以靖窃据之土宇。靡不振作整顿之有道也。论其本原，如恭默思道，不敢怠遑，不敢荒宁，皆是。不单自征伐言，此句与上“武汤”相照，管下文五句。“龙旂”，以所建言；“十乘”，以所乘言。诸侯无不奉“大糦”商庙，此是人心钦附于武德处。　一说十乘，二王后，八州之大国。　王畿虽有制，疆域则无限，此是居中以制外，居重以御轻，乃土宇握枢于武德处。　殷衰，四夷来侵，至高宗始复以四海为境域也。　“肇”字亦有“始”字意在，再造之功与开辟者等。

“四海来假”二句，领“龙旂”“大糦”言，谓龙旂来四海之物采，大糦来四海之玉食，有祈祈之众也[2]。“景员”句领“邦畿千里”言，却要关会“肇域四海”意。景山峙于中，起天下之拱极；大河绕于外，示天下之朝宗；又云景河以内，千里之邦畿也；景河以外，四海之肇域也。　“咸宜”全在“武德”上说，宜重武丁上，见武丁之受命，非席前王之余庇也。　“百禄是何”即带“受命”上说，自天与之为命，自人荷之为禄，总不外人心土宇。

---

① 原批注：“天命、帝命，相对看。正域，言四方之域，自我正之也。”

② 原批注：“叠言土地人心，以见武丁受命如此。”

长发章

通诗以“濬哲”二句为主，大意归重汤之受命上。商之命，基于“玄王”，延于“相土”，以及于“汤”，则发祥所为“长”也，要以玄王则“桓拨”，相土则“烈烈”，汤则“圣敬日跻”，无非有濬哲之德者。伊尹咸有一德，故得配享而并颂之。

首节。“濬哲”二句包下数章。足以通天下之志曰“濬”，足以见天下之赜曰“哲”。但“濬哲”二字当体下文“敬”字意来发，盖藏得不深密则浮浅，刮得不光净便晴晦，故“濬哲”即一私不容，万理明净之谓。生一濬哲，便是受命之祥，发见于彼了。等而上之，世有濬哲，故曰“长发”。“洪水”四句作一句读，不重，只引起“有娀方将”意。“敷下土方”，敷治水之功于下土之四方也。“外大国”，本在甸侯绥服之外，素与中国隔绝，水患既除，则外大国通界于中国，故幅员因之而广大也，直言之曰幅，周言之曰员。“有娀”者，正外大国之属于幅员者。“方将”，正指其为大国，见天之所以大“有娀”者，正所以启有商也。帝立舜，帝立之也。“生商”与《玄鸟》章不同，彼言“生商”人[1]，此直言“造商室”，盖契虽封一国，已潜开混一根基矣，所以为受命之祥，然受国封而开王业，宜在虞夏之时，则发祥之长也何如？两“商”字相应。

二节。“玄”者深微之称，尊之如天也。当时混沌之窍未凿，颛蒙之性未开，非拨之不可，拨昏而使之明，拨乱而使之正也。“桓”即“敬敷五教”“敬”字，下“达”字、“业”字，正领此“拨”字来。“受小国大国”者，敷教之地，即所受之地，非受封国。盖虞帝命之，而“玄王”受之也。　　“率履”二句，正原其所以“达”处。“率履不越”，根“桓拨”来，盖上之“桓拨”正就“率履”处见也。细看“履”字，即蹈履之履，不必作“礼”字看，言其本身率循蹈履处，能无过越此契之身教。“发”字正转应“达”字，“遂”字、“既”字紧紧相应，有速化意，所谓以身教者从也。细看“视”字，不必作“示”字，有一眼观定百姓意，其中含相机审势意。在此是玄王之化行于下国，即其受命于上帝者也。　　“相土”，居夏后之世，承契之业，入为王官之伯，出长诸侯。“烈烈”就德之武毅说，要与“敬”字相映。此有无愧于“桓拨”之祖意。海外大小之邦，畏威怀德，截然归心，尊为诸侯之长，只向化之意，非纳土为臣也，此祥之见于“相土”者，盖在人心上见天命也。

三节以下，皆汤以德受命之事，当以“圣敬日跻”句为主，下文“敷政”“奏勇”及“有虔”，皆“圣敬日跻”以“昭假于帝”处，下文“何天休”“何天宠”，总“百禄遒”。　　“百禄”“受球”“受共”，皆是帝命之“以式于九围”处。

“帝命”三句轻，不过承上起下语。“不违”谓玄王、相土皆有德以承天，而天命未尝去之也，即就“既发”“有截”处验之。“至于汤齐”，生商之命至于汤而会集也。“齐”字当“集”字看，与“致天之届”“届”字同义。“汤降不迟”即领此“齐”字。“圣敬”三句一气看。“昭”字、“假”字正领“跻”字，“迟迟”字正领“日”字，“上帝是祗”，“祗”字即“敬”字，乃相足而说也。　　“敬”是圣人之德，故曰“圣敬”，指现成地位言。“日跻”即日新又新之意，敬以全体言。下文“敷”，“敷教（奏）勇”是发用处，“假”训至，非。日日跻升，盖能脱离下面声色货利之人，欲超然至于那上面天理清明之境界，而迟迟然同天行之不息，盖汤是反之之圣，故“日跻”而渐以“昭假”也。上文“立”曰“帝立”、“降”曰“帝降”，汤之“祗”亦唯“帝是祗”，一似帝之意中止有一汤，而汤之意中止有一帝者。　　不徒曰帝命以九州，而曰“帝命式于九围”，盖九州在围内，须要有个定式，方不致纷乱，如下文“敷政不竞”等语、“奏勇不震”等语，皆合“式”

处。至于“有截”则式定矣，九围一家矣。

四合五节，一是即九围之朝，见其受帝命而推本于“敷政”之能敬。一是即九围之贡，见其受帝命而推本于用武之能敬。总是“圣敬昭假”之实，正“帝命之以式于九围”处。　“缀旒”，以一人而联属诸侯，谓总捕得他来；“骏庞”，以一人而负荷诸侯，谓承载得他起。此即“天休”“天龙”也。下“百禄是遒”，打转“何天之休”句；“百禄是总”，打转“何天之龙”句。　“受”字承帝命来，是帝命他受之也。“小球大球”是辑五瑞，乃入朝时所执以为信者。“小共大共”是贡方物，是入朝时所献以为敬者。　“竞”“絿”“刚”“柔”不是失处，天下事自有当急当缓当刚当柔的时节，但才云“竞”“絿”，并用“刚”“柔”迭施，便已落竞、絿、刚、柔矣。汤则一无所着，而惟宽大优裕以敷之，以敬德之中正处。　“奏勇”不就行师以说，凡平日制心制事，俱是不“震动”者，有《离》之文明处，大变而不疑也。不“戁竦”者，有乾之独断，临大事而不惧也。　当时圣人行师，实是代天行事，虽以臣伐君，人情所骇。彼直荡然无牵无碍，不疑不阻，如着衣吃饭相似，何有周章，何有退缩？若常人有一毫私意，便不禁震惧，神气改常，举止失故矣。往以不震动乎人、不戁竦乎己分看，予谓“震”“动”“戁”“竦”四字，俱就自心上说为是。　政云“敷政”，勇云“敷勇”，见皆当周布而使遍也。“竞絿刚柔”之不着，此乃以和平养天下之福，故曰“百禄是遒”。“戁竦震动”之不形，此乃以整肃作天下之威，故曰“百禄是总”。

六节。“有截”以上，言恭行天讨，而有不可遏之势。下言行师有序，以见不得已之心。　以武定乱，故曰“武王”。“载旆”对“秉钺”，而“有虔”二字宜提出重讲，见兴师之日，不敢以骄恣行之，此“有虔”之心即“上帝是祇”之心也。　“如火烈烈”二句，以理中之势言，谓其敬心激发，戒惧着为奋扬，全根“有虔”来，不可认作军众之盛。

“苞有三蘖”三句，即上文“莫敢遏”三字，“遂达”字从“苞蘖”字生，盖天诛尚留，则桀恶犹得以滋蔓，而令兵不留行，枝叶既剪，本根遂除，安得肆其恶，行其志焉？“九有”即上“九围”，“截”者定于一之谓，小国怀，大国畏，朝共已至，所谓“命之式九围者”，正于是实受也。上言不“竞絿”“刚柔”，不“戁辣”“震动”，皆于此章见之。　末二句言汤之缓战徐攻，正无所利于天下，见今日之师为不得已耳。总是一个"有虔"之心也,若说待其改图悔悟,盖到恭行天讨时,桀恶已浮于天下,天命人心俱已绝之矣,不必如此回护。

末节。重伊尹上。首三句却是叫起下文说话,"卿士"正与"天子"相映,见有受命之真主,必有佐命之良臣也。二"实"字正与"允也""允"字相照,犹云真天子、真宰相也。

看此章首二句,则帝命虽不违,商亦岌岌有将违之势矣。几违而得不违,而卒以七十里为政于天下,此真主之烈也,亦由名世之助也。　"允也天子",本上"圣敬受命"言。以敬而敷政,允矣,"缀旒"下国之天子也;以敬而行师,允矣,"骏庞"下国之天子也。此则九有有真主矣,然天以商王为天子,尤为天子虑左右,于是降之以卿士,天民之诞降,殆与汤降之不迟者而会逢其适也。阿依衡平,盖依为"敷政""奏勇"之"衡"也。汤之敷政,"不竞不絿""不刚不柔",若衡平之然。汤之"奏勇","不震不动""不戁不竦",若衡平之然。而尹实左右之也,此伊尹为濬哲之臣,以翊受命之祥,其配享于庙也亦宜。"中叶",只就成汤未兴以前言。"震"谓国势不定。"叶"谓人情不安,即《书》所谓"肇我邦于有夏,小大战战,罔不惧于非辜"是也。全为夏失其道,令人危惧若此,不是商之中衰。

---

① 原批注:"□说子,撤欢能够姓也,立姓之始也。"

殷武章

此诗中兴之功,重伐荆楚上。诸侯畏服,因荆楚平来。然所以中兴之本,只在"不僭"二句。篇内俱要带自汤意,方是"汤孙之绪"。　通诗只是一个畏心相承,远人之"来享来王"也,诸侯之"来辟"也,是天下畏天子,天子"不僭不滥,不敢怠遑"也,是天子畏天,惟有"不敢怠遑"之君心,斯有不敢不来享、不敢不来王之人心也　通诗要看"武"字,自古继衰乱之后,诸侯玩,四夷起,拨乱而反之正,未有不以武德胜者,而威武所用,直举阻险剽轻、最难服者服之，诸侯自无不凛凛，不烦更举矣。此高宗中兴胜着也。

首节。欲平天下而先楚，此平天下之机权；欲平楚而先“罙入”，又平楚之机权。　“挞”训疾，当积衰之时，削平祸乱，殆非可迟疑，重发者也。“奋”字紧承“挞”字来，要见厚蓄于恭默思道之时者，迅发于克绍乃辟之日。有智不及谋，勇不及遑意，所谓迅雷不及掩耳也。此正有光于汤之“载旆”“秉钺”处。“罙入”二句只一气说，荆楚左控江陵，右握黔中，南负苍梧，北依泾塞，险阻之国也。故荆楚何恃？恃此阻耳。兵入其阻则士有必死之志，人无返顾之心，荆楚虽强，何能逆我颜行？“裒荆之旅”，有胁者不必治，降者不必诛，所谓服而舍之也。“有截其所”，亦在人心上看，原不是为地而伐，安可以得其地、得其人，遂两平□。“汤孙之绪”，全根“武”字生义。我商基业，肇自征诛，是以武开统者也。汤之武用以行君臣鼎革之大变，在创业之始；而汤孙之武用以昭华夷统一之威权，在积衰之后。以武开之，以武继之，故曰“汤孙之绪”。

二节。上是奋伐以屈其力，此又把一“常”字以屈其心，重一“常”字。“居国南乡”，见为声教所加，正朔所及也。言荆楚之近而乃以氐羌之远者形之，见氐羌之在昔，如彼荆楚之在今如此。今日之挞伐，亦执商之常，以问夫不享不王者耳，夫岂有意督过焉？　制于威故曰“莫敢”，羌非一种，故曰“莫不享”，是毕献方物，修贡助也。王是袭职觐君，修世见[①]也。　此节须重“莫敢”二字，盖荆楚之倍叛，是夷之敢于滑夏也，故既服之而借氐羌之顺以消荆楚之逆，故曰“莫敢”。

三节。承楚人既服来，盖责一不享，而天下知有享上之仪，责一不王，而天下知有尊王之志，势使之然也。　“天命”“多辟”二句，虽只是唤起下文“来辟”之词，然“天命”两字亦非虚设，照下“命于下国”自见。　不举禹绩设都，亦不足以尽多辟。　岁事如周礼，春朝夏宗，秋觐冬巡，就一岁言之，故曰“岁事”。说者多谓岁事所包者广，稼特其一端，不知圣王建侯之意，全是为民，除却民事有何岁事？除却稼穑之事，亦无民事。如土地僻、田野治，省耕省敛是也。“勿予祸谪[②]（适）”，是多辟心口自忖语。“稼穑匪解”，即其庶几可免“祸谪（适）”者。二语有凛凛不敢自保之意，勿作自信口气。

四节以上，平荆楚而诸侯服，是中兴之福，已大征于下国矣，而要所以能成此功者，则以高宗之能畏民以承天也。　“下民有严”，非严下民也，正以民之视、民之听即是天之“监”，“严民”即所以“严天”也。　“不僭”二句，是严民以严天之实。

赏非民之公好，便见为侵上天“简在”之权，而僭用其恩宠，故曰“僭”；罚非民之公恶，便见为亵上天之怒，而滥用其威诛，故曰“滥”。要之，“僭滥”源头起于心之有“怠遑”，是以高宗以畏天之心，而不敢怠遑于赏罚之间，以拂民心也。“不敢”字正与“严”字相关。　“命于下国”，打转上天命来，对上天而言，故云“下国”。“命于下国”，即是大建厥福。盖命之所在，就是福之所在，而统下国之广，所以为福之大建也。　“建福”，要点内顺天威，常操赏罚之柄意。

五节。此总言中兴之盛。上四句以其在当时者言，末二句以其垂后世者言。“商邑翼翼”，正领高宗严下民、敕赏罚之心来，言其以敬天畏民之心，而整顿此商邑也。“翼翼”然刑赏以清，修攘以振，足以建四方之极。四方兼内夏外夷。“极”是为远人来王之极也，为诸侯“来辟”之极也。　赏一而天下称仁，刑一而天下称武，是“声”之“赫赫”处。不赏而民劝，不怒而民威，是“灵”之“濯濯”处。此皆高宗挞然一奋时，将此詟服中外之势，重新开辟出来，而加之“寿考”，则此“声”“灵”之盛与年俱长，且获康宁，则其享年之日“声灵”无改矣。延至“后生”，犹此赫濯之遗，即皆高宗之保也。　寿则致治于无疆，宁则属精于不倦，自高宗本身言。“以保后生”，“以”字紧根“声”“灵”一派说。

前云“汤孙之绪”，见其光前；此云“保我后生”，见其裕后。“赫赫”，从火，犹如火之排空而作势也。“濯濯”，从水，犹水之荡氛而澄爽也。

末节。作庙以报其大功。　“陟彼”二句，言材之良。“是断”二句，言工之饬。“松桷”二句，言庙制之美。“断”，是截之山巅；“迁”，是徒之工所。“方”是正以绳墨，“斲”是削以斧斤，“虔”是截以石锯，皆以松柏言。“桷”长“楹”大，举此以见规制之弘敞，即指寝庙说。“孔安”重在人萃先灵、报先德，以安先神上看。上节“保后生”是高宗以封建之福福及于后，此“寝成孔安”，是后人赖中兴之安，以安及其神，此立庙特祀之意也。要知此之立庙，乃在亲尽当祧之时，非始崩祔庙之日。　七世之庙，可以观德。高宗有百世不泯之功，是宜有百世不迁之庙。　　帝乙之世，武丁亲尽当祧以中兴功高，故特新其庙而祀之也。

---

① 原批注："□语云，宾服者□，荒服者王。"

② 原批注："以祸谪言，商道先罚后赏也。"其中"谪"字，经文作适字。

后　记

本书点校，是全国高校古籍整理委员会资助的项目。虽是以我的名义立项的，但真正完成这项工作的是李蹊先生。开始先由我的几位研究生刘鳞龙、连俊平、张绍冬等作为阅读练习作业，作了部分基础工作，后由李蹊先生完成全稿。我自己最后过了一遍，纠正了个别错误。

书稿完成之后，曾与几家出版社取得过联系，皆因经费问题，未能有结果。此次幸赖三晋出版社的支持，才得与中国读者见面，在此谨表谢意。

刘毓庆

2019年3月18日

图书在版编目（CIP）数据

鉴湖诗说 / 刘毓庆，李蹊点校．-- 太原：三晋出版社，2019.10

ISBN 978-7-5457-1950-5

Ⅰ．①鉴…　Ⅱ．①刘…　②李…　Ⅲ．①《诗经》—诗歌研究　Ⅳ．①I207.222

中国版本图书馆 CIP 数据核字（2020）第 008247 号

鉴湖诗说

者：［明］陈元亮
者：刘毓庆　李　蹊
辑：落馥香　张　路
制：李佳音

者：山西出版传媒集团
三晋出版社（山西古籍出版社有限责任公司）
址：太原市建设南路 21 号
话：0351-4956036（总编室）
0351-4922203（印制部）
网　　址：http://www.sjcbs.cn

经 销 者：新华书店
承 印 者：山西海德印务有限公司

开　　本：720mm × 1020mm　1/16
印　　张：23.75
字　　数：360 千字
版　　次：2021 年 1 月　第 1 版
印　　次：2021 年 1 月　第 1 次印刷
书　　号：ISBN 978-7-5457-1950-5
定　　价：98.00 元

如有印装质量问题，请与本社发行部联系　电话：0351-4922268